Der Held dieses verwegenen Romans ist ein Hochstapler, der während einer Party in einem Hotelzimmer einen betrunkenen Gast auf dessen Drängen ins Gesicht schlägt und ihn damit vom Balkon in den Tod prügelt. Um ungeschoren davonzukommen, und weil sein eigenes Leben bis dahin vollkommen ereignis- und freudlos verlief, entschließt er sich kurzerhand, die Identität des Toten zu klauen und dessen Stelle als Professor der Moralphilosophie an dem örtlichen College anzutreten. Auf dem Weg durch die großen und kleinen Fallen des Universitätslebens hinterlässt er eine (ethisch wohlbegründete) Spur der Verwüstung und zahlreiche Leichen …

DAVID SLATTERY ist Kulturanthropologe, unterrichtete an zahlreichen Universitäten, unter anderem auch in Frankfurt am Main, und arbeitet gegenwärtig als Berater im Bereich der Erwachsenenbildung. Sein Bestseller »How To Be Irish« erschien zunächst in einem Independent-Verlag und wurde zu einem Überraschungserfolg. David Slattery lebt in Dublin.

DAVID SLATTERY BEI BTB
How To Be Irish (71536)

DAVID SLATTERY

DER HOCH STAPLER

ROMAN

Aus dem Englischen
von Gabriele Haefs

btb

Dieses Buch ist auch als E-Book erhältlich.

MIX
Papier aus verantwortungsvollen Quellen
FSC® C014496

Verlagsgruppe Random House FSC® N001967

1. Auflage
Originalausgabe Mai 2019

in der Verlagsgruppe Random House GmbH,
Neumarkter Straße 28, 81673 München
Umschlaggestaltung: semper smile, München
Umschlagmotiv: © Getty Images/John Giustina
Satz: Uhl + Massopust, Aalen
Druck und Einband: GGP Media GmbH, Pößneck
Printed in Germany
ISBN 978-3-442-71817-7

www.btb-verlag.de
www.facebook.com/btbverlag

Zur Erinnerung an meinen Vater Jack,
von dem ich meinen Hang zum Geschichtenerzählen
und viele andere genetische Schwächen geerbt habe.

Teil 1

Ecce Wallace

Sehet den Wallace!

I

Ingressus
Eingang

Unser Held biss sich vor Schmerz auf die Lippen, als er dreimal mit der Seite seiner Faust gegen die Tür schlug. Eine bizarr gekleidete Frau tauchte vor ihm in der Türöffnung auf, in der einen Hand ein hohes, überlaufendes Cocktailglas, in der anderen den Türrahmen. Er starrte ihre wilden rot gefärbten, asymmetrisch geschnittenen Haare an, die über ihr linkes Auge hingen, um dann in wildem Wirrwarr auf ihrem Rücken zu verschwinden. Ihre in hellblauem Satin eingeschlagenen Brüste hingen wie zwei Laib Käse an dem absurden Gestell, das von ihren unerklärlich breiten Schultern gebildet wurde. Er starrte an dem dünnen Streifen Jeansrock weiter hinunter auf ihre nackten Beine und die blauen, wollenen Leggings, die über ihren hochhackigen Korksandalen mehrere Schichten von Wülsten bildeten.

Der Schock ihrer verwirrenden Schönheit unter dieser unkoordinierten Lumpensammlung ließ ihn den Text seiner sorgfältig vorbereiteten Rede vergessen. In Gedanken hatte er genau geübt, wie er die Person anreden würde (wer immer das sein mochte), die die Tür zu Zimmer 514 öffnete.

Er kannte sich mit Beschwerden aus, auch wenn er ungern selbst welche vorbrachte. Seine Erfahrung hatte ihn gelehrt, dass es sich empfahl, ein reiches Repertoire an Antworten für die verschiedenen Situationen bereitzuhalten, die sich dann ergeben könnten. Er hatte beschlossen, Empörung – eine, wie er glaubte, seiner Glanzrollen –, mit einem spürbaren Gefühl für die offenkundige Berechtigung seines Protests zu verbinden. Als erstes wollte er fragen, was zum Teufel der Scheiß eigentlich solle. Er beschloss, auf diese rhetorische Frage augenblicklich den Vorschlag folgen zu lassen, dass sämtliche im Raum Anwesenden aufhören sollten, Lärm zu machen, um in ihre eigenen Räume zurückzukehren, oder sich verdammt noch mal aus dem Hotel zu verpissen, denn er sei ja zweifellos nicht der Einzige, der hier eine verdammte *Scheiß*runde Schlaf einzuschieben versuchte, auch wenn der Abend noch nicht weit forgeschritten war. Genau genommen war es erst neun Uhr.

Er fluchte sonst fast nie. Das gehörte zu seinem Bedürfnis, niemanden zu kränken. Er glaubte, die Wirksamkeit von Verwünschungen werde durch übermäßige Verwendung in der derzeitigen Gesellschaft entwertet, weshalb solche Ausbrüche für ganz besondere Gelegenheiten reserviert werden sollten. In diesem Fall war er sicher, dass die Barbaren, die gerade Zimmer 514 besetzten, vermutlich Verwünschungen erwarten würden, wenn jemand zum Protestieren an ihrer Tür erschiene. Dann hatte er sich die Sache anders überlegt, denn er dachte, eine Verwünschung könne den Auftakt zu einem wütenden Wortwechsel bilden, welcher wiederum zu Gewalttätigkeiten führen würde. Und die wollte er vermeiden. Er beschloss vernünftigerweise, hier seien dann doch eher wohldurchdachte Argumente angebracht, vorgetragen in gelassener Haltung in einem objektiven Tonfall. Sein Auftreten ganz allgemein, fand er, sollte seine außergewöhnliche Fairness unter Beweis stellen. Er wirkte gern fair und offen, auch wenn er andere daran hindern wollte, sich zu amüsieren. Vor allem würde er Selbstbeherrschung an den Tag legen. Das war das Allerwichtigste: Selbstbeherrschung.

Er hatte seine Eröffnungsreplik in Gedanken wieder und wieder geübt. Die Frau aber ignorierte sein stummes Starren mit der Haltung einer Person, die der Aufmerksamkeit anderer gegenüber immun ist. Mit anderen Worten, sie war alles, was unser Held nicht war. Sie lächelte und winkte ihn mit ihrem Glas ins Zimmer, und dabei verschüttete sie dessen Inhalt rückwärts über ihre befremdlichen Schultern.

»Das sind die Achtziger«, brüllte sie. Mit einer geschickten und sinnlichen Bewegung packte sie seinen Schlips, drehte sich zum Zimmer um und zog ihn hinter sich her, während sie die Tür mit einem Tritt ihres besandalten Fußes hinter ihnen schloss. Er konnte nichts sagen, weil sein Schlips ihn würgte. Sie hielt ihn noch immer fest und bewegte sich nun im Takt der Musik von Gloria Gaynor, die darauf bestand, sie werde irgendein traumatisches Erlebnis überleben, solange sie nur wisse, wie man lebt. Die Menschenmenge im Zimmer stimmte mit einer improvisierten Unterstützung für Frau Gaynor ein, die deutlich machte, dass auch sie allesamt überleben würden. Der Lärm war unvorstellbar.

Hektisch riss er an seinem Schlipsknoten. Irgendwer hatte eine Discokugel an der langweiligen hoteleigenen Leuchtröhre mitten unter der Decke befestigt. Aber er wusste nicht, ob die vor seinen Augen tanzenden Lichter von der Sorte waren, die er unmittelbar vor seinem Ableben sehen müsste, oder ob alle im Raum sie wahrnehmen konnten.

Sie ließ endlich seinen Schlips los.

»Was?«, krächzte er.

»Das ist eine Achtzigerjahre-Party«, kreischte sie ihm ins Gesicht, um die dröhnende Musik und den Rundgesang zu übertönen. »Los, mach mit beim Boogie. Das war in den Achtzigern der heiße Scheiß. Boogie eben!«

Sie drehte sich um und tanzte sich eine Schneise zwischen einem sich um sich selbst drehenden Paar, das einen Teil von einem Wald aus Tanzenden bildete, dann war sie verschwunden.

Bei dem Versuch, ihr zu folgen, wurde er zu einer Frau herumgewirbelt, die ihre Hände durch die Luft schwenkte und ihn mit »I will surviiiiive!« anbrüllte. Lachend drückte sie dabei sein Gesicht im Rhythmus der Musik gegen ihre Brust.

Obwohl er ein in seiner Ruhe gestörter Nachbar war, fing er an zu tanzen. Schnell wurde er in den mitreißenden Rhythmus hineingezogen. Ein Teil von ihm tanzte, weil er die Feiernden nicht kränken wollte: Er wollte dazugehören. Ein anderer Teil wurde in das Hämmern der Musik gesogen. Es fiel ihm leichter, sich gehen zu lassen, als er sich das jemals hatte vorstellen können, in weniger als einer Minute war er vom einsamen Schmollen in seinem Zimmer zum Discotanzen mit kreischenden Fremden übergewechselt.

»Ich hasse Disco«, brüllte er niemanden besonders auf der überfüllten Tanzfläche an, während er dem Beispiel der Leute in seiner Nähe folgte und in die Luft boxte. Nach einer besonders energischen Bewegung fand er sich auf dem Boden wieder, während seine Beine in unterschiedliche Richtungen zeigten. Durch die springenden und tretenden Beine sah er einen mit Flaschen überladenen Tisch in der Ecke. Er hob die Arme über den Kopf, in der Hoffnung, jemand werde ihm aufhelfen. Alkohol würde den Schmerz in seinen jetzt schon überdehnten Wadenmuskeln verschwinden lassen, während er bei einem Schluck so weit zu Atem käme, dass er seinen bisher ungehört verhallten Protest zum Ausdruck bringen könnte.

Bereitwillige Hände hoben ihn auf die Füße. Er brüllte seinen Dank und humpelte zu dem Tisch mit den Flaschen. Er goss Whiskey in ein hohes Glas und hielt zwischen den Tanzenden Ausschau nach der schönen Frau mit den riesigen Schultern. Er konnte nicht überblicken, wie viele Menschen sich in diesen Raum gequetscht hatten. Auf jeden Fall mehr, als aus Brandschutzgründen erlaubt war. Auf dem Bett hielten sich mehr Menschen auf, als die Hersteller im Hinblick auf Gesundheit und Sicherheit empfohlen hätten. Mindestens acht Personen tanzten auf der Matratze und schleuderten ihre Getränke gegen die Decke. In dieser Ecke des vollgestopften Zimmers fand er sich allein an der improvisierten Bar wieder. Niemand achtete auf ihn, als er, statt zu protestieren, ein Glas nach dem anderen trank. Niemand schaute sich auch nur zu ihm um, als er die Mauer aus schweißnassem Fleisch musterte, die nur wenige Fuß von ihm entfernt zum Klang von »Down Under« der Men At Work auf und ab hüpfte. Er sah sich selbst als unsichtbarer Zeuge der Erregung anderer. Es machte ihm nichts aus, dass er unsichtbar war. Er wusste, dass Unsichtbaren der Trost blieb, auf ein ruhiges Leben zu hoffen, denn bisher hatte er die Kunst des unauffälligen Lebens perfektioniert.

Er bereute bald, die Sicherheit seines eigenen Zimmers verlassen zu haben, und hatte nach einem weiteren Glas Heimweh nach der Zeit, die nur wenige Minuten zurücklag, als er noch genervt auf dem Bett von Zimmer 513 gelegen hatte, die Fernbedienung für den Fernseher in der einen und ein fades Bier in der anderen Hand. Den ganzen Nachmittag lang, bei seiner öden Besprechung, hatte er sich darauf gefreut, in diese anonyme Rettungskapsel zurückkehren zu dürfen. Geschrei und Gelächter von nebenan hatten seinen friedlichen Abend dann plötzlich mit der Abruptheit eines Hammers zerschlagen, der eine Glasscheibe zerschmettert. Die dünne Trennwand zwischen den Zimmern hatte angefangen, zum gedämpften Dröhnen der Musik zu vibrieren. Er hatte geseufzt, als ihm aufging, dass nebenan eine Party lief. Er war verärgert, denn er hatte gerade einige wenige kostbare Augenblicke der Gelassenheit genossen. Er hätte für ein ruhiges Leben so ungefähr alles gegeben. Er hatte mit dem Gedanken gespielt, nicht darauf zu achten. Dieser unvorstellbare Krach würde vielleicht schon bald wieder verstummen, nach seiner Erfahrung verschwanden auf diese Weise die meisten Ärgernisse: wenn er sie einfach ignorierte. Nach zehn verzappten Minuten hatte er jedoch gewusst, dass der Lärm nicht so bald aufhören würde. Dann hatte er gehofft, jemand anderes im Hotel werde sich bestimmt die Mühe machen, sich an der Rezeption zu beschweren, denn solcherlei Beschwerden entsprachen nicht seinem Verlangen, einfach ein anonymer Gast unter vielen zu sein. Die Nachrichten waren vorbei gewesen, und der Lärm aus 514 war noch lauter geworden. Das mit dem Ignorieren klappte nicht. Darauf zu warten, dass jemand anderes aktiv wurde, immer seine bevorzugte Alternative, klappte auch nicht. Er hielt sich vor Augen, dass er Disco hasste. Widerstrebend und nur, weil er den Lärm einfach nicht mehr aushalten konnte, beschloss er, sich dem Problem selbst zu stellen. Danach hatte er zahllose Möglichkeiten, diesen Entschluss zu bereuen, denn wäre er auf seinem Bett in Zimmer 513 liegen geblieben, um den Fernseher anzustarren, hätte sich sein so vorsichtig arrangiertes Leben nicht für immer verändert. Aber das tat es. Und wie.

II

Exitus

Aufbruch

Der erratische Puls der Musik störte den gleichmäßigen Fluss seiner Gedanken, als er versuchte, einen neuen Vorgehensplan zu formulieren, während er zerstreut den Tanzenden zusah. Er hatte inzwischen keine Lust mehr, sich zu beschweren, die Feiernden waren so sehr in der Überzahl. Wie würde es denn aussehen, sie zum Aufhören aufzufordern, wo er selbst sogar schon seinen Weg durch das Zimmer getanzt war? Aus Erfahrung wusste er, dass es meistens der leichtere Ausweg ist, eine Niederlage einfach hinzunehmen. Er würde in sein eigenes Zimmer zurückkehren, sich ein Kissen über den Kopf legen und versuchen zu schlafen. Aus Höflichkeit würde er sich auf die Suche nach der Frau mit den breiten Schultern machen, die er für die Gastgeberin hielt, und gute Nacht sagen. Er fände es nicht richtig, sich einfach zur Tür hinauszuschleichen, selbst wenn er die in diesem Gedränge finden könnte. Während er sich in Gedanken die Details seines Rückzugsplans zurechtlegte, ertappte er sich dabei, wie er in einem mannshohen Spiegel etwas betrachtete, das er für sein eigenes Spiegelbild hielt. Lichttropfen von der Discokugel prallten von der glänzenden Oberfläche ab, beleuchteten eine rundliche Gestalt in einem grauen Anzug, die ein Glas in der erhobenen Hand hielt und ihn ihrerseits anstarrte. Er war überrascht von der Entdeckung, dass er offenbar stark zugenommen hatte in der kurzen Zeit, seit er sich zuletzt in einem Spiegel erblickt hatte. Dann aber ging ihm auf, dass er durch eine Balkontür einen Fremden ansah, denn sein Spiegelbild fing an, unabhängige Handbewegungen zu machen. Ich muss betrunken sein, dachte er.

Was er für sein Spiegelbild gehalten hatte, versuchte nun, ihm durch Lippenbewegungen klarzumachen, dass er nach draußen kommen sollte. Er schob die Glastür zur Seite und trat hinaus auf den Balkon, der ganz leer war, bis auf einen dicken Mann im grauen Anzug. Und dieser Mann trottete jetzt auf einen kleinen Eisentisch mit zwei dazu passenden Stühlen zu. Die Möbel waren strategisch aufgestellt worden, wohl um romantisch veranlagten Hotelgästen einen abendlichen Drink zu ermöglichen, während sie dem Sonnenuntergang hinter der vor dem Balkon ausgebreiteten Innenstadt zusahen.

»Komm schon raus und mach die Scheißtür hinter dir zu – Wallace. Ich heiße Wallace«, brüllte er unserem Helden über die Schulter zu, während Michael Jackson behauptete, er sei gar nicht der Liebhaber von Billie Jean. Mitten auf dem Eisentisch stand eine Ansammlung von Flaschen. »Ich hab hier meinen privaten Alkvorrat«, brüllte Wallace und wies mit einer frisch erhobenen Flasche auf die anderen. »Ich geh da nicht wieder rein. Was für ein Scheißkrach. Ich hasse Disco!«

»Wir haben noch eine weitere Gemeinsamkeit neben unserer Vorliebe für graue Anzüge. Willkommen in meiner Freistätte von der Disco«, sagte der andere und breitete die Arme weit auf, wie um den Balkon zu umfangen. »Hier draußen ist es ja fast erträglich, wenn man die Scheißtür zumacht.«

Er schloss die Tür und dämpfte den Lärm damit so weit, dass sie einander hören konnten, ohne brüllen zu müssen.

»Prost«, sagte Wallace, und sie stießen miteinander an. »Die Achtzigerjahre waren schon beim ersten Mal schlimm genug, man muss sie nicht noch einmal über sich ergehen lassen. Ich wollte mich eigentlich nur wegen des Lärms beschweren.«

»Ich auch.«

»Siehst du? Wir sind Geistesverwandte. Und wo hier schon von Geist die Rede ist, trink doch einen. Gratisalk ist in jedem Jahrzehnt wunderbar.«

Da er sich der Situation anpassen wollte, in der er sich wiederfand, erklärte er sich bereit, mit Wallace einen zu trinken. Sie standen nebeneinander da und tranken. Sie sahen zu, wie die Lichter der Stadt am Horizont als bernsteingelbe Bänder und ungleichmäßige Mosaike aus winzigen gelben Rechtecken getrennt durch große schwarze Flecken aufleuchteten. Als er sein Glas geleert hatte, beschloss er, wieder ins Haus zu gehen und in der Masse aus Körpern seine Jagd nach der schönen Frau mit den breiten Schultern, die ihm die Tür geöffnet hatte, wiederaufzunehmen. »Ich mache mich mal auf die Suche nach unserer Gastgeberin«, sagte er zu Wallace, der an seiner Gratisbar schon sichtlich angetrunken war. In diesem Moment ertönte hinter dem Glas ein kollektiver Entzückensschrei, da Ian Drury aus den Lautsprechern darum bat, mit einem Rhythmusstock geschlagen zu werden. Die Menge echote das Verlangen, geschlagen zu werden, am Ende des ersten Refrains: »Hit me, hit me, hit meeee!«

»Ich liebe dieses Scheißlied«, sagte Wallace und fing an, sich im Takt der durch die Glasscheibe dröhnenden Musik zu wiegen. »Dieses Lied ist übrigens aus den Siebzigern. Nicht aus den Scheiß Achtzigern. Die Siebziger waren ein viel besseres Kackjahrzehnt.«

Unser Held zog wieder eine Grimasse und goss sich einen letzten Fingerbreit Whiskey ein, als Schutz gegen Wallaces ungehemmte Kraftausdrücke.

Wallace trat von einem Fuß auf den anderen, er presste die eine Hand auf die Hüfte, während die andere ihm das Glas in der Positur eines fettleibigen Stierkämpfers über den Kopf hielt.

Er kippte seinen Whiskey auf einen Zug hinunter. »Ich muss los«, schrie er und stellte mit betrunkener Umsicht sein Glas auf den Tisch.

Wallace packte ihn am Revers, als er sich zur Tür umdrehte. »Warte. Warte noch. Ich muss dir was zeigen. Warte doch noch eine Scheißminute«, befahl Wallace und fing an zu lachen. »Ich muss dir was Umwääääärfendes zeigen!«

Mit betrunkener Ungeschicklichkeit stellte Wallace sein Glas auf den Tisch, schüttelte sein Jackett ab, hängte es über einen Stuhl und trat dann mit dem Rücken zu den Lichtern der Stadt in Hemdsärmeln vor ihn. »Schlag mich ins Gesicht, so hart du kannst. Mach schon, schlag mich«, sagte Wallace und richtete sich auf, um den Schlag zu empfangen.

»Ich gehe jetzt«, sagte unser Held und streckte die Hand nach der Türklinke aus.

Wallaces Gesicht wurde tiefrot, und an seinem Hals traten die Adern hervor, als ob ein Stromschalter seinen gesamten Kopf regulierte. Wallace packte ihn am Schlips und zog sein Gesicht dicht an seines heran. »Ich hab gesagt, schlag mich so scheißhart du verdammt noch mal kannst.« Speichel stob aus seinem Mund auf. Dann beruhigte er sich so abrupt, wie er aus der Haut gefahren war, der Schalter in seinem Kopf war in Ruhestellung umgelegt worden. Er ließ den Schlips unseres Helden los und trat lachend zurück. Er hatte sich für eine andere Herangehensweise entschieden. »Hör mal, unter anderem war ich mal Boxer. Ich wollte dir nur zeigen, wie hart mein Gesicht ist. Dieses Stück hat mich an ein Spiel erinnert, das ich als Student gern gespielt habe. Schlag mich ins Gesicht, so hart du kannst. Ich verspreche dir, nicht zurückzuschlagen. Das schwöre ich. Schlag mich einfach, verdammte Scheiße«, flehte er leise. Er fing an zu kichern. Da stand er nun, unser Held, und fragte sich verzweifelt, wie er eine Situation unter Kontrolle bringen könnte, die ihm immer schneller entglitt. Ehe ihm eine beruhigende Bemerkung einfiel, redete Wallace schon wieder weiter.

»Ich weiß, ich bin krass besoffen, aber das ist *mein* Problem. Hau nur einmal zu, dann kannst du wieder reingehen. Hör mal, ich bin Ethikprofessor. Deshalb kenne ich den Unterschied zwischen Richtig und Falsch. Das glaubst du nicht? Sehe ich nicht aus wie eine moralische Autorität? Das bin ich. Das ist mein Beruf. Ich sag es dir als professioneller Ethizist – gibt es das Wort? –, dass es nicht falsch ist, mich zu schlagen, wenn ich dich darum bitte. Schlag mich so hart du kannst in mein Scheißgesicht. Genau hier«, sagte er und zeigte auf sein Kinn.

Wallace trat zurück, mit dem Rücken zum Geländer, und grinste. »Nur ein Qualitätstreffer hier. Gib dein Bestes, und wer weiß, vielleicht gewinnst du den Scheißpreis.«

Unser Held konnte sich nicht erinnern, jemals in seinem Leben jemanden ins Gesicht geschlagen zu haben. Er wusste auch ganz genau, dass er niemals irgendwen auf Aufforderung hin ins Gesicht geschlagen hatte. Er erinnerte sich lebhaft daran, es als Kind noch nicht einmal geschafft zu haben, auf Anweisung seiner Mutter hin eine Maus zu massakrieren. Seine Mutter hatte ihm eine Keksdose gereicht, in der sie die Maus gefangen hatte, und einen Schuh, mit dem er die Gefangene totschlagen sollte. Sein Entsetzen hatte sich in sofortige Zuneigung zu dem zitternden Wesen in der Keksdose verwandelt. Er hatte seine Mutter angelogen und behauptet, er werde das lieber draußen machen. Stattdessen versteckte er seine neue Freundin für sechs Wochen in seinem Zimmer, bis seine Mutter sie schließlich fand und sie selbst totschlug.

Als er Wallace jetzt ansah, stieß er den Atem durch die Zähne aus und fragte sich, wie er aus dieser Situation einigermaßen ungeschoren wieder herauskommen sollte, ohne den anderen zu kränken. Er war sicher, egal, was Wallace über seinen Status als moralische Autorität gesagt hatte, dass er ihn nicht so einfach laufen lassen würde. Er war sicher, dass es zu irgendeiner Szene kommen würde. Vermutlich zu einer Prügelei, bei der ihm der Exboxer bestimmt die Fresse polieren würde. Dann fragte er sich, ob es wohl leichter wäre, Wallace zu schlagen, als ihm zu widersprechen, vor allem, wenn Wallace es ehrlich gemeint hatte und wirklich ins Gesicht geschlagen werden wollte. Was könnte er sagen? »Tut mir leid, ich will dir den Abend nicht verderben, bloß weil ich mich weigere, dich ins Gesicht zu schlagen.« Obwohl dieser innere Dialog für sein vom Alkohol umnebeltes Gesicht ewig zu dauern schien, brauchte sein Gehirn nur den Bruchteil einer Sekunde, um ihn zu verarbeiten, während Wallace vor ihm hin- und herschwankte. Wallaces Gesicht lief jetzt wieder rot an. Wie sollte er diese Situation unter Kontrolle bringen? Vielleicht würde Wallace mit den Kraftausdrücken aufhören, wenn er ihm eine verpasste?

Und mit diesem Gedanken schlug er Wallace wie gewünscht frontal aufs Kinn. Dessen Kopf kippte nach hinten, wie in Zeitlupe, gefolgt vom seinem rundlichen Rest. Unser Held starrte die Stelle an, an der Wallace eben noch gegrinst und geschwankt hatte. Dann stürzte er zum Geländer und schaute nach unten. Wallace lag mit ausgestreckten Armen und Beinen auf dem Hotelparkplatz, fünf Stockwerke tiefer, auf einem Autodach. Sein weißes Hemd leuchtete im Schein einer riesigen Neonreklame für original italienische Pasta, wie Mamma sie zu Hause in Sizilien zubereitete. Im grellen Licht sah er zu, wie sich Wallaces Hemd rot verfärbte. Er konnte aus dieser Höhe Wallaces Kopf nicht sehen. Vielleicht war er zu weit weg, oder vielleicht, wie er hier oben langsam den Verdacht bekam, hatte der Kopf das Autodach durchschlagen.

Wenn es jemals eine passende Gelegenheit zum Fluchen gegeben hatte, dann ja wohl diese. »Oh Scheiße«, sagte er und schlug die Hände vors Gesicht. »Oh Scheiße, Scheiße, Scheiße, beschissene Scheiße.«

III

Pallium Praeditum Opibus

Ein Umhang mit natürlichen Kräften

Dass er Wallace mit seinem Fausthieb getötet hatte, überschritt das Spektrum seiner üblichen Hauptprobleme, wie dafür zu sorgen, dass sein Wecker gestellt war, dass er ein sauberes Hemd anziehen konnte, dass sein Auto in Ordnung war, dass er für einen Flug einen Fensterplatz gebucht hatte oder wie er ein blödsinniges Lied aus dem Kopf bekommen konnte. Er war zutiefst erschüttert, aber seltsam gefasst. Vielleicht hätte ihn Panik gelähmt, wenn er nur nüchtern gewesen wäre. Aber in der knappen Minute, die er zum Ausnüchtern brauchte, machte sich sein Gehirn mit einer Effektivität und einer List an die Arbeit, von der er niemals auch nur geahnt hatte, dass er sie besaß.

In dem Moment, in dem Wallace über den Balkon verschwunden war, hatte in den finsteren Abgründen seines Unterbewusstseins eine Fähigkeit zum Chaos, die geduldig in den verschlafenen Tiefen seines kontrollbesessenen Geistes auf der Lauer gelegen hatte, die Augen geöffnet und mit einem Schlag ihres Greifschwanzes ihren selbstsicheren Weg an die Oberfläche angetreten. Es war, als habe ein anarchisches Selbst nur auf eine solche Katastrophe gewartet, um sich zu befreien. Er wusste zwar, dass er Wallace getötet hatte, aber auf irgendeine Weise konnte er die Beherrschung bewahren. Wenn er sich jemals vorgestellt hätte, wie er sich verhalten würde, nachdem er jemanden getötet hätte, dann hätte er sich in einem hysterischen Anfall vor sich gesehen. Er lugte nach hinten durch die Schiebetür und sah, dass der Mob dort drinnen noch immer lachte und zu Ian Drury sang. Einige schlugen ihre Tanzpartner mit unsichtbaren Rhythmsticks, während diese auf dem Boden knieten und zwischen unbeherrschbaren Lachausbrüchen um Gnade flehten. Er hatte den Eindruck, dass alle segensreich betrunken waren. Das Ende seines tadellosen Lebens war in kürzerer Zeit gekommen, als man brauchte, um eine anzügliche Hitsingle zu grölen.

Er hob seelenruhig Wallaces Jackett hoch und durchsuchte die Taschen. Drinnen fand er den großen gelben Kunststoffschlüssel zu Zimmer 515 und eine Brieftasche mit einer Reihe von Plastikkarten und etwas Bargeld. Er legte alles neben die Flaschen auf den Balkontisch. Er zog seine eigene Brieftasche, seinen großen Plastikschlüssel zu Zimmer 513 und seinen Schlüsselbund aus seiner Tasche und hielt sie mit beiden Händen über das Geländer. Er öffnete die Finger und sah, wie alles in Wallaces Richtung fiel. Sein Schlüsselbund knallte auf das Autodach, an der Stelle, wo Wallaces Kopf hätte liegen müssen. Der leichtere Hotelschlüssel wurde vom Wind erfasst und landete vergleichsweise leise auf der Straße. Seine Brieftasche prallte von der Markise über dem Eingang zu Mammas Pastahaus ab und ließ sich draußen auf dem Gehweg nieder. Er sah, dass der Parkplatz leer war. Niemand bemerkte den blutigen kopflosen Leichnam auf dem Dach des blauen Wagens. Er stopfte Wallaces Habseligkeiten in seine Hosentaschen, öffnete die Schiebetür und ging hinein.

Er tanzte durch den Raum in Richtung Tür. Zweimal musste er Versuche betrunkener Frauen abwehren, die mit ihm zu »Blue Monday« der New Order tanzen wollten, zu dem sich alle anderen schwitzend um sich selbst drehten.

Als er die Hand nach der Türklinke ausstreckte, tauchte vor ihm die schöne Frau mit den breiten Schultern auf und versperrte ihm mit dem Rücken zur Tür den Weg. Sie rieb ihren Hintern im Takt der Musik an dem glatten weißen Holz, wie eine Katze, die ihr Revier markiert. »Wo willst du denn hin?«, brüllte sie ihn an.

»Nach Hause. Nebenan«, brüllte er zurück und zeigte mit dem Daumen auf die Wand, nur ging ihm dann auf, dass er in Richtung seines alten Zimmers zeigte, 513. Er winkte vage zur anderen Wand hinüber. »Danke für einen außergewöhnlichen Abend«, schrie er, überzeugt, dass sie die Ironie nicht zu schätzen wissen würde.

»Ich komm mit«, brüllte sie.

»Muss nicht sein. Ich finde schon den Weg, auch wenn es nicht so aussieht«, widersprach er.

»Findest du deine Nachbarin denn nicht attraktiv?«, fragte sie kokett und nutzte den Rhythmus der Musik, um sich näher auf ihn zuzubewegen.

»Das ist es nicht«, brüllte er und trat zurück. »Ich glaube, mir wird gleich schlecht.«

»Dann brauchst du ein bisschen Pflege. Also, los geht's.«

In seinem ganzen Leben war noch nie eine Frau auf diese Weise auf ihn zugekommen, und in seinen wildesten Fantasien hatte das noch keine so schöne Frau gemacht wie diese. Wer weiß, dachte er, man braucht womöglich nur einen Menschen umzubringen, und innerhalb von zehn Minuten ist man von Frauen umschwärmt. Vielleicht strahlte er jetzt Gefahr aus, was ein neues Gefühl für ihn wäre. Aber dann fragte er sich schockiert, ob sie gesehen haben könne, wie er Wallace umgebracht hatte. Das muss es sein, dachte er, Frauen werfen sich mir doch nicht an den Hals. Keine schönen Frauen mit gewaltigen Schultern. Nicht einmal hässliche mit winzigen Schultern. Nicht einmal seine eigene Frau. Seine frisch gefundene List riet ihm, in Erfahrung zu bringen, was sie wusste und was sie wollte. Vielleicht würde er auch sie umbringen müssen.

»Okay«, sagte er. »Mir nach.«

Auf dem Gang drehte er sich zu seinem eigenen Zimmer um, dann fiel ihm ein, dass er den Schlüssel zu Zimmer 515 in der Hand hielt.

»Hier lang«, sagte er und drehte sich abermals um. Sie folgte ihm über den Gang zum Zimmer von Wallace, wo seine neue Haut im Kleiderschrank hing und auf ihn wartete.

IV

Cubiculum In Contraria Versum

Ein umgekehrtes Zimmer

In Zimmer 515 angekommen blieb er mit dem Rücken zur Tür stehen und horchte auf das Geräusch einer Sirene oder wenigstens eines Schreis von der Straße unten. Er beschloss, nicht auf den Balkon zu treten und hinunterzublicken, um zu sehen, was dort passierte. Was hatte er sich nur dabei gedacht, seine Brieftasche und seine Schlüssel hinter Wallace her auf den Parkplatz zu werfen? Er hatte mit den Gewohnheiten eines ganzen Lebens gebrochen und plötzlich aus einem irren Impuls heraus gehandelt, einfach, um wegzukommen und die Zeit zu haben, seine nächsten Schritte zu überlegen, ohne irgendeinen Gedanken an die Konsequenzen. Keine Planung. Keine Kontrolle. Nichts. Und eine Konsequenz war, dass er nun mitten in Zimmer 515 stand, vor den breitesten und höchsten Schultern, die er jemals gesehen hatte.

»Wie heißt du?«, fragte sie.

»Wallace.«

»Wallace, und weiter?«

»Meine Freunde nennen mich einfach nur Wallace.«

»Hmmmnnn … dann hast du bestimmt nicht viele Freunde.«

»Nein, zum Glück nicht. Ich habe gar keine.«

»Die sind nicht echt«, sagte sie und fing an, ihre Bluse aufzuknöpfen.

»Was?«, fragte er und starrte ihre Brüste an. Ihm brach der Schweiß aus.

Sie griff in den blauen Satinstoff und zog ein Schulterpolster heraus, dann noch eins und warf beide aufs Bett.

»Schulterpolster. So typisch Achtziger. Ich liebe die Achtziger. Du nicht?«

»Ich kann mich nicht entscheiden. Fühl dich ganz wie zu Hause, ich muss erst mal aufs Klo«, sagte er noch und stürzte auf die Badezimmertür zu.

Der Schock schien sein Herz von dessen üblichem Platz in seiner Brust vertrieben zu haben, denn es hämmerte jetzt irgendwo hinter seinen Ohren. Er sah sein altes Badezimmer in 513, als er in den Spiegel des Badezimmers von 515 blickte. Über die bittere Ironie, dass sein Leben ganz und gar auf den Kopf gestellt worden war, musste er lachen. Ich kann nicht untertauchen, dachte er. Ich musste ja nie auch nur wegen Falschparken bezahlen. Ich werde die Polizei anrufen müssen und erklären, dass es ein Unfall war. In Gedanken ging er eine mögliche Darstellung der Ereignisse durch. »Er bestand darauf, von mir ins Gesicht geschlagen zu werden, weil er eine Art Moralphilosoph sei, der ein Experiment durchführte. Ich geriet in Panik. Ich wusste nicht, was ich tat. Ich habe seine Brieftasche nicht bewusst eingesteckt. Ob es Zeugen gegeben hat? Aber sicher doch. Eine ganze Bande von betrunkenen Tanzenden, die rein gar nichts gesehen haben.« Eine vorübergehende Hoffnung. Vielleicht hatte sie nichts gesehen. Dann zurück zur chronischen Verzweiflung. Was, wenn sie die Einzige war, die gesehen hatte, wie er Wallace umbrachte? Wie sollte er sie umbringen? Er fragte sich, ob er es schaffen würde, sie zu erwürgen.

»Meine Güte, ich bin wahnsinnig geworden«, stöhnte er seinem Spiegelbild zu. »Ich bin zu einem verrückten Killer geworden. Bloß weil ich einen Menschen umgebracht habe, brauche ich doch von jetzt an nicht alle zu ermorden, die mir über den Weg laufen.« Er versuchte, sich zu erinnern, ob sie wohl einen schmalen Hals hätte, um den er seine schwächlichen Hände legen könnte. Nie im Leben würde er jemanden mit einem dicken Hals erwürgen können. Er hielt Ausschau nach etwas, mit dem er sie strangulieren könnte, und sah die im Regal ordentlich aufeinandergelegten Handtücher. Ein Handtuch würde reichen, dachte er. Plötzlich sah er das Bild der geliebten Maus in ihrer Keksdose vor sich. Sie schaute aus ihren mausigen Augen zu ihm hoch und flehte ihn an, es nicht zu tun.

Er ließ sich auf den kalten, gefliesten Boden des Badezimmers sinken und kotzte den Whiskey in die Toilette. In diesem Moment, als seine brennende Wange am kühlen Rand der Kloschüssel ruhte, verließen ihn sein frisch erwachter Mut und die ebenso frisch erwachte List. Er hoffte, es sei ein vorübergehender Rückfall. »Denken! Denken! Was soll ich tun?«, fragte er sich laut.

Er hatte keine Ahnung, wie lange er schon auf dem Boden gesessen hatte, als ihm Wallaces Brieftasche einfiel. Er lehnte sich an die Kloschüssel und ging den Inhalt durch. Er las die beiden Wörter »Rik« und »Wallace« auf einer Bankkarte aus Plastik. Er richtete sich auf und wusch sich über dem Waschbecken das Gesicht. Das durch die Wände dröhnende Vibrieren der Discomusik verstummte mit unheilverkündender Abruptheit. Die Partyschreie verstummten ebenfalls und wichen dem Heulen von Sirenen, die sich draußen näherten. Mit einem Handtuch in der Hand verließ er das Badezimmer.

Sie lag nackt auf dem Bett und sah sich im Fernsehen die Nachrichten an.

»Mein Name?«, fragte sie.

»Was?«

»Du hast mich nicht nach meinem Namen gefragt. Willst du nicht wissen, wie ich heiße?«

»Ah, doch«, er zögerte. »Ich glaube schon.« Er musterte ihren Hals und sah zu seiner Erleichterung, dass dieser offenbar überdurchschnittlich dick war. Niemals würde er die Finger um diesen Hals schließen können. Er sah das Handtuch an, das von seiner Hand baumelte. Dann ging ihm auf, dass er keine Ahnung hatte, wie man jemanden mit einem Handtuch erwürgt.

»Della.«

»Was?«

»Ich heiße Della.«

»Ich heiße Rik. Rik Wallace.« Er konnte ihr das sagen, da er es jetzt wusste.

»Bedeutet das, dass wir keine Freunde mehr sind?«

Er starrte sie verwirrt an. Dann fiel ihm seine Bemerkung von vorhin ein.

»Ja, das tut es wohl«, er lachte und fühlte sich plötzlich entspannter.

Als er auf das Bett zuging, um einen besseren Blick auf ihren Hals und ihre Brüste werfen zu können, wurde dröhnend an die Tür geklopft. Als er aufmachte, standen zwei Männer vor ihm auf dem Gang, der sich jetzt mit zahllosen zu ihren eigenen Zimmern stürzenden Menschen gefüllt hatte. Der jüngere der beiden hielt ihm einen Dienstausweis vors Gesicht und drängte sich an ihm vorbei, ohne um Erlaubnis zum Eintreten zu bitten.

»Das ist Detective Inspector Jackson«, sagte er und wies mit dem Kinn auf den älteren Mann. »Es hat ein Tötungsdelikt gegeben«, fügte er ohne Pause hinzu, als Erklärung für ihre Anwesenheit.

»Einen Unfall«, korrigierte Jackson. Er knöpfte mit einer Hand seinen zerknitterten Mantel auf und fuhr sich mit der anderen über die kahle Stelle auf seinem Kopf, wie um festzustellen, ob seine Haare auf wundersame Weise nachgewachsen waren, seit er zuletzt an diesem Morgen in seinem Badezimmerspiegel das Tempo ihres Rückzugs studiert hatte. Jackson war groß und dünn und hatte ein ewig trauriges Gesicht, selbst wenn er lächelte, da seine Mundwinkel sich nach unten zogen.

»Jemand ist von einem Balkon gefallen. Wir glauben, dass er in Zimmer 513 gewohnt hat. Scheußlicher Anblick. Kopf wie Marmelade«, sagte der Jüngere. Er wartete, damit dieses Bild seine Wirkung tun könnte, ehe er seine Fragen abfeuerte. »Wir wollten fragen, ob Sie etwas gehört oder gesehen haben, Sir. Ist das Ihr Zimmer, Sir? Oder Ihres, Madam?«, fragte er und drehte sich zu Della um, die vom Bett aufgestanden war und auf die Männer zuglitt. Jackson schaute von seinem Notizbuch hoch, um Della anzustarren.

»Ach, das ist Detective… wie war doch gleich Ihr Name? Er ist neu«, erklärte Jackson, während er vage in Richtung seines Partners winkte, ohne seine Blicke von Della loszureißen.

»Sullivan, Sir, Freddy Sullivan. Ich habe Ihnen das heute schon mindestens sechsmal gesagt.«

»Richtig, Freddy Sullivan. Wie konnte ich das vergessen?« Jackson riss seine Blicke los, zeigte mit dem Bleistift auf Sullivan und stellte ihn vor. »Das ist Detective Sullivan. Heute ist sein erster Tag bei uns. Versuchen Sie, ihm zu helfen, indem Sie alle seine Fragen beantworten.«

Sullivan war kleiner und noch dünner als Jackson. Er trug einen neuen hellgrauen Anzug, den seine Mutter ihm erst kürzlich für seinen ersten Tag im Einsatz gekauft hatte. Er wollte jetzt unbedingt weitere Fragen stellen. »Ist das Ihr Zimmer, Madam?«, fragte er noch einmal. Er beschloss, seinen Blick an ihrer Stirn ruhen zu lassen.

»Das ist sein Zimmer«, antwortete Della. »Ich wohne nebenan. Zimmer 514.«

»In Zimmer 514 fand bis eben offenbar eine Party statt. Vermutlich ist das Opfer vom Balkon oberhalb von Zimmer 514 oder von 514 selbst gestürzt. Haben Sie irgendetwas gesehen oder gehört, Sir?«

»Ich habe nichts gesehen oder gehört, Detective.«

»Ihr Name, Sir? Können Sie Ihren Namen bestätigen?«

»Ja. ich kann meinen Namen bestätigen. Er lautet Rik Wallace.«

»Warum sind Sie hier, Sir?«

»Wie meinen Sie das?«

»Er meint, hier in diesem Hotel.« Jackson seufzte, er war besser an den Umgang mit Trotteln gewohnt als sein neuer Partner.

Ehe er sich eine Antwort überlegen konnte, sagte Della: »Er tritt an der Uni eine neue Stelle als Professor für Moralphilosophie an.«

Der neue Rik Wallace starrte sie an, und das lag nicht daran, dass sie nackt vor den drei Männern stand. Jeglicher Restgedanke daran, sie zu erwürgen, war aus seinem Kopf verschwunden.

Sie zuckte mit ihren jetzt normalgroßen Schultern und fügte hinzu: »Ich habe die Briefe durchgesehen, die ich auf dem Bett gefunden habe, als du im Badezimmer warst. Ich musste doch irgendwas machen, wo du so lange da drinnen geblieben bist. Ich dachte schon, du wärst ins Klo gefallen.« Sie glitt wieder zum Bett zurück, ohne Rücksicht darauf, dass sie nackt war und gerade noch fremde Briefe gelesen hatte, hob einen von mehreren Briefen auf und reichte ihn Jackson. »Hier sehen Sie selbst. Er fängt übermorgen am. Die Universität wird ihm dann eine Wohnung stellen. Ich nehme an, deshalb ist er heute in diesem Hotel«, folgerte sie und wirkte zufrieden, weil sie bei den Ermittlungen behilflich sein konnte.

Jackson hielt den Brief vor sich hin und las ihn langsam, während ein Bach aus kaltem Schweiß Wallaces Rücken hinabfloss. Er wippte ungeduldig auf seinen Zehen hin und her, bis er die Spannung nicht mehr ertragen konnte. »Darf ich mal sehen?«, fragte er schließlich und nahm Jackson den Brief aus der Hand.

Er las:

Lieber Professor Wallace,
Es freut mich sehr, dass Sie sich entschieden haben, an unserem College für Commerce, Arts, Technology (CAT) als Dozent für Moralphilosophie tätig zu werden. Wie Sie wissen, sind wir eine kleine Gruppe von Kollegen, die sicher sind, dass Sie zu uns passen und bald zum Leuchtfeuer unserer bescheidenen Forschungs- und Lehrbemühungen werden können. Obwohl wir uns nur einmal beim Einstellungsgespräch begegnet sind, und das noch dazu für so enttäuschend kurze Zeit, war der positive Eindruck, den Sie auf mich und meine Kollegen gemacht haben, doch von Dauer.
Die Präsidentin hat uns mitgeteilt, dass Ihre akademischen Schriften sowie alle nötigen Auskünfte für Sozialabgaben, Versicherungen und die Einrichtung eines Bankkontos in ihrem Büro eingetroffen sind. Alles ist vollkommen in Ordnung, so dass Sie sofort anfangen können. Für das kommende Semester haben wir für Sie einen leichten Lehrplan aufgestellt, um Ihnen die Eingewöhnung zu erleichtern.
Wir erwarten Sie am 5. hier auf dem Campus. Die Präsidentin hat eine passende Unterkunft für Sie reserviert, die der Leiter der Psychologischen Abteilung Ihnen als perfekte Wohnstatt empfiehlt, nur ein kleines Stück vom Campus entfernt. Wenn Sie gegen Mittag ins Büro der Präsidentin kommen, werde ich dort sein und Sie zu Ihrer Abteilung bringen, wo wir einen kleinen Empfang arrangiert haben, um Sie Ihren neuen Kollegen vorzustellen. (Keine Sorge, natürlich haben wir nicht vergessen, dass Sie ein engagierter Anti-Alkoholiker sind. Wir haben dafür gesorgt, dass nicht alkoholische Erfrischungen serviert werden.)
Ich kann Ihnen kaum sagen, wir sehr es uns freut, dass unsere

Studierenden bald die Vorzüge Ihrer bedeutenden Gelehrsamkeit und Ihrer außergewöhnlich nuancierten ethischen Beurteilungen genießen werden. Bis zum 5.

Mit vorzüglicher Hochachtung,
Prof. Maurice Spencer
Direktor des Philosophischen Seminars
CAT-College

»Kann ich mal lesen?«, fragte Sullivan.

»Nicht nötig. Ich glaube, wir haben genug gesehen. Ich bin kein Experte für Moralphilosophie, aber ich schlage vor, Madam, Sie sollten etwas überziehen, ehe Sie uns auf die Wache begleiten, um eine Aussage zu machen.«

»Muss ich das?«, fragt sie.

»Sich anziehen oder eine Aussage machen? Beides.«

Offenbar schien die Anwesenheit einer nackten Frau in Zimmer 515 jeglichen Verdacht zerstreut zu haben, der sich in Jacksons Gedanken an Rik Wallace gehaftet hatte.

»Sollten wir den da nicht auch einsacken, Sir? Fingerabdrücke nehmen, DNA-Proben, seine Geschichte überprüfen, Sie wissen schon? Sicherstellen, dass er wirklich ist, was er zu sein behauptet, Sir. Auf der Polizeischule habe ich gelernt, dass viele Leute nicht die sind, als die sie sich ausgeben. Sie würden staunen!«

»Ja, vermutlich. Wie gesagt, er ist neu«, sagte Jackson zu Wallace. Er drehte sich zu Sullivan um. »Mir ist schon klar, dass ich Ihre Begeisterung nicht dämpfen dürfte, aber ich werde es ausnahmsweise doch tun. Ich würde lieber ihre Geschichte hören als seine, wenn ich um diese Uhrzeit überhaupt jemandem zuhören muss. Ich werde dafür sorgen, dass sie nichts verbirgt, was ich bezweifele«, sagte er und starrte noch immer ihre Brüste an. Er lächelte sein umgekehrtes Lächeln. »Sullivan. Sie gehen auf den

Flur und sammeln weitere … Beweisstücke. Und versuchen Sie, nicht aus Versehen irgendwem Fingerabdrücke abzunehmen.«

»Ja, Sir.«

Sullivan verschwand nach draußen.

Della zog sich nun langsam vor Rik Wallace und Inspector Jackson an, und die beiden sahen schweigend zu. Sie hatte die gelassenen Bewegungen einer Stripteasekünstlerin. Aber das hier war eine umgekehrte Stripshow, und ihr Publikum war am Ende wesentlich weniger verzaubert als am Anfang. Sie küsste Wallace sanft auf die Lippen.

»Vielleicht besuche ich dich mal hier am College, um zu sehen, wie du dich machst«, scherzte sie, als sie mit Jackson das Zimmer verließ.

Als er in Zimmer 515 allein war, holte er die vielen winzigen Flaschen und Dosen aus der Minibar und türmte sie auf dem Bett auf. Er setzte sich daneben und fing an zu trinken. Die wahllose Alkoholmischung erweckte in ihm eine schmerzliche Sehnsucht nach der ruhigen vorhersagbaren, erstickend hausbackenen, kontrollierten Existenz, die er auf seine Weise bis, wie ihm schien, vor einer Stunde genossen hatte. Es war zwar schon gut anderthalb Stunden her, dass sich sein Leben geändert hatte, aber er war keiner mehr, der die Zeit korrekt im Auge behält. Er schaute auf den Halbkreis aus winzigen leeren Flaschen hinab, der seine Füße umgab. Er trat nach ihnen, und mehrere zerbrachen an der Wand.

»Scheiße. Scheiße. Scheiße«, sagt er immer wieder, wie um den Dialekt seines neuen Lebens zu üben. »Was machst du jetzt?«, fragte er sein neues Selbst. Es gab keine Antwort. Überraschenderweise, dachte er, war er noch auf freiem Fuß. Er wusste, dass er das so lange wie möglich bleiben wollte. Irgendwann fingen seine Sorgen an, ihn zu langweilen. Er öffnete den Kleiderschrank, nahm einen grauen Anzug heraus, der offensichtlich zu groß für ihn war, und legte ihn vorsichtig über die Kopfkissen seines Bettes. Er wusste, wenn der Detective, der jüngere, wie war noch gleich der Name, den Leichnam auf dem Autodach auf dem Parkplatz mit dem Anzug im Kleiderschrank von 513 verglich, würde er Ärger bekommen. Dann griff er zu Wallaces Aktentasche und öffnete sie. Er beschloss, dass es sich lohnen könnte, so viel wie er konnte über sich selbst in Erfahrung zu bringen, da er nun Rik Wallace war, Professor der Moraltheologie am CAT-College, qualifizierter Fachmann für Richtig und Falsch.

V

Habitus Habilis

Eine passende Verkleidung

Er nickte in Wellen betrunkener Benommenheit immer wieder auf dem Hotelbett ein, dann wurde er durch die Art von furchtbaren Kopfschmerzen in einen hellwachen Zustand gerissen, die nur möglich ist, wenn man Bier, Wein und Schnaps in den genau passenden rücksichtslosen Verhältnissen mischt. Zuerst konnte er sich überhaupt nicht an die Ereignisse der vergangenen Nacht erinnern. Als er den grauen Anzug auf den Kissen sah, fiel ihm ein, dass Wallace ein fetter Mann gewesen war, deutlich fetter als er. Dann stellten sich die Einzelheiten ein, in einer Sequenz wachsenden Entsetzens. Aus den Unterlagen, die er in der Aktentasche gefunden, und den Briefen, die Della auf dem Bett hinterlassen hatte, entnahm er, dass Wallace von weither gekommen war, um seinen neuen Posten am CAT-College anzutreten. Nachdem er eine Stunde gelesen hatte, kannte er seinen Namen, seinen Geburtsort und sein Geburtsdatum und wusste, was er verdiente, was er auf dem Konto hatte, wie seine PINs und seine Sozialversicherungsnummer lauteten, die Wallace netterweise auf die Rückseite eines altmodischen Notizbuches geschrieben hatte, neben den Vermerk »PIN-Nummern«. Er erfuhr, dass das Einstellungsgespräch am College neun Wochen zuvor stattgefunden hatte. Er wusste, dass Rik Wallace ein Heuchler war, der zumindest bei einer Gelegenheit Alkohol getrunken und seinen neuen Arbeitgebern gegenüber doch mit seinem öffentlichen Engagement gegen das Trinken geprahlt hatte. Vielleicht hatte Wallace noch einmal richtig zulangen wollen, ehe er seinen neuen Posten antrat. Das Foto in Wallaces Pass machte ihm Hoffnung, dass er als Wallace durchgehen könnte, wenn er allen, die bei dem Einstellungsgespräch dabei gewesen waren, erzählte, dass er kürzlich krank gewesen sei und dabei vierzig Pfund eingebüßt habe. Er beschloss, eine zehrende Krankheit zu erfinden, die gerade so peinlich war, dass niemand zu genaue Fragen stellen würde. Er schärfte sich ein, dass er sich im Internet über peinliche zehrende Krankheiten informieren müsste.

Aus einer Kopie seines Lebenslaufes, von der er annahm, dass Wallace sie ausgedruckt hatte, um nicht zu vergessen, welche Version seiner selbst er seinen neuen Arbeitgebern verkauft hatte, erfuhr er, wo er zur Schule gegangen war und studiert hatte, worüber er Essays, Untersuchungen, Artikel, Tagungsbeiträge und Vorträge geschrieben hatte. Er las, dass er, Wallace, nun ein Experte für etwas namens Konsequentialistische Ethik, die alten Griechen und postmoderne Ethik war. Schlimmer noch, er hatte sogar mehrere Bücher verfasst, die er aus der Bibliothek ausleihen würde müssen, um zu erfahren, was es mit der von ihm vertretenen Moral denn überhaupt auf sich hatte. Er notierte sich die Titel ins Notizbuch. Er notierte sich auch die allgemeinen Themen, die er später in der Bibliothek nachschlagen müsste, um als Moralvirtuose durchzugehen. Er hatte ungefähr einen Tag, um zum Fachmann zu werden.

Es gab kein Mobiltelefon, das Wallace gehörte, und keine Kontaktnummern. Er wusste nicht, ob er verheiratet war oder ledig. Er wusste nicht, ob er eine Beziehung oder Kinder hatte. Er wusste nicht, ob er vielleicht schwul war. Unter Wallaces Dokumenten hatte er ein einziges Foto gefunden. Es war ein kleines Schwarzweißbild einer Frau in den Vierzigern, und es war im

Innenfach der Brieftasche versteckt gewesen. Auf der Rückseite des Fotos stand in zierlicher Handschrift: »Für Rik, in Liebe, Mum.« Kein Name, keine Kosebezeichnungen, nur »Mum«. Er stellte sich vor, dass dieses Foto irgendwann in den vergangenen vierzig Jahren aufgenommen worden sein könnte. Er hoffte, das sie inzwischen tot war.

Er ließ das Frühstück ausfallen, um der Gefahr zu entgehen, Della, Detective Inspector Jackson, dem anderen Detective oder irgendeinem der Gäste aus Zimmer 514 zu begegnen. Er zog den übergroßen grauen Anzug an, dazu einen Schlips, um den Hemdkragen zu schließen, das Hemd schlotterte um seinen Hals und betonte damit die Folgen der zehrenden Krankheit. Er packte den Rest von Wallaces Kleidern in den dunkelblauen Koffer, den er unten im Schrank gefunden hatte, legte alle Briefe und Unterlagen zurück in die Aktentasche und ging zum Auschecken nach unten. Er würde die nächste Nacht, ehe er offiziell zu Rik Wallace wurde, in einem anderen Hotel verbringen.

»War alles in Ordnung?«, fragte die blonde Frau an der Rezeption. Sie starrte den Zwischenraum zwischen seinem Kragen und seinem Hals an. Es war klar, dass er den Schlips besser weggelassen hätte.

»Ja, danke. Alles bestens«, log er.

»Haben Sie gut geschlafen, Sir? Ich hoffe, dieser kleine Zwischenfall heute Nacht hat Sie nicht gestört.«

»Nein. Überhaupt nicht. Ich habe geschlafen wie ein Toter. Was war das übrigens für ein Zwischenfall?«, fragte er und täuschte gelassene Neugier vor.

Etwas später stieß er im Internetcafé auf den Bedarf an religiös geprägter Moral, auf unterschiedliche Weise formuliert, aber immer lief es auf dasselbe hinaus; diese Menschen behaupteten, ihre Moral aus ihrem Glauben an Gott heraus zu vertreten, denn wenn sie nicht glaubten, was, so meinten sie, würde sie dann davon abhalten, ihre Nachbarn zu massakrieren? Er glaubte, dass er keine Lust haben würde, neben solchen Menschen zu leben. Aber wer würde neben ihm leben wollen? Man brauchte sich ja nur anzusehen, was seinem Nachbarn aus Zimmer 515 passiert war.

Aber jetzt war er eine moralische Autorität. Er brauchte keinen Gott, der ihm den Unterschied zwischen Richtig und Falsch erklärte. Er hatte im Internet gelesen, dass Konsequentialisten, wie er ja offenbar einer war, die Konsequenzen ihrer Handlungen für die Grundlage ihrer Bewertungen von Richtig und Falsch hielten. Das musste ja wohl bedeuten, dass er, ehe er behaupten könnte, es sei falsch gewesen, Wallace zu töten, erst sehen müsste, welche Konsequenzen diese Tat haben würde. Er könnte demnach also alles wiedergutmachen, indem er zu einem hervorragenden Wallace würde und das CAT-College in positiver Richtung veränderte. Als er die Bibliothek verließ, war er ruhiger als in irgendeinem Moment, seit er Wallace getötet hatte. Und für diese Nacht würde er sich ein Hotelzimmer im Erdgeschoss suchen.

VI

Primo Die Ad Scholam

Erster Schultag

Das CAT-College lag in einem heruntergekommenen Vorort, der sich jeglicher Gentrifizierung energisch zu widersetzen schien, trotz der Ansammlung armer Bohemiens, die sich um einen solchen Campus niederlassen wie erwartungsvolle Kinder am Sterbebett eines Elternteils. Die Gebäude waren in einem von Symmetrie besessenen Zeitalter errichtet worden. Der vollständige Name des College war in großen blauen Plastikbuchstaben über dem Torbogen angegeben, der die lange Mauer voller Fenster in genau zwei gleiche Teile teilte. Auf jeder Seite zog sich ein mit scharfen Spitzen besetztes Gitter dahin, was das College vor neugierigen Vorüberkommenden schützte, die vielleicht gehofft hatten, mit einen Blick durch die hohen Fenster ein wenig Aufklärung zu erhaschen. Die weiten Ebenen aus grauem Stein an den vorderen Mauern verbargen das sonstige Erscheinungsbild des College, das in allen Ansichten der verschiedenen Institute in scharfem Schwarz-Weiß erschien. Das Taxi, das Rik Wallace zu seinem neuen Betätigungsfeld brachte, hielt unter dem ersten einer Reihe von Torbögen, die den Zutritt zu einer Serie von geschlossenen Vierecken ermöglichten.

»Weiter darf ich auf dieser Seite nicht fahren. Sie müssen den Weg von hier aus selbst finden«, sagte der Fahrer.

Wallace bezahlte und stieg aus. Er näherte sich einer Tür unter einem großen weißen Schild mit der in schwarzen Lettern gehaltenen Aufschrift »Rezeption«, die in eine auf der einen Seite des Torbogens errichtete hölzerne Bürobaracke führte. Ein Glasfenster wurde geöffnet. Ein rotes Gesicht mit einer riesigen Säufernase unter einer weißen Haarkrause tauchte in der Öffnung auf. »Was wollen Sie?«, fragte der Besitzer des roten Gesichtes, der College-Pförtner, voller Verzweiflung, als kämen immer wieder Menschen mit Fragen zum College und ließen ihn einfach nicht seine Arbeit in der Rezeption in Ruhe so tun, wie sie ihm idealerweise erschien, nämlich als die eines Einsiedlers. Wallace trat unwillkürlich einen Schritt zurück.

»Ich suche das Büro der Präsidentin.«

»Was wollen Sie denn von der?«

Wallace überlegte. Er hatte nicht damit gerechnet, gleich beim ersten Versuch als unzulänglich informiert über die College-Etikette entlarvt zu werden. Er fragte sich, ob es zum normalen akademischen Brauchtum gehörte, dass der Pförtner die geplanten Besprechungen der College-Präsidentin mit Besuchern infrage stellte.

»Ich fange heute hier an«, sagte er hoffnungsvoll.

»Ach, Sie sind der neue Professor. Warum haben Sie das nicht gleich gesagt? Kommen Sie mit. Ich bringe Sie hin.« Nur wenige Sekunden, nachdem der Pförtner das Fenster zugeknallt hatte, stand er auch schon vor der Baracke.

Wallace ging neben ihm über einen Pfad, der um das akkurate Rasenviereck hinter dem ersten Torbogen lag. Bei der ersten Ecke verließ der Pförtner den Kiesweg und ging über den Rasen auf eine Tür in der gegenüberliegenden Ecke zu, vorbei an dem kleinen Schild mit der Mitteilung »Betreten des Rasens verboten«. Er zog Wallace am Arm hinter sich her durch die Abkürzung über den gewissenhaft geschnittenen Rasen.

»Es bringt angeblich Unglück, auf den Rasen zu treten. Damit schrecken wir jedenfalls die Studierenden ab. Aber ich gehe, wo ich will. Das ist ohnehin sozusagen mein Rasen, ich muss ihn ja schließlich schneiden. Wenn es nach mir ginge, würde ich den ganzen Kram asphaltieren, aber die Präsidentin ist sehr eigen, was ihren Rasen angeht. Wenn sie einen Rasen will, dann bekommt sie einen Rasen, selbst wenn sie den nicht selbst mähen muss. Aber sie ist schließlich eine Frau mit sehr viel Stil, und ich bin das nicht.«

»Ich weiß, dass das hier im frühen 19. Jahrhundert ein Militärlazarett war, und danach ein Irrenhaus für die, die nach den damaligen Maßstäben als wahnsinnig galten«, erzählte Wallace dem Pförtner und freute sich darüber, sein am Vortag über das Internet frisch erworbenes Wissen vorführen zu können.

»Wenn Sie mich fragen, dann ist es noch immer ein Irrenhaus. Sie haben nur eine Sorte von Irren gegen eine andere ausgetauscht«, sagte der Pförtner und prustete los angesichts dieser wenig originellen Erkenntnis. Er murmelte etwas vor sich hin, das Wallace nicht verstehen konnte. Der hörte immerhin noch einige Bemerkungen über »verdammte Akademiker« heraus.

»Das College existiert seit den fünfziger Jahren«, teilte Wallace dem Pförtner mit, um ein wenig Pedanterie zu üben, da zweifellos noch allerlei pedantische Wege vor ihm lagen.

Der Pförtner blieb mitten auf dem Rasen stehen, drehte sich zu Wallace um und bohrte ihm den Zeigefinger in die Brust, um klarzustellen, was hier Sache war.

»Mir brauchen Sie gar nichts über diesen Ort zu erzählen. Ich bin schon mein ganzes Leben lang hier. Mein Vater hat für die Großmutter der Präsidentin gearbeitet, die das Haus als Sekretärinnenfachschule für junge Damen mit guter Erziehung gegründet hat. Ich habe erlebt, wie das College zu seiner heutigen Größe herangewachsen ist. Sie haben ja keine Vorstellung davon, wie viele Meilen von Rasen ich in diesen Jahren gemäht habe. Was werden Sie denn unterrichten, abgesehen von der Geschichte des Colleges?«

»Moralphilosophie«, antwortete Wallace und staunte selbst darüber, wie überzeugend das klang.

»Moralphilosophie...«, wiederholte der Pförtner. Er musterte Wallace von Kopf bis Fuß und wägte vorsichtig in Gedanken ab, welchen möglichen Wert Wallaces Arbeit für künftige Generationen von Studierenden am CAT-College haben könnte, ungefähr so, wie ein unsentimentaler Bauer den Wert eines Esels abschätzt, den der Tierschutzverein auf seinem Hof untergebracht hat. »Ich bin sicher, davon brauchen wir sehr viel mehr, was immer das sein mag. Ich bin absolut für Fortschritt, so lange ich nichts damit zu tun habe. Ich bin sicher, die Präsidentin weiß, was sie tut, auch wenn sie hier bei Weitem die Einzige ist. Aber was weiß denn ich? Ich bin nur der verdammte Pförtner von ganz unten in der Hackordnung, der den Rasen mähen und alle bei Laune halten muss. Hier wären wir.«

Sie hatten eine schwere Tür in der hintersten Ecke einer der vier Mauern erreicht, die ein perfekt symmetrisches Rechteck bildeten. Die Mauer gegenüber hatte genauso viele Türen und Fenster in genau dem gleichen Stil. Die Mauer gegenüber dem Eingang wies einen eigenen Torbogen auf, der zu einem weiteren Rasenviereck führte, und hinter diesem zu einem noch größeren Torbogen, der sich zu einem weiten Park öffnete, der an seinem hinteren Ende an teilweise hinter Bäumen verborgene Gebäude grenzte.

»Gehen Sie da durch, den Gang entlang bis zum Ende, dann nach rechts, und dann ist es die erste Tür rechts. Sie werden das Schild der Sekretärin sehen, Pandora. Seien Sie vorsichtig im Umgang mit der Präsidentin. Sie hat eine Menge Probleme. Sie ist nicht mehr so stark oder jung wie früher«, sagte er und tippte sich in einer Beurteilung des psychischen Zustandes seiner Arbeitgeberin an die Schläfe. »Aber das gilt wohl für uns alle, nehme ich mal an«, fügte er hinzu. »Und hüten Sie sich vor ihrem Freund. Achten Sie gar nicht auf den. Das ist einer von diesen Psychologen. Total gaga, wenn Sie meine Meinung hören wollen, was vermutlich nicht der Fall ist, weil ich ja nur der Pförtner bin. Wenn Sie irgendetwas brauchen, vergeuden Sie Ihre Zeit nicht mit den akademischen Trotteln, sondern gehen sie gleich zu meiner Frau, Rose heißt sie, oder zu mir. Rose kümmert sich hier um das Putzen. Weiß alles. Wenn Sie von irgendwem die Geheimnisse erfahren wollen, dann fragen Sie einfach Rose. Übrigens, ich bin Jim. Jim, der Pförtner.«

Er streckte die Hand aus. Wallace nahm sie und spürte, wie seine eigene von einer zerquetscht wurde, die ihr Leben lang Dinge umfasst, gehalten, gepackt und zerdrückt hatte.

»Viel Glück. Ich bin sicher, Sie werden keine Probleme haben«, sagte Jim und lachte, als er sich umdrehte und geradewegs über den frisch gemähten Rasen davonging. Wallace kam sich vor, als hätte ihn ein tückischer Butler in die Mitte der verrufenen leeren Burg seines finsteren Herren geführt und wäre dann hinter einem mottenzerfressenen Wandteppich verschwunden, während sein Opfer allein seinem Schicksal überlassen war. »Ich habe in letzter Zeit nachts viel zu viele Horrorfilme gesehen«, sagte er sich, ehe ihm einfiel, dass diese Angewohnheit ein Teil seines ab sofort zu vergessenden früheren Lebens war.

Hinter der Tür war die kalte Luft auf dem Gang durchsättigt von dem kompakten Geruch aus den Jahren, in denen das Gebäude als Lazarett gedient hatte. Und den die darauffolgenden Generationen von Studierenden nicht hatten vertreiben können. Wallace knetete seine gequetschten Finger, während er den Anweisungen des Pförtners folgend über den kalten Marmorboden wanderte, der in eine düstere Halle führte. Weiße Farbe war in dem vergeblichen Versuch auf die Wände aufgetragen worden, das alte Gebäude neu oder gar einladend zu machen. Eine Reihe von schweren Türen teilte die hohen Wände des Korridors so, wie er sich eine Reihe von Gummizellen des 19. Jahrhunderts vorstellte. Obwohl Wallace fast damit rechnete, dass jeden Moment ein irrer Schrei hinter irgendeiner dieser Türen die absolute Stille zerfetzen könnte, machte sein Herz einen Sprung, als in der Ferne eine Tür zufiel. Er hörte Lachen, nicht das Lachen eines ausgebrochenen Irren, sondern fröhliches, geselliges Lachen. Dann tauchte auf dem Gang eine Gruppe von Studierenden auf. Sie achteten nicht auf ihn, als sie in lebhaftem Gespräch an ihm vorübergingen.

Als er an eine schwere Holztür klopfte, brüllte eine Stimme von innen, er solle eintreten. Hinter der Tür saß eine Frau undefinierbaren Alters hinter einem Schreibtisch im kalten grellen Herbstlicht, das unbehindert von Jalousien oder Vorhängen durch eine Reihe von hohen Fenstern flutete. Die blasse Frau trug eine große schwarze Sonnenbrille, die es Wallace unmöglich machte zu sehen, in welche Richtung sie blickte. Er fragte sich, ob sie vielleicht blind sei. Eine schwelende Zigarette hing aus ihrem Mund, von dem ein halbrunder Schnurrbart aus Runzeln ausstrahlte, als ob Wallace sie ertappt hätte, als sie eine hundertbeinige Spinne gerade halb verschlungen hatte. Ein Schild gleich über ihrem Kopf an der Wand verkündete: »Rauchen verboten!«

»Pandora?«

»Ja. Was wollen Sie?«, fauchte sie mit harscher Stimme, vielleicht, ohne ihn anzusehen. Er konnte das doch nicht erkennen.

»Ich möchte mit der Präsidentin sprechen. Ich habe einen Termin. Mein Name ist Rik Wallace. Ich bin der neue Dozent. Ich bin Professor. Der Moralphilosophie.« Er ermahnte sich, jetzt den Mund zu halten.

Sie drehte die schwarzen Glasflächen in seine Richtung. Als sie an ihrer Zigarette zog, ging etwas schief mit dem glatten Fluss des Rauches durch ihr gründlich geteertes Atemsystem, das sie zu einem heftigen Husten zwang. Als sie immer ärger hustete, beugte sie sich über den Papierkorb und hämmerte mit der Hand, die nicht die Zigarette hielt, auf den Schreibtisch. Wallace dachte, er sollte vielleicht hinter sie treten und das Heimlich-Manöver anwenden, nur wusste er nicht, wie man das macht. Als er schon fast in Panik geriet, musste er sich abwenden, als sie etwas hervorwürgte, das entweder ein rosa-grüner Haarball war oder ein Teil ihrer Lunge, der jetzt in den Papierkorb wanderte. Inzwischen rang sie um Atem und hatte die Sonnenbrille abgenommen, weil ihr die Tränen aus den Augen strömten. Sie war von ihrem papierweißen Teint auf ein tiefes Rot übergewechselt, da sie seit mindestens zwei Minuten nicht mehr eingeatmet hatte. Sie zog ausgiebig an ihrer noch immer brennenden Zigarette, klemmte sie sich zwischen die Lippen und richtete ihre blinzelnden, tränenden Augen auf ihn. In diesem Moment war Wallace klar, dass sie sehen konnte. Sie setzte die schwarze Sonnenbrille wieder auf. Sie sagte, er solle Platz nehmen, während sie die Präsidentin heiser von seinem Eintreffen unterrichtete.

Ihr Telefon klingelte, als er sich auf einen der Holzstühle mit der geraden Rückenlehne setzte, die ihrem Schreibtisch gegenüber vor der Wand standen. Sie schnappte den Hörer schon nach einem einzigen Klingeln und sagte: »Ach, hallo. Ich habe eben erst an dich gedacht. Nein. Nicht unbedingt mit Vergnügen. Vielleicht doch ein wenig. Du hast heute Abend keine Zeit? Wegen des verdammten neuen Dozenten? Ja. Der sitzt gerade hier.« Die Schüsseln ihrer schwarzen Satellitengläser richteten sich geradewegs auf Wallace. »Morgen? Ja, ich glaube, so lange halte ich durch. Überschätz meine Sehnsucht nach dir lieber nicht. Da deine attraktivste Eigenschaft deine Einsetzbarkeit ist, solltest du es dir nicht zur Gewohnheit machen, mich zu versetzen.« Sie hörte aufmerksam zu. »Wenn du meinst, von mir aus, aber ich will irgendwann entscheiden. So lange du die Requisiten mitbringst. Nein. Ich hab keine Zeit, Kram zu kaufen, und du weißt, wie ungern ich diese Läden betrete. Okay, dann ist das abgemacht. Bis dann.« Als sie aufgelegt hatte, sagte sie zu Wallace, das sei ein privates Gespräch gewesen und gehe ihn überhaupt nichts an. Das Telefon klingelte wieder. Einmal. Vor dem zweiten Klingeln hatte sie es schon gepackt. Sie bedeckte die Sprechmuschel mit einer Hand. Diesmal war sie bereit, Wallace mitzuteilen, wer da anrief: Es war die Sekretärin der BWL-Fakultät. Wallace hörte sich das nun folgende, zehn Minuten lange Gespräch an. Er erfuhr, dass Pandora mit ihrer Kollegin ein ganz besonderes Interesse für Gesundheitsfragen, vor allem die ihrer eigenen Gesundheit, teilte. Bei diesem Gespräch trug sie ihre Einschätzung ihrer eigenen Krankheiten vor, die, da kannte sie keinen Zweifel, daran lagen, dass sie im CAT-College übermäßig viel arbeiten musste. Während sie alle möglichen Symptome beschrieb und die ihr im Gegenzug geschilderten Symptome diagnostizierte, öffnete sich die Tür hinter Pandora, und die Präsidentin trat aus ihrem Büro.

Die makellosen blonden Haare der Präsidentin umwogten ihre breite Stirn in sanften Wellen, als werde ihr Haupt ununterbrochen von einer sanften Meeresbrise umfächelt. Während ihr Make-up die wenigen darunter möglicherweise vorhandenen Fältchen verbarg, zeigte ihre verwirrte Miene, dass ihr jugendliches Aussehen eher von Menschenhand geschaffen denn natürlichen Ursprungs war. Sie war elegant in ein gut sitzendes zweiteiliges Kostüm gekleidet. Bei einem Managementkurs vor langer Zeit hatte sie gelernt, dass Angestellte freundliche Vorgesetzte eher auszunutzen versuchen. Angespornt durch dieses Wissen gab sie sich alle Mühe, um ihrer ungewöhnlich herzlichen Natur zum Trotz klarzustellen, dass sie nicht freundlich gesinnt sei. Die Präsidentin ruinierte diesen Eindruck im Fall von Pandora, indem sie ihr mindestens einmal pro Tag erzählte, sie sei ihre Lieblingsangestellte. Aber um bei allen anderen einen abweisenden Eindruck zu erzeugen, mahnte sie sich immer wieder, nicht zu lächeln, was eigentlich ihrem ersten Impuls entsprochen hätte. In den letzten Jahren kamen Botox-Injektionen ihrem Versuch, nicht zu lächeln, glücklicherweise zur Hilfe.

»Pandora, Liebste, du musst mit Rauchen aufhören. Wenn schon nicht mir zuliebe, dann wenigstens in deinem eigenen Interesse«, sagte die Präsidentin und hob die Hand, um eine Rauchwolke von ihrem Gesicht zu vertreiben. »Du ruinierst dir noch deine wunderschöne Haut.«

»Ich muss jetzt auflegen. Unsere wichtige Diskussion setzen wir dann ein andermal fort«, sagte Pandora zur Sekretärin der BWL-Fakultät. »Ich habe eine wunderschöne Haut«, bestätigte Pandora und fuhr sich sanft mit den Fingerrücken über ihre zerfurchte Wange. »Professor Wallace ist da … endlich«, sagte sie und schnippte in einer einzigen fließenden Bewegung in Wallaces Richtung mit den Fingern. »Er ist eben erst eingetroffen«, log sie und schaute auf ihre Uhr, wie um seine Unpünktlichkeit zu beweisen.

»Aber, aber, Pandora. Nicht alle können so gewissenhaft sein wie du. Vor allem am ersten Tag, wenn man so nervös ist.« Die College-Leiterin legte sanft die Hand auf die Schulter ihrer Lieblingsangestellten, dann drehte sie sich zu ihrer Bürotür um.

Pandora steckte sich eine neue Zigarette an. »Sie können jetzt reingehen, aber versuchen Sie in Zukunft, zu solchen Terminen pünktlich zu erscheinen. Es macht keinen guten Eindruck, die Präsidentin warten zu lassen.«

Wallace hätte es nicht überrascht, wenn Pandora ihm ihre lange geteerte rosa Zunge herausgestreckt hätte.

VII

Agnus Dei

Lamm Gottes

Das geräumige Büro der Präsidentin war in dem Stil eingerichtet, in dem ein Bestattungsunternehmer mit sehr viel Geld sein Sarglager dekoriert hätte. Alle Oberflächen waren in glänzenden dunklen Farbtönen gehalten, die, egal wie die ursprüngliche Absicht gewesen sein mochte, an Sterblichkeit erinnerten, die keinesfalls mit einer frivolen Palette gemalt werden durfte. Die Teppiche waren beunruhigend tief. Als Wallace diesen Vorführungssalon existenzieller Angst betrat, streckte die Präsidentin ihm die Finger zum Kuss hin, sie presste sie auf elegante Weise zu einem schmalen Kegel zusammen, als ob sie mit einem unsichtbaren Thermometer die Temperatur ihres Besuchers zu ermitteln gedenke.

»Professor Wallace, willkommen am CAT-College«, schnurrte sie mit der beruhigend sanften Stimme einer Pflegerin in der Psychiatrie. »Ich bin die Präsidentin hier, Patricia.«

Er zögerte einen Moment. Erforderte das akademische Protokoll das Sprechen in Stabreimen? Er fragte sich zugleich, ob Sitte und Brauch der akademischen Welt verlangten, dass er ihre ausgestreckten Finger küsste, oder vielleicht den riesigen Diamantring, der an einem davon funkelte. Er entschied sich dafür, nur ihren Ringfinger zu umschließen und ihn behutsam auf und ab zu bewegen.

»Ich kann Ihnen gar nicht sagen, wie spannend ich es finde, Sie nun endlich in unserer Mitte zu wissen«, fügte sie hinzu und zeigte absolut kein Anzeichen von Spannung. »Bitte, setzen Sie sich doch«, sagte sie und zeigte auf eine Gruppe von Sesseln, die um einen gläsernen Kaffeetisch auf der einen Seite des Raumes arrangiert waren.

»Darf ich Sie Rik nennen?«

»Ja. Ich bitte darum.«

»Sie können mich Präsidentin nennen. Das hier ist Hochwürden Professor Stephen Lambe«, sagte sie mit eleganter Handbewegung in Richtung eines großen grauhaarigen, distinguierten Mannes, der ganz in Schwarz gekleidet war und hinter dem gewaltigen Schreibtisch mitten in dem riesigen Büro stand. Der Schreibtisch versank auf seinen vier kräftigen Beinen tief im Teppichboden.

»Stephen ist unser College-Geistlicher und der Leiter unseres Beratungsangebotes. Er ist zudem der Leiter unserer Psychologischen Fakultät und mein Fels. Ich verlasse mich in jeder Beziehung auf ihn. Er ist Richelieu, wenn ich Ludwig XIII bin, er ist Samson und ich bin Delila, er ist Marc Anton und ich bin Kleopatra.« Wallace versuchte gar nicht erst, sich die vielen Namen und Rollen zu merken, die der andere hatte. Er war nur wunderbar erleichtert, als ihm aufging, dass diese Vorstellung bedeutete, dass er Lambe bisher offenbar noch nie begegnet war.

Als sie die Hände ausstreckten, um sich über den Schreibtisch hinweg zu begrüßen, sagte Lambe: »Nur damit Sie meinen Standpunkt kennen, denn ich halte es für richtig, andere meinen Standpunkt wissen zu lassen, Rik. Meiner Ansicht nach ist diese ganze Moralphilosophie ein Haufen Pisskram. Wir können uns darauf verlassen, dass Gott uns den Unterschied zwischen Richtig und Falsch klarmacht, und für die, die das vergessen, hat ER alles in den Zehn Geboten aufgeschrieben. Ich sehe das so, dass wir uns ohne Glauben an Gott alle gegenseitig massakrieren würden. Und wo sollte das wohl hinführen?«

»Ich begegne diesem Standpunkt nicht zum ersten Mal«, sagte Wallace. »Aber Sie sind Psychologe. Was soll die ganze Psychologie, wenn die Bibel uns alles sagt, was wir über uns selbst wissen müssen?« Er fragte sich, warum er unverschämte Fragen stellte, statt einfach »Hallo« zu sagen. War der tollkühne Geist von Wallace in ihn gefahren?

»Ach, ich rechne nicht damit, dass Leute wie Sie mir zustimmen. Sie sind doch einfach nur noch so ein akademischer Klugscheißer. Aber wenn Sie nicht auch so ein kotzgescheiter Philosoph wären, würden sie nicht hier arbeiten, da wir offenbar solche Leute brauchen. Die Präsidentin hätte Sie nicht angeheuert, sie hätte Sie nicht angeheuert, wenn Sie kein Moralphilosoph wären«, wiederholte er inbrünstig, dann lachte er laut auf. »Oder was, Liebste, ich meine, Frau Präsidentin? Du hättest ihn doch nicht angeheuert, wenn er kein kotzgescheiter Moralphilosoph wäre«, brüllte er quer durch den Raum. Er lachte, bis ihm Tränen über das Gesicht liefen, dann verstummte er jählings und räusperte sich. Wallace registrierte, dass er fast unmerklich hin und her schwankte.

»Drink, Rik?«

»Was?«

»Möchten Sie einen Drink?«

Wallace lief rot an bei der Anstrengung, sich zu erinnern, ob er nun trinken sollte oder nicht. Er verspürte das plötzliche wütende Verlangen, sich die ganze Flasche Wein, die Lambe ihm hinhielt, in die Kehle zu kippen. Nach einer langen Pause, in der Lambe ihn mit einem, wie er fand, konzentriert psychologischen Blick anstarrte, sagte er: »Nur ein kleines Glas, zur Feier des Tages«, so lässig, wie er konnte, um seine Begeisterung zu verbergen.

Sie setzten sich in den Kreis aus ledernen Sesseln. Wallace und Lambe hielten jeder bereits ein bis an den Rand gefülltes Glas Weißwein in der Hand. Patricia nippte züchtig an ihrem Kaffee.

»Wir haben ein Dossier über alle, die hier arbeiten. Derzeit liegen in dem Archivschrank da drüben mehr als hundert Dossiers«, sagte Lambe zwischen zwei Schlucken. »Ich weiß aus Ihrem Dossier, dass Sie sich leicht langweilen. Sie werden sich hier wohlfühlen, denn sie werden sich nicht langweilen, weil hier die ganze Zeit viel zu viel los ist. Nein, Sie werden sich bestimmt nicht langweilen. Jedenfalls nicht zu sehr«, murmelte er, ehe er in Stillschweigen versank.

»Stephen protestiert aus purer Bescheidenheit gegen Akademiker. Er ist ein hervorragender Beobachter des menschlichen Daseins«, sagte Präsidentin Patricia und streichelte zärtlich die Innenseite von Lambes Bein. »Ich wäre einfach hilflos ohne seinen Rat, wie ich mit allen umgehen soll. Sehen Sie, Stephen hat mich davon überzeugt, dass ich keine großartige Menschenkennerin bin. Ich habe in der Vergangenheit zahllose Fehler gemacht. Aber damit ist jetzt Schluss. Jetzt, wo ich Stephen als Berater habe.«

»Ich gebe mir alle Mühe, Lieb… Frau Präsidentin.«

»Rik, Sie wissen, das CAT-College wurde von meiner Großmutter als Sekretärinnenschule für gebildete junge Damen aus gutem Hause gegründet. Damals hieß es einfach Handelscollege. Nach und nach erweiterte sie die Kurse für Handel und Sprachen dann durch Betriebswirtschaft, da die jungen Damen die Möglichkeit wollten, in der Geschäftswelt Karriere zu machen. Danach gestattete sie sogar jungen Herren ohne besondere Bildung den Zugang zum College. Wir wurden bekannt als College für Kunst und Handel, als sie die Geisteswissenschaften hinzunahm. Bei meinem Amtsantritt habe ich dann die Technologie dazugenommen. Und deshalb sind wir jetzt ein College für Commerce,

Arts und Technologie. Wir ziehen die Wirtschaftswissenschaften doch den schnöden Geschäften vor. Über ein Jahr benutzten wir das Wort ›Computer‹ statt ›Technologie‹, ehe Pandora, meine Sekretärin, die Sie ja eben kennengelernt haben, mir klargemacht hat, dass wir als CAC-College bekannt waren. Ich bin ihr da so dankbar. Die liebe süße Pandora. Sie arbeitet unvorstellbar hart für mich. Ohne sie wäre ich verloren.«

»Sie müssen sich klarmachen, dass wir hier nicht nach dem Prinzip Kunst um der Kunst willen arbeiten«, fiel Lambe ihr ins Wort, offenbar langweilte ihn die oft wiederholte Geschichte des College. »Sie werden Moralphilosophie für die BWL-Studierenden, die das Lebensblut unseres College darstellen, wichtigmachen müssen. Sie werden sich deshalb auf Geschäftsethos konzentrieren müssen. Uns geht es hier um Kunst für das Geschäftliche. Aber Sie müssen sich klarmachen, dass unsere BWL-Studierenden keinerlei Interesse an Kunst haben, während unsere Studierenden der Kunstfächer alles verachten, was geschäftliche Möglichkeiten enthalten könnte. Gott allein weiß, wofür sich die Leute aus den technologischen Fächern interessieren.«

»Ich habe von Stephen viel über Psychologie gelernt«, teilte Präsidentin Patricia Wallace mit und griff damit ihr Thema von vorhin wieder auf. »Ich habe gelernt, dass man glauben kann, man sei nur das eine, während man in Wirklichkeit etwas ganz anderes ist. Und nur ein Psychologe kann erfassen, was wirklich ist und was nicht«, sagte sie und streichelte abermals die Innenseite von Lambes Bein. »In meinem Fall, ehe ich Stephen kennengelernt hatte, glaubte ich, das Glück zu kennen, aber das war nicht der Fall. Ich irrte mich durch und durch, als ich mich für glücklich hielt, aber ich brauchte Stephen, der mir zeigte, wie sehr ich mich da geirrt hatte. Dazu habe ich fünf Jahre gebraucht. Jawohl. Fünf lange Jahre der Geduld und der dauernden Opfer auf Stephens Seite haben mir klargemacht, wie elend ich mich die ganze Zeit fühlte, während ich doch glaubte, sein. Aber das war nur eine Fassade. Es war nich die echte Freude, die ich jetzt erlebe.« Als sie Steph auch wenn ihr das physische Mühe bereitete, war dass der gesamte Lehrkörper sich auf dieses Lächeln freuen müsste, das für einen Moment ihre Güte zeigte, ehe ihr Mund sich wieder zur Mutlosigkeit verschloss.

»Viele Menschen halten sich für glücklich. Sie meinen, lachen, lächeln, tief schlafen, sich amüsieren, auf der ganzen Welt keine Sorge zu haben, sei Glück. Wahres Glück hat aber nichts mit den äußeren Anzeichen von Glück zu tun. Wahres Glück verlangt Leiden und Schmerz, wenn man es irgendwann erreichen will. Aber Stephen hat mich gelehrt, dass auch das Gegenteil zutrifft. Man kann alle äußeren Anzeichen von Verzweiflung aufweisen und doch im tiefsten Herzen fröhlich sein, verborgen für alle anderen, verborgen sogar für einen selbst. Vermutlich trifft es sogar zu, dass die Menschen die letzten Wesen auf der Welt sind, die wirklich wissen, wer sie sind. ›*Vor allem, sey redlich gegen dich selbst.*‹ Shakespeare. Würden Sie da nicht zustimmen, Rik?«

»Ja, da stimme ich zu. Ich weiß jedenfalls nicht, wer ich bin oder wer ich hier sein werde«, sagte er lachend. Plötzlich erschrocken stellte er sein leeres Glas weg und erhob sich.

Präsidentin Patricia streckte lüstern ihr Handgelenk in Lambes Richtung. Er legte seine Hand in ihre, während sie Wallace weiterhin anstarrte, der dachte, sie werde gleich in Tränen ausbrechen.

»Glauben Sie nicht, dass Glück das Wichtigste ist, das wir anstreben können, Rik? Wichtiger sogar als die Wahrheit? Wichtiger als Moralphilosophie?« Sein altes Selbst hätte zugestimmt, wenn sie unter Glück das Abzahlen des Darlehens gemeint hätte, oder in der Menge zu verschwinden, in aller Ruhe fernsehen zu dürfen. Einfach alleingelassen zu werden. Ehe sein neues Selbst

…n konnte, indem es ihren antiphilosophischen Empfindungen zustimmte, redete die Präsidentin schon weiter:

»Das ist alles viel zu kompliziert für mich, ich bin doch nur eine einfache Frau. Ich habe eine Ausbildung in Verkauf und Marketing. Ich habe ein Examen in den Fächern meiner Großmutter gemacht.«

Wallace schaute auf seine Uhr. »Entschuldigen Sie, Frau Präsidentin. Ich bin mit Professor Spencer verabredet, der mich um zwölf hier abholt, um mich in die Philosophische Fakultät zu bringen und mich meinen neuen Kollegen vorzustellen.«

»Scheißphilosophen. Von denen hat doch keiner alle Tassen im Schrank. Gott ist nicht gerecht genug für diese Bande«, nuschelte Lambe. Er blieb sitzen, weil er gerade sein Weinglas wieder füllte. Wallace vermutete, dass es Lambe schwerfallen würde, sich aus dem bequemen Sessel zu erheben. Präsidentin Patricia erhob sich aber beinahe mühelos. »Danke für Ihren Besuch, Rik. Ich wünsche Ihnen alles Gute und hoffe, Sie werden hier bei uns glücklich sein. Sie werden feststellen, dass wir allesamt sympathisch sind. Wir sind für Sie da, egal, als wer Sie sich entpuppen.« Sie lächelte so, wie Frankensteins gutmütiges Monster gelächelt haben könnte, während es versuchte, in dem Doktor den Eindruck zu erwecken, es sei nur zu gern von den Toten zurückgeholt worden.

VIII

Philosophia

Die Philosophische Fakultät

Rik Wallace blinzelte in der jähen Helligkeit von Pandoras Büro, das selbst rauchgeschwängert noch mehr Sauerstoff zu enthalten schien als das der Präsidentin. Professor Maurice Spencer und Pandora standen nebeneinander und waren ins Gespräch vertieft. Wallace fragte sich, ob er sich nur eingebildet hatte, dass sie bei seinem Eintreten einige Fingerbreit auseinandergefahren waren.

Spencer war groß, dünn, dunkel und distinguiert. Er sah intelligent aus, war das aber nicht, denn einigen Philosophen zufolge können wir nicht alles gleichzeitig haben. Seine intellektuelle Schwäche war seine Bereitschaft, die Menge des Lernens mit Wissen zu verwechseln. Das bedeutete im Grunde, dass er nie wusste, wann er mit Lernen aufhören musste. Er hatte das Gefühl, niemals seine Ziele zu erreichen, aber wenn er gefragt worden wäre, hätte er nicht sagen können, was diese Ziele waren, nur, dass sie irgendwie damit zusammenhingen, die Wahrheit zu erkennen, wenn sie ihm unter die Augen träte. Er war zum Direktor der Abteilung ernannt worden, weil er ein weise aussehender Narr war, eine Form von Idiotie, die seine Kollegen einfach nicht ernst nehmen konnten.

Spencers Marathonjagd nach der Wahrheit hatte ihn seine Ehe gekostet. Seine Frau hatte ihn eines Tages verlassen und auf dem Kaminsims einen Zettel hinterlegt, auf dem sie ihm vorwarf, sie vernachlässigt zu haben. Diesen Zettel fand er erst nach zwei Tagen, in denen er irgendetwas anderes gesucht hatte, nicht aber seine Frau. Aber offenbar hatte sie achtlos ein Kind zurückgelassen, denn bald nach ihrem Verschwinden fing Spencer an, zum ersten Mal von seiner Tochter zu erzählen. Sie wurde jedoch von Dritten, wenn überhaupt, nur als Silhouette hinter den Jalousien des Schlafzimmers im ersten Stock erspäht, wo sie vermutlich spielte und schlief, aber nur, wenn Spencer nicht zu Hause war. Sie konnte gehört werden, wie sie oben herumtrampelte, sowie Spencer unter irgendeinem Vorwand das Zimmer verließ. Selbst begriffsstutzige Besucher registrierten, dass die Geräusche der Tochter immer verstummten, kurz bevor er unten wieder auftauchte. Es hätte ihn überrascht, wie leicht es denen, die ihn kannten, fiel zu folgern, dass die Tochter in Wirklichkeit Spencer selbst war, der hinter der Jalousie ein Kleid und eine umfangreiche Perücke trug, wenn er sicher war, dass er vor seinem Haus ein Publikum hatte, und dass er dann auf Händen und Knien auf dem Boden herumkroch, während seine Gäste sich unten versammelten. Niemand verlangte einen handgreiflichen Beweis für die Existenz der Tochter, niemand bestand darauf, ins Schlafzimmer zu stürzen, wenn sie vom Gartenweg aus ihren Schatten gesehen hatten, niemand versuchte, die Schlafzimmertür aufzureißen, um ihn allein in seinem Schlafzimmer in flagranti zu erwischen. Vielleicht hatte das nichts mit Moral zu tun. Vielleicht lag es einfach daran, dass Spencer im Allgemeinen zwar beliebt war, seine imaginäre Tochter aber noch viel mehr.

Spencer führte seine Tochter als Grund dafür an, dass er Veranstaltungen des College plötzlich verlassen musste. Immer tat sie dieses oder jenes. Für ein Kind, das niemals irgendwer zu sehen bekam, war sie geradezu hyperaktiv. Sie hatte sogar imaginäre Freunde, was die, die über sie tratschten, in Verwirrung stürzte. Spencer konnte von einem Empfang davonstürzen, weil er seine Tochter vom Schwimmen abholen musste. Er brach eine Besprechung ab, weil er sie zu den Pfadfinderinnen fahren musste, zum Backkurs, zum Reiten. Ihr Alter war die einzige Variable in den Chroniken über das Leben seiner Tochter. In einer Woche war sie zwölf und wollte zum ersten Mal übers Wochenende Zelten fahren. In der folgenden Woche war sie vier Jahre älter geworden und bereitete sich auf ihr erstes Stelldichein vor. Und in der Woche darauf ging sie dann wieder auf die Grundschule.

Spencer musterte Wallace, als der das Büro der Präsidentin verließ. Er hatte das Gefühl, dass etwas nicht stimmte. Dann begriff er. »Großer Gott. Seit dem Einstellungsgespräch haben Sie aber gewaltig abgenommen.«

»Ja. Ich war krank. Ich hatte eine zehrende Krankheit. Übertragbare Spongiforme Enzephalopathie«, sagte Wallace, der sich auf diesen Augenblick vorbereitet und diesen schönen Namen aus dem Internet gelernt hatte.

Spencer zog eilig die Hand zurück, die er Wallace hingehalten hatte.

»Ist das nicht eine bovine Krankheit?«

Wallace zögerte kurz mit seiner Antwort. »Kann schon sein, aber ich war daran erkrankt, und ich bin kein Rind.«

»Aber ist das nicht tödlich?«, fragte Spencer entsetzt, weil er fürchtete, den neuen Kollegen schon so bald wieder zu verlieren, nachdem er sich die Mühe gemacht hatte, Einstellungsgespräche anzusetzen. Und zwar mit allen Bewerbern. Er dachte, er hätte seinem Gefühl folgen und die zweite Wahl berufen sollen. Spencer versuchte, sich zu erinnern, ob dieser Bewerber einen gesunden Eindruck gemacht hatte. Er erinnerte sich, dass diese, obwohl er über weniger beeindruckende Qualifikationen verfügte, ihm damals als ein eher natürlich empathischer Moralphilosoph erschienen war als der Wallace, der sich zu dem Gespräch eingestellt hatte.

»Bei Rindern vielleicht, aber in meinem Fall nicht«, erwiderte Wallace und ärgerte sich über den überaus unglückseligen Umstand, dass der Leiter der Philosophischen Fakultät offenbar ein Experte für tierische Gesundheit war.

»Ich hoffe, es geht Ihnen jetzt besser«, sagte Spencer zerstreut, denn er versuchte verzweifelt, sich an Wallaces damalige Vorzüge als Bewerber zu erinnern. Er erinnerte sich an eine attraktive Metaphysikerin, die von der Berufungskommission verworfen worden war, weil niemand sich vorstellen konnte, welchen Nutzen sie, trotz ihres guten Aussehens, dem College zuführen könnte. Und nun wusste er es wieder: Offenbar war Wallace als potenziell wertvoller eingeschätzt worden als ein Fachmann für Wirtschaftsethik. Aber Spencer dachte jetzt, dass eine lebende gutaussehende Metaphysikerin vielleicht doch eine vernünftigere Wahl gewesen wäre als ein sterbender Ethikdozent.

»Ich bin vollständig wiederhergestellt, danke. Offenbar ein Wunder.«

»Ja, es muss ein Wunder gewesen sein, wenn Sie überhaupt daran erkrankt und dann genesen sind. Das ist eine hervorragende Nachricht. Ich meine nicht, dass Sie krank waren, aber dass Sie wiederhergestellt sind, vor allem nach all der Mühe, die unsere Fakultät damit hatte, Sie zu rekrutieren. Es wäre wirklich fatal für uns alle gewesen, wenn Sie an einer zehrenden Krankheit verstorben wären, die bisher nur bei Nutzvieh aufgetreten ist.« Er hielt es jetzt für gefahrlos, Wallace die Hand zu schütteln.

Pandora nahm ihre Sonnenbrille ab, um ungehindert von den schwarzen Glasscheiben das Phänomen Wallace zu betrachten. Sie konnte es gar nicht abwarten, der BWL-Sekretärin von Wallace zu erzählen, denn sie wetteiferten in der Kunst, auf dem Campus auftretende obskure Symptome und Krankheiten ausfindig zu machen. Pandora war sicher, dass der BWL-Sekretärin noch niemand mit einer zehrenden Krankheit begegnet war, ob nun tierisch oder menschlich, jedenfalls nicht an ihrer Fakultät, wo alle sogar bei der Wahl ihrer tödlichen Krankheiten sehr konservativ waren. Aber da sie nicht so ganz sicher war, was seine möglicherweise vollständige Genesung von einer Krankheit betraf, die sonst nur Nutzvieh angriff, zog sie sich hinter ihren Schreibtisch zurück, um, wie sie hoffte, das zwischen ihn und sich zu legen, was sie für eine sichere Entfernung hielt, einen Raum, den sie mit Zigarettenrauch desinfizierte.

»Ich bringe Sie jetzt zu Ihren Kollegen. Wir können im Gehen weiterreden«, sagte Spencer. Als sie aufbrachen, fragte Spencer Pandora noch, ob sie zum Empfang der Fakultät für Professor Wallace kommen wolle.

»Danke für die in letzter Sekunde eingegangene Einladung, aber einige der Leute, die hier arbeiten, haben zufällig mehr zu tun, als sie schaffen können«, sagte sie zu ihm. Während Wallace sich fragte, von wem sie da wohl redete, brachte sie Klarheit in die Sache. »Vor allem die unter uns, die nicht unterrichten. Einige von uns tragen wirkliche Verantwortung.« Er begriff, dass sie sich selbst meinte. Dann setzte sie sich hinter ihren Schreibtisch und fing an, Ordner neu zu arrangieren und ihre Kugelschreibersammlung aus einem Halter in einen anderen zu verstauen. Sie wartete darauf, dass die beiden Männer gingen, um dann zum Telefon zu greifen und die BWL-Sekretärin über die Möglichkeit eines außergewöhnlichen Ausbruchs von übertragbarer Spongiformer Enzephalopathie auf dem Campus zu informieren. Sie konnte sich an den Namen der Krankheit erinnern, weil sie für medizinische Begriffe über ein beinahe fotografisches Gedächtnis verfügte.

Als sie gemeinsam in Richtung der offenen, rückwärtigen Seite des College durch die Rechtecke schlenderten, erzählte Professor

Spencer Rik Wallace über die Philosophische Fakultät und den Lehrplan mit einer Offenheit, die Wallace nicht für einen Teil des damaligen Einstellungsgesprächs hielt. Er begriff jetzt, dass jetzt, da er, der scheinbar echte Rik Wallace, sich sicher auf dem Campus befand, die praktischen Herausforderungen seiner künftigen Aufgaben ohne die idealistischen Verschönerungen übermittelt werden konnten, die bestimmt anfangs benutzt worden waren, um den echten, wirklichen Rik Wallace überhaupt herzulocken.

»Ich nehme mal an, Lambe hat Ihnen seinen Nicht-Kunst-um-der-Kunst-willen-Spruch serviert.« Spencer lachte über seinen eigenen Humor. Mit verschwörerischem Unterton fuhr er dann fort: »Hochwürden Lambe hat die Präsidentin vollständig im Sack, und dabei ist sie nicht einmal religiös. Man muss seine einseitige Entschlossenheit bewundern. Er hat sich erfolgreich der Aufgabe gewidmet, sie in sich verliebt zu machen, und jetzt gibt sie ihm in allem und jedem nach. Durch sie kontrolliert er das College. Was für eine Ironie, dass ein Tölpel wie er ein College leitet. Er hat seine Vorstellungen, wenn man das überhaupt so nennen kann, davon, was alle hier auf dem Campus in ihren Kursen unterrichten sollten, vor allem in den Bereichen, von denen er keine Ahnung hat, und das sind so ungefähr alle, inklusive seines eigenen Fachs, der Psychologie.« Wieder lachte Spencer. »Vor hundertsonstwas Jahren hat er sich bei einer besonderen Gruppe von Gelehrten, die sich mit evolutionärer Psychologie befassten, einen Namen gemacht, und man könnte das doch für ein befremdendes Thema für einen Mann der Kirche halten. Ich vermute, er wollte seinen geistlichen Kollegen einreden, er sei progressiv, und seinen akademischen Kollegen, er sei tolerant, aber keins von beidem trifft zu. In Wirklichkeit, was immer das für uns Philosophen bedeuten mag, ist er engstirnig und bigott.«

»Wenn ich die Präsidentin richtig verstanden habe, ist er ein Experte für Glück«, warf Wallace dazwischen, denn er wollte so schnell wie möglich so viele Informationen wie möglich über das College erlangen.

»Wohl eher Experte für Unglück, wenn Sie mich fragen. Er scheint über eine natürliche Begabung dafür zu verfügen, alle in seiner Umgebung unglücklich zu machen. Pandora ist eifersüchtig auf seinen hypnotischen Einfluss auf die Präsidentin, eine Position, die sie genossen hat, ehe er hier auftauchte. Pandora gehört zu den von der Präsidentin geretteten Tieren. Sie ist die beste gute Tat der Präsidentin und wichtig für Patricias Gefühl von ihrer eigenen überragenden Güte. Patricia muss die ganze Zeit von Erinnerungen an ihre Güte umgeben sein, denn sie besitzt kein angeborenes Gespür für Richtig und Falsch. Deshalb muss sie diese Phänomene untersuchen – genau wie wir Moralphilosophen. Pandora wies schon damals alle Anforderungen an ein Rettungsobjekt auf: hatte die Schule früh abgebrochen, hatte sich zu lange mit den falschen Leuten herumgetrieben, hatte sich in dieses und jenes verrannt, unangenehme Freunde, et cetera. Patricia hat sie zuerst als Projekt betrachtet. Hat sie in einen der Sekretärinnenkurse ihrer Großmutter gesteckt, mit dem Ergebnis, dass Pandora jetzt den Laden hier so ungefähr leitet. Sie sieht zwar nicht so aus, aber sie ist effektiv. Es sieht aus, als tue sie nichts, aber alles geht seinen Gang. Das würde es ja vielleicht trotzdem, mit Verwaltung kenne ich mich nicht aus. Sie ist eine bewundernswerte Frau. Eine anregende … ich meine … interessante Frau. Eine komplexe Frau. Natürlich war es zu ihrem Vorteil, dass die Präsidentin sie gerettet hat, auch wenn sie sich weigert, dafür irgendwelche Dankbarkeit an den Tag zu legen. Sie hat eben ihren Stolz, müssen Sie wissen. Es ist für ein gerettetes Tier ganz natürlich, ab und zu die Hand zu beißen, die es gerettet hat, einfach um zu zeigen, dass es nichts nachträgt.« Er unterbrach sich für einen Moment, um sich auf seine Gedanken zu konzentrieren. »Ich vermute, die einzigen Wesen, denen Pandora echte Gefühle entgegenbringt, sind ihre Katze und die Präsidentin, aber ich bin nicht sicher, in welcher Reihenfolge. Sie liebt ihre Katze.« Er unterbrach sich ein weiteres Mal. »Pandora und Lambe können nicht in alle Ewigkeit wie verunsicherte Kinder um die Zuneigung der Präsidentin kämpfen. Lambe liegt gerade vielleicht vorn, aber ich würde Pandora noch nicht abschreiben. Sie ist unvorstellbar erfinderisch. Und sie hat noch immer ihre Überlebensinstinkte aus der Gosse.«

»Wie alt ist Pandora?«

»Irgendetwas zwischen fünfundzwanzig und achtundsechzig, aber das ist nur geschätzt. Die Präsidentin hält sich für glücklich, weil Lambe ihr einredet, es sei die ideale Definition von Glück, mit ihm zusammenzusein. Mir ist noch nie ein Mensch begegnet, der so traurig ausgesehen hat wie sie.«

»War ihre Mutter auch Präsidentin hier?«

»Nein. Ihre Mutter war Model. Offenbar kann Bildung eine Generation überspringen.«

»Ich habe mich vorhin verpflichtet gefühlt, mich Lambe zu einem frühen Glas Wein anzuschließen«, gestand Wallace in der Angst, Spencer könne den Alkohol in seinem Atem riechen, während sie zu dem nicht alkoholischen Empfang gingen, der extra für die private und öffentliche Enthaltsamkeit arrangiert worden war, die der ursprüngliche Wallace sich beim Einstellungsgespräch und in der Öffentlichkeit zusammengelogen hatte.

»Sie haben mir doch ganz betont versichert, dass Sie nicht trinken«, sagte Spencer, und sein spontaner Zorn wich dem Bedauern, dass er für den Empfang nur Tee, Kaffee und Apfelsaft bestellt hatte.

»Das tue ich auch erst seit kurzem. Der Spezialist, der mich behandelt hat, hat es als Teil meiner Therapie gegen die übertragbare Spongiforme Enzephalopathie empfohlen«, sagte Wallace glücklich, weil er sich offenbar zu einem spontanen Lügner gemausert hatte.

»Ich verstehe«, sagte Spencer, weiterhin enttäuscht angesichts dieser verlorenen Möglichkeit zu einer feuchten Runde in der Tagesmitte. »Offenbar ein Teil Ihrer Wunderheilung.«

»Offenbar.«

Sie gingen zusammen weiter, ohne ihre Gedanken zu teilen. Endlich brach Spencer das Schweigen. »Früher war alles besser, als Pandora die Präsidentin im Griff hatte, ehe Lambe ihr Herz gewonnen hat ... und ihren Kopf. Sie hatte keine Meinung darüber, was wir unterrichten sollten. Sie beschränkte ihren Einfluss darauf, was sie für grundlegende Themen hielt, wie die Kleiderordnung für Personal und Studierende, in welcher Farbe die Räumlichkeiten gestrichen werden und welche Schrifttype wir für die Kommunikation untereinander nehmen sollten. Pandora ist clever genug, um zu begreifen, dass sie in Bezug auf den akademischen Inhalt der Kurse eine Idiotin ist. Ihr einziges intellektuelles Interesse gilt medizinischer Forschung. Sie wollte, dass die Präsidentin auch eine medizinische Fakultät einrichtete. Aber Lambe hat sicher eine Menge Vorstellungen davon, was Sie Ihren Studierenden beibringen sollten. Wir dürfen seit dem Zwischenfall mit dem Pappkarton nicht mehr Nietzsche unterrichten.«

»Pappkarton?«

»Das war in meinem ersten Jahr hier. Ich hatte zahllose Ideen. Ich wollte bei den Wirtschaftswissenschaften ein bisschen Leben in die Bude bringen. Ich setzte Nietzsches *Jenseits von Gut und Böse* auf die Literaturliste. Wenn man Nietzsche mit keinerlei philosophischem Training, dem typischen Einfluss des Elternhauses und irgendeiner angeborenen geistigen Schwäche kombiniert, erhält man den Zwischenfall mit dem Pappkarton.«

»Den Zwischenfall mit dem Pappkarton?«

»Eines Tages schaute ich während einer Vorlesung aus dem Fenster und sah einen meiner Studenten mit einer Cornflakesschachtel auf dem Kopf vorübergehen. Immerhin war er vernünftig genug gewesen, zwei Löcher hineinzuschneiden, um den Weg sehen zu können. Vermutlich war da sein Kurs in praktischen Lösungen seine Rettung gewesen. Jedenfalls, das sagt Pandora, die es von der Präsidentin gehört hat, und die wiederum hatte es von Lambe, kann das Studierenden der Wirtschaftswissenschaften passieren, wenn sie ohne die angemessenen Sicherheitsvorkehrungen Nietzsche lesen.«

»Was sind das für Sicherheitsvorkehrungen«, fragte Wallace, besorgt, es könne irgendwelche bekannten philosophischen Schutzmaßnahmen gegen die Gefahren Nietzsches geben, die er als Philosophielehrer doch kennen müsste.

»Offenbar hat noch niemand ergründet, wie diese Sicherheitsvorkehrungen wohl aussehen. Und solange wir in dieser Hinsicht im Dunkeln tappen, ist Nietzsche vom Lehrplan gestrichen. Die Eltern dieses Studenten drehten durch und machten die Präsidentin verantwortlich. Sie nahmen ihren Sohn vom College, aber erst, nachdem er das gesamte restliche Semester mit dem Karton auf dem Kopf über den Campus gewandert war, vermutlich, um vor Gericht besonders viel Material gegen uns zu haben.«

»Aber was hat Nietzsche mit Cornflakes zu tun?«, fragte Wallace und hoffte, von einer philosophischen Verbindung der beiden zu hören.

»Ach. Rein gar nichts. Ich kann Ihnen versichern, dass Nietzsche zum Thema Cornflakes rein gar nichts zu sagen hat. Ich habe dieses Argument sogar vor Gericht vorgebracht, aber das hatte keinen Zweck. Lambe zitiert gern den zuständigen Richter: ›Es ist unmöglich, die Auswirkungen von Nietzsche auf ein leicht zu beeindruckendes Gemüt vorherzusagen.‹ Das Problem bei Nietzsche ist nicht irgendein Bezug zu Cornflakes, sondern dass er die Grundlagen unserer althergebrachten Moral unterminiert. Einige Menschen, vor allem, wenn sie keine Professoren der Moralphilosophie sind, haben dann überhaupt keine moralischen Prinzipien mehr und drehen logischerweise durch. Sehen Sie sich doch nur Hochwürden Lambe an. Trotz seiner evolutionären Theorien wäre er ohne die persönliche Führung durch seinen Gott verloren. Er würde alles für ethisch halten, wenn es nur auf einer Wolke schwebend auf dem Campus einträfe, mit Flügeln und einer goldenen Harfe in der Hand.«

»Welche Philosophen empfiehlt er denn?«, fragte Wallace und versuchte, Spencer von der Sorge um ihn abzulenken, indem er ihn dazu brachte, sich ein bisschen mehr über Lambe zu beschweren.

»Zum Glück haben wir Sokrates, den Studierende und Präsidenten überall lieben, weil er sein ›Ich weiß, dass ich nichts weiß‹ gesagt hat. Natürlich schwärmen die Studienanfänger für diese Aussage, sie identifizieren sich mit der wortwörtlichen Interpretation, auch wenn Sokrates das ganz bestimmt nicht so gemeint hat. Jedenfalls ist es das Schicksal von Philosophen, von späteren Generationen auf eine Weise interpretiert zu werden, die gerade zum aktuellen Zeitgeist passt. Das Einzige, was man Sokrates vorwerfen kann, ist, dass er sich umgebracht hat und nicht Platon, der, wie Sie wissen, aufgeschrieben hat, was Sokrates angeblich danach gesagt haben soll, und ihn damit zu einem Helden für Generationen von Studierenden machte, die ihn nie und seine Ideen nur vage gekannt haben. Alte griechische Langweiler bedeuten uns heute nichts mehr. Aber Sie können nichts falsch machen, wenn sie Sokrates unterrichten, denn er hat noch nie einen unserer Studenten dazu gebracht, mit einem Pappkarton auf dem Kopf durch die Gegend zu laufen, und er wird das auch niemals tun.«

Inzwischen hatten sie ein alleinstehendes dreistöckiges Haus ganz hinten auf einer eigenen Rasenfläche erreicht. Dieses Haus wurde durch einen Kiesweg von dem offenen Park hinter den letzten zusammenhängenden Rechtecken hinten im College getrennt. Dieses Bauwerk, das ursprünglich als Doppelhaus für die in der Irrenanstalt arbeitenden Psychiater gedacht gewesen war, war irgendwann in der Vergangenheit zu einem einzigen großen Haus gemacht worden, indem die beiden Eingangstüren durch eine übergroße Öffnung ersetzt worden waren. Die glatten verputzten Wände bis hoch zu den Mansarden im dritten Stock waren vor Jahren hellblau gestrichen worden. In der Zwischenzeit war an vielen Stellen diese Farbe zu Weiß verblasst und vermittelte nun den Eindruck eines traurigen, schwergeprüften, bleichen, kranken Gebäudes.

»Da wären wir. Sie erinnern sich bestimmt noch vom Einstellungsgespräch her an diese Bruchbude? Ich weiß nicht, wie wir Sie wieder herlocken konnten, nachdem Sie das hier gesehen haben. Wir brauchen unbedingt eine Renovierung, aber die Präsidentin wird das niemals zulassen, solange Lambe unsere Aktivitäten verachtet. Hier wären wir. So heruntergekommen es auch sein mag, willkommen in Ihrem neuen Heim, der Philosophischen Fakultät des CAT-College.«

Das melancholische Gesicht der Fakultät stimmte Wallace, der es zum ersten Mal sah, traurig. »Ich liebe es zu handwerkern«, sagte er zu Spencer mit einer klaren Selbstsicherheit, die in ihrem Gespräch bisher gefehlt hatte. »Ich kann Ihnen helfen, das Äußere fröhlicher aussehen zu lassen, wenn Sie mir ein paar Eimer Farbe und eine Leiter besorgen. Wie wäre es mit Gelb?«, fragte er und musterte das Gebäude durch einen aus seinen Fingern gebildeten Rahmen. Seine Leidenschaft für Reparaturen ließ es ihm gleichgültig erschienen, ob er bei seinem Einstellungsgespräch etwas darüber gesagt hatte.

»Jim, der Pförtner, würde nie im Leben erlauben, dass wir auf seine Leitern klettern«, erwiderte Spencer und ignorierte diesen Enthusiasmus. »Und selbst hochklettern will er auch nicht.«

»Ich werde ihn überreden, die Leiter zu halten, während ich die Farbe anklatsche«, sagte Wallace, dankbar, weil er nun wusste, was er für die Philosophische Fakultät tun könnte.

Wallace sah eine Gruppe von Menschen hinter dem links vom Eingang gelegenen Fenster, sie lachten und redeten miteinander und schienen sich darüber zu freuen, dass seine Ankunft sie aus ihrer Routine riss. Er holte tief Luft und trat durch die zerschundene riesige Eingangstür in die Fakultät.

Innen im Foyer waren die Wände überladen von Infotafeln und Plakaten in jeglicher Größe, auf denen Examensergebnisse, Examenstermine, bevorstehende und längst vergangene Konzerte, Gastvorlesungen, öffentliche und studentische Aktionen, Aktivitäten der studentischen Vereinigungen und Informationen über Gesundheit und Sicherheit mitgeteilt wurden. Ein großes Plakat, das über anderen angebracht war, kündigte seine eigene Antrittsvorlesung in nur drei Wochen an. Die Treppe am Ende des Foyers führte zu den Büros des Lehrkörpers und zu den Seminarräumen in den anderen Stockwerken.

Die Tür zu einem Seminarraum auf der linken Seite des Ganges stand offen. Wallace konnte das Stimmgewirr der Leute hören, die auf ihn warteten. Ihm wurde ein Glas Apfelsaft in die Hand gedrückt, als er hinter Spencer hineinging. Er folgte Spencer durch das Gedränge, während er mechanisch allen vorgestellt wurde. Den meisten war er einwandfrei noch nie begegnet. Einige starrten ihn mit einem Gesichtsausdruck an, der andeutete, dass sie sich große Mühe gaben, sich daran zu erinnern, was an ihm anders war. Er ging davon aus, dass er denen beim Einstellungsgespräch begegnet war. »Ich habe abgenommen«, sagte er zu allen, die zuhören mochten. Die meisten waren Studierende oder Lehrpersonal von anderen Fakultäten, die zur Party gekommen waren und gerade versuchten, sich mit dem Fehlen von Alkohol abzufinden. Er lächelte alle an und wiederholte, wie wunderbar er es finde, hier zu sein, und wie sehr er sich darauf freue, die Studierenden aufzuklären. Die meisten sahen ihn interesselos an und nahmen ihre Gespräche mit anderen wieder auf, sobald er weitergegangen war.

Wallace sah zwei junge Frauen, die in einer kleinen Lichtung vor den Fenstern standen, wie umgeben von einem Kraftfeld, das die Menge von ihnen weghielt. Sie sahen in dem gelben Sonnenlicht, das von ihren Silhouetten zurückgeworfen wurde, beinahe durchscheinend aus. Sie neigten ihre Köpfe an ihren langen Hälsen beim Gespräch zueinander, einer etwas höher als der andere, wie plaudernde Schwäne. Er stellte sich vor, sie seien zwei Stück Unschuld vom Lande, die zum ersten Mal in der Stadt waren und arglos auf Probeaufnahmen zu ihrem ersten Porno warteten, während sie in ihrer jugendlichen Naivität damit rechneten, in einem Arthouse-Drama auftreten zu dürfen. Trotz seiner lebhaften Fantasie konnte sich Wallace kein Szenario vorstellen, in dem sie bereits als Pornostars bekannt waren, die sich darauf spezialisierten, Unschuld vom Lande vor Universitätsfenstern zu spielen. Aber in diesem Moment löste sich dieser ablenkende Tagtraum in Luft auf, weil Spencer ihn vorstellte.

»Das ist Sally Doolittle. Sally ist Doktorandin und eine von unseren College-Beraterinnen«, so präsentierte Spencer den kleineren der beiden Schwäne.

»Sind Sie nicht ein bisschen jung für eine Beraterin? Haben Sie denn irgendwelche Qualifikationen?«, fragte Wallace, um Konversation zu machen.

»Sie sind so vorhersagbar konventionell. Das werde ich immer gefragt. Nein, ich habe keine Qualifikationen *per se* als Beraterin, aber ich habe sehr viel eigene Erfahrung mit meinen Problemen, die typischerweise die meisten Studierenden betreffen. Sie wissen, dass ich mich in sie hineinversetzen kann. Ich war schon da, wo sie sind. Die Studierenden wissen es zu schätzen, dass ich aufgrund eigener Erfahrungen Rat anbiete: Drogen, Alkohol, blöde sexuelle Beziehungen, Glücksspiel, Überdosen und verpatzte Examen. Was immer ihr Problem ist, ich kenne mich damit aus.«

»Sally ist außergewöhnlich empathisch. Unsere Studierenden schätzen sie sehr. Sie hat nicht viele verloren«, sagte Spencer.

»Bisher nur vier«, teilte Doolittle voller Stolz mit.

»Verloren?«

»Das ist ein Fachausdruck«, erklärte Doolittle.

»Eine bessere Bilanz als ihr hochqualifizierter Vorgänger. Den haben wir auch verloren, was ja nur beweist, dass man bei der Studierendenberatung nie wissen kann, was funktioniert«, sagte Spencer. »Hochwürden Lambe, der, wie Sie vielleicht bereits wissen, unser Kaplan ist, dazu der Leiter der Beratungsdienste, der Leiter …«

»Ja. Ja. Ich weiß. Ich weiß.«

»Er wollte etwas Neues probieren und für eine Weile jemanden mit weniger Qualifikationen, wie Sally eben, die Arbeit machen lassen.«

»Weniger als keine«, stellte Doolittle klar. »Meine Bilanz ist ziemlich beeindruckend, wenn man sie auf die Jahre verteilt. Meine – Anführungszeichen mit Fingern in die Luft gemalt – Klienten sind zufrieden, also scheint es zu funktionieren.«

»Sollten Sie die Anführungszeichen nicht einfach mit den Fingern darstellen, statt sie auch noch auszusprechen?«, fragte Wallace.

»Das ist postmoderne Ironie, aber es liegt keine Ironie in der Tatsache, dass Sie kein Postmodernist sind, obwohl Professor Spencer mir gesagt hat, er habe einen Fachmann für postmoderne Ethik eingestellt. Aber ich habe natürlich gewusst, dass dieses Haus niemals einen echten anheuern würde.«

»Sie ist kostengünstig«, sagte Spencer und ignorierte ihre Kritik seiner Einstellungstaktik.

Doolittle schaute in ihr leeres Apfelsaftglas und wandte sich ab, da sie offenbar schlagartig das Interesse an Wallace verloren hatte.

»Das ist unsere herausragendste Doktorandin, Julie Progress«, sagte Spencer und stellte Wallace den größeren der beiden Schwäne vor.

Progress hielt ihr Glas Apfelsaft so weit wie möglich von sich weg, wie eine übellaunige Ratte. Sie schüttelte Wallace die Hand und schaute ihm in die Augen. »Ich bin eine gewaltige Verehrerin Ihres Werkes, Professor Wallace«, sagte sie.

»Wirklich? Und welcher spezifischen Aspekte meines Werkes?«, fragte Wallace wie ein nicht vorbereiteter Student, der Hinweise auf eine bevorstehende Prüfung sammelt.

»Alle. Ich habe alles gelesen, was Sie jemals geschrieben haben. Vor allem haben mir Ihre Überlegungen zur Einstufung von Geschäftsführern in Ihrem Artikel *Leben mit den Konsequenzen fremder Fehler* gefallen. Erinnern Sie sich an diesen Text?«

»Aber ja doch«, log er. Wallace hatte gewusst, dass dieser Augenblick kommen würde. Er hatte versucht, sich vorzubereiten, aber ihm ging auf, dass seine Pläne fehlgeschlagen waren. Er brach in Schweiß aus. Er fragte sich, ob jetzt der richtige Augenblick wäre, um eine Ohnmacht vorzutäuschen. Statt zu Boden zu sinken, hörte Wallace sich sagen: »Vielleicht könnten wir mein Genie später bei einem Glas diskutieren.«

»Spencer hat uns gewarnt, dass Sie keine echten Drinks trinken.«

»Das ist eine lange Geschichte.«

»Ich habe Ihre Kritik der Getränkeindustrie gelesen.«

»Das ist eine sehr lange Geschichte.«

»Vielleicht könnten Sie mir die heute Abend bei Ihnen zu Hause erzählen?«

»Ich habe noch nicht einmal ausgepackt.«

»Ich bringe die echten Drinks mit. Wenn Sie bis dahin die Gläser noch nicht ausgepackt haben, können wir aus der Flasche trinken, wie sich das für echte Drinks gehört.«

»Um acht?«

»Wein?«

»Rot.«

»Ist das ein echter Drink?«

»Ganz echt. Glauben Sie mir. Ich bin Philosoph. Ich kenne mich mit solchen Dingen aus.«

Spencer, der gerade in ihr Gespräch hineinhörte, sagte: »Ich würde mich ja gern heute Abend anschließen, aber ich habe meiner Tochter versprochen, mit ihr ins Kino zu gehen.«

»Ach. Sie haben eine Tochter? Wie heißt sie?«, fragte Wallace.

»Samantha. Sie wird nächste Woche dreizehn.«

Spencer wandte sich ab.

»Kinder machen sehr viel Arbeit«, sagte Wallace und seufzte.

»Ich stelle mir vor, imaginäre noch viel mehr«, meinte Progress.

Wallaces Augen weiteten sich ein wenig in ungewohnter Neugier.

»Das ist auch eine lange Geschichte. Wir werden heute Abend sehr viel Gesprächsstoff haben, wenn wir keine andere Beschäftigung finden. Ich bringe zwei Flaschen mit«, sagte Progress.

IX

Progressus

Fortschritt

Die fettige Birne der Nachttischlampe schaffte es, eine romantische braune Brühe aus kreisrundem Licht um das Bett herum zu verteilen, während die unattraktiven Teile des Zimmers in einem Kreis aus Schatten verborgen waren. Julie Progress zog sich die Decke über ihre nackten Brüste und hielt sie mit ihrem Kinn fest, während sie mit ihren Händen aus einer rot-weißen Packung eine Zigarette zog.

»Rauchen?«, fragte sie Wallace, der neben ihr im Bett lag und die Decke betrachtete, von der er schon gesehen hatte, dass sie bald neu gegipst und dann überstrichen werden müsste.

»Warum nicht?«, fragte er.

»Hast du hier irgendwo einen Aschenbecher?«

»Ich weiß nicht. Ich habe keinen eigenen, weil ich eigentlich nicht rauche, aber es könnte vom Vormieter irgendwo einer herumstehen. Ich hatte noch keine Möglichkeit, mich hier richtig umzusehen.«

»Was soll das heißen, dass du eigentlich nicht rauchst? Entweder rauchst du oder du rauchst nicht.«

»Ich meine, ich weiß nicht, ob ich rauche.« Er zögerte. »Na gut. Ich habe beschlossen, dass ich es tue. Gib mir eine Zigarette.«

»Du bist seltsam, aber ich nehme an, alle Moralphilosophen

sind ein bisschen komisch. Ich glaube, ich werde durch meine eigenen Forschungen auch schon komisch.«

Progress war das philosophische Gegenteil von Spencer. Sie war bereit, alles als Wahrheit zu akzeptieren, wenn es die anstrengende Suche nur so bald wie möglich beendete. Für sie bedeutete Philosophie das erregende Gefühl, irgendwo anzukommen, und nicht der langweilige Weg dorthin. Wenn Spencer ein Idiot war, folgte daraus aber nicht logischerweise, dass Progress die Antithese zu einem Idioten war, was immer das sein mochte, ontologisch gesprochen.

»Ich nehme eine Untertasse, wenn ich eine finden kann«, sagte sie, stieg aus dem Bett und ging in die Küche.

Er sah ihr hinterher, als sie das Zimmer verließ. Sie bewegte sich langsam und schwenkte dabei ihre runden Hinterbacken, um ganz bewusst ihre hinreißende nackte Gestalt zur Geltung zu bringen, wie eine Kuh auf einer Landwirtschaftsschau. Sie schleuderte die langen blonden Haare über die Schulter, damit sie wie glattgebügelt auf ihrem nackten Rücken lagen, während sie in der Finsternis jenseits der trüben Reichweite der Nachttischlampe verschwand. Er dachte, dass er gerade zum ersten Mal, seit er Wallace geworden war, einen Moment des Glücks erlebte.

Ich glaube, dieses akademische Leben könnte mir gefallen, dachte er zufrieden und ließ sich auf die Kissen zurücksinken, während er sich weitere Verbesserungsmöglichkeiten für die Zimmerdecke überlegte.

In der dunklen Küche fluchte Progress unterdessen, als ihr Zeh gegen etwas Scharfes stieß. Sie fragte sich, warum sie Wallace nicht selbst auf die Suche nach dem Aschenbecher geschickt hatte. Sie öffnete Schränke und tastete in der Dunkelheit mit den Fingern nach untertassenförmigen Gegenständen. Sie ärgerte sich, weil sie es nicht gewohnt war, Dinge selbst tun zu müssen.

Als ältestes von drei Geschwistern, die von ihrer geschiedenen Mutter aufgezogen worden waren, hatte sie gelernt, ihre jüngeren Brüder zu manipulieren, die sie sehr bald als vorhersagbar und tückisch durchschaut hatte. Ihre verbitterte Mutter hatte ihr versichert, als Julie ihr diese Erkenntnis kundgetan hatte, dass das an ihrer Männlichkeit liege. Als Julie von zu Hause auszog, war sie davon überzeugt, dass das Matriarchat der natürlichen Weltordnung entsprach, egal, was irgendein Mann behaupten mochte, und sei er auch ein Philosoph. Diese Überzeugung hatte sie in ihr Leben am CAT-College eingebracht. Im ersten Jahr fühlte sie sich angezogen von einem Konzept der Macht, das sie in einem Buch in der Bibliothek gefunden hatte, aber sie hatte keine Lust gehabt, Foucault zu lesen, da die Philosophie ihn als »sozialen Theoretiker« eingestuft hatte, während die Psychologie ihn als »Philosophen« definierte. Hochwürden Professor Lambe fragte, wo die althergebrachte Trennung der intellektuellen Arbeit enden sollte, wenn Erstsemester einfach studieren dürften, was gerade ihr Interesse erregte. Lambe versicherte ihr auch, dass diese feinen Unterschiede zwischen Fakultäten und Fächern nicht ohne Grund bestanden, doch solche Gründe, das versicherte er ihr ebenfalls, überschritten ihr erstsemesterliches Fassungsvermögen. In ihren Studienjahren war sie dann zu der Überzeugung gelangt, eine natürliche weibliche Intelligenz zu besitzen, die sich am besten durch ihre tierische Sexualität zum Ausdruck bringen ließ, während es Männern eher lag, Ideen zum Ausdruck zu bringen, weil sie nicht daran glaubten. Deshalb glaubte sie, die alten Griechen, einer wie der andere allesamt Männer, seien auf die Idee verfallen, rational zu sein, da sie sich umgeschaut und festgestellt hatten, dass sie eben gerade das niemals sein würden und es deshalb energisch und fruchtlos anstreben könnten, in der sicheren Überzeugung, dass sie ihre Ziele niemals erreichen würden. Für Progress ging es bei den Ursprüngen des abendländischen Denkens darum, sich ganz bewusst unmögliche Aufgaben zu stellen, die alle passenderweise ablenkten, während die wenigen sich weiterhin ihrem grundlegenden Ziel widmeten, die vielen auszubeuten. Manchmal kam ihr der Verdacht, ihr einziges wirkliches Interesse an Philosophie sei es, sich mit dem zu messen, was sie für die männliche Welt der Vernunft hielt. Ihre Finger landeten auf einem Stapel von Untertassen unter einem tropfenden Spülbecken.

Wallace hörte Progress in der Küche rumoren, ehe sie wieder in der Schlafzimmertür auftauchte, sie brachte Untertassen mit, in jeder Hand eine, und sie hielt sie weit von sich ab, um ihre vollkommenen Brüste vorzuzeigen. Wallace war klar, dass Progress stolz auf ihren Körper war. Und dazu hatte sie jegliches Recht.

Wallace stützte sich auf einen Ellbogen und zog vorsichtig an einer Zigarette, wie ein Siedler, der versucht, einen feindseligen Indianerhäuptling friedlich zu stimmen, wenn der ihm eine Friedenspfeife reicht, um seine *bona fides* unter Beweis zu stellen. Progress setzte sich ans Fußende, spielte züchtig mit ihren Haaren und hatte ihre Zigarette nach nur drei heftigen Zügen verbrannt.

»Das war wunderbar, Julie«, sagte er. Er beschloss, ihre lauten Schreie und Anfeuerungsrufe beim Sex nicht zu kommentieren, sie hatten ihn auf den Gedanken gebracht, dass sie vielleicht heimlich gefilmt wurden, möglicherweise von Spencer oder Lambe oder Pandora, oder sogar von allen dreien. Unter diesen Umständen hielt er es für die gesündeste Reaktion, die Klappe zu halten.

»Danke, aber das gibt es nicht umsonst, musst du wissen«, teilte sie ohne zu zögern mit. Sie war auf dieses Gespräch vorbereitet, er nicht.

»Ach. Das war mir nicht bewusst«, sagte er, lief rot an und

hustete Zigarettenrauch aus. »Das ist okay … äh … wie viel bin ich dir schuldig?«, fragte er und streckte die Hand nach der Brieftasche in seiner Hose neben dem Bett aus.

»Es geht doch nicht um Geld, du Depp. Ich bin ja wohl keine Hure. Ich brauche Hilfe bei den Recherchen für meine Diss. Ich brauche deine überlegene Führung, um sicher sein zu können, dass alles überzeugend ausfällt.«

»Aber wie soll ich das denn anstellen?«, stammelte er. »Ich verstehe das nicht.« Er geriet wieder in Panik angesichts dieses weiteren offenkundigen Fehlers in seinen Vorbereitungen auf sein neues Leben. Aber wie sollte er sich denn auch auf das Unbekannte gefasst machen?

Sie seufzte angesichts seiner Begriffsstutzigkeit. »Indem du es mit mir machst. Für mich. Hattest du schon mal eine studentische Hilfskraft?«

»Nein. Du bist … wirst … meine Erste«, gab er zu.

»Ich kann nicht fassen, dass du noch keine Doktoranden betreut hast. Hast du das in deinem Lebenslauf erwähnt? Den haben wir alle gelesen, musst du wissen!«

»Ich meine ja nicht nein, so, wie du nein verstehst. Ich meine, ich habe noch nie eine Dissertation im Austausch für Sex betreut.«

»Wo hast du denn gelebt? Hör mal zu. Ich habe meinen aktuellen Betreuer satt. Er ist ein Vollpfosten. Mundgeruch, wäscht sich nie, und er hat auch nicht dein internationales Veröffentlichungsprofil. Mit dem komm ich niemals irgendwohin, aber was soll frau unter solchen Umständen denn machen? So, wie ich das sehe, wärst du in jeder Hinsicht ein viel besserer Betreuer. Wenn du zustimmst, lass ich ihn fallen. Wäre nicht das erste Mal.«

»Das ist aber nicht Spencer? Ich könnte das Spencer nicht antun. Nicht an meinem ersten Tag.«

»Es ist nicht Spencer. Sondern Bacon. Dem bist du heute Morgen begegnet. Dem mit dem keramischen Haar, das ganz gerade aufragt, so«, sagte sie und schob ihre Handgelenke parallel über ihrem Kopf hoch.

Wallace entging diese Geste, da er aufmerksam die Bewegung ihrer Brüste beobachtete.

»Bacon ist einer von denen, die an ihrem neunundzwanzigsten Geburtstag aufwachen und plötzlich aussehen wie fünfundsechzig. Und die sich nicht einmal dann noch ändern, wenn sie den fünfundsechzigsten hinter sich haben. Du kennst ihn. Er hat dich beim Einstellungsgespräch befragt.«

»Ach, der. Ja, ich erinnere mich«, log er. »Mir kam er sympathisch vor.«

»Sympathisch, ja. Aber ohne Einfluss.«

»Wie lange versuchst du schon … äh … wie soll ich das ausdrücken … für deine Dissertation zu forschen?«

»Fast drei Jahre. Ich hab das alles zum Kotzen satt. Aber jetzt, wo du hier bist, macht es vielleicht wieder Spaß. Was sagst du? Wirst du meine Diss betreuen?« Sie hüpfte vor Aufregung auf Händen und Knien auf dem Bett auf und ab. »Ich bin mit dem ersten Entwurf so gut wie fertig. Du brauchst das Ganze nur neu zu schreiben. Sechs Monate höchstens, dann bist du mich los. Was sagst du? Bitte, bitte.« Sie fing an, ihn zu kitzeln.

Er hasste es, gekitzelt zu werden. Statt zu lachen, brüllte er, sie solle aufhören.

»Okay, okay. Ich mach es«, sagte er. »Aber du wirst bestimmt enttäuscht sein. Gewaltig enttäuscht.«

»Ich glaube, du könntest dich als hervorragender Betreuer entpuppen.« Sie unterbrach sich und erinnerte sich an einen wichtigen Aspekt ihres Vertrags, nämlich die Exklusivität. »Wenn du mir hilfst, will ich aber nicht, dass du mit anderen Studentinnen schläfst, schon gar nicht aus den unteren Semestern. Vergiss nicht, ich war an deinem ersten Tag zuerst da. Solche Art von Initiative muss man respektieren.«

Als er danach neben ihr lag, stimmte es ihn traurig, dass eine so junge und schöne Person bereits so pragmatisch sein konnte. »Meine Güte. Du bist unglaublich praktisch. Bestimmt bist du Utilitaristin«, scherzte er, dankbar, weil er eine Philosophie erwähnen konnte, die er durch Zufall im Internet gefunden hatte. »Ist es das wert?«, fragte er sie. »Meinst du, ich bin diese Anstrengung wert, für eine Karriere im Bereich Wirtschaftsethik, was nicht einmal ein gutes Geschäft ist? Wäre es nicht besser für dich, etwas anderes zu tun? Vielleicht sogar, ein Geschäft zu leiten?«

»Du bist ein typisches Beispiel für Leute, die ihre Ziele erreicht haben und uns andere verachten. Dir kann ja alles egal sein, jetzt, wo du der Mister Hotshot der Moralphilosophie bist. Ich bin sicher, du hast auch allerlei gemacht, um dahin zu kommen, wo du jetzt bist. Dinge, mit denen du nicht gern herumprahlst.«

»Ja. Aber das ist nicht dasselbe. Ich hatte nie einen klaren Plan für diese Karriere. Ich bin Zufallsmoralist.«

»Ach nein! Soeben hat der berühmte Professor der Moralphilosophie sein Urteil über mich gesprochen. Ich bin ein schlechter Mensch.«

»So war das nicht gemeint. Ich kann es mir nicht erlauben, irgendwen zu beurteilen. Ich glaube nur, was du machst, verlangt großen Einsatz für eine kleine Belohnung.«

»Findest du, Sex mit dir verlangt großen Einsatz?«, fragte sie kokett.

»Hoffentlich nicht.«

Sie sah ihn durch eine Wolke aus Zigarettenrauch an und lachte.

»Komm her«, sagte sie und drückte seine kaum angerauchte Zigarette auf der Untertasse aus, die sie neben dem Bett auf den Boden gestellt hatte. »Ich glaube, es ist Zeit für eine Anzahlung auf mein erstes Kapitel.«

Sie küsste seine Lippen und schlüpfte wieder unter die Decke.

»Hilfst du mir morgen, das Haus hier aufzuräumen?«, fragte er.

»Aufräumen? Das braucht eine Totalrenovierung. Das ist doch die letzte Absteige. Wie kamst du zu der Bruchbude?«

»Es gehört dem College. Lambe hat mich hier untergebracht. Spencer sagt, ich kann renovieren, wenn ich will. Ich stehe wirklich auf Handwerkereien. Ich möchte einige Wände herausschlagen, einige neue bauen, Regale aufstellen, ein paar neue Leitungen legen, die Decke da oben neu gipsen und vielleicht hintenraus die Terrasse erneuern.«

»Jetzt langweile mich doch nicht zu Tode mit deinem Handwerkergesabbel. Halt den Mund und küss mich.« Sie ließ behutsam ihren langen glatten nackten Leib auf seinen sinken. »Nennt man das hier nicht eine Schwalbenschwanzverbindung?«, fragte sie und ließ ihre Hüfte kreisen.

X

Domus Dulcis Bibliotheca

Süßes Heim Bibliothek

Die abgerundeten Fenster in der oberen Hälfte des von Pförtner Jim und Putzfrau Rose bewohnten Hauses bildeten ein Paar von erhobenen architektonischen Augenbrauen, die dem Gebäude einen Ausdruck resignierter Verzweiflung verliehen. Drinnen, auf der Couch in seinem Wohnzimmer, hörte Jim J.J. Cales »5« auf seiner Hifi-Anlage in voller Lautstärke, während Rose in der Küche mit Kochen beschäftigt war. Jim hatte seinen täglichen dezimeterlangen Feierabendjoint schon fast durch und fing an, sich zu entspannen, indem er in der Musik verborgene Anspielungen durch solche ersetzte, die er tagsüber in seiner Umgebung erahnt hatte. Er glaubte, dass Cannabis gegen seine Paranoia half, während Rose davon überzeugt war, dass es andersherum lief. Er war gegen die Legalisierung von Marihuana, weil er sich nicht vorstellen konnte, mit einer studentischen Bevölkerung fertigzuwerden, die ganz legal high war. Sie waren nüchtern oder nur betrunken schon anstrengend genug. Er war vierundsechzig Jahre alt und hoffte, ohne weitere große Zwischenfälle in seinem Leben in Rente gehen zu können. Der Feierabendjoint half ihm beim Entspannen, der Joint und die Bierdosen.

Seit einigen Jahren fiel es ihm immer schwerer, die Studierenden und ihre stetig wachsenden Ansprüche zu tolerieren. Sie blieben jung, während er jedes Jahr ein Jahr älter wurde. Er war damals wegen seines Vaters ans CAT-College gekommen, der vor ihm hier Pförtner gewesen war und ihm einen Aushilfsjob besorgt hatte, um seine Studien an einem anderen College zu finanzieren. Die lässige Macht, die ihm als seines Vaters Sohn auf dem Campus zufiel, war ihm rasch zu Kopfe gestiegen und hatte seinen Hang zur Zahnheilkunde rasch zu Fall gebracht. Es fiel ihm jetzt, Jahrzehnte später, schwer, sich zu erinnern, warum er sich damals so für Zähne interessiert hatte. Er hatte dann angefangen, in Vollzeit für seinen Vater zu arbeiten, und das hatte zu lebenslänglichem Einsitzen am CAT-College geführt, als er am Ende des ersten Jahres durch die Zahnmedizinprüfungen gefallen war. Er könnte im nächsten Jahr sogar schon in Rente gehen, wenn die Präsidentin das gestattete. Sie aber behauptete, das College werde ohne ihn zusammenbrechen. Trotz seiner flüchtigen Hoffnungen hatte Jim sich fatalistisch mit der Überzeugung versöhnt, dass er eher sterben als seine Freiheit erlangen würde.

Jim verabscheute alle am CAT-College. Alle kommandierten ihn herum. Diese Trottel betrachteten ihn, wenn überhaupt, als Idioten. Er hatte mehr Grips als sie alle zusammen. Und auf jeden Fall mehr als dieser neue Philosoph. Ein echter Trottel, wenn ihm jemals einer über den Weg gelaufen war. Aber die Präsidentin hatte ihn immer gut behandelt, sogar in schweren Zeiten. Obwohl sie ihn nicht gehen lassen wollte, stand er in unerschütterlicher Treue zu ihr.

Die Wände im Raum waren vom Boden bis zur Decke mit Bücherregalen verdeckt, jeder Millimeter auf ihnen von Büchern, auf deren Rücken noch immer die weißen Etiketten von Deweys Dezimalklassifikationssystem klebten. Zuerst hatte er versucht, diese Etiketten abzupulen, aber der Schaden, den er damit anrichtete, hatte ihn dazu gebracht, sich die Sache anders zu überlegen und die Etiketten kleben zu lassen. Als Kompromiss hatte er vor, eines Tages seinen eigenen Katalog zusammenzustellen, nur wusste er nicht, wie man das macht. Wenn jemand durch das Haus gegangen wäre, was niemand tat, hätte dieser Jemand gesehen, dass die Wände in jedem Raum, auch in der Küche und der winzigen Toilette unter der Treppe, vor Büchern erstickten, die Rose in ihren Nachtschichten als Reinigungsaufseherin aus der College-Bibliothek und aus den Arbeitszimmern des Lehrkörpers entfernte. Jim und Rose luden schon längst niemanden mehr aus dem College zu sich ein, obwohl sie regelmäßig Einladungen zu Partys, Essen und geselligen Zusammenkünften annahmen. Die Collegeangehörigen ganz allgemein hatten mehrere beliebte Theorien, um dieses unsoziale Verhalten zu erklären, und tauschten diese hinter Jims und Roses Rücken aus, aber keine hatte mit der möglichen Existenz einer geheimen Bibliothek zu tun.

Das ungeplante Gewicht der Bücher bedeutete für das alte Haus eine gewaltige Belastung und hatte zu einem Gitterwerk aus Rissen in den weißen Wänden geführt, was hinter den Regalen aber nicht zu sehen war. Die Bodenbretter taten ihr wachsendes Unbehagen kund, indem sie immer lauter und häufiger aufstöhnten. Als Rose und Jim eingezogen waren, hatte die Sonne noch die weißen Wände aufleuchten lassen, wie in einer Villa an der Mittelmeerküste. Jetzt absorbierten die soliden dumpfen Bücher das Licht und verwandelten das Haus in ein Labyrinth aus kommunizierenden Höhlen.

Rose war es ziemlich egal, welche Art Buch sie aus der Bibliothek mitnahm; sie versuchte ja nicht, für irgendein Thema eine Universalsammlung aufzubauen. Sie rechtfertigte ihr Vorgehen, in dem sie sich einredete, dass sie, weil mitten in der Nacht niemand vor Ort wäre, den sie fragen könnte, die Bücher nur ausleihe. Während ihr Geschmack allumfassend war, zog Jim dicke Hardcover vor, weil sie die Leerräume effektiver auffüllten. Ihr gemeinsames Hobby des Büchersammelns hatte schon vor Jahren jeglichen Rest an Regalraum erschöpft. Inzwischen lagen die Bücher unter Tischen und Stühlen, sie türmten sich in Ecken auf und lehnten wie müßige Studenten an den Türrahmen. Auf einem perfekten Kubus aus einer gleichgestalteten Serie mit Werken von Meistern aus dem 19. Jahrhundert stand der Fernseher. Da er auf allen Seiten von so vielen Büchern umgeben war, fühlte sich Jim verpflichtet, sie auch zu nutzen. Er las sich gerade durch die Literaturkritik des 20. Jahrhunderts, während Rose immer wieder Stippvisiten bei Physik, Marketing, Werbung und PR machte.

Als Rose ihn über den Lärm, den sein Einstimmen in J. J. Cales *Lou-Easy-Ann* machte, anbrüllte, das Essen sei fertig, erhob er sich langsam, drückte den Joint aus, drehte die Musik ab und machte sich auf den Weg zum Küchentisch.

Rose war klein und dünn. Die Knochen ihrer Gelenke waren durch die Haut ihrer Ellbogen und Knie zu sehen. Sie färbte sich ihre kurzen Haare in einem seltsamen Schuhwichsbraun, das in Natur und Tierreich keinerlei Entsprechung hatte. Der Schatten unter dem Rahmen aus Haaren gab ihrem Totenschädelgesicht einen leichten Anschein von Fleisch. Sie fühlte sich prinzipiell verpflichtet, weil sie außer Haus als Putzfrau arbeitete, im Haus alle häuslichen Arbeiten so weit wie möglich zu vernachlässigen. Die wenigen Aufgaben, die sie nicht ignorieren konnte, erledigte sie nur aus Zuneigung zu Jim. Sie wusste, Jim würde lieber stillschweigend verhungern, als einen Teller abzuwaschen, und sie erkannte darin einen unabhängigen Geist. Aber ihre Liebe zu Jim, die intuitiv war und nicht aus den Büchern gelernt, die sie umgaben, reichte jedoch nicht zum Bügeln. Rose und Jim waren auf dem Campus berühmt für ihr zerknittertes Aussehen, welches das ironische Erkennungsmerkmal ihrer gegenseitigen Zuneigung war.

Jeden Abend, ehe sie zu ihrer Nachtschicht ging, um die Reinigung des College zu beaufsichtigen, kochte Rose für sie beide ein Essen, das sie in der Küche verzehrten, während im Hintergrund leise das Radio lief und Jim mit offenem Mund kaute. Sie kochte nicht gern. Sie aß auch nicht gern, was sie gekocht hatte. Und es befriedigte sie nicht zu sehen, wie die Resultate ihre armseligen kulinarischen Bemühungen sich in Jims Schlund um sich selbst drehten wie Kleider in einer Wäscheschleuder. Aber ihr gemeinsames Mahl war die einzige Zeit, zu der sie Klatsch und Tratsch über das College-Leben austauschen konnten, wenn er sein Tagewerk vollendet und sie ihres noch nicht begonnen hatte: ein Moment, in dem sie einander auf den neuesten Stand bringen konnten.

»Hast du irgendwas Interessantes über diesen neuen Philosophen rausgefunden, diesen Wallace«, fragte Jim.

»Der ist ja gerade erst in sein Büro eingezogen. Hat noch nicht viel in den Papierkorb geworfen. Offenbar verbringt er seine Zeit vor allem mit Lesen in der Bibliothek, und das finde ich seltsam.«

»Irgendwas Interessantes im Papierkorb?«

»Nur ein paar bekritzelte Seiten. Strichmännchen, allerlei Listen, auch eine mit Baumaterial, Diagramme und Zeichnungen einer gewissen Della. Und er hat sich eingeschärft, dass er versuchen muss, zu rauchen und zu trinken.«

»Heute ist er vor der Rezeption über meinen Rasen gestolpert. Hat gefragt, ob er meine Leitern ausleihen kann.«

»Auf seinem Schreibtisch lag eine Liste von Fragen, die er sich selbst gestellt hat, darüber, was Wallace in seiner Situation machen würde. Ich nehme an, Philosophen schreiben an sich selbst, wenn niemand sonst das macht, oder vielleicht schreiben sie an einander. Ich habe gehört, er hat an Spencer geschrieben und gefragt, ob er diese Julie Progress betreuen darf.«

»Dann hat sie sicher wieder losgelegt. Man muss immerhin bewundern, dass sie keine Zeit verliert«, sagte Jim schmunzelnd.

»Er hat berechnet, wie viele Bodenplatten er hinter dem Haus in der Love Street brauchen würde, in das Lambe ihn gesteckt hat«, sagte Rose und erinnerte sich dabei an die Skizze von kleinen Vierecken auf dem größeren Viereck, das der Grundriss seines Hauses war und das er mit Bleistift gezeichnet hatte. »Lambe scheint es auf ihn abgesehen zu haben, dafür spricht, dass er ihn gerade dort einquartiert hat. Die Bude ist doch ein Trümmerhaufen. Aber wenn er sie aufpoliert, dann hat er ja den großen Garten und die praktische Lage.«

»Sicher vergräbt er Leichen in dem Garten. Da wäre er nicht der erste.«

»Wahrscheinlich richtet er die Bruchbude für sich und Julie Progress her. Du kannst dir ja denken, dass sie da einziehen will.«

»Behalte ihn im Auge. Er ist ein komischer Vogel.«

»Warum sagst du das? Er ist auch nicht verschrobener als die anderen in seiner Fakultät. Bitte, erinnere mich daran, dass ich ein Geburtstagsgeschenk für Spencers Tochter Samantha kaufen muss. Sie wird dreizehn.«

»Schon wieder? Was hast du ihr zu ihrem letzten dreizehnten Geburtstag geschenkt?«

»Weiß ich nicht mehr. Es wäre peinlich, das gleiche zu schenken.«

»Irgendwas Neues in anderen Papierkörben?«, fragte er, weil Samantha Spencer ihn plötzlich langweilte.

»Die Präsidentin bekommt ein neues Medikament. Und Lambe übt offenbar ihre Unterschrift. Bestimmt weigert sie sich noch immer, ein gemeinsames Bankkonto zu eröffnen.«

»Eins sag ich dir: Das wird böse enden. Sehr böse.«

»Es ist nicht mehr so wie früher, wo jetzt alle Computer benutzen und E-Mails verschicken. Es ist nicht so leicht für mich, auf dem Laufenden zu bleiben. Das war besser, als alle noch Papier verwendet haben.«

»Du könntest zu so einem Computerkurs bei der Technologie gehen und lernen, wie die funktionieren.«

»Ach was. Keine Lust. Die benutzen Passwörter und jede Menge Sicherheitsvorkehrungen. Man könnte glatt meinen, sie hätten wichtige Geheimnisse. Ich würde die ganze Nacht in nur einem Büro verbringen müssen, wenn ich versuchen wollte, auch nur eine Datei zu knacken.«

»Aber die Leute schreiben ihre Passwörter auf. Du würdest sie bald alle kennen, Liebes. Du bist doch ein kluges altes Mädchen.«

»Da könntest du recht haben. Ich werds mir überlegen. Aber trotzdem. Ich werde älter. Es ist schwer, mit der Zeit zu gehen.«

»Die goldene Ära des Papiers ist einwandfrei zu Ende. Kannst du dich daran erinnern, wie Pandora an Lambe alle diese anonymen Drohbriefe geschrieben hat? Mit E-Mail wäre das nicht möglich. Nichts ist besser als ein getippter Zettel, um jemandem Angst zu machen.«

»Wenn Pandora jemals herausfindet, wie viel ich im Laufe der Jahre über ihr sogenanntes geheimes Leben gelernt habe, dann bringt sie mich um.«

»Dann bringt sie uns beide um.«

»Aber wir fällen doch kein Urteil. Wir studieren das menschliche Dasein. Wenn man sich das genauer überlegt, dann sind wir objektive Völkerkundler, die aus den Papierkörben hier ihr Forschungsmaterial sammeln.«

»Es waren große Zeiten, als noch alle Papier benutzt haben.«

Mehrere Minuten lang aßen sie nun schweigend weiter.

»Brauchst du irgendwas aus der Bibliothek?«, fragte Rose. »Gestern Abend habe ich gesehen, wie die Bibliothekarin ein großes Schild aufgehängt hat, weil die Studierenden angeblich so viele Bücher mitgehen lassen. Die sollten sich schämen. Die meisten lesen ja überhaupt nicht. Keine Neugier mehr auf Bücher. Für die gibt es bloß noch Websites. Die Bibliothekarin ist allerdings von der alten Schule. Die benutzt gern das geschriebene Wort.«

»Wenn du irgendwas Sinnvolles über die romantischen Dichter des 18. Jahrhunderts siehst, steck es bitte ein. Es würde eine Lücke füllen.«

»Wir haben ja wohl kaum eine Lücke.«

»Ich wollte am Wochenende der jungen Rose und ihrem Typen einige Bücher bringen. Die haben da drüben jede Menge Platz. Es könnte ihren Geist erweitern, etwas Historisches zu lesen.«

»Ich werd' mich mal umschauen, aber heute Abend habe ich vielleicht nicht die Zeit. Wir müssen ein Großreinemachen starten. Im Moment gibt es auf dem Campus ja nichts als Partys, Empfänge und Zusammenkünfte. Ich hab kaum Zeit, in der Bibliothek zu wühlen.«

»Ich weiß nicht, warum sie sich die Mühe geben. Wenn du mich fragst, ist das eine totale Verschwendung von Energie. Vergiss nicht, wieder in Wallaces Papierkorb nachzusehen, und wenn du irgendwas Aufregendes findest, bring es mir mit«, sagte er und küsste sie auf die Wange, als sie aufstand, um den Tisch zu verlassen. »Spülst du mal kurz die Teller ab, ehe du gehst? Ich schau vielleicht mal in einen Keats, ehe die Nachrichten um neun anfangen.«

XI

Nobiles Barbari

Edle Wilde

Pandora saß zu Hause, in einem rosa-weißen Baumwollbademantel, dessen Kragen sie mit der linken Hand unter ihrem Kinn zusammenpresste. Sie sah sich die Fernsehnachrichten um neun an. Marlboro schnurrte und wetteiferte um Pandoras Aufmerksamkeit mit seinem Rivalen, einem Ordner, den sie auf ihren Knien balancierte. Marlboro war sein Wettbewerbsname. Zu Hause nannte Pandora ihn Marley. Sie streichelte sein Rückenfell, während sie Wolken aus Zigarettenrauch auf den Fernseher blies, wo sich vor ihren Augen live die globale Katastrophe entrollte. Marley kratzte mit scharfen Krallen an dem Ordner und versuchte, ein Blatt nach dem anderen herauszureißen.

»Hör auf, Marley. Ich muss diesen Bericht lesen. Die Präsidentin erwartet, dass ich ihn bis morgen oder jedenfalls bis übermorgen für sie zusammenfassen kann. Ich hab dir ja schon gesagt, dass sie nicht glauben soll, ich arbeitete wirklich. Deshalb muss ich diese Ordner heimlich mit nach Hause nehmen, Es tut mir leid, aber so ist es. Sie soll nicht den Eindruck bekommen, ich wäre dankbar für so eine wichtige Stelle, die es mir erlaubt, diese winzigen Dosen mit köstlichem Katzenfutter zu kaufen, die du so liebst. Also sieh dir jetzt erst mal die Nachrichten an, danach spiel ich dann mit dir.«

Seit einer Woche hatte Marley Atemprobleme, aber das ging in

Pandoras Nähe allen so. Sie hatte für den nächsten Morgen einen Termin beim Tierarzt abgemacht. Marley wusste das nicht, und sie wollte es ihm auch nicht erzählen, weil sie wusste, dass er sich dann Sorgen machen würde.

Dann ging die Türklingel. »Wer mag das sein?«, fragte sie Marley rhetorisch, denn sie hatte ihren Besucher mit einem Grad an Spannung erwartet, der sie überraschte. Sie warf den Ordner beiseite und schob Marley vorsichtig in den warmen, jetzt leeren Sessel, setzte ihre schwarze Sonnenbrille auf und ging zur Tür. Draußen stand Spencer und umklammerte eine große schwarze Plastiktüte.

»Hast du viel Zeit?«, fragte Pandora.

»Ja, die ganze Nacht. Samantha übernachtet bei einer Freundin.«

Sie schloss die Tür hinter ihm, als er durch die Diele ging. Er drehte sich um, als er Pandoras Schlafzimmertür erreicht hatte, öffnete die Plastiktüte und zog ein weites, schulterfreies Pelzkleid heraus. »Das ist für dich«, sagte er und reichte ihr das Kleid, ein Paar Sandalen, einen abgenutzten Lederriemen und einen weißen Hundekauknochen aus Plastik.

Pandora starrte das Kleid an. »Die Feuersteins? Wir machen die Feuersteins. Am Telefon hast du nichts davon gesagt.«

»Nein. Nicht die Feuersteins. Wir sind Höhlenmänner. Ich meine, Höhlenmenschen. Streng genommen sind wir Rousseaus Edle Wilde. Nicht die Wilden von Hobbes, deren Leben einsam, arm, unangenehm, brutal und kurz ist. Die nicht. Das wollen wir nicht«, er kicherte. »Wir sind die idealistischere Version. Vielleicht hat Rousseau das Konzept des Edlen Wilden ja gar nicht erfunden, aber für unser Rollenspiel dachte ich …«

»Ich hab dich schon mal gewarnt. Wenn du hier auf philosophisch machst, dann verlier ich alle Lust und du kannst nach Hause gehen. Ich bleibe bei den Feuersteins.«

»Ich hab dir doch am Telefon gesagt, dass wir zu unseren urzeitlichen Wurzeln zurückkehren.«

»Ich wusste ja nicht, dass du das meinst. Ich hab nur was von Uhrzeit gehört.«

»Hier. Du nimmst das hier«, sagte er und zog eine große Gummikeule aus der Plastiktüte. »Du machst dich in deinem Schlafzimmer fertig. Ich ziehe mich hier draußen an, oder genauer gesagt, ich ziehe mich aus. Dann stürze ich in deine Höhle, und dann sehen wir ja, was passiert. Okay?«

»Von mir aus. Aber keine Philosophie.«

Pandora steckte sich die Zigarette zwischen die Lippen, klemmte sich Kleid und Sandalen unter den Arm, nahm Spencer die Gummikeule ab, ging ins Schlafzimmer und zog die Tür hinter sich zu.

Draußen auf dem Gang streifte Spencer in aller Eile seine Kleider ab. Er wickelte sich ein ledernes Viereck um die Hüfte und erhielt so einen Lendenschurz, der ihm bis knapp über die Knie hing. Er schob seine Hände durch zwei Löcher in einem Bisonfellimitat. Er hob die Arme und wackelte herum, bis sein Kopf durch ein größeres Loch in der Mitte glitt. Dann setzte er sich auf den Boden und wickelte sich zwei lange Lederstreifen um die Waden, um sie dann mit dünneren Riemen zu verknoten. Als er aufstand, hörte er Pandora durch die Tür rufen, sie sei bereit.

Marlboro fing an, sich um den unwiderstehlichen Kratzpfahl zu wickeln, den Spencers mit Leder umwickeltes rechtes Bein darstellte.

»Verpiss dich, Marley«, fauchte Spencer und versetzte dem Kater einen Tritt mit den nackten Zehen seines rechten Fußes. Marlboro heulte und erlitt dann einen Hustenanfall.

»Was machst du da draußen mit meinem Kater?«

»Nichts. Ich bin jetzt so weit. Du auch?«, brüllte er durch die

Tür. »Geh weg, Marley«, flüsterte er dem Kater zu. »Versau mir nicht den Abend.«

»Ich bin so weit, Igor«, rief Pandora. »Komm rein und hol dir ein bisschen pelziges Mammut.«

Spencer beschloss, wie jeder Höhlenmann mit Selbstachtung in die Höhle zu stürzen. Er warf sich gegen die Tür, prallte ab und landete mit seinem wollenen Rücken auf dem Teppich. Fluchend rappelte er sich auf und drehte vorsichtig die Türklinke. Pandora hüpfte auf dem Bett auf und ab und schwenkte ihre Gummikeule. Sie trug das um die Hüfte mit dem Lederriemen zusammengehaltene Fellkleid. Sie hatte sich die Haare um den großen weißen Kauknochen aus Plastik gewickelt. Sie trug ihre Sonnenbrille.

»Weg mit der Brille, Pandora. Du musst ganz und gar auf Höhlenmodus umschalten. Es muss authentisch sein. Wir sind doch Wilde.«

»Spencer, was hab ich über Philosophiererei gesagt? Halt die Klappe!« Pandora schleuderte ihre Sonnenbrille durch den Raum.

»Läuft die Kamera?«

»Ja, die Kamera läuft«, versicherte sie ihm. Sie versuchte, ihn mit der Keule zu treffen, schlug daneben und lachte. Sie sprang in die Luft und stieß dabei einen Schrei aus, den sie für primitiv hielt, und landete mit bis zu den Hinterbacken hochgeschobenem Fellkleid vor ihm auf dem Bett. »Steck schon deinen Knochen rein, Igor!«, forderte sie ihn auf.

Spencer starrte zwischen ihre weit gespreizten Beine. »Brasilianisch? Du hast es brasilianisch machen lassen!«, brüllte er. »Du sollst doch eine behaarte Höhlenfrau sein!«

Pandora setzte sich auf. »Ich wusste ja nicht, dass ich Wilma Feuerstein sein soll. Als du was von Uhrzeit gesagt hast, dachte ich an etwas Modernes. Und brasilianisch ist … na ja … modern.«

»Urzeitlich. Ohne h. Nicht wie die Uhr«, brüllte Spencer. »Die Höhlenmänner waren unsere edlen wilden Vorfahren. Sie waren die Guten. Du hörst mir aber auch nie zu!«

»Ich hatte gehofft, wir würden etwas Zeitgenössisches machen. Vielleicht Satanismus. Ich hab diesen ganzen historischen Kram zum Kotzen satt. Voriges Mal musste ich eine Bäuerin aus dem 19. Jahrhundert spielen.«

»Vorigen Monat waren wir Astronauten im Raum. Das war deine Idee.«

»Tut mir leid. Alles meine Schuld. Ich hätte dich am Telefon um genauere Erklärungen bitten sollen, aber Wallace war gerade da.«

»Brasilianisch«, jammerte Spencer. »Wahrscheinlich hast du dich auch gewaschen. Was hab ich dir übers Waschen erzählt? Die meisten Menschen im Laufe der Geschichte haben sich nie gewaschen. Höhlenmänner … Menschen … waschen sich nicht. Wie können wir denn das richtige Gefühl entwickeln, wenn du nach Seife riechst? Du nimmst unsere Beziehung nicht ernst.«

»Wenn wir immer Satanisten wären, könnte ich mich waschen. Ich bin sicher, Satanisten achten auf Hygiene. Ich muss jeden Tag zur Arbeit gehen. Es würde Gerede geben.«

»Sie reden nicht über mich.«

»Das glaubst du. Sie werden dir schließlich nicht sagen, dass du stinkst, oder was? Ich habe versucht, mir nicht die Füße zu waschen. Willst du mal riechen?«

»Nein«, sagte er beleidigt. »Ich stehe nicht auf Füße.«

»Schade. Sieh dir meine Sohlen an. Ich glaube, das ist ein Hühnerauge. Du kannst es ablecken, wenn du willst.«

Spencer gab keine Antwort. Schweigend saßen sie am Fußende des Bettes.

»Jedenfalls bist du nicht besonders behaart für einen Höhlenmenschen. Sieh dir doch diese Beine an. Und du hast keine

Haare auf der Brust. Wie kommt ein haarloser Mensch bloß auf die Idee, Fred Feuersein sein zu wollen?«

»Ein Edler Wilder. Edle Wilde brauchen nicht behaart zu sein.«

»Ach was, aber ich soll behaart sein? Hast du es wenigstens mal mit einem Brusttoupet versucht? Nicht? Typisch. Die miese Kuh im Studio fand es ja so toll, die Wachsstreifen abzureißen. Schau mal. Du kannst noch immer sehen, wie rot meine Haut da unten ist. Du kannst dir nicht vorstellen, wie weh das getan hat. Ich hatte mir geschworen, dass ich nicht schreien würde, ich wollte doch ihren Sadismus nicht befriedigen. Du solltest es auch mal probieren.«

»Wirklich? War es unerträglich?«

»Ja.«

»Hast du Wachs im Haus?«

»Ich seh mal im Badezimmer nach. Du bleibst hier. Nicht bewegen, Igor.«

XII

Domus Dulcis Domus

Heim süßes Heim

Drei Wochen voller trüber wolkiger Tage waren seit Rik Wallaces erstem Auftritt im CAT-College vorübergeeilt. An jedem dieser grauen Morgen in seinem Büro im ersten Stock der Philosophischen Fakultät, während er fieberhaft studierte, um die fehlenden Jahre des Wissenserwerbs aufzuholen, rechnete er jedes Mal damit, wenn er von seinen Büchern aufschaute, Inspector Wilson und seinen Partner nebeneinander vor sich stehen zu sehen, um ihn wegen Mordes festzunehmen. Durch sein Fenster konnte er den oberen Teil der Ausziehleiter aus Aluminium sehen, die an der Stelle die Wand traf, wo er ein großes gelbes Viereck auf die Mauer gemalt hatte, ehe sein Arm angefangen hatte wehzutun. Der scharfe Schmerz vor dem Hintergrund der gewaltigen noch unbemalten Mauerfläche ruinierte seinen ursprünglichen Enthusiasmus, als er zurücktrat, um sein Werk zu bewundern. Jim der Pförtner hatte die Leiter eigenhändig hergetragen und wollte sie ihm gern unter der Bedingung zur Verfügung stellen, dass er herunterfiele und sich seinen akademischen Hals bräche. Er versuchte, die Leiter zu ignorieren, da sie ihm ein schlechtes Gewissen machte, und sich auf andere Sorgen zu konzentrieren. Zumindest, dachte er, könnte er sie von seinem Fenster entfernen. Wenn er nicht wegen der Polizei in Panik geriet, machte er sich Sorgen, dass Spencer hereingestürzt kommen könnte, um ihm mit seinem Lebenslauf vor dem Gesicht herumzuwedeln und zu brüllen, er sei ein Betrüger!

Die erste postkoitale Zigarette mit Progress hatte zu der Gewohnheit von vierzig pro Tag geführt. Zu seiner Routine gehörte inzwischen ein Besuch bei Pandora um zwölf Uhr mittags, um mit ihr eine Zigarette zu rauchen und sich nach ihrer Gesundheit und nach der BWL-Sekretärin zu erkundigen. Er redete sich ein, er ziehe sie langsam auf seine Seite durch das gemeinsame Interesse am Rauchen. Sie vertraute ihm sogar an, welche Sorgen sie sich um das Wohlbefinden ihres geliebten Marlboro machte. Er nahm diese Nachrichten mit einem sorgfältig erarbeiteten ernsten Gesicht auf und bat, dem Kater seine besten Wünsche auszurichten. Trotz dieses überraschenden Geständnisses verbrachten sie die gemeinsame Zeit meistens schweigend, sie atmeten nikotingeschwängerten Rauch aus und begrübelten ihre jeweiligen ungeteilten Kümmernisse.

Wallace trank jeden Abend in seinem Haus zwei Flaschen Rotwein, zusammen mit Julie Progress, die Bacon sofort ihre Betreuung entzogen und einen Tag später, nachdem er sich bereit erklärt hatte, ihre Forschungen zu betreuen, zu ihm in die Love Street gezogen war. Theoretisch hätte er die offizielle Zustimmung des Prüfungsausschusses abwarten müssen, was ihren Wechsel des Betreuers anging, aber sie hatte diesem Entschluss vorgegriffen. Sie rechnete nicht mit irgendwelchen Problemen, da dies bereits ihr vierter Wechsel war. Außerdem, wie sie Wallace erklärte, hatte sie nicht zu Bacon ziehen können, der verheiratet war und mit seiner Frau und den sechs Kindern zusammenwohnte. Dieses neue Arrangement ersparte ihr außerdem die Miete. Sie brachte ihr Erstaunen darüber zum Ausdruck, dass es ihn gar nicht zu interessieren schien, wie rational sie die Betreuungsfrage anging.

An diesem zweiten Tag auf dem Campus hatte er die Bibliothek gefunden, nachdem er einer Serie von blauen Schildern gefolgt war. Die Bibliotheksleiterin hatte hinter dem Ausleihtresen in Habachtstellung gestanden, eingeschlossen in ihrem Büro von Säulen aus Büchern, die um ihren Schreibtisch aufgetürmt waren und geduldig Schlange standen, um katalogisiert zu werden. Die Bibliothekarin war groß und klapperdürr, und sie hatte ihre Haare zu einem dicken breiten Bob geschnitten, der den Schatten eines menschlichen Pilzes warf. Sie suchte ihre wollene Kleidung mit großer Sorgfalt aus, um den Eindruck zu erwecken, sie sei hundertfünfzig Jahre älter, als sie in Wirklichkeit war. Sie zerfetzte die Stille in der Bibliothek durch den lauten Ausruf, er sei sicher der eitelste Universitätsangehörige aller Zeiten, eine Position, um die, wie sie ihm versicherte, harte Kämpfe ausgefochten wurden, als er sie nach allem fragte, was er jemals über Ethik geschrieben hatte.

Große Schilder hingen über den wenigen verhuschten, lernbegierigen Köpfen und baten die Benutzer der Bibliothek, sich des Essen und Trinkens zu enthalten und nicht miteinander oder per Mobiltelefon mit Personen zu reden, die sich gerade nicht in der Bibliothek aufhielten. Wer sich mit seinen eigenen Studien langweilte, konnte sich ablenken und die vielen strategisch zur besten Sichtbarkeit ausgehängten Mitteilungen über die Benutzungsvorschriften überfliegen. Die Benutzer wurden daran erinnert, dass die Bibliothek ein Ort des Lernens sei, nicht des sozialen Kontaktes. Vorschriften über die Anzahl von Büchern, die gleichzeitig ausgeliehen werden konnten, und die Zeitspanne, für die sie entliehen wurden, welche sich danach richtete, wie weit die Lernenden in ihren Studien gekommen waren, waren in großen Lettern an fast jeder freien Oberfläche angebracht. Nur die Bibliotheksleiterin konnte sich diese vielen Vorschriften merken, und sie erinnerte sich ohne Mühe daran, wenn irgendwer versuchte, ihre Gesetze zu umschiffen, sie brauchte nicht einmal auf das dicke

Handbuch zurückzugreifen, das jedes Jahr den neuen Studierenden vorgelegt wurde.

An den feuchten Nachmittagen saß Wallace in der Bibliothek und las seine Schriften. In seiner eigenen unwissenden Kritik seiner Bücher hatte er das Gefühl, er hätte weniger schreiben und dafür klarer zur Sache kommen sollen. Er schwor sich, wenn er sich erst mit seinem Thema vertraut gemacht hätte, würde er in seinen Schriften eine ganz neue Richtung einschlagen, die unbedingt auch kürzere Titel mit sich bringen würde. Als er das Progress erzählte, lachte sie und erinnerte ihn daran, dass Forschungen mit langen Titeln bei den Koryphäen in seiner Disziplin *de rigueur* seien. Wenn er sich nicht in der Bibliothek selbst erforschte, saß er in seinem Büro, bereitete Vorlesungen vor oder versuchte, den Entwurf des ersten Kapitels von Julies Dissertation neu zu schreiben. Sie versuchte, ihm klarzumachen, dass sie ein richtiges moralisches Problem als Basis ihrer Forschungen brauchte, und nicht nur eine abstrakte philosophische Analyse von Moral. Sie sagte ihm, es sei seine Aufgabe, als ihr Betreuer, für sie ein passendes moralisches Dilemma aufzuzeigen. Er versicherte ihr, ohne daran zu glauben, dass er sein Bestes tun werde.

Er hielt die erste Vorlesung seines Lebens am dritten Tag seiner zweiten Woche für Erstsemester der Wirtschaftswissenschaften. Er war überaus erleichtert, weil es besser verlaufen war als erwartet, da die Studierenden offenbar noch weniger über Handel oder Ethik wussten als er. Er war zufrieden, weil er nicht als Ergebnis seiner Bemühungen ins Gefängnis gesteckt worden war. In der ihm zugewiesenen Stunde hatte er sich vor allem über die Details von Sokrates' Tod durch den Schierlingsbecher verbreitet, größtenteils Informationen die er aus dem Internet hatte. Er hoffte, das Interesse seines Publikums auf die Form seines Diskurses hin- und dadurch vom mangelnden Inhalt abzulenken.

Die Studierenden schienen nicht zu erfassen, dass es sich bei dem Vortrag vor allem um ein Ein-Mann-Stück mit vielen Armbewegungen handelte.

In seinen ersten drei Wochen hatte er zudem begonnen, sein neues Zuhause zu renovieren. Seine Bestellungen von Gipsplatten, Spanholz, Brettern, Gipssäcken, Füllmasse, Klebeband, Schrauben, Nägeln, Leim, Ziegeln, Sand, Bodenplatten und Kies, zusammen mit allerlei Kupferrohren und Stromkabeln war vom lokalen Baumarkt am ersten Samstag geliefert worden. Er bezahlte mit seinen Kreditkarten auch einen großen Werkzeugkasten und etliche elektrische Sägen und Bohrer sowie einen Router. Er fand sein Bauprojekt spannend. Er fing mit dem Renovieren in der Küche an. Während die Küche abgerissen und neu gebaut wurde, aß er mittags in der College-Mensa, während er und Progress sich abends etwas aus einem Imbiss mitnahmen, das sie dann mit Wein hinunterspülten. Er trank zudem jeden Tag eine halbe Flasche Verdauungsmittel, um sein Sodbrennen zu lindern, das abrupt eingesetzt hatte, als Progress vor seiner Tür aufgetaucht war, mit ihren Habseligkeiten in schwarzen Plastiktüten und den hinten in ein Taxi gestopften Pappkartons.

Manchmal, wenn sein Sodbrennen ihn nachts weckte, stand er auf, um an seiner Küche zu arbeiten. In der Stille der Nacht unterbrach er sich dabei, wie er mit einer Handsäge ein Stück Spanholz längs durchteilte, steckte sich eine Zigarette an und erlaubte seinen Überlegungen über Klinkerschneiden und hölzernen Bodenbelag vor ihm im Rauch zu schweben, während die Komplexititäten von Dissertationsbetreuung, sokratischer Philosophie, Nietzsche und Cornflakes und Argumente für und wider Euthanasie in seinen Hinterkopf wanderten. Die Erinnerungen an sein altes Leben schwanden stetig in direktem Verhältnis zu dem Anwachsen seines Heimwehs nach diesem Leben. Er beschwor ein immer gespenstischeres Bild seines alten Selbst herauf, während er im trüben Licht der schwachen Birne arbeitete, die seine Nachtschicht in der Küche beleuchtete. Aber wenn er dann zum virilen Licht des neuen Morgens erwachte, fühlte er sich erleichtert, dass seine Versuche, sich den Weg zurück nach Hause zu erhämmern und zu ersägen, mit jedem neuen Tag des Philosophierens mehr und mehr an Wirksamkeit einbüßten.

XIII

Publico Auditorio
Öffentliche Vorlesung

Der Rik Wallace zu seiner Einführungsvorlesung zugeteilte Hörsaal war eingerichtet mit Reihen von hölzernen Sitzen und schmalen Ablagen für Notizblocks. Helle Eichentäfelung bedeckte die Wände bis halbwegs zur Decke. Die altmodische, düstere Ausgestaltung machte den Hörsaal zu einem angenehmen Startpunkt für eine akademische Karriere. Es war nicht der größte Hörsaal des CAT-College. Vielleicht, dachte er, ging Pandora, die die Vorlesung organisiert hatte, nicht davon aus, dass er den größten an einem Mittwochabend oder überhaupt an irgendeinem Abend füllen könnte. Dennoch, Pandoras Zweifeln zum Trotz, war der Saal an diesem Abend überfüllt. Studierende, die ihre Plätze aufgegeben hatten, um sich bei Dozenten einzuschmeicheln, drängten sich in den Gängen. Von seinem Stuhl hinter dem Tisch vorne im Saal konnte Wallace die Gesichter in der Menge betrachten. Zu seiner Erleichterung erkannte er nur wenige. Präsidentin Patricia saß neben ihm und wartete nervös darauf, ihn dem College offiziell vorstellen zu können. Hochwürden Professor Lambe saß neben ihr und hielt als moralische Unterstützung ihre Hand. Wallace wusste nicht so recht, wer hier wen unterstützte. Spencer saß mitten in der ersten Reihe, lächelte ihn an und winkte immer wieder wie ein furchtbar aufgeregter Schuljunge. Vorhin, draußen auf dem Gang, hatte Spencer Wallace daran erinnert, dass er in seiner Antrittsvorlesung Nietzsche unerwähnt lassen sollte. Progress saß ebenfalls in der ersten Reihe, zwischen Pandora und Spencer. Sie hatte sich rasch an ihre besitzergreifende Rolle in seinem neuen Leben gewöhnt. Eine ältere Frau saß in der Mitte der vierten Reihe, sie trug ein Kopftuch und einen trotz der steigenden Temperatur im Saal, hervorgerufen durch das Gedränge und die selbstzufrieden vor sich hin gluckernden uralten Heizkörper unter den Fenstern, bis ans Kinn zugeknöpften schweren blauen Wollmantel. Die Frau mit dem Kopftuch kam ihm seltsam bekannt vor. Er war davon überzeugt, sie schon einmal gesehen zu haben, konnte sich aber nicht erinnern, wo. War sie jemand aus seinem früheren Leben? Was wollte sie hier, mit ihrem Mantel und ihrem Kopftuch?

Wallace schaute in die Leere der Decke hoch, um seine Nerven zu beruhigen. Hoch oben in den Ecken gingen die kleinen schwarzen Spinnen ihren Geschäften nach und hatten nicht das geringste Interesse an den Geschehnissen, die sich weiter unten abspielten. Die Schwärze, Dichte und Anzahl ihrer Netze ließ Wallace annehmen, dass sie seit der Erbauung des Hörsaals schon dort hausten. Wenn Lernen nur die Konfrontation mit dem Gedanken war, dann mussten das da oben die weisesten Spinnen auf der Welt sein. Wenn er doch nur Zugang zu einem Bruchteil des Wissens hätte, das sie verachtungsvoll jeden Tag ignorierten, um sich dem Fangen von unseligen Fliegen zu widmen. Er kam sich vor wie die fest in einem Netz gefangenen Fliegen. Nur hatte er dieses Netz selbst gesponnen.

Seine versponnenen Überlegungen wurden unterbrochen, als jemand darauf bestand, dass eine halbe Reihe von Menschen sich in der engen Sitzreihe erhob, damit sie sich zu einem leeren Platz in der Mitte durchzwängen könnte. Sein Herz geriet ins Schlingern, als er die ehemals breitschultrige Della erkannte. Sie lächelte strahlend, zeigte dabei ihre perfekten weißen Zähne und warf ihm eine Kusshand zu, als sie sah, dass sie seinen Blick eingefangen hatte. »Viel Glück«, formte sie mit den Lippen. Er hielt in der Menge Ausschau nach Inspector Jackson und seinem enthusiastischen jungen Partner. Er war sicher, wenn Della im Publikum war, mussten sie auch in der Nähe sein. Er wartete darauf, dass Jackson in der letzten Reihe mit einem Paar Handschellen winkte. Dann sah er, dass die Frau in Mantel und Kopftuch ihn bohrend anstarrte. Wo hatte er sie schon einmal gesehen? Er brauchte dringend eine Zigarette. Musste sie nicht kochen in ihrem Mantel und Kopftuch? Er wurde ja schon in seinem Hemd und seinem Sakko geröstet. Hatte er Zeit für eine Zigarette, ehe er anfangen musste? Vielleicht könnte er noch immer davonrennen. Was machte er überhaupt hier, vor dem gesamten College, kurz vor seiner Entlarvung als Mörder und philosophischer Hochstapler? War Della gekommen, um ihn in aller Öffentlichkeit zu entlarven, weil sie das witziger fände als eine diskrete Festnahme? Der neue Professor der Moralphilosophie, der in Handschellen abgeführt wurde! Er hatte sich gerade zur Flucht entschlossen, als das Stimmgewirr plötzlich verstummte, denn die Präsidentin hatte sich erhoben, um ihn vorzustellen. Er hatte bei seinen geselligen Zigarettenpausen mit Pandora gelernt, dass die Präsidentin Blau trug, wenn sie in umgänglicher Stimmung war. Trug sie Rot, dann war sie total gestresst. An diesem Abend trug sie ein rotes Kostüm, einen roten Schal und rote Schuhe. Lambe hielt ihren Ellbogen gepackt, als sie gemeinsam zum Rednerpult hochstiegen. Wallace wusste noch immer nicht, wer hier wen unterstützte. Lambe stand dicht neben der Präsidentin und lächelte ins Publikum, während sie sprach, er nickte ab und zu, um ihre Worte zu unterstreichen. Er nickte lebhaft, wenn er mit einem besonderen Punkt in ihrer Rede übereinstimmte, die er von vorn bis hinten selbst geschrieben hatte.

»Verehrte Gäste, Kolleginnen und Kollegen, meine lieben

Studierenden, meine Damen und Herren, willkommen zur Antrittsvorlesung unseres neuesten Kollegen hier am CAT-College, Professor Rik Wallace.« Sie klang gelangweilt, fast schläfrig von den Beruhigungsmitteln, die sie großzügig anwandte, wenn sie in der Öffentlichkeit sprechen musste. »Ich freue mich sehr auf diese Vorlesung mit dem Titel ›Erfassen der Konsequenzen unseres Handelns, eine neue Herangehensweise‹«, sagte sie tonlos ohne irgendeine Spur von Spannung. »Professor Wallace ist ein Fachmann für moralische Konsequenzen. Er hat ausführlich zu diesem Thema veröffentlicht und genießt einen stetig anwachsenden internationalen Ruf. Aber Moral ist für ihn nicht nur ein abstraktes Konzept. Sie ist etwas, das er in seinem eigenen Leben durch sein Verhalten verkörpert. Er legt für uns andere die moralische Messlatte hoch, da er sich unermüdlich für Tierrechte und Veganismus engagiert.«

Wallace dachte voller Entsetzen an den Rindereintopf, den er mittags in aller Öffentlichkeit in der Mensa zu sich genommen hatte. Er fragte sich, ob irgendwer im Publikum sich daran erinnerte. Gott sei Dank, dachte er, aßen weder die Präsidentin noch Lambe jemals in der Mensa.

»Er ist ein beredter Kritiker der Alkohol- und Tabakindustrie.«

Er trank gierig aus dem Glas Wasser, das vor ihm auf dem Tisch stand, um seinen neuen von der Tabakindustrie verursachten Husten zu unterdrücken. Unbewusst wanderte seine Hand zu seiner Hosentasche, um die Ausbeulung der Zigarettenpackung glattzupressen.

»Rik Wallace machte zum ersten Mal als von Professorin Amanda Wearing betreuter Student von sich reden. Frau Wearing bezeichnete ihn als den originellsten aus ihrer Schar brillanter Doktoranden. Er stieg rasch in den akademischen Graden und machte sich in der Moralphilosophie einen Namen. Auf dem

Höhepunkt seiner Kräfte entschied er sich, herzukommen und unsere Studierenden über Geschäftsethik aufzuklären, wenngleich er überall hätte hingehen können. Während wir seine Motive vermutlich niemals gänzlich erfassen werden, können wir uns über seine Entscheidung nur freuen. Ich bitte Sie also, zusammen mit mir, das wärmste CAT-College-Willkommen auszusprechen. Und nun überlasse ich Sie – Professor Rik Wallace.«

Die Menge applaudierte, während die Präsidentin und Lambe einander zurück zu ihren Sitzen hinter dem Tisch halfen. Wallace trat hinter das Rednerpult. Die Frau im blauen Mantel nahm ihr Kopftuch ab, während alle anderen noch klatschten. Wallace erkannte sie vom Foto in der Aktentasche im Hotel: seine Mutter. In diesem Augenblick verschwand der gesamte Inhalt seiner Vorlesung aus seinem Kopf, während zugleich die Stärke seine Beine verließ. Der Applaus ging mehrere Minuten weiter, denn er entsprang eher dem Wunsch der Zuhörerschaft, die Präsidentin in ihrer roten Tracht friedlich zu stimmen, als Wallace willkommen zu heißen. Alle am College, selbst noch der begriffsstutzigste Erstsemester, waren über die Semiotik der Präsidentinnenkleidung im Bilde. Die Menge rechnete damit, dass Wallace anfangen würde, wenn sich der Lärm endlich gelegt hätte, denn das war der allgemein bekannte Brauch bei öffentlichen Vorlesungen am CAT-College. Aber er fing nicht an. Minuten vergingen, in einer Stille, die nur unterbrochen wurde durch systemloses Husten der wenigen Raucher, die sich hier und da unter die Menge gemischt hatten. Wallace wagte nicht, in Richtung seiner Mutter zu blicken. Selbst ohne irgendwelche Kenntnisse der Metaphysik wusste er, dass sie wissen musste, dass er nicht der Sohn war, den sie zu kennen glaubte. Er begann zu sprechen, als die Nichtraucher sich den Rauchern zu einem allgemeinen Sperrfeuer aus Husten anschlossen.

»In letzter Zeit frage ich mich häufiger, wozu Moralphilosophie gut ist, wenn wir doch Religion und Gesetz haben, die uns leiten können. Offenbar brauchen wir Moralphilosophie, um den Unterschied zwischen Richtig und Falsch zu erfassen, da Religion und Gesetz keine Hilfe sind. Meine Moralphilosophie orientiert sich an einem schlichten Imperativ: Folgt meinen Worten, nicht meinen Taten. Das basiert auf meiner Überzeugung, dass Verhalten nicht danach beurteilt werden sollte, was ich scheinbar tue, wie immer das auf Sie wirken muss, sondern nur nach den Konsequenzen dieses Verhaltens. Wir müssen das Ergebnis bemessen, nicht das, was wir zu tun glaubten, oder was Sie glaubten, dass ich täte, was ohnehin nicht bemessen werden kann. Wie sollten wir denn überhaupt wissen können, wie unsere Absichten sein sollten? Wir müssten immer einen Psychologen konsultieren, wenn wir uns zu etwas entschließen, um festzustellen, ob wir wussten, was wir angeblich taten. Wir können uns in unseren Absichten irren. Wir können vergessen, wie sie uns erschienen sind. Wir können sie falsch darstellen. Wir können neue entdecken, um unser Verhalten nach der Tat zu rechtfertigen. Na gut. Ja. Ich habe neuerdings angefangen zu rauchen, zu trinken und Fleisch zu essen. Aber ich habe das getan, um am eigenen Leib zu erfahren, was die Konsequenzen dieses Verhaltens sind, statt mich darauf zu verlassen, dass stellvertretend für mich andere diese Konsequenzen erleiden. Mit anderen Worten, wenn ich rauche, trinke und Fleisch esse, ist das mein moralisches Opfer zum Besten der Menschheit. Wenn ich als Folge meiner neuen Gewohnheiten sterbe, wird mein Tod auf andere als abschreckendes Beispiel wirken, und auf diese Weise wird mein Verhalten moralisch positive Konsequenzen nach sich ziehen. Ich habe vor, meinen Verfall in meinen kommenden Forschungen zu dokumentieren, vor allem habe ich vor, um der Forschung willen zu trinken. Ich darf durchaus trinken. Ich bin nicht einfach ein Trinker. Ich trinke aus philosophischen Gründen.«

Vom Publikum gab es verstreuten Applaus, gemischt mit leisem Gemurmel. Wallace konnte nicht entscheiden, ob das Gemurmel die Sorte war, die Zustimmung andeutet oder die, die einen Aufruhr ankündigt, denn er war kein Experte für die Geräusche, die von Menschenmengen ausgehen.

»Die Folgen unseres Verhaltens zu ermessen, ist bekanntlich schwierig. Es ist nicht dasselbe, wie ein Stück Holz abzumessen oder Aggregate auszutarieren. Es gibt zahllose Varianten beim Ermessen von Verhalten, denn Moralphilosophie ist keine exakte Wissenschaft wie Ingenieurswissenschaften. Das alles ist schwierig. Und übrigens, Sie würden staunen, was ich alles über Ingenieurswissenschaften weiß. Wenn eine Handlung zu einem ungeplanten Vorzug für die Gesellschaft führt, halten wir sie für gut, auch wenn die Person, die diese Handlung ausgeführt hat, die Konsequenzen nicht voraussehen konnte. Wenn eine Handlung, die gemeinhin als schlecht betrachtet wird, überraschenderweise eine beträchtliche Menge von Leid und Schmerzen verhindert, ist sie moralisch gutes Verhalten. Zum Beispiel würden die meisten zustimmen, dass es eine ethische Tat gewesen wäre, wenn jemand Adolf Hitler in der Wiege erwürgt hätte. Aber wenn jemand den kleinen Hitler erwürgt hätte, wäre dieser Mensch von Gesetz, Religion und Gesellschaft seiner Zeit als Verbrecher verurteilt worden. Mir erscheint es als gute Tat, den kleinen Hitler zu erwürgen, und ich vermute, die meisten von Ihnen würden mir da zustimmen. Deshalb sollten wir nicht so einfach jedes Erwürgen eines Kindes verurteilen, denn wir wissen nicht, ob es zu unserem Vorteil ist oder nicht, dass dieses sogenannte Opfer nicht länger unter uns weilt; wir wissen nicht, was dieses Kind vielleicht der Gesellschaft angetan hätte, wenn es erwachsen geworden wäre. Das trifft sogar auf das Töten eines Professors der Moralphilosophie zu. Wer kann sagen, ob wir nicht ohne ihn besser daran wären? So wie das Erwürgen eines Kindes, aus dem ein Monster geworden wäre, wird vielleicht in der Welt der Zukunft das Töten eines irren Akademikers als gute Tat gelten. Deshalb, wenn es moralisch vertretbar ist, ein Kind zu töten, aus dem ein erwachsenes Monster geworden wäre, müsste es doch richtig sein, einen Professor zu töten, wenn wir in die Zukunft blicken könnten. Dass wir keine genauen Vorhersagen machen können, bedeutet also nicht, dass wir keine intelligenten Einschätzungen der moralischen Konsequenzen eines sogenannten Mordes machen könnten. Es liegt allein auf Grundlage der statistischen Wahrscheinlichkeit nahe, dass wir ohne mindestens die Hälfte der Bevölkerung besser daran wären. Das heißt nicht, dass ich zum Erwürgen von Kindern rate, ich dränge nur darauf, unser Urteil nicht zu überstürzen.«

Er unterbrach sich, um einen Schluck Wasser aus dem Glas vor ihm zu trinken. Inzwischen hatte er sich von seinen vorbereiteten Notizen gelöst und improvisierte.

»Worüber rede ich hier eigentlich?«, fragte er sein Publikum, während ihm Schweißtropfen das Rückgrat hinabsickerten.

»Kindermörder!«, schrie jemand, während der Rest der Anwesenden ihn schweigend anstarrte. Er glaubte, Pandoras heisere Tabaksstimme erkannt zu haben. Er improvisierte weiter über sein Thema und hoffte, bald irgendeinen Sinn ergeben zu können.

»Wenn wir das Leiden eines unheilbar Kranken durch Euthanasie beenden, wird das von manchen als moralisch vertretbare Handlung betrachtet, auch wenn es dem Gebot ›du sollst nicht töten‹ widerspricht. Und ebenso denken viele, jemanden zu töten, der uns oder unsere Lieben bedroht, sei als Notwehr gerechtfertigt. Wenn ein Staat das Leben von jemandem nimmt, der bewusst eine unschuldige Person getötet hat, ist es eine gute Tat, denn es wirkt abschreckend. Aus diesen wenigen Beispielen können wir folgern, dass Töten an sich nicht richtig oder falsch ist. Die Folgen des Tötens machen es richtig oder falsch.«

»Gottloser Irrer!«, brüllte jemand in der Menge.

Wallace glaubte, das sei aus der Richtung seiner Mutter gekommen. Inzwischen kam er sich vor wie jemand, der sich auf der Anklagebank verteidigt. Er schwitzte noch immer. Halt dich an deine Notizen und hör mit dem Improvisieren auf, mahnte er sich. Aber nun fand er die Seite nicht, die er eigentlich ablesen sollte. Er konnte seine Augen nicht genug konzentrieren, um durch den Schweißfilm auf seinem Gesicht zu lesen.

»Wie lange sollten wir warten, um zu entscheiden, ob es auf Grundlage der Konsequenzen eine gute oder eine schlechte Tat ist, jemanden zu töten? Wir können zwar nicht in alle Ewigkeit warten, aber doch sicher länger, als es dauert, eine Festnahme durchzuführen und eine Gerichtsverhandlung anzusetzen. Wir sollten unsere eigene Urteilskraft sprechen lassen und nicht die von Kirche, Gesetz oder Staat. Moralphilosophie interessiert sich nicht dafür, was praktisch ist, nur damit es nützlich sein kann. Doch, Gesetz, Gesellschaft und Religion können allesamt nützlich sein, aber sind sie philosophisch? Wenn sie die besonderen Umstände nicht in Betracht ziehen, sollten sie verändert oder aufgegeben werden. Ich rede nicht darüber, was in den Augen des Gesetzes – wir kennen uns ja mit dem Gesetz alle aus – oder in denen Gottes richtig oder falsch ist. Mir geht es um die abstrakte Grundlage unserer Haltungen. Wenn unsere Motive rein sind, wenn wir auf eine Weise handeln, die wir für richtig halten, handeln wir auf moralisch korrekte Weise, auch wenn wir nicht wissen, was unsere Motive oder Absichten sind, was wir auch in einem anderen moralischen System nicht wissen würden. Sehen Sie! Sie können nicht sagen, es ist falsch, wenn wir nicht einmal wissen, was wir tun.« Er wurde leise und murmelte nur noch vor sich hin.

»Reden Sie lauter, um Himmels willen«, wurde hinten aus dem Publikum gebrüllt.

Er fragte sich, woher er diese Überlegungen nahm. Es faszinierte ihn, dass er nicht mit Reden aufhören konnte. Schwaden der gewaltigen Menge an moralischen Erörterungen, die er in den vergangenen Wochen gelesen hatte, zogen durch sein Bewusstsein wie Methangas, das sich aus einem Sumpf erhebt.

»Wir sollten von dem Prinzip geleitet werden, dass wir durch unsere individuellen und kollektiven Handlungen versuchen, die Lebensqualität in unserer Gesellschaft zu vergrößern, indem wir die Kräfte des Bösen entfernen, auch wenn wir nicht so richtig wissen, wer diese sind«, brüllte er.

Jemand im Publikum, der zu ungeduldig war, um auf die angekündigte Diskussionsrunde zu warten, schrie zurück: »Sind Sie so ein verdammter besorgter Bürger?«

Er beugte sich über das Rednerpult vor und machte mit seiner Argumentation weiter, obwohl er schon längst nicht mehr wusste, was er sagte. Er wäre lockerer gewesen, wenn ihm klargewesen wäre, dass er auf eine beträchtliche Minderheit im Publikum einen guten Eindruck machte, auch auf Pandora und Spencer. Letzterer legte sein Notizbuch beiseite, hörte aufmerksam zu und nickte enthusiastisch. Spencer glaubte, endlich eine der flüchtigen Wahrheiten genau dort gefunden zu haben, wo er wirklich nicht damit gerechnet hatte, aber dann ging ihm auf, dass er genau dort hätte danach suchen sollen. Pandora nahm ihre schwarze Sonnenbrille ab, putzte die Gläser und setzte sie wieder auf. Sie musterte Wallace forschend.

»Es ist gut, wenn ein schrecklicher Mensch stirbt und durch einen besseren Menschen ersetzt wird. Es ist sicher auch gut, wenn jemand, gut oder schlecht, getötet wird und von jemandem ersetzt wird, der versucht, eine bessere Version dieses Menschen zu sein. Was ich zu sagen versuche, ist folgendes: Wenn Sie jemanden töten, sagen wir durch einen Unglücksfall, auch wenn es nicht wie einer aussieht, ist das nicht unbedingt verwerflich, denn es kommt darauf an, was danach passiert. Wenn dieser Tod zu einem Anwachsen der guten Ereignisse führt, dann ist er eine gute Tat. Urteilen Sie also nicht zu schnell.«

Er schaute in sein Publikum und sah, dass seine Mutter seinen Blick aus zusammengekniffenen Augen erwiderte. Della lächelte und hob beide Daumen, als er ihren Blick einfing, wie sie dort mitten in der Menge saß. Progress dagegen machte fieberhaft Notizen, mit denen sie ihre Dissertation anzureichern hoffte. Er atmete laut aus und machte mit seiner Vorlesung weiter.

»Wenn zum Beispiel ein Dozent sagen wir ... äh ... stirbt ... und durch einen besseren ersetzt wird, oder wenigstens einen, der sich größere Mühe gibt, muss das doch gut sein? Oder nicht? Oder wenn ein unfähiger Studienplaner getötet wird und das der Mehrzahl der Lehrenden erlaubt, bessere Arbeit zu leisten und dadurch ihren Studierenden zu glücklicheren und produktiveren Leben zu verhelfen, können wir deutlich sehen, dass das Maß der guten moralischen Konsequenzen die schlechten aufwiegt. Selbst wenn die Einschätzung, die zu der Tötung geführt hat, Fehler aufweist, selbst wenn die Absicht fehlgeleitet oder unergründlich ist, wird sie durch die guten Folgen gerechtfertigt.«

»Wahnsinn! Gefährlicher Wahnsinn!«, wurde aus der Menge gebrüllt.

Wallace war sich nicht sicher, aber er hoffte, dass es sich nur um einen energischen Kritiker handelte und nicht um die Mehrheit.

»Nehmen Sie Sokrates«, sagte er ohne innezuhalten. »Sokrates hätte nicht vorhersehen können, dass sein Selbstmord ihn in zahllose Bücher in aller Welt zum Wohle von künftigen Generationen von Studierenden schleudern würde. Das macht seinen Selbstmord einwandfrei zu einer guten Tat, was damals im antiken Griechenland jedoch niemand begriff, mit der möglichen Ausnahme von Platon, der mit den Ideen des Sokrates Geld machen wollte.«

Lambe war jetzt aufgesprungen und schwankte langsam hin und her. »Aufhören mit dem Unsinn«, rief er. »Ich meine, wir haben genug gehört, Professor Wallace. Danke. Das gibt uns jetzt ausreichend Stoff zum Nachdenken. Das alles muss erst einmal verarbeitet werde. Ich danke Ihnen sehr. Darf ich jetzt um Applaus für Professor Wallace bitten?« Er ließ den Tisch los, auf den er sich gestützt hatte, und klatschte vorsichtig in die Hände, was einen spärlichen Applaus auslöste, der eilig aus dem Saal kroch wie ein beschämter Leguan.

Wallace verließ das Rednerpult, ohne auf Fragen zu warten, denn er kannte sich nicht aus mit der akademischen Etikette, die es seinem Publikum erlaubte, sich zuerst von der würdelosen Situation, ihm zuhören zu müssen zu erholen, um ihn dann ihren Vorstellungen zu unterwerfen. Wallace ließ die frustrierten Zuhörer im Stich. Sie hatten in Gedanken ihre Fragen komponiert und lautlos eingeübt, seit er angefangen hatte zu sprechen, als attraktive Alternative dazu, ihm zuhören zu müssen. Er marschierte geradewegs in den Nebenraum, in dem der Umtrunk nach der Vorlesung stattfinden sollte.

Vor einer Wand stand ein Tisch voller Weingläser und Kanapees. Das Servierpersonal unterhielt sich in einer Ecke, als er vor den Tisch trat und sich ein Glas Weißwein schnappte, es auf einen Zug leerte und zum nächsten griff. Das Personal rannte zu ihren Posten, als ihnen aufging, dass die Vorlesung früher als geplant zu Ende gegangen war. Studierende, die es auf kostenloses Essen und Trinken abgesehen hatten, strömten ins Zimmer und fransten bald aus, ohne auf Wallace zu achten. Spencer trat hinter den Studierenden herein, während sich draußen eine große Gruppe von Akademikern zusammendrängte, um sich gegenseitig zu erzählen, wie geschockt und empört sie waren, weil Wallace keine Fragen zugelassen hatte. Wo sollte es mit dem akademischen Leben noch enden, fragten sie sich gegenseitig.

Spencer kam durch den Raum auf Wallace zu und ignorierte einen Kellner, der ihm ein Tablett mit Kanapees hinhielt, und einen anderen, der versuchte, ihm ein Glas Wein zu reichen. »Ich fand das hervorragend. Ich glaube auch, eine positive Reaktion der Zuhörer wahrgenommen zu haben. Sie haben einwandfrei zugehört, das ist ermutigend. Es hat mich entzückt, dass Sie Sokrates erwähnt haben. Das müsste Hochwürden Lambe doch in gute Laune versetzen.«

Als Nächste kam Pandora herein. Sie war außer Atem. »Ich fand deine Ansichten über das Töten von inkompetenten Studienplanern interessanter als das, was du über irgendwelche Philosophen gesagt hast. In eurer Fakultät wird zu viel geredet und zu wenig gehandelt«, sagte sie und sah Spencer an.

»Ich muss los«, sagte Spencer. »Ich komme ohnehin schon zu spät zum Elternabend in Samanthas Schule.«

Als Spencer verschwunden war, griff Pandora in ihre Handtasche und zog einen Silberbecher hervor, der auf einem schwarzen Plastiksockel befestigt war und von einer silbernen und goldenen Plakette gekrönt wurde. »Das ist für dich, als Erinnerung an deine Vorlesung. Ich hatte ihn in einem Büro stehen. Ich bin eben hingerannt, um ihn zu holen. Marley hat ihn vor zwei Jahren auf einer Ausstellung gewonnen, als er den dritten Platz in seiner Rasse erlangt hat. Sein Name steht unten, aber du kannst ihn abmachen und einen eigenen hinschreiben. Ihm macht das nichts aus. Das, was du über das Töten von Leuten gesagt hast, hat mir gefallen.« Sie reichte Wallace die Trophäe. Beide erröteten.

Inzwischen war auch das restliche Publikum hereingeströmt und drängte sich mitten im Raum um Wallace zusammen. Er drehte sich um. »Mutter? Was machst du denn hier? Ich meine, es ist wunderbar, dich zu sehen.« Er beugte sich vor und küsste sie ungeschickt auf eine runzlige Wange, und dann auf die andere, in etwa wie wie ein lateinamerikanischer Generalissimo einen langjährigen Rivalen begrüßt, nachdem er gerade erfahren hat, dass dieser nicht, wie Gerüchte verlautet hatten, von einem Exekutionskommando erschossen worden war.

Sie schob ihn weg und sagte: »Ich bin hergekommen, weil du nicht geschrieben oder angerufen hast. Du hast dich ganz klar verändert, seit du diese Stelle angetreten hast. Verändert in einer Weise, die ich nie für möglich gehalten hätte, nicht einmal nach deinen Maßstäben.« Ein drohendes Lächeln ließ noch mehr Runzeln in ihrem zerfurchten Gesicht erscheinen.

»Ich kann alles erklären, Mutter. Komm doch mit mir nach Hause.«

Dann trat Progress neben ihn. »Wer ist das?«, fragte sie.

»Julie, das ist meine Mutter … äh, Mrs Wallace. Mutter, das ist meine … äh … Doktorandin, Julie Progress.«

»Ach, wie schön, Sie kennenzulernen. Sie sind sicher sehr stolz auf Ihren Sohn«, sagte Progress in dem herablassenden Tonfall, den sie für untere Semester, Kranke, Kinder, Haustiere und alte Leute reserviert hatte.

»Hast du schon wieder so eine Hure aufgelesen?«, fragte Mrs Wallace ihren Sohn in ihrem einzigen Tonfall, nämlich kurzangebunden.

»Du kommst jetzt mit mir nach Hause«, sagte er und schloss seine Finger um Mrs Wallaces knochigen Oberarm. Er bahnte sich mit ihr einen Weg durch die Menge, schüttelte mit seiner freien Hand andere Hände und erklärte, er müsse dringend gehen aufgrund der häuslichen Krise, die das überraschende, aber immer willkommene Erscheinen seiner gebrechlichen Mutter ausgelöst habe. Während er sie zur Tür zog, hielt er vergeblich Ausschau nach Della. Er wollte der Präsidentin und Lambe ausweichen, doch abgelenkt von seiner Suche, lief er im Ausgang voll in sie hinein.

»Ihr Vortrag hat mir sehr gefallen, Rik. Er war … äh … anregend«, sagte die Präsidentin und beendete ihren Satz voller Entschiedenheit.

»Ein Haufen Scheiße, wenn ihr mich fragt«, sagte Lambe. »Typisch für den wirren Unsinn, mit dem ihr Philosophen um euch werft. Aber es freut mich, dass Sie Sokrates erwähnt haben, der vermutlich der einzige gescheite Philosoph aller Zeiten war, und damit meine ich auch die derzeitigen. Aber diese Vorstellung, dass sein Selbstmord eine gute Tat war – welchen Blödsinn wird die Philosophie uns als nächstes servieren? Wenn es nach mir ginge«, sagte er und betonte diese Aussage, indem er Wallace schmerzhaft einen langen harten, knochigen Finger in die Brust bohrte, »würde ich euch allesamt ...«

»Was haben Sie denn da in der Hand? Haben Sie einen Preis gewonnen?«, schaltete sich die Präsidentin ein, ehe Lambe Wallace ausführlicher mit seiner Endlösung für Philosophen bekannt machen konnte.

»Das ist ein Geschenk von Pandora«, sagte er und hob es auf Augenhöhe. »Meine Vorlesung hat sie offenbar angesprochen.«

»Das ist beeindruckend. Pandora ist nicht leicht zu beeindrucken.«

»Es hat ihrem Kater gehört, Marlboro.«

»Ach. Der bedeutet ihr so viel. Ich freue mich über ihre Einstellung. Was für eine wunderbare Geste.«

Lambe verdrehte die Augen.

»Kommen Sie zu mir ins Büro«, sagte die Präsidentin. »Einfach ein kollegialer Besuch. Ich habe Sie seit Ihrer Ankunft hier nicht mehr gesehen«, fügte sie rasch hinzu, als sie sein entsetztes Gesicht bemerkte.

»Aber am besten morgens«, fügte Lambe hinzu. »Ich bin morgens immer da.«

Da Wallace seine Mutter so fest im Griff hatte, hielt er es für unwahrscheinlich, jemals dieser Einladung Folge leisten zu können.

»Ich werde kommen, sobald ich kann«, log er. »Ich muss meine Mutter nach Hause bringen. Sie ist müde. Sie kennen ja Mütter. Sie könnte jetzt einfach zu allen alles sagen. Ich muss sie hier fortschaffen.«

»Ich bin nicht verrückt«, fauchte Mrs Wallace.

Lambe musterte sie sorgfältig, als sei sie eine Kandidatin für einen noch unbesetzten Platz in seiner Reihenfolge der menschlichen Evolution. »Ich hätte mir nie vorstellen können, dass sich jemand mit Ihrer moralischen Einstellung um seine Mutter sorgt. Nichts lässt sich mit der Liebe eines Sohnes zu seiner Mutter vergleichen. Sie ist einer der kostbarsten Segen Gottes. Lieben Sie Ihre Mutter, pressen Sie sie an Ihren Busen, und lassen Sie sie niemals los. Ich hatte nie das Privileg, meine Mutter in meine Arme zu schließen. Ich hatte nie eine Mutter«, sagte Lambe klagend. »Sie ist bei meiner Geburt gestorben. Sie war dreiundfünfzig. Selbstsüchtige Kuh.«

»Du hast mir erzählt, dass sie mit dem Milchmann durchgebrannt ist«, sagte die Präsidentin verärgert über diese langlebige Lüge.

»Ja, ist sie. Aber damals war sie metaphorisch gesehen für mich schon tot. Denk doch, in diesem Alter ein Baby zu bekommen. Sie hätte sterben müssen.«

»Ihre Mutter muss Sie ja ehrlich lieben, wenn sie heute Abend den ganzen Weg gekommen ist, um Sie zu sehen«, sagte die Präsidentin zu Wallace und ignorierte Lambe.

»Ja, offenbar«, erwiderte Wallace und presste Mrs Wallaces Arm. »Leider müssen wir jetzt los. Guten Abend noch.«

Die versammelten Akademiker hatten sich darauf gefreut, bei dem Empfang mit Wallace die Klingen zu kreuzen. Er wusste nicht, dass er mit seinem frühen Abgang an diesem Abend unbeabsichtigt einen außergewöhnlichen Beitrag zu seinem intellektuellen Ruhm geleiset hatte. Während die anderen tranken und diskutierten, hob sich der Lärm im Raum. Die Wirkung des Alkohols führte zu der allgemeinen Ansicht, dass, wenn Wallace dabei gewesen wäre, er das Genie besessen hätte, die Brillanz dessen zu erkennen, was sie bei der Vorlesung gesagt hätten, wenn sie an seiner Stelle gewesen wären.

XIV

Para Exitum Tuum

Ein Mach-es-selbst-Abgang

Regen aus riesigen schwarzen Gießkannenwolken durchtränkte das Gras in den Vierecken draußen, als Rik Wallace Mrs Wallace aus dem grauen Steingebäude zerrte. Mrs Wallace sagte nur, dass sie in der Pförtnerloge einen Koffer hinterlassen habe. Nachdem sie den geholt hatten, nahmen sie für die kurze Strecke vom College zu seinem Haus in der Love Street ein Taxi. Es war eine stumme Fahrt, abgesehen von dem immerwährenden *Swisch, Swisch* der Scheibenwischer. Aber sowie sie die Haustür hinter sich geschlossen hatten, sagte sie: »Ich war bitterlich enttäuscht über meinen Sohn, als er Moralphilosoph wurde. Was hat er sich dabei nur gedacht? Eines Tages, ohne Vorwarnung, sagte Rik uns, dass er studieren wollte. Einfach so. Unsere Familie hat immer einen so weiten Bogen um Bildung und Moral gemacht wie überhaupt nur möglich. Was war er für eine Enttäuschung für seinen armen Vater, als der noch lebte. War ihm egal, was seine Familie dachte. War ihm egal, dass Generationen von Wallaces vor ihm so viel Energie in den Aufbau des Familienbetriebs gesteckt hatten. Pha! Undankbarer Arsch!«

»Was ist das für ein Betrieb?«

»Verbrechen, Verbrechen«, brüllte sie ihn an und schwenkte die geballte Faust. »Wo ist er? Was hast du mit ihm gemacht?«, fragte sie, um das Thema zu wechseln. »Wer bist du überhaupt?

Ist das einer von seinen Tricks? Egal, wie gebildet er ist, er wird immer ein Betrüger sein, das liegt ihm im Blut, musst du wissen. Hat er sich irgendwohin verkrochen und du hängst mit in seinen Schwindeleien? Er ist mein Sohn, aber er ist ein Arsch«, fauchte sie. Dann aber schlug ihre Stimmung um. »Ich habe immer schon gesagt, dass er der Cleverste von uns ist. Holz von meinem Holze«, sagte sie und zeigte auf ihre Brust. So plötzlich, wie sie in Wut ausgebrochen war, beruhigte sie sich wieder und wollte unbedingt über ihren verlorenen Sohn reden. »Nach allem, was wir für ihn getan haben, hat er uns den Rücken gekehrt. Ich vermute, damit muss man rechnen, wenn man seine Kinder verwöhnt. Ich gebe gern zu, dass wir ihn verwöhnt haben, sein Vater und ich, als er heranwuchs. Wir haben ihm alles gegeben, was er haben wollte. Wir haben ihn sogar zur Schule und dann zur Universität gehen lassen, weil er das eben sollte. Und was war der Dank? Er wurde ein verdammter Moralphilosoph!«

»Darf ich Ihnen den Mantel abnehmen?«

»Nein. Den behalte ich an. Es ist eiskalt hier.«

»Möchten Sie etwas trinken?«, fragte er im Versuch, Zeit zu schinden, wenn er auch nicht wusste, wozu.

Sie zögerte. »Na gut. Ja. Tee wäre nett. Milch und zwei Stück Zucker.«

»Entschuldigen Sie das Chaos. Ich renoviere gerade. Ich ziehe hier eine neue Mauer ein, um die Küche vom Wohnzimmer zu trennen. Ich will auch das Badezimmer neu gestalten und den Garten umformen. Es wird fantastisch aussehen. War Rik interessiert an Handwerkerarbeiten?«

Sie war jetzt sicher, dass sie es mit einem Idioten zu tun hatte. »Nein. Mit Hammer und Nägeln war er total nutzlos.« Sie unterbrach sich und änderte abermals das Thema.

»Wieso *war?* Heißt das, er ist tot? Was hast du mit ihm angestellt?«

Er ignorierte diese Fragen.

»Setzen Sie sich an den Tisch, dann mache ich den Tee.«

Er holte zwei Teetassen, zwei Untertassen, die zu keiner Tasse passten, eine Zuckerschale, die auch nicht zu dem Service gehörte, und eine Flasche Milch auf einem ramponierten Blechtablett, das er vor ihr auf den Tisch stellte. Während er darauf wartete, dass das Wasser kochte, brüllte er ihr über die halbgebaute Zwischenwand Fragen zu. »Wie haben Sie mich gefunden?«

»Das war nicht schwer. Ich kann Riks Berufswahl zwar nicht billigen, aber er teilt mir immer mit, welchen Erfolg er hat. Nur um mich zu ärgern. Er hat mir erzählt, dass er hier anfangen würde. Als er nicht angerufen oder geschrieben hat, habe ich angerufen, und ein hilfsbereiter Mann namens Jim hat mir von der Vorlesung heute Abend erzählt. Da habe ich beschlossen, herzukommen und alles mit eigenen Augen zu sehen. Ich wollte Rik überraschen, aber offenbar wurde ich dann viel mehr überrascht. Ich werde zu ihm ziehen. Ich bin zu alt und müde, um noch allein zurechtzukommen. Ich habe meine Sachen mitgebracht«, sagte sie und wies mit dem Kinn auf ihren Koffer. »Was ich eben noch habe.« Sie schniefte und betupfte sich die Nasenspitze mit einem Papiertaschentuch. »Ich habe zu Hause niemanden mehr, dem ich vertrauen könnte. Niemanden, dem ich wichtig bin.«

»Es ist eine lange Geschichte, aber aus Gründen, die ich nicht erklären kann, habe ich seinen Posten und … äh, seine Identität übernommen. Er ist nicht hier, und ich rechne nicht mit seinem baldigen Besuch. Wie Sie sehen, ist das Haus reichlich baufällig. Bei mir wohnt eine Studentin, die ich betreue. Ich habe keinen Platz für eine Mutter, ob nun meine oder die eines anderen.« Er stellte die Teekanne neben das Blechtablett auf den Tisch. Sie antwortete nicht. Stattdessen fing sie an, eine Tasse mit bleicher, heißer Flüssigkeit zu füllen.

»Sie sollten das noch ziehen lassen.«

»Ich habe ihn lieber schwach. Wie die Männer in meinem Leben, nehme ich mal an.« Sie wartete die Wirkung dieser Bemerkung ab, ehe sie weiteredete. »Ich will die Hälfte deines Gehaltes vom CAT-College. Ich werde hier bei dir in deinem Haus wohnen, denn ich bin sicher, es wird wunderbar sein, wenn es fertig ist. Du wirst mir ein Schlafzimmer einrichten. Ich bin zu jung und aktiv, um da zu bleiben, wo sie mich hingesteckt hatten, zusammen mit all den Verrückten. Da würde ich doch den Verstand verlieren. Nichts als verdammtes Bingo. Das Haus hier wäre ein perfektes Hauptquartier und später ein Altersruhesitz, wenn ich so weit bin. Und wenn ich ab und zu den Ruhestand verlassen und nebenbei ein paar kleine Geschäfte machen will, wo könnte ich das besser als im CAT-College? Denn nach dem, was ich heute Abend gesehen habe, wimmelt es da doch von Einfaltspinseln.«

Er stand neben und ein wenig hinter ihr. Er sah, wie sich ihre raupenförmigen Lippen um den Tassenrand kräuselten, um den Tee aufzusaugen. Er griff nach einem Stück ungehobelten, neben der halberrichteten Küchenmauer stehende Weichholz von vier mal neun Zoll (der Küchenmauer, mit der er den Speisebereich von der Küche trennen wollte, um die innere Gestaltung des Hauses zu modernisieren). Der kurze Balken sollte die zwei aufrecht stehenden verbinden, die er am Vortag angebracht hatte. Er zielte auf den runden Haarknoten an Mrs Wallaces Hinterkopf. Er traf den Knoten so perfekt, dass er zu lautem Jubel der bewundernden Menge in die Ferne geflogen wäre, wenn es sich um einen Ball gehandelt hätte. Aber es waren keine Sportfans in der Nähe. Mrs Wallaces Kopf knallte auf den Tisch, während die Teetasse, die sie eben noch in Händen gehalten hatte, an der gegenüberliegenden Wand zerschellte. Er blieb mehrere Minuten über ihrem Körper stehen und fragte sich, was er jetzt machen sollte. Er schaute sich um. Als er die von der Decke hängenden Drähte sah, fiel ihm ein, dass er in der Mansarde gearbeitet hatte, dem moderigen Dachboden, wo Mrs Wallaces vertrocknender Apfelleib langsam gebacken und verschrumpeln und im Laufe der Zeit jegliche Feuchtigkeit verlieren würde. Sie könnte da oben bleiben, dachte er, zumindest, bis er eine dauerhaftere Bleibe fände, vielleicht unter der Terrasse.

Eine wacklige hölzerne Leiter stand noch unter der offenen Falltür zum Dachboden am Ende des dunklen Ganges, der in dem eingeschossigen Haus zu den beiden Schlafzimmern führte. Progress und er bewohnten das rechte. Die Tür zum linken ließ sich nur wenige Zoll breit öffnen, da der Raum mit alten und zerbrochenen Möbeln vollgestopft war. Er packte Mrs Wallace am breiten Revers ihres blauen Wollmantels und zog sie auf die Füße. Er warf sie über seine linke Schulter und trottete schwankend durch den Gang. Er trug sie die Leiter hoch wie ein Feuerwehrmann, der sich die Sache anders überlegt und das eben erst gerettete Opfer zurück in die Feuersbrunst trägt. Er zwängte sich durch die schmale Öffnung, und als seine Hüfte die Falltür hinter sich gebracht hatte, warf er Mrs Wallace in die pechschwarze Nacht. Er kletterte wieder nach unten, um eine Taschenlampe zu holen. Als er durch den Gang zurückkam, sah er ihre mit Strümpfen bekleideten Beine von den Knien abwärts aus dem dunklen Viereck in der Decke baumeln. Er registrierte, dass sie für ihre Reise vernünftige Schnürschuhe angezogen hatte.

Der Boden der Mansarde bestand aus ungleichmäßig angebrachten unbedeckten Deckenbalken ohne Isolierung. Nur einige zufällig ausgelegte Bretter hier und dort gestatteten Zugang zu den hinteren Ecken. Er balancierte vorsichtig auf den Balken, packte Mrs Wallace unter den Armen und zog sie von der Falltür weg. Er legte sie vorsichtig zwischen zwei Streben nieder, die weit genug auseinander waren, damit sie mit über der Brust verschränkten Armen dazwischen liegen könnte. Er stieg wieder die Leiter hinunter, um ihre Habseligkeiten zu holen. Er klemmte ihr ihre Handtasche unter den Ellbogen und bedeckte behutsam ihren liegenden Leichnam mit ihrem Koffer, den sie vielleicht auf der Reise in die nächste Welt nützlich finden würde.

Als er wieder auf der Leiter stand, leuchtete er mit der Taschenlampe in den Dachboden, um sich ein letztes Bild von seiner Arbeit zu machen. Der Strahl zeigte ein enges Gewirr von Spinnweben. Die Vettern der kleinen Spinnen, die ihn vorhin im Hörsaal ignoriert hatten, waren ebenfalls ihm gegenüber gleichgültig, als sie stumm an ihren schwarzen Netzen unter den Balken des niedrigen Daches hingen wie schmutzige Wäsche. »Ruhe in Frieden, Mutter«, flüsterte er, ehe er die Falltür zu Mrs Wallaces dunklem Grab zuzog.

Er trug die Leiter ins hintere Ende des Hauses. Er fegte die Porzellanscherben zusammen. Er putzte den Boden mit einem Eimer und einem Mopp, die er, wie er sich erinnerte, hinter der Tür des mit alten und zerbrochenen Möbeln vollgestopften Schlafzimmers gesehen hatte. Er erneuerte mehrmals das trübe Wasser, spülte den Abschaum von Jahren, der sich auf dem Boden gesammelt hatte, Tee, Milch, Haare und überraschend wenig Blut im Spülbecken hinunter. Er fand einen uralten Staubsauger, mit dem er den Staub von allen Oberflächen im Haus entfernte. Er putzte in einem hysterischen Versuch, jegliche Erinnerung an Mrs Wallace aus seiner Erinnerung zu tilgen. Nach anderthalb Stunden ununterbrochener Läuterungsarbeit brach er voller Erschöpfung zusammen.

Als Julie Progress auftauchte, war sie zu betrunken, um seine Versuche, nach seinem frühen Abgang aus der Vorlesung, das Haus zu sterilisieren, überhaupt zu bemerken.

»Du hättest bleiben sollen«, nuschelte sie. »Du hast eine super Party verpasst. Alle fanden dich genial. Verrückt, aber genial. Du hättest dabei sein sollen.« Dann fiel ihr ein, warum er gegangen war. »Wo ist deine Mutter?«, fragte sie und schaute sich auf unsicheren Beinen um.

»Schon wieder weg«, sagte er.

»Weg? Schade. Was für eine reizende Frau«, nuschelte sie spöttisch.

»Ja. Reizend.«

»Ach Gott. Ich muss mich hinlegen. In meinem Kopf dreht sich alles. Wunderbare Party. Du hättest bleiben sollen. Du ahnst ja nicht, was du verpasst hast«, wiederholte sie betrunken.

Später in dieser Nacht lag Rik Wallace im Bett und trank Rotwein aus der Flasche. Immerhin kann ich mir eine anständige Sorte leisten, dachte er, jetzt, als deprimierter Professor. Progress schnarchte neben ihm laut in ihrer trunkenen Bewusstlosigkeit. Sie lag mit weit offenem Mund auf dem Rücken. Er drehte sie auf die Seite, zu etwas, was er für die für bewusstlose Betrunkene angeratene Position hielt. Die schöne Julie Progress furzte laut als Dank für seine gesundheits- und sicherheitsfördernde Maßnahme, als ihm nun ihr Rücken zugekehrt war.

Ein Vollmond, der durch das vorhanglose Fenster schien, malte das Schlafzimmer mit einer makabren schwarzen und silbernen Palette an. Er lag neben Progress und musterte die Landkarte aus feinen Rissen, die sich über die Decke dahinzogen. Er hielt es für wahrscheinlich, dass er im Gefängnis sein könnte, ehe er die Decke renoviert hätte. Sein Herz schlug noch immer laut nach der Anstrengung, den Mord an Mrs Wallace zu vertuschen. Er ärgerte sich über Progress, die nach seinen fieberhaften Versuchen, die Leiche zu verstecken, zu betrunken gewesen war, um auch nur zu bemerken, wie relativ sauber das sonst verdreckte Haus jetzt war. Selbst in nüchternem Zustand teilte sie sein Interesse an Renovierungsarbeiten nicht. Ihre Umgebung war ihr egal. Sie war ein Schmutzfink, noch ein Beweis dafür, dass sie außer athletischem Sex kaum gemeinsame Interessen hatten. Er war auf unvernünftige Weise wütend auf sie, weil er sich umsonst solche Mühe gegeben hatte. Als er dort lag, ging ihm auf, dass sie seinen Stolz auf seine Leistung bei dem Versuch sehen sollte, als Rik Wallace Erfolg zu haben. Aber das war, ehe er Rik Wallaces Mutter umgebracht hatte. War es jetzt zu spät, es ihr zu erzählen? Er fragte sich, wie er die Beziehung beschreiben könnte, in der Progress zu ihm stand. Geliebte? Vielleicht, aber dafür war es zu geschäftlich. Freundin? Natürlich mochte er sie. Sie war seine Freundin, auch wenn sie das nicht so empfand. Partnerin, vielleicht, ein Begriff, der ihm nicht gefiel, aber er hatte doch das Gefühl, dass die ursprüngliche Bedeutung in diesem Fall eine passende Beschreibung für ihre spezielle Verbindung darstellen könnte. Er ging davon aus, dass ihre Beziehung auf die Probe gestellt werden würde, wenn die Polizei auftauchte. Progress stöhnte laut im Schlaf und kommentierte damit unbewusst die Schwierigkeiten, die ihnen bevorstanden.

Er konnte nicht fassen, dass er so blöd gewesen war, vor einem vollbesetzten Saal voller Zeugen zu stehen und ihnen zu erzählen, dass seiner idiotischen Meinung nach Absichten keine Rolle spielten. Er hatte fast schon geglaubt, dass es ihm gelingen könnte, Inspector Jackson einzureden, er sei nach Rik Wallaces Tod einfach in Panik geraten, ihn davon überzeugen, dass er Rik Wallace nicht hatte töten wollen. Noch einen Bruchteil einer Sekunde, ehe er Rik Wallaces Mutter auf den Hinterkopf geschlagen hatte, hatte er auch sie nicht töten wollen. Er musste sie nur zum Schweigen bringen, sich eine Minute Stille erkaufen, um Zeit zum Nachdenken zu haben. Aber er hatte eine dauerhafte Lösung für ein kurzfristiges Problem gewählt. Wer würde ihm jetzt glauben? Erst der Sohn und dann die Mutter. Nach seiner eigenen Aussage war das Ergebnis wichtig und nicht die Absicht. Das Ergebnis war, dass Mrs Wallace auf seinem Dachboden zur Mumie werden würde. Er beklagte die Peinlichkeit, ein so nutzloser Philosoph zu sein. Er konnte seine Ideen nicht klarstellen oder mit seinen Taten übereinstimmen lassen. Nach drei Wochen des Studiums hatte er doch gehofft, inzwischen moralischer geworden zu sein.

Plötzlich wurde er von Entsetzen überwältigt. Heißer Ekel ließ eine Schicht aus eisigem Schweiß auf seiner Haut erstarren. Er verwandelte sich in seine eigene neue Schrottphilosophie: Er habe furchtbare Angst vor einer neuen Selbsterkenntnis, dass er von einer historischen Kraft besessen war, die er weder beherrschen noch verstehen konnte. Einer Kraft, die seit über zweitausend Jahren größeren Widersachern als seiner Ignoranz standhielt. Er wurde von der Macht der Philosophie verzehrt. Wie hatte er sich nur einbilden können, ein solches Monster fröhlich zu einem Kampf auf Leben und Tod herausfordern und den dann auch noch überleben zu können?

Jetzt war es ihm klar. In weniger als einem Monat war er zu einem wahnsinnigen Mörder geworden, der nicht nur befürwortete, Kinder zu erwürgen, Kranke und Alte zu töten, die halbe Bevölkerung und alle, die ihm im Weg waren, sondern der seine Theorien auch in die Tat umsetzte. Wie würde das enden? Er wollte nur noch nach Hause. Aber dafür war es jetzt zu spät.

In seinem Gehirn nahm in einem Funken von Inspiration, um den die meisten Akademiker beten würden, ein Plan Gestalt an. Er wusste, er müsste jetzt alle Gedanken und Überlegungen einstellen. Er musste dem Was, Wenn, Falls und Wie ein Ende setzen. Was nun angesagt war, war pure Tat, ohne jeglichen Gedanken. Seine Vernunft hatte von seinem kurzen philosophischen Training noch nicht ausreichend profitiert, um ihm die kritische Erkenntnis zu gewähren, dass Tat ohne Gedanken doch sein Leitmotiv gewesen war, seit er Zimmer 514 betreten hatte, dass er auf diese Weise dorthin gelangt war, wo er eben war. Aber warum jetzt aufhören?

Noch immer in der von Wein gefleckten weißen Unterwäsche, in der er zu Bett gegangen war, ging er ins Badezimmer und nahm seinen einzigen Schlips mit, den er vom Stuhlrücken zog. Er stieg auf den Badewannenrand und band das eine Ende des Schlipses fest um den Hals, das andere um die Duschstange. Dann sprang er in die Badewanne.

XV

Exitus Iterum

Weiterer Abgang

Eine Quellwolke über dem Haus in der Love Street, die sich aufführte wie ein Bühnenvorhang für die Sonne, hob sich plötzlich und ließ einen Scheinwerfer aus kaltem weißem Licht durch das Badezimmerfenster jagen und auf der Suche nach einem Drama, das zu illustrieren wäre, an den gefliesten Wänden abprallen. Das Licht kam an Rik Wallaces geschwollenem lila Gesicht zur Ruhe. Sein Kopf war zwischen der Toilettenschüssel und der Wand eingeklemmt. Das Blut war aus seinen Füßen geströmt, die noch immer oberhalb seines Kopfes über den Badewannenrand baumelten. Der Toilettensitz war abgebrochen und lag unter seinem Gesicht auf dem Boden. Das Licht zwang ihn, die Augen zu öffnen. Er bewegte den hinter seinem Rücken gefangenen Arm, um mit seinen aufgedunsenen, gefühllosen Fingern den Schlips um seinen Hals zu lockern. Zaghaft untersuchte er die eigroße Beule mitten auf seiner Stirn, wo sein Kopf unterwegs zum Boden auf den Toilettenrand geknallt war. Er konnte seine Beine nicht zum Funktionieren zwingen, als er sie von der Badewanne zog. Er kroch über den Boden und benutzte dabei nur seine geschwollenen Arme, um sich voran und in das dahinterliegende Schlafzimmer zu manövrieren. Er robbte über den Boden, stemmte sich am Rand der Matratze hoch und schaffte es dann, sich langsam neben Julie aufs Bett zu rollen.

»Wieso trägst du im Bett über dem Unterhemd einen Schlips?«, fragte sie und musterte ihn durch ihre Finger. »Du lässt dich gehen.« Ehe er etwas sagen konnte, fügte sie hinzu: »Ich glaube, ich sterbe. Bestimmt sterbe ich. Oh Gott. Ich erinnere mich vage an Tequila-Shots nach all dem Gratiswein.«

Einige Minuten vergingen, während Wallace und Progress unter Schmerzen mit Kissen rangen, um sich im durchhängenden Bett zu stützen. Winzige Flocken aus weißer Farbe und Gips rieselten auf ihre dröhnenden Schädel. Ihr lautes Stöhnen übertönte das Wimmern des Hauses. Sie bedeckten ihre entzündeten Augen, um sie vor der gleißenden Morgensonne zu schützen. Dann begann Wallaces Blut unter Schmerzen zurück in seine tauben Beine zu strömen.

»Es gibt etwas, das ich dir sagen muss«, sagte er und zuckte zusammen, als er die Beule auf seinem Kopf betastete »Hier ist gestern Abend etwas passiert, ehe du nach Hause gekommen bist. Ich ...«

»Es gibt etwas, das du wissen musst«, stöhnte sie. »Ich bin gestern Abend Bacon begegnet. Er war betrunken und außer sich, weil ich ihn als Betreuer gefeuert habe. Wir sind nach dem Empfang noch mehr trinken gegangen ... Oh Gott, gleich wird mir schlecht.«

Sie stürzte vom Bett zum Badezimmer und hielt sich dabei den Mund zu. Als sie verschwunden war, lag er ganz still da und dachte über das Geständnis nach, das er so schnell wie möglich ablegen wollte. Er hörte das ferne Kotzgeräusch, das von den glatten Badezimmerfliesen zurückgeworfen wurde. Er hörte das Haus voller Mitgefühl ächzen. Als sie ins Schlafzimmer zurückkam, gab sie sich alle Mühe, nicht den Kopf zu bewegen.

»Was hast du da drinnen angestellt? Das Klo ist am Arsch. Erzähl mir bloß nicht, dass du mit dem Badezimmer angefangen hast. Nicht heute. Mehr DIY ertrag ich nicht. Ich glaube, ich sterbe«, sagte Progress und ließ sich vorsichtig wieder auf das Bett sinken. »Ich glaube, ich habe eine Gehirnblutung. Hast du ein Aspirin? Oh Gott. Warum konnte Bacon mich nicht in Ruhe lassen? Ich will nicht, dass du eifersüchtig bist. Nach deiner Vorlesung gestern Abend kann außer dir niemand meine Diss betreuen. Du bist der Richtige, egal, wie Bacon das sieht. Der Tequila allein war schuld daran, dass ich …«

»Es gibt etwas, das du wissen musst«, wiederholte er und ignorierte ihre Bitte um medizinische Unterstützung und ihre rivalisierende Geständnissucht.

»Wo ist deine Mutter? Ich weiß noch, dass sie mich als Hure bezeichnet hat. Sonst weiß ich nichts mehr, aber das weiß ich noch. Hure. Sie hat mich als Hure bezeichnet. Die miese Kuh. Es tut mir leid, dir das sagen zu müssen. Sie ist zwar deine Mutter, aber sie ist auch eine miese Kuh. Deine Mutter ist eine miese Kuh.« Sie fing an zu kichern, aber das Kichern schlug rasch in ein anhaltendes Stöhnen um. »Ich glaube, ich bin noch immer betrunken.«

»Ich habe sie gestern Abend umgebracht.«

»Wer umgebracht?«

»Wen umgebracht. Es heißt, wen umgebracht, glaube ich. Meine Mutter. Ich glaube, ich habe meine Mutter umgebracht.«

»Großer Gott, Rik. Warum?«, fragte Progress in dem hoffnungslosen Versuch, an dem Mordgeständnis größeres Interesse zu entwickeln als an ihrem Kater, der sie umzubringen drohte. Ihr wurde wieder schlecht.

»Sie wollte mich erpressen.«

»Dich erpressen? Wie? Ich meine, womit wollte sie dich erpressen?«

»Sie wollte der College-Leitung sagen, dass ich nicht ihr Sohn bin.«

»Großer Gott, Rik«, wiederholte sie verzweifelt. »Das interessiert doch wirklich keinen Arsch mehr, nicht mal Moralphilosophen. Es interessiert keinen Arsch, wer deine wirkliche Mutter ist. Wieso kannst du wegen so einem bürgerlichen Scheiß irgendwen umbringen? Gott, ich kann es nicht fassen. Du bringst deine Mutter um, weil sie dir sagt, dass sie nicht deine biologische Mutter ist und dich damit erpressen will, und du glaubst, dass das am College irgendeinen Arsch interessiert. Wir haben Studierende mit lesbischen Müttern. Wir haben Studierende mit lesbischen Vätern. Kein Arsch findet es der Rede wert, ob du ein Retortenbaby bist. Das ist doch so passé. Meinst du, Lambe hatte je eine Mutter? Und du machst das das eine Mal, wenn ich gerade in der Gefahr schwebe, an einem Kater zu sterben. Das ist ja sowas von egoistisch. Du bist ein jämmerlicher egozentrierter Freudianer. Deine Mutter umzubringen, bloß weil du dich von ihr verraten fühlst. In deinem Alter!«

In diesem Moment verdampfte ein wenig Alkohol aus ihrem Gehirn. »Was soll das heißen, dass du sie umgebracht hast?«, fragte sie, hob das Gesicht von ihren Händen und setzte sich im Bett auf.

»Ich meine nicht, dass sie nicht meine richtige Mutter war. Ich meine, ich bin nicht ihr Sohn. Sie wollte Lambe sagen, dass ...«

Progress stöhnte.

»Das ist kompliziert. Ich ... äh ... ich hab sie geschlagen.«

Seine Erklärung wurde unterbrochen von einem lauten Knall über ihren Köpfen, gefolgt von einem unterdrückten Reißgeräusch, in dem das Ende seines Satzes unterging. Die Zimmerdecke über dem Bett barst. Mrs Wallace, die Arme noch immer in ihrem schweren blauen Wollmantel gekreuzt, fiel durch die Luft und landete auf dem Bett, prallte ab und kullerte auf den Boden, wobei sie ihre Handtasche unter den Arm klemmte. Ihr Koffer landete auf dem Boden zu ihren Füßen. Der Serie von Detonationen folgte ein Augenblick vollkommener Stille, in der

Wallace und Progress Mrs Wallace anstarrten, die mit dem Gesicht nach unten nach Luft schnappend auf dem Boden neben dem Bett lag. Zwischen Schnaufen und Keuchen hörten sie undeutlich gemurmelte Verwünschungen, die sich an alle Philosophen im Allgemeinen und an Wallace im Besonderen richteten.

Wallace und Progress waren schon aus dem Bett gesprungen, ehe ihnen überhaupt klar wurde, dass sie sich bewegt hatten. Blut, Staub und Haare hatten um Mrs Wallaces Gesicht eine klebrige Sturmhaube gebildet. Sie stand langsam und schwankend auf und starrte Wallace aus geschwollenen blutunterlaufenen Augen an, die hinter einem Schleier aus Spinngeweben verborgen waren. Noch immer hatte sie die Handtasche unter den Arm geklemmt.

»Was bist du für ein entarteter Sohn?«, fauchte sie ihn an, als sie wieder zu Atem gekommen war. »Deine eigene Mutter umbringen wollen!«

»Aber Sie sind nicht meine Mutter«, stammelte Wallace, der endlich die Sprache wiedergefunden hatte.

»Darum geht es nicht, du Blödmann. Es geht um's Prinzip!«, brüllte sie. »Was bist du denn überhaupt für ein Moralphilosoph! Die eigene Mutter umbringen wollen!«

Wallace sprang auf sie zu, »Oh Gott, Sie leben. Gott sei Dank, Sie leben«, sagte er und umarmte und küsste sie, wie sich das für einen Sohn gehört. »Sie leben. Ich wollte Sie doch gar nicht umbringen, es tut mir leid. Ich weiß nicht, was in mich gefahren war. Ich war einfach in Panik geraten. Ich habe Sie mit einem Brett wie diesem hier geschlagen, nur war es eben Weichholz. Gott sei Dank, dass es weiche Fichte war, während das hier harte Eiche ist«, erklärte er und hob eine Latte von seinem Bauprojekt auf, die er senkrecht an die Kommode im Schlafraum gelehnt hatte, wo sie auf die nächste Phase des Bauprojekts warten sollte, als ob

Mrs Wallace seine Begeisterung für Holzsorten und deren Verwendung teilte.

»Weg mit deinen Scheißpfoten«, sagte sie und schob ihn mit ihren starken knochigen Armen von sich ab.

»Diese Art Sprache ist hier durchaus unangebracht. Sie wissen, dass ich Kraftausdrücke so gar nicht schätze.« Er hüpfte vor ihr auf dem Boden auf und ab, als ob er ihr munteres Kind wäre.

»Ich weiß gar nichts über dich«, sagte sie zu ihm. »Scheiße, Scheiße, Scheiße. Das denke ich über dich und deine Scheißvorlieben und -abneigungen. Selbst wenn du mein Sohn wärest, dann wärest du der undankbarste Drecksbastard, den eine Mutter jemals hatte.«

Wallace drückte sie wieder an sich. »Sie wissen gar nicht, wie froh ich darüber bin, dass ich Sie nicht umgebracht habe.«

»Was um Himmels willen ist hier los?«, fragte Progress und starrte die beiden durch ihre eigenen verquollenen Augen an. Sie spürte, wie sich aus der Neige des Cocktails aus Tequila und Wein, die noch in ihrem Magen herumschwappte, eine Flutwelle aus Kotze erhob.

»Ich hatte versucht, das zu erklären, ehe sie durch die Decke gebrochen ist«, sagte Wallace. »Sie wollte mich erpressen, weil ich nicht ihr Sohn bin, und … Oh Gott, das ist kompliziert … ich habe sie mit einem Brett der neuen Küchenwand geschlagen. Sie wollte hier bei uns einziehen. Sie hatte ihren Koffer mitgebracht. Sie wollte die Hälfte von meinem Gehalt, sonst würde sie Lambe sagen, dass …«

»Sie wollte hier bei uns einziehen?«, schrie Progress. »Wo denn? Bei der ganzen Renoviererei ist ja kaum Platz für mich!« Sie kämpfte mit ihren mörderischen Kopfschmerzen, um das zu vermitteln, was sie für einen angemessenen Wutausbruch hielt.

Mrs Wallace richtete sich auf, rückte die Handtasche unter ihrem Arm gerade, wischte sich die Maske aus Spinnweben aus dem Gesicht, schob die Brust vor, hob den Koffer auf, der zu ihren Füßen lag, sah Progress an und sagte: »In Ordnung. Ich bin bereit, diesen armseligen Beginn unserer Beziehung zu übersehen. Ich werde hier einziehen, und nach diesem Fiasko wird er am Ende des Monats froh sein können, wenn noch etwas übrig ist, um eine Hure wie dich zu unterstützen.«

»Hier bin uns einziehen? Nie im Leben! Ich will keine alte Hexe im Haus, die eigenen Aussage nach gar nicht mit Rik verwandt ist.«

»Eigener.«

»Was?«

»Eigener Aussage nach«, korrigierte Wallace.

»Großer Gott. Was wirst du für ein pedantisches Arschloch. Mein Kopf bringt mich um. Ich brauche eine Runde Ruhe und Frieden. Eine Grammatikstunde muss ich jetzt nicht haben«, schrie sie mit einer vollen Salve beider Lungenflügel.

Mrs Wallace fuhr auf dem Absatz herum. »Ich muss mich sauber machen. Wo ist das Badezimmer, und zeigt mir, wo mein Zimmer ist. Ich kann nicht hier bleiben, solange die Decke einstürzt.« Sie verließ das Schlafzimmer und trug dabei den Koffer neben sich her. Progress brauchte einen Moment, bis ihre Glieder ihr gehorchten. Sie riss Wallace das Eichenbrett aus den Händen und rannte hinter Mrs Wallace her. Mit beiden Händen schwang sie das Brett in einem hohen Bogen über ihrem Kopf und ließ es auf Mrs Wallaces von Blut und Staub verkrustetem Schädel knallen. Mrs Wallace ging sofort zu Boden.

Wallace hörte den Aufprall und stürzte ins Wohnzimmer. Er kniete neben dem Leichnam nieder. Progress stand daneben und keuchte nach der Anstrengung, Mrs Wallace k. o. zu schlagen.

»Gott sei Dank, dass ich sie nicht umgebracht habe«, sagte er und hielt in der einen Hand die von Progress und in der anderen die der Toten. »Ich bin kein wahnsinniger Mörder. Du kannst dir nicht vorstellen, was das für eine Erleichterung ist. Die anderen sind vor mir sicher. Ich bin keine Gefahr für die Gesellschaft. Ach, Gott sei Dank, dass ich sie nicht umgebracht habe. Ich bin nicht schuld an ihrem Tod. Ich bin dafür nicht verantwortlich.«

Wallace war sich nicht bewusst, dass existenzialistische Philosophen prinzipiell nicht mit seinen Argumenten übereinstimmen, doch dass sie vermutlich ein mitfühlendes Urteil über ihn fällen würden, wie er da zwischen seiner wiedergestorbenen Mutter und seiner lebenden Studentin auf dem Boden kniete. Sie, die zugegeben eine winzige Minderheit darstellen, sind sich darüber im Klaren, dass die Mehrheit, die nicht aus Existenzialisten besteht, verzweifelt gern andere Leute für ihre eigenen Taten verantwortlich machten. Außerdem würden sie Wallace nicht zu streng kritisieren, nur weil er selbst kein Existenzialist war. Schließlich würden sie geltend machen, dass er mehr als genug philosophische Richtungen aufholen musste, ohne die anspruchsvollen Existenzialisten auf seine Liste zu setzen. Deshalb könnten sie ihm unter diesen einzigartigen moralischen Umständen verzeihen, dass er für seine Rolle in seiner eigenen Unternehmung nicht die Verantwortung übernehmen wollte. Andererseits zeichnet sich Existenzialismus nicht durch die Bereitschaft zu verzeihen aus. Aber er hatte Kopfschmerzen. Die Existenzialisten wissen zudem, dass es auf der Welt nur so wimmelt von denen, die sich die Taten anderer an die Fahnen heften wollen, vor allem, wenn diese Taten ein unerwarteter Erfolg sind. Vielleicht dachte Progress hier in diese Richtung?

»Kannst du sie diesmal irgendwo entsorgen, wo sie dann auch bleibt?«, fragte Progress ihn gelassen. »Ich kann das nicht noch mal ertragen. Ich sterbe. Oh Jesus, ich brauche unbedingt ein Aspirin. Ich kann dir bei dieser Sauerei nicht helfen. Ich sterbe wirklich. Ich habe vielleicht einen Gehirntumor. Ich gehe wieder ins Bett.«

Sie ließ seine Hand und auch die Latte los und ging zum Schlafzimmer, wobei sie die Hände um den Kopf legte. »Wein und Tequila können Gehirntumore auslösen. Du kannst das nicht wissen. Du bist schließlich kein Doktor der Medizin.«

Wallaces DIY-Instinkte schalteten sich ein. Er hob seine Mutter vom Boden hoch, wo sie in einer runden Blutlache ruhte, und lehnte sie in die Höhlung in der halberrichteten Trennwand in der Küche. Er klemmte ihr Weichholz, mit dem er sie erstmals erschlagen hatte, vor die Brust zwischen die beiden senkrechten Bretter, die er schon früher aufgestellt hatte. Es freute ihn, dass sie, als er sie stehend und seitlich hineinschob, so gut hineinpasste, dass er es kaum besser hätte schaffen können, wenn er vor Einrichtung dieser Höhlung gemessen hätte. Er brach ihren Koffer mit einem Hammer auf und legte die Stücke in die verbliebenen Hohlräume. Dabei nahm er ihre wenigen Kleidungsstücke, um die Lücken zwischen dem Holz und den Gipsplatten zu füllen, die er auf der Küchenseite der Trennwand bereits angebracht hatte. Er nahm den Küchentisch als Arbeitsfläche und legte eine neue Rigipsplatte darüber, maß vorsichtig aus und zerschnitt rasch den Rigips mit einer Handsäge, wobei er zwei große rechteckige Platten und ein l-förmiges Stück erhielt. Das alles nagelte er auf den Holzrahmen. Er bedeckte die Fugen mit Klebeband und ging in den Garten, um einen großen Eimer Gips zu mischen. Er trug den Eimer ins Haus, als er mit der Konsistenz seiner Mischung zufrieden war. Er legte Plastikfolie auf den Boden vor der neuen Wand. Dann spachtelte er behutsam den Gips auf die frisch errichtete Gipsfläche. Er verbrachte über eine Stunde damit, vorsichtig die Oberfläche zu glätten und zu verstreichen, denn Gipsen gehörte nicht zu seinen besten DIY-Fähigkeiten. Er spülte den Eimer mit dem Gartenschlauch aus und stellte den Esstisch wieder an seine frühere Stelle neben der Wand.

»Ich wollte dich doch nicht umbringen«, flüsterte er der neuen

Wand zu, wo der Gips in dem feuchten Haus langsam trocknen würde. »Ich wusste es. Ich wusste, dass ich dich nicht umgebracht hatte. Das hätte ich nicht tun können«, sagte er und ließ seine Finger vorsichtig über die leichten Wellenlinien der Oberfläche wandern. Er setzte sein Gespräch mit der Wand fort. »Mutter und Sohn waren beides Unfälle. Es ist nicht meine Schuld. Wenn ich von nun an noch einmal irgendwen umbringe, dann nur, um anderen zu helfen. Wie es sich für einen Moralphilosophen gehört.«

XVI

Vigiliae Intempesta Nocte

Nachtschicht

Präsidentin Patricia saß im Bett, links neben ihr befand sich Hochwürden Professor Lambe und auf dem Nachttisch thronte rechts ihre makellose Frisur auf einem Kunstkopf. Lambe machte sich Notizen für einen ökumenischen Gottesdienst, der am nächsten Morgen im College stattfinden sollte, und zu dem sich regelmäßig die Präsidentin, Pandora und einige Studierende der Psychologie einfanden, die nicht aus Frömmigkeit dort auftauchten, sondern in der Hoffnung, dass ihre Anwesenheit Lambe bei der Benotung ihrer Examensarbeiten beeinflussen würde. Dunkelblaue Wände und schwere Samtportieren umschlossen das überhitzte Schlafzimmer. Ein großes Bildnis der Großmutter der Präsidentin in einem hellroten akademischen Talar hing über dem Kopfende. Die Großmutter schaute mit starrer und besorgter Miene auf das hinunter, was sie sich nachts in dem Bett dort unten ansehen musste.

»Hast du mein neues Rezept gesehen?«, fragte die Präsidentin Lambe.

»Was sagst du, Liebes? Ich versuche, mich auf meine Predigt zu konzentrieren. Rose die Putzfrau hat mir erzählt, dass unser neuer antialkoholischer Philosoph, Wallace, in Wirklichkeit – Alkoholiker ist.«

Die Präsidentin hatte einen Handspiegel an ihre Knie gelehnt.

Sie musterte die wenigen verbliebenen echten Haarsträhnen, die noch an ihrem Schädel klebten. »Großer Gott. Ich sehe entsetzlich aus. Sehe ich entsetzlich aus?«, fragte sie Lambe und wartete vergebens auf Trost.

»Typisch. Sehe ich in Psychologie die ganze Zeit.«

»Was? Schreckliche Leute wie mich?«

»Nein, Liebes. Umgekehrte Psychologie. Wallace kämpft gegen die Alkoholindustrie, weil er Alkoholiker ist. Das sehe ich jetzt klar und deutlich. Sein Feldzug gegen das Trinken hat ihn in den Suff getrieben. Er ist sichtlich besessen von Alkohol. Er unterstützt sein Laster, indem er es bekämpft. Ich glaube, ich werde das in meiner Predigt erwähnen. Der Weg zur Hölle ist mit guten Vorsätzen gepflastert und so weiter und so fort. Großartig. Das ist großartig!« Um seine Erkenntnis zu feiern, schwenkte Lambe sein Whiskeyglas in Richtung der Präsidentin und trank ihr zu. »Auf alle, die in der finstersten Lüge verharren. Mögen sie das Licht erblicken.«

Die Präsidentin weinte.

»Was ist denn jetzt los, Liebes?«, fragte Lambe, wartete aber nicht auf ihre Antwort, sondern schrieb schon weiter, getrieben von seiner jüngsten Offenbarung über den Alkohol.

»Ich sehe entsetzlich aus. Du hast gesagt, ich sehe entsetzlich aus. Ich muss wieder in Dr. Harmons Klinik. Es ist mir egal, was du über die Kosten sagst. Ich habe das verdient. Sag mir, dass ich das verdient habe.«

»Ich habe das Gefühl, dass Wallace möglicherweise unter Normopathie leidet. Er scheint besessen zu sein von dem Drang, sich anzupassen. Ich kann seine Persönlichkeit nicht deutlich erfassen, was mir ja nur selten passiert. Normalerweise kann ich hinter die Maske einer Person blicken. Aber nicht in diesem Fall. Aus irgendeinem Grund kommt er mir vor wie jemand, der unter keinen Umständen Aufmerksamkeit auf sich lenken will, und das erregt mein Interesse. Er versteckt vor aller Augen etwas. Ich weiß es. Drink? Ein Drink würde dir guttun, Liebes.«

»Oh Gott. Ich werde alt. Ich sehe alt aus. Sag mir, dass ich nicht alt aussehe«, sagte sie und dehnte ihre Gesichtshaut zwischen ihren Händen.

»Wo wir schon von Altwerden reden, Julie Progress muss inzwischen doch mindestens dreiundzwanzig sein. Ich habe munkeln hören, dass sie sich mit Wallace zusammengetan hat, dieses Glücksschwein. Bacon war heute in meinem Büro und schrie herum, dass Wallace seine Studierenden abfischt. Ein ungewöhnlich unsicherer Mann, dieser Bacon. Er ist sicher schon fast im Pensionsalter.«

»Nein, glaub ich nicht. Er sieht nur alt aus … so wie ich. Der hat noch Jahre vor sich.«

»Bist du sicher?«

»Ich werde Pandora bitten, in seinem Dossier nachzusehen, aber ich bin sicher, dass ihm noch viele Jahre bleiben. Pandora kann solche Auskünfte immer aus dem Ärmel schütteln.«

»Ich sehe Bacon nicht mehr so oft auf dem Campus, seit er anfangs hier war und einen guten Eindruck machen wollte. Die Geschichte mit Julie Progress macht ihm bestimmt zu schaffen. Wenn er seine eigenen Studierenden nicht halten kann, soll er sich trotzdem nicht an meinen vergreifen. Er hat gefragt, ob er zum Ausgleich Sally Doolittle betreuen kann. Er hat mir gesagt, Sally wolle ihre Arbeit in Psychologie ins Philosophische vertiefen, mit einem Abstecher in den Post-Strukturalismus. Ich habe ihm gesagt, er sollte sich verpissen. Ich werde Sallys Arbeit betreuen, ob ihr das … ich meine, ob ihm das passt oder nicht. Du weißt doch, dass Sally in der Studierendenberatung mit mir zusammenarbeitet. Ich bin fast schon halb am Ziel. Ich weiß noch, dass Julie sich in den ersten Semestern sehr für Psychologie interessiert hat. Sie hat viel Freud gelesen. Ich dachte, ich würde sie abkriegen … äh … in der Fakultät, ich meine, als Doktorandin, aber sie hat sich von den Philosophen verführen lassen.«

»Meine Zähne sind lose, ich brauche neue Implantate«, sagte die Präsidentin und presste sich die Finger auf die Wangen.

»Das liegt an deinem Zahnfleisch, Liebes. An deinen Zähnen ist nichts auszusetzen. Hier, trink was. Das tötet alle Bakterien an deinem Zahnfleisch ab.«

Mit einer überraschend fließenden Bewegung sprang die Präsidentin aus dem Bett. Ihr Schädel war glänzend weiß unter den runden Glaskugeln des Kronleuchters über dem Bett. Sie fing an zu schreien, sie wolle nichts trinken. »Du Arsch. Ich gehe kaputt – im wahrsten Sinne des Wortes –, und alles, woran du denken kannst, sind Suff und junge Frauen!«

»Was für junge Frauen? Wovon redest du da?«

»Von dieser Sally Doolittle und von Julie Progress. Du bist erbärmlich. In deinem Alter noch immer junge Studentinnen durch das College jagen. Raus hier. Raus aus meinem Bett, du mieser Lustmolch!«

»Beruhig dich doch. Ich weiß nicht, wovon du redest.«

»Erzähl mir nichts von beruhigen«, schrie sie. »Du hast mein Leben ruiniert! Ich war glücklich, ehe ich dich kennengelernt habe, aber das wusste ich nicht. Du und deine Scheißpsychologie!«

»Du bist außer dir. Komm zurück ins Bett, Liebes. Du bist gar nicht auf mich wütend. Du überträgst nur deinen Groll auf mich. Das verstehe ich. Es ist absolut natürlich. Jeder andere wäre jetzt sauer, ich aber nicht. Schau mal, ich stelle mein Glas weg. Schau nur.« Er kippte sich den verbliebenen Whiskey in den Rachen und stellte das leere Glas neben die Flasche, leicht erreichbar auf den Nachttisch auf seiner Seite des Bettes.

Später, als die Lichter am Kronleuchter gelöscht und der Raum stockfinster war, lag die Präsidentin lautlos weinend im

Bett und dachte an Sally Doolittle. Sie konnte sich an Doolittle als enthusiastisches Erstsemester erinnern, das mitten in der ersten Reihe saß, als sie selbst die Willkommensrede für die Neulinge hielt. Sie hatte Lambe gefragt, wer die hinreißende Studentin mit der langen roten Mähne sei, denn er kannte alle Namen der Studentinnen, er behauptete, junge Frauen brauchten die Unterstützung eines erfahrenen Geistlichen, wenn sie das erste Mal von zu Hause fort waren. Sie erinnerte sich daran, dass sie Doolittle im zweiten Jahr bei einem schwierigen Vermieter und bei etwas geholfen hatte, woran sie sich gerade nicht erinnern konnte, Drogen oder Schulden vielleicht. Doolittle hatte der Präsidentin ewige Dankbarkeit geschworen. Niemals werde sie vergessen, wie tief ihre Schuld sei. Die Präsidentin hatte sie sogar auf Lambes Drängen zur Studierendenberatung geholt. Offenbar war Doolittles Gedächtnis selbst für eine CAT-Studentin schlecht. Die Präsidentin verspürte plötzlich einen der abrupten Schläge der Wirklichkeit, die sie aus irgendeinem Grund seit einigen Wochen häufiger überkamen. Diese existenziellen Wellen brachen mit der unangekündigten Abruptheit eines Anfalls über sie herein, und danach war sie bei Bewusstsein, ihr war schlecht, und sie war durch und durch erschöpft. Sie versuchte, sich mit immer neuen und anderen Kombinationen von Pillen zu betäuben, um diese ungebetenen jähen Episoden übernatürlicher Klarsicht zu unterbinden. Von der unsichtbaren Hand der Gewissheit auf ihre Matratze gepresst erkannte sie, dass ihre Bindung an Lambe eher der Verzweiflung entsprang denn der Zuneigung. Der Mann war ein Arsch. Alles andere war ein ausgeklügeltes Trugbild. Sie bedauerte lediglich, dass sie vielleicht den Rest ihres Lebens hinter sich gebracht hätte, ohne je die Wahrheit zu entdecken, wenn er nur ein besserer Psychologe oder ein besserer Lügner gewesen wäre.

Lambe lag in der schwarzen Stille neben der Präsidentin und

war mit seinen eigenen Gedanken an Sally Doolittle beschäftigt. Auch er erinnerte sich daran, wie er sie an ihrem ersten Tag im College gesehen hatte. Er hatte mehr als ein Jahr lang keine Gelegenheit gefunden, mit ihr zu sprechen, sah sie aber oft an seinem Bürofenster vorbeigehen, wo sie sich provozierend die langen Haare über die Schultern warf, als ob sie in einer ewigen Shampooreklame lebte. Sie besuchte in ihrem letzten Jahr vor den Zwischenprüfungen seine Psychologiekurse, aber am Ende verlor er sie an die Philosophie wegen ihrer Leidenschaft für diesen albernen französischen Philosophen, Derrida. Er hätte sich als dessen Fan ausgeben sollen, aber damals hatte er nicht an diesen möglichen Schachzug gedacht. Damals war er nicht halb so clever gewesen wie jetzt. Nicht so listig wie heute, wo er ihr diesen Job als Studierendenberaterin gegeben hatte, bei dem er sie fast jeden Tag sehen konnte. Es spielte keine Rolle, dass einige Studierende schreiend aus ihrem Zimmer gestürzt kamen, das war ein geringer Kollateralschaden bei diesem bedeutenden strategischen Sieg. Wenn er ihre Dissertation betreuen könnte, würde er die totale Kontrolle über sie haben. Nach einem Leben des Kampfes um die Herrschaft wusste er, dass die Gefahr bestand, dass er ihrer Macht unterliegen würde; dass er ihr unterliegen würde. Ihm war das egal. Sollte sie ihn doch beherrschen. Sie könnte ihn peitschen, wenn sie wollte. Sein Herz schlug schneller, als er an seine Begegnung mit ihr früher an diesem Tag dachte. Warum wollte sie ihn wohl morgen in seinem Büro sprechen, wenn nicht, um ihn zu überreden, ihre Betreuung zu übernehmen? Warum zu ihm kommen und über Derrida reden, wenn sie doch wusste, dass er alles hasste, was mit französischer Philosophie zu tun hatte? Er wusste, dass sie ihn wollte, trotz allem, was sie sagte, da er wusste, was Frauen wollten, auch wenn sie das selbst nicht wussten, was bei Frauen immer der Fall war. Zum ersten Mal in seinem Leben hatte er diese verstörende Empfindung, die dafür sorgte, dass er sich auf untypische Weise tollkühn vorkam. Mit dem Zittern erregten Entsetzens erkannte er, dass es vielleicht Liebe war. Es war jedenfalls ungeheuer große Lust. Es war ihm scheißegal, was Freud oder Gott davon hielten. Er würde entscheiden, was Richtig und Falsch war, wenn es zu wichtigen moralischen Fragen käme, wie seinen eigenen Seitensprüngen.

Lambes Gedanken wanderten von Sally Doolittle zu der halbvollen Whiskeyflasche, die auf seinem Nachtisch stand und in der Dunkelheit gerade noch erreichbar war. Er könnte lautlos die Hand ausstrecken und die Flasche umfassen. Er stellte sich vor, wie seine Finger das glatte Glas der Flasche umschlossen, so glatt wie das Fleisch von Sally Doolittles nacktem Arm. Er hielt die Luft an und lauschte dem verräterischen gleichmäßigen Atmen des Schlafs in der Dunkelheit neben sich. Er hörte nichts, denn die Präsidentin lag wach und hielt den Atem an, um auf seinen zu lauschen. In der Ferne, in einem anderen Stadtteil, schleuderte Sally Doolittle ihre lange rote Mähne, die jeder Shampoofabrikant mit Freuden gesponsert hätte, über ihre Schulter und ahnte nicht, dass in diesem Moment eine Fantasieversion ihrer selbst sich diese flammenden Haare aus dem Gesicht hielt, während sie vorsichtig ihren perfekten nackten Leib auf Hochwürden Professor Lambes betrunkenen Penis senkte, während der Professor in dem riesigen Bett in der tiefen Dunkelheit in verzweifeltem starrem Schweigen neben der todunglücklichen Präsidentin lag.

XVII

Silentium, Placet

Stille, bitte

Rik Wallace und Julie Progress hockten jeweils mit einer Hinterbacke auf einem einzigen Stuhl, mehr gab es nicht in jeder kleinen Studiernische in der Bibliothek. Ein Schild über ihren Köpfen empfahl, die Anzahl der anwesenden Personen nicht die der Stühle übersteigen zu lassen. Inzwischen, zwei Tage nach Mrs Wallaces Wiedererscheinen durch die Decke, hatten sich Wallace und Progress beide von ihren Kopfschmerzen erholt. Wallace hatte die Zeit damit verbracht, der Küche den letzten Schliff zu verpassen, während er darauf wartete, dass die Beule an seinem Kopf so weit zurückging, dass sie kein Gesprächsthema unter seinen Kollegen bilden würde. Er strich die Trennwände in der Küche in einem Sommersonnengelb, einem Farbton, den er sich allein ausgesucht hatte, da Progress energisch betont hatte, weiterhin keinerlei Interesse an allen DIY-Projekten zu haben, während sie einen Tag und eine Nacht lang stöhnend im Bett lag. Jetzt, da Progress wieder unter den Lebenden weilte, hielt sie den Zeitpunkt für gekommen, Wallace mit den moralischen und psychologischen Konsequenzen seines kürzlichen Verhaltens seiner Mutter gegenüber zu konfrontieren. Sie fand ihn, nachdem sie überall im College gesucht hatte, in der Studiernische, wo er halbherzig versuchte, sich vor ihr zu verstecken.

Kurz vor ihrem Auftauchen hatte er noch gehofft, in seinen

Vorlesungen die Griechen vollständig überspringen zu können. Was könnte er schließlich der bereits gewaltigen Sammlung von Überlegungen und Kommentaren zu Überlegungen über die Ursprünge des Abendländischen Denkens noch hinzufügen? Bestimmt, dachte er, habe die zeitgenössische Philosophie inzwischen die Antworten auf alles gefunden

»Rutsch mal rüber und mach mir Platz«, sagte Progress, als sie neben ihm auftauchte, nachdem sie sich angeschlichen hatte, während er mit beiden Arschbacken bequem mitten auf dem einen Stuhl saß. »Ich weiß genau, was du denkst.«

»Wirklich? Das ist erstaunlich.«

»Du fragst dich: Warum habe ich meine Mutter getötet?«

»Wow. Genau das habe ich gerade gedacht. Wie hast du das geschafft?«

»Bist du beeindruckt?«

»Nein. Ich dachte eigentlich über die griechischen Philosophen nach. Reden wir über die, nicht über meine Mutter.«

»Wir müssen über deine Mutter reden«, flüsterte Progress laut.

Er stöhnte.

»Ich habe überlegt. Es ist nicht gut, alles in sich zu verschließen. Du musst darüber sprechen, welche Gefühle die Zurückweisung durch deine Mutter in dir auslöst.«

»Mit wem soll ich denn sprechen? Mit dir?«

»Ich habe vor der Zwischenprüfung Seminare in Philosophie besucht. Ich bin sicher, ich kann dir helfen.«

»Ich verschließe nichts in mir«, fauchte er. »Sie war nicht meine Mutter.«

»Du brauchst wirklich Hilfe.«

»Hör mal. Auf unbewusster Ebene hatte ich einwandfrei nicht vor, sie zu töten, und deshalb habe ich sie nicht hart genug und nicht mit der richtigen Holzart geschlagen. Das war Weichholz. Du hast sie mit Hartholz geschlagen.«

»Oh. Das ist gut. Darf ich mir Notizen machen?«

»Um Himmels willen, keine Notizen. Willst du denn, dass wir beide im Gefängnis landen?«

»Die Notizen wären doch vertraulich. Schweigepflicht zwischen Doktor und Patient.«

»Du bist aber kein Doktor.«

»Werd' ich aber bald sein, vor allem mit deiner Hilfe.«

»Du wirst Doktorin der Moralphilosophie sein, wenn ich jemals mit deiner Dissertation fertig werde. In der Philosophie gibt es keine ärztliche Schweigepflicht. Keine Notizen. Bist du verrückt geworden?«

»Wir sprechen hier über deinen Geisteszustand, nicht über meinen. Eine echte Psychiaterin würde fragen, wieso deine Mutter überhaupt auf dem Dachboden war.«

Er rieb sich mit den Händen über die Augen. »Hör mal. Willst *du* mir einen Vortrag über Fragen der Moral halten? Du bist diejenige, die sie mit diesem unglaublichen Schlag wirklich getötet hat. Wie konnte das passieren?«

»Darüber möchte ich nicht reden. Es geht hier nicht um mich. Sondern um dich. Ich werde, anders als du, nicht verrückt, wenn ich nicht darüber rede, meine Mutter war sie ja schließlich nicht.«

»Ich werde nicht verrückt«, brüllte Wallace gereizt.

»Können Sie bitte aufhören, so laut zu flüstern?«, fragte die Bibliothekarin über die Schultern der beiden. Sie war unbemerkt an die Nische herangeschlichen, hatte nur einige oft geübte Bewegungen von einem Regal zum anderen gebraucht, um ihr Näherkommen mit der Geschicklichkeit einer Löwin zu verbergen, die eine nichtsahnende, in Klatsch vertiefte Antilope beschleicht. »Alle hier in der Bibliothek können Ihr ganzes Gespräch verfolgen«, sagte sie mit leichter Übertreibung. Wallace erbleichte. »Lesen Sie noch immer Ihre eigenen Bücher, Professor?«, fragte sie und beugte sich über die niedrige Trennwand.

»Äh … nein. Ich lese Platon über Sokrates.«

»Können Sie das bitte leise tun? Mir ist schon klar, dass Ihre Studierenden nicht in der Bibliothek lesen, aber ich bestehe darauf, dass Sie in einer stillen Umgebung nicht reden.« Sie starrte die beiden wütend an. Dann machte sie auf dem Absatz kehrt und ging zurück zu ihrem Tresen.

Progress achtete nicht auf die Mahnungen der Bibliothekarin und flüsterte weiter. »Du hortest zukünftige Probleme, wenn du deine Empfindungen für deine Mutter unterdrückst.«

»Ich unterdrücke keine Empfindungen für meine Mutter. Sie war nicht meine Mutter«, brüllte er.

Die Bibliothekarin starrte ihn an und legte den Finger an die Lippen, um ihn zum Schweigen zu bringen.

»Sieh dir nur an, wie es dem altgriechischen König Ödipus ergangen ist. Er hat seinen Vater getötet und hatte Sex mit seiner Mutter. Eine Katastrophe für die ganze Familie«, sagte Progress.

»Noch mehr verdammte antike Griechen.«

»Jetzt wechsel nicht dauernd das Thema. Wir sprechen hier über dich und deine psychischen Probleme. Diese ganze DIY-Kiste – das nennen wir eine Form von Sublimierung.«

»Wer wir?«, fragte er.

»Muss das nicht wen wir heißen? Liebling. Ist doch egal. Wir Analytiker. Ich habe vor der Zwischenprüfung auch Seminare in Psychoanalyse besucht. Es ist deutlich, dass du dein sexuelles Begehren deiner Mutter auf das Bauen eines Zuhauses überträgst. Ja. So ist das. Ein Zuhause, das ihr beide teilen könnt. Oh. Das ist gut. Ich muss das aufschreiben, sonst vergesse ich es. Ich frage mich, ob ich das in meine Diss einbringen kann. Du hast sie nicht mehr begehrt, auf unbewusster Ebene natürlich, als sie dir gesagt hat, dass sie nicht deine Mutter war. Deshalb hast du sie umgebracht. Mein Gott, manchmal mache ich mir selbst Angst, weil ich so ein Genie bin.«

»Blödsinn. Ich habe sie weder auf bewusstem noch unbewusstem Niveau begehrt, sondern auf gar keinem. Meine Mutter hat mich nicht verstoßen. Sie ist bei einem Autounfall ums Leben gekommen, als ich zehn war.« Jetzt brüllte er wieder.

»Wie schrecklich. Ich weiß genau, wie Ihnen zumute ist. Meine Mutter ist auch gestorben, als ich noch ein Kind war«, sagte die Bibliothekarin, die sich wieder an sie angeschlichen hatte. »Es tut mir leid, Ihr vertrauliches Beratungsgespräch zu unterbrechen, aber ein Detective Inspector Jackson und ein anderer Detective, an dessen Namen ich mich nicht erinnern kann, möchten Sie sprechen. Er sagt, es sei sehr dringend. Wenn Sie unbedingt flüstern müssen, könnten Sie das wohl ein bisschen lauter machen, denn ich verstehe nicht alles, was Sie sagen. Ich möchte wirklich nicht verpassen, was Sie für Probleme haben, Professor Wallace.«

Er gab keine Antwort, denn sowie sie Jackson erwähnt hatte, hatte sein Herz angefangen, heftig zu schlagen. Er hatte ihre spöttische Bitte kaum gehört. Nun war endlich der schicksalhafte Moment gekommen: der seiner Festnahme. Die Bibliothekarin ging zurück zu ihrem Tresen, wo Jackson und Sullivan warteten, und zeigte auf Wallace und Progress, die sich in der Nische in der Ecke der Bibliothek zusammenkauerten. Inspector Jackson quetschte sich ebenfalls in die Nische und platzierte seine Hinterbacken vor ihnen auf den Tisch. Sullivan fragte Jackson mit lauter Stimme, wohin er sich setzen sollte.

»Bleiben Sie einfach da stehen, und halten Sie den Mund«, sagte Jackson. »Als Mann des Gesetzes sollten Sie gefälligst die Regeln befolgen, die überall um Sie herum hängen.« Er schüttelte Wallace die Hand und flüsterte »Hallo«.

»Inspector Jackson, wir sind uns ja schon im Hotel begegnet«, murmelte Wallace mit eingeübter Lässigkeit. »Und Sie. Wir uns auch.«

»Sullivan. Sir. Sullivan ist mein Name.«

»Ja, natürlich, der neue Detective. Haben Sie sich schon eingewöhnt?«

»Das ging sehr gut, Sir. Ich habe noch keine Verhaftung vorgenommen, aber das wird sicher bald der Fall sein, auch wenn der Inspector meinen Optimismus nicht teilt.«

»Wann genau sind wir uns im Hotel begegnet? Ist das schon über einen Monat her?«, fragte Wallace und verschwieg die Tatsache, dass er seither sorgsam die Minuten gezählt hatte.

»Dreiunddreißig Tage, Sir«, sagte Sullivan. Er war bereit zuzugeben, dass er die Tage gezählt hatte.

»Das ist meine Doktorandin Julie Progress. Ich betreue ihre Dissertation. Sie schreibt über Geschäftsethik. Arbeitet schon seit drei Jahren daran, aber wir hoffen jetzt bald auf Progression. Progression, das ist gut.« Er verstummte abrupt, als ihm aufging, dass er geplappert hatte.

Jackson schüttelte die von Progress ausgestreckte Hand und murmelte ein »Hallo«. Sullivan und Progress ignorierten einander.

»Ja. In jener Nacht im Hotel. Schreckliche Tragödie. Ich erinnere mich an Sie aus dem Nebenzimmer. Sie waren dort mit dieser umwerfenden nackten Frau. Ich wusste, dass ich Sie hier finden würde. Ich konnte mich an den Brief des College erinnern. Es hat sich etwas Neues ergeben«, sagte Jackson.

Das Blut dröhnte unter gewaltigem Druck durch die winzigen Adern in Wallaces Ohren. Jetzt, da die lange erwartete Polizei eingetroffen war, war er enttäuscht, weil er nur einen Monat in Freiheit überlebt hatte. Er spielte mit dem Gedanken an einen Ausbruch aus der Studiernische. Er stand auf der falschen Seite von Progress und Sullivan, aber er könnte an Jackson vorbeikommen, wenn er den rückwärts über die Trennwand schob, vorbei an der Bibliothekarin, und durch die Tür stürzte, ehe irgendwer reagieren könnte. Er fing schon an, sein Gewicht auf ein vorgeschobenes Bein zu verlagern und seine Hinterbacke vom Stuhl zu heben, als Inspector Jackson sagte: »Ich habe Angst, Sie könnten in Gefahr sein.«

Wallace ließ seine Hinterbacke vorsichtig wieder auf den Stuhl sinken und keuchte: »Oh, Gott sei Dank. Ich meine, oh Gott, wie entsetzlich.«

»Meine Kollegen haben mich gestern Nacht informiert. Offenbar ist Ihre Mutter wieder ausgebrochen.«

»Ausgebrochen?« Wallace und Progress wiederholten dieses Wort wie aus einem Munde.

»Ja, ausgebrochen«, bestätigte Sullivan. »Ach, ich sehe schon, er hat es Ihnen nicht erzählt«, sagte er zu Progress. »Ich kann verstehen, warum so ein heiß umschwärmter Moralphilosoph seinen Studentinnen nicht erzählen mag, dass seine Mutter im Knast sitzt. Naja, vielleicht nicht richtig im Knast, sie war in so einem von Gutmenschen erfundenen offenen Vollzug. Da können die Kriminellen kommen und gehen, wie sie wollen, und vor drei Tagen ist sie gegangen, wie sie wollte. Ist einfach mit einem Koffer durch den Haupteingang und zu einem wartenden Taxi marschiert.«

»Gefängnis?«, fragte Progress.

»Ich hab ja gewusst, dass er Ihnen das nicht erzählen würde. Ich habe zu Inspector Jackson gesagt, ehe wir hergekommen sind, dass er bestimmt keinem Menschen sagt, dass seine Mutter kriminell ist«, Sullivan lachte selbstzufrieden angesichts seines Einblicks in die Psyche der Moralphilosophen. »Auf der Polizeischule habe ich auch Kurse in Psychologie gemacht. Das ist heutzutage vorgeschrieben. Im Mittelalter, als der Inspector hier ausgebildet wurde, war das noch nicht der Fall.«

»Ich auch. Ich habe vor der Zwischenprüfung Psychologie studiert«, prahlte Progress.

»Ich wollte Sie warnen, weil sie in den letzten Wochen mehrfach Drohungen gegen Sie ausgestoßen hat. Der Gefängnisarzt sagt, sie leide an einsetzender Demenz. Gestörte Menschen sind zu allem fähig«, sagte Jackson und schaute in seinem Notizbuch nach. »Hochwürden Professor Lambe hat mir gesagt, dass sie vor einigen Abenden hier war, und dass Sie nach einem Wortwechsel Arm in Arm mit ihr den Raum verlassen haben. Offenbar hatte sie nichts Böses vor, da Sie diese Begegnung ja einwandfrei überlebt haben«, sagte er und musterte Wallace mit erhobenen Augenbrauen. »Ich hatte mir deswegen Sorgen gemacht, angesichts ihrer kriminellen Vorgeschichte, aber vielleicht hat sie ja einfach nicht mehr alle Tassen im Schrank.«

»War sie gefährlich, als sie … äh … noch alle Tassen im Schrank hatte?«, fragte Progress.

»Wir konnten ihr nie besonders viel nachweisen, aber nach unserem Dossier, das so dick ist«, sagte er und spreizte Daumen und Zeigefinger so weit wie überhaupt nur möglich, »hatte sie mit dem Verschwinden etlicher Personen zu tun, von denen die meisten nichts taugten.«

Progress sah Wallace an, sagte aber nichts.

»Sie hat Sie hier im College besucht. Wissen Sie, wo sie sich jetzt aufhält?«, fragte Sullivan.

»Sie ist mit zu mir nach Hause gekommen, auf eine Tasse Tee. Dann wollte sie weiter.«

»Um welche Uhrzeit war das?«

»So gegen elf.«

»Hat sie Sie bedroht?«

»Nein. Wir haben uns überaus freundlich über alte Zeiten unterhalten. Sie wissen schon, so zwischen Mutter und Sohn.«

»Zum Beispiel?«, fragte Progress.

Wallace starrte sie wütend an. »Das kannst du dir doch denken. So Sachen eben … sie hat mich gefragt, ob ich auch gut auf mich aufpasse. Wann ich endlich sesshaft werden will. Ob ich eine Frau gefunden habe, die sie als Tochter betrachten könnte.

Hat sich ganz allgemein über die Frauen beklagt, mit denen ich früher zusammen war. Dass die allesamt Huren waren. Solcher Kram. Ganz normal zwischen Mutter und Sohn.«

»Hat sie Ihnen gesagt, dass sie ausgebrochen war? Halten Sie sie versteckt?«, fragte Sullivan.

»Sie hat mir nicht gesagt, dass sie ausgebrochen war, und nein, ich halte sie ganz bestimmt nicht versteckt«, sagte Wallace und wurde rot.

»Haben Sie irgendeine Vorstellung, wo sie jetzt sein kann?«, fragte Jackson.

»Sie hat sich mir nicht anvertraut, das hat sie noch nie. So nahe stehen wir uns nicht. Ich weiß nichts über ihre … öh, geschäftlichen Angelegenheiten. Sie müssen verstehen, Inspector, ich bin das weiße Schaf in der Familie.«

»Versuchen Sie, sich keine Sorgen zu machen. Wir werden sie schon erwischen. Wo kann sich so ein verrückter Vogel wie Ihre Mutter denn auf Dauer verstecken? Sie muss doch irgendwo Stunk machen.«

»Da bin ich mir sicher.«

»Können wir diesmal seine Fingerabdrücke nehmen?«, fragte Sullivan seinen Chef.

»Nein«, sagte Jackson, ehe er sich wieder zu Wallace umdrehte. »Wenn sie sich bei Ihnen meldet, rufen Sie mich an. Hier ist meine Karte. Ich glaube nicht, dass sie eine direkte Bedrohung für Sie darstellt, da sie ja bereits hier war und wieder verschwunden ist. Über Ihren Bruder kann ich nicht dasselbe sagen.«

»Bruder?«, fragten Progress und Wallace, abermals wie aus einem Munde.

»Ach, von dem hat er Ihnen auch nichts erzählt?«, fragte Sullivan Progress. »Das ist ja keine Überraschung – so unter uns Psychologen.«

»Warum erzählen Sie es ihr nicht, wo Sie schon so viel über

meine Familie wissen?«, murmelte Wallace, um seine eigene Neugier zu verbergen.

»Na gut, dann werde ich das tun. Sein Bruder, Larry, ist ein echter Psycho. Er hat total den Kopf verloren, als er erfuhr, dass seine Mutter verschwunden ist. Und seine Bande soll jetzt herausfinden, wo die Dame steckt.«

»Bande?«, fragten Wallace und Progress weiterhin wie aus einem Mund.

»Ja. Bande. Er hat sogar eine Belohnung für jegliche Information ausgesetzt, die zu ihr führt. Wir haben ihm nicht gesagt, dass Ihre Mutter hier war. Der Inspector sagt, wir brauchen die Belohnung nicht, und außerdem stellt er sich vor, dass es für Sie aufregend genug ist, sich an Ihrem neuen Posten einzuleben, da müssen Sie es nicht auch noch haben, dass dieser Psycho hier zwischen all den zarten Seelen auftaucht. Aber ich schätze mal, wenn er das rausfindet, wird er wohl geradewegs herkommen und Ihnen die Scheiße aus dem Leib prügeln, um in Erfahrung zu bringen, wohin die Alte verschwunden ist. Doch das brauche ich Ihnen ja wohl nicht zu erzählen. Sie kennen ihn schließlich am besten.« Sullivan wandte sich nun an Progress. »Die beiden Brüder verstehen sich offenbar nicht. Haben sie noch nie. – Ich habe eine Frage«, fragte er dann Wallace und schaute dabei wieder in seine Notizen. »Ach ja. Auf welche Weise hat Ihre Mutter sie an jenem Abend verlassen?«

»Wie meinen Sie das – auf welche Weise?«

»Ich meine, wie hat sie Ihr Haus verlassen? Zu Fuß, mit einem Auto, auf einem Fahrrad, mit einem Taxi, wie auch immer?«

»Ich … äh … ich weiß es nicht mehr. Ach, doch. Wir sind bis zum Ende der Straße gegangen, und ich habe ein Taxi herbeigewunken. Ja. So war das.«

»Können Sie sich an das Taxi genauer erinnern? Autonummer? Taxifirma? Farbe? Irgendetwas?«

»Nein, es war dunkel.«

»Das reicht jetzt mit Fragen, Sullivan«, sagte Jackson.

»Warum ist sie hergekommen, wenn sie Ihnen nichts antun wollte? Warum ist sie dann einfach wieder gegangen, ohne etwas zu tun?«, fragte die Bibliothekarin, die wieder unentdeckt aufgetaucht war, um dem zuzuhören, was sie zweifellos für eine Vernehmung hielt.

»Das sind beeindruckende Fragen«, sagte Jackson und machte sich Notizen. Sullivan starrte die Bibliothekarin wütend an. »Haben Sie je mit dem Gedanken gespielt, zur Polizei zu gehen? Sie sind doch unglaublich gescheit.« Jackson konnte sich nicht erinnern, warum er zur Polizei gegangen war. Vielleicht, dachte er, hätte er Bibliothekar werden können, wenn ihm das bei der Berufsberatung in der Schule vorgeschlagen worden wäre. Bibliothekswesen gehörte zu den Berufen, die sich Kinder für später wünschten, so wie Feuerwehrmann oder Astronaut.

»Danke«, sagte sie und wurde rot. »Ich interessiere mich für Gesetze und Regeln ganz allgemein.« In der Schule hatte die Bibliothekarin Richterin werden wollen, hatte aber das Interesse verloren, als ihr aufgegangen war, dass sie dann vorher Jura studieren müsste.

»Sie war stolz auf meine Antrittsvorlesung. Sie wollte hier sein, um ihren Stolz mit mir zu teilen. Das hat sie mir gesagt«, log Wallace.

»Wirklich? Tja, so geht das, wenn man dement wird«, sagte die Bibliothekarin.

»Sie sagen mir Bescheid, wenn sie noch einmal auftaucht«, sagte Jackson. »Und melden Sie sich unbedingt, wenn Sie Ihren verrückten Bruder hier irgendwo sehen.«

»Wenn Sie mich fragen, dann liebt Ihr Bruder seine Mutter ein bisschen zu sehr. Wenn Sie verstehen, was ich meine. Er sagt, er wird allen die Beine brechen, die seine Mutter als verrückt bezeichnen, sogar dem Gefängnisarzt«, sagte Sullivan.

»Das ist eine typisch freudsche Beobachtung«, sagte Progress zu ihm. »Haben Sie auf der Polizeischule auch Psychoanalyse studiert? Ich habe das vor der Zwischenprüfung getan. Durch Freud kann man viel über Familien lernen. Ich bin sicher, es wäre bei Ihrer Ermittlungsarbeit eine große Hilfe. Er hat über Mütter und Söhne sehr viel zu sagen. Es ist nicht gut für einen Jungen, seiner Mutter zu nahezustehen. Leben Sie mit Ihrer Mutter zusammen, Detective?«

Sullivan errötete. »Im Moment ja, aber nur, weil ich meine polizeiliche Laufbahn gerade erst angetreten bin. Ich werde ausziehen, sobald ich kann.«

»Sie kauft seine Kleider für ihn«, teilte Jackson mit.

»Ich habe zu viel zu tun, um Einkaufen zu gehen. Was spielt es denn für eine Rolle, ob meine Mutter mir hilft?«

»Mütter. Man kann mit ihnen nicht leben, aber wenn man sie umbringt, bekommt man es mit mir zu tun. Ich wäre doch so gut wie arbeitslos, wenn Familien aufhörten, sich gegenseitig umzubringen«, sagte Jackson. Alles lachte hysterisch nach einem Augenblick des betroffenen Schweigens, auch Jackson und die Bibliothekarin, die einander forschend musterten.

»Es ist witzig, Ihnen auf diese Weise wieder zu begegnen. Ziemlicher Zufall. Aber bei der Polizei glauben wir nicht an Zufälle. Es gibt immer irgendwelche versteckten Linien, die die Punkte miteinander verbinden, egal, wie unzusammenhängend die an der Oberfläche aussehen. Darunter gibt es dann Verbindungen, die wir untersuchen müssen«, sagte Jackson zu Wallace.

»Freud sagt, es ist alles eine Frage der Motivation«, erklärte Progress enthusiastisch.

»Ja«, sagte Jackson. »Wenn man das Motiv findet, findet man vermutlich auch den Täter. Wo es jedoch kein Motiv gibt, ist es so gut wie unmöglich, ein Verbrechen aufzuklären. Zum Glück können wir meistens ein Motiv finden, und wenn wir es erfinden müssen.«

»Es erfinden?«, fragte Sullivan.

»Verstehen Sie, Sullivan, das ist etwas, das Sie in der Bullenschmiede sicher nicht gelernt haben. Wenn wir das Motiv hinter einem Verbrechen sehen wollen, müssen wir hoffen, dass wir es mit kompetenten Kriminellen zu tun haben. Bei den meisten Menschen klafft ein riesiger Abgrund zwischen dem Plan, den sie haben, um von A nach B zu gelangen, und der Art, wie sie dann endlich dort hinkommen, und meistens enden sie dann in P oder sonstwo im Alphabet, aber nicht in B. Zum Glück haben Sie es nur in Ihrer Fantasie mit kriminellen Genies zu tun. Ich habe es mit der Mehrheit zu tun, und die sind Trottel. Deshalb finde ich es leichter, für sie ein Motiv zu erfinden, wenn ich davon ausgehen kann, mit einem durchschnittlichen Menschen zu tun zu haben. Zum Beispiel, wenn Sie auf eine tote Mutter stoßen, können Sie die Möglichkeit nicht ausschließen, dass jemand auf den Vater gezielt und danebengehauen hat. Kann passieren. Passiert.«

»Wie geht es Della?«, fragte Wallace in einem unüberlegten Versuch, das Thema zu wechseln.

»Wem?«

»Della. Der nackten Frau, die bei mir im Hotelzimmer war. Sie haben sie zur Vernehmung mitgenommen.«

»Ach die. Ich weiß nicht. Ich habe sie seit jener Nacht nicht mehr gesehen, und ich glaube nicht, dass ich je wieder so viel von ihr sehen werde.« Jackson lachte und zwinkerte Wallace zu. Progress und Sullivan starrten die beiden an. Dann fing Jackson den Blick der Bibliothekarin auf und wurde rot.

»Warum fragen Sie?«, fragte Jackson und räusperte sich.

»Ach, nur so. Wo wir schon von Zufällen reden, sie ist an dem Abend aufgetaucht, als meine Mutter hier war.«

»Das ist seltsam.« Jackson schrieb etwas in sein Notizbuch.

Wallace bereute sofort, Della erwähnt zu haben. Er hatte das Gefühl, sie auf eine Weise verraten zu haben, die er nicht begriff.

Jackson steckte sein Notizbuch in die Tasche und drängte sich an ihnen vorbei aus der Studiernische.

»Können wir nicht einfach ein paar Fingerabdrücke nehmen? Zur Übung? Oder eine DNA-Probe?«, fragte Sullivan.

»Nein.«

»Mir geht es genau wie Ihnen, Inspektor. Die ganze Zeit kämpfe ich darum, Gesetz und Ordnung aufrechtzuerhalten. Sind Sie verheiratet?«, fragte ihn die Bibliothekarin, als sie zusammen zum Ausgabetresen gingen, während Sullivan schmollend hinter ihnen herschlich, wie ein unzufriedenes Kind in den Ferien, das in Gedanken die wirkungsvollste Rache an seinen Eltern ersinnt.

Wallace und Progress konnten seine Antwort nicht hören. Sie sahen zu, wie Jackson und die Bibliothekarin beim Gespräch die Köpfe zusammensteckten. Jackson reichte der Bibliothekarin eine Karte.

»Ich bin froh, dass wir sie umgebracht haben«, murmelte Progress leise.

»Nicht wir. Ich habe sie nicht umgebracht. Sondern du«, zischte Wallace.

»Warum hast du mir nicht erzählt, dass du einen unmoralischen Bruder hast? Was machen wir, wenn der hier aufkreuzt?«

»Wäre es dir recht, wenn wir nie wieder über meine Familie sprächen?«

»Wer ist Della, diese nackte Frau, mit der du dich triffst? Ist das eine frühere Studentin von dir?«

»Ich treffe mich nicht mit ihr. Nein, sie ist keine Studentin. Ich weiß nicht, wer sie ist.«

»Was soll das heißen, dass du es nicht weißt?«

»Das soll heißen, dass ich nicht weiß, wer sie ist. Mehr nicht. Ist es nicht möglich, jemanden nicht zu kennen?«

»Doch. Wahrscheinlich schon. Du, zum Beispiel. Ich weiß nicht, wer du bist. Aber ich lerne fast jeden Tag etwas Neues über dich. Sicher bist du deshalb so ein fähiger Lehrer«, sagte Progress, als sie sich zusammen aus der Studiernische zwängten.

Er war kein Experte, aber er glaubte, was ihn zum brauchbaren Lehrer machte, war, dass er den Studierenden immer um eine Lektion voranlag. Ein hervorragender Lehrer würde einen ganzen Kurs voranliegen. Vielleicht würde er im nächsten Jahr hervorragend sein, wenn er überlebte.

XVIII

Certamen singulare

Haarscharf daneben

Am CAT-College verging ein weiterer wundersamer Tag, an dem Rik Wallace nicht als betrügerischer Muttermörder oder gefälschter Moralist entlarvt wurde. Er saß am Schreibtisch in seinem Büro und stellte sich vor, wie er diesen hinreißenden Rekord bis in die Unendlichkeit ausdehnen könnte. Ein fast lautloses Klopfen an die Tür riss ihn aus seiner brüchigen Konzentration. Er glaubte, sich alles einzubilden, weil das Klopfen so zaghaft geklungen hatte. Er hielt inne und wartete ab, ob es sich wiederholte. Dann hörte er das leise Klopfen ein weiteres Mal.

»Herein«, sagte er, schob die Bücher zurück und stellte fest, dass er über diese Unterbrechung eher erleichtert war als irritiert. Er hörte das leise Klopfen ein weiteres Mal.

»Ich habe ›Herein‹ gesagt«, brüllte er die verschlossene Tür an.

Die Tür öffnete sich langsam, und in der Lücke zwischen Türblatt und Rahmen erschien der blonde Schopf von Präsidentin Patricia.

»Störe ich?«, fragte sie. Ohne auf eine Antwort zu warten, kam sie herein und zog die Tür hinter sich zu.

»Nein. Sie stören nicht. Entschuldigen Sie, dass ich so laut war. Ich hatte sie für eine schüchterne Studentin gehalten.«

»Ach. Sind Sie enttäuscht, weil ich keine bin?«

»Ich freue mich immer, Sie zu sehen«, log er. »Setzen Sie sich doch. Ich kann Ihnen nichts zu trinken anbieten. Ich habe mich noch nicht richtig eingerichtet. Ich habe noch nicht ausgepackt, weil meine Bücher erst heute Morgen eingetroffen sind. Ich weiß nicht, in welchem Karton was steckt, denn draußen ist nichts angeschrieben. Ich habe keine Ahnung, wo ich mit meinen Gedanken war, als ich damals gepackt habe.« Er zeigte auf einen Vorhang aus Pappkartons vor der Wand hinter seinem Schreibtisch.

»Freuen Sie sich wirklich darüber, mich zu sehen?«

»Ah … ja«, er log abermals. Er registrierte, dass sie ganz und gar in Grün gewandetet war. Er konnte sich nicht erinnern, dass Spencer etwas über Grün gesagt hatte. Er fragte sich, welche Stimmung diese Farbe anzeigen mochte.

»Sie sehen … äh … beunruhigend … ich meine … schön …. grün … in diesem Kostüm aus. Ist das neu?«

»Wie reizend, dass Ihnen das auffällt. Ja, das ist neu. Ich fand, ich müsste mein Aussehen erneuern.«

Sie setzte sich in den leeren Sessel vor seinem Schreibtisch.

Grün bedeutet frisch, prägte er sich ein.

»Ich wollte sehen, wie Sie sich eingelebt haben. Ich wollte Ihnen erzählen, wie sehr mir Ihre Antrittsvorlesung gefallen hat. Ich bin sicher, alle Frauen auf dem Campus sind inzwischen in Ihr Denken verliebt.«

»Ja. Sieht so aus. Ich meine, ich kann mir nicht vorstellen, warum. Ehe ich hergekommen bin, war niemand je in mein Denken verliebt.«

»Ich wusste doch, dass das CAT-College Ihre geistige Heimat werden würde. Haben Sie sich schon eingewöhnt?«

»Alles war bisher perfekt«, log er. Ihm ging auf, dass er sie problemlos belügen konnte, wenn er ihr das genaue Gegenteil davon erzählte, was er wirklich empfand. Es gefiel ihm, weil diese Erkenntnis vielleicht seine erste echte philosophische Idee war. Das erste Wallacesche Gesetz des Lügens: Um erfolgreich zu lügen, sollte man in Berührung mit den eigenen ehrlichen Gefühlen kommen, um diese Gefühle umkehren zu können. Nein, so war das nicht. Er könnte sich das nachher genauer überlegen, wenn Präsidentin Patricia gegangen wäre. Vielleicht könnte er sein Gesetz des Lügens in einer seiner Vorlesungen behandeln. Vielleicht könnte er es in Progressens Dissertation unterbringen. Er beschloss, es für sich zu behalten, ehe er es sich offiziell zu eigen machte, denn selbst aus seinen wenigen Studien hatte er das Gefühl gewonnen, dass nach über zweitausend Jahren des Philosophierens jeder mögliche Gedanke schon irgendwem gekommen war, irgendwo, irgendwann, über alles.

»Was?«, fragte er und riss sich aus seinen philosophischen Träumen.

»Ich habe gesagt, ich freue mich, dass bei Ihnen alles gut ist, denn bei mir ist es nicht so.«

»Das tut mir leid. Ich war zerstreut. Habe in Gedanken philosophiert. Sie wissen schon, wenn man erst einmal mit Denken anfängt, ist es schwer, wieder aufzuhören. Ich organisiere gerade meine … äh … Ideen für meine Vorlesungen. Ja. Das tue ich. Ich bereite meine Vorlesungen vor. Ich möchte meine Studierenden so weit mitreißen, wie überhaupt nur möglich.«

»Sie sind so gewissenhaft. Ich bewundere Sie. Noch immer begeistert für Ihre pädagogische Mission.«

Er sagte nichts, denn er versuchte zu ergründen, wie seine Gefühle für seine pädagogische Mission wirklich aussahen, damit er in Übereinstimmung mit seinem neuen Axiom darüber lügen könnte. Empfand er Verzweiflung? Meine Theorie des Lügens muss vielleicht sorgfältiger ausgearbeitet werden, ehe sie veröffentlicht werden kann, entschied er.

»Ich habe gesagt, bei mir ist nicht alles gut.«

»Was haben Sie gesagt?«, fragte er. »Mir kam gerade ein weiterer philosophischer Gedanke. Ich habe nicht gehört, was Sie gesagt haben.«

»Ich verstehe. Geniale Männer haben durchdringende Gedanken, die sie von dem Rest von uns entfernen. Lambe ist genauso. Ich habe gesagt, es geht mir nicht gut.«

Als er sie ansah, wusste er, dass sie nicht log. Er schämte sich seiner Lügen. Er beschloss, das auszugleichen, indem er ihre Offenheit erwiderte.

»Ich weiß nicht so recht, wie ich bei den Gefühlen anderer Menschen helfen kann, weil ich kein Experte für meine eigenen bin. Und ich bin nicht genial. Ich habe keine eigenständigen philosophischen Gedanken. Es ist schwer, auf Kommando Ideen zu entwickeln. Es gibt so viel zu erledigen, wenn man neu auf einem Campus ist. Ich habe wirklich eine gestresste erste Zeit hinter mir, wenn ich ehrlich sein soll.«

»Unsinn. Bei Ihnen läuft es doch blendend. Sie sind ein Genie. Das haben Sie bei Ihrer Vorlesung dem gesamten College bewiesen. Ich weiß, Lambe ist ein Betrüger, aber er ist mein Betrüger. Es ist jetzt zu spät, und ich kann nichts mehr daran ändern. Er ist kein echter Intellektueller, so wie Sie. Sie sind bereit, Ihren Ideen dahin zu folgen, wohin die Sie führen. Deshalb sind Sie genial. Und das finden Frauen attraktiv.«

Wallace errötete. »Ich weiß einwandfrei nicht, wohin meine Ideen mich führen werden. Das ist mir ein Mysterium.«

»Da haben Sie sicher recht, aber ich bin nicht hergekommen, um über Sie zu reden. Ich bin hergekommen, um über mich zu reden. Ich habe das Gefühl, dass Sie jemand sind, mit dem ich reden kann. Jemand, der mir zuhört, ohne mich zu unterbrechen, um mir zu erzählen, wie *er* sich fühlt oder wie es mir *seiner Meinung nach* gehen sollte, wie Lambe das die ganze Zeit macht. Ich muss einfach jemandem sagen, wie mir zumute ist. Ich bin umgeben von Menschen, die ununterbrochen über sich selbst plappern. Ich, ich, ich. Ich will über mich reden. Ich will etwas – ich, ich, ich!«, schrie sie ihn über seinen Schreibtisch hinweg an und sprang ohne Vorwarnung auf.

Wallace beschloss, weiterhin zu schweigen. Er stellte gerade die Hypothese auf, dass Grün vielleicht einen neuen Anfang in Form eines Bruchs mit der Wirklichkeit darstellte. Er hoffte, es wäre dann kein gefährlicher Bruch.

»Ist das so schlimm? Dass ich einmal im Leben daran denke, was ich will und wem ich will?«, fragte die Präsidentin Wallace. Sie war jetzt wieder ruhig.

»Wem?«

»Ja, wem.«

Die Präsidentin war um den Schreibtisch herumgelaufen und hatte sich über ihn hergemacht, ehe er auch nur zurückfahren konnte. Sie saß jetzt rittlings auf seinem Schoß. Seine Arme waren an seine Seiten geklemmt. Sie hielt seine Wangen zwischen ihren Handflächen und küsste ihn auf die Lippen, stemmte sie mit der Zunge auf. Dann ließ sie ihre Hände zu seinen Haaren wandern und fing an, mit ihren spitzen Fingernägeln seine Kopfhaut zu massieren.

Wallace schrie auf.

»Was ist los, Liebling?«, fragte sie und legte den Kopf in den Nacken, um ihn anzusehen.

»Ihre Haare! Ihre Haare bewegen sich von allein!«

»Ach, das da«, sagte die Präsidentin und zog sich die Perücke vom Kopf. »Die hasse ich. Es ist so heiß darunter, und sie kratzt.« Sie ließ die Perücke auf den Boden fallen. »Ist das nicht besser, Liebling? Bei dir kann ich ich selbst sein. Wir brauchen unser wahres Selbst nicht voreinander zu verstecken. Ich kenne das wahre DICH. Und jetzt kannst du das wahre MICH sehen.«

Wallace zappelte verzweifelt, um sich unter ihr hervorzuwinden. Der Sessel kippte zur Seite und schleuderte sie beide auf den

Teppich. Die Präsidentin beschrieb eine vollständige Wende, ehe sie dann auf dem Rücken zu liegen kam. Sie zog sich ins Sitzen und lehnte sich an die Wand aus Umzugskartons. Wallace lag mit dem Gesicht nach unten da, seinen Mund in den Teppich gepresst.

Die Tür wurde geöffnet, und ein Student kam herein. Er las etwas auf dem Bildschirm seines Tablets, das er auf Armlänge von sich abhielt. Er schaute vom Bildschirm hoch. Die Augen hinter seinen dicken Brillengläsern wanderten von Wallace zu der auf dem Boden sitzenden Präsidentin und zurück zum Bildschirm, ehe er dann wieder Wallace ansah. »Ich brauche einen Studienplan«, sagte er.

»Kommen Sie später noch einmal«, keuchte Wallace, drehte sich um, um ihn anzusehen, und blies sich Teppichfasern von den Lippen.

»Ich habe später zu tun. Ich brauche jetzt einen.«

Wallace zog sich an der Seite des Schreibtisches hoch und fing an, in seinen Unterlagen zu wühlen.

»Hier«, sagte er und reichte dem Studenten ein Blatt Papier.

»Ich wollte fragen, ob Sie den mit mir durchgehen können. Mir die Themen zeigen, die bei den Prüfungen gefragt werden.«

»Nein, ich kann den jetzt nicht mit Ihnen durchgehen.«

»Das dauert doch nur eine Minute. Dann haben Sie mich nicht mehr am Hals … ich meine, im Büro.« Er versuchte, nicht die Präsidentin anzusehen.

»Ich habe die Examensfragen noch nicht erarbeitet.«

»Sie meinen, Sie wissen noch nicht, welche Fragen auf der Liste stehen werden? Was ist das denn überhaupt für ein Kurs? Dr. Bacon braucht uns nicht einmal zu sehen, weil er uns alle Fragen und Antworten im Voraus mitteilt. Sie begreifen doch, welchen Vorteil das hat, oder?« Er hatte die Finger auf dem Tablet liegen, in der Hoffnung, ein deutliches Foto der Präsidentin machen zu können. Wallace trat in seine Schusslinie.

»Kommen Sie nächste Woche wieder. Dann weiß ich die Fragen vielleicht.«

Der Student atmete anhaltend durch seinen offenen Mund aus. »Das ist unfair. Könnten Sie sich nicht schnell wenigstens eine ausdenken? Was soll ich denn büffeln?«

Wallace legte dem Studenten eine Hand in den Rücken, schob ihn aus der Tür und zog die hinter ihm zu. Er hob die Perücke der Präsidentin auf und setzte sich neben Patricia auf den Boden.

»Hier. Sie setzen die vielleicht lieber wieder auf.« Er reichte ihr die glänzende blonde Frisur.

Sie hielt die Perücke in Händen, drehte sie herum, bis sie die Rückseite vor sich hatte. Sie stülpte sie sich auf den Schädel wie eine Skimütze.

»Es tut mir leid, dass ich durchgedreht bin«, sagte Wallace. »Das liegt nicht daran, dass Sie kahl sind. Aber meine Nerven sind am Ende, seit ich ans CAT-College gekommen bin. Die ganze Zeit schon werfen sich mir Frauen an den Hals. Daran bin ich nicht gewöhnt. Eine Verrückte auf einmal reicht mir.«

»Julie Progress?«

»Im Moment? Ja. Julie Progress. Und ich befürchte, dass Pandora Gefühle für mich entwickelt.«

»Ich glaube, von Pandora haben Sie nichts zu befürchten. Ich glaube nicht, dass *sie* auf Geist steht. Pandora hat keine intellektuellen Gelüste. Aber sie hat eigene Haare«, sagte sie, verstummte und strich die Perücke mit den Handflächen gerade. Nach einigen Minuten, in denen sie beide ihre Gedanken für sich behalten hatten, falls sie überhaupt welche hegten, lächelte die Präsidentin und sagte: »Sie wurden durch einen Studenten vor mir gerettet. Es tut mir leid, dass ich über Sie hergefallen bin. Lambe würde es auf die Hormone schieben. Ich hoffe, Sie glauben, dass es daran liegt, dass ich schlecht bin. Ich hoffe, Sie haben mehr Fantasie als er. Es ist mir unmöglich, einfach gut und altmodisch schlecht zu sein, wenn alles, was ich tue, mit psychologischen Theorien wegdiskutiert wird, an die er seit zwanzig Jahren nicht mehr gedacht hat. Lambe hat furchtbare Angst vor dem Denken, weil das seinen Glauben gefährden könnte. Praktisch jeder Gedanke, der ihm in den Kopf kommen könnte, ist tabu. Zu seinem Glück weiß ich schon gar nicht mehr, wann er zuletzt von einem eigenständigen Gedanken gestört worden ist, falls es nicht seine Gedanken über Sally Doolittle sind. Schockiere ich Sie sogar, wenn ich meine Haare wieder aufgesetzt habe?«

Wallace blieb stumm.

»Pandora weiß, wie Lambe wirklich ist. Sie ist eine hervorragende Menschenkennerin, anders als ich. Mit ihrer schwarzen Brille scheint sie durch andere glatt hindurchblicken zu können. Das ist ihre besondere Röntgenbrille. Ich sage ihr oft, wie viel es mir bedeutet, sie an meiner Seite zu haben, während ich mir einen Weg durch dieses Labyrinth suche, das mein Leben ist. Ich hoffe, sie glaubt mir, aber bei Pandora kann man unmöglich wissen, was in ihrem Kopf vor sich geht.«

»Ich frage mich, was sie in mir sieht.«

»Mir ist aufgefallen, dass Pandora, wenn sie Sie ansieht, die Brille abnimmt und säubert, als ob sie bei Ihnen nicht wirkt. Aber Progress, so wie ich, findet Sie vermutlich attraktiv, weil Sie von einer Aura des Geheimnisvollen umgeben sind. Es ist klar, dass sie Ihren Geist bewundert. Das und die Tatsache, dass Sie nicht viel reden. Lambe ist ein Experte für Gefühle, weil er keine hat. Ich bin Idealistin. Ich will, dass alle perfekt sind, denn das sind sie in meiner Vorstellung. Ich habe Lambe für meinen Idealmann gehalten. Ich habe nicht versucht, ihn zu verändern, aber er hat mich verändert. Ich stecke in der Form fest, die dieses Lambe Gottes mir gegeben hat. Vielleicht sollte ich allen anderen hier zuliebe das College verlassen und ihn mitnehmen. Er würde diesen Ort mit seiner Selbstgerechtigkeit zerstören, wenn er was zu sagen hätte.«

Präsidentin Patricia klemmte ihre Finger in die Lücken zwischen den Kartons und zog sich auf die Füße. Sie streckte die Hand aus, um Wallace auf die Beine zu helfen.

»Vielleicht, wenn wir uns vor Jahren begegnet wären oder Sie Progress nicht kennengelernt hätten. Aber vielleicht verwandeln Sie sich in Lambe, wenn Sie lange genug hierbleiben. Hat das College ihn verändert, oder war er immer schon ein Arsch? Ich weiß es nicht. Versuchen Sie nicht, Progress zu ändern.«

»Werde ich nicht.«

»Es tut mir leid, dass ich Sie erschreckt habe.«

»Ist schon gut. Das waren nicht Sie. Hier an diesem College gibt es zu viele beängstigende Frauen.«

»Ich habe Pandora versprechen lassen, dass sie sich um Sie kümmert, falls mir irgendetwas zustößt. Es ist schwer zu merken, dass Pandora auf Ihrer Seite ist. Sie können das eigentlich nur daran ersehen, dass sie nicht versucht, Ihnen zu schaden. Neutralität ist Pandoras Vorstellung von Zuneigung.«

»Jetzt erschrecken Sie mich schon wieder.«

XIX

Fugit tempus?

Flieht die Zeit?

Das Semesterende rückte so rasch näher, dass die Campusinsassen das Gefühl hatten, die Zeiger auf der vergilbten Oberfläche der alten Wand in der Ecke der Aula Maxima hätten sich noch schneller gedreht als sogar im vergangenen Jahr. Die Uhr hatte das Glück, als offizieller Zeitmesser das CAT-College eher ein Objekt der Zuneigung zu sein denn ein geachteter Chronograph. Die Illusion des beschleunigten Semesters war noch größer für die Studierenden, die nicht auf Examen vorbereitet waren, und von denen die Lehrenden um ihrer Erfolgsbilanz willen hofften, dass sie die Minderheit darstellten.

Es sah aus, als werde Rik Wallace das allererste Philosophiesemester seines Lebens mit unversehrtem Geheimnis überstehen. Er hatte viel zu tun gehabt. Er war damit beschäftigt, für Julie Progress die Dissertation zu schreiben, er musste Vorlesungen vorbereiten und halten, er musste lernen, wie man Themen verteilt und benotet und wie man Examensaufgaben zusammenstellt. Um die Mitte des Semesters war die Spitze der Ausziehleiter von Wallaces Bürozimmer aus noch immer zu sehen. Immerhin hatte er aber die Wand aus Bücherkartons ausgepackt und mit Klebeband die Zeiten an die Tür geheftet, in denen er für seine Studierenden zu sprechen war. Er war erstaunt und dann verstört, als sie zu den angegebenen Uhrzeiten lange Schlangen bildeten, weil sie allen Ernstes seinen Rat zu einer Menge von Themen einholen wollten, von seiner Ansicht über den praktischen Wert mittelalterlicher Metaphysik in der Welt von heute bis zu der Frage, ob lange oder kurze Beziehungen eine idealisierte existenzielle Angst förderten. Mit der Zeit glaubte er eine peinlich genaue moralische Autorität für alles werden zu können, wenn er nur seine Freiheit behalten dürfte. Abends und an den Wochenenden arbeitete er weiter an der Bruchbude, die er inzwischen als sein Zuhause betrachtete. Manchmal stellte er sogar sein Rotweinglas weg, um zu einem Pinsel zu greifen und eine Wand anzustreichen, oder um einen Nagel in einem lockeren Bodenbrett einzuschlagen. Er staunte weniger darüber, wie schnell die Zeit vergangen war, als darüber, wie leicht er sich in einem neuen Leben zurechtgefunden hatte.

Er blinzelte, um klar sehen zu können, und schaute sich in einem Schlafzimmer um, als er am letzten Tag des Semesters aufwachte. Ihm ging auf, dass er nicht mehr so sehr darauf versessen war, die Kontrolle zu haben, da er seine geistigen Anstrengungen darauf konzentrierte, das Grundwissen zu erwerben, mit dem er in seiner neuen Identität überleben konnte. Der Schutt seiner Existenz umgab das Bett, als baue seine Psyche einen Schutzwall, um sein altes Selbst auszusperren. Diese Festung war errichtet aus alten Flaschen, überlaufenden Aschenbechern, Werkzeug und seiner und Progress' ungewaschener und weggeworfener Unterwäsche, die sich auf dem Boden miteinander verschlang, wo sie zu einer unbeholfenen Umarmung gelandet waren. Hinter diesem Bollwerk lag Progress mit dem Gesicht nach unten und quer über das Bett ausgebreitet in tiefem Schlaf, wie immer, und ihr Kopf baumelte über den Rand der braungefleckten Matratze, ihre perfekten braunen Arschbackenzwillinge ragten unter dem ehemals weißen grauen Laken hervor, und ihr Mund stand offen.

Progress erwachte mit einem lauten Schnarchen. Sie blinzelte und setzte sich im Bett auf. »Wieso siehst du denn so zufrieden aus?«, fragte sie morgenmuffelig.

»Ich dachte nur gerade, dass das akademische Leben ja doch auch seine Vorzüge hat.«

»Ach, ich hätte so gern eine Dozentinnenstelle. Meinst du, ich kriege jemals eine?«, fragte sie und streckte gähnend beide Arme aus.

»Ganz bestimmt, da bin ich mir sicher. Du musst nur warten, bis irgendwo eine Stelle frei wird. Und wenn das passiert, bekommst du sie bestimmt.«

»Kriege ich Bacons Stelle?«

»Bacon weilt noch unter uns.«

»Stimmt. Schade, dass er nicht ganz einfach sterben kann.«

»Sag das nicht, Julie. Irgendwas wird sich schon finden.«

»Manchmal müssen wir dem Schicksal ein bisschen auf die Sprünge helfen. Ich mache Frühstück, wo ich schon wach bin.«

Er blieb auf dem Bett liegen und hörte durch die offene Tür zu, wie sie Bacon verwünschte und zugleich Teller und Tassen auf den Esstisch knallte. Er lächelte. Er glaubte, dass er auf irgendeiner ontologischen, epistemologischen und sogar ethischen Ebene noch nicht philosophisch kompetent genug war, um zu begreifen, dass er ja vielleicht Rik Wallace war. Abergläubisch, wie er war, bildete er sich ein, wenn er sich eingestand, dass dieses neue Leben ihm sogar gefiel, würde es ein jähes, böses Ende nehmen. Aber obwohl er sich alle Mühe gab, um seine immer positiveren Gefühle zu unterdrücken, fühlte er sich mit jeder Stunde, die die Zeiger der alten Uhr in der Aula Maxima umrundeten, zuversichtlicher und überzeugender als dieses Geschöpf Rik Wallace. Er fühlte sich, wer er auch sein mochte, zufrieden, vielleicht sogar glücklich. Und es sah aus, als wäre das Semester gekommen und vergangen, ohne dass auf dem Campus noch jemand ums Leben gekommen war.

XX

Exitus Dramaticus

Dramatischer Abgang

Präsidentin Patricia versuchte, sich auf eine Serie aus abwechselnd dunklen und hellen konzentrischen Kreisen zu konzentrieren, die von der Nachttischlampe an die Zimmerdecke geworfen wurden. Jim Morrison versicherte ihr mit lauter Stimme, das hier sei das Ende. Aber dieses Gefühl hatte sie ohnehin schon, auch ohne dass er es ihr vorsang. Und warum so laut? Woher kam die Musik? War sie in ihrem Kopf?

Sie streckte die Hand aus und presste ihre Handfläche auf Lambes Seite der Matratze. Das Laken war kalt. Sie war allein im Bett. Vielleicht war er unten und hörte Musik. Sie warf einen Blick auf den Wecker neben ihrem Bett. Zwei nur wenig voneinander entfernte Zeiger wiesen auf die oberste Stelle des runden Zifferblattes und zwei weitere zeigten nach unten. Sie presste sich die Finger der rechten Hand auf das rechte Auge, in der Hoffnung, mit einem Auge besser sehen zu können, da ihr stereoskopischer Blick offenbar beschädigt war. Es konnte vier oder sechs Uhr tagsüber oder nachts sein. Sie wusste es nicht, da die schweren Samtportieren alles natürliche Licht aussperrten.

Lambe hörte immer nur klassische Musik. Das hier war nicht klassisch. Wer konnte unten sein? Vielleicht hatte Lambe beschlossen, ihre Vinylsammlung zu plündern. Vielleicht war Jim Morrison von den Toten zurückgekehrt, falls er jemals gestorben war. Sie griff nach einer Pillenflasche. Ihr war es egal, welche von den kleinen Flaschen es war. Der Verschluss fehlte bereits an der, die sie nun aufhob. Sie schüttelte sich einige Pillen auf das Handgelenk und ließ sie in ihren Mund fallen. Sie schob zwei weitere Pillen aus einer anderen offenen Flasche hinterher. Sie spülte alles mit einem großen Mundvoll klarer Flüssigkeit aus der halboffenen Wodkaflasche hinunter.

Als sie die Beine aus dem Bett schwang, landeten ihre Füße auf dem dicken Lammfellteppich, der vom Bett über den gebohnerten Holzboden rutschte und sie auf den Boden fallen ließ. Ihre Finger vergruben sich in das tröstliche weiche Vlies.

»Hier könnte ich liegen«, sagte sie sich und wälzte sich auf den Teppich.

»Du wirst frieren. Lass mich dir aufstehen helfen, Patricia.«

»Danke, Pandora. Du bist lieb zu mir, aber ich kann dich nicht in der Schwesternrolle sehen. Bist du sicher, dass es dir gut geht?«

»Ich habe bei Gelegenheit schon häufiger Schwesterntracht getragen. Eine meiner besseren Rollen. Halt meine Arme fest, dann hebe ich dich hoch.«

Pandoras Arme wurden zu der Bettdecke, die sich um Patricias Hüften wickelte. Pandoras Hilfe wurde zu einem Kampf, als sie zu Boden gezogen wurde bei dem Versuch, die Präsidentin wieder ins Bett zu schaffen. Als Kompromiss legte Patricia sich vornübergebeugt und mit geschlossenen Augen über die Matratze, während ihre Füße noch immer auf dem Boden standen.

»Danke, Pandora, du bist so gut zu mir. Was sollte ohne dich aus mir werden?« Pandoras helfende Hand verwandelte sich in einen Zylinder aus weißen Laken, der sich in der Mitte des Bettes dahinzog.

Ihre Großmutter in dem hellroten Talar auf dem Bild über dem Kopfende seufzte hörbar und stellte ihr eine Frage, als sie sich aufsetzte.

»Was? Ich kann dich nicht hören, Großmutter. Die Musik ist zu laut. Was hast du gesagt?«

»Ich habe gesagt, hast du an deine Hausaufgaben gedacht? Du musst fleißig lernen, Patricia, wenn du weiterkommen willst. Nicht wie deine Mutter.«

»Ja, Großmutter.«

»Nenn mich nicht so, wenn andere dabei sind.«

»Nein, Großmutter, ich meine, Eure Majestät.«

»Vergeudest du noch immer deine Zeit mit Tagträumereien, Patricia?«

»Ich weiß nicht, Eure Majestät. Es ist sehr gut möglich, dass ich gerade träume.«

»Warum fragst du nicht ihn?«

»Wen?«

»Ihn. Dr. Freud. Er kennt sich mit Träumen aus. Nach all dem Geld, das ich für dich für Ärzte ausgegeben habe, könntest du wenigstens mit mir reden. Nicht wie deine Mutter.«

Präsidentin Patricia drehte ihr Gesicht von dem Bild weg. Sigmund Freud stand am Fußende. Sie erkannte ihn sofort an seiner berühmten kritischen Miene, die von den vielen Jahren, in denen er seine Lippen um phallische Zigarren gespitzt hatte, aufs Höchste verfeinert worden war.

»Ich vermute, Sie wollen mir erzählen, dass ich einen Penis brauche, um glücklich zu sein. Ich habe unten einen, aber glücklich bin ich noch immer nicht.« Sie fiel mit dem Gesicht nach unten aufs Bett und lachte.

Der Lärm außerhalb von Patricias Kopf nahm zu. Sie richtete sich auf und drehte sich zu der weit offenen Schlafzimmertür um. Auf dem Gang brannte Licht. In der Tür stand Spencer und lächelte sie an.

»Ich habe gehört, Sie haben Probleme. Kann ich helfen?«

»Wer hat Ihnen das gesagt?«

»Meine Tochter Samantha.«

»Ach du meine Güte, dann geht es mir wirklich schlecht.«

»Sind Sie Samantha schon einmal begegnet?«

»Ich stelle mir vor, sie ist makellos, anders als schnöde echte Kinder, wie normale Menschen sie haben. In meiner Vorstellung sind alle makellos. Ist sie das?«

»Ja. Sie ist perfekt.«

»Sie sollten stolz darauf sein, ein perfektes Kind zu haben.«

»Bin ich auch.«

»Findet da unten eine Besprechung statt, an der ich teilnehmen sollte? Sie müssen mich rechtzeitig über solche Besprechungen informieren. Ich muss mich doch vorbereiten.« Sie hob die Hand an den Kopf, um sich davon zu überzeugen, dass ihre Haare vorhanden waren. Als sie die Tür erreichte, war Spencer verschwunden.

Patricia hielt sich an dem hölzernen Geländer fest, das von der Schlafzimmertür zum ersten der beiden geschnitzten Cherubim führte. Die Cherubim saßen oben auf zwei Newel-Pfosten und markierten den scharfen Knick, den das Treppengeländer auf dem Weg zur mit schwarzweißkarierten Steinfliesen belegten Diele unten beschrieb. In der Dunkelheit am Fuße der Treppe war ein Viereck aus gelbem Licht auf dem Boden vor der offenen Wohnzimmertür. Sie war sicher, dass die Musik von dort oder aus ihrem Kopf kam. Auf jeden Fall war sie sicher, sich deren Quelle zu nähern. Sie hielt sich die Ohren zu und schrie um Stille. Der Cherub richtete sich auf seinem Pfosten auf und schoss einen breiten Strom aus heißem, glitschigem Urin auf den Boden. Patricia hatte das bei den Cherubim noch nie gesehen.

»So eine Frechheit habe ich von einem Engel noch nie erlebt«, sagte sie zu ihm. »Du solltest mit Dr. Freud über deinen Penis sprechen. Er ist im Schlafzimmer.«

Der Cherub drehte ihr den Rücken zu.

Rik Wallace stand oben an der Treppe. »Ist das meine Schuld? Hat meine Ankunft hier etwas ausgelöst?«, fragte er.

»Vielleicht. Möglicherweise ist Lambe durchgedreht, weil er eifersüchtig auf deine Beziehung zu Julie Progress ist.«

»Bist du glücklich, Patricia?«

»Ich weiß nicht. Vielleicht, wenn ich aufwachen kann.«

»Du bist wach. Schau her, ich werde es beweisen. Küss mich.«

Sie trat mit geschlossenen Augen vor und öffnete ihre Arme für seine Liebkosung. Sie wartete eine Ewigkeit darauf, dass seine Lippen ihre berührten. Sie öffnete die Augen gerade noch rechtzeitig, um durch Wallace hindurchzublicken, ehe er in einem hellgrünen Aufglühen verschwand. Sie fuhr mit der Zunge über ihre ausgedörrten Lippen und spürte die Risse in der trockenen Haut. Ein Blitzstrahl beleuchtete das Bleiglasfenster oben an der Treppe und warf einen Ritter in Eisenrüstung mit einer langen Lanze im Hals eines roten Drachen auf den karierten Dielenboden, während der Donner das Haus erbeben ließ. Sie sah Lambe mit dem Rücken zur Wand vor sich stehen. Sie hatte vergessen, warum sie hier war.

»Patricia.«

»Du bist nicht hier. Geh weg. Ich kann hier warten, bis du auch verschwunden bist.«

Sie drehte sich um und kehrte der Treppe den Rücken. Lambe trat vor sie.

»Patricia. Wieso bist du nicht im Bett?«

Sie spürte, wie sich seine Finger in ihren Oberarm bohrten. Sie versuchte, sich loszureißen. »Musik. Irgendwer hört laute Musik. Das hat mich geweckt.«

»Hier ist keine Musik«, sagte Lambe.

»Schrei nicht so.«

Sie versuchte verzweifelt, die Arme zu heben und sich die Ohren zuzuhalten. Sie fuhr herum, um sich aus Lambes Zugriff loszureißen.

»Die anderen haben mich alle nicht angefasst. Lass mich in Ruhe!«, schrie sie.

Ihre Füße glitten auf dem warmen feuchten Boden oben an der Treppe aus.

Als ihr Kopf auf die fünfte Stufe von oben knallte, fragte Jim, der über den sorgfältig gemähten Rasen des CAT-College schritt, sie, ob er nun in Rente gehen dürfe. Als sie zusah, wie er ihr den Rücken kehrte, spürte sie, dass die Flut ihres Lebens ins Meer zurückströmte.

»Ah. Das Ende«, sagte sie.

Präsidentin Patricia drehte sich in der Luft um sich selbst. Als ihr Kopf auf die elfte Stufe von oben knallte, brach ihr Genick. Die Musik verstummte.

Teil II

Wallace, Omnia Nimis Wallace

Wallace, gar zu Wallace

XXI

Manducare Viridi Legumina

Gemüse essen!

»Oh Gott. Nicht schon wieder Kohl!«, stöhnte Jim der Pförtner, als Rose das Abendessen, das sie ohne Interesse in der mit Büchern vollgestopften Küche zubereitet hatte, vor ihn auf den Tisch knallte. »Ich stehe noch immer unter Schock. Ich muss aufgeheitert werden. Du weißt, dass Kohl meine Laune nicht hebt.«

»Ich habe keine Zeit, um alle möglichen Gemüsesorten zu kaufen, um deine Depressionen zu bekämpfen. Kohl war das einzige, das im ›Alles heute frisch‹-Laden an der Ecke heute Morgen frisch aussah. Überall rennen Presseleute herum und lassen Tee auf den Boden tropfen und werfen ihren Abfall weg, wo immer es ihnen gerade passt. Und natürlich wollen alle wissen, wann die Beerdigung stattfindet. Es wirkt doch schon wie eine Ewigkeit, dass sie tot ist. Wie lange ist sie schon tot?«

»Schon eine Woche. Die Polizei hat Lambe heute Morgen freigelassen. Dieser Inspector Jackson und sein Assistent haben offenbar nicht genügend Beweismittel, um ihn länger festzuhalten. Scheinbar können sie nicht beweisen, dass er sie die Treppe hinuntergestoßen hat. Lambe behauptet steif und fest, dass es ein Unfall war, aber was soll er sonst auch sagen. Alle wissen, dass er sie die Treppe runtergeschubst hat. Ist mir egal, was die Polizei sagt, ich hab den Mistkerl noch nie leiden können, den Hochwürden Professor Lambe.«

»Die Arme. Aber warum musste sie auch mitten in der Nacht durch dieses alte Labyrinth von Haus wandern, statt im Bett zu liegen und tief zu schlafen? Diese ganzen Pillen, die sie genommen hat, hätten sie doch bewusstlos machen müssen. Ich verstehe nicht, wie sie sich das Genick brechen konnte, wo sie genug Xanax und andere Dogen im Blut hatte, um einen mittelgroßen Elefanten umzuwerfen. Ich hoffe, sie brauchte nicht mehr zu leiden.«

»Sie hat uns beide gut behandelt, uns und Pandora. Wir waren ihre Lieblinge. Wenn Inspector Jackson nicht beweisen kann, dass Lambe sie umgebracht hat, dann können wir das wohl auch nicht, nicht einmal mit deinen Mitteln.«

»Seine offizielle Version ist, dass sie Schlafwandlerin war. Und offenbar nicht zum ersten Mal nachts unterwegs. Lambe sagt, dass sie so gut wie jede Nacht ihr Bett verlassen hat. So, wie er es darstellt, ist es ein Wunder, dass sie nicht schon viel früher die Treppe hinuntergefallen ist.«

»Du solltest deine Meinung für dich behalten, wenn du keinen Ärger mit Lambe willst, denn der wird der nächste Präsident.«

»Der als Präsident? Allmächtiger Gott. Komisch, dass die Präsidentin gerade dann anfängt, auf der Treppe schlafzuwandeln, als Lambe anfängt, Sally Doolittle zu betreuen.«

»Er betreut Doolittle nicht. Auch dafür gibt es keinen Beweis. Er möchte gern, aber sie hat noch nicht zugestimmt. Sie muss irgendetwas wissen, das ich nicht feststellen kann, weil sie seine Begeisterung für dieses Arrangement nicht teilt.«

»Offenbar ist er bis über beide Ohren verliebt. Er hat französische Philosophie studiert, nur um sie zu beeindrucken. Er hat im Gefängnis einen gewissen Derrida gelesen. Ich habe gehört. Derrida dekonstruiert so allerlei. Wollte er wohl ausbrechen? Ist Derrida eine Art Eskapist?«

»Nein, er ist ein französischer Philosoph. Wir haben hier

irgendwo Bücher von ihm. Ich werde versuchen, eins für dich zu finden. Ob er nun in Doolittle verliebt ist oder nicht, er hatte die Präsidentin jedenfalls satt, und das wusste sie. Patricia verlangte Aufmerksamkeit, und die wollte er ihr nicht geben. Er ist viel zu sehr von sich selbst besessen, um sich um die Bedürfnisse von anderen zu kümmern, vor allem von solchen mit so großen Bedürfnissen wie die Präsidentin. Er wird bei der Beerdigung predigen. Schließlich kannte er sie ja angeblich besser als alle anderen.«

»Pandora ist am Boden zerstört. Ich habe sie noch nie so verzweifelt erlebt. Sie sitzt einfach kettenrauchend vor dem leeren Büro und murmelt vor sich hin. Sie kann nicht einmal mit der BWL-Sekretärin über ihren Kummer reden, dermaßen außer sich ist sie.«

»Es muss also echt sein und nicht ihre übliche Hypochondrie.«

»Es ist ein ungemein beunruhigender Anblick, wenn du mich fragst.«

»Pandora würde das niemals zugeben, aber sie war dankbar dafür, dass die Präsidentin sie gerettet hat, auch wenn man das bei ihrem ewigen Gejammer nicht gemeint hätte. Sie hat ihre Empfindungen noch nie auf normale Weise zum Ausdruck bringen können. Ich frage mich, welchen Ausdruck ihre Trauer jetzt annehmen wird.«

»Wir müssen einfach abwarten.«

»Bei der Beerdigung wird hier alles voll sein. Natürlich wollen alle der Präsidentin die letzte Ehre erweisen, aber vor allen Dingen wollen alle hören, was Lambe zu sagen hat.«

»Kannst du es morgen versuchen?«

»Was versuchen?«

»Etwas anderes als Kohl zu finden. Ich werde grün, wenn ich noch mehr Kohl essen muss.«

»Ich werde es versuchen, aber es ist nicht leicht, nach all der Aufregung, die durch einen Tod entsteht, sauberzumachen und gleichzeitig einzukaufen. Woher soll ich denn die Zeit nehmen? Die Polizei mit ihren riesigen Stiefeln trampelt überall herum. Ich weiß schon gar nicht mehr, wann ich abends so viele Studierende in der Bibliothek gesehen habe, nicht einmal zu Examenszeiten. Ich verspreche, ich werde es versuchen, Liebes. Wie wäre es mit Spinat?«

»Nein. Kein Spinat. Etwas, das nicht grün ist. Vielleicht Blumenkohl.«

»Ich werde Ausschau nach Blumenkohl halten, aber beschwer dich dann nicht, wenn er nicht frisch ist. Ich hatte zu viel zu tun, um dir ein Buch mit nach Hause zu bringen, Liebes.«

Die Bodenbretter streckten sich allesamt erleichtert, als ihnen die zusätzliche Belastung erspart blieb. Das alte Haus stöhnte wie Atlas, der erschöpft davon ist, für eine gefühlte Ewigkeit das Gewicht einer Welt aus Büchern zu tragen.

XXII

Requiem

Requiem

Am späten Vormittag war die kleine College-Kapelle überfüllt von einigen wenigen ehrlich Trauernden und einer großen Menge ehrlich Neugierigen. Der Grundriss der ursprünglichen Kirche war ein Kreuz gewesen. Aber als die Bevölkerung von frommen Irren in der damaligen Anstalt anwuchs, als es im 19. Jahrhundert zu einem modisch gesehen angesagten Ausbruch von religiösen Wahnvorstellungen kam, waren allerlei Anbauten hinzugefügt worden, um einen rechteckigen Raum mit einer parallelen Reihe von kahlen Steinpfeilern zu schaffen, die ein zentrales Schiff trugen. Beim Übergang von der Anstalt zum College schrumpfte die Gemeinde von einer Herde aus wahnsinnigen Gläubigen zu wenigen auf vernünftige Weise religiösen Erstsemestern zusammen. Da die erweiterte Steinkirche zu jeder Jahreszeit zu hohe Heizkosten verursachte, waren die Anbauten abgerissen worden. Die ursprüngliche Kreuzesform war wiederhergestellt worden. Zusätzliche Plastikstühle waren in den Querschiffen neben dem Altar und vor den Wänden gleich hinter der Reihe von Steinpfeilern nur aus Anlass dieses einzigartig beliebten Gottesdienstes aufgestellt worden.

Der Sarg von Präsidentin Patricia ruhte auf einen Holzgestell vor dem Altar. Kränze bedeckten den Boden um den Sarg und vor den vorderen Bänken, die leer waren, bis auf Sally Doolittle, die in der allerersten saß. Pandora die Sekretärin, Jim der Pförtner, Rose die Putzfrau, Spencer der Philosoph, Progress die Doktorandin und Wallace, was immer der war, saßen nebeneinander in der zweiten Bank rechts vom Kirchenschiff. Auf der linken Seite waren Reihen reserviert für Abgesandte anderer Colleges und Universitäten, die ihre Abwesenheit von ihrem eigenen Campus dazu nutzten, über die existenzielle Wirkung der Beerdigung einer der ihren nachzudenken und sich daran zu erinnern, dass manchmal auch einige von denen sterben, die das Sagen haben. Einige dieser Präsidenten, Vizepräsidenten, Dekane und Kanzler beschlossen, über eine Änderung ihres Verhaltens nachzudenken, als sie mit ihrer möglichen Sterblichkeit konfrontiert wurden.

Hochwürden Professor Lambe stand hoch über der Menge auf der reich mit Schnitzwerk verzierten Kanzel, die sich um den Pfeiler zwischen Kirchenschiff und Altarbereich wand wie die erste Schlange, die im Garten Eden auf den Baum der Erkenntnis geklettert war. Er wartete, bis sich die letzten Nachzügler und verwirrten Atheisten gesetzt hatten. Er nickte dem Organisten auf der Empore vorn in der Kapelle zu, als er sich davon überzeugt hatte, dass alle, die sich in die alten Holzbänke, auf die neuen Plastikstühle oder einfach vor die Mauern hinter den Pfeilern zwängen konnten, vor Ort waren. Die Menge wurde zum Schweigen gebracht durch das Keuchen und Röcheln der Orgel, die sich an die ersten Takte von Bachs »Schafe können sicher weiden« wagte. Als die Musik nach fünf Minuten abrupt verstummte, als sei die Orgel ermordet worden, richtete sich Lambe an sein benommenes Publikum.

»Verehrte Gäste, Kollegen, Studierende, Abgesandte von Presse und Polizei und innig Geliebte im Herrn, wir haben uns heute Morgen hier versammelt, um der Präsidentin des CAT-College die letzte Ehre zu erweisen. Ich weiß, dass alle glauben, ich hätte meine Frau ermordet, aber …«

Die Anwesenden schnappten wie mit einem Munde nach Luft.

»Welche Frau?«, brüllte jemand. »Wen hast du denn außer der Präsidentin noch umgebracht?«

»Meine Frau, die Präsidentin, du Blödmann. Wir haben vor einigen Monaten in aller Stille geheiratet.«

»Warum hast du mir nicht gesagt, dass sie verheiratet waren?«, flüsterte Jim Rose zu, die sich neben ihn in die Bank gequetscht hatte.

»Weil ich das nicht wusste«, antwortete sie. »Ich weiß nämlich auch nicht alles.«

»Ich wusste nicht, dass sie verheiratet waren«, sagte Wallace laut.

»Ja, meine geliebte Frau.« Ohne seinen Zuhörern zu gestatten, die Mitteilung dieser Vermählung wirklich zu verarbeiten oder auch nur einander zu informieren, wie überrascht sie doch seien, ging er sofort auf Psalm 23 über: »Der HERR ist mein Hirte, mir wird nichts mangeln. Er weidet mich auf einer grünen Aue und führet mich zum frischen Wasser. Er erquicket meine Seele. Er führet mich auf rechter Straße um seines Namens willen.«

Mitten unter der Trauergemeinde machte sich Detective Sullivan Notizen, denn er hatte diese Worte noch nie gehört. Pandoras schwarze Sonnenbrille war auf Lambe hoch oben in seinem geschnitzten Horst gerichtet. Lambe hob die Stimme und brüllte die Decke an, um das immer lauter werdende Gemurmel der Menge zu übertönen: »Und ob ich schon wanderte im finstern Tal, fürchte ich kein Unglück; denn du bist bei mir, dein Stecken und Stab trösten mich. Du bereitest vor mir einen Tisch im Angesicht meiner Feinde.«

Pandora murmelte laut vor sich hin, er befinde sich zumindest im Angesicht einer Feindin.

Lambe sprach weiter: »Du salbest mein Haupt mit Öl und schenkest mir voll ein.«

»Bis auf Weiteres«, knurrte Pandora.

»Gutes und Barmherzigkeit werden mir folgen mein Leben lang, und ich werde bleiben im Hause des HERRN immerdar.«

»Das allerdings. Da kannst du ganz ruhig sein.«

»Er meint, er wird für immer im Haus der Präsidentin wohnen«, flüsterte Progress Wallace zu.

Doolittle drehte sich der ersten Reihe zu und sah die Gemeinde an. »Ich weiß, dass sie verheiratet waren«, formten ihre Lippen für Progress. »Er hat es mir erzählt«, fügte sie hinzu. »Un-ter Schwei-ge-pflicht.« Sie war von den Schuhen bis zum Schleier in Schwarz gekleidet, was ihre pantomimischen Lippenbewegungen noch betonte.

Lambe hob die Augenbrauen für den Organisten, und der fing dieses Signal in dem Motorradspiegel auf, den er neben der Orgel angeschraubt hatte, um die musikalischen Stichwörter aus der Kanzel verfolgen zu können. Der Lärm der Orgel ertränkte das lauter werdende Gerede der Gemeinde im Auftakt von Schuberts »Ave Maria«. Lambe hatte die Musik selbst ausgesucht, um seine Trauer und seine Gelehrsamkeit vorzuführen. Eine Studentin der Verkaufs- und Marketingabteilung im zweiten Jahr, die den Gesangswettbewerb des Studentenwerks gewonnen hatte, sang den Text. Doolittle weinte, vor allem vor Neid, weil sie bei diesem Wettbewerb verloren hatte. Als Beraterin stand sie in engem Kontakt zu ihren Gefühlen. Es frustrierte sie, dass die BWLer alles zu gewinnen schienen, was eine Rolle spielte. Als die letzten Klänge des Stückes im Husten und Würgen der alten Orgel verhallten, was die Menge an den Todeskampf eines übellaunigen Kamels erinnerte, hatte Lambe bereits die Arme in die Richtung gehoben, in der er den Himmel wähnte. Schließlich war er die frömmste Autorität für die Frage, wo sich just in diesem Moment wohl die Himmelspforten öffneten, um Präsidentin Patricia zu empfangen. Wallace hoffte, sie werde dort aufgenommen werden, wenn erst die Bilanz ihres Lebens erstellt wäre. Er fragte sich, welche Farbe wohl das Kostüm hätte, in dem sie vor ihren Schöpfer treten wollte. Er hoffte, es sei das neue grüne Kostüm und sie trage dazu ihre Perücke. Es hätte doch keinen Sinn, Petrus einen Schrecken einzujagen. Er hob rasch die Hand an sein Gesicht, um eine Träne einzufangen, die über seine Wange lief. Er fand, dass andere Anwesende heftiger weinen müssten als er. Er hatte seine neue Freundin ja nur kurze Zeit gekannt, aber ihm war klar, dass er eine mögliche alte Freundin verloren hatte. Er vermutete, dass seine Zukunft auf dem Campus mit Patricia in der Nähe leichter gewesen wäre. Vielleicht sollte er um sich selbst weinen, dachte er.

»Ich hasse Beerdigungen«, flüsterte Spencer Rose zu. »Ich war erst vorige Woche auf einer. Eine Klassenkameradin von Samantha ist gestorben. Furchtbar traurig. Samantha war am Erdboden zerstört.«

Rose achtete nicht auf ihn.

Lambe wollte nun mit dem Gottesdienst fortfahren. »Gott weiß, ich weiß besser als die meisten anderen, dass die Ratschlüsse des Herrn unergründlich sind. Nur wenige können Seine großen Pläne für uns erahnen. Zum Glück bin ich einer dieser wenigen Auserwählten. Als wir gerade unser größtes gemeinsames Glück erlebten und das Schicksal des College teilten, hielt Er es für angebracht, die Präsidentin die Treppe hinunterzustoßen.«

»Was sagt er, wer hat sie die Treppe hinuntergestoßen?«, fragte Rose Jim. Sie hatte nicht zugehört, denn sie schaute sich um und genoss das seltene Erlebnis, bei Tageslicht den Campus zu besuchen. Wenn überhaupt, dachte sie, sah das alte College im unbarmherzigen Sonnenlicht noch düsterer aus.

»Der Herr. Er sagt, der Herr habe sie die Treppe hinuntergestoßen.«

»Das ist grauenhaft. Was für ein Herr macht denn sowas?«

»Das ist gelogen.«

»Psssssst. Ich möchte das hören«, sagte jemand hinter ihnen.

»Der HERR hat's gegeben und der HERR hat's genommen. Wenn Er eine Tür schließt, öffnet Er ein Fenster.«

»Das hab ich verpasst. Was redet er da über Belüftung? Hat er gesagt, die Präsidentin ist mitten in der Nacht aufgestanden, weil sie frische Luft schnappen wollte? Würde mich nicht überraschen. Furchtbar stickig in dem alten Haus.«

»Pssssst. Mund halten und zuhören.«

»Meine wunderschöne Frau wurde mir in ihren besten Jahren entrissen. Ich erwachte, als ich sie schreien hörte. Ihre genauen Worte waren: ›Oh allmächtiger Jesus‹ – und dann hörte ich, wie sie die Treppe hinunterrollte. Sie war bis zum Ende eine tugendhafte Frau. Wie sollten uns freuen, weil sie mit dem Namen des Herrn auf den Lippen gestorben ist. Aber sie hatte auch ein glückliches Leben, vor allem in ihren letzten Jahren mit mir. Ich danke Gott für das Glück, das ich ihr bringen konnte. Trauert nicht, denn der Tod der Präsidentin ist kein Ende, sondern der Anfang eines neuen Lebens – hier am CAT-College unter meiner Leitung. Bei einer Sondersitzung des Akademischen Rates heute Morgen, der auf meine Bitte hin zusammengetreten war, hat der Rat mir vorläufig das Amt des Präsidenten übertragen, bis meine Ernennung bei der nächsten regulären Sitzung dieses erhabenen Ausschusses bestätigt werden kann. Ich muss mein von Gott gefügtes Schicksal auf mich nehmen.«

Die ersten Reihen in der Kirche schnappten wie mit einem Munde nach Luft, und dazu kam ein unbehagliches Gerutsche der Hintern der grauhaarigen Ratsangehörigen, die in den beiden hintersten Reihen saßen.

»Nicht eins von diesen Fossilien da ist unter achtzig«, sagte Spencer zu niemand im Besonderen. »Ich bezweifle, dass diese

Wracks wissen, in welchem Jahrhundert wir leben. Einige haben vielleicht schon Napoleon unterrichtet.«

»Der Rat hat einen weisen Entschluss gefasst, denn ich habe meine Lehrzeit unter der seligen Präsidentin abgeleistet«, teilte Lambe seinen Zuhörern mit. »Ich weiß, einige unter Ihnen hoffen, dass mein jüngster Verlust es mir jetzt gestatten wird, die Dinge des Herzens über die des Kopfes zu stellen.« Er starrte hinüber zu Pandora, die starr und aufrecht dasaß und ihn noch immer mit ihrer schwarzen Sonnenbrille fixierte. »Leider bin ich nicht frei. Abgesehen davon, dass ich nunmehr dem Ruf der Pflicht gehorchen muss, weilt mein Herz an einem anderen Ort.« Er ließ seinen Blick zu der einsamen Doolittle in der ersten Reihe weiterwandern. Ein Großteil der Gemeinde auf der rechten Seite des Kirchenschiffes, wo vor allem Doktoranden saßen, stöhnte auf. »Das ist entsetzlich«, war zu hören, als jemand seinem Nachbarn seine ästhetische Missbilligung kundtat. Lambe redete weiter, ohne auf den Eindruck zu achten, den er auf sein Publikum machte. »Die Präsidentin hatte einen Traum für das CAT-College. Ich habe eine Vision. Als Mann Gottes kenne ich den göttlichen Plan für diese Lehranstalt. Als Mann der Wissenschaft weiß ich und wisst ihr, dass die meisten von euch ernsthafte psychische Probleme haben, die das College daran hindern, den ihm zukommenden Platz unter den Eliteinstituten für BWL-Studien einzunehmen. Änderungen tun weh, vor allem euch.« Er legte eine Atempause ein und lehnte sich gegen die Buchablage. »Meine geliebte selige Präsidentin war zu nachgiebig gegenüber einigen sogenannten Fächern wie Literaturkritik, Sozial- und Wirtschaftsgeschichte, Geografie, moderne Sprachen, klassische Sprachen und Moralphilosophie, um nur einige zu nennen, denn sie war eine herzensgute Person, die in jedem nur das Beste sah, und die deshalb leicht auszunutzen war. Aber von heute an können wir uns auf eine neue Morgendämmerung des Lernens am

CAT-College freuen. Es muss bessere Finanzkontrollen geben, weniger Schwund in der Bibliothek und eine Reduktion anderer unnötiger Ausgaben. Im nächsten Jahr werden die folgenden Abteilungen abgeschafft sein …«

Als er die Hand hob, um sich den Schweiß von der Stirn zu wischen, ließ der Organist, der diese Geste missverstanden hatte, sofort den Auftakt von Bachs »Toccata und Fuge in D-Moll« über das Kirchenschiff unten hereinbrechen. Der Organist wollte dieses Stück für sein Leben gern spielen. Er wusste, dass es nicht auf Lambes Liste stand, da es eher für Horrorfilme geeignet war, aber er fand, er könne sich an Lambes Worte halten und Änderungen einführen, vor allem Änderungen zum Besseren, so, wie er das sah. Die Ironie der Musik, die eher zu einem Draculafilm gepasst hätte als zu einer traurigen Beerdigung, entging Lambes Zuhörern durchaus nicht. Sie beklagten weniger den Tod ihrer jetzt plötzlich untröstlich vermissten Präsidentin Patricia als die Aussicht auf ein Leben unter der entsetzlichen Herrschaft des geschäftsführenden Präsidenten, Hochwürden Professor Stephen Lambe.

XXIII

Luctus Consolabilis

Tröstliche Trauer

Das unheimliche musikalische Zwischenspiel nahm der Trauerfeier für die Präsidentin Patricia ihren Schwung und alles versickerte im Sande. Wenn er noch mehr hatte sagen wollen, dann vergaß Hochwürden Professor Lambe das in seiner Wut auf den Organisten. Mit geschickten Bewegungen kletterte er von der Kanzel und hielt sich unterwegs an jeder erreichbaren geschnitzten Oberfläche fest wie ein Bergsteiger. Als er endlich sicher den Boden der Kapelle erreicht hatte, stützte er sich auf das Ende des Sargs und schob es durch den Mittelgang der überfüllten Kirche. Sally Doolittle hakte sich bei ihm ein. Er war wütend auf sich selbst, weil er in letzter Zeit diese plötzlichen Wutanfälle erlitt: Wut, die nur zu Zorn führte.

Die Präsidentin sollte in der Stadt eingeäschert werden, weil auf dem winzigen Friedhof bei der Kapelle kein Platz mehr war, da alles überfüllt war mit verstorbenen eingesperrten Irren, deren Familien sie nicht zurückgewollt hatten, egal ob tot oder lebendig. Lambe weinte vor aller Augen. Er unterbrach sich nur immer lange genug, um die einflussreichen akademischen Abgesandten anderer College zu begrüßen, die ihm ihr Beileid und ihre Visitenkarten anboten. Sein Publikum wusste nicht, ob seine Tränen echter, wenn auch vorübergehender Trauer entsprangen oder der Demütigung durch das jähe Ende seines öffentlichen

Auftritts, den er während seiner sechsundvierzig Stunden in Haft in allen Einzelheiten einstudiert hatte. Doolittle tupfte sich die Augen mit einem großen weißen Taschentuch, das ihrer Ansicht nach einen wunderbaren Kontrast zu ihrer ansonsten ganz und gar schwarzen Erscheinung bot, und winkte ihren Freunden unter den Umstehenden zu.

Als sie hinter dem Sarg herging, verlor sich Doolittle in Spekulationen über das männliche Gehirn. Sie hielt es für das erotischste Organ. Sie stellte sich vor, wie sie eine Technologie erfand, um ein funktionierendes Gehirn aus seinem schützenden Bollwerk aus Knochen zu entfernen. Sie würde die Hirnhäute lecken und küssen und dabei mit französischem Akzent zu ihnen sprechen, da sie nicht einmal in ihrer Fantasie Französisch konnte. Sie liebte französische Gehirne, im wahrsten Sinne des Wortes. Ihre Liebe zu diesem Organ, unter anderen Schwächen, und ihr echtes Verlangen, den Studierenden mit ihrer Beratung zu helfen, unterschieden sie von ihrer Freundin Julie Progress.

Doolittle löste sich von Lambe, als sie auf der winzigen, vollgestopften Plattform vor der Kapelle auf Progress stieß. Sie plapperte los, um von ihrem Innenleben abzulenken, was durch Geplapper ja oft möglich ist.

»Hallo, Julie. Was sagst du?«

»Wozu?«

»Zu meinem Outfit.« Sie schob die Umstehenden auf dem engen überfüllten Raum weit genug, um einen kleinen Kreis zu bilden, in dem sie einmal herumwirbelte, um die vollständige Wirkung vorzuführen, ehe der Raum sich wieder mit Körpern füllte. Sie stieß dabei mit mehreren Menschen zusammen. »Ganz schön cool, was? Ich hab Kleid, Schleier und Eyeliner von meiner Schwester geliehen, die ist Goth.«

»Wieso hast du dich überhaupt als trauernde Mutter verkleidet? Du hast die Präsidentin doch kaum gekannt.«

»Stimmt, aber Lambe meinte, er brauche heute irgendeine Unterstützung, weil sie seit dem Unfall ihrer Mutter außer ihm keine Angehörigen hatte, und er musste ja auf der Kanzel stehen. Das mit dem Schwarz war meine Idee, weil ich noch nie die wichtigste Trauernde war. Meine Eltern werden nicht sterben oder so. Was meinst du? Übertrieben?«

»Ja. Total. Was jetzt? Was hast du jetzt vor?«

»Als Erstes raus aus diesem Schwarz. Stell dir vor, das macht mich ganz schön fertig. Von dem vielen Weinen krieg ich noch Depressionen.«

»Ich meine, nach heute. Willst du zu diesem alten Bock ziehen, jetzt, wo er frei ist?«

»Großer Gott, nein. Der macht mir Gänsehaut und ist immer blau. Hast du gemerkt, dass er oben auf der Kanzel kaum aufrecht stehen konnte? Er ist scharf auf mich. Na gut. Er hat mich ins Beratungszentrum befördert, aber das hatte ich ohnehin verdient. Er hat mich angefleht, meine Diss betreuen zu dürfen. Er ist uralt und hat keine anregenden Ideen. Was kann der denn schon über irgendein faszinierendes Thema wissen? Er hasst Derrida. Julie, du bist keine Romantikerin. Du bist Pragmatikerin. Eine kaltherzige Kuh, wenn du mich fragst. Nimm mir das nicht übel. Ich wünsche mir einen Mann mit sexy Denkweise. Ich warte auf einen echten französischen Dekonstruktivisten, der mich einfach umwirft. Ich würde mich sogar mit einem Poststrukturalisten oder einem Post-Sonstwas zufriedengeben, wenn es sein müsste. Ich werde langsam verzweifelt. In diesem Loch hier werde ich so einem wohl kaum über den Weg laufen. Lambe ist bloß ein langweiliger Psychologe. Was ich brauche, ist ein geiler Psychoanalytiker. Ich will meine Diss fertig machen und so schnell weg von hier wie möglich. Ich will nach Paris. Vielleicht kann ich da Dr. Postmodern kennenlernen.«

»Glaubst du, dass er es war?«

»Dass er was war?«

»Dass er die Präsidentin die Treppe runtergestoßen hat.«

Doolittle lachte auf. »Nein, ganz bestimmt nicht. Er war bei mir und sternhagelvoll. Ich konnte ihn nicht zum Gehen überreden. Er sagte, er würde Derridas Grammatologie lesen, wenn ich mit ihm essen ginge. Die Präsidentin hat ihn wahrscheinlich mitten in der Nacht in ihrem Pillennebel gesucht und ist dabei gestürzt. Er hat mich schwören lassen, es niemandem zu verraten. Werde ich auch nicht. Er hat gesagt, wenn er wirklich vor Gericht gestellt würde, dürfte ich es der Polizei sagen, aber vorher nicht, denn der Skandal würde seinen guten Ruf ruinieren.«

»Was für einen guten Ruf?«

»Ich seufze. Ich hatte gedacht, du könntest die Psyche verstehen. Wenn du mehr französische Philosophie gelesen hättest, wüsstest du, dass alles in der Psyche stattfindet. Alles in seiner Psyche. Sein guter Ruf. Gott allein weiß, was sich in seiner Psyche abspielt, ich weiß es nicht – obwohl ich so eine gute Beraterin bin.«

»Vielleicht ist er mitten in der Nacht nach Hause gekrochen, als du geschlafen hast, und hat sie umgebracht. Du warst vermutlich auch bewusstlos.«

»War ich nicht. Ich hatte nur ein paar getrunken.«

»Klar doch. Ein paar Flaschen. Du bist kein zuverlässiges Alibi. Vielleicht benutzt er dich nur, weil er eben weiß, dass du es auf jeden Fall weitererzählst.«

»Wie meinst du das? Ich klatsche doch nicht. Ich glaube nicht, dass er sich ungehört von mir aus dem Haus schleichen könnte. Er war sternhagelvoll. Tut mir leid, dass ich es dir erzählt habe. Ich werde dir nie wieder irgendwas erzählen. Übrigens, er glaubt tatsächlich, sie könnte Selbstmord begangen haben, aber das sollte doch niemand tun. Obwohl sie das nicht glaubte, war sie wirklich unglücklich, sagt er.«

»Da würde sich doch jede umbringen, um ihm zu entkommen. Pass ja auf dich auf. Warum hat sie ihn nicht umgebracht?«

»Wir werden nie genau wissen, was in ihr vorgegangen ist, sagt er. Er wollte nicht, dass die Sache mit ihrem Selbstmord bekannt wird, weil das ihrem Gedenken im College schaden würde. Er ist bereit, die Schuld auf sich zu nehmen, um sie zu beschützen, sagt er.«

»Überaus edel, zweifellos.«

»Wenn du zynisch sein willst, dann sage ich dir gar nichts mehr. Nie wieder. Das schwöre ich. Weißt du, dass Lambe sagt, dass die Präsidentin eigene Kinder einem undankbaren College geopfert hat und dass er diesen Fehler nicht machen will? Dass hat vielleicht zu ihrem Selbstmord beigetragen, sagt er.«

»Will er Kinder haben? Mit dir?«

»Uäääh. Nein. Wenn er Kinder will, muss er sich welche kaufen, von mir kriegt er jedenfalls keine. Ich muss los. Er will, dass ich neben ihm im ersten Wagen im Trauerzug sitze. Und sag ja niemandem, dass ich dir gesagt habe, dass er mir gesagt hat, dass er die Präsidentin nicht umgebracht hat, und dass sie sich umgebracht hat, weil sie keine Kinder hatte.«

»Keine Sorge, werd' ich nicht.«

Die Trauergäste wurden im Mittelgang aneinandergequetscht, als sie dem Sarg aus der Kirche folgten. Spencer wurde gegen Pandora gedrückt.

»Irgendwer muss etwas unternehmen, und zwar bald, was den angeht«, sagte sie und nickte in Richtung von Lambes sich entfernendem Hinterkopf.

»Und was meinst du, wer das sein wird?«, fragte Spencer.

»Du, du Idiot. Du und ich.«

»Lass mich aus der Sache raus. Ich habe keine Ahnung von Rache. Dieses Thema stand nicht auf der Liste unserer Philosophiekurse.«

»Ich hab dir gesagt, du sollst mir nicht mit Philosophie kommen. Ich habe keine Ahnung, warum du jetzt mit Philosophieren anfängst.«

»Ja, aber wir ... du weißt schon ... wir unternehmen nichts. Das hier ist eine Kirche, Pandora. Du kannst da jetzt nicht drüber nachdenken, oder? Stell dir vor, ich wäre ein Priester und du eine Nonne, die ihre Sünden bekennt. Oder wir könnten beide als Mönche verkleidet sein. Wir könnten uns mitten in der Nacht auf dem Altar treffen.«

Sie drehte sich im Gedränge um und sah ihn an. »Halt die Klappe«, fauchte sie. »Erste Rachelektion – wenn du mir nicht hilfst, stelle ich unsere Sammlung von kurzen, aber mitreißenden Filmen ins Internet.«

»Aber ... aber ... dann sehen alle, wie du ... oh Gott!«

»Ist mir egal. Ich bin verzweifelt. Hilf mir, oder ich mache uns beide zum Gespött, genauer gesagt dich, mir ist das doch egal. Ich brauche das. Ich brauche deine Hilfe«, Pandora knirschte mit den Zähnen. »Ich brauche eine Zigarette.«

»Du brauchst mehr Hilfe als nur von mir. Du brauchst Leute, die sich mit Rache auskennen.«

Jim wurde von der Menge, die versuchte, die luftlose Kirche zu verlassen, gegen Pandoras Rücken gepresst. Er hatte ihr Gespräch mitgehört.

»Ich werde helfen«, bot er an. »Ich weiß nicht, was ihr braucht, aber was immer es ist, ich werde es tun.« Die beiden überlegten nicht weniger als eine volle halbe Minute über seinen Vorschlag. »Hier mitten im Gewühl können wir nicht reden«, brüllte Pandora durch den Lärm. »Wir müssen unter sechs Augen über unsere Pläne sprechen.«

»Dann kommt zu mir nach Hause. Da können wir reden«, sagte Jim, ohne an irgendwelche möglichen Konsequenzen zu denken, denn er wollte unbedingt sein Engagement unter Beweis stellen. Spencer sah Pandora an, und er nahm an, dass sie zustimmend nickte, als er einen schwachen Lichtreflex wahrnahm, während sie ihre riesige schwarze Sonnenbrille langsam auf und ab bewegte.

»Ich weiß, wo du wohnst.«

Jim drehte sich zu Rose um, die gegen seine Seite gedrückt wurde. »Kannst du dir eine Nacht freinehmen und dich zu uns setzen?«, fragte er.

»Ich hatte gehofft, du würdest mich aus der Sache rauslassen. Mit solchen wie dem da muss sich die Polizei beschäftigen. Wenn bei denen nichts gegen ihn vorliegt, dann bei mir auch nicht. Ich bewundere ihn nicht, aber ich bewundere niemanden hier am College.«

»Aber denk doch daran, was die Präsidentin für uns getan hat. Wir sind es ihrem Gedenken schuldig.«

»Aber was soll ich denn nutzen können?«

»Du kannst Informationen beisteuern. Du kannst unsere Nachrichtenoffizierin sein: unsere Augen und Ohren.«

»Ich habe für dich einen Kuchen mit Äpfeln, Himbeeren und Mandeln gebacken, zum Ausgleich für den vielen Kohl, den du in letzter Zeit essen musstest. Vielleicht ist das ein Zeichen, denn es ist der erste Kuchen, den ich seit fünf Jahren gebacken habe. Ich könnte Kuchen und Tee servieren.«

Als die Menge sich langsam auf den Friedhof schob, sah Wallace, dass Inspector Jackson hinter einer Reihe von Pfeilern an der Wand lehnte und die Menge mit Blicken absuchte. Detective Sullivan stand hinter ihm und machte Notizen. Er winkte Jackson zu, ehe er dachte, das sei vielleicht eine unangebrachte Begrüßung für einen Polizisten, auf dessen Liste von ungelösten und unbekannten Verbrechen er zweifellos auftauchte, vermutlich sogar ganz oben. Jackson winkte ungeduldig zurück und lächelte, ehe er seine Suche nach der Bibliothekarin wieder aufnahm.

Draußen holte Progress Wallace ein, als der Leichenwagen gerade unter dem neogotischen Bogen hindurchfuhr, auf dem ein schwarzangelaufener kopfloser Engel erfolglos über der Prozession unter ihm Wache hielt.

»Lambe hat die Präsidentin nicht umgebracht. Er glaubt, sie hat Selbstmord begangen, weil sie keine Kinder hatte. Das hat Doolittle mir gesagt. Er hat die Nacht, in der sie gestürzt ist, sturzbesoffen auf Doolittles Couch verbracht. Doolittle lag derweil sturzbesoffen im Bett.«

»Warum hat er der Polizei dieses Alibi nicht genannt?«

»Er wollte seinen guten Ruf wahren?«

»Was für einen guten Ruf?«

»Das ist so eine französische Philosophiekiste. Dekonstruktion.«

»Ich verstehe«, sagte er, verstand aber nur Bahnhof.

XXIV

Scopae novae

Neue Besen

Hochwürden Professor Lambe, geschäftsführender Präsident des CAT-College, saß hinter dem gewaltigen Mahagonischreibtisch in dem riesigen Drehsessel aus Leder in dem gruftähnlichen Büro, dessen Herrin vor wenigen Tagen noch Patricia gewesen war. Nach seiner Lobbyarbeit bei den Achtzigjährigen, die im Akademischen Rat die Mehrheit darstellten, schwebte er in segensreicher Ahnungslosigkeit ob der Tatsache, dass seine eigenen Verdienste viel weniger Einfluss hatten, als seine Eitelkeit ihm zu glauben gestattete. Die Wahl des Präsidenten war dem Rat durch das erleichtert worden, was alle für relativ verstörende Eigenschaften bei Lambes wenigen Rivalen für den Posten hielten. Professor Mathilda Maddox war beim Rat unbeliebt, weil sie regelmäßig schriftliche Beschwerden über ihre Behandlung als weibliches Ratsmitglied einreichte. Ihre Unzufriedenheit wurde nicht gelindert, als einer der Ratsherren ihr antwortete, wenn sie nicht zu jeder möglichen und unmöglichen Gelegenheit die anderen daran erinnerte, dass sie eine Frau sei, würde es niemandem auffallen. Schließlich, schrieb der Kollege, müsse sie wissen, dass sie auf dem ganzen Campus als Maddox der Mann bekannt sei. Lambes anderer Rivale war Spencer, der jede Möglichkeit nutzte, um sich vor administrativen Pflichten zu drücken. Er war gegen seinen Willen zum Leiter der Philosophischen Abteilung befördert worden, aber die Philosophen sind ja geteilter Meinung, was die Rolle des Willens bei unseren Leistungen angeht. Historisch gesehen und aus Gründen, an die sich niemand erinnern konnte, wurden Handel und Technologie als Fakultäten geführt, während die Geisteswissenschaften eine Sammlung aus unabhängigen Abteilungen bildeten, gleichsam machtlose Vasallenstaaten, die alle von einer gewaltigen Monarchin abhängig waren, der Präsidentin. Den Leuten aus den Geisteswissenschaften war das egal, weil ohnehin niemand die organisatorischen Strukturen begriff. Sich um den Posten des Leiters einer Geisteswissenschaftlichen Fakultät zu bemühen, war allen als sinnloses Streben erschienen, denn sie befürchteten zurecht, dass die administrative Belastung nicht durch Macht ausgeglichen werden würde, da sich nach altem Brauch die Präsidentin immer wieder in die Geisteswissenschaften einmischte. Das lag offenbar daran, dass die Geisteswissenschaften allen, die gerade Präsidentin oder Präsident waren, auf irgendeine Weise intellektuell erfüllender erschienen als die Beschäftigung mit Handel oder Technologie. Pandora erledigte einige der administrativen Aufgaben der Geisteswissenschaften, indem sie sie unter den verängstigen Abteilungsleitern verteilte, sie selbst übernahm, wenn sich das gar nicht vermeiden ließ oder, in den meisten Fällen, sie einfach ignorierte, während sie vor sich hin murmelte, dass die Welt abermals nicht zum Stillstand gekommen sei, weil irgendeine Verwaltungssache in den Geisteswissenschaften unerledigt geblieben war.

Der Chef der Technologie, Casper Wall, der klein und dünn war und gar zu früh seine Haare verlor, führte zur ersten Vollversammlung unter dem neuen Regime die Prozession in Lambes Büro an. Wall, der ein Wunderkind gewesen war, war nur ein Genie ohne Qualifikationen und deshalb von der Präsidentschaft am College ausgeschlossen. Der Akademische Rat war zu der einstimmigen Überzeugung gelangt, dass die Belohnung von Begabungen statt von Qualifikationen alles zerstören würde, was ihnen am Herzen lag. Auf jeden Fall war Wall viel zu sehr damit beschäftigt, seinen Second-life-online-Avatar auf Trab zu halten und hatte keine Zeit, die Interessen seines First-life-Selbst zu fördern. Aus diesem Grunde trug er zu dieser ersten Sitzung der neuen Ära einen Trainingsanzug, um seine Gleichgültigkeit der traditionellen Semiotik der Macht gegenüber zu betonen und um seinen anarchischen Stolz auf seine mangelnden formalen Qualifikationen zu vermitteln, die er nicht benötigte, wie er abermals allen erzählte, die ihm zuhören mochten, weil er ein Genie war. Nach ihm kam Spencer, der sich viel zu gut angezogen vorkam, als er Wall erblickte. Er hatte sich für diesen Anlass einen schwarzen Anzug gekauft, und dabei hatte er achtlos mehr Geld denn je zuvor für ein einzelnes Kleidungsstück ausgegeben, das hatte er nicht einmal für seine Tochter Samantha getan, die immer die letzte Modetorheit haben wollte. Hinter ihm kam Professor Mathilda Mannox, Mannox der Mann, in einem maßgeschneiderten Nadelstreifenanzug, handgenähtem Hemd, Seidenkrawatte und mit einer so großen Krawattennadel, dass alle schon aus sechs Meter Entfernung sehen konnten, dass die Trägerin ein Mitglied des Echtgras Golf & Country Club war. Spencer kam sich viel zu schlecht angezogen vor, als er Maddox sah. Zum Glück stellten die beiden die Extrempunkte in der Kleiderordnung des College vor. Alle anderen, die an der Besprechung teilnahmen, passten so ungefähr zu Spencer. Zu den Teilnehmenden gehörten der geschäftsführende Leiter der Psychologie – ein handverlesener Lakai, bekannt als Sidney der Speichellecker, der nach dessen Beförderung Lambes Nachfolge angetreten hatte –, die Leiter der Abteilungen für Klassische Studien, Sozial- und Wirtschaftsgeschichte, Geografie und Literaturkritik, die Bibliothekarin, die Spencer zuzwinkerte, der Schatzmeister, der Studienplatzplaner und der Oberste Finanzplaner. An dem gewaltigen Schreibtisch war Platz für alle. Pandora saß in der Ecke und machte Notizen in ihrer offiziellen Rolle als Sekretärin des Präsidenten.

Lambe räusperte sich. »Darf ich um Ihre Aufmerksamkeit bitten, meine Herren?«

»Und meine Dame«, sagte Maddox der Mann.

Lambe achtete nicht auf sie. »Ich habe Sie heute hergebeten, um Sie über meine neuen Pläne für das College zu informieren. Wir treiben nun schon allzu lange ohne eine klare strategische Vision dahin. Sehen Sie sich den Namen an – CAT-College. Das mag für die Vergangenheit ausgereicht haben, aber für die Zukunft ist es zu wenig. Wir brauchen einen neuen Namen, den Außenstehende sofort erkennen und dessen Bedeutung sie augenblicklich begreifen. Aber was kommt zuerst? Die Fächer, die wir unterrichten, oder dieser Name? Ha! Das ist die Herausforderung. Fangen wir an, indem wir uns den Wert unseres derzeitigen Namens ansehen. Fangen wir an mit dem T für Technologie. Welchen Nutzen hat Technologie für irgendwen?«

Casper Will schaute für länger als nur den üblichen Augenblick von seinem Smartphone auf. »Jüngere Leute erwarten Technologie in einem College, sogar in einer baufälligen Ruine. Ein Fossil wie Sie kann sich vor Augen führen, dass sie sich nicht einschreiben werden, um nur Feder und Tinte zu benutzen, oder in Ihrem Fall Pergament und Gänsekiel. Sagen Sie das Ihren Mitdinosauriern im Akademischen Rat. Nebenbei, Sie können ihnen auch sagen, dass ich als Wunderkind nicht auf die Anerkennung dieser überlebten Offline-Einrichtung angewiesen bin. Ich kann mir jegliche Online-Qualifikation kaufen, die Sie vielleicht von mir erwarten.« Er verlor das Interesse an dem Gespräch, als auf seinem Display ein Text erschien.

Lambe starrte Casper Wall wütend an. »Ich akzeptiere, dass T ein guter Buchstabe ist. Es ist ein starker Buchstabe. Aber gehen wir weiter. A für das Lateinische Ars, das herkömmlicherweise für die Geisteswissenschaften steht? Ich glaube, wir können alle darin übereinstimmen, dass es heutzutage keine Notwendigkeit für Geisteswissenschaften gibt. Diese sinnlose Suche nach Sinn, nach Antworten auf Fragen, die kein gescheiter Mensch jemals stellen würde, ist so überholt wie der Gänsekiel, den unser unqualifizierter jüngerer Kollege eben erwähnt hat. Welcher normale Mann auf der Straße würde denn jemals aus eigenem Antrieb eine philosophische Frage stellen? Und das ist nicht nur meine Meinung. Der berühmte Philosoph Ludwig Wittgenstein hat schließlich bewiesen, dass Philosophie purer Unsinn ist. Er hat das nicht nur geglaubt als einfach eine Meinung unter den Milliarden wertloser Meinungen im Bereich der Philosophie. Nein. Die Sache hat ein Ende, weil er das *bewiesen* hat. Ja, mir ist bewusst, dass sein Beweis so komplex ist, dass Ihre schwachen Geister ihn nicht erfassen können. Wittgenstein ist womöglich noch schwieriger zu verstehen als Kant. Sie müssen es mir einfach glauben. Dasselbe lässt sich für Geografie, Politikwissenschaften, Geschichte, Soziologie, Ökonomie und Völkerkunde sagen. Ich meine, Ökonomie ist einfach nur Philosophie mit Zahlen. Und wer weiß denn überhaupt, was Völkerkundler so treiben? Sie werden in einem Restaurant keinem Kannibalen begegnen, oder was? Seien wir doch ehrlich. Heutzutage interessiert sich niemand dafür, was wir hier machen, was der Sinn von allem ist, woher wir kommen, wohin wir gehen. Wir haben schon die Antworten für die wenigen gestörten Geister, die das wissen wollen. Ich habe sie wenigstens. Ich schlage vor, dass wir die Geisteswissenschaften abschaffen und durch Theologie ersetzen.«

»Wird das mehr kosten?«, fragte der oberste Finanzplaner.

»Nein, das nicht. Eigentlich müsste es sogar eine Ersparnis bedeuten, da Theologie eine der kostengünstigsten Disziplinen ist.

Die Theologie hat alle Antworten. Wir brauchen nur ein paar Idioten wie unseren Freund Spencer, der ein paar passende Fragen ersinnt. Und das kostet so gut wie nichts.«

Der oberste Finanzplaner war zufrieden, denn für welche Fächer sich die Akademiker schließlich entschieden, war ihm egal, so lange es die Budgetkosten nicht überschritt. Lambe war mit ihm einer Meinung, dass es ihn nichts anging, was mit seinen Budgets gemacht wurde. Der oberste Finanzplaner war entzückt, weil endlich ein durch und durch vernünftiger Akademiker das Sagen hatte.

»Wollen Sie alle Geisteswissenschaften abschaffen, Professor Lambe?«, fragte Sidney der Speichellecker nervös, voller Angst, seine frisch gewonnene Macht könne ihm durch die Finger rinnen, noch ehe er sie ausgeübt hätte.

»Nein, Sidney. Keine Sorge. Ihnen passiert nichts. Psychologie ist wertvoll, denn es ist eine Wissenschaft, wenn sie richtig ausgeübt wird, nicht wie dieser ganze andere Unsinn, über den ich hier rede. Und wir können aus Gründen der Tradition auch die klassischen Studien behalten. Eine gewisse Menge von Tradition macht einen guten Eindruck. Geografie geht auch, weil wir wissen müssen, wo wir sind und wie wir uns zurechtfinden können. Aber alles andere muss weg«, brüllte er und durchschnitt mit der Handfläche die Luft, während er in seiner Vorstellung alle Institutsleiter mit einem Krummsäbel enthauptete.

»Aber was wird dann aus mir und aus uns anderen in der Philosophie?«, fragte Spencer.

»Ich werde Ihnen allen gestatten, zur Theologie überzuwechseln. Am Ende werden Sie mir danken. In der Philosophie gibt es keine großen Ideen. Wo sind alle die umwerfenden Theorien? Nur in der Religion können Sie große Ideen finden. Die Antworten liegen dort, für Sie und Ihre Studierenden. Sie wissen es noch nicht, aber die Theologie wird Ihre Studierenden glücklich machen, weil sie sich lediglich für Antworten interessieren. Sie brauchen nur bei den Fragen kreativ zu sein. Den Studierenden ist egal, wie die Fragen aussehen, so lange sie die Antworten kennen. Meinen Sie, das können Sie schaffen?«

Spencer war zu empört, um antworten zu können. Er schaute zu Pandora in die Ecke hinüber. Sie machte keine Notizen mehr, aber nicht weil sie von dem angekündigten Schicksal der Philosophie entsetzt gewesen wäre, sondern weil sie in ihre eigenen Pläne versunken war.

»Was ist mit BWL?«, fragte Maddox der Mann. »Was haben Sie mit uns vor?«

»Unser neuer Name wird lebenswichtig für unseren Erfolg sein. Bisher haben wir ein T für Divinität, also Theologie, und ein T für Technologie. Deshalb brauchen wir ja eigentlich einen Vokal, um einen guten Namen zu ergeben. Können Sie irgendetwas mit einem Vokal, Maddox?«

»Sie sind verrückt. So kann man doch kein College organisieren. Wir sind Intellektuelle. Wir müssen unsere Entscheidungen auf Vernunft gründen«, sagte Spencer.

»Ich kann dieses College so organisieren, wie ich will. Ich bin jetzt hier der Chef.«

»Wie wäre es mit Frauenforschung?«, fragte Maddox der Mann.

»Das ist kein Vokal«, widersprach Sidney der Speichellecker, der sein Selbstvertrauen wiedergefunden hatte, jetzt, da offiziell bestätigt worden war, dass er Lambes Gunst genoss. »Sie brauchen ein a, e, i, o oder u. Das sind die Vokale.«

»Sind Sie sicher, dass w kein Vokal ist? Oder s?«

»Sie haben doch alle den Verstand verloren«, rief Spencer außer sich.

»Sie dürfen nicht so über mich reden. Ich werde mich an höchster Stelle beschweren«, sagte Maddox der Mann. »Ich beschwere mich über Sie bei… bei… dem Präsidenten… hier. Sie haben ihn gehört, Lambe. Sie sind mein Zeuge. Ich brauche Ihre Unterschrift unter irgendeinem Papier. Alle hacken auf mir herum, weil ich eine Frau bin.«

»Es ist Ihre eigene Schuld, dass Sie eine Frau sind«, sagte Spencer zu ihr.

Sie starrte ihn wütend an, knirschte mit den Zähnen und fauchte: »Das werden Sie mir büßen!«

»Nicht, wenn ich Ihnen zuvorkomme!«

Lambe stützte sich auf den Schreibtisch und erhob sich. Er schob den Drehsessel mit der Rückseite der Waden zurück und bildete auf diese Weise einen Zwischenraum zwischen Sessel und Schreibtisch. Er sprang auf der Stelle auf und ab, ballte die Fäuste und kreischte: »Ich verlange Gehorsam! Ich verlange Gehorsam!«, ehe er sich wieder setzte.

Eine ganze Minute des Schweigens folgte, ehe der oberste Finanzplaner sagte: »Können wir bitte dem Vorschlag des Präsidenten nachkommen und uns der wichtigen Aufgabe widmen, ein geldbringendes Fach zu finden, das mit einem Vokal beginnt. Wie wäre es mit Organisation? Dann hätten wir DOT-College. Das klingt doch gut.«

Lambes blinde Krebsfinger, die eben erst Unabhängigkeit von seinem Gehirn errungen hatten, jagten auf ihren gepflegten Nägeln über die Tischplatte und suchten fieberhaft nach einem nicht vorhandenen Glas. Lambe schaute an seinem Team vorbei, das sich um den Schreibtisch versammelt hatte, und dann weiter zu den Sesseln um den Glastisch, wo er Stunden allein mit Patricia bei Gin-and-Tonic verbracht hatte. Eine plötzliche Welle der Einsamkeit drohte für einen Moment, ihn auf die kalte, raue See hinauszuziehen, wo er zweifellos ertrinken würde. Er klammerte sich mit allen knochigen Fingern an die Schreibtischkante. Er erinnerte sich an Bruchstücke seiner Gespräche mit Patricia.

Als er den leeren Sessel ansah, in dem Patricia immer gesessen hatte, und vielleicht wirklich an sie gerichtet, sagte er: »Das Leben muss doch irgendeinen Sinn haben, oder nicht?« Seine Zuhörer blieben stumm, sie versuchten nicht, diese existenzielle Frage zu beantworten oder auch nur zu atmen. Stattdessen warteten sie auf die nächsten Worte ihres Chefs, die auch fast sofort erfolgten: »Was ist mit Bildung? Wenn das Leben sinnlos ist, ist irgendein Lernen für das Leben doppelt sinnlos. Und wenn das so ist, meine Dame und Herren, dann können wir eigentlich keinen wirklichen Schaden anrichten, oder? Die Sinnlosigkeit des Lebens erlaubt es uns, in Ausbildungsfragen zu tun, was immer wir wollen. Vielleicht ist das von einer heilsamen Wirkung auf die zutiefst Dummen. Wer weiß? Ich nicht. Was bringt es denn, wenn wir uns den Kopf zerbrechen, um etwas zu regeln, das ohnehin keinen grundlegenden Unterschied macht? Aber das tun wir doch. Wir unterwerfen unsere von Grund auf sinnlosen Bemühungen immer neuen Regeln. Ich habe ihr das wieder und wieder gesagt. Es bringt nichts, habe ich gesagt, aber sie wollte nicht auf mich hören.« Er rieb sich die Stirn. »Gott wird uns den Weg weisen. Das muss Er, denn wenn Er es nicht tut, was soll uns daran hindern, uns gegenseitig umzubringen?«

Lambe richtete seinen Blick jetzt wieder auf seine wirklichen Zuhörer, die am Schreibtisch um ihn herum saßen. Nach einigen Sekunden erkannte er seine verschwommenen Kollegen.

»Sie werden unsere akademischen Traditionen zerstören«, jammerte Spencer. »Sie untergraben unsere intellektuellen Gepflogenheiten.«

»Unsinn. Sie sind der lebende Beweis dafür, dass man nicht intelligent zu sein braucht, um intellektuell zu sein. Intellektuelle wie Sie werden wir immer hervorbringen können. Wozu, glauben Sie, ist dieses Wort denn erfunden worden?«

»Ach. Was sind Sie zynisch.«

»Ich bin alles Mögliche, aber nicht zynisch. Nennen sie es eine Form von Selbstzerfleischung, bei der ich alles zerfleische, nur nicht mich selbst.« Lambe löste seinen totenstarren Griff um den Schreibtischrand, klatschte beide Handflächen auf die glänzende Tischplatte und brüllte: »Also gut. Wie wäre es mit einem Drink zum Feiern?«

Sidney der Speichellecker sprang auf und rannte fast zum Barschrank. »Was trinken alle?«, fragte er, als er dort angekommen war.

Pandora, die kein Training in kritischer Selbstreflexion hinter sich hatte, wusste, dass sie keine Intellektuelle war. Sie verstand nicht, was hier gesagt wurde. Aber es gefiel ihr nicht.

In einem Büro in einem anderen Teil des College hielt Sally Doolittle derweil eine Beratungsstunde mit einer verzweifelten Technologiestudentin im dritten Jahr ab. Doolittle saß zurückgelehnt auf einem abgenutzten braunen Sofa und blätterte durch den Fototeil einer Zeitschrift, auf der die Hochzeit eines Promipaares gezeigt wurde. Auf der anderen Seite des Raumes saß die Studentin auf einem Stuhl und umklammerte eine Faustvoll Kleenextücher, die sie aus einer Schachtel auf dem Tisch neben ihr gerissen hatte.

»Ich kann es dir nicht zeigen. Es ist zu peinlich. Da bringe ich mich lieber um«, sagte die Studentin schniefend.

»Du kannst mir vertrauen. Ich habe schon alles gesehen. Du könntest mich nicht einmal schockieren, wenn du es darauf anlegtest.« Doolittle drehte die Zeitschrift seitlich, um sich einen Hochzeitsgast anzusehen, als ob er in der Horizontalen läge.

»Ich dachte, er wäre der Richtige. Ich hatte keine Zweifel. Ich habe wirklich geglaubt, diesmal sei er der Richtige. Ich hatte gedacht, ich könnte nicht mehr lieben, als James mich verlassen hat. Dann habe ich Stan kennengelernt, und ich wusste, das ist für immer, bis ich bei einem Praktikum diesen neuen Typen getroffen habe, Michael. Oh Gott. Was soll ich nur tun? Wenn … sobald Michael das hier sieht, ist alles zu Ende. Wer konnte denn wissen, dass dieses Zeug nicht abgeht?«

»Ich habe es gewusst.« Doolittle stand auf, warf die Zeitschrift auf den Tisch und sagte: »Mach schon. Zeig mal. Ich hab nicht den ganzen Tag Zeit. Draußen gibt's schon eine Warteschlange. Lass die Hose runter und zeig her.«

Die Technologiestudentin im dritten Jahr stand langsam auf. »Du darfst mich nicht kritisieren. Das tut meine Mutter schon mehr als genug. Es war nicht meine Schuld.« Sie knöpfte ihre Jeans auf, schob den Reißverschluss nach unten, zog die Jeans über ihre breiten Hüften, hielt weiterhin den Hosenbund fest, wirbelte herum und hielt Doolittle ihren mit einer Unterhose verhüllten Hintern hin. »Da.«

»Ich kann außer deiner riesigen Unterhose nichts sehen.« Doolittle schnappte sich das Gummiband der Unterhose und zog es in der Mitte nach unten, wodurch sie den oberen Rand der Arschbacken des dritten Jahres freilegte. In sorgfältig ausgeführter Fraktur zog sich ein solider schwarzer Satz von Hüfte zu Hüfte: »Ich liebe dick – mein kleiner Standard ewig.«

Doolittle ließ das Gummiband los, und das schnappte zurück und traf das weiche Fleisch.

»Was hast du gesagt, wer hat dieses Kunstwerk geschaffen?«, fragte sie.

»Meine Freundin Tracy vom BWL. Wir teilen ein Zimmer.«

»Du hast Tracy ein Tattoo für deinen Arsch anvertraut?«

»Ja.«

»Wer ist dieser Standard?«

»Standard? Das ist die Abkürzung für Stan. Ich meine, Stan ist die Abkürzung für Standard, mein Ex-Freund. Ich wusste das nicht. Tracy hat es mir gesagt.«

»Warum Deutsch? Ist Stan … Standard Deutscher?«

»Nein. Tracy hat voriges Jahr einen Deutschkurs gemacht. Deutsch und Wirtschaftswissenschaften. Sie hat gesagt, Stan würde sich darüber freuen.«

»Was hat Standard gesagt, als er es gesehen hat?«

»Er hat nur gelacht. Er ist nicht romantisch. Was soll ich Michael sagen? Weißt du irgendeinen Rat?«

»Ja, allerdings. Halte dich ans Englische, wenn du dich tätowieren lässt. Du weißt gar nicht, wie gut dieser Rat ist. Wenn es schon sein muss, dann versuch, diesen Michael zu treffen, ohne ihm deinen Arsch zu zeigen. Sag ihm, du hättest einen Arschkomplex. Wenn das nichts hilft und er die Beziehung ausbauen will, könntest du den Dick… das muss übrigens dich heißen… mit dem Namen Standard von einem Profi wegbrennen und durch Michael ersetzen lassen.«

»Tracy sagt, man kann mit Lockenstäben Tattoos wegmachen. Sie sagt, sie würde das für mich tun.«

»Hattest du je einen schlimmen Streit mit Tracy? Um einen Jungen, zum Beispiel?«

»Nein. Noch nie. Ich meine, Stan war schon mit ihr zusammen, ehe er mich kennengelernt hat, aber es ist nicht so, als ob sie in ihn verliebt gewesen wäre oder so. Das hat Stan mir gesagt.«

»Dann ist sie eine echte Freundin. Die solltest du dir warmhalten. Vielleicht solltest du sie das mit dem Lockenstab versuchen lassen. Oder es gibt Säure und Sandpapier. Ich glaube, auch das funktioniert. Vielleicht solltest du auch überlegen, ob du nicht praktischerweise mit Stan zusammenbleiben oder, noch besser, dich in einen anderen Stan verlieben willst.«

»Wow. Was für ein Zufall. Ich hatte mir das auch schon überlegt, es würde mir so viel Schmerz ersparen, wenn ich einen anderen Stan finden könnte.«

»In der Psychologie sprechen wir lieber über Synchronität als über Zufälle, denn wir glauben, dass die Dinge durch ihren Sinn miteinander verbunden sind und nicht durch einen objektiven Kausalzusammenhang. Du müsstest einen Blick in dein Unterbewusstsein werfen, um eine Erklärung dafür zu finden, warum du dir überhaupt Stans Namen auf den Arsch schreiben wolltest. Vielleicht versuchst du auf eine zutiefst unbewusste Weise zu sagen, dass du immer mit einem Stan zusammen sein willst? Oder vielleicht möchtest du ein Standard sein – was auch immer das für einer sein könnte. Aber das ist eine Jungianische Vorstellung, und ich neige eher zu Freud, Slash, Lacan. Du würdest eine Menge Sitzungen brauchen, um dieser Sache auf den Grund zu kommen. Hörst du? Grund, ganz unten, wie der Hintern. Gott, was bin ich gut. Wie heißt dein Vater?«

»Alexander.«

»Okay. Das war es also nicht. Zieh dir die Hose hoch und mach, dass du hier rauskommst. Draußen warten noch andere verzweifelte Klienten.«

»Danke für den guten Rat. Es ist so erfrischend, jemandem zu begegnen, der kein Urteil fällt.«

»Ich weiß. Was bringt das schon, wenn du alles selbst durchgemacht hast?«

»Hast du den Namen deines Ex-Freundes auf den Arsch tätowiert?«

»Ja. Aber auf Französisch. Nicht auf Deutsch.«

»Oh. Das ist nicht dasselbe.«

»Nein, ist es nicht. Absolut nicht dasselbe. Der oder die Nächste«, brüllte sie durch die offene Tür auf den Gang hinaus.

XXV

Conlegium Unanimorum

Eine Gesellschaft gleichgesinnter Personen

Der ansonsten so redselige Professor Spencer war sprachlos, als er die Bücher sah, die alle Wände bedeckten, von der Diele bis in die Küche im Haus von Jim dem Pförtner und Rose der Putzfrau, das sie sich als Einsatzzentrale ausgesucht hatten. Rose hatte Teebecher, Milch und Zucker aufgetischt. Ihr Apfelhimbeermandelkuchen thronte stolz auf einer Platte und war mit Plastikfolie überzogen, wie ein wogendes Sofa, das nach zehn Jahren der Benutzung noch immer in Plastik gehüllt ist. Pandora, die vor Spencer gekommen war, saß rauchend am Küchentisch.

»Woher habt ihr diese vielen Bücher? War die Bibliothekarin schon mal hier?«, konnte Spencer Jim dann endlich fragen. Die Türklingel ging, als er sich gerade am Küchentisch niederließ.

»Wer ist das?«, fragte Jim Pandora und Spencer. »Habt ihr sonst noch jemanden eingeladen?«

»Das ist die Bibliothekarin«, sagte Pandora. »Ich habe sie hergebeten. Da wusste ich noch nichts von eurem … ähm … Hobby«, sagte sie und hob die Hände zu den Bücherwänden wie eine Pastorin, die ihre Gemeinde segnet.

»Lass du sie rein«, befahl Rose Jim.

»Nein. Du musst das tun. Ich hab Angst vor ihr.«

»Christus. Was für ein Haufen Feiglinge. Irgendwer muss jetzt die Tür aufmachen. Ich geh ja schon«, sagte Pandora, stand auf und drückte ihre Zigarette auf dem obersten Teller des Stapels aus, den Rose für ihren Kuchen auf den Tisch gestellt hatte. Rose, Jim und Spencer schauten einander schweigend an, als sie die Küche verließ. Sie konnten hören, wie Pandora an der Tür die Bibliothekarin begrüßte und sie hereinbat.

»Danke«, sagte die Bibliothekarin, als sie an Pandora vorbei in die Diele trat. »Wo kann ich meinen Mantel ablegen?«

In der Küche hielten alle den Atem an und warteten auf einen Schrei. Aber der kam nicht.

Rose lief in die Diele, um sie abzufangen. »Ich nehme deinen Mantel«, sagte sie zu der Bibliothekarin und breitete ihn vorsichtig über einen Bücherstapel. In der Küche schüttelte die Bibliothekarin Jim und Spencer die Hand, ehe sie sich setzte. Sie hatten die Möglichkeit eines hysterischen Anfalls der Bibliothekarin noch nicht ganz aufgegeben. Aber die schien keinerlei buchverwandte Sorgen zu hegen.

»Tee?«, fragte Rose, die nun in die Küche kam, nachdem es ihr endlich gelungen war, den Mantel der Bibliothekarin auf dem wackligen Bücherstapel zur Ruhe zu bringen.

»Wir sollten Roses Kuchen probieren, sonst wird sie böse«, erklärte Jim in dem Versuch, die Spannung zu lösen. Er wickelte die Plastikfolie ab, als Rose Tee einschenkte.

»Ja. Genießen wir Tee und Kuchen«, sagte die Bibliothekarin. »Jim. Hast du ein Exemplar von Lombardos Übersetzung von Ovids ›Metamorphosen‹? Bei mir hat vorige Woche jemand danach gefragt. Ich hab es im Regal nicht gefunden. Vielleicht könntest du es mir leihen?«

»Ich habe es vielleicht irgendwo, aber ich brauche sicher ein oder zwei Tage, um es zu finden, falls ich es also habe, und es könnte eine Woche dauern, bis ich sicher weiß, dass ich es nicht habe.«

»Es könnte sogar länger dauern«, sagte Spencer. »In der Philosophie sagen wir, ›das Fehlen von Beweis ist nicht der Beweis des Fehlens‹. Der Beweis, dass du ein bestimmtes Buch hast, weil du es schließlich gefunden hast, ist etwas anderes als der mangelnde Beweis, dass du es hast, weil du es bei einer Suche nicht finden konntest, das heißt, wenn es da wäre, was es vielleicht nicht ist. Für einige Philosophen wirkt es hier natürlich, das Fehlen eines Beweises der Existenz eines Buches als positiven Beweis für seine Nichtexistenz zu nehmen, wenn ihr versteht, was ich meine?«

»Und da haben wir uns gefragt, warum Lambe die Philosophie dichtmachen will«, sagte Pandora und zündete sich eine neue Zigarette an.

Die Bibliothekarin fiel ihr ins Wort. »Genau deshalb betone ich immer, dass nicht die Bücher eine Bibliothek ausmachen, sondern die Verwaltung dieser Bücher. Deshalb ist ein Katalog unerlässlich. Eure Bibliothek ist sinnlos ohne die Möglichkeit, euch Zugang zu der Sammlung zu verschaffen. Ihr solltet einen Ausgabetresen aufstellen, dort zum Beispiel«, sagte sie und zeigte auf eine relativ freie Ecke beim Herd. »Mit einem Schild darüber und einem Computer. Nein. Besser zwei Computer. Einen nach innen gedrehten zu eurer eigenen Verwendung und einen nach außen gedrehten für die Benutzer. Es spricht auch nichts gegen eine Kartei, vor allem bei einer relativ kleinen Sammlung.«

»Aber wir haben keine Benutzer«, widersprach Jim.

»Darum geht es auch nicht. Das Prinzip des Katalogs gilt trotzdem. Ich kann euch einige von den besseren Schildern leihen, die ich im Laufe der Jahre für die Bibliothek angefertigt habe. Wie umfangreich ist eure Sammlung?«

»Keine Ahnung«, sagte Jim und wurde rot.

»Ich würde auf mindestens sechzigtausend Titel tippen, plus oder minus ein paar Gequetschte, in einem Haus von dieser Größe, wenn ihr den Dachboden als öffentlich unzugänglichen Lagerraum nutzt. Aber dennoch. Das ist beeindruckend. Es ist ein Trost, jemanden zu finden, der das eigene Buchinteresse teilt«, sagte sie, ehe sie verstummte und sehnsüchtig vor sich hin starrte und von ihrem perfekten Partner träumte, einem Bibliophilen. Sie dachte gerade, welches Glück Jim und Rose doch hätten, als Pandora sie aus ihrem Traum riss, als ob sie mit ihrer Sonnenbrille in ihren Kopf blicken könnte.

»Triffst du dich nicht mit diesem Polizisten, der hier auf dem Campus nach Wallaces Mutter gesucht hat?«, fragte sie.

»Ach, der. Inspector Jackson. Ich habe ihm einige Bücher über Philosophie geliehen, aber seither habe ich ihn nicht wiedergesehen. Ich hoffe, die haben ihn nicht abgeschreckt. Ein seltsamer Mann, aber ich glaube, er könnte faszinierend sein. Ja. Ich nehme an, ich finde ihn attraktiv, aber wir *treffen uns* nicht regelmäßig.«

Jim fragte, ob irgendjemand etwas dagegen hätte, wenn er ein Bier tränke statt Tee. Es gab keinen Widerspruch.

Spencer räusperte sich. »Pandora und ich haben darüber gesprochen, was wir in Bezug auf Lambe unternehmen sollen. Wir haben beschlossen, eine Gruppe von Gleichgesinnten zu bilden. Kurz gesagt, wir sind in Abwesenheit der anderen anwesenden Mitglieder übereingekommen – ich hoffe, ihr habt keine Einwände, auch wenn wir eigentlich ein Quorum gebraucht hätten –, Lambe umzubringen und ihn durch eine aufgeklärtere Form von akademischem Management zu ersetzen. Habe ich mich richtig ausgedrückt, Pandora? Das haben wir doch beschlossen?«

»Ja.«

»Pandora und ich können uns nicht vorstellen, was unter seiner Leitung und ohne den humanen Einfluss unserer sehnlichst vermissten Präsidentin Patricia aus dem CAT-College werden soll.«

»Soll ich Protokoll führen?«, fragte die Bibliothekarin.

»Was?«, fauchte Pandora.

»Protokoll führen. Ich habe ein Notizbuch mitgebracht.«

»Wenn wir Protokoll führen, müssen wir auch ein Komitee ernennen. Wir brauchen einen Vorsitzenden, einen Sekretär und normale Mitglieder«, schlug Jim vor.

Nach einer dreißigminütigen Diskussion über die mögliche Struktur ihrer Gruppe wurde Spencer zum Vorsitzenden ernannt, die Bibliothekarin zur Sekretärin, während Rose und Jim die normalen Mitglieder darstellten. Pandoras Rolle blieb undeutlich. Sie ließ Rauchringe zur wogenden Küchendecke aufsteigen. Weitere zwanzig Minuten wurden dem Anwerben weiterer Mitverschworener gewidmet. Sie kamen überein, dass die Namen der Kandidaten der Sekretärin übermittelt und dann vom Komitee bewertet werden sollten. Sie kamen zudem, zu Pandoras Erleichterung, zu dem Schluss, dass ein neues Mitglied mindestens 75 % der Stimmen auf sich vereinigen musste, um aufgenommen zu werden. Pandora schaute auf ihre Uhr. »Es wird spät. Wenn es sonst keine Tagesordnungspunkte gibt, sollten wir uns nun unserem Hauptanliegen widmen. Der Ermordung von Hochwürden Professor Lambe«, sagte sie.

»In dieser Frage fühle ich mich inspiriert durch die moralische Leitung unseres neuen Kollegen, Professor Rik Wallace. Ich bin stolz darauf, einen kleinen Anteil an seinem möglicherweise brillanten Einfluss auf das CAT-College zu haben, weil ich in der Berufungskommission war, die ihn damals ausgesucht hat«, teilte Spencer seinen Mitverschworenen mit.

Pandora betrachtete weiter die Decke und ließ Rauchringe aufsteigen.

»Sollten wir ihn bitten, unserem Komitee beizutreten?«, fragte die Bibliothekarin.

»Nein. Wallace ist ein kreativer Theoretiker. Er ist nicht der Typ, der sich an solchen praktischen Unternehmungen wie der von uns geplanten beteiligt. Das ist das Wesen seines Genies. Unsere Gruppe braucht eine inspirierende Persönlichkeit, die unsere Entscheidungen aus einer theoretischen Distanz beeinflusst, aus der Höhe. Ihr habt gehört, woran er glaubt, als er bei seiner Antrittsvorlesung so bewegende Worte gefunden hat. Ich werde sie und den Eindruck, die sie an jenem Abend auf mich gemacht haben, niemals vergessen.« Spencer unterbrach sich, um sich eine Träne aus dem Augenwinkel zu wischen, und starrte dabei über dem Kopf der Bibliothekarin ins Leere, er dachte an das Gefühl, dass eine schwere Bürde aus Stress von seinen Schultern genommen worden sei, als er an dem schicksalhaften Abend das Gefühl hatte, Wallace spreche gerade ihn an: Jemand, der seine Last auf der Suche nach der Wahrheit teilte. »Wallace ist ein Vertreter der reinen akademischen Integrität. Wir können und dürfen ihn nicht bitten, sich bei der Durchführung seiner Ideen die Hände schmutzig zu machen. Das ist unsere Aufgabe. Es ist unsere Pflicht, seine Gedanken in die Tat umzusetzen. Wallace zufolge ist es unsere moralische Pflicht, Lambe zu töten, ehe er uns alle zu Theologiedozenten macht.«

»Hat er das bei der Besprechung gesagt?«, fragte die Bibliothekarin. »Ich war nicht dabei. Ich war zu Hause. Allein.«

»Nicht wortwörtlich, aber doch mehr oder weniger, wenn man seine Worte interpretiert. Überlasst die Interpretation oder die Hermeneutik, wie wir Philosophen das nennen, lieber mir. Ich bin der Einzige hier, der die Qualifikation besitzt zu erklären, was er gemeint hat. Wallace zufolge wird die Ermordung von Lambe als gute Tat betrachtet werden, wenn sich die positiven Folgen seines Todes erst im College niederschlagen. Literaturkritik, Ökonomie, Geschichte, Moralphilosophie und die Bibliothek unter anderem werden direkt davon profitieren, wenn er geopfert wird.«

»Abgesehen von der sogenannten moralischen Berechtigung gibt es noch das wichtige Bedürfnis, den Tod unserer geliebten seligen Präsidentin zu rächen«, sagte Pandora.

»Ich kann mich nicht erinnern, dass Wallace etwas darüber gesagt hätte, dass Morde aus Rache moralisch akzeptabel wären«, widersprach Spencer.

Pandora stöhnte vor Ungeduld. »Habe ich ein Recht auf meine eigene Meinung oder ist unser edler Anführer Wallace der Einzige, dessen Ansichten eine Rolle spielen?«

Jetzt war Spencer damit an der Reihe, laut aufzustöhnen, frustriert, weil er von dermaßen begriffsstutzigen Studenten der Philosophie umgeben war. Warum wollte es sein Pech, fragte er sich, dass sein Fach das einzige war, bei dem alle Welt glaubte, ihre eigenen wertlosen Meinungen beisteuern zu dürfen? Um der Harmonie des neuen Bündnisses willen jedoch gelobte er sich, Ruhe zu bewahren. »Also, ja. Ich gebe zu, dass er Rache in seiner Ansprache an seine Anhänger zwar nicht ausdrücklich gutgeheißen hat, dass sie aber dennoch als zusätzlicher moralischer Bonus neben den sonstigen positiven Folgen einer dauerhaften Beseitigung von Lambe gelten könnte. Aber ganz allgemein, überlasst mir die Interpretation von Wallaces Worten. Ich habe ja schließlich Jahre damit verbracht, an der Universität die Großen der Philosophie zu studieren. Ich erkenne jetzt, dass ich das getan habe, um auf die unvorhersehbaren, schicksalhaften Situationen wie diese vorbereitet zu sein, wenn unter dem Einfluss eines charismatischen Anführers eine neue Ordnung Gestalt annimmt: das Kommen eines philosophischen Messias.«

»Welche neue Ordnung werden wir denn einführen, wenn Lambe nicht mehr da ist?«, fragte die Bibliothekarin.

»Die Bibliothek wird erweitert, vor allem die geisteswissenschaftlichen Abteilungen. Die Putzkolonne wird sämtliche erforderlichen Reinigungsmittel, Mopps und Staubtücher erhalten. Jim, was möchtest du?«, fragte Spencer.

»Ich möchte in Rente gehen, und ich möchte zwei von diesen Bibliothekscomputern. Ich möchte zudem, dass Rose unsere

Nachrichtenoffizierin wird. Sie hat eine natürliche Begabung für diese Tätigkeiten.«

»So sei es«, sagte Spencer. »Alle, die dafür sind, dass Jim in diesem Jahr in Rente geht, mögen ›aye‹ sagen.« Alle sagten »aye«. Spencer vermutete, dass Jim Rose als Nachrichtenoffizierin vorgeschlagen hatte, sei einfach eine lächerliche, patronisierende Geste seiner Frau gegenüber. Er wusste nicht, dass sein eigener Papierkorb in seiner ganzen Zeit am CAT-College in jeder Werktagsnacht forensisch untersucht worden war. Er wusste auch nicht, dass Rose, und damit fast das gesamte College, viel früher als er gewusst hatten, dass seine Frau ihn verlassen würde. Er hegte keinerlei Verdacht, was die allgemeine Ansicht über seinen Geisteszustand betraf, die von Rose aufgrund der dem Papierkorb anvertrauten Zettel mit Botschaften zwischen ihm und seiner Tochter Samantha verbreitet wurde. Er konnte Jim den Gefallen tun, ihm diese harmlose Bitte zu gewähren. Er dachte nicht weiter darüber nach. »Alle, die dafür sind, dass Rose zu unserer Nachrichtenoffizierin ernannt wird, mögen ›aye‹ sagen.« Abermals sagten alle »aye«. »Das war einstimmig.«

»Wer wird dann als nächstes Präsidentin oder Präsident?«, fragte die Bibliothekarin.

»Daran hatte ich noch gar nicht gedacht«, sagte Spencer.

»Nach den Unterlagen der Sitzungen des Akademischen Rates, die ich gesehen habe, ist die derzeitig favorisierte Kandidatin Maddox der Mann. Sie ist die dienstälteste und qualifizierteste Abteilungsleiterin, und der Akademische Rat zieht ja ganz allgemein Wirtschaftsleute vor«, teilte Rose mit.

»Sie ist genauso verrückt wie Lambe. Was können wir machen?«

»Wir müssen sie umbringen, ehe wir uns Lambes entledigen«, sagte Jim. »Wer sind die anderen potenziellen Kandidaten, Liebes?«, fragte er Rose.

»Der nächste wäre Spencer als dienstältester Abteilungsleiter bei den Geisteswissenschaften«, sagte Rose.

»Im Moment leiste ich alle Arbeiten eines Abteilungsleiters, werde aber nicht als solcher anerkannt«, sagte Spencer verärgert.

»Nein, tust du nicht. Ich leiste die Arbeit«, sagte Pandora.

»Ich will die Lage nicht noch verschlimmern, indem ich der Chef werde. Wer lobt einen denn noch, wenn man erst die Leitung innehat? Niemand. Ich mache das nicht. Ich will kein Präsident sein, schon gar nicht, wenn es bedeutet, dass ich für den Mord an mir selbst stimmen muss. Ich bin zum Königsmacher geboren, nicht zum König. Wer kommt nach mir?«

»Casper Wall zählt nicht, weil er keine Qualifikationen besitzt. Nach ihm käme es dann zu einem offenen Kampf zwischen den Abteilungsleitern und den anderen Professoren. Sidney der Speichellecker hat keine Erfahrung. Da Philosophie die größte Abteilung ist, würde ich entweder auf Wallace oder auf Bacon setzen. Wallace hat mehr publiziert, wenn das eine Rolle spielt, aber Bacon ist schon ewig hier.«

»Steht er nicht kurz vor der Pension?«

»Nein, tut er nicht«, sagte Pandora. »Wir wollen nicht die ganze Liste der potenziellen Kandidaten durchgehen, sonst sind wir morgen noch nicht fertig. Wallace ist zwar unser geistiger Anführer, aber ich glaube, mit ihm werden wir fertig. In dem unwahrscheinlichen Fall, dass der Posten einem anderen als ihm angeboten wird, kümmern wir uns darum, wenn es so weit ist. Du könntest den Rat erpressen! Du könntest ihnen sagen, entweder er oder du. Und sie würden jeden nehmen, um dir zu entgehen.«

»Vielen Dank, Pandora. Aber Wallace ist ein Genie. Er wäre der perfekte symbolische Leiter für das College.«

»Für mich klingt es so, als wäre er zu sehr den abstrakten Problemen der Welt der Ideen verhaftet, um sich um praktische Dinge zu kümmern«, sagte die Bibliothekarin.

Spencer erlebte einen seltenen Moment des Optimismus. »Natürlich wird Wallace von Pandora unterstützt werden, wenn er sein Amt antritt. Wir werden wieder die guten alten Zeiten der Philosophie erleben. Ich werde hinter den Kulissen tätig bleiben, wie es sich für meine Rolle als philosophischer Consigliere gehört. Außerdem wird das Verschwinden von Maddox dem Mann den Einfluss der Handelsfakultät reduzieren, die ja derzeit ein viel größeres Budget hat als die Geisteswissenschaften. Natürlich werden wir die Technologie ignorieren. Die kann bleiben, denn, wie Lambe sagt, wozu braucht man überhaupt Technologie? Wir werden uns darauf konzentrieren, das A in CAT-College wachsen zu lassen.«

»Was?«

»Das A. Commerce. Arts. Technology. A steht für Arts, also Geisteswissenschaften«, er seufzte. »Muss ich euch meinen Plan wirklich in allen Einzelheiten erklären?«

»Ja.«

»Wir werden die Geisteswissenschaften bevorzugen, weil abstraktes Denken zur wahren Bildung führt, und nicht praktisches Training. Ich bin sicher, die Folgen werden für das gesamte College positiv sein, und das beweist, dass es moralisch gerechtfertigt ist, wenn wir Lambe umbringen. Ist das nicht genau das, was Wallace betont hat? Stimmst du mir zu, Pandora?«

»Ja. Du kannst es ausdrücken, wie du willst, so lange es bedeutet, dass wir Lambe umbringen. Du kannst es in jedes erwünschte philosophische Kostüm stecken.«

»Wenn das abgemacht ist, dann müssen wir uns als Erstes von Maddox dem Mann befreien. Alle, die dafür sind, dass wir sie abmurksen, mögen ›aye‹ sagen.«

Alle sagten »aye«.

»Angenommen. Darf ich fragen, wie wir das machen wollen?«, wollte Jim wissen.

»Was machen?«

»Maddox den Mann umbringen.«

»Wir sollten das auf unsere Tagesordnung setzen. Bei unserer nächsten Zusammenkunft werden wir nicht von einem Thema zum anderen springen, da wir vorher die Tagesordnung herumreichen werden. Wir werden Protokolle und Aktennotizen mit den angenommenen Vorschlägen anfertigen, und so weiter«, versicherte ihnen die Bibliothekarin. Alle außer Pandora fanden die Vorstellung eines durchorganisierten Komitees gut.

Die folgende Stunde wurde mit ausufernder Diskussion über das Für und Wider einer großen Menge von Vorschlägen darüber verbracht, wie Maddox der Mann ausgeschaltet werden könnte. Ein Vorschlag wurde schließlich eher aus Müdigkeit als aus Vernunftgründen angenommen. Und nachdem Pandora ihnen gesagt hatte, sie sollten dabei bleiben, weil ihr inzwischen die Zigaretten ausgingen. Rose versicherte ihnen, sie könne den Aufenthaltsort von Maddox dem Mann in einem Zeitfenster von zwanzig Minuten feststellen und einen Plan zu ihrer Ausschaltung aufstellen, der das Ganze wie einen Unfall aussehen lassen würde. Spencer ignorierte ihre Versicherungen. In seiner Fantasie lebte er schon unter dem wohlwollenden Regime des neuen Präsidenten von seinen Gnaden. Die Bibliothekarin fragte, ob es irgendwelche weiteren TOP gebe. Es gab keine. Sie schlug vor, sich, sowie das Komitee seine Arbeit aufgenommen habe, an jedem Dienstag- und Donnerstagabend zu treffen.

»Dienstag und Donnerstag?«, fragte Spencer. »Ich bin nicht sicher, ob ich Samantha an zwei Abenden allein lassen kann.«

»Das kannst du bestimmt«, sagte Pandora. Sie stimmte dem Vorschlag zu. Dann gingen die Mitglieder nach Hause, erschöpft von ihren Anstrengungen.

Als sie dann allein waren, sahen sich Jim und Rose im Fernsehen eine Sendung über altertümliche Formen der Folter an. Jim trank Bier aus einer Dose.

»Siehst du dir solchen Blödsinn an, wenn ich arbeiten gehe?«, fragte Rose.

»Ja, solchen Blödsinn sehe ich mir an.«

»Du musst dir eine sinnvolle Beschäftigung suchen, wenn du in Rente gehst. Du kannst nicht den Rest deines Lebens damit verbringen, dass du lernst, wie man einen mittelalterlichen Ketzer mit Hilfe von zwei Pflugpferden in Stücke reißt.«

Das leidgeprüfte Haus erschauerte um sie herum, als sei es entsetzt von den Beschlüssen, die vorhin von den Gästen in der Küche gefasst worden waren.

XXVI

Exitus Electrica

Ein elektrisierender Abgang

Die Populärpsychologie hat entschieden, dass weiße Lieferwagen in der Regel von selbständigen Gewerbetreibenden gefahren werden, die den Bedürfnissen anderer gegenüber mehr als nur normal gleichgültig sind. Vielleicht war das der Grund, aus dem Rose die Putzfrau sich für ihr Projekt eben einen weißen Lieferwagen mietete. Sie hatte sich nicht bewusst für diese Farbe entschieden. Sie hatte sich bewusst für diese Größe entschieden. Sie arrangierte einen nächtlichen Ausflug mit den anderen Mitgliedern ihres mörderischen Geheimbundes in dieser riesigen Manifestation ihrer Psyche. Jim fuhr, während Rose vom Beifahrersitz aus navigierte. Pandora, Spencer und die Bibliothekarin mussten auf Pappplatten hinten auf der pechschwarzen Ladefläche sitzen. Rose dirigierte Jim zum Physiklabor des Technologischen College auf der anderen Seite der Stadt. Sie hatte sich die Schlüssel zu diesem Labor von der Leiterin der Hygienischen Dienste des College geliehen, von Maggie Murphy, die zwölf Jahre zuvor ihre Reinigungskarriere unter Roses Anleitung begonnen hatte. Jim setzte mit dem weißen Lieferwagen so weit zu den großen Doppeltüren am hinteren Ende des langen, einstöckigen Gebäudes zurück.

Rose suchte sich an dem Ring, den Maggie ihr überlassen hatte, einen Schlüssel aus und öffnete die Tür, während ihre Mitverschworenen hinter ihr im kühlen trüben Lichtkreis der nackten Glühbirne zitterten, die über ihren Köpfen von der Wand baumelte. Im Haus schalteten sie dann ihre Taschenlampen ein, um ihren Weg an den beiden Reihen aus langen Holzbänken vorbei zu einem Lagerraum ganz hinten zu finden, der, so Maggies Versicherungen, das enthielt, was Rose suchte. Beim vierten Versuch fand Rose den Schlüssel, der zum Schloss passte, während die anderen sich hinter ihr in einem kleinen Halbkreis zusammendrängten, als ob sie Angst vor Physik hätten. Sie öffnete die Tür, betrat den fensterlosen Raum und schaltete das Licht ein. Die Verschworenen schalteten ihre Taschenlampen aus und starrten in wissenschaftlicher Verwunderung. In der Mitte des Raumes ragte ein schlafender mechanischer Außerirdischer über ihnen auf. Eine Stahlkuppel in Form einer fliegenden Untertasse bildete den Schädel dieses metallischen Geschöpfes. Unter diesem Kopf führte ein über drei Meter langer gewundener Hals zu einer horizontalen Platte aus Kupferrohren, die über einem gestauchten Leib aus weißen Keramikzylindern Schultern bildeten. Das Wesen stand auf vier kleinen Rädern auf dem Boden.

»Was ist das?«, fragte die Bibliothekarin.

»Das ist eine Teslaspule«, antwortete Rose. »Der Kuppelteil ganz oben ist der Torus. Die Säule in der Mitte, die ihn trägt, ist die Sekundärspule. Die breite Platte unten ist die Primärspule«, sagte sie und zeigte voller Stolz auf jeden Teil. »Diese Spule ist größer als der Durchschnitt. Deshalb sind wir hier. Maggie Murphy – erinnert ihr euch an Maggie? Nein? Sie war Putzfrau am CAT-College. Sie leitet hier den Hygienischen Dienst. Das ist eine überaus moderne Institution. Aber egal. Maggie sagt, das ist eine der größten hierzulande.«

»Ich hab so ein Bild in Samanthas Physikbuch gesehen«, sagte Spencer.

»Aber was macht man damit?«

»Das ist im Grunde einfach ein Transformator. Er vervielfacht die Stromspannung der üblichen Haushaltsgeräte, indem man ihn einfach mit einer normalen Steckdose verbindet. Maggie sagt, dass dieser Apparat eine halbe Million Volt produziert. Wir können damit unsere eigenen Blitze herstellen, wie in einem Frankenstein-Film. Die elektrische Ladung springt hier von dem Torus und ...« Rose verlor den Faden in ihrer Physiklektion.

»Wozu brauchen wir unsere eigenen Blitze?«

»Wir lassen Maddox den Mann unter diese Teslaspule treten, und dabei legt sie sich so einen Golfschläger über die Schulter«, sagte Rose und schwenkte die Arme zu einer praktischen Demonstration über ihrem Kopf. »Die Spikes ihrer Golfschuhe müssten sie eigentlich erden. Wir müssten vielleicht den Boden behandeln, auf dem sie steht. Wir müssen auch erwägen, ob wir sie mit Wasser besprühen wollen, um das Leitvermögen zu erhöhen, denn wir müssen sie unbedingt solide erden, glaube ich. Und dann, *kabummm!* – von oben löst sich ein Blitzstrahl und grillt sie. Dann bringen wir sie mitten in der Nacht zum Echtgras Golf & Country Club, legen sie dort ab und haben einen Tod durch Unfall. Ganz einfach.«

Die anderen starrten sie an, als sie dort winzig klein neben dem Metallpilz stand, der ihren schuhwichsebraunen Kopf überragte. »Noch Fragen?«

»Wie genau willst du Maddox den Mann den ganzen Weg hierherschaffen und sie dazu bringen, unter diesem Riesenpfannkuchen einen Golfschläger zu schwingen?«, fragte Spencer.

»Ich habe noch nicht alle Einzelheiten festgelegt. Alles der Reihe nach. Wir müssen die Spule an einen geeigneteren Ort bringen.«

»Woran denkst du dabei, Liebes?«, fragte Jim.

»Als erstes schaffen wir sie in den Lieferwagen. Sie hat ja schließlich Räder. Wir können sie rausschieben. Maggie sagt, niemand wird das Verschwinden bemerken, da sie den einzigen Schlüssel hat, und den habe ich jetzt. Niemand kommt je in diesen Lagerraum. Danach muss ich Volt und Ampère überprüfen. Ich finde, wir brauchen eine hohe Voltmenge für die ideale Grilltemperatur. Ich glaube, die Voltmenge produziert den Blitz. Ich vermute das nur, ich bin ja keine Physikerin. Wir brauchen auch genug Ampère für den Grilleffekt; wir wollen ja nicht, dass sich ihr nur die Haare sträuben. Aber ich habe die genaue Formel noch nicht ausgearbeitet. Ich glaube, es hat irgendetwas mit dem Ohmschen Gesetz zu tun, welches das Verhältnis von Strom und Volt als Beziehung des Widerstandes angibt. Was ist los? Warum seht ihr mich so an?«

»Woher weißt du das alles?«, fragte Spencer.

»Recherchen und Gespräche mit meinen Kolleginnen in der Reinigungsgemeinde. Ihr würdet staunen, was man alles aufschnappen kann, wenn man Labore sauber macht. Jim, such mal in den Kartons in den Regalen da nach Kettenpanzern.«

»Sollen wir mit dem Schwert gegen Maddox den Mann antreten?«

»Nein. Wir brauchen sie, um die Ausführenden zu beschützen. Die Person, die die Schalter bedient, wird durch den Kettenpanzer vor dem Elektroschock geschützt werden, denn die Strömung wird dann über sie geleitet und nicht durch sie. Und wir können nun wirklich keinen Faraday-Käfig haben, denn der wird als Sicherheitsmaßnahme benutzt, um Leute vor Schocks zu bewahren, und das wollen wir nicht.«

»Wenn du meinst, Rose.«

»Wir brauchen außerdem ein Potenziometer, um den Widerstand zu vergrößern und dabei das Ampère auf das gewünschte Niveau zu heben. Das wird uns mehr Flexibilität ermöglichen.«

»Ein Potenziometer? Woran erkennt man das denn?«

»Maggie sagt, dass in einer der Schubladen da hinten längliche zum Schieben liegen. Los jetzt. Wir holen uns, was wir brauchen, und dann weg hier.« Sie klatschte in die Hände, um die anderen zur Eile anzutreiben.

Die Verschworenen ertappten sich dabei, dass sie Rose ohne weitere Fragen gehorchten. Am nächsten Tag versicherte Rose einem skeptischen Jim, dass ihr Plan zwar nicht bei einem normalen Menschen wie ihm funktionieren würde, wohl aber bei einer Akademikerin.

Drei Tage später, als die Teslaspule zu Roses Zufriedenheit aufgebaut und verkabelt worden war, entwarf, formulierte und druckte die Bibliothekarin auf Roses Anweisung hin die Einladung. Rose selbst legte den Köder um kurz vor Mitternacht auf den Schreibtisch von Maddox dem Mann. Es war ein einfacher Lockruf, denn die breite Praxis der Bibliothekarin im Schreiben von Schildern bedingte beschränkte Designfähigkeiten. Große schwarze Buchstaben liefen über eine weiße rechteckige Karte und bildeten den Text: Echtgras Golf & Country Club. Darunter wurde Mathilda in wärmsten Tönen zur Einweihung eines überdachten Golfübungsplatzes für echte Frauen am folgenden Donnerstagabend um zwanzig Uhr eingeladen. Auf der Karte wurde betont, dass Erfrischungen gratis gereicht werden würden, und dass Professor Maddox allein und im Golfdress mit ihren eigenen Schlägern erwartet werde. Wenn Maddox der Mann es seltsam fand, dass der Treffpunkt sich in einem Lagerhaus in einem Gewerbegebiet befand, dann wurden diese Zweifel durch eine Fußnote besänftigt, aus der hervorging, dass auf dem Gelände die neueste Technologie angewandt werde, worauf noch einmal wiederholt wurde, dass sich die Einladung nur an weibliche Mitglieder des Golfclubs richte. Da nichts dem Zufall überlassen werden sollte, wurde Mathilda gebeten, ihre Zusage per SMS an die private Telefonnummer der Bibliothekarin zu senden. Eine dritte Fußnote bat sie, am fraglichen Abend die Einladung mitzubringen.

Am Donnerstag um Punkt neunzehn Uhr fünfundfünfzig hielt Maddox der Mann vor dem Lagerhaus, nahm ihre Golfschläger aus dem Kofferraum ihres Wagens und warf sich die Tasche an dem braunen Lederriemen über die Schulter. Sie folgte den weißen Pfeilen oben am Gebäude zu der kleinen Seitentür, auf der ein großes handgemaltes Schild mitteilte, es handele sich um das offizielle Hallentrainingsgelände des Echtgras Golf & Country Club. Ein an die Tür geklebtes Pappschildchen erinnerte die Gäste daran, dass sie das Gelände nur in Golfschuhen betreten dürften. Maddox der Mann schaute auf ihre Füße hinunter, um sich davon zu überzeugen, dass sie ihre Schuhe mit Spikes trug. Sie trug außerdem eine hellblaue Pudelmütze, einen marineblauen langärmligen Lammwollpullover mit einem weißgrauen Rhombenmuster auf der Vorderseite und einen Golfskort mit grauschwarzen Tigerstreifen und schwarzen Shorts. In diesem Kostüm fühlte sie sich jeder vorstellbaren Golfherausforderung gewachsen. Aber sie hatte auch keine so lebhafte Fantasie wie Rose. Präsidentin Patricia hatte immer behauptet, Professor Maddox hemme den Fortschritt der BWL am CAT-College durch ihre relativ beschränkte Vorstellungskraft und nicht durch ihr Geschlecht, welches immer das sein mochte. Im Haus fand sie dann die Bibliothekarin hinter einem Stapel Broschüren des Echtgras Golf & Country Club an einem Schreibtisch. Hinter der Bibliothekarin befand sich eine weitere Tür, an der ein Schild mit der Aufschrift »Übungsgelände« befestigt war.

»Was machen Sie denn hier?«, fragte Maddox der Mann.

»Ich muss mir etwas dazuverdienen. Ich habe kostspielige Angewohnheiten. Nehmen Sie einfach einen Driver aus Ihrer Tasche, legen Sie die restlichen Schläger da hinten ab, und gehen Sie rein.«

»Wo sind die anderen Frauen alle?«

»Die sind schon drinnen. Vergessen Sie nicht, dieses Übungsgelände ist der letzte Schrei in Golftechnologie. Tun Sie genau, was Ihnen gesagt wird.«

Maddox der Mann öffnete die Tür und betrat einen riesigen Raum aus unverputzten Blöcken. Die Teslaspule stand mitten auf dem Betonboden. An die rückwärtige Wand war achtlos eine Landschaft aus welligen Hügeln gemalt worden. Maddox der Mann trat einen Schritt vor und blieb stehen, als die Zehen ihrer Spikesschuhe die weiße Linie berührten, die neben der Aufforderung »Hier stehen« auf einer Stahlplatte auf dem Boden gezeichnet war. Ein dickes an der Platte befestigtes Kabel schlängelte sich über den Boden und durch eine Seitentür und zu einem Eisenpfahl, den Jim draußen in den Grund gerammt hatte. Jemand in einem Kettenpanzer kam angeklirrt und leerte ohne Erklärung oder Warnung einen Eimer Wasser über ihr aus. Sie dachte, wenn sie gewusst hätte, dass in der Halle Wettereffekte nachgeahmt werden sollten, hätte sie sich entsprechend angezogen. Und dann fiel die Tür hinter ihr mit einem Knall ins Schloss und der Raum versank in schwarzer Finsternis. Als sie jemanden »los«, schreien hörte, reagierte sie auf Jahre gebrüllter Anweisungen und schwang den Schläger über ihre rechte Schulter. In dem Bruchteil der Sekunde zwischen Schrei und Schwung glaubte sie, Pandoras Stimme zu erkennen. Dann hörte sie eine andere Stimme rufen: »Jetzt, Jim. Leg den Schalter um.«

Ein Strom aus gezackten Feuerschlangen, begleitet von einem Geräusch wie dem Brummen von Bienen, schoss aus der schwarzen Finsternis. Die horizontalen elektrischen Stränge, die aus der zu rechten Winkeln verbogenen Torusspule kamen, bildeten eine Serie von Ellbogen an den Beinen einer riesigen elektrischen Spinne. Eines dieser Beine trat auf Maddox den Mann. Im Licht der blaugrünen Blitze sah sie eine Gestalt in einem Kettenpanzer an der Wand stehen und einen Hebel festhalten. Dann musste sie die Augen zukneifen, um sie vor dem stechenden Licht zu beschützen, das hinter ihren Augäpfeln hervorzukommen schien. Sie fühlte sich erhoben, als die Elektrizität durch ihren Körper jagte und ihre Gedanken so langsam machte, dass sie gelassen über das nachdenken konnte, was sie dachte, was, wenn sie darüber nachdachte, was, wie ihr aufging, dass sie es nicht konnte, nichts war. Nach einer Minute versank der Raum wieder in Dunkelheit, als Jim den Strom ausschaltete. Rose leuchtete Maddox den Mann an, die noch immer mit dem über ihrem Kopf gehobenen Golfschläger aufrecht stand. Ihre hellblaue Mütze war heruntergefallen, und ihre Haare standen gerade nach oben.

»Mehr Ampère! Wir brauchen mehr Ampère«, schrie Rose Jim an.

»Wie ist die Formel? Was sagt das Ohmsche Gesetz?«, fragte Jim flehend.

Rose klirrte in ihrem Kettenpanzer zu ihm hinüber.

»Gib mir das«, sagte sie und schnappte sich das Potenziometer. »Schnell. Ganz schnell Kopfrechnen. Was ist eine halbe Million geteilt durch zwölf? Zwölf in fünfzig ist vier, und …«

Maddox der Mann starrte die beiden Ritter an, die über Mathematik diskutierten und deren Helme dabei fast aneinanderstießen. Warum diskutierten sie nicht über Jungfrauen in Nöten, wie sich das für anständige Ritter gehörte? Sie versuchte, sie um Rettung zu bitten, aber sie konnte nicht sprechen.

»Ich werde den Widerstand bis dahin erhöhen«, sagte Rose und ließ den Hebel des Potenziometers über den Kamm aus Draht gleiten. »Das müsste reichen. Wir haben keine Zeit für Feinberechnungen. Zurücktreten!«

Jim drückte seinen Hebel nach unten.

Der jähe Knall von Elektrizität war diesmal lauter, und das

Brummen eines noch wütenderen Bienenschwarms um die Torusspule war für Rose und Jim ohrenbetäubend. Maddox der Mann tauchte immer wieder in der Dunkelheit auf, wenn die riesige elektrische Spinne wieder und wieder mit einem einzigen Bein aus Elektrizität auf ihren Kopf trampelte. Jim hielt den Hebel zwanzig Sekunden lang nach unten gedrückt, er zählte dabei, aber das ertrank im Lärm. Die Welt schien in einem bernsteingelben Dunst erstarrt zu sein, als er den Hebel losließ. Maddox der Mann schwang noch immer den Schläger über ihrem Kopf. Sie ließ ein summendes Geräusch hören. Rauch stieg auf ihren Haaren und aus den Achselhöhlen ihres Lammwollpullovers auf. Sie starrte Rose und Jim mit sichtlosen Augen an, denn ihr Gehirn suchte einen Fluchtweg aus ihrem Schädel, da das eine Temperatur unmittelbar unter dem Siedepunkt erreicht hatte. Ihre Füße taumelten auf die beiden zu, während ihre Arme noch immer den Golfschläger schwangen.

Ohne die Hilfe weiterer wissenschaftlicher Berechnungen drückte Rose den Hebel am Potenziometer bis zum Ende durch. Jim ließ den Hebel nach unten knallen, um den Stromkreis wiederherzustellen. Sie dachten dasselbe. Die Füße von Maddox dem Mann fingen aus eigenem Antrieb an, auf der Stahlplatte zu tanzen. Durch das Getöse konnte Jim Pandora, die so weit zurückgetreten war wie möglich, da sie keinen Kettenpanzer hatte, schreien hören. »Aufhören! Aufhören, um Himmels willen. Sie muss doch noch zu erkennen sein!«

Maddox der Mann, die zu einem einzelnen unbiegsamen Pfosten erstarrt war, fiel langsam seitwärts und traf wie ein gefällter Baum auf den Boden auf. Aus ihren Haarwurzeln quoll Rauch.

Sie legten Maddox den Mann hinten in den Lieferwagen, sie hielt noch immer den Golfschläger, der mit ihren Händen verschmolzen war. Jim fuhr mit dem Wagen zum Red Grass Golf & Country Club, wo Rose die Putzfrau kannte. Spencer folgte im

Wagen von Maddox dem Mann, den er auf dem Parkplatz stehen ließ. Pandora, Jim und Rose trugen vorsichtig die noch immer rauchende Maddox den Mann auf das Golfgelände. Spencer nahm ihre Golftasche und fragte sich, was denn irgendwer am Golf finden könnte.

Am nächsten Morgen erschien Betty Nolan, 83 1/2, als Erste mit ihrer Golfpartnerin Clarissa Butterworth, 87 ¼, auf dem Golfgelände. Sie fingen gern früh an, weil sie nicht mehr so schnell weiterkamen wie früher, und sie ärgerten sich immer, wenn sie von ungeduldigen jüngeren Spielern überholt wurden, und das waren alle anderen Clubmitglieder. Betty Nolan war sicher, dass sie alles gesehen hatte, was eine, die dreimal weiblicher Captain, dazu Ehrenschatzmeisterin und Vizepräsidentin des Echtgras Golf & Country Club gewesen war, in zweiundfünfzig Jahren zu sehen erwarten konnte. Sie hatte zwei verpatzte Inch Puts gesehen, Schlägereien in der Damenumkleide über nicht gegebene Gimme-Puts, verlorenes und gewonnenes Waterford-Kristall, halbnackte Paare, meistens gleich hinter dem vierzehnten Fairway, unter anderem Captain Higgins in den Armen des siebzehn Jahre alten Sohnes von Ex-Captain Smyth, der eine Eleven vergeben hatte; falsch markierte Karten und nicht ins Protokoll genommene Stoppbälle. Aber sie hatte noch nie eine so vorteilhafte Position gehabt wie jetzt am Rande des Achten, für ein Chip and Run, das ihr zum allerersten Mal an diesem Loch überhaupt den Ausgleich bringen würde. Aber Clarissa Butterworth, zweimal Captain bei den Damen, lag direkt in ihrer Schusslinie; nicht Clarissas Ball, sondern Clarissa selbst. Es war die Erfahrung, die das Alter mit sich bringt und weniger irgendwelche medizinischen Kenntnisse, die Betty davon ausgehen ließen, dass Clarissa der Anblick des Leichnams im Bunker hinter dem Achten einen tödlichen Herzanfall beschert hatte, denn der Leichnam war zwar vom Abschlag aus nicht zu sehen, aber einwandfrei von der Stelle aus, wo Clarissa versucht hatte, von ihrer Seite des Geländes aus zu putten. Ein Mann. Ja, Betty war davon überzeugt, dass es ein Mann war, auch wenn er Diamantohrringe und einen Golfskort trug. Er umklammerte einen Driver. Aus seinen Haaren stieg langsam Rauch auf. Warum er versuchte, aus dem Bunker einen Ball mit einem Driver und nicht mit einem Sandeisen zu schlagen, war ihr ein Rätsel. Aber sie hatte alles gesehen. Clarissa war einwandfrei tot, wie auch der Mann mit den Diamantohrringen im Bunker. Sie konnte nichts für die beiden tun. Betty wusste, dass ihr nicht mehr viele mögliche Golfrunden blieben, und vielleicht würde sie nie wieder eine solche Position erreichen. Sie beschloss, Clarissa an den Rand des Geländes zu tragen, um ihren Chip-Schlag anzubringen. Sie war sicher, dass Clarissa für sie dasselbe getan hätte. Sie würde einen Rettungswagen holen, wenn sie einlochte.

Als der Rettungswagen dann eintraf, bat er um Verstärkung, denn nun lag Betty Nolan auf dem Rasen, da sie sich bei dem Versuch, Clarissa an den Fersen aus ihrer Schusslinie zu ziehen, einen Bandscheibenvorfall geholt hatte. Betty weinte vor Frustration, weil sie die beste Chance aller Zeiten verpasst hatte, nach zweiundfünfzig Jahren voller Versuche, das Achte zu schaffen. Wer könnte denn sagen, wann sie wieder einsatzfähig sein würde? Der schwelende Leichnam wurde in den einen Rettungswagen geladen, Betty und Clarissa in den anderen, weil sie ja Golfpartnerinnen waren, wenn auch vielleicht keine Freundinnen. Als der Sanitäter die Hecktür schloss, hörte er Betty murmeln: »Verdammt, Clarissa. Warum konntest du nicht im Rough sterben?«, ehe sein Kollege hinter dem Lenkrad die Sirene einschaltete.

XXVII

In Optimum Propositum

Die besten Pläne

Abermals wurde die kleine Collegekapelle benutzt. Bei der Trauerfeier für Professor Mathilda Maddox war sie allerdings fast leer. Die Studierenden der BWL-Fakultät hatten einen Tag freibekommen, um sich der Trauer um ihre Mentorin widmen zu können. Sie zeigten ihren Kummer, indem sie vom Campus verschwanden. Hochwürden Professor Lambe stand wieder in seinem Hochsitz oben auf der Kanzel. Er streckte die Arme über die in den ersten Bankreihen verstreuten Trauergäste, über die Lücke hinter ihnen, in denen in der Mitte Wallace und Progress saßen, und über die von den mit sich überaus zufriedenen Meuchelmördern besetzte hintere Bank aus.

»Wir haben uns ein weiteres Mal hier versammelt, dieses Mal, um die sterblichen Überreste unserer Kolleg*IN* Professor Mathilda Maddox, der Leiterin der BWL-Fakultät, Geschäftsführende Direktorin und Oberste Mobilitätskontrolleurin von Maddox Management, der ewigen Ruhe zu übergeben. Wir haben den Trost zu wissen, dass Professor Maddox bei der Tätigkeit verstorben ist, die ihr am liebsten war, nach der Möglichkeit, sich bei mir zu beklagen, meine ich. Gott war gütig zu ihr, denn Er schenkte ihr ein plötzliches Ende. Sie brauchte nicht zu leiden und hat vermutlich kaum erfasst, was ihr widerfuhr. Ihren Kolleginnen und Studierenden war sie besser bekannt als …«

»Es tut mir leid, dass ich an Ihnen gezweifelt habe, Rose«, sagte Spencer. Er saß am Ende der Verschworenenbank. »Sie haben großartige Arbeit geleistet. Überaus wissenschaftlich.«

»Danke, Professor Spencer. Ich freue mich, dass alles zu unserer Zufriedenheit funktioniert hat. Ich bedauere nur, dass die arme Frau, Betty Nolan, die Maddox den Mann gefunden hat, möglicherweise mit einer Anklage rechnen muss, weil sie versucht hat, den Leichnam ihrer Golfpartnerin zu entfernen. Das wollte ich nicht. Die Sanitäter haben Absatzspuren im Gras gefunden. Und wenn ich mir das alles richtig überlege, muss ich zugeben, dass ich das Ohmsche Gesetz aufmerksamer hätte studieren können.«

»Es ist gut für die Umwelt, dass Maddox der Mann eingeäschert wird, schließlich ist sie ja schon halb so weit«, meinte die Bibliothekarin.

»Falls ihr irgendwelche Überlegungen über mich anstellt, möchte ich noch einmal betonen, dass ich wirklich nicht Präsident werden will. Ich möchte, dass Wallace den Posten übernimmt. Hast du mich gehört, Pandora? Nicht ich, Pandora. Nicht ich«, sagte Spencer.

»Nun denk doch nicht immer an dich. Wir müssen entscheiden, was wir mit dem da oben auf der Kanzel anfangen wollen«, sagte Pandora und wies mit ihrer schwarzen Brille auf Lambe. »Wird Zeit, dass wir ihn erledigen.«

»Hast du irgendeine Idee, Rose?«, fragte die Bibliothekarin. »Es wäre mir lieb, wenn wir diesmal keine schweren Maschinen heben oder hinten in einem stickigen Lieferwagen durch die Gegend fahren müssten.«

»Ja, ich habe einen Plan. Genauer gesagt, Jim hat einen. Das muss ich ihm zugestehen. Wir werden abends mit Spencers Wagen zu Lambes Haus fahren. Wir werden über ihn herfallen, ihn mit online gekauftem Chloroform betäuben und ihn mit

Klebeband fesseln. Damit wir an seinen Knöcheln und Handgelenken keine Spuren hinterlassen, sollten wir das Klebeband um Verbandszeug wickeln. Dann schieben wir seinen Kopf in den Backofen, drehen das Gas auf, hinterlassen einen Zettel, auf dem steht, dass er Präsidentin Patricia umgebracht hat und mit seinen Schuldgefühlen nicht länger leben kann. Wenn er tot ist, entfernen wir Verband und Klebeband und haben einen Selbstmord.«

»Das hört sich gut an«, sagte Spencer und nickte, während er in Gedanken die einzelnen Stufen des Plans noch einmal durchging. »Ein klarer, schlichter Plan, bei dem kaum etwas schiefgehen kann. Ach, vielleicht sollten wir uns Gasmasken besorgen.«

»Das werde ich notieren«, sagte Rose.

»Ja. Der Plan hat Vorteile«, sagte die Bibliothekarin. »Wir brauchen nicht mitten in der Nacht Leichen zu transportieren oder schwere Gewichte zu heben.«

»Hat jemand einen anderen Vorschlag?«, fragte Spencer und schaute an der Reihe entlang. »Nein? Wenn es keine anderen Vorschläge gibt, mögen alle, die für Roses Plan sind, ›aye‹ sagen.«

»Moment mal. Ich gebe ja zu, dass Rose eine Art wissenschaftliches Genie ist, aber ich habe eine Idee, die ihr doch mal überlegen solltet, ehe abgestimmt wird«, sagte Pandora.

»Na gut. Dann erzähl uns von deiner Idee, wenn das sein muss«, sagte die Bibliothekarin und schlug ihr Notizbuch wieder auf, um Protokoll zu führen.

»Roses Plan ist zu human. Wir würden Lambe dabei ja kein Haar krümmen. Er würde keine Schmerzen verspüren, weil er bewusstlos wäre. Er würde nicht einmal wissen, dass wir es sind oder warum wir es tun. Ich schlage vor, wir entführen Lambe, ketten ihn an eine Mauer und …«

»An wessen Mauer?«

»Irgendeine Mauer, und …«

»Deine Mauer?«

»Ich habe keinen Keller. Wir können uns einen Keller suchen und ihn anketten und jeden Tag kann ich … können wir hingehen und ihn mit Zigaretten verbrennen und …«

»Hab ich dir schon gesagt, Pandora, dass ich nicht Präsident werden will? Das vergisst du doch nicht, oder?«

»Wir könnten eine Bombe in seinen Schreibtisch legen, mit einer Mitteilung, die sich öffnet, ehe sein Schreibtisch hochgeht, und ihm erklären, dass er sterben wird und …«

»Du sitzt ein Zimmer weiter.«

»Ich würde gerade Mittagspause machen. Es gibt Zeitzünder oder Fernbedienungen.«

»Hast du eine Bombe?«

»Die können wir übers Internet bestellen. Da, wo Rose ihr Chloroform kaufen will. Bestimmt verkaufen die auch Bomben.«

»Warum nehmen wir nicht wieder die Teslaspule?«, fragte Jim.

»Lambe spielt nicht Golf.«

»Wir müssen uns jetzt entscheiden. Der Gottesdienst ist gleich zu Ende«, sagte die Bibliothekarin. »Wir stimmen über Roses Plan ab.«

Die Verschworenen hinten in der Kapelle, auch Pandora, sagten alle »aye« in dem Moment, in dem die Trauergäste ganz vorn am Ende des Gebetes für die Verstorbene »Amen« sagten.

»Haben wir sonst noch etwas zu besprechen?«, fragte die Bibliothekarin und machte Notizen in dem kleinen schwarzen Notizbuch, das sie auf ihren Knien balancierte.

»Um ehrlich zu sein, ich habe Zweifel, was Roses Plan angeht«, sagte Pandora und steckte sich eine Zigarette an. »Wenn ich in meinem Haus einen Keller hätte, könnte ich die Sache allein erledigen. Einen riesigen Keller mit einer Menge Ketten.«

Spencer beugte sich zu ihr vor, als er aufstand, um dem Sarg von Maddox dem Mann aus der Kapelle zu folgen. »Vergiss nicht,

Pandora, ich will nicht Präsident werden. Hast du heute Abend irgendwas vor? Gefängniswärterin und Häftling? Samantha ist mit den Pfadfinderinnen Zelten. Ich habe die ganze Nacht Zeit.«

XXVIII

Onus Discipulorum

Die Last der Anhänger

Ehe er abends ins Bett gehen konnte, musste Rik Wallace neuerdings zwanghaft die Küchenwand nach Rissen absuchen und sich davon überzeugen, dass Mrs Wallace kein zweites Mal wiederaufstehen würde. Er schlief tief und fest und träumte, dass der ehemalige Rik Wallace auf seiner Brust hockte und ihn mit seinen Wurstfingern zu erwürgen versuchte, während er rücklings auf einem der makellosen Rasen auf dem Campus lag. Er konnte seine Arme nicht bewegen, um sich zu wehren. Mrs Wallace versuchte, ihren Sohn wegzustoßen und sagte immer wieder: »Lass mich den Mistkerl erwürgen.« Dann sah er plötzlich, dass er aufrecht stand. Er rannte. Die Wallaces jagten ihn durch das Viereck, das nach dem Tod der Präsidentin Patricia zu einer Wiese herangewachsen war. Patricia erwartete ihn auf der anderen Seite der Fläche, die sich zu einer Prärie erweiterte, während er durch das Gras rannte. Patricia zeigte auf Wallace, um Hochwürden Professor Lambe, der ins Gebet versunken neben ihr kniete, auf ihn aufmerksam zu machen. Plötzlich tat sich genau vor seinen Füßen ein Grab auf. Er konnte nicht mehr anhalten. Er fiel in die schwarze Grube. Während er durch die Finsternis fiel, hörte er in seinem Kopf eine Stimme, die ihm befahl aufzuwachen.

»Aufwachen. Aufwachen. Um Gottes willen, Rik, aufwachen!« zischte ihm Julie Progress ins Ohr.

»Was? Was ist denn los?«, fragte er und fuhr im Bett auf, sein Gehirn wachte mit einem Ruck auf, während sein Körper weiterhin durch die klumpige Matratze fiel.

Progress hielt ihm den Mund zu. »Pst«, sagte sie. »Sei still. Ich höre Stimmen.«

»Ach Herrje. Du wirst nicht verrückt, oder was?«

»Nein. Echte Stimmen, nicht in meinem Kopf. Im Garten sind Leute. Irgendwer gräbt die Terrasse auf. Vielleicht sind die früheren Bewohner zu ihrem alten Haus zurückgekommen, um den Schatz auszugraben, den sie vor Jahr und Tag hier verbuddelt haben. Geh mal hin und sieh nach, was da passiert.«

Er sah sie in der Dunkelheit an. Selbst für eine Doktorandin, dachte er, hatte sie eine überaktive Fantasie. Er horchte auf Geräusche von draußen. Er hörte ein Husten, gefolgt von dem Scharren einer Schaufel über Stein, dem wiederum Verwünschungen folgten. »Vielleicht sollten wir die Polizei rufen? Das kann doch gefährlich sein, wer immer es ist?«, flüsterte er.

»Hast du den Verstand verloren? Wir können nicht die Polizei rufen. Ich glaube nicht, dass wir typische polizeirufende Menschen sind. Du vielleicht? Das kann doch sogar die Polizei sein, die da draußen nach deiner Mutter sucht.«

»Meinst du nicht, dass sie tagsüber anrücken würden?«

»Vielleicht. Vermutlich. Nimmst du eine Knarre und siehst mal nach, was da los ist?«

»Eine Knarre? Eine Knarre? Woher soll ich denn eine Knarre nehmen?« Jetzt schrie er fast. »Ich bin Professor der Moralphilosophie. Und kein Revolverheld.«

»Sei still. Die hören dich, ehe du bereit bist, ihnen gegenüberzutreten.«

»Ich werde nie bereit sein, ihnen gegenüberzutreten. Ich schlage vor, wir ignorieren sie, wer immer sie sein mögen, und schlafen weiter.«

»Wir können nicht weiterschlafen.«

»Das hast du gesagt. Ich bin erschöpft, weil ich jede Nacht denselben verrückten Traum habe.«

»Ich werde deinen Traum ein andermal analysieren. Hol dir einen Hammer oder sowas. Einen Hammer hast du doch bestimmt. Überall hier im Haus liegt doch irgendwelches Werkzeug rum. Ich stolpere dauernd darüber. Du räumst nie dein Werkzeug weg. Das ist untypisch für einen gelernten Handwerker.«

»Ich habe zwar einen Hammer, aber damit werde ich nicht auf den einhämmern, der da draußen ist.« Er verstummte, weil er sich besiegt fühlte. »Ich könnte ihn vielleicht zu meinem Schutz mitnehmen.«

»Da draußen sind mehr als nur einer. Ich habe Leute reden hören. Für mich klang das nach ziemlich vielen.«

»Vielleicht ist es einfach ein einsamer Schatzsucher, der Selbstgespräche führt.«

Wallace stieg vorsichtig aus dem Bett und tastete sich zwischen den chaotischen Haufen aus Kleidern, Werkzeug und Brettern einen Weg ins Wohnzimmer, wo er mit den Händen in einem auf dem Boden stehenden Werkzeugkasten suchte. Er konnte nur eine Metallsäge finden, und die packte er mit der rechten Hand, während er lautlos und auf Zehenspitzen auf die Gartentür zuschlich. Er trat hinter den Türrahmen und lugte hinaus. Das kalte schwache Licht eines halben Mondes beleuchtete ein schwarzweißes Drama, das sich soeben im Garten abspielte. Er erkannte Spencer, der bis zu den Knien in einem frisch gegrabenen Schützengraben stand, vorsichtig mit einem Spaten Erde aushob und sie behutsam neben sich auf den Steinen ablegte. Pandora stand ein kleines Stück dahinter und überwachte die Grabungsarbeiten, während sie eine Zigarette rauchte. Neben ihr hielt die Bibliothekarin eine Taschenlampe hoch und richtete deren Licht aufmerksam in das Loch, in dem Spencer an der Arbeit war. Wallace öffnete die Tür und trat hinaus zu der Gruppe, ohne zu zögern oder sich irgendwelche möglichen Konsequenzen zu überlegen.

»Was zum Teufel ist denn hier los?«

»Ich hab's euch ja gesagt. Hab euch gesagt, dass er hier ist. Hab euch gesagt, dass wir ihn wecken werden. Was hab ich euch gesagt?«, fragte Spencer niemanden bestimmtes. Er kletterte aus dem Schützengraben, noch immer mit dem Spaten in der Hand. »Rik, Rik. Kein Grund zur Aufregung. Wir hätten angeklopft, aber Rose hat uns versichert, dass du heute Nacht nicht zu Hause sein würdest. Sie hat uns erzählt, dass du die internationale fachübergreifende Tagung über die Anwendung moralischer Erwägungen auf neu entstehende Technologien im Freizeitzentrum besuchst. Wir dachten, es sei niemand zu Hause.«

»Ich habe Rose nichts über diese Tagung erzählt. Außerdem hatte ich mir die Sache anders überlegt. Ich möchte den Campus im Moment nicht verlassen, vielleicht auch nie. Progress sollte an meiner Stelle hingehen, aber sie wollte mich mit dem promovierenden Bevölkerungsteil nicht alleinlassen. Wir sind bei diesem Stadium unserer Beziehung angelangt.«

»Soll das heiße, Progress ist auch hier? Drinnen? Roses verdammte sogenannte Nachrichtendienste. Pandora hat auf dieser Erweiterung unseres eigentlichen Planes bestanden«, sagte Spencer und zeigte mit seiner Schaufel auf das Loch. »Wir wollen dich nicht stören.«

»Was ist denn los hier?«, fragte Progress. Sie stand mit einem Hammer in der Hand in der Tür. Wallace schaute die kleine Metallsäge in seiner Hand an und gab sie ihr. »Ich glaube, das willst du gar nicht wissen«, sagte er. »Nimm das hier, und leg es zusammen mit dem Hammer in meinen Werkzeugkasten.«

»Wir sind der Zusammenschluss des CAT-College zur Verbesserung von Gesellschaft und Hygiene, kurz auch CATzugh.

Das mit der Hygiene war eine Idee von Rose, und das kann man ja verstehen, nehme ich an, sie ist ja schließlich Putzfrau. Wir haben Ihren guten Rat befolgt und Lambe umgebracht«, sagte die Bibliothekarin zu ihm. »Ich verlasse mich darauf, was Spencer seine Hermeneutik nennt, dass Sie das von uns wollten, ich habe Ihre Vorlesung nämlich verpasst.«

Ehe Wallace seine Stimme wiederfinden konnte, sagte Spencer laut, offenbar an sich selbst gerichtet: »Verdammt. Ich hab ja gewusst, dass das bei Maddox dem Mann nur Anfängerglück war. Wir hätten nie auf Rose hören dürfen. Ich lasse mich zu leicht von anderen beeinflussen. Das ist mein Problem.«

»Eines Ihrer vielen Probleme«, kommentierte Progress.

»Maddox der Mann? Soll das heißen, ihr habt sie umgebracht?«, fragte Wallace und vergaß Lambe für einen Moment.

»Ja, haben wir«, bestätigte Spencer.

»Aber sie ist eines natürlichen Todes gestorben. Sie wurde vom Blitz getroffen.«

»Rose hat alles organisiert«, sagte Pandora mit widerwilligem Stolz. »Sie hat Macht über die Natur.«

»Können wir uns auf den aktuellen Leichnam konzentrieren?«, fragte Spencer. »Es gab eine Komplikation bei unserem ursprünglichen Plan. Wir mussten den improvisierten gemeinsamen Entschluss fassen, Lambe hier zu begraben, denn niemand wird im Haus einer angesehenen moralischen Autorität nach Leichen suchen. Er steckt da in dem Sack.«

In diesem Moment hörte Wallace aus der Richtung der überwucherten Rosensträucher ein Keuchen. Jim und Doolittle kamen schwankend hinter einem großen Busch hervor und trugen jeweils ein Ende eines mannsgroßen schwarzen Plastikbündels, das in der Mitte durchhing und über den Boden schleifte.

»Ich hab nicht gesagt, dass ihr Lambe umbringen solltet«, schrie Wallace.

»Pst! Du weckst doch die Nachbarn. Wir von CATzugh sind bereits zu der einstimmigen Entscheidung gekommen, dass ich am besten beurteilen kann, was du gesagt hast und was deine Äußerungen bedeuten. Du hast gesagt, wir sollten deinen Worten folgen und nicht deinen Taten. Oder war das umgekehrt? Wir verstehen vollauf, dass du Lambe nicht selbst töten konntest, weil du theoretisch moralisch rein bleiben musst, aber du hast gesagt, wir anderen könnten es tun. Du hast gesagt, ohne Lambe wäre das College ein besserer Ort. Du hast gesagt, wir sollten jeden schlechten Organisator töten, der uns im Weg steht.«

»Ich wollte sagen, dass alles ohne mich ein besserer Ort wäre. Ich muss was trinken.« Er ging wieder ins Haus und machte Licht.

»Was machen die da draußen?«, flüsterte Progress.

»Das ist so eine Art Psychopathenverein aus dem College. Ich glaube nicht, dass sie uns etwas tun wollen. Mir jedenfalls nicht.« Wallace kippte Rotwein in ein Bierglas und ging wieder hinaus, um die Beerdigung zu beaufsichtigen. »Ich finde, das sieht tief genug aus«, sagte er nach einem Blick in den Schützengraben.

»Vielleicht hast du recht. Wir wollen ja nicht die ganze Nacht hier verbringen«, sagte Pandora zustimmend.

»Ich komme nicht raus«, sagte Progress im Wohnzimmer. »Ich komme nicht raus«, wiederholte sie. Sie trat auf die Terrasse hinaus, als sie Doolittle entdeckte.

»Sally. Was machst du denn hier?«

»Oh, hi, Julie, ist das nicht aufregend? Ich saß gerade mit Lambe beim Essen, als die Mitglieder von CATzugh auftauchten. Ich wollte gar nicht dort sein. Eigentlich nicht. Kannst du dir vorstellen, dass Lambe ein richtig guter Koch ist – ein richtig guter Koch war? Ich wäre früher gegangen, als ich mit Essen fertig war, aber er redete die ganze Zeit Französisch und zitierte Passagen aus Derridas *Grammatologie* aus der Originalausgabe.

Oder sollte ich sagen, *De la Grammatologie?* Ich kam da gar nicht mit. Auf Englisch ist es schon schwer genug. Aber das Essen war köstlich.«

»Sally. Kannst du zur Sache kommen? Was machst du hier?«

»Ach richtig. Die Mitglieder von CATzugh sagten, ich könnte entweder in ihrem Bunde die Dritte sein oder als moralischer Kollateralschaden enden. Und da bin ich also. Die Entscheidung ist mir gar nicht schwergefallen, ich bin ja schließlich Beraterin.«

Spencer schaltete sich ein, um seinem Guru die Lage zu erklären. »Sally saß gerade mit Lambe beim Essen, als wir alle dort eintrafen, um ... äh ... ihn aus der moralischen Gleichung des College zu eliminieren. Ich habe Lambe abgelenkt, während Pandora sich von hinten an ihn heranschlich. Das Chloroform, das Rose online gekauft hatte, wirkte nicht, was vermutlich typisch ist. Nur gut, dass wir nicht auch noch eine Bombe online gekauft haben, wie Pandora vorgeschlagen hatte. Wir hätten wissen müssen, dass auf im Netz gekaufte Betäubungsmittel kein Verlass ist. Ich werde unser Geld zurückverlangen. Es kam zum Kampf, und Pandora schlug Lambe eine Champagnerflasche auf den Kopf. Sally hörte einfach nicht auf zu schreien. Pandora wollte sie auch erledigen, aber wir haben abgestimmt. Pandora hat nicht viel Geduld mit Studierenden, weil sie nicht jeden Tag mit ihnen zu tun hat. Jedenfalls, da Sally in der ursprünglichen moralischen Berechnung der Konsequenzen nicht auftauchte, hätte es unsere moralische Bilanz unterm Strich verschlechtert, sie umzubringen. Wir hatten schon überlegt, sie als neutrale Null einzubeziehen, denn deiner Lehre nach hätte sie eine Wahrscheinlichkeit von fünfzig Prozent, in Zukunft zu einer Kraft des Bösen zu werden. Wir wollten sie nicht umbringen, als wir bei Lambe eintrafen. Und nicht die Absicht zählt, wie du ja predigst, sondern die Konsequenzen. Aber das weißt du besser als ich, denn du bist der Meister.«

»Hältst du jetzt mal die Klappe?«, fragte Pandora.

Spencer beugte sich zu Wallace vor und flüsterte, in der Hoffnung, nicht durch noch mehr Philosophie Pandoras Zorn zu erregen. »Alles in allem hatte ich das Gefühl, dass wir Zeit brauchten, um darüber nachzudenken. Ich glaube, wir haben den richtigen Entschluss gefasst, denn sie hat sich als nützlich erwiesen. Das tut mir leid. Wir wollten ihn eigentlich mit dem Kopf in den Ofen legen, aber nachdem Pandora ihn erschlagen hatte, wussten wir einfach nicht, wie wir es so aussehen lassen sollten, als hätte er sich mit einer Champagnerflasche umgebracht. Und deshalb sind wir hier. Plan B.«

»Lehre? Predigen? Meister? Ich predige nicht. Philosophie hat eine schlechte Wirkung auf euch. Ihr braucht allesamt Hilfe. Ihr braucht einen Psychiater oder einen Exorzisten oder einen Psychologen oder sonst irgendeinen Isten oder Logen.«

»Wie den da?«, fragte Jim und ließ Lambes Füße auf die Terrasse fallen. »Ich glaube nicht, dass der uns helfen kann.«

»Keinen Anthropologen oder Soziologen oder Ökologen«, sagte Doolittle. »Die wären uns in dieser Situation keine Hilfe.«

»Wir können Ihre Einstellung verstehen«, sagte Jim und achtete nicht auf Doolittle. »Spencer hat sie uns erklärt. Ihre Rolle ist es, die theoretische Führung zu liefern, und unsere Rolle ist es, die Theorie in die Praxis umzusetzen. Wir begreifen, warum Sie verstört sind. Sie sind ein Mann des Geistes. Wir sind ein Verein der Tat.«

»Du brauchst hier nicht hineingezogen zu werden, Julie. Geh wieder ins Bett«, sagte Wallace zu Progress.

»Ist das in Ordnung so?«, fragte Pandora.

»Sie kann unserem Verein beitreten, wenn sie möchte«, sagte die Bibliothekarin.

»Das wäre in Ordnung. Das könnte ich. Das möchte ich«, hörten sie Progress im Haus sagen.

»Ach, das wäre phantastisch. Wir können zusammen Spaß haben«, sagte Doolittle durch die Tür zu ihr.

»Ich freue mich, dass du beigetreten bist«, sagte Progress zu Doolittle und kam wieder nach draußen.

»Ich freue mich, dass mich dieser Widerling nicht mehr über den Campus jagt, was für mich doch ein moralisches Positivum sein muss. Aber seine Küche wird mir fehlen. Ich hoffe, ich kann meinen Job bei der Studierendenberatung behalten.«

»Wir treten nirgendwo bei«, sagte Wallace zu Progress.

»Sie als unsere Inspiration haben Anspruch auf eine Ehrenmitgliedschaft. Progress würde einen Antrag bei unserer Sekretärin einreichen müssen, also der Bibliothekarin. Aber unter den obwaltenden Umständen bin ich fast sicher, dass sie angenommen werden würde«, sagte Jim zu Wallace. »Wir haben uns alles genau überlegt. Rose ist noch in Lambes Haus und putzt jegliche Spuren weg. Sie hatte sich davon überzeugt, dass Lambe heute Abend zu Hause sein würde, aber dann lag das vor, was wir einen Nachrichtenfehler nennen, denn sie hatte Sallys Aufenthaltsort nicht feststellen können. Es war offenbar eine in letzter Minute getroffene Verabredung. Dafür kann niemand. Wir machen Rose doch keine Vorwürfe, oder?«, fragte er und schaute in die Runde. »Einfach ein Nachrichtenpatzer. Das kommt in den besten Geheimbünden vor.«

Spencer schaute auf seine Füße hinab und fragte: »Ist es normal, zwei Patzer in einer Nacht zu machen?«

Jim gab keine Antwort. Es enttäuschte ihn, dass Rose Fehler gemacht hatte. Er wusste, wie sehr sie sich wünschte, die Mitglieder von CATzugh zu beeindrucken. Ja, dachte er, im Nachhinein erscheint dieser Online-Einkauf als Fehler. Er beschloss, in Zukunft die Finger von Betäubungsmitteln zu lassen. Besser, man hielt sich an die physikalischen Gesetze.

»Aber meine Terrasse ist ruiniert. Ich habe gestern erst die letzten Platten gelegt, und dann kommt ihr einen Tag später und grabt alles wieder auf. Was soll die Polizei denn denken, wenn sie hier auftaucht und in meinem Garten ein körperförmiges Loch findet?«

»Warum sollte die Polizei hier auftauchen?«, fragte Pandora.

»Aus keinem Grund«, log Wallace.

»Machen Sie sich da keine Sorgen. Wir werden alles genauso hinterlassen, wie wir es vorgefunden haben. Wahrscheinlich sogar besser. Sie können sich auf mich verlassen. Bei allem, was mit Bauen zu tun hat, kenne ich mich aus. Das ist nicht wie mit Ihnen und meiner Leiter, die sich nicht mehr bewegt hat, seit Sie sie an die Mauer der Philosophischen Abteilung gelehnt haben, und Sie haben sich auch nicht wie versprochen den Hals gebrochen.«

»Wenn der Leichnam erst abgesackt ist, werden die Steinplatten sich ebenfalls senken und in der Terrasse eine grabförmige Mulde hinterlassen.«

»Hört euch den Experten des Verschwindenlassens von Leichen an. Wir graben sehr tief, pressen das Erdreich zusammen und mischen Zement unter den Bodenkies. Das wird perfekte Arbeit sein. Ein Regenschauer, und Sie können nicht einmal mehr sehen, dass wir hier gewesen sind.«

Pandora und die Bibliothekarin rollten Lambe in das Loch auf der Terrasse.

»Würdest du gern im Namen von CATzugh ein paar Worte sprechen?«, fragte Spencer Wallace.

»Nein, das würde ich nicht.«

»Na gut. Ich werde etwas sagen, da er ein Mann Gottes war. Er würde es zu schätzen wissen, wenn jemand einige Abschiedsworte spräche.« Spencer faltete die Hände, trat an den Rand des Lochs in der Terrasse und senkte den Kopf. Die anderen, außer Pandora, versammelten sich um das Loch und senkten die Köpfe in mitfühlender Eintracht. Spencer begann seine Grabeseloge. »Liebe Mitglieder von CATzugh und unserer geschätzten Inspiration«, sagte er und schaute Wallace an, »und potenzielles neues Mitglied«, fügte er mit einem Seitenblick auf Progress hinzu, »wir betten Hochwürden Professor Lambe unter dieser Terrasse zur ewigen Ruhe. Lambe war für mich eine Vaterfigur, als ich damals neu am CAT-College war. Ich wandte mich an ihn, als ich Führung suchte. Aber bald verlor ich meine Illusionen. Alles, was mir blieb, war ein Gefühl der Aporie.« Er verstummte, weil Pandora ihn von der anderen Seite der Terrasse her anstarrte. »Das ist ein Gefühl der Leere, wenn etwas, an das man von ganzem Herzen geglaubt hat, sich als Trugschluss erweist«, erklärte er für sie. »Ich habe Aporie erlebt, als mir aufging, dass Lambe ein Arsch war.« Er drehte sich wieder zum Grab um. »Lambe hat mir gesagt, ich sei ein intellektuelles Schaf auf der Suche nach einem Hirten, und ich sollte bei ihm keine Inspiration suchen. Vielleicht bei Sokrates, aber nicht bei ihm oder der französischen Philosophie. Oh, wie er dabei seine tönernen Füße enthüllte! ›Denk selbst‹, sagte er immer. Das tat ich. Das passiert denen, die einen Intellektuellen wie mich auf dem langen kurvenreichen Weg zur Wahrheit enttäuschen. Er hat das hier dafür verdient, was er der Präsidentin angetan hat, wenngleich wir nicht in erster Linie aus Rache handeln, denn das wäre ein Bruch mit den Wallacianischen Prinzipien.«

»Sie wissen doch gar nicht, was er der Präsidentin angetan hat«, sagte Progress. »Ihr Tod war aller Wahrscheinlichkeit nach ein Unfall. Sally, sag ihnen, was du mir in der Kirche gesagt hast.«

»Mein Gott, du musst auch alles weitertratschen, Julie. Ich sage gar nichts.«

Niemand achtete auf Progress.

»Was sind das für Wallacianische Prinzipien?«, fragte Wallace.

»Ich bringe einen Codex deiner Ideen zu Papier.«

»Welcher Ideen? Ich habe doch keine Ideen«, jetzt brüllte Wallace wieder.

»Können wir mit der Beerdigungsandacht weitermachen?«, fragte Pandora. »Wir können ein andermal über deinen theologischen Standpunkt diskutieren.«

»Das ist keine Theologie. Das ist Philosophie. Diese beiden Fächer werden oft verwechselt, aber es gibt grundlegende Unterschiede«, erklärte Wallace.

»Da stimme ich zu«, sagte Spencer.

»Bitte, stimme mir nie wieder zu.«

»Okay. Ganz wie du wünschst. Du bist die Autorität.«

Pandora verdrehte ihr Sonnenbrille gen Himmel, der von schwarzen Wattewolken verdüstert war.

Spencer senkte abermals den Kopf. »Amen.« Die anderen, außer Pandora, wiederholten dieses Amen.

Wallace ging wieder ins Haus, während das Grab zugeschaufelt wurde, und fand Doolittle mit der noch immer den Hammer haltenden Progress am Tisch vor. Wallace setzte sich neben sie und presste sich die Daumen in seine müden Augen. »Stellt euch das vor. Früher einmal konnte ich nicht leben ohne den Versuch, mein Leben ganz und gar im Griff zu behalten. Jetzt bin ich auf allen Seiten von Irren umgeben und scheine mir deshalb nicht einmal mehr Sorgen machen zu müssen. In was für ein Irrenhaus bin ich geraten und zum dortigen Hohepriester erwählt worden? Vielleicht habe ich es nicht besser verdient. Ich hätte mich sofort der Polizei stellen und ins Gefängnis gehen sollen. Vielleicht ist es noch nicht zu spät.«

»Wovon redest du da? Hier geht niemand ins Gefängnis«, sagte Progress und betrachtete den Hammer.

»Warum legst du den nicht weg? Ich sollte paranoid sein, aber ich weiß, ich bin das nicht, da diese Leute da draußen wirklich versuchen, mein Leben zu ruinieren.«

Progress setzte sich neben ihn. Sie legte den Hammer auf den Tisch und nahm dann seine Hand. »Du wirst schon sehen, Reden tut gut. Was du jetzt erlebst, ist Pronia, die Überzeugung, dass sich andere zu deinem Besten gegen dich verschwören. Du bist vermutlich einer von einer winzigen Minderheit, die jemals dieses Gefühl haben konnte. Diese Menschen dort draußen, die soeben Lambe begraben, tun das für DICH. Sie verschwören sich für DICH. Sie wollten die Welt zu einem besseren Ort für DICH machen. Sie verbreiten deine moralische Vision in der Welt.«

»Das ist umwerfend«, sagte Doolittle. »Ich würde gern an Pronia leiden.«

»Sie würden mir helfen, wenn sie mich einfach in Ruhe ließen. Ich bin in keiner Hinsicht eine moralische Autorität.«

»Du verstehst Ideen, ich aber verstehe Menschen, und das ist genauso wichtig. Deshalb sind wir so ein Superteam. Ich bin überzeugt, was Spencer anspricht, ist deine angeborene Bescheidenheit. Das ist seine größte Inspiration. Stell dir vor, wie weit wir es in diesem College noch bringen können, jetzt, wo wir ihrer Gruppe angehören. Wie nennen die sich noch gleich? CAT-Zig? Cat-Zentür?«

»CATzugh. Wir nennen uns Catzugh«, teilte Doolittle mit.

»Egal. Jetzt, wo wir zu Catzugh gehören, können wir es nach ganz oben schaffen. Vielleicht brauchte ich mir nicht mal die Mühe zu machen, meine Dissertation zu beenden. Stell dir vor, Rik, dann wärst du deine Betreuungspflichten los. Das würde dir doch gefallen, oder nicht?«, fragte sie neckend.

»Ich will die Betreuungspflichten nicht los sein. In den vergangenen Wochen habe ich große Fortschritte gemacht. Ich habe fünfzig Seiten für dich geschrieben, und ein Teil davon ist gar nicht schlecht. Wenn du dich nur konzentrieren kannst, kannst du es schaffen. Das weiß ich. Ich werde sie in einem Jahr beenden können, oder jedenfalls in achtzehn Monaten. Lass mich jetzt nicht damit sitzen.«

»Nein. Aber du schreibst noch immer nur über Moraltheorie. Ich möchte, dass du ein Stück Moralpraxis für mich ausarbeitest. Zum Beispiel, Lambes Leiche im Garten. Das ist eine unschätzbare praktische moralische Erfahrung und nicht nur eine weitere abstrakte Vorstellung. Meinst du, du könntest auf irgendeine Weise das, was Lambe passiert ist, in meine Diss einbringen, sagen wir als Beispiel für angewandte Moral?«

»Nein. Das glaube ich nicht. Es ist leicht, sich vom ursprünglichen Thema ablenken zu lassen. Manchmal ist es besser, Dinge auszulassen, egal, wie überwältigend oder relevant sie sein mögen. Sorgfältige Recherche verlangt das Wissen, was man auslassen muss, so sehr wie das Wissen, was hineingehört. Eine Menge Dissertationsforschung wird von schlechter Auswahl ruiniert«, zitierte er den guten Rat einer Website.

Spencer kam zur Gartentür herein. »Ich habe Jim die letzten Handgriffe überlassen.«

»Ich werde ihm helfen«, bot Wallace an. »Ich traue ihm nicht zu, meine Terrasse makellos zu hinterlassen.« Er ging hinaus, als Pandora und die Bibliothekarin gerade hereinkamen.

»Wie seid ihr zwei denn in diese Sache hineingeraten?«, fragte Wallace und hielt sie in der Gartentür an.

»So kommen wir mal aus dem Haus«, sagten beide wie aus einem Munde. Sie wechselten einen Blick und lächelten über ihre gemeinsame Motivation.

»Tee für alle?«, fragte Progress, als sie am neuen Wasserhahn in der Küche den Kessel füllte. Sie setzten sich um den Tisch und lauschten dem Geräusch von Metall und Stein draußen und Jims Flüchen, weil Wallace ihn nicht in Ruhe ließ.

»Kann ich eurer Gruppe CAT-Zig beitreten, CATzugh meine ich?«, fragte Progress.

»Ich nehme an, das lässt sich nicht vermeiden. Entweder das oder ihr geht zu Lambe unter die Terrasse«, sagte Pandora ohne ein Lächeln.

»Ich glaube, wir können euch unter der Hand mitteilen, dass eurem Antrag auf Mitgliedschaft bei unserem nächsten Treffen stattgegeben werden wird, natürlich nur nach unseren eingeführten Vorschriften und Vorgehensweisen«, sagte die Bibliothekarin. »Wir wollen uns jeden Dienstag- und Donnerstabend um acht treffen, denn Pandora glaubt, dass wir viel zu tun haben werden. Wir hoffen, Rik zum Präsidenten wählen lassen zu können, während Pandora und Spencer ihm hinter den Kulissen helfen, den Laden in Gang zu halten.«

»Rik als Präsident? Wow. Ich finde das großartig. Aber ihm ist das vielleicht nicht recht. Ich sage es ihm lieber, wenn ihr weg seid. Er macht sich schon Sorgen genug, weil er meint, ihr versucht, zu viel für ihn zu tun.«

»Du hast mir nicht gesagt, dass wir uns dienstags und donnerstags treffen«, protestierte Doolittle. »Dienstags habe ich Pilates und donnerstags gehe ich immer mit den Leuten, die zu mir in die Beratung kommen, einen trinken. Du weißt doch? Das sind die, deren Probleme ich unter der Woche gelöst habe. Meistens reicht eine Sitzung bei mir und schon sind sie geheilt. Sie kommen nie wieder. Kann ich nicht einfach Ehrenmitglied sein oder sowas?«

»Ich hab dir doch gesagt, wir hätten sie nicht aufnehmen dürfen«, sagte Pandora zwischen mehreren Zügen an ihrer Zigarette.

»Ich bin sicher, Sally kann uns zuliebe ihren Zeitplan ändern«, sagte die Bibliothekarin.

Sie diskutierten ihre Pläne und Hoffnungen für die Zukunft des College mit Progress, da diese nun so gut wie Mitglied des Bundes war. Als die Sonne sich vom Horizont hob, kamen endlich Jim und Wallace ins Haus. »Alles geschafft«, sagte Jim. »Vermutlich besser als es vorher war, wenn ich das mal so sagen darf. Ihr erster Versuch ging nur so gerade, weil die Kanten der Steine nicht richtig angeglichen waren. Sie haben wohl keine Wasserwaage benutzt?«

»Ich habe eine Schnur genommen.«

»Das habe ich ja gewusst. Das ist überhaupt nicht dasselbe. Sie brauchen eine Wasserwaage. Gehen Sie bis morgen nicht mehr raus, damit der Mörtel trocknen kann. Ein Regenguss, und niemand wird wissen, dass wir jemals hier waren.«

»Ich muss nach Hause. Samantha macht sich sicher schon wahnsinnige Sorgen. Sie braucht ihren Schlaf, weil sie morgen in der Schule eine Klausur schreibt«, sagte Spencer zu niemand Besonderem.

»Warum rufst du sie nicht an?«, fragte Wallace.

»Ich schicke ihr eine SMS«, sagte Spencer und zog sein Telefon aus der Tasche.

XXIX

Scrutatio Scaenam Sceleris

Tatortuntersuchung

Rik Wallace öffnete die Tür für Inspector Jackson, der auf den abgenutzten roten Tonklinkern des Gartenweges stand. Jede davon enthielt eine kleine Lache aus dem Regen, den ein kurzer Frühlingsschauer erst vor einer Stunde aus einem blauen Himmel ergossen hatte. Detective Sullivan stand gleich hinter Jacksons linker Schulter.

»Wir haben es schon in Ihrem Büro versucht. Dort hieß es, dass Sie heute zu Hause arbeiten. Dürfen wir hereinkommen?«

»Ja. Treten Sie ein. Kann ich Ihnen etwas zu trinken anbieten? Tee? Kaffee? Wein?« Wallace schaute fragend das Weinglas in seiner Hand an.

»Nein, danke. Nichts zu trinken. Ich möchte gleich zur Sache kommen. Hochwürden Professor Lambe ist verschwunden. Ich dachte, das sei ein angemessener Grund, einen von unseren – so kommt es mir fast schon vor … regelmäßigen Plauschs zu halten. Sie wissen schon? Immer wenn im College jemand verschwindet«, Jackson lachte. »Sie sind der Akademiker, zu dem ich gehe, wenn jemand vermisst oder vom Blitz getroffen wird.«

»Vom Blitz getroffen? Sie wollen über Blitze mit mir sprechen?«

»Das war ein Tod durch natürliche Ursache, Sir«, korrigierte Sullivan seinen Chef.

»Jedenfalls muss die Sterblichkeitsrate am CAT-College für

Sie alle, die dort noch am Leben sind, so langsam ein Grund zur Beunruhigung werden«, sagte Jackson und lächelte sein auf dem Kopf stehendes Lächeln.

»Alle am College reden über Lambe. Sogar ich habe davon gehört. Vielleicht ist er mit einer seiner Studentinnen durchgebrannt«, sagte Wallace.

»Das ist interessant. Auf der Polizeischule habe ich gelernt, dass Verdächtige, wenn sie der Polizei eine Erklärung vorschlagen, das meistens tun, um uns in die Irre zu führen«, sagte Sullivan.

»Stehe ich unter Verdacht?«

»Alle stehen unter Verdacht. Dürfen wir uns mal umsehen?«, fragte Sullivan, ohne eine Antwort abzuwarten. Er ging vor Wallace und Jackson her durch die Diele.

»Sie scheinen eine Menge Arbeit in dieses Haus zu stecken. Unbegreiflich, dass das College Sie in diese Bruchbude gesteckt hat.«

»Das war Lambes Idee. Er scheint Philosophen nicht zu schätzen.«

»Sagen Sie das bloß nicht Sullivan. Der wittert dann gleich ein Motiv«, sagte Jackson und lächelte wieder. »Keine Sorge. Diesmal wird es forensische Beweise geben. Ich musste Sullivan seinen Willen lassen. Er hat mit einem Team Lambes Haus durchgekämmt. Das Haus war von oben bis unten chemisch gesäubert, als ob jemand eine Mietreinigerin angeheuert hätte. Von Mietmördern habe ich ja schon gehört, aber das hier war mir neu. Hatte noch nie einen so sauberen Ort gesehen. Kein Blut, keine Hinweise auf ein Handgemenge, keine Hinweise auf einen Tod. Interessanterweise nicht einmal irgendwelche Hinweise auf Leben, wie ganz normalen Hausstaub oder Schmutz. Das Haus war makellos. Sullivan war enttäuscht. Ich habe ihm gesagt, dass Lambe offenbar von einer Putzfrau ermordet worden ist.«

»Was war das?«, fragte Sullivan und unterbrach seine Untersuchung von Wallaces Arbeitszimmer, um dem hinter seinem Rücken geführten Gespräch zuzuhören.

»Ich habe gesagt, Lambe sei offenbar von einer Putzfrau ermordet worden.«

Sullivan musterte sie beide mit gerunzelter Stirn. »Da Sie in diesem Punkt eine Ansicht haben, Sir, finden Sie es dann nicht unwahrscheinlich, dass Lambe sein Haus geschrubbt hätte, ehe er mit einer jungen Studentin durchgebrannt wäre? Ich glaube, in seinem Alter hätte er doch eher daran gedacht, seine Kräfte zu schonen. Aber sie hinterlassen immer irgendetwas.«

»Wer?«

»Die Schuldigen. Die Forensische Wissenschaft ist heutzutage so weit gelangt, dass wir einen ganzen Fall auf dem winzigsten unauffälligsten DNA-Teilchen aufbauen können«, erklärte Sullivan und spreizte seinen Daumen und Zeigefinger um Haaresbreite, um zu zeigen, von welch winzigen Größen er sprach. »Wir brauchen in diesem Fall keine Untersuchung durchzuführen. Ich habe dem Inspector gesagt, dass Zeugenbefragungen eine Zeitverschwendung wären. Dieser Fall wird sich allein durch forensische Beweise lösen lassen. Wir müssen die Laborratten einfach ihre mikroskopische Analyse der unsichtbaren Belege durchführen lassen.«

Jackson rieb mit den Fingerspitzen über die fettige Tischplatte, hielt sich die Finger dann unter die Nase und wischte sie an seinem Mantel ab. »Sie sind nicht so hygienisch wie Lambe«, stellte er fest. »Die Forensik hat meiner Arbeit sehr viel von ihrem Vergnügen genommen. Ich finde es schön, unter die Leute zu kommen. Ich muss ab und zu raus aus dem Büro. Reden. Leute treffen. Eben auch die Verdächtigen. Auch nach all den Jahren glaube ich noch immer, dass man durch Reden Verbrechen am besten aufklären kann. Ich habe heute nicht genug Gelegenheit zum Reden.«

Jackson setzte sich auf einen der alten Holzstühle, die zu dem abgenutzten Holztisch aus einer einige Jahrzehnte zuvor begehrten Esszimmerkombination passten. Er streckte die langen Beine aus und ließ sich auf dem Stuhl zurücksinken, bis der lauthals gegen diese Belastung protestierte. Jackson teilte ein Haus mit drei jugendlichen Delinquenten aus einem Rehabilitierungsprojekt. Er hatte den Verdacht, dass er sich zu diesem Projekt gemeldet hatte, weil er gern in der Nähe von Verbrechen war, und nicht, weil es ihm darum ging, die Gesamtsumme des weltweiten Bösen zu reduzieren, wie Sullivan. »Die Arbeit eines Detectives ist nicht mehr so wie früher. Ich vermute, nichts ist noch so wie früher. Ich stelle mir vor, Akademiker sagen dasselbe.«

»Ich habe keine Ahnung«, sagte Wallace. »Ich weiß nur, wie es jetzt ist.«

»Ich bin damals wohl, als ich jung und naiv war – ich weiß nicht mehr genau, was ich damals gedacht habe – der Truppe beigetreten, weil ich etwas Gutes tun und helfen wollte, die Bösen zu bestrafen und den Opfern zu Gerechtigkeit zu verhelfen. Was sie Ihnen nicht sagen, wenn Sie anfangen, ist, dass die Nähe von Verbrechen an jedem Tag Ihre Fähigkeit zersetzen kann, den Unterschied zwischen Richtig und Falsch noch weiter wichtig zu nehmen, selbst wenn dieser Unterschied Ihnen eigentlich bekannt ist. Entweder passiert das, oder Sie werden zu einem unermüdlichen Kämpfer für Vergeltung. Vielleicht hätte ich, wenn ich ein großes Unrecht erlitten hätte, eine Leidenschaft für Bestrafung aufrechterhalten können. Glauben Sie an Bestrafung, Professor?«

»Unbedingt. Ich bin sicher, dass wir alle für unsere Verbrechen bestraft werden, ob Sie uns nun fangen oder nicht.«

»Bestrafung ist unerlässlich, um andere von Verbrechen abzuhalten«, teilte Sullivan ihnen mit.

Jackson ignorierte diese Ansicht. »Ich konnte immer die Bösen von den Guten unterscheiden, ein Gespräch war da genug.

Ich weiß, ich verliere das Gespür dafür. Heutzutage verlassen wir uns viel zu sehr darauf, dass CCTV, DNA, mobile Technologie und psychologisches Profiling für uns denken. Vielleicht sollte ich aufhören. Meinen Job könnte auch ein Computer übernehmen. Ich habe einen Punkt erreicht, wo vor mir ein wahnsinniger Mörder sitzen könnte, und ich würde es nicht merken. Das weiß ich immerhin.«

»Sokrates sagt, es sei wichtig, uns klarzumachen, was wir nicht wissen. Sie sind ein sokratischer Polizist.«

»Ich bin nicht sicher, ob das ein Kompliment ist.«

»Ich auch nicht. Vielleicht war das Leben in den guten alten Zeiten auch nie so, wie es sein sollte. Nicht einmal das Leben eines Polizisten.«

»Das klingt nun aber gewaltig philosophisch.«

»Das ist mein Beruf. Philosophisch zu klingen. Die Hälfte der Menschen, die zu dem Zeitpunkt, was Sie für die guten alten Zeiten halten, gehängt wurden, war vermutlich unschuldig.«

»So wenige nur? Ich hätte gedacht, die meisten, aber das waren eben die guten alten Zeiten. In meiner Branche, wenn Sie einen Mord aufklären, stellt sich einfach der nächste ein, und Sie wissen nie, ob der anregender sein wird als der letzte. Ich möchte bei diesem Fall bleiben. Ich hoffe, der geht noch eine Weile weiter. Hier an diesem College gibt es etwas, das ich nicht richtig zu fassen bekomme, aber dieses alte Haus hat etwas reichlich Finsteres an sich, das an die Instinkte eines Mordermittlers appelliert. Jeder Polizist mit Selbstachtung wünscht sich doch in die Mitte eines solchen Verbrechens.«

»Das ist wahnsinnig, Sir. Wir müssen Verbrecher so schnell wie möglich fangen, einsperren und losziehen, um den nächsten zu fangen. So läuft das, Sir. Das haben wir bei der Ausbildung gelernt«, erklärte Sullivan. »Es ist nicht unsere Aufgabe, Verbrecher und ihre Arbeit zu bewundern.«

»Ich bewundere sie nicht. Manchmal habe ich das Gefühl, ich sollte sie respektieren. Ab und zu habe ich sogar das Gefühl, ich sollte den Mördern hilfreich unter die Arme greifen. Machen Sie kein so entsetztes Gesicht, Sullivan. Ich meine, Ihnen zu zeigen, wie es professionell gemacht wird. Nichts Drastisches, das können Sie sich doch denken.« Er drehte sich zu Wallace um. »Nicht das, was ihr Philosophen als moralisch verwerfliche Tötung bezeichnen würdet. Vielleicht einfach ein kleiner Mord. Können Sie sich so etwas vorstellen?« Er lachte. »Natürlich habe ich alles, was ich über Moral überhaupt weiß, aus den Gesetzen gelernt, und das ist nichts. Gerade Sie sollten wissen, dass man sich nicht ans Gesetz halten kann, um den Unterschied zwischen Richtig und Falsch zu lernen. Das Gesetz kann Ihnen nur sagen, was legal ist. Wir Polizisten jagen Leute, die einfach das Gesetz brechen, nicht die Unmoralischen. Aber das wissen Sie ja schon. Und was rede ich denn so viel! Ich glaube, ich sollte mich langsam nach einem neuen Beruf umsehen, ehe der arme Sullivan einen Herzanfall erleidet. Ich glaube aber nicht, dass ich einen guten Moralphilosophen abgeben würde. Was meinen Sie? Vielleicht sollte ich Ihre Vorlesungen besuchen. Ich könnte endlich den Unterschied zwischen Richtig und Falsch begreifen, ehe es für mich zu spät ist. Die Bibliothekarin – ich glaube, sie mag mich – lässt mich aus ihrer Bibliothek Bücher über Philosophie leihen. Aber allein verstehe ich die nicht. Ich darf nicht vergessen, die Bücher zurückzugeben, wenn ich vorbeischaue, um sie zu vernehmen. Ich weiß nicht, was ich sie über diesen Fall fragen soll. Ich fühle mich nur dann nicht unbehaglich, wenn ich mit einer attraktiven Frau spreche, nicht, wenn ich mir einrede, sie stehe unter Verdacht. Das ist erbärmlich, finden Sie nicht? Ich bin sicher, wenn Sie Psychologe wären, könnten Sie dazu etwas sagen. Meinen Sie, ich könnte sie davon überzeugen, dass sie mit dem Fall zu tun hat?«

»Die Bibliothekarin?«, stammelte Wallace. »Sullivans Theorie zufolge muss ich als Verdächtiger sagen, dass es so ist, um Sie auf eine falsche Spur zu lenken.«

»Na gut. Ich werde ihr sagen, dass Sie mich auf sie aufmerksam gemacht haben. Das könnte ein guter Einstieg sein.«

Wallace sagte nichts dazu.

Jackson erhob sich, reckte sich und wanderte langsam durch das Haus, wobei er die frisch reparierten Wände und die noch immer von der Decke hängenden Drähte betrachtete. Sullivan klopfte an die Wände und rieb kritisch mit den Fingern über Gipsverputz wie ein Handwerksmeister, der die Leistungen eines Lehrlings bewertet. Als er beim Schlafzimmer ankam, registrierte er, dass die Decke erst kürzlich neu gegipst und gestrichen worden war. Er musterte die Gipskante, die deutlich sichtbar war, weil sie nicht an die ursprüngliche Decke über dem Bett angepasst war, betrachtete das aber nicht als Indiz. Jackson musterte Sullivan, der die Decke musterte.

»Ich glaube, Sullivan findet das nicht gerade elegant«, sagte Jackson zu Wallace.

»Ich finde Decken furchtbar schwer zu gipsen. Ich bin ja kein professioneller Stuckateur. Es muss auch so gehen.«

Jackson sah das ungemachte Bett. Er sah die weibliche Unterwäsche und die Frauenkleider, die achtlos auf den Boden, auf das Fußende des Bettes und auf einen danebenstehenden Stuhl geworfen worden waren. Er sah die vielen Make-up-Dosen, Tuben und Flaschen, die sich zwischen einem Bohrgerät und einer Pyramide von Schraubendosen auf dem Frisiertisch zusammendrängten.

»Falls Sie kein Transvestit sind, dann bringt mich meine Ausbildung zu der Schlussfolgerung, dass hier bei Ihnen eine Frau wohnt. Vielleicht die bezaubernde Blonde, die mit Ihnen in der Bibliothek war? Stimmt's? Wie hieß sie doch noch gleich?«

»Sie gehen recht. Sie heißt Julie Progress. Ich betreue ihre Doktorarbeit.«

»Ein attraktiver Betreuungsort, Ihr Bett.«

»Das ist eine akademische Angelegenheit. Sie könnten das nicht verstehen. Ich verstehe es ja selbst kaum.«

»Ich vermute, Lambe wurde von einem seiner Kollegen umgebracht, vielleicht von mehr als einem. Vermutlich von jemandem, der ihn für den Mörder der Präsidentin hält, und das tut offenbar das gesamte College, was Sie allesamt zu Verdächtigen macht. Lambe ist vielleicht durchgebrannt, aber ich glaube nicht, dass es ein weiteres Verschwinden gegeben hat. Wenn wir ein wenig Glück haben, stehen wir einem Mord gegenüber. Nicht, dass ich Lambe etwas Böses wünsche. Es ist einfach ein beruflicher Wunsch, Sie verstehen. Morde sind eben interessanter.«

»Welches andere Verschwinden?«

»Ihre Mutter. Die ist verschwunden. Haben Sie das bereits vergessen? Ich kann Ihnen da aber keine Vorwürfe machen. Seit sie hier bei Ihnen war, ist sie nicht wieder aufgetaucht.«

»Falls Sie sie nicht seither gesehen haben«, warf Sullivan dazwischen.

»Nein, das habe ich nicht, Gott sei Dank.«

»Irgendetwas von Ihrem Bruder?«

»Nichts, Gott sei Dank. Ich meine, nein.«

»Beeindruckende Küche. Haben Sie das alles selbst gemacht? Was ist das für eine Farbe?«, fragte Jackson, der jetzt neben der neuen Trennwand in der Küche stand und seine Finger behutsam über Mrs Wallaces Grab wandern ließ.

»Danke. Ja. Die Einheiten sind in Eierschalenblau.«

»Umwerfend, Sullivan, merken Sie sich diese Farbe.« Sullivan schrieb das Wort »Eierschalenblau« in sein Notizbuch, während Sullivan langsam auf die Gartentür zuging. Er schaute hinaus.

»Schöne Terrasse. Frisch gelegt? Ich habe gehört, es sei ungeheuer schwer, diese ganzen Steinplatten flach und gerade zu legen. Der Trick ist, das haben mir jedenfalls wahnsinnige Mörder meiner Bekanntschaft erzählt, dafür zu sorgen, dass der Boden darunter vollständig kompakt ist, ehe man die Steine legt. Beliebtes Versteck für Leichen.«

»Was meinen Sie?«, fragte Wallace aus der Küche, wo er versuchte, seinen Atem unter Kontrolle zu bekommen.

»Unter der Terrasse. Ich rede von Leichen unter Ihrer Terrasse. Aber das wäre zu offensichtlich für einen intellektuellen Akademiker. Meinen Sie nicht auch, Sullivan? Kein Grund für irgendwelche hektischen Grabaktionen, so lange die Ergebnisse der Forensik noch nicht vorliegen. Wir müssen unsere Kräfte schonen.«

»Wenn Sie darauf bestehen, Sir, aber ich könnte das im Nu erledigen. Da draußen steht ein Spaten.«

»Ich bestehe darauf. Übrigens, Wallace, Ihre andere Freundin, Della, ist wieder im Hotel; dem, wo wir uns kennengelernt haben. Jedenfalls ist sie jeden zweiten Monat dort zu Gast. Vermutlich ist sie jetzt schon wieder weitergereist.«

»Sie ist nicht meine Freundin.«

»Wie Sie wollen. Ich hatte so ein Gefühl, dass alle Verdächtigen hier wissen sollen, wo die anderen sich aufhalten. Da sie weiß, wo Sie sind, finde ich es nur fair, dass Sie wissen, wo Sie sie bisweilen finden können. Für alle Fälle.«

»Für welche Fälle?«

Jackson ignorierte diese Frage. »Vermutlich könnte das Ihrer Beziehung eine gewisse Würze geben. Ich glaube, die Polizei wird nicht genügend dafür gewürdigt, dass sie dem Leben der Menschen Würze gibt. Sie wissen schon. Die verzweifelten Romane von Menschen auf der Flucht, und so weiter.«

»Nein, das weiß ich nicht.«

»Na gut. Das wär's. Es war therapeutisch, mit Ihnen zu reden, auch wenn Sie kein Psychologe sind. Unsere kleinen Plaudereien werden mir fehlen.«

»Wann? Was? Wollen Sie uns verlassen?«

»Nein, ich meine, wenn unser Sullivan den Fall gelöst hat. Wir müssen Sie verlassen, wenn wir die Täter gefasst haben, was leider nur eine Frage der Zeit ist«, sagte er sehnsüchtig. »Die hinterlassen immer DNA, egal, wie erfahren das Reinigungspersonal ist. Immer gibt es einen kleinwinzigen DNA-Fleck. Es ist wirklich zu schade, dass Verbrecher nicht vorsichtiger sein können, denn ich habe es wirklich nicht eilig damit, diesen Fall aufzuklären. Ich besuche das College zu gern, dabei begegne ich ja Intellektuellen wie Ihnen.« Jackson ging auf die Tür zu.

»Wir finden schon hinaus. Ich hoffe, es gibt in Lambes Haus keine DNA. Ich hoffe, er ist von einer professionellen Putzfrau ermordet worden. Versuchen Sie, nicht so schockiert auszusehen, Sullivan. In Ihrer Laufbahn als Polizist sollten Sie damit rechnen, viele schockierende Dinge zu sehen und zu hören.«

XXX

Exitus Philosophiae

Philosophischer Abgang

Dr. Bacon saß am Schreibtisch in seinem Büro ganz oben unter dem Dach der Philosophischen Fakultät und drückte seinen linken Arm auf die Finger seiner rechten Hand. Er wäre schon vor zehn Minuten nach Hause gegangen, nur glaubte er, einen Herzanfall zu erleiden und wollte sich nicht bewegen. Dann schoss der Schmerz von seinem Arm in seinen Hals und ließ ihm den kalten Schweiß auf die Stirn treten. Brechreiz verzerrte seine Kehle. Einige Strähnen seiner weißen keramischen Haare ragten gerade auf, so außergewöhnlich war seine Qual. Die drei Bücher, die er an dem Tag vor sich gehabt hatte, an dem seine Haare weiß geworden waren, standen noch immer ungelesen in den leeren Regalen, die sie mit den Leichen von zwei mumifizierten Topfblumen und einem defekten grauen Plastikradio teilten.

Normalerweise besuchte er sein Büro nicht, weil er dort Studierenden begegnen könnte. Er wusste, er würde lieber sterben, als lange genug zu leben, um mit einem Trottel im zweiten Jahr die Erweiterung der Abgabefrist für einen Essay zu diskutieren. Er stöhnte vor Schmerz und beugte sich über den Tisch. Sein idealer Ehrgeiz war es, niemals ins College kommen zu müssen. Er hoffte, seine Anwesenheit auf ein mikroskopisch kleines Maß annähern zu können, das sich der Null annäherte, denn da er Zenons Paradoxien kannte, konnte er nicht hoffen, jemals Nullzeit auf dem Campus zu erreichen. Er hatte die Mühe, die die Vermeidung von Arbeit mit sich brachte, gewaltig unterschätzt. Er beantragte routinemäßig am ersten Arbeitstag nach einem Sabbatjahr ein neues und wartete ungeduldig darauf, wieder weggehen zu können, um sein Monumentalwerk über die vollständige Geschichte der griechischen Ethiklehre zu vollenden, die, so argumentierte er in seinen Anträgen auf Gewährung eines Sabbatjahres, nach ihrem Erscheinen das gesamte Verständnis der Moral in vollkommen neues Licht rücken würde. Idealerweise würde er ewig brauchen, um dieses geplante Werk zu verfassen. Aber er war nervös, wenn er zu Hause war oder einen anderen Campus besuchte. Die Ruhe befand sich an einem anderen Ort als dort, wo er sich aufhielt. Vielleicht würde kein Ableben den verletzlichen intellektuellen Zeitgeist des CAT-College weniger stören als Bacons. Die Tür öffnete sich.

»Oh. Was wollen Sie denn? Immerhin sind Sie kein Student.« Er war hin und her gerissen zwischen dem Wunsch, sofort einen Rettungswagen zu rufen oder sich einen stillen Tod zu gestatten, indem er nicht um Hilfe bat, da er nicht die richtigen Worte fand, um seinen mutmaßlichen medizinischen Zustand zu vermitteln. Während er versuchte, sich für eine Aussage zu entscheiden, dachte er, wenn er noch einige Minuten hier sitzen könnte, würde er wieder zu Atem kommen, und dann wäre alles in Ordnung. Schließlich konnte es ja auch einfach eine Verdauungsstörung sein. Er hatte in letzter Zeit gewaltig viel Stress. Er wusste, dass Stress zu Verdauungsstörungen führte. Seine Frau hatte gedroht, ihn wegen seiner Liebschaften mit Studentinnen nicht zu verlassen. Wenn sie nur ginge und diese verdammten Kinder mitnähme, würde er ein Haus für sich haben und Julie Progress empfangen können. Was er sich aber sagen hörte, war Folgendes: »Sie kommen ungelegen. Wenn es nicht sehr wichtig ist, wenn es nicht bis morgen Zeit hat, wäre ich jetzt lieber allein.« Er stöhnte und schnappte nach Luft, in der Hoffnung, normal zu wirken. Er raufte sich die keramischen Haare.

Sein Besucher hatte schon häufiger die Symptome eines akuten Herzinfarktes gesehen, aber er rief weder einen Rettungswagen noch lockerte er Bacons Schlips. Stattdessen setzte sich der Gast in den selten benutzten Sessel vor dem Schreibtisch und sah zu, wie der Schweiß über Bacons papierweißes Gesicht strömte.

»Im Gegenteil«, sagte der Besucher. »Der Zeitpunkt erscheint mir perfekt.«

Bacon hatte als Philosophiestudent über den Tod nachgedacht. Als junger Mann hatte er sich für die Idee des Sterbens interessiert. Nach dem Examen hatte er sogar Vorlesungen über den Wert von Überlegungen über die Sterblichkeit gehalten, inspiriert von der Lektüre von Heideggers »Sein und Zeit«, vor einem vergänglichen Hospizpublikum, ehe er deren Vertrauen zu den Vorzügen des Leugnens erlegen war. Der Gedanke an den Tod störte nun nicht mehr den langsamen, sanften, gelassenen Fluss seiner selbstzufriedenen Vorstellungskraft. Schon lange trieb der Gedanke ihn in seinem Leben nicht mehr zur Eile an. Als der Tod ihn endlich holen kam, während er dort an seinem Tisch saß, wirkte der Sensenmann beunruhigend greifbar und zeigte eine würdelose Eile. Er hielt sogar ein Messer in der Hand. Bacons letzter Gedanke, ehe alles krähenschwarz wurde, war: »Moment noch. Ich muss erst darüber nachdenken.«

XXXI

Homocidium Exiguum

Ein kleiner Mord

Am folgenden Tag war der niedrige Gang vor Dr. Bacons Büro von blauem und weißem Tatortband abgesperrt. Inspector Jackson sah Rik Wallace trübselig über das Band hinweglugen, wie eine Kuh, die einem kritischen Blick auf die grünere Weide auf der anderen Seite des Zaunes wirft.

»Treten Sie ein«, sagte Jackson, hob sich das Band über den Kopf und lächelte sein umgedrehtes Lächeln.

»Wo ist Ihr Partner… wie hieß er doch noch gleich?«, fragte Wallace.

»Ich habe ihn in die Bibliothek geschickt, um den Studierenden Fingerabdrücke abzunehmen. Kommen Sie und sehen Sie sich das an«, sagte Jackson und nahm Wallace am Arm. Von der Tür aus sah Wallace, dass Bacon noch immer an seinem Schreibtisch saß, sein Porzellanhaar war glattgestrichen, und er stellte einen neuen persönlichen Rekord für die Zeit auf, die er am Stück in seinem Büro verbracht hatte. Der hölzerne Griff eines Küchenmessers schaute aus seinem Hals, gegenüber der Spitze einer langen Klinge, die auf der anderen Seite hinausragte.

»Ein Student hat den Leichnam entdeckt. Offenbar suchen Studenten ihn normalerweise nicht auf, weil er nie im Büro ist. Was vermutlich bedeutet, dass wir sämtliche Studierenden ausschließen können«, scherzte Jackson. »Aber Sullivan freut sich über seine Aufgabe in der Bibliothek, auch wenn es eine komplette Zeitverschwendung ist. Ein ungeheuer gewissenhafter Studienanfänger beschloss, sich heute Morgen hier auf die Lauer zu legen, weil er verzweifelt eine Verlängerung der Abgabefrist für eine Hausarbeit benötigte. Er sah die offene Tür. Ich finde es immer schön, wenn ich Selbstmord oder natürliche Ursachen ausschließen kann, aber das hier ist ein Dilemma. Trotz des verheißungsvollen Augenscheins glaubt die Rechtsmedizinerin nach ihrem ersten Überblick, dass Bacon vielleicht auch schon tot war, als ihm das Messer durch den Hals gerammt wurde, weil auf beiden Seiten so wenig Blut aus den Wunden ausgetreten ist«, sagte Jackson und zeigte auf den Messergriff und die hervorlugende Spitze der Klinge mit einem Bleistift, den er auf dem Schreibtisch gefunden hatte. »Sie vermutet, dass er an einem schweren Herzinfarkt gestorben ist, ehe er aufgespießt wurde. Aber ich will mich nicht beklagen. Es ist wieder ein Tod auf dem Campus.« Er überlegte. »Wenn es ums Sterben geht, ist dieses College offenbar freigebig. Und diesmal kein Verschwinden, kein Treppensturz, kein Tod aus heiterem Himmel, aber doch ein Tod. Ich habe eine Theorie über diese Todes- und Verschwindensfälle. Wollen Sie die hören?«

»Wenn Sie meinen, es würde Ihnen guttun, es mir zu erzählen?«

»Das ist meine Theorie bisher. Ich bin noch nicht fertig mit den feineren Details, wer oder was hinter diesen Fällen von Tod und Verschwinden steckt. Sie scheinen alle nur die eine Gemeinsamkeit aufzuweisen, dass sie auf irgendeine Weise mit Philosophie zu tun haben, bis auf die Leiterin der BWL, aber die zählt nicht, weil sie vom Blitz getroffen worden ist. Sullivan hält es für einen verdächtigen Zufall, dass sie vom Blitz getroffen worden ist. Ich teile diese Einschätzung nicht, denn Professor Maddoxens Tod passt nicht zu meiner Arbeitshypothese, da sie meines

Wissens rein gar nichts mit Philosophie zu tun hat. Aus meiner begrenzten Lektüre der Bücher aus der Bibliothek kann ich noch nicht genau klären, wie Philosophie hier ins Spiel kommt, aber ich bin sicher, das werde ich auch noch ergründen. Sie wissen ja, dass ich es nicht eilig habe. Ich könnte Sie um Hilfe bitten, aber da Sie mein Hauptverdächtiger sind, bin ich nicht sicher, ob das vernünftig wäre, oder – wenn ich mal so sagen darf – ethisch.« Er kicherte. »Ich stehe in diesem Punkt allein, denn Ihre Kollegen sind allesamt ebenfalls Verdächtige. Aber nun hören Sie sich das doch mal an. Ich schweife von meinem Hauptthema ab, was offenbar ein wichtiger Zug der Philosophie ist. Wo war ich? Jemand springt aus dem fünften Stock in einem Hotel und da stehen Sie, ein Moralphilosoph, der im Nebenzimmer wohnt. Ihre Mutter verschwindet, nachdem sie hier im CAT-College bei *Ihrer* wichtigen Philosophievorlesung aufgetaucht ist. Die Präsidentin hüpft mitten in der Nacht die Treppe hinunter, aber erst, nachdem sie *Ihnen* begegnet ist. Okay. Sie ist keine Philosophin, aber Sie hatten hier Ihre Stelle in der *Philosophischen* Abteilung angetreten. Ihr Mann, ja, ich weiß – auch der ist kein Philosoph, und niemand wusste, dass sie mit ihm verheiratet war – löst sich in Luft aus, aber es ist bekannt, dass er Philosophen gehasst hat, und er hatte Sie in diese Bruchbude gesteckt.«

»DIY ist mein Hobby.«

»Ich glaube, dass ich vielleicht denke, dass Sie im Zentrum meiner These stehen. Aber da Sie als eine Art Genie gelten, ist Ihnen sicher klar, dass ich keine Ahnung habe, wie das alles zusammenpasst. Wenn Sullivan hier wäre, würde ich ihn nach Ihrem Motiv suchen lassen. Aber ich bin nicht sicher, ob das der richtige Weg wäre. Ich kann mir nicht vorstellen, wie Ihr Motiv aussehen sollte, falls überhaupt eins vorhanden ist. Sie kommen mir nicht vor wie jemand, den der Ehrgeiz antreibt. Aber ich bin sicher, Sie werden auf irgendeine Weise von Lambes Verschwinden profitieren. Ich gebe zu, dass meine Theorie Beweise braucht, und ich habe keine. Ich habe keine forensischen Spuren aus Lambes Haus, das ist sauberer als ein Weltraumlabor. Es ist für uns beide kein glücklicher Zufall, dass ein rückgratloser Philosoph in seinem Büro auftaucht, wo er sich sonst niemals sehen lässt. Für mich ist es aber gut so, denn es ist eine weitere Verbindung zur Philosophie, auch wenn ich keine Ahnung habe, auf welche Weise, außer natürlich, weil er Philosoph war. Zudem kann ich meine Untersuchungen in diesem interessanten Fall in Ihrem bezaubernden College fortsetzen. Das muss Sie doch beruhigen, denn ich habe keine Ahnung, was Sie mit Bacons Tod zu tun haben könnten. Vielleicht haben Sie einen Komplizen oder einen Nachahmer. Ich vermute, sein Posten wird dann mit einem weiteren Philosophen besetzt werden. Und darüber muss ich mich dann informieren.«

»Sie wirken so fröhlich. Sie könnten Bacon doch selbst das Messer durch die Kehle gerammt haben, einfach, um hier herumlungern zu können, oder, wie Sie bei unserer letzten Begegnung gesagt haben, um dem Mörder hilfreich unter die Arme zu greifen, mit, wie Sie sagen, einem kleinen Mord. Sie sollten einen Kurs über Moralität besuchen. Das wäre besser für uns alle.«

»Technisch gesehen ist das vielleicht nicht gerade ein Mord. Vielleicht der perfekte kleine Mord, wie Sie sagen. Es könnte die Schändung eines Leichnams sein, was kein besonderes Verbrechen ist – vielleicht ist meine Empfindsamkeit durch die Arbeit der Polizei abgestumpft. Jedenfalls war er vermutlich schon tot oder wäre auf jeden Fall gestorben. Sie können Tote nicht ermorden, wenn die ohnehin schon tot sind. Sie sehen, auch ich habe mich über Moralphilosophie kundig gemacht. Jedenfalls werde ich eine Liste aller aufstellen, die von Bacons Tod profitieren könnten, und um Sie zufriedenzustellen, werde ich meinen eigenen Namen daraufsetzen und den seines möglichen Nachfolgers, den seiner Frau und vielleicht sogar die seiner Kinder, wenn ich mit ihnen gesprochen habe, obwohl sie alle noch unter zehn sind. Aber man weiß ja nie. Was wird noch in Hollywood über Dreharbeiten mit Kindern und wilden Tieren gesagt? Sie könnten gefährlich sein. Aber das wissen Sie nicht. Oder doch?«

Ehe Wallace sich irgendeine Antwort überlegen konnte, zog Jackson zwei Bücher aus seiner Tasche. »Dabei fällt mir ein. Die bringe ich der Bibliothekarin zurück. Eine bezaubernde Frau. Intelligent. Humorvoll. Auf eine gebildete Weise attraktiv. Grund genug, wenn ich einen brauchte, um mich hier herumzutreiben. Was meinen Sie?«, fragte er Wallace und trat zurück.

»Worüber?«

»Mein Aussehen.« Er trug ein neues graues Sakko zu einem hellblauen Hemd ohne Schlips. »Nicht zu förmlich für einen Besuch in der Bibliothek?«

»Ach. Sie haben die Bibliothekarin noch nicht befragt?«

»Nein, noch nicht. Wie sehe ich aus? Ich gehe jetzt rüber.«

»Sie sehen mörderisch gut aus.«

Inspector Jackson ließ Rik Wallace mitten in dem niedrigen Gang vor Bacons Büro stehen, als er sich auf die Suche nach der Bibliothekarin machte. Wallace hielt Ausschau nach Pandora. Er fand sie an ihrem einsamen Schreibtisch vor dem leeren Büro der Präsidentin. Sie stellten sich zusammen unter das Rauchen-Verboten-Schild und ließen Rauchkegel zu der hohen braunen Decke aufsteigen.

»Anders als du, Pandora, sagt es mir überhaupt nicht zu, fröhlich die Regeln zu brechen. Regeln bestehen aus gewissen Gründen.«

»Diese Gründe kann ich mir nicht vorstellen. Gott sei Dank habe ich niemals Moralphilosophie studiert. Unwissenheit macht selig.«

»Unwissenheit ist vor Gericht kein mildernder Umstand.«

»Man braucht aber nur einen mildernden Umstand, wenn man erwischt wird.«

»Inspector Jackson gibt sich alle Mühe, um uns zu erwischen.«

»Ich begreife nicht, was er eigentlich treibt. Es kommt mir vor wie alles andere, nur nicht wie eine Ermittlung.«

»Ich glaube, er könnte Bacon umgebracht haben. Kann das sein?«

»Möglich ist alles.«

»Als er bei mir zu Hause war, hat er mir gesagt, er könnte vielleicht allen, die Lambes Verschwinden verursacht haben, hilfreich unter die Arme greifen. Vielleicht ist er verrückt geworden. Das kommt doch vor, oder? Dass ein Polizist verrückt wird?«

»Möglich ist alles.«

»Das ist wie in den alten Zeiten, wenn ich dich auf eine Zigarette besucht habe. Hast du mich vermisst?«

Pandora grunzte.

»Wie geht es Marlboro? Ich habe seinen Namen nicht von dem Pokal entfernt, den du mir gegeben hast.«

»Dem geht es gut. Dieser Husten war nur ein Haarball. Das kommt vor bei Katzen. Ich würde sterben, wenn ihm etwas passierte.«

Das Telefon klingelte. Pandora griff sofort zum Hörer. Sie hörte einige Sekunden zu, ehe sie ihre Hand über die Sprechmuschel legte. »Das ist die BWL-Sekretärin. Ich muss wieder an die Arbeit.« Sie setzte sich an ihren Schreibtisch und drehte ihren Stuhl von ihm weg. »Nein. Nein, ich kann jetzt nicht sprechen«, sagte sie ins Telefon. »Nein. Niemand Wichtiges.«

Als Rik Wallace sich auf dem Rückweg in sein Büro der Philosophischen Abteilung näherte, wurde sein Denken abstrakter, wie es sich gehörte. Inzwischen wusste er, dass sich Philosophen eher für die moralische Qualität einer Handlung interessieren als für die Quantität solcher Handlungen. Eine moralisch verwerfliche Handlung erschien Sokrates und seinesgleichen als ebenso schlimm wie zehn. Es wirkte unvernünftig, sich Sorgen zu machen, weil irgendein anderer irrer Mörder, von dem er nichts wusste, neben ihm, Progress, Pandora, Spencer, Doolittle und den anderen CATzugh-Leuten und vielleicht sogar Professor Jackson auf dem Campus sein Unwesen treiben könnte. Wie viele Verrückte, überlegte er, brauchte man, um das moralische Gewebe des College zu verändern? Einen? Zehn? Hundert? Er fühlte sich erleichtert, weil sich eher Religion als Philosophie damit beschäftigte, das Böse zu quantifizieren. Er fühlte sich erleichtert, weil er in eine so geschmeidige Disziplin gestolpert war. Es könnte schlimmer sein, dachte er, Rik Wallace hätte ja auch Soziologe gewesen sein können.

XXXII

Meteoric Ortum

Meteoritischer Aufstieg

Rik Wallace saß im Drehsessel vor dem riesigen Schreibtisch in dem gewaltigen gruftähnlichen Büro, in dem vor ihm für kurze Zeit Hochwürden Professor Lambe und noch vorher Präsidentin Patricia regiert hatten. Er hoffte, seine Regierung werde länger dauern als die seines Vorgängers, nicht aus Machtbegierde, sondern aufgrund einer frisch entdeckten Überlebenslust. Als er sich in dem leeren Büro umsah, stellte er sich vor, dass seine Unsicherheit der ähnelte, die die letzten römischen Kaiser in den Schlusstagen dieses gewaltigen Reiches verspürt hatten, in dem Bewusstsein, dass ihre eigene Inkompetenz direkt zu ihrem unwiderruflichen Zusammenbruch führte. Die Mitglieder des Akademischen Rates gingen davon aus, dass sie in Wallace eine Person von bisher unbewiesener Schwachsinnigkeit gefunden hatten, was sich von den restlichen möglichen Kandidaten nicht sagen ließ, auch nicht von Spencer, jetzt, da Bacon nicht mehr unter ihnen weilte. Bacons allgemeine Apathie hätte den Rat überzeugt, denn er hatte absolut nichts endgültig bewiesen, außer einer absoluten Unfähigkeit für dieses Amt. Bei Wallaces Kandidatur klammerte sich der Rat an die Hoffnung, trotz aller Erfahrungen, mit der Verzweiflung von ertrinkenden Achtzigjährigen, die sich mitten auf dem Ozean an ein eisernes Bett anklammern.

Der Schreibtisch streckte sich vor Wallace so leer aus wie sein Kopf, wenn es um seine Vorstellungen von seinen Aufgaben als Präsident ging. Er hoffte, dass sich sein Kopf füllen würde, wenn sich sein Schreibtisch füllte. An diesem, seinem zweiten Tag im Amt, stand er noch immer unter Schock. Er hatte nicht geplant, Präsident zu werden, er hatte es nicht werden wollen. Als Pandora ihm von seiner Beförderung erzählt hatte, hatte sie keine Zweifel daran gelassen, dass CATzugh nicht zulassen würde, dass er diese Ehrung ablehnte, die sie ihm als eigentlichem Herrscher des CAT-College erwiesen. Panik wetteiferte mit Verzweiflung um seine ungeteilte Aufmerksamkeit. Er hatte Angst, in seiner neuen Stellung Schaden anzurichten, und fürchtete sich vor Pandoras ehrgeizigen Plänen für ihn. Er wusste, dass Inspector Jackson seine Beförderung als einen weiteren Stein in seinem Theoriegebäude betrachten würde, dass auf irgendeine Weise er hinter der anschwellenden Verbrechensflut im College steckte.

Wallace hatte den ersten Tag hinter seinem leeren Schreibtisch damit verbracht, vergeblich zu hoffen, dass das Telefon klingeln würde. Um halb sechs Uhr abends, als er gehen wollte, teilte ihm Pandora mit, sie habe allen gesagt, er sei nicht im Hause, da sie davon ausging, er habe lieber erst Zeit, sich an den Gedanken zu gewöhnen, dass er jetzt Präsident war.

Er nahm an, dass sein zweiter Tag verlaufen würde wie der erste, in einsamer Betrachtung seines Machtsitzes unter Pandoras Obhut. Aber in diesem Moment wurde die Tür aufgerissen, ohne dass irgendetwas annehmen ließ, dass draußen jemand wartete. Es war Pandora. Sie hatte die Angewohnheit, ab und zu in sein Büro zu stürzen ohne anzuklopfen oder auf irgendeine Weise mitzuteilen, dass sie draußen war. Das ging seit dem vergangenen Morgen so. Er stellte sich vor, dass sie die ganze Zeit draußen stand und lautlos an der Tür horchte, um dann im ihrer Ansicht nach passendsten Augenblick hineinplatzen zu können.

Alle Augenblicke waren dieselben und alle waren gleichermaßen passend, denn er saß bewegungslos hinter seinem leeren Schreibtisch.

Jetzt kündigte sie ihm mit unheilschwangerer Stimme Besuch an.

Ehe sie gehen konnte, sagte er: »Ach, Pandora. Kannst du mir ein Notizbuch, einige Kugelschreiber und ein Gestell für die Kugelschreiber besorgen? Und Bleistifte und Bleistiftspitzer? Solchen Kram. Einen Tacker, Heftklammern, Büroklammern und eine Schreibunterlage. Einen großen Block Löschpapier. Den größten, den du finden kannst. Und einen Schreibtischbutler. Such du einen für mich aus.«

»Ist das alles?«, fragte sie und fixierte ihn mit den schwarzen Flächen ihrer Sonnenbrille.

»Ach, eine oder zwei Pflanzen und eine Ablage für eingegangene und abgehende Post. Ich dachte, das gäbe es hier schon alles.«

»Ich habe für dich alle Spuren von Lambe aus dem Büro getilgt.«

»Das war umsichtig.« Das über den Brillengläsern sichtbare Stirnrunzeln verriet ihm, dass sie ihn unzufrieden musterte. Als Julie Progress sich an ihr vorbei ins Büro drängte, zog Pandora die Tür hinter ihr zu.

»Ist das nicht aufregend? Stell dir vor, was wir auf dem Pult alles anstellen könnten«, sagte Progress.

»Während Pandora alle zwei Minuten ohne Vorwarnung hereinplatzt? Nein, ich kann mir nicht vorstellen, was wir anstellen könnten.«

»Du bist ja vielleicht prüde. Oh mein Gott. Der Ledersessel. Kann man den drehen? Lass mich mal versuchen.«

Progress sprang in den riesigen Schreibtischsessel und fing an, sich um sich selbst zu drehen, wobei sie einen Fuß auf dem tiefen Teppich hielt, um Schwungkraft zu erzeugen. Plötzlich hielt sie inne.

»Gott. Mir wird gleich schlecht. Weißt du, Rik, ich fühle mich jetzt wirklich zu dir hingezogen, sehr sogar. Nicht wegen des Schreibtisches, des Sessels, weil du das College leitest, und auf keinen Fall, weil es in der Philosophie eine freie Stelle gibt, die du jetzt besetzen musst. Sondern, weil du irgendwie anders bist. Ich glaube, ich bin dabei, mich in dich zu verlieben. Das ist mein Ernst, Rik. Seit du hergekommen bist, hat sich mein Leben vollständig verändert. Julie ist wirklich verliebt in dich. Wäre das kein schmissiges Lied? Julie ist wirklich verliebt in dich. Wirklich in dich«, sagt sie, dann unterbrach sie sich, um laut zu rülpsen. »Ich gehörte einem einflussreichen Geheimbund an, meine Forschungen laufen problemlos, und ich hatte sogar … du weißt schon … meine erste … äh …«

»Deine erste Erfahrung damit, meine Mutter umzubringen.«

»Du nervst, wenn du das so ausdrückst. Ich würde hier von moralischer Notwehr sprechen, oder schlimmstenfalls von einem praktischen moralischen Experiment, das vielleicht ein wenig fehlgeschlagen ist, wie es bei Experimenten ja vorkommen kann. So geht es eben beim Wissenserwerb. Du musst das doch besser wissen als irgendjemand anderes.«

»Meinst du nicht, du solltest Leute erst kennenlernen, ehe du anfängst, dich in sie zu verlieben? Wäre das nicht die rationale Vorgehensweise?«

»Ich will nicht rational sein. Sondern emotional. Leidenschaftlich. Ich habe es satt, immer rational zu ein«, quietschte sie und drehte sich wieder mit dem Sessel.

Wallace suchte noch nach einem Bespiel für Progress' Neigung zur Vernunft, als sie plötzlich mitten in einer Umdrehung vom Sessel sprang und ihn rückwärts auf den Schreibtisch schob.

»Vielleicht wäre es dort sicherer«, sagte Wallace und führte sie zu dem Nest aus Sesseln um den Couchtisch, an dem er an seinem ersten Morgen im CAT-College, der erst wenige Leben zurücklag, sein erstes Gespräch mit Präsidentin Patricia geführt hatte. Ehe sie sich setzen konnten, platzte abermals Pandora herein.

»Die fakultätsübergreifende Besprechung beginnt um … jetzt! Die Leiter von Fakultäten und Abteilungen warten draußen.«

»Warum hast du mir nichts davon gesagt? Ich bin überhaupt nicht vorbereitet.«

»Ich habe deinen Terminplan auf deinen Schreibtisch gelegt. Du hast mich nicht gefragt.«

Progress küsste Wallace innig auf die Lippen und umfing seinen Kopf mit beiden Händen. »Dann überlasse ich dich jetzt den wichtigen College-Angelegenheiten. Wir sehen uns heute Abend.« Sie fuhr mit den Fingern am gesamten Schreibtischrand entlang, als sie ging.

Pandora hatte ihr Desinteresse an diesen Vorgängen unter Beweis gestellt, als sie das Büro verlassen und ihren Wachtposten vor der Tür wieder aufgenommen hatte. Sie telefonierte gerade mit der BWL-Sekretärin, als er nach draußen ging. Sie diskutierten, ob es wahrscheinlicher sei, an einer in einem Krankenhaus aufgeschnappten Krankheit zu sterben oder an einer geringfügigeren Krankheit, während man sich weigerte, sich im Krankenhaus behandeln zu lassen. Sie fauchte ihn an: »Ja? Was zum Teufel willst du denn jetzt schon wieder?«

»Kaffee?« Wallace staunte über sich selbst, weil er den Mut fand, Pandora um irgendwelche Vorbereitungen für die Besprechung zu bitten.

»Ich hab zu tun.«

»Ich auch.«

»Nicht mein Job.«

»Meiner auch nicht. Bitte.«

Sie starrten einander an und warteten jeweils darauf, dass das Gegenüber auswich. Da Pandora ihre schwarze Sonnenbrille trug, hatte Wallace das Gefühl, keine Hoffnung auf Sieg zu haben.

»Muss aufhören«, fauchte sie ins Telefon. »Nur Kaffee. Kein Kuchen und keine Kekse«, sagte sie und stand auf.

Er erkannte mit erneuerter Hoffnung für seine langfristige Sicherheit, dass in Pandoras Universum alles wieder im Gleichgewicht war.

Zu Beginn der Besprechung reichte Spencer Wallace einige getippte Seiten und teilte den anderen mit, Wallace habe eine kurze Darstellung seiner Vision von der Zukunft des College vorbereitet und wolle diese jetzt vorlesen. Wallace war ebenso überrascht wie die anderen, die sich um seinen Schreibtisch zusammendrängten. Wallace starrte den Ausdruck an und wünschte, Spencer hätte ihm am Vortag wenigstens einen Entwurf gezeigt, dann hätte er Zeit genug zum Üben gehabt. Er kniff die Augen zusammen, um besser sehen zu können, und fing an vorzulesen.

»Derzeit liegt der Ruhm des CAT-College, so weit vorhanden, in der Bekanntheit der BWL-Fakultät, die im Laufe der Jahre von meinen Vorgängern und der verstorbenen Professorin Maddox aufgebaut worden ist. Meine Vision für die glorreiche Zukunft des College jedoch enthält eine Neuordnung des wirtschaftlichen Unterrichts fort von der Entwicklung rein kommerzieller Kompetenzen hin zur Konzentration auf künstlerische Leistungen unserer Wirtschaftsstudierenden. Stellen Sie sich dieses vor: Nach dem Examen bei uns werden unsere Studierenden umfassende Kenntnisse der klassischen Sprachen aufweisen, von Literaturkritik, Medienforschung, Soziologie, Psychologie und vor allem von Ethik. Es gibt zu viele Colleges, bei denen Studierende das Examen ablegen, die zu viel über Geschäfte wissen. Von nun an wird das CAT-College nicht mehr zu diesen gehören. Unsere

Studierenden werden den Vorteil besitzen, weniger geschäftliche Kenntnisse aufzuweisen und sich stattdessen mit den allgemeingültigen Wahrheiten der Philosophie auszukennen. Ich weiß, Sie halten mich jetzt vielleicht für verrückt. Aber dies ist meine Vision, und ich habe jetzt hier zu sagen.« Wallace schaute von dem Ausdruck auf und war bereit, allen darin zuzustimmen, dass er wirklich verrückt geworden sei. Aber aus Ehrfurcht vor ihrem nagelneuen Chef behielten alle ihre psychiatrischen Einschätzungen für sich. Außerdem hatte außer Sidney dem Speichellecker niemand Ahnung von Psychologie und deshalb hätte nur er eine qualifizierte Diagnose anbieten können.

Auf jeden Fall hörte Maddox des Mannes provisorische Stellvertreterin, Dr. Andy Cashman, kein Wort von Wallaces Rede, weil sie zu sehr damit beschäftigt war, eine neue Beschwerde an den Akademischen Rat zu schreiben, eine Gewohnheit, die sie von ihrer verstorbenen Chefin übernommen hatte. Der Leiter der Technologie, Casper Wall, versuchte verzweifelt, seine letzte App für seine Campus-spin-off-Wettgesellschaft von Viren zu befreien. Er konnte lange genug von seinem Smartphone aufblicken, um die Vision des neuen Präsidenten mit dem Wort »von mir aus« gutzuheißen, als Wallace mit dem Verlesen seines Statements fertig war.

»Was soll ich also tun?«, wollte Sidney der Speichellecker von Wallace wissen.

»Wie meinst du das?«, fragte Spencer stellvertretend für Wallace.

»Welche Art von Psychologie soll ich in der Abteilung lehren, jetzt, wo Lambe nicht mehr da ist?«

»Ich weiß nicht. Ich bin kein Psychologe. Psychologische Psychologie, vermute ich mal.«

»Könntest du ein bisschen spezifischer sein?«

»Welche Arten gibt es denn?«, fragte Spencer.

»Es gibt verschiedene Arten von Psychologie. Es gibt klinische Psychologie, es gibt beratende, es gibt pädagogische, hygienische, kognitive und Beschäftigungspsychologie. Das sind nur einige der Bereiche, um die es hier geht. Dann gibt es in jedem Bereich unterschiedliche Herangehensweisen, wie Behaviourismus und Psychoanalyse.«

»Such dir einfach eine aus.«

»Ich kann mir keine aussuchen. Ich nehme ja vielleicht die falsche. Such du sie aus.«

»Wie wäre es mit Kriminologie? Könnte sich deine Abteilung nicht auf das Studium des kriminellen Gemütes spezialisieren?«, schlug Wallace vor.

»Kriminologie? Davon habe ich keine Ahnung, aber ich könnte es versuchen. Wo kann ich Kriminelle finden, die ich studieren könnte?«

»Inspector Jackson ist doch fast jeden Tag auf dem Campus. Den könntest du um Rat fragen. Das ist deine Abteilung. Du kannst sie leiten, wie du willst. Ist mir egal, was ihr bei der Psychologie macht. Interessiert es irgendwen, was die Psychologen machen?«

Die am Tisch Anwesenden schüttelten den Kopf und murmelten über ihre kollektive Gleichgültigkeit der Psychologie gegenüber.

»Gebt nur kein Geld für schicke neue Experimente mit Kriminellen aus«, sagte der oberste Finanzplaner. »Macht die Experimente, die ihr schon habt.«

Sidney der Speichellecker war nicht glücklich unter dem neuen Regime. Bei Lambe hatte er wenigstens nicht zu denken brauchen. Jetzt musste er Entscheidungen für eine ganze Abteilung treffen. Sein Kopf kam ihm überfüllt vor.

»Ich werde mein Bestes tun, aber ich möchte jeden Tag eine Besprechung, um mein Vorgehen zu diskutieren«, sagte er zu Wallace.

»Jeden Monat eine«, sagte Spencer.

»Na gut.«

Während der restlichen Besprechung wurde die Zukunft des College zur Zufriedenheit von dem inzwischen vor Erregung schon leuchtend rot angelaufenen Spencer geregelt.

Wallace konnte schon bald den in seinem Namen getroffenen Entscheidungen nicht mehr folgen. Er wusste, dass er sich bereit erklärt hatte, einen neuen Moralphilosophen als Ersatz für Bacon einzustellen. Ohne darüber nachzudenken, dachte er, Progress werde den Posten bekommen, das war doch klar? Vor allem aber träumte er während der folgenden Diskussionen davon, weiterhin Pandora gegenüber entschieden auftreten zu können, trotz seiner wohlbegründeten Ängste. Alle kamen zudem überein, breitgestreut um Bewerbungen von angesehenen Kandidaten für die Leitung der BWL zu bitten, die am besten noch vor dem Beginn des nächsten Semesters gefunden sein sollte. In der Zwischenzeit wurde die Fakultät in die Obhut von Dr. Andy Cashman gegeben, die sich in ihrer Gleichgültigkeit gegenüber Metaphysik, Epistemologie und Ethik diese Position wohl kaum dauerhaft sichern würde.

Spencer strahlte in vollkommener Übereinstimmung mit seinen eigenen Empfindungen. »Ich muss jetzt los«, sagte er. »Ich muss Samantha zum Ballettunterricht fahren.«

Nach Rik Wallaces erstem Tag als Präsident, an dem die Zeit vorübergehend zum Stillstand gekommen war, ging alles in steigendem Maße wieder schneller, als sich sein Schreibtisch mit Dingen füllte, die Pandora feierlich in sein Büro trug, um sie dann ohne Kommentar vor ihm auf den Tisch zu knallen, zusammen mit immer neuen Dokumenten, die seine Unterschrift verlangten. Er verschickte jeden Tag E-Mails, er besuchte Partys, Tagungen und Besprechungen auf allen Ebenen, er eröffnete auf dem Campus Ausstellungen, stellte eine Zeitschrift der Studierenden vor, fiel nach einem Empfang für den in den Ruhestand tretenden Pförtner Jim die Treppe hinunter; und er musste einen Produzenten zurückrufen, um eine Einladung zu einem Fernsehauftritt abzusagen; er hatte diese Einladung voreilig angenommen, weil er auf die Schnelle vergessen hatte, dass er nicht der war, für den er oder die anderen ihn hielten. Pandora erwärmte sich für ihn im Tempo seiner bewusst tropfenweise gegebenen Zugeständnisse. Er stimmte all ihren Vorschlägen für eine Neueinrichtung der Büros zu, nachdem er ein Dutzend Broschüren studiert hatte, für neue Farben für die heruntergekommenen Hörsäle, die unbedingt neu gestrichen werden mussten, das aber erst, nachdem sie von den Malerfirmen fast hundert Farbmuster hatte besorgen müssen. Er war auch bereit, neue Hinweisschilder aufzustellen und sie unliebsame Dozenten durch ganz bewusst unpassend gelegte Stundenpläne bestrafen zu lassen. Wallace gestattete die Erhöhung des Bibliotheksbudgets um vierundzwanzig Prozent, um unter anderem ein neues Katalogisierungssystem, ein Sicherheitsportal und zwei neue Computerterminals anzuschaffen, die aus unerfindlichen Gründen niemals in der Bibliothek eintrafen. Er führte bei Examen den Vorsitz und brachte seine offizielle Zufriedenheit über die Wachstumsraten des College zum Ausdruck.

Am Abend vor den Einstellungsgesprächen für den neuen Posten in der Moralphilosophie lag Rik Wallace im Bett neben Julie Progress, die nunmehr leidenschaftlich verliebt in ihn war. Er war überaus zufrieden mit der Arbeit, die er als Moralphilosoph, Inspirator und Präsident des CAT-College leistete. Er wusste, er hatte noch viel zu lernen, aber es war ja erst sein erstes Semester. In seinen optimistischen Augenblicken hatte er das Gefühl, vielleicht für seine neue Rolle am CAT-College geboren zu sein, da er solch hervorragende Leistungen erbracht hatte, und das noch dazu ohne Training. Vielleicht hätte er die Bibel lesen sollen, denn Lambe würde aus dem Buch der Sprüche, 16:18, gewusst haben, dass Stolz vor dem Fall kommt. Der Fall würde am nächsten Morgen seinen Anfang nehmen.

XXXIII

Colloquium

Gespräch

Die Einstellungsgespräche zur Einstufung der Personen, die die durch den ethisch zweifelhaften Tod von Dr. Bacon entstandene moralische Leerstelle ausfüllen sollten, wurden in dem sogenannten »zweitbesten Sitzungssaal« abgehalten, denn der beste Sitzungssaal wurde von Pandora neu eingerichtet, in Erwartung einer Serie von wichtigen Besprechungen zur Förderung der Geisteswissenschaften am College. Die fünf Mitglieder der Berufungskommission saßen auf grüngepolsterten, messingfarbenen Stühlen, die nebeneinander an einer Seite des fleckenreichen, ein Drittel des kotzefarbenen Teppichbodens bedeckenden Mahagonitisches standen. Die Bewerber und Bewerberinnen sollten ihrerseits auf einem einsamen Stuhl auf der anderen Seite des Tisches Platz nehmen. Die dicken Rohre, die Wasser in andere Teile des Gebäudes brachten und die oben um die Wände des Sitzungssaals, unmittelbar unterhalb der mit kleinen Platten belegten Decke entlangführten, gurgelten und rülpsten laut, um den Eindruck zu erwecken, dass die Gespräche in einem gewaltigen luftlosen Magen abgehalten würden. Ein gebrechlicher alter Mann in einem Talar betrachtete die Vorgänge von einem ramponierten Gemälde oberhalb des Kamins aus. Die Großmutter von Präsidentin Patricia hatte das Bildnis auf einer Versteigerung erworben, um die akademische Atmosphäre des College zu verstärken. Die Titel des uralten Gelehrten waren in der Lehranstalt, wo das Bild gemalt worden war, schon längst vergessen. Er hing dort oben, um sicherzustellen, dass das, was zu seinen Zeiten in seiner Alma mater, wo immer die gewesen sein mochte, hochgehalten worden war, auch an diesem Tag im CAT-College gewahrt bliebe.

Zum ersten Mal seit seinem Schnellkurs in Moralphilosophie lauschte Rik Wallace, der sich den ganzen Tag gelangweilt hatte, aufmerksam den Worten des fünften Bewerbers und war bewegt von dem leidenschaftlichen Bekenntnis zu Prinzipien. Vielleicht hatte das langsame Tropfen von Ideen in seiner Seele einen Stausee gefüllt, dessen Damm soeben geborsten war, nicht durch die Enthüllung einer einzelnen Wahrheit, sondern durch den gesammelten Druck neuer Konzepte. In der hinteren Ecke des zweitbesten Sitzungssaals hätte ein Orchester spielen müssen, um die Wörter dramatisch zu begleiten und ihre Wirkung auf Wallace zu betonen. Er war gefesselt. Er erlebte das, was seiner Vorstellung nach Moses erlebt hatte, als er erstmals Gottes Worte hörte. Aber diese Worte gingen nicht von einem brennenden Dornbusch oder wenigstens von einem bärtigen Gesicht in den Wolken aus. Sie kamen aus dem schmalen Mund eines graugesichtigen Akademikers mit spitzen gelben Zähnen und fettigen braunen Haarsträhnen, die auf die Schultern eines abgenutzten Tweedjacketts fielen, wo bereits am Tag vor dem Gespräch ein leichter Nieselregen aus Schuppen niedergegangen war.

»Deshalb halte ich Immanuel Kants ›Kritik der reinen Vernunft‹ für das wichtigste moralphilosophische Werk aller Zeiten.«

Wallace hörte die Zusammenfassung von Kants Moralsicht in der Darstellung von Dr. Ernest Fischer nicht, da er noch immer in die Betrachtung der soeben gehörten Ideen versunken war.

»Was?«

»Kant. Der ist der Beste.«

»Oh. Ja. Ganz meine Meinung.«

Wallace vergaß, wenn es ihm jemals klar gewesen war, dass er dadurch überlebt hatte, nur zu denken, dass er dachte: eine erfolgreiche, wenn auch dem Zufall geschuldete Theorie. War jetzt ein guter Augenblick, um sich eigene wirkliche Ideen und Meinungen zuzulegen? Spencer sah das nicht so.

»Was soll das heißen, ›ganz meine Meinung?‹ Dein gesamtes Weltbild spricht gegen alles, wofür Kant steht«, widersprach der links neben ihm sitzende Spencer.

»Echt?«

»Auf jeden Fall spielt es hier keine Rolle, ob Kant recht oder unrecht hatte, da er für unsere Studierenden zu schwierig ist. Was bringt es denn, im Lehrplan irgendeine Wahrheit vorkommen zu lassen, die zu esoterisch ist, um verstanden zu werden?«

»Hast du nicht gesagt, Lambe habe das über Nietzsche gesagt?«

»Durchaus nicht. Ja, die meisten der Studierenden, die von Nietzsche in den Wahnsinn getrieben werden, verstehen nicht ein Wort von dem, was er geschrieben hat, es ist unmöglich, ihm zu folgen, aber er ist auch gefährlich. Ich bin sehr dafür, die schwierigen Ideen zu zensieren, nicht die gefährlichen. Vielen Dank, Dr. Fischer. Das war überaus beeindruckend. Sie haben uns sehr viel Stoff zum Nachdenken gegeben. Haben Sie irgendwelche Fragen an die Kommission?«, fragte Spencer, der den Bewerber schon abgeschrieben hatte.

»Gibt es in dieser Abteilung nur Nietzscheaner? Ich hatte ja keine Ahnung. Dann kann ich mir nicht vorstellen, dass Sie einem Kantianer wie mir besondere Sympathien entgegenbringen werden.«

»Nein. Wir sind absolut keine Nietzscheaner. Der ist praktisch ein Anarchist. Wir halten ihn einfach für eine zu große potenzielle Gefahr für unsere Studierenden, und Ihr Freund Kant bedeutet auf jeden Fall zu viel Arbeit. Wir suchen eine Art goldene Mitte zwischen diesen beiden philosophischen Extremen.«

»Was bringt es denn, nur das zu lehren, von dem Sie glauben, dass die Studierenden es leicht verstehen können? Ist es nicht unsere Aufgabe, unsere Studierenden über ihre derzeitigen Fähigkeiten hinauswachsen zu lassen?«

»Interessante Ansicht«, sagte Spencer und schaute zur verschmutzten Decke hoch.

»Das war eine Frage.«

»Dann eben eine interessante Frage. Möchte irgendwer auf dieser Seite des Tisches antworten? Nein? Danke, Dr. Fischer, Danke für Ihr Kommen. Auf Wiedersehen.«

Dr. Fischer stand auf, zögerte, wie um etwas zu sagen, atmete aus und verließ den Saal.

»Abgesehen von Zähnen, Haaren und Jackett war er außergewöhnlich beeindruckend«, sagte Professor William Campbell. Er war das einzige externe Mitglied der Kommission und sollte garantieren, dass das Entscheidungsverfahren nach den Maßstäben seines eigenen College objektiv und fair verlief. Er hatte einen Zustand intellektueller Reife erlangt, in dem er von seinen ursprünglichen Ideen nicht mehr abgelenkt wurde. Seine Immunität Neuerungen gegenüber gestattete es ihm, als Botschafter für die überragende Lehre seines College zu fungieren, die frei von gefährlichen Innovationen war. Campbell stellte die beste Ausbildungstradition darf nämlich die Tradition selbst. Er saß rechts von Wallace. »Ich konnte der Sache überhaupt nicht folgen, aber ich habe den Eindruck gewonnen, dass er vermutlich eine Art Genie ist. Außergewöhnliches Vokabular. Hab noch nicht mal die Hälfte dieser Wörter je in einem Satz gehört. Er hat eine gewaltige Veröffentlichungsliste. Und er widmet sich der Forschung. Es würde Ihnen schwerfallen, einen Besseren als ihn zu finden. Er war bei

Weitem der beste Bewerber, mit dem wir heute gesprochen haben. Natürlich bin ich nicht hier, um Ihnen zu sagen, was Sie zu tun haben. Ich bin hier, um Ihnen zu sagen, was wir in meinem College tun würden, wenn wir Sie wären, was wir nicht sind.«

»Das ist ein überaus hilfreicher Beitrag zu unserem Dilemma.«

»Wir haben noch weitere Kandidaten zu beurteilen. Wir wollen doch nicht unfair denen gegenüber sein, die noch warten«, sagte Spencer. »Wer ist jetzt an der Reihe?«

»Nein, noch eine. Eine von hier. Julie Progress.«

»Dann wollen wir doch sehen, welchen Eindruck Ms Progress macht, ehe wir uns entscheiden. Am Ende sprechen wir dann alle Bewerbungen durch«, sagte Andy Cashman. Sie führte den Vorsitz in der Kommission und war das einzige weibliche Mitglied. Sie sah sich Progress' Lebenslauf durch, um ihre Erinnerung aufzufrischen. »Progress? Nicht promoviert. Keine Veröffentlichungen. Keine Lehrerfahrung. Keine Lehrbefähigung. Fast so schlimm wie du, Casper. Ich habe keine Ahnung, warum sie überhaupt auf die Bewerbungsliste gekommen ist, abgesehen davon, dass sie eine Frau ist, und dass wir wirklich mehr Frauen hier auf dem Campus brauchen könnten.«

Casper Wall ignorierte die Zusammenfassung von Progress' Meriten, er saß am Rand der Kommissionsreihe und war in sein Smartphone vertieft.

Die Kommission rief die letzte Kandidatin herein. Die reich verzierte hölzerne Tür zum zweitbesten Besprechungssaal wurde krachend aufgestoßen. Sekunden später stolperte Progress in der Türöffnung in Sicht, gewandet in zwölf Zentimeter hohe Absätze, eine teure schwarze Jacke über einer weißen Seidenbluse und einem eleganten schwarzen, wollenen Bleistiftrock. Sie drückte eine winzige mit Strass besetzte Handtasche an sich und nicht die Aktentasche, die die übrigen Bewerber bevorzugt hatten. Sie sah aus, als habe sie sich auf dem Weg zu einem luxuriösen Mädelsabend verirrt, sie wirkte durchaus nicht wie eine möglicherweise weise Akademikerin. Wallace war überrascht davon, dass sie nicht aussah wie auf dem Weg zur Turnhalle, denn er hatte sie fast niemals anders gesehen als in einem Trainingsanzug. Wallace schluckte hart. Spencer und Campbell starrten sie an. Casper Wall steckte sein Smartphone in die Tasche. Andy Cashman räusperte sich und bat Progress, Platz zu nehmen. Als sie sich vor der Kommission auf den Stuhl setzte, rutschte ihr Rock an ihren Oberschenkeln hoch und zeigte die Strapse, die ihre farblosen Strümpfe hielten.

»Sie sehen umwerfend aus«, mimte Spencer über den gewaltigen leeren Tisch, während Andy Cashman noch immer ihre Notizen durchsah.

»Ich wollte dich überraschen«, sagte Progress zu Wallace. »Hab mich vorige Woche neu eingekleidet, aber alles versteckt. Hat ein Vermögen gekostet. Ich wette, du hast gedacht, ich würde im Trainingsanzug erscheinen.« Sie lächelte selbstzufrieden.

Wallace schlug die Hände vors Gesicht.

»Professor Wallace, da Sie beide das Gespräch bereits angefangen haben, würden Sie bitte mit Ihren Fragen beginnen?«, fragte Andy Cashman.

»Was wissen Sie über Immanuel Kant, Ms Progress?«, fragte Wallace.

»Äh. Nichts. Ich bin keine Kantianerin. Ich bin Wallacianerin. Ich weiß alles über dich.«

Darauf folgte ein langes Schweigen auf beiden Seiten des Tisches, unterbrochen nur von Wallaces Stöhnen, als er abermals die Hände vors Gesicht schlug.

Andy Cashman brach das Schweigen. »Wir haben diese Stelle für Bewerberinnen oder Bewerber ausgeschrieben, die promoviert sind oder kurz vor der Promotion stehen. Wie weit sind Sie mit Ihren Forschungen gekommen, Ms Progress?«

»Wir, ich meine, ich befinde mich in stetiger Progression. Ha, ha, ha. Das ist gut, was? Haben Sie das verstanden?«

»Gut. Ja, das haben wir verstanden.«

Wallace spinkste zwischen seinen Fingern hindurch und sah Progress während des Schweigens zuversichtlich lächeln.

»Ich versuche es mit einer anderen Richtung. Wieso halten Sie sich für eine qualifizierte Kandidatin für diesen Posten, abgesehen davon, dass Sie einwandfrei eine Frau sind?«

»Es ist ja nicht so, als ob ich wüsste, wo die Leichen verbuddelt sind. Ich meine, ich weiß es. Ha, ha, ha.«

Inzwischen schienen alle den Atem angehalten zu haben, sogar Campbell und Cashman, die keine Ahnung hatten, was hier vor sich ging. Casper Wall sagte zu niemand Besonderes: »Mein Second-life-Avatar wäre vorige Woche fast getötet worden. Ich wüsste gern, wo die anderen Avatars seinen Leichnam online hätten verbuddeln können.«

»Wollen Sie versuchen, ein oder mehrere Mitglieder dieser Kommission zu beeinflussen, indem Sie irgendeine unangebrachte Verbindung zwischen Ihnen ausnutzen?«, fragte Campbell der Externe und schaute abwechselnd Wallace und Spencer an, die beide rot geworden waren.

»Nein. Ich versuche, sie durch Erpressung zu beeinflussen. Ha, ha, ha.«

Spencer lachte ebenfalls. Wallace hielt sein Gesicht wieder zwischen seinen ausgestreckten Fingern versteckt. Nach einem weiteren Schweigen machte Campbell mit den Fragen weiter. Progress antworte auf die Bitte, ihre Lehrerfahrung darzustellen, indem sie aus einem Essay vorlas, den sie, mit Wallaces unbewusster Hilfe, über Wallacianische Moralphilosophie geschrieben hatte, so, wie sie diese verstand. Sie war bereit zu zeigen, wie dicht sie sich an der Haltung der Fakultät hielt, wenn sie auch keine tatsächliche relevante Erfahrung vorweisen konnte. Sie war davon überzeugt, dass Campbell seine eigentliche Frage vergessen würde, wenn sie nur lange genug vorläse. Diese Strategie funktionierte besser, als sie hätte hoffen können, denn Campbell vergaß seine Frage wirklich. Andy Cashman vergaß, ihr für ihr Erscheinen zum Bewerbungsgespräch zu danken, während die Kommission ganz allgemein vorübergehend vergaß, warum sie hier versammelt war. Als der lange Monolog endlich ein Ende nahm, erhob sie sich schwankend auf ihren Stöckelabsätzen und steuerte ohne weitere Kommentare oder Fragen die Tür an. Sie brachte ihren ungeübten Weg durch den Saal auf den hohen Absätzen hinter sich, indem sie mit beiden Händen ihre winzige Handtasche vor sich hin hielt und aus Gründen des Gleichgewichts ihren Hintern ausstreckte.

Genau achtundzwanzig Sekunden exquisiten Schweigens vergingen, nachdem sich hinter Progress die Tür geschlossen hatte, dann sagte Spencer: »Ich war zutiefst beeindruckt. Ich glaube, sie hat deine Ansichten über die Konsequenzen unserer Taten begriffen. Siehst du das nicht auch so, Rik?«

»Vermutlich besser noch, als ich sie selbst begreife. Indessen glaube ich, wir sollten das tun, was für die Philosophie, die Abteilung und das College das Beste ist, egal, wie die Konsequenzen aussehen. Mein Glaube an die Bewertung von Konsequenzen hat sich als katastrophal erwiesen. Wir müssen das tun, was an sich richtig ist. Wie Kant es gesagt hat.«

»Wie Kant es gesagt hat? Was ist mit den Konsequenzen, wenn wir Progress den Job nicht geben? Hast du dir das schon überlegt? Denk an die Konsequenzen, die das für die Philosophische Abteilung haben würde. Denk an die Konsequenzen für dich und mich.« Spencer war aufgesprungen und kreischte: »Was glaubst du denn, wer Bacon umgebracht hat, um den Job zu kriegen, wenn nicht Progress?«

»Ich glaube nicht mehr an moralische Konsequenzen. Es gibt

ein objektives Falsch und Richtig, das nichts mit Konsequenzen zu tun hat. Das glaube ich jetzt. Das habe ich wohl eigentlich immer schon geglaubt, egal, was ich vielleicht Gegenteiliges geschrieben oder gelehrt habe. Es ist mir egal, was ich bisher gesagt habe. Ich bin Kantianer, und ich bin stolz darauf!« Er war nun auch aufgesprungen und rief: »Und ich glaube, Inspector Jackson hat den vermutlich ohnehin schon toten Bacon erstochen, weil er sich für die Bibliothekarin interessiert.«

»Du Ketzer!«, brüllte Spencer zurück und übersprühte Wallaces Gesicht mit Speichel. »Du zerstörst deine eigene Philosophie und riskierst den Untergang deines gesamten moralischen Werkes, und wozu? Und was soll das heißen, dass Bacon ohnehin schon tot war?«

»Ich tue es für das, was richtig ist. Bacon hatte einen Herzinfarkt.«

»Bist du verrückt geworden? Wir sind Moralphilosophen. Wir wissen nicht, was richtig ist. Alle Welt würde doch einen Herzinfarkt erleiden, wenn ihnen ein Messer in der Kehle steckte. Jackson ist scharf auf die Bibliothekarin. Interessant.«

»Ich habe ja gehört, dass ihr Philosophen eure Ideen wahnsinnig ernst nehmt, aber ich lasse in Kommissionen, bei denen ich den Voristz habe, keine Prügeleien um Bewerbungen zu«, sagte Andy Cashman von der BWL. »Diskussionen sind erlaubt, sogar erwünscht, wenn es keine selbstverständlich überzeugende Bewerbung gibt. Ich weiß nicht, was die ganze Aufregung überhaupt soll. Meiner Meinung nach war Ms Progress für eine Frau eine extrem schlechte Bewerberin.«

»Einige Bewerber zeigen bei einem Einstellungsgespräch eben nicht ihre besten Qualitäten«, sagte Spencer, der wieder zu Atem gekommen war. Er setzte sich.

»Ich bin wirklich Kantianer«, sagte Wallace an niemand Besonderes gerichtet. »In der Philosophie ist es unmöglich zu wissen, was man glaubt, aber soweit ich weiß, und ich weiß, ich kann nicht sicher sein, weil nichts sicher ist – das weiß ich immerhin von Sokrates –, bin ich Kantianer. Warum habe ich auf dem College beim Philosophiestudium nicht Kant gelesen? Vielleicht war er zu schwierig für mich«, sagte er nachdenklich, ehe ihm einfiel, dass er niemals Philosophie studiert hatte. Laut sagte er: »Fischer zufolge hat Kant an auf Ethik basierende Pflicht geglaubt. Wir sind dieser Kommission gegenüber verpflichtet, den moralisch richtigen Kandidaten zu berufen. Wir sind dem College verpflichtet, nicht dem Wunsch, unsere eigene Haut zu retten. Wir müssen Fischer berufen.«

»Aber was ist mit den Zähnen, den langen fettigen Haaren und den Schuppen? Was wäre das für ein Beispiel für Ihre Studierenden?«, fragte Campbell der Externe.

Spencer war aufgesprungen und kreischte nun wieder: »Kant ist das genaue Gegenteil der konsequentialistischen Position, über die du bei deiner Antrittsvorlesung gepredigt hast. Was hat es denn für einen Sinn, jemandem zu folgen, wenn der seine Meinung ändert, wann immer er auf eine andere Ansicht stößt? Denk doch an die Konsequenzen für uns alle, Rik.«

»Ich bin der Präsident. Die Entscheidung liegt also bei mir. Ich werde nicht die einfach kluge Entscheidung treffen. Ich werde das Richtige tun. Dr. Fischer ist der beste Bewerber. Wir müssen ihm die Stelle anbieten. Seht euch doch an, in welchen Schlamassel wir geraten sind, durch den Versuch, die moralisch richtigen Konsequenzen unserer Taten zu erreichen. Kant hat recht. Moralisch richtige Taten entspringen der Pflicht. Als Präsident trage ich dem CAT-College gegenüber eine Verantwortung, die ich nicht außer Acht lassen kann. Zum Teufel mit den Konsequenzen.«

»Du bist verrückt. Du bist einfach durch und durch verrückt. Die Macht ist dir zu Kopfe gestiegen. Das geht allen Präsidenten des College so. Am Ende werdet ihr alle verrückt.«

Wallace achtete nicht auf ihn. »Die einzige moralische Konsequenz, die eine Rolle spielt, ist meine Motivation. Warum ist mir das nicht früher aufgegangen? Warum war ich kein Kantianer? Wenn nur dieser Idiot Wallace Kantianer gewesen wäre, dann würde ich jetzt nicht dermaßen in Schwierigkeiten stecken.«

»Vielleicht hat er wirklich den Verstand verloren? Wovon redet er da?«, fragte Campbell der Externe Casper Wall, der das nicht wusste, weil er abermals sein Smartphone gezückt hatte.

»Ketzer. Verräter. Kantianer«, brüllte Spencer ihn an, ehe er sich auf seinen Stuhl fallen ließ und in Tränen ausbrach. »Na, und wenn schon. Noch ein Guru, der seine tönernen Füße zeigt.«

»Spencer, du hast gehört, was Fischer gesagt hat, was Kant gesagt hat. Wir sollen uns verhalten, als könnten unsere Taten zu einem universalen Gesetz werden. Wir müssen das College als moralisches Beispiel für alle anderen Colleges leiten, indem wir unsere Pflicht tun. Vertrau mir. Du hast mir bisher vertraut und wusstest nicht einmal, wovon ich redete. Was spielt es denn jetzt für eine Rolle, ob du verstehst, was ich meine, oder nicht? Du solltest mir auf jeden Fall folgen. Siehst du nicht, das darin deine Begabung liegt? Folge mir einfach, ob du mir zustimmst oder nicht. Versuch nicht mehr, selbst zu denken.«

Spencer hörte auf zu weinen. Er putzte sich mit einem Taschentuch die Nase und wischte sich die Augen. »Vielleicht weiß ich nicht immer, was du meinst, weil du nicht nur die moralische Autorität bist, sondern auch das Gehirn hinter unserer Gruppe. Vielleicht hast du recht. Ein Anhänger hat seine Verantwortung. Ich kann dich nicht einfach jedes Mal im Stich lassen, wenn du einen radikalen Richtungswechsel vollziehst. Was wäre ich denn dann für ein Jünger? Großer Gott. Nun schaut doch bloß mal auf die Uhr. Ich muss Samantha vom Kindergarten abholen. Alle müssen doch meinen, ich hätte sie ausgesetzt. Macht, was ihr wollt.« Er sprang vom Stuhl auf und rannte zur Tür hinaus.

»Ich bin vielleicht die moralische Autorität, aber ich glaube, das Gehirn ist Pandora«, sagte Wallace zu dem leeren Raum, wo eben noch Spencer gewesen war.

Nach einer zehn Minuten währenden Diskussion kam die Kommission überein, den leeren Posten in der Abteilung für Philosophie am CAT-College Dr. Fischer anzubieten, Anhänger von Kant, unbeeinflusst von Zahnärzten, Friseuren und der Kosmetikindustrie. Die Kommission beschloss, den Vorschlag von Campbell dem Externen anzunehmen und ihm im Berufungsschreiben nahezulegen, sich vor seinem ersten Auftritt am CAT-College die Haare waschen und schneiden zu lassen.

»Ich weiß nicht, was die ganze Aufregung eigentlich sollte«, sagte Casper Wall zu Andy Cashman, als sie gemeinsam den zweitbesten Besprechungssaal verließen. »Bei diesen Gesprächen findet man doch nie den besten Kandidaten für einen Job. Wir brauchen viel mehr Online-Bewertungen.«

»Ach, halt die Klappe, du unqualifizierter Trottel.«

»Ich bin ganz anderer Ansicht«, sagte Campbell der Externe. »An unserem College haben wir festgestellt, dass sich bei den Einstellungen alles irgendwie ausgleicht. Es ist doch schließlich nur Moralphilosophie. Es ist ja nicht so, als ob es hier um Leben und Tod ginge.«

XXXIV

Consequuntur Moralia

Moralische Konsequenzen

Rik Wallace stellte sich zu seiner Erleichterung vor, das Haus werde leer sein, als er zu seinem halbzerfallenen Daheim zurückkehrte. Er fing an zu hoffen, dass Julie Progress weggegangen sei, da alles dunkel war. Die plötzliche Wirkung der kantianischen Moral ließ schon nach. Ihre vollen Auswirkungen hatten etwas mehr als drei Stunden vorgehalten. Er wusste nicht mehr, ob er das Richtige getan hatte. Aber er war sicher, dass er nicht das Leichtere getan hatte. Wenn es schwieriger war, war es dann zwangsläufig besser?, fragte er sich. Gab es eine moralische Regel, auf die er noch nicht gestoßen war und die erklärte, der schwerere Weg sei der bessere? Vielleicht hat Spencer recht, dachte er. Vielleicht habe ich den Verstand verloren. Er war sich des erdrückenden Gewichts moralischer Erwartung bewusst, unter dem er nun ächzte. Er stand unter dem Druck zu lernen, was Moral war, das durchzusetzen, zu lehren, zu erforschen, zu beaufsichtigen und schließlich andere damit zu inspirieren. Und das alles, während er das CAT-College auf eine Weise leitete, die Pandoras Zustimmung fand. Während er sich also selbst leidtat, hörte er aus dem dunklen Schlafzimmer ein Geräusch. Leise ging er durch den Flur, knipste das Licht an und erwartete, Mrs Wallace umgehen zu sehen. Progress lag auf dem Bett und war auf obszöne Weise lebendig. Sie trug die verführerischen Dessous, von denen sie glaubte, eine hochstehende Akademikerin trüge sie beim Bewerbungsgespräch unter ihrem konservativen Kostüm. Sie hielt ein Glas Champagner in der Hand. Sie hielt die Flasche zwischen ihren bestrapsten Oberschenkeln. Es war dunkel geworden, während sie auf seine Rückkehr wartete. Sie hatte schon fast den gesamten Inhalt der Flasche geleert.

»Ich dachte, wir müssten feiern«, sagte sie zu ihm und streichelte mit ihrer freien Hand das Bett neben sich. »Ich habe irgendwo ein Glas für dich, wenn du es suchen magst.« Sie rollte sich über das Bett und vergoss Champagner. »Huuuuch«, kicherte sie. Sie war betrunken.

Er setzte sich neben sie, zog die Flasche zwischen ihren Beinen hervor und stellte sie auf den Boden. Progress warf sich das Champagnerglas über die Schulter und ließ es an der Wand zerschellen wie beim Stapellauf ihrer neuen Karriere. »Huuuch. Gott sei Dank ist das nicht die Wand, hinter der sich deine Mutter versteckt, diese miese Kuh. Wollen sie ja nicht durch unsere laute Feier wecken.« Sie kniete auf dem Bett nieder und kroch dann auf allen vieren auf ihn zu. »Komm her, Kollege. Ist das nicht sexy? Fachübergreifendes Fraternisieren.« Sie lachte. »Ich wette, du hast gedacht, ich würde dich fallen lassen, wenn ich den Ehrgeiz meines Lebens befriedigt hätte.« Sie legte eine Pause ein, um laut aufzustoßen.« Aber das tu ich nicht. Niemals. Denn ich liebe dich. So. Jetzt habe ich es gesagt. Ich liebe dich. Ich liebe dich. Ich liebe dich.« Als sie ihre Arme um seinen Hals schlang, warf ihre Schwungkraft sie beide zu Boden. Sie bedeckte sein Gesicht mit Küssen. Wallace versuchte verzweifelt, sich aus ihren Armen zu befreien.

»Julie. Julie. Hör mir zu. Ich muss dir etwas sagen.«

»Du liebst mich auch. Das weiß ich.« Sie unterbrach sich plötzlich, setzte sich auf und sah ihn an. »Gott, was hab ich dieses Einstellungsgespräch heute verschissen.« Sie stieß wieder auf und hielt sich die Hand vor den Mund. »Ich dachte, dieser Drache Andy Cashman würde mich rauswerfen. Aber das spielt ja alles keine Reihe, weil ich einem Geheimbund angehöre, und das ist wichtiger, als eine blöde Kuh in einem Nadelstreifenanzug in einer Kommission zu beeindrucken. Sie ist genauso wie Maddox der Mann. Sie sollte sich vorsehen. Vielleicht schlägt der Blitz zweimal ein. Aber ich wollte dich beeindrucken. Habe ich dich in meinem neuen Outfit geblendet, Liebling?« Sie verhakte ihre Daumen hinter ihrem trägerlosen BH und ließ ihre Brüste vor ihm hin und her schwingen. Sie fing wieder an, ihn zu küssen.

Wallace schob sie mit beiden Händen weg und hielt sie an den bloßen Schultern eine Armlänge von sich. »Julie. Hör mir zu. Du hast den Job nicht bekommen. Wir haben ihn einem außergewöhnlich fähigen Akademiker angeboten, der einen Haufen Bücher geschrieben hat. Er heißt Ernest Fischer. Er wird dir ebenso ans Herz wachsen wie mir.« Er sprach langsam und deutlich, wie um sich einem möglicherweise gefährlichen wilden Tier gegenüber zu behaupten. Er eilte durch seine Erklärung. »Fischer ist überaus qualifiziert. Wir mussten ihm den Job anbieten. Es war die einzige faire Entscheidung. Es war die richtige Entscheidung. Das verstehst du doch, oder? Als Abteilung für Moralphilosophie müssen wir das Richtige tun.«

Progress erstarrte, als sie da in ihren sexy Dessous vor ihm auf dem Boden saß. Ihr Gesicht verdüsterte sich und wurde dann rot. Adern traten an ihrem Hals hervor, als ob eine Armee aus zappelnden Würmern verzweifelt versuchte, ihre Haut zu durchbrechen. Sie sprang auf. Vor Wallaces Auge verwandelte sich ihr G-String, der sich jetzt mit ihm auf Augenhöhe befand, in den Gürtel einer kriegerischen Amazone.

»Fair?«, kreischte sie. »Fair? Hat dieser entzückende Ernest Fischer für dich deine Mutter umgebracht und dort in der Wand versteckt?«, fragte sie und zeigte dabei auf das andere Schlafzimmer.

»Da lang. Sie ist in der Küche.«

»Was?«

»In die Richtung. Sie ist da hinten begraben.«

»Hat dieser fantastische Ernest Fischer dir geholfen, den Präsidenten des CAT-College hier im Garten zu vergraben, und danach Tee serviert?« Jetzt zeigte sie auf die Gartentür. »Da lang? Ja?« Sie streckte ihm die Zunge heraus. »Nein. Ich glaube nicht. Du überschätzt in diesem Zusammenhang die Bedeutung seiner formalen Qualifikationen im Vergleich zu meinem breiter gestreuten Wissen«, fauchte sie. »Was hat dieser Trottel Spencer dazu gesagt?«

»Spencer wollte dir den Job geben. Er hat mich angegriffen. Er hat mich sogar verrückt genannt. Aber am Ende fand er dann auch, dass Kant recht hat.«

»Kant? Was hat Kant mit meinem Job zu tun?«

»Kant sagt, wir sollten uns gemäß unseren Pflichten verhalten. Hast du in den ersten Semestern nie Kant gelesen?«

»Nein. Lambe hat gesagt, der wäre zu schwierig für uns. Bleib hier gefälligst beim Thema.«

»Tu ich doch. Du hast mich nach Kant gefragt. Ich verstehe ihn selbst nicht, aber Fischer hat mir seine Moralphilosophie erklärt.«

»Fischer – der Kerl, der den Job bekommen hat – hat dir erklärt, warum Kant sagt, er solle den Job bekommen.« Sie betonte jedes Wort, als ob sie einem Idioten etwas erklärte, und für den hielt sie ihn jetzt.

»So läuft es bei Einstellungsgesprächen. Die Bewerber sollen die Kommission davon überzeugen, dass sie den Job verdient haben. Ich verstehe Kant ja eigentlich nicht, aber ich werde ihn lesen, sowie ich wieder in die Bibliothek gehen kann.«

»Was hat Andy Cashman gesagt? Sie ist auch nicht viel älter als ich. Das ist nicht fair. In dieser Fakultät brauchst du bloß einen Anzug zu tragen, um einen Job zu kriegen. Aber die BWLer sind untereinander solidarisch, ganz anders als die Philosophen, die wissen ja nicht mal, was dieses Wort bedeutet.«

»Das war nicht Cashmans Entscheidung. Sondern meine. Mach also nur mir Vorwürfe. Bei dem Gespräch mit dir hast du mich nicht davon überzeugt, dass du den Job verdient hättest. Das ist alles. Du bekommst einen Job, wenn du deine Dissertation fertig hast – wenn ich sie fertig habe – und einige Artikel publizierst. Das verspreche ich dir.«

»Wie lang muss ich denn warten, bis es eine neue Vakanz gibt?« Sie überlegte. »Ich wüsste schon einen Philosophen, den ich gern ersetzen würde.«

»Du brauchst jetzt nicht durchzudrehen. Sobald sich eine neue Vakanz ergibt, gehört der Job dir, versprochen. Vielleicht musst du eine Weile warten, weil im Moment alle in der Philosophischen Abteilung bei bester Gesundheit sind. Versuch einfach, Geduld zu haben.«

»Deine Versprechungen sind wertlos. Du hattest mir diesen Job versprochen.«

»Ich habe dir gar nichts versprochen. Wir haben beide zu viel erwartet.«

»Zwischen uns ist es aus.«

»Du meinst, ich werde deine Arbeit nicht mehr betreuen?«

»Du wirst gar nichts mehr betreuen.« Sie wandte sich ab und bot ihm einen klaren Blick auf ihre mit Grübchen versehenen Zwillingsbacken, die nur von dem dünnen String geteilt wurden, als sie auf der Suche nach ihrer roten Trainingshose von ihm wegtaumelte.

»Nichts übereilen. Wir brauchen doch keine Freunde zu sein, und ich kann trotzdem deine Diss betreuen?«

»Raus hier!«, sagte sie und wies mit einer ausgestreckten Hand auf die Tür, während sie die Trainingshose in der anderen hielt. »Raus aus *meinem* Zimmer. Such dir einen anderen Schlafplatz. Raus! Was für eine Vorstellung, dass ich dich noch vor wenigen Minuten geliebt habe. Jetzt, wo ich weiß, was du für ein Betrüger bist, will ich dich nicht mehr.« Sie knallte die Tür hinter ihm zu. »Ich habe auch meine Prinzipien, selbst wenn ich niemals Kant gelesen habe.«, brüllte sie durch die Tür.

Er saß allein auf einem Stuhl am Esstisch. Er würde sich ein Bett auf dem Boden machen müssen, wenn er die Energie dazu aufbringen könnte. Er dachte, vielleicht sollte er lieber Nietzsche lesen als den nüchternen Kant, denn er konnte sich nicht vorstellen, dass Nietzsches Schriften seine Lage noch verschlimmern würden. Drei Tage später hatte er zwei weitere Stühle nebeneinandergeschoben und eine Bank improvisiert.

Progress sann im Schlafzimmer auf Rache. Wallace konnte durch die geschlossene Tür ihre gemurmelten Verwünschungen hören. Er stellte sich vor, dass sie Anerkennung für ihre Vergeltung verlangen würde, da sie in Sachen Rache eine Amateurin war. Eine Meisterin der Kunst hätte erkannt, dass die beste Form der Rache ein anonymer Akt der Bosheit ist, von dem das Opfer sich einbilden kann, es sei pures Pech gewesen. Es wäre für ihn deprimierender gewesen, sich vorzustellen, dass die Rachegöttinnen es auf ihn abgesehen hätten, als dass es nur eine verbitterte Progress war, deren Mittel und Fantasie zu denen der Göttinnen doch begrenzt waren. Er würde ihr das nicht sagen. Er wollte nicht, dass sie auszog. Er hoffte auf eine Versöhnung, wenn sie nur bliebe. Sie war zu erschöpft von ihren Racheplänen, um an einen Umzug auch nur zu denken. Unbewusst, ohne es sich klarzumachen, wollte sie gar nicht gehen, denn ihr unbewusstes Selbst war eine noch faulere Schlampe als ihr bewusstes.

Wallace war zu deprimiert, um sich der Aufgabe zu stellen,

die ramponierten Möbelstücke aus dem zweiten Schlafzimmer zu entfernen, in der Hoffnung, unter dem ganzen Müll ein Bett zu finden. Er füllte sein Glas ein weiteres Mal mit Rotwein, um seinen Special Fried Rice hinunterzuspülen.

XXXV

Custodientes Vigilias In Bibliotheca

Wachtposten in der Bibliothek

Jim, der nunmehr angehende Bibliothekar, lag auf allen vieren. Als er das lange weiße Kabel, das sich über den Boden zu den beiden weißen, einander hinter der Eingangstür gegenüberliegenden Tafeln schlängelte, einstöpselte, fing ein bernsteinfarbenes Lämpchen an, hektisch zu flackern, ehe es auf ein konstantes Grün umschaltete, um zu zeigen, dass das System nun gewappnet sei. Jim richtete sich vor der Steckdose auf, die unten am Boden hinter einem schmalen Bücherregal in der Wand saß und trat neben die Bibliothekarin, die die Installation des Portals überwachte, das verhindern sollte, dass ohne Jims Erlaubnis Bücher aus dem Haus entfernt würden.

»Ich gehe jetzt, ohne dieses Buch auszuchecken. Du sprichst mich vor der Tür an, wenn der Alarm losgeht. Bist du so weit? Hast du deinen Ausweis und deinen Taser?«, fragte die Bibliothekarin.

»Ach, ist das aufregend. Das ist der erste Verstoß gegen meine Bibliotheksvorschriften. Ich werde hier sitzen und so tun, als sei ich in meine eigenen Angelegenheiten vertieft. Ich werde die Zeitung lesen, wenn du vorübergehst. Okay?«

Jim setzte sich auf einen grauen Plastikstuhl, der zwischen zwei Säulen aus Büchern eingeklemmt war, während sich die Bibliothekarin in die Küche zurückzog.

»Bist du so weit?«, rief sie in die Diele hinaus. »Ich komme.«

»Alles klar«, bestätigte Jim.

Die Bibliothekarin betrat die enge, mit Büchern vollgestopfte Diele mit einem Buch in der Hand, das sie lässig und für Jim unsichtbar von sich weghielt. Sie ließ ihren Arm einen kleinen Bogen schwingen und pfiff vor sich hin. So stellte sie sich Studierende vor, die Bücher aus ihrer Bibliothek stahlen.

»Entschuldigung, junge Frau. Haben Sie das Buch da am Ausgabetresen in der Küche ausgecheckt?«, fragte Jim und sprang auf, als sie sich in der engen Diele an ihm vorbeizwängen wollte.

»Du sollst doch die Zeitung lesen, Jim. Du siehst mich nicht.«

»Ach ja. Entschuldige. Meine Nerven.« Jim setzte sich wieder.

»Egal. Weiter im Text. Wo waren wir? Ja, ich habe es am Ausgabetresen ausgecheckt«, log sie. »Wie können Sie es wagen, mir einen Buchdiebstahl vorzuwerfen? Ich bin traumatisiert. Ich werde diese Bibliothek wegen Verleumdung verklagen.«

»Ah. Schön. Sehr gut. Dann nichts für ungut. Schönen Tag noch, junge Frau.«

»Danke.«

Die Bibliothekarin ging zwischen den parallelen Tafeln des Scanners weiter. Sie wappnete sich gegen den schrillen Alarm, den Jim auf Maximumlautstärke eingestellt hatte. Als sie die Tür öffnete, war noch nichts passiert.

Die Bibliothekarin drehte sich auf dem Gehweg um und starrte in die dunkle Diele zurück.

»Es funktioniert nicht«, sagte Jim und gab seine Wachtpostenrolle zusammen mit der Zeitung auf.

»Ach, was sind wir blöd«, sagte die Bibliothekarin und schlug sich mit der Faust vor die Stirn. »Wir haben vergessen, die Chips in die Bücher zu legen.«

»Wir sind zu aufgeregt. Ich erledige das jetzt, und dann machen wir noch einen Versuch.«

Jim und die Bibliothekarin kehrten zurück in die Küche, wo ein improvisierter Ausgabetresen für die Heimbibliothek aufgestellt worden war. Bücherstapel lehnten auf dem Küchentisch aneinander wie alte Freunde. Die Bibliothekarin setzte sich vor den einen der beiden Computerterminals, die am anderen Ende des hölzernen Vierecks Rücken an Rücken standen, während Jim am anderen Ende vor einem einzelnen Bücherstapel Platz nahm. Er riss das Siegel von einer Schachtel und verteilte lange dünne Papierstreifen vor sich auf dem Tisch.

»Während du das machst, werde ich einige Untersuchungen im Internet vornehmen, um zu überprüfen, dass wir einen Internetzugang haben«, sagte die Bibliothekarin.

Jim schlug das Buch oben auf dem Stapel irgendwo auf. Er hielt einen Papierstreifen an beiden Enden hoch und schob ihn mit vielem Hin und Her in den Buchrücken.

»Ich googele mal Inspector Jackson.«

»Du bist scharf auf ihn, was?«

»Vielleicht. Aber es ist wichtig zu wissen, wen man mag. Ich will verstehen, wer er ist, jedenfalls dem Internet zufolge.«

»Er ist Polizist. Was gibt es denn sonst noch zu verstehen?«

»Mal sehen. Wow. Hier hab ich haufenweise Treffer. Jede Menge Zeitungsartikel. In einem steht, dass er wegen der Pastamorde eine Auszeichnung erhalten hat. Die Schlagzeile lautet: Brillanter junger Ermittler klärt Restaurantmassaker auf, das eine Generation von Polizisten verwirrt hat. Hier ist ein neuerer Artikel: Inspector Jackson zum dritten Mal mit dem Rekord der Wache für die Festnahme Krimineller. Oder: Sam der Schweiger bricht bei Verhör durch Jackson zusammen. Das hier ist seltsam: Mordermittler von Mordverdacht freigesprochen. Heute Morgen wies das Kriminalgericht die Anklage gegen Inspector Jackson zurück, vielfach ausgezeichnet … blah, blah … als der Zeuge der Anklage keine Aussage machen konnte. Die Polizei sucht noch immer nach ihrem Starzeugen, der nur wenige Stunden zuvor verschwunden war, aufgrund von … blah, blah … Vor dem Gericht sagte der Polizeidirektor … eine Schande, seinen feinsten Beamten durch den Schlamm zu ziehen, aufgrund der dünnen unbestätigten Aussage eines bekannten vorbestraften Kriminellen … Und hier ist noch was: Superbulle wieder da nach Aufhebung der Anklage wegen Rekordverhaftung. Da haben sicher Verbrecher versucht, ihm eins auszuwischen, weil er zu gute Arbeit leistet. Er ist offenbar so eine Sorte Superbulle, auch wenn wir am College noch nichts davon gesehen haben.«

»Vielleicht spielt er nur mit uns.«

»Vielleicht. Ich ahne in seiner Einstellung etwas Zweideutiges. Ich bin empfänglich für diese Art von Schwingungen. Ich dachte, er hoffte auf irgendeine Weise, dass wir … dass ich irgendwie nicht so gut wäre. Vielleicht fühlt er sich zu verruchten Frauen hingezogen?«

»Das bist du ja wohl kaum.«

»Wie meinst du das? Wenn ich wollte, könnte ich verbrecherisch sein«, sagte die Bibliothekarin nachdenklich. »Das ist enttäuschend. Hier steht nirgendwo etwas über sein Privatleben. Hier ist ein Kommentar, der meint, er wäre schon längst Chief Inspector oder sogar Superindendent, wenn er nicht von neidischen und misstrauischen Kollegen umgeben wäre. Der arme Mann. Er muss doch total entmutigt sein.«

»Bist du bereit für einen neuen Versuch?«, fragte Jim, stand auf und reichte ihr eine gechipte Ausgabe von Dostojewskis *Schuld und Sühne*. »Versuch mal, das zu stehlen.«

XXXVI

Adde Unum Entrepreneurum Solum

Man füge einen Entrepreneur hinzu

Professor Spencer und Pandora wandelten zusammen unter einem lila- und gelbgestreiften Kriegsflaggenhimmel, der über dem College wehte. Sie gingen spontan die strategischen Pläne von CATzugh durch und diskutierten, was sie, falls überhaupt, gegen das wachsende Zerwürfnis von Rik Wallace und Julie Progress unternehmen sollten. Während Spencer eine Weile über das Ergebnis der Einstellungsgespräche geschmollt hatte, hatte er Wallaces neue Haltung doch bald schätzen gelernt. Jetzt versuchte er mehr denn je, der beste Jünger zu werden, der er nur sein könnte. Pandora spielte mit dem Gedanken, Progress auszuschalten, denn deren Wut auf Wallace ruinierte die Harmonie der CATzugh-Abende. Spencer dagegen bevorzugte eine mitfühlendere Vorgehensweise Progress gegenüber, die er leiden mochte. Pandoras Katzeninstinkte sagten ihr, dass Progress etwas Unzuverlässiges hatte, das sie nicht in Worte fassen konnte, während sie glaubte, Wallace immerhin im Griff zu haben, denn hinter seinem ganzen akademischen Geniegetue hielt sie ihn doch für einen harmlosen Trottel. Für Pandora war immer der nächste Plan perfekt, denn der war noch nicht fehlgeschlagen. Sie sah in keinem ihrer Misserfolge ihre eigene Rolle, denn sie war mit der Gabe gesegnet, die Schuld immer nur bei anderen zu suchen. Spencer und Pandora wandelten langsamen Schrittes nebeneinander dahin. Er hatte die Hände tief in die Hosentaschen gerammt, sie die Arme über der Brust verschränkt. Sie waren auf dem Weg zur Rezeptionsbaracke, um mit Jim dem Pförtner zu überlegen, ob er Bewegung in die Situation bringen könnte. Spencer blieb mitten auf dem ungewöhnlich hohen Rasen stehen. Er zog die Hände aus der Tasche und schwenkte sie über seinem Kopf. »Das haben wir ja total vergessen. Jim ist in Rente. Er sitzt nicht mehr in seinem hölzernen Schilderhäuschen. An seiner Stelle ist da jetzt dieser picklige Dussel, der nichts weiß und niemanden kennt.«

»Der kann ja offenbar nicht mal mit einem Rasenmäher umgehen«, sagte Pandora und schaute auf das hohe Gras hinunter.

»Das College wird ohne Jim zusammenbrechen. Wir müssen ihn überreden, aus dem Ruhestand zurückzukommen. Wir brauchen jemanden von der alten Garde hier, um Ordnung zu halten«, sagte Spencer.

»CATzugh hat ihm versprochen, dass er in Rente gehen dürfte. Das war sein einziger Wunsch. Du und ich sollten unsere Zusagen einhalten, sonst ist am Ende Julie Progress nicht das einzige wütende Mitglied. *Wir* dürfen unsere Versprechen nicht brechen.«

»Progress muss einfach auf die nächste freie Stelle warten, und dann wird für ihre Karriere alles in die Wege geleitet.«

»Wir hätten sie bei CATzugh niemals aufnehmen dürfen.«

»Sie wäre kein Mitglied, wenn Rose nicht die Sache mit Lambe verpfuscht und uns gezwungen hätte, zu Rik zu gehen, und das war deine Idee.«

»Rose ist an allem schuld.«

»Du weißt, dass Progress ein Motiv für den Mord an Bacon hatte, auch wenn Rik sagt, dass es gar kein Mord war. Sowie Bacon ausgeschaltet war, hatte sie eine Aussicht auf eine akademische Stellung. Und in nächster Zeit wird es in der Philosophie keine anderen freien Stellen geben. Was? Warum schaust du mich so an? Sie würde es doch nicht bei mir versuchen, oder? Glaubst du, sie würde mich umbringen?«

»Kein Mitglied von CATzugh ist befugt, in Personalfragen eigenständige Entscheidungen zu treffen. Aber jedenfalls verfüge ich über große Menschenkenntnis. Progress wäre nicht fähig zu einem Mord. Wie könnte sie sicher sein, dass Wallace ihr irgendwann einen Posten verschaffen wird, wenn sie besser als wir anderen alle wissen müsste, dass er dauernd seine Meinung ändert?«

»Vielleicht will sie Rik umbringen. Das wäre doch sinnvoller, als mich umzubringen. Würdest du ihr das bitte sagen, wenn du ihr begegnest? Glaubst du, er hat es getan?«

»Wer?«

»Rik.«

»Was getan?«

»Bacon umgebracht.«

»Warum hätte er Bacon umbringen sollen? Weiß Gott, er braucht alle Philosophen, die er hat.«

»Stimmt. Er braucht mich. Würdest du ihm das bitte sagen, wenn du ihm begegnest? Ich glaube, er mag mich. Ich bin sein überzeugtester Anhänger.«

»Du bist jedenfalls sein lautester Anhänger.«

»Hast du Bacon umgebracht?«

Pandora trat mit dem Absatz ihre Zigarette im Rasen aus. »Hab ich nicht. Wir sind offenbar nicht die einzige Gruppe, die hier auf dem Campus operiert.«

»Wie meinst du das?«

»Das war nicht unser Werk. Keine sorgfältige Planung. Keine Teamarbeit. Ich glaube, es war ein von einem Einzelgänger ausgeführter opportunistischer Mord.«

Sie gingen gemeinsam weiter und überlegten sich dabei getrennte Pläne.

»Jim hat zu Hause nichts anderes zu tun, als mit den neuen Computern seine Bücher zu katalogisieren. Er hat für niemanden mehr Zeit, seit er von der Bibliothekarin diese Geräte bekommen hat. Die beiden sitzen den ganzen Tag davor, leihen sich gegenseitig Bücher und bringen sie durch das Sicherheitsportal, das er vor seiner Haustür angebracht hat«, sagte Pandora.

»Immerhin kann er das tun, was er gern tun möchte.«

»Du solltest Inspector Jackson fragen, was er in seiner Freizeit gern tut. Wallace hat mir erzählt, dass er glaubt, dass Jackson vielleicht Bacon umgebracht hat, weil er einen Vorwand haben wollte, um weiterhin auf dem Campus zu sein. Jim hat mir gesagt, er habe in einem seiner eigenen Mordfälle unter Verdacht gestanden. Jackson interessiert sich für die Bibliothekarin, oder jedenfalls, meint Jim, sie interessiert sich für ihn. Vielleicht kommt man mit einem Mord am leichtesten durch, wenn man Jagd auf sich selber macht.«

»Oh Gott, wie verwirrend. Wie kann ich mich sicher fühlen, wenn die Polizei im Spiel ist?«

»Du denkst zu viel. Hör einfach für eine Weile mit Denken auf, und dann siehst du ja, wie der Rest von uns lebt, wir, die nicht denken.«

»Vielleicht nächstes Mal. Wir lernen, so lange wir leben. Wenn wieder eine Stelle frei wird, könnte Progress sich vielleicht als Kantianerin ausgeben, das würde uns allen eine Menge Ärger ersparen.«

»Vielleicht nächstes Mal. Ich glaube, sie hat ihr Interesse an Moralphilosophie verloren. Ich glaube, sie fühlt sich restlos im Stich gelassen, und das ist für uns andere gefährlich.«

»Ich hasse diese kleinlichen Meinungsverschiedenheiten. Rik hat Progress nichts versprochen. Sie hat einfach zu viel unterstellt. Hoffentlich kommt sie bald darüber hinweg, und dann küssen sie sich, und alles ist wieder gut.«

»Wie romantisch.«

»Du bist genauso zynisch wie Lambe.«

»Lambe hat gesagt, er sei nicht zynisch.«

»Da hat er sich geirrt. So, wie er sich in jeder Hinsicht geirrt hat.«

»Ich glaube, Lambe hatte recht und unrecht zugleich, in fast jeder Hinsicht, wie die meisten von uns. Das ist doch möglich, oder nicht, Professor?«

»Nein, eigentlich nicht. Wir Philosophen haben entweder recht oder wir haben keine Ahnung. Unrecht haben wir nie.«

»Dann verbuche ich dich unter keine Ahnung.«

Ein weiteres Schweigen folgte.

»Wir müssen zusammenhalten. Wallace hätte CATzugh zuliebe zu Progress halten müssen, statt sie wegen eines blöden abstrakten Prinzips im Stich zu lassen. Jetzt wird sie uns alle ins Verderben reißen. Sie muss weg.«

»Rik hat mich dazu inspiriert, mit allen unerwarteten Veränderungen in meinem Lebensplan fertigzuwerden. Ja, es wäre gut für meine Nerven, wenn er nicht immer wieder seine Überzeugungen änderte, aber das beweist doch nur, dass er ein Genie ist. Ich bin sicher, er will nicht, dass Progress etwas zustößt.«

»Welchen Sinn hat denn die Suche nach dem grundlegenden Sinn des Lebens, wenn ihr Philosophen nicht dabei bleibt, wenn ihr ihn erst gefunden habt? Welchen Trost bringt es, von einer Idee zur anderen zu flattern? Ihr müsst euch endlich einmal festlegen, und zwar bald, sonst treibt ihr mich in den Wahnsinn. Progress zumindest glaubt offenbar an nichts anderes als daran, ihr eigenes Leben zu verbessern. Das kann ich verstehen.«

»Dein Problem, Pandora, ist, dass du keine Anhängerin bist. Du willst die Anführerin sein, und es kann nur einen Anführer geben. Wer hätte ahnen können, dass es so anstrengend ist, ein Jünger zu sein? Vielleicht geht Wallace ja. Es gibt andere Colleges, die sein philosophisches Genie zu schätzen wissen würden, auch wenn einige hier am College – du zum Beispiel – das nicht schaffen. Er könnte irgendwo anders als Prophet verehrt werden.«

»Er soll gehen? Wallace wird niemals gehen. Das CAT-College verlässt man erst, wenn man mit den Füßen zuerst hinausgetragen wird. Man muss zu drastischen Mitteln greifen, um die zum Gehen zu bringen, die man loswerden will. Progress sollte gehen. Ich misstraue ihr.«

»Ich vertraue ihr.«

»Du bist ein Idiot.«

»Bin ich nicht.«

»Bist du doch.«

»Bin ich nicht.«

»Hör auf. Ich verstehe Wallace nicht, aber ich respektiere ihn, auch wenn ich ihm das niemals sagen würde. Wag ja nicht, es ihm zu erzählen. Mein Bauchgefühl sagt mir, dass es seinetwegen am CAT-College Ärger geben wird. Alles war gut, ehe er aufgetaucht ist.«

»Pandora, du bist keine Intellektuelle. Du solltest das Denken denen unter uns überlassen, die dazu ausgebildet worden sind. Bauchgefühle können gefährlich sein.«

»Ja. Ich erinnere mich an Lambes Rede über Intellektuelle. Ich bin zufrieden so, wie ich bin.«

Pandoras Intuition hatte in diesem Fall recht, denn der Ärger traf nun gerade auf der Rückbank eines glänzend schwarzen Autos ein, das durch das Haupttor auf den Campus fuhr. Ein riesiger Kerl in schwarzem Anzug, weißem Hemd und schwarzem Schlips bugsierte einen umfangreichen Leib durch die Tür auf der Fahrerseite, ehe er für seinen Fahrgast die hintere Tür öffnete. Spencer und Pandora unterbrachen ihr Gespräch, um sich ihren wichtigen Besucher anzusehen. Der Fahrer zog einen kleinen fetten Mann aus dem Wagen, indem er an dessen beiden aus der hinteren Tür gestreckten dicken Stummelarmen zerrte. Als der Fahrgast aufrecht draußen stand, war der Fahrer zufrieden, und Spencer und Pandora, die auf den Fahrgast hinabblickten, konnten fünf fettige Würstchen aus blonden Haaren sehen, die in dem vergeblichen Versuch, seine Glatze zu verdecken, über seinen Schädel geklatscht waren. Unter seinem roten Gesicht quoll ein teigiger Hals über den Kragen seines teuren gestreiften Hemdes und den Schlips. Während sein Hals in regelmäßiger Steigerung immer fetter geworden war, hatte er sich geweigert, in entsprechendem Tempo seine Kragenweite zu ändern. Er war bereit, aus Eitelkeit Unbehagen auf sich zu nehmen und einen Gehirnschlag zu riskieren. Aber die, die ihn kannten, konnten dagegenhalten, dass sein Gehirn das eine Organ in seinem Leib war, dem auch ein regelmäßiger Sauerstoffzufluss nicht viel helfen würde. Das Schneidergenie hinter seinem maßgeschneiderten Anzug schaffte es, seinem perfekt zylindrischen Rumpf zu schmeicheln. Die meisten seiner Wurstfinger zeigten ein großes Angebot an reichhaltigen Diamantringen.

Seine schrille Fistelstimme verwirrte alle, die sie zum ersten Mal hörten, und machten sie auf unheimliche Weise unfähig, ihn nicht zu imitieren. Dass er seine Reden in einem atemlosen Keuchen führte, verursachte an jedem Satzanfang ein Quietschgeräusch, als ob sein Sprachzentrum in seinem Magen untergebracht sei. Er wandte sich an Spencer, der ihn mit einer Mischung aus Entsetzen und Erstaunen anstarrte.

»Iiiiik. Ich suche den Eiter dieses College.«

»Den Eiter? Ach, ich glaube, Sie meinen den Leiter, Professor Rik Wallace. Den Eiter. Sehr schmeichelhaft.«

»Iiiiik. Speichel? Wie meinen Sie das, Speichel?«, fragte er, zog ein perfekt gebügeltes und gefaltetes weißes Taschentuch hervor, tupfte sich damit den Mund ab und musterte das Ergebnis. Der

Fahrer trat hinter seiner Schulter in Stellung, spreizte die Beine und verschränkte die Hände auf seinem Bauch.

»Iiiik. Er ist mein Bruder.«

»Wer? Der Eiter? Ich meine, der Leiter?«

»Ja. Er ist mein Bruder, und das macht mich zu seinem Bruder. Ich bin Larry Wallace. Hat er Ihnen erzählt, dass er einen erfolgreichen Bruder hat, Larry? Rik ist nicht der einzige in der Familie mit einem Meta Bellum«, sagte er und tippte sich an die Schläfe.

Spencer starrte ihn verständnislos an. Larry vermutete, an einen Trottel geraten zu sein. »Rik ist nicht der einzige mit Grips. Ich hätte auf der Schule bleiben können, wenn ich das gewollt hätte. Meine Mutter wusste nie den zu schätzen, der alles für sie getan hat.«

»Und wer war das?«

»Iiiik. Ich. Ich war das. Ich habe alles getan, was sie wollte, aber für sie gab es immer nur Rik hier und Rik da. Sie bricht aus dem Gefängnis aus, um mit ihm zusammen zu sein. Ich werde sie beide umbringen, wenn ich sie erst erwischt habe. Metallurgisch gesprochen natürlich nur. Ha, ha.«

»Rik erzählt uns nicht viel über sich. Er ist zurückhaltend, wie alle großen Männer.«

Larry grunzte, quetschte Spencers Hand zwischen seinen Ringen und betrachtete mit gelassener Befriedigung den stummen Schrei, der aus Spencers Augen brach.

»Was machen Sie denn so, Larry?«, fragte Pandora. Sie wollte keinen Händedruck riskieren, als sie sah, dass Spencer seine Hand in seine Achselhöhle klemmte. Sie ging zurecht davon aus, dass Larry kein Sexist war, wenn es darum ging, Schmerzen zuzufügen.

»Ich bin das, was Sie als Entrepreneur bezeichnen können.« Das war ein Wort, das er für solche Gelegenheiten eingeübt hatte, da er die Erfahrung gemacht hatte, dass seine Rivalen ihn damit bezeichneten, wenn sie ihm ein seltenes Mal ein Kompliment machen wollten. »Ich entrepreneure so dies und das.«

»Entrepreneur? Sieh an? Ein Geschäftsmann. Willkommen am CAT-College, von dem Sie vielleicht wissen, dass es sich um eine der leitenden Handelsakademien hier in der Stadt handelt. Hier fühlen Sie sich doch sicher wie zu Hause?«

»Wie viele andere Handelsakademien gibt es hier in der Stadt?«

»Keine. Aber wie wir in unseren Broschüren sagen, darum geht es nicht.«

»Meine Mutter war hier.«

»Ihre Mutter? Am College? Hat sie die Sekretärinnenschule besucht?«, fragte Spencer.

»Iiiiik. Meine Mutter war hier, nachdem sie aus dem Gefängnis entkommen war.«

»Ich weiß, dass die Großmutter der früheren Präsidentin fast alle Bewerberinnen aufgenommen hat. Das musste sie. Sie brauchte dringend hohe Aufnahmezahlen. Aber ich höre zum ersten Mal, dass auch ein Knastvogel dabei war. Damals in den guten alten Zeiten war die Lage offenbar viel härter, als wir gedacht haben.«

»Iiiiiik. Für einen großkotzigen Akademiker sind Sie aber nicht gerade clever, oder was? Meine Mutter war hier, um meinen Bruder zu besuchen, Rik. Der kleine Arsch hat mir das nicht mal mitgeteilt. Ich war außer mir vor Sorge. Dieser Quecksilber von Psychiater meint, meine Mutter sei nicht gesund. Der Queck hat gesagt, sie sei verrückt. Da musste ich ihn zusammenstauchen. Tief in den Boden stauchen, wenn Sie verstehen, was ich meine. Ha, ha. An meiner Mutter ist nichts auszusetzen.«

»Quecksilber-Psychiater?«, fiel Spencer ihm ins Wort. »Ist das ein Spezialist?«

»Ein Queck. So ein Betrüger. Wie Doktor Eisenbart eben. Sie wissen schon. Wo ich herkomme, nennen wir Ärzte immer nur Queck. Sind Sie sicher, dass Sie nicht auch ein Queck sind?« Larry Wallace wischte sich die Hände mit seinem weißen Taschentuch und reichte es dem Fahrer. »Jemand vom College hier hat mir in einem androgynen Brief mitgeteilt, dass meine Mutter zu Riks großer Verlosung hier war.«

»Ach, die Verlosung ... ich meine, Vorlesung. Ein unvergessliches Erlebnis. Ihr Bruder ist ein Genie.«

»Waren Sie da? Haben Sie meine Mutter gesehen?«, fragte Larry und lief noch röter an.

Spencer hob abwehrend die Hände. »Nein, das habe ich nicht«, sagte er. »Ich musste früher weg, um meine Tochter irgendwohin zu fahren. Was war das doch noch gleich? Schwimmunterricht?«

»Elternabend«, korrigierte Pandora.

»Wunderbares Gedächtnis, Pandora.«

»Ich kann mich an alle Unternehmungen deiner Tochter erinnern.«

»Ich wusste bisher nicht einmal, dass Sie eine Mutter haben«, sagte Spencer zu Larry, der ihn stirnrunzelnd anstarrte.

»Sie scheinen ja ein ungeheuer erfolgreicher Entrepreneur zu sein«, schaltete sich Pandora ein, um das Thema zu wechseln. Sie musterte den Wagen und den beeindruckend schweigsamen Fahrer. »In welcher Branche sind Sie denn tätig?«

»Ein bisschen hier und ein bisschen da. Ich kaufe und verkaufe. Kaufe billig, Verkaufe teuer. Vor allem Bauernhöfe und Zubehör.«

»Bauernhöfe und was?«, fragte Spencer. Es war ihm unmöglich, den Mund zu halten, auch wenn er sicher war, dass er das tun müsste.

»Haben Sie irgendwelche geschäftlichen Qualifikationen?«, fragte Pandora Larry.

»Ich habe das hier«, sagte Larry Wallace und hob eine von Diamanten bedeckte Faust. »Und wenn das nicht als Refrain … wenn das nicht reicht … dann habe ich auch noch das«, und er hob die andere. Er tänzelte überraschend geschmeidig wie ein Boxer hin und her, wich aus und täuschte und versetzte Spencer einen freundschaftlichen Stoß vor die Brust, um zu betonen, was hier los war. Spencer ging im Kies neben dem Wagen in die Knie und rang um Atem, ehe Pandora oder Larry reagieren konnten. Pandora vermutete, dass Larrys gewaltiger Fahrer über blitzschnelle Reflexe verfügte, aber er bewegte keinen Muskel und vermittelte den Eindruck, regelmäßig zu erleben, dass jemand vor Larry in die Knie ging.

»Ja, leck mich doch. Was für ein Weichei! Ross, heb ihn auf.« Ross bückte sich, legte einen Arm um Spencers Nacken und den anderen unter seine Kniekehlen und hob ihn so vorsichtig auf wie eine Mutter einen teuren, soeben eingekauften Gegenstand.

»Ich wollte ihn nicht inkommandieren. Entschuldigen Sie. Ich kenne weder meine eigene Stärke noch die Schwäche der anderen. Wohin können wir ihn bringen, damit er wieder zu Atem kommt?«

»Ins Büro Ihres Bruders«, sagte Pandora. »Sie können Ihn überraschen.«

Pandora und Larry gingen neben Ross her, der den stöhnenden Spencer den kurzen Weg zum Büro des Präsidenten trug. Pandora lugte seitlich zu Larry hinüber und überlegte verstohlen, ob er ein passender Kandidat für die freie Stelle bei den BWLern und für alle anderen möglichen unbesetzten Rollen sein könnte. Im Vergleich zu dem schlaff in Ross' Armen hängende Spencer kam er ihr wie jemand vor, dem es nicht schwerfallen würde, sich in einen Wilden zu verwandeln; wenn auch vielleicht nicht unbedingt in einen edlen solchen. Sie stellte sich vor, dass er seine Körperhaare nicht entfernte und vor etwas Seife nicht zurückschrecken würde. Vermutlich besaß er echte Keulen. Sie ertappte sich dabei, ihre Schritte näher an ihn heranzulenken.

Rik Wallace hielt sich nicht in seinem Büro auf. Er saß in der Bibliothek und las Kants »Kritik der reinen Vernunft«, was sich, bei dieser Gelegenheit, als angemessene, wenn auch nicht praktische Ablenkung erwies. Spencer saß in Wallaces Ledersessel und massierte die ringförmigen Druckstellen an seinem Brustkorb. Pandora und Larry saßen auf der anderen Seite des Schreibtisches und rauchten. Pandora erlebte seltsame Gefühlsbewegungen und gab sich alle Mühe, die unter Kontrolle zu halten. Vielleicht war sie dabei, sich auf die streng beschränkte Weise, in der Egomane einander lieben können, in Larry zu verlieben. Sie stellte sich gerade vor, wie wohl zwei Egomane zusammenlebten.

»Ich bewunderte rauchende Männer«, hörte sich Pandora laut sagen.

»Iiiiiik. Ich bin nicht sicher, ob ich Frauen bewundere, die im Haus eine Sonnenbrille tragen.«

Sie nahm ihre Sonnenbrille vorsichtig ab, klappte die Bügel zusammen und legte die Brille auf den Schreibtisch. Sie blinzelte benommen im fremden Tageslicht. Ihre Augen tränten.

»Das ist besser«, sagte Larry.

»Es gibt eine freie Stelle bei der BWL. Wir brauchen da einen echten Mann – einen echten Geschäftsmann … und nicht nur … äh … Frauen wie Maddox den Mann oder Andy Cashman, die unseren Studierenden etwas über die wahre Geschäftswelt beibringen können.« Das alles platzte Pandora nur so heraus, ohne dass sie sich die zu den Wörtern passenden Gedanken gemacht hätte. »Unsere Studierenden hören zu viel Theorie über Marketingstrategien, Verkäufe und unsinnige Tabellenkalkulationen. Altmodisches Hauen und Stechen, das brauchen sie. Was Sie eben Entrepreneurstum nennen. Ich wette, Sie können denen bei der Pharmazie einige Verkaufsstrategien beibringen.«

»Was für Pharmazie? Ach, Farm und Zubehör natürlich. Okay. Vergessen Sie, dass ich etwas gesagt habe«, sagte Spencer und verschränkte beschützend die Arme vor der Brust. »Ich dachte, wir hätten uns auf eher abstrakte Themen für BWL geeinigt«, krächzte Spencer, der jetzt Atem und Mut wiedergefunden hatte. »Was wissen Sie über Philosophie, Larry?«

»Ach, Klappe halten. Ihr Philosophen würdet doch alle in den Wahnsinn treiben«, sagte Pandora.

»Philosophie. Mein Bruder ist ein Scheißphilosoph«, sagte Larry und wandte seine Aufmerksamkeit wieder Spencer zu. »Der steckt nicht einfach nur voll Scheiße. Der läuft geradezu über. Kann jeden Moment platzen.«

»Ich weiß. Ich meine, ich weiß, dass er kein Philosoph ist«, sagte Spencer mit leisem Trotz, war aber erleichtert, als Larry fast sofort das Interesse an ihm wieder verlor.

»Ich soll mich an eurer Handelsschulkiste beteiligen? Ach, Graf Rotz Rik wäre ja von den Socken! Was muss ich dafür tun?«

»Eigentlich gar nichts. Wir kümmern uns um die Einzelheiten, Examen benoten und so. Sie wären einfach nur der Leiter der Fakultät. Mit der Zeit könnten wir dann etwas nach Ihnen benennen. Das Wallace-Unternehmens-Zentrum. Wie klingt das? Natürlich würde Ihnen eine großzügige Summe für Ihre Mitarbeit und Ihren wertvollen Namen zur Verfügung gestellt werden.«

»Ich finde, wir sollten beim nächsten Zusammentreten des Akademischen Rates über diesen Vorschlag beraten«, sagte Spencer und machte sich bereit für den nächsten Schlag, der jedoch ausblieb.

»Spencer ist zu bescheiden. Wir haben den Rat in der Tasche. Wir haben das College in der Tasche«, prahlte Pandora. »Und natürlich brauchen wir die geschäftsführende Direktorin, Andy Cashman, in den Angelegenheiten ihrer Fakultät nicht um Rat zu fragen.«

Es wurde laut an die Tür geklopft.

»Herein«, brüllte Spencer, ehe etwas anderes gesagt werden konnte. Die Tür öffnete sich. »Ah, Julie, komm rein«, befahl Spencer.

»Ich wollte nur Rik daran erinnern, dass ich offiziell noch immer nicht mit ihm rede.«

»Das ist Riks Bruder Larry. Jemand hier am College hat ihm über seine Mutter geschrieben, die aus dem Gefängnis entkommen ist oder so, und schon ist er hier.«

»Wie geht es Ihnen, Larry? Wie schön, Sie kennenzulernen. Rik hat uns nichts über Sie erzählt.«

»Larry wird das Wallace-Unternehmens-Zentrum leiten, wenn er Leiter der BWL wird. Stell dir das vor! Eine campuseigene Unternehmensbrutstätte. Ein Nervenzentrum der Exzellenz, mit einem Entrepreneurstum, das es unseren Doktoranden erlauben wird, unter Larrys Oberaufsicht echte Geschäftspraktiken zu entwickeln«, sagte Pandora, die in Gedanken bereits die Werbebroschüren verfasste.

»Wow. Das ist umwerfend. Der Chef eines Zentrums mit Ihrem eigenen Namen. Das ist mehr, als Rik jemals erreicht hat. Er wird unvorstellbar neidisch sein. Geschieht ihm recht, so, wie er seine Studentinnen behandelt.«

»Iiiiik. Jawoll. Kann es gar nicht erwarten, sein vergrätztes Gesicht zu sehen, wenn ich es ihm erzähle.«

»Werden Sie dann Studierende betreuen? Sie können das ja nicht wissen, aber ich habe mich immer schon für das Konzept des Geschäftslebens interessiert, und zwar vom philosophischen und vom handelstechnischen Standpunkt aus. Meine Dissertation ist gerade ins Stocken geraten. Ich habe schon mit dem Gedanken gespielt, mein Thema zu ändern. Ich dachte, ich sollte mich eher auf geschäftliche Fragen konzentrieren. Würden Sie in Ihrem Entrepreneurszentrum Dissertationen betreuen?«

Er musterte sie von Kopf bis Fuß.

»Ich würde zu gerne die Dissektionen von Studentinnen betreuen«, sagte er.

Sie lächelte. »Sie sind doch reizend. Und dabei hat Rik gesagt, sie seien ein Arschloch.«

»Das hat er also gesagt. Ich werde ihm ein paar Manieren beibringen müssen, wenn ich ihn sehe.« Larry musterte seine Ringe.

»Ich glaube, wir wissen beide, wer in Ihrer Familie das wahre Arschloch ist.«

»Wer denn?«

»Rik. Rik ist das wahre Arschloch.«

»Würden Sie mich wohl zu meinem Wagen bringen? Dabei können Sie mir alles über Rik erzählen. Wir anderen sehen uns später, dann werden wir weitere Pläne über unsere geschäftliche Zusammenarbeit machen.«

»Aber Larry, Sie wollen doch nicht schon gehen«, sagte Pandora verzweifelt. »Wir haben ja gerade erst angefangen, über unsere Zukunft zu diskutieren. Kannst du dich nicht verkrümeln, Progress, oder dir einen von deinen Philosophen zur Betreuung deiner Diss suchen, falls es einen gibt, mit dem du noch nicht geschlafen hast?«

»Dieses ganze Gerede von Schlafen macht mich müde«, sagte Larry. »Ich glaube, ich muss mich hinlegen.«

Julie Progress brachte Larry zu seinem Wagen. Ross stand geduldig auf der Fahrerseite, zu der er zurückgekehrt war, nachdem er Spencer in Wallaces Drehsessel abgelegt hatte.

»Ich habe dir den Brief geschrieben, Larry.«

»Den androgynen?«

»Den was?« Progress musterte Larry für einen Moment. Ihr war nicht klar, dass ihr Unterbewusstsein Zweifel über ihn registrierte, sich aber starrköpfig weigerte, die ihrem Bewusstsein zu übermitteln. Typisch Unterbewusstsein: selbstsüchtig.

»Hat Rik dir gesagt, wo ich war?«

»Nein. Rik redet nie über dich. Er weiß nicht, dass ich mich an dich gewandt habe. Ich wollte ihn überraschen. Ich bin ihm eine Überraschung schuldig, weil er mich vor kurzem auch überrascht hat. Die Polizei hat hier nach eurer Mutter gesucht. Ich habe sie gegoogelt und gesehen, dass du eine Belohnung für Informationen über ihren Aufenthaltsort ausgesetzt hast.«

»Geld spielt für mich keine Rolle.«

»Mir geht es auch nicht um Geld. Mir geht es um Ideen.«

»Ideen habe ich.«

»Ich werde dir alles erzählen, Larry. Ich habe meine eigenen Gründe, dir zu helfen. Du kannst mir vertrauen, Larry.«

»Ich vertraue niemandem.«

Abermals zog, hinter Progress' Rücken, ihr Unterbewusstsein seine eigenen Schlüsse, aber ihr Bewusstsein war zu sehr damit beschäftigt, ihre Rache an Rik zu planen. Progress' Unterbewusstsein bereute bereits den Brief, den ihr bewusstes Selbst aufgegeben hatte. Wir wissen durch Freud, dass das Unterbewusste ein frustrierter Teil der Psyche sein kann, weil es keine direkte Kontrolle über unsere Glieder hat und oft Tage, Wochen, manchmal Jahre warten muss, bis endlich seine Ansichten Gehör finden. Die einzige Befriedigung, die das Unterbewusstsein hat, ist, dass es dann am Ende fragen kann: »Hab ich's dir nicht gleich gesagt?«

»Wann war meine Mutter hier?«, fragte Larry.

»An dem Abend nach ihrem Ausbruch.«

»Hast du mit ihr gesprochen?«

»Nur kurz.«

»Ist sie über Nacht geblieben?«

»Ja.«

»Bei Rik?«

»Ja.«

»Wo wollte sie danach hin?«

»Ohne meine Hilfe wirst du sie nicht finden. Wir können hier nicht reden«, sagte sie zu ihm und redete sich ein, sie müsse noch die Einzelheiten ihrer Version der Geschehnisse zurechtfeilen, um keinen Ärger mit Larry zu bekommen. Sie hatte vor, Rik allein den Mord an Larrys Mutter in die Schuhe zu schieben. Schließlich hatte er sie ja zuerst umgebracht. In ihrer Version würde sie es zu einem Einmalmord machen, der sich an dem einen Abend zugetragen hatte. Auf jeden Fall, sagte sie sich, verfügte sie über einiges psychologische Training. Sie konnte sich dazu bringen, sich an so gut wie jede Deutung der Vergangenheit zu erinnern, die ihr gefiel. Schon begann sie, an ihre neuen Erinnerungen zu glauben.

»Lass mich dich zum Essen einladen. Heute Abend.«

»Ach, das kann ich doch nicht. Ich habe heute Abend ein Treffen. Von einem Geheimbund. Verstehst du? So eine College-Sache.«

»Schade. Ich hatte gehofft, wir können – wie hast du das noch genannt? – ein bisschen zusammen sezieren. Ich müsste dafür im besten Restaurant in der Stadt Kraft sammeln.«

»Vielleicht könnte ich meinen Geheimbund einmal ausfallen lassen. Ich muss mich aber umziehen. Ich habe ein neues Kostüm, das ich anziehen könnte. Um welche Uhrzeit?«

»Halb acht. Ich hole dich ab. Wo wohnst du?«

»In einem Loch. Ich zeige es dir, wenn du alles weißt. Hol mich hier unter dem Torbogen ab.«

Progress fuhr mit den Fingerspitzen über Ross' Revers und ließ sie über die glänzende Motorhaube des Wagens weiterwandern, als Teil eines empirischen Tests, der beider Echtheit erweisen sollte. Sie zögerte, sich auf puren Augenschein zu verlassen, da sie auf irgendeiner philosophischen Ebene eine Idealistin war.

»Halb sieben. Komm ja nicht zu spät.«

Ross hielt die Tür auf, während Larry hinten in die lange schwarze, glänzende Limousine einstieg. Ihm war nicht klar, dass er, seit er zum ersten Mal einen Fuß auf den Boden des CAT-College gesetzt hatte, zum zweiten Mal geliebt wurde. Larry wusste nicht, dass zwei Frauen sich, jede auf ihre Weise, wie sie es meinten, in ihn verliebt hatten. Aber Larry mochte zwar das Objekt ihrer Zuneigung sein, ein Fachmann für Liebe war er dennoch nicht. Er las keine Gedichte und summte keine Lieder vor sich hin. Und es hätte ihm auch nichts gebracht, die Philosophie zu Rate zu ziehen, denn Liebe ist in der Geschichte dieses Faches ein vernachlässigtes Thema. Es war vielleicht eine Frage von Herz gegen Gehirn, bei der der Kopf den Sieg davontrug. Selbst in der Psychologie ist das Herz denselben Untersuchungen unterzogen worden, die das Gehirn ertragen musste. Progress wusste durch ihre unstete Vorliebe für Dissertationsbetreuer ziemlich viel über Liebe, wenn auch nicht über die platonische, ungeschlechtliche Sorte, die das Verlangen transzendiert und die von dem unglücklich verheirateten Sokrates erfunden worden ist. Pandora ihrerseits war die Trennung der Konzepte von Liebe und Sex vertraut: Sie liebte ihren Kater.

Im Büro des Präsidenten kam es zwischen Professor Spencer und Pandora abermals zu einer entscheidenden Meinungsverschiedenheit in Bezug auf College-Strategien. Nach ihrer kürzlich erfolgten Auseinandersetzung über die Frage, wer als nächstes aus der akademischen Bevölkerung ausscheiden sollte, stritten sie sich jetzt darüber, wer ihr als nächstes beitreten sollte.

»Ich kann es nicht in Worte fassen, aber Larry Wallace hat

etwas Seltsames an sich. Ich habe ein gutes Gespür für Charakterschwächen«, sagte Spencer zu Pandora. »Ich bin ein Menschenkenner. Darin bin ich gut, und ich weiß, mit Larry stimmt etwas nicht.«

»Er ist ein wohlhabender, mächtiger Geschäftsmann. Wir brauchen hier mehr Männer von seiner Sorte. Du bist neidisch, weil du ein Hänfling bist. Er hat dich ja mit einem Handschlag fast umgebracht.«

»Das war kein Handschlag. Er hat mir fast den Brustkasten eingeschlagen.«

»Alle Akademiker an diesem College sind Weicheier.«

»Darum geht es nicht. Unser Anführer Rik muss einen triftigen philosophischen Grund dafür haben, dass er seinen Bruder Larry nie erwähnt.«

»Vielleicht ist es Rik peinlich, dass sein Bruder Erfolg hat. Larry wäre ein hervorragender Chef für die BWL. Vielleicht sollten wir Larry zu unseren Treffen bitten. Möglicherweise könnte ich ihn dazu bringen, meine Meinung über die Zukunft von Progress zu teilen.«

»So geil, wie er sie angeglotzt hat, als sie zusammen losgegangen sind, glaube ich das nicht. Ich bin vielleicht ein Weichei, aber weich in der Birne bin ich nicht.«

»Hör doch auf. Progress macht sich über jeden Mann her, der sich hier am College blicken lässt. Seltsam eigentlich, dass sie sich nie über dich hergemacht hat. Offenbar hat sie guten Geschmack.« Pandora drückte auf Wallaces Schreibtisch eine Zigarette aus und steckte sich die nächste an. Sie setzte ihre Sonnenbrille auf und ging zur Tür.

Spencer rannte hinter ihr her. »Pandora, du triffst alle diese Entscheidungen viel zu schnell. Du reagierst einfach nur sofort auf deine Gefühle. Du musst dir alles überlegen. Du musst mehr auf deinen Kopf und weniger auf dein Herz hören. Das könntest du aus der Philosophie lernen, wenn du der mal eine Chance gäbst.«

»Nein, danke. Ich halte mich an meine Instinkte, die haben mir bisher gute Dienste geleistet. Wir brauchen Larry.«

»Du meinst, du brauchst Larry. Warum hat Rik uns nichts von seinem reichen Bruder erzählt? Ich werde Rik suchen und ihm sagen, dass Larry hier ist und seine Mutter sucht.«

»Vergiss nicht, dass wir heute Abend ein CATzugh-Treffen haben. Ich glaube, ich werde Larry als neues Mitglied vorschlagen. Er könnte nützlich sein. Und Hore. Der könnte auch nützlich sein, wenn Kram getragen werden muss, statt dieser dünnen kleinen Goth Doolittle.«

»Ich sehe mal in der Bibliothek nach, ob Rik dort ist. Wenn ich ihn finde, komme ich mit ihm direkt zu dem Treffen bei Jim. Bis dann.«

»Komm nicht zu spät. Wir haben viel zu besprechen.«

Spencer rannte zur Bibliothek.

Pandora war wieder sie selbst. Es dürfte doch nicht schwer sein, dachte sie, Larry ins Boot zu holen und Progress aus demselben zu schubsen. Die anderen brauchten nichts von Pandoras unwiderruflichen Gefühlen für beide zu erfahren.

XXXVII

Adde Unum Dives Solum

Die Kunst des Geheimnissehütens

Die Professoren Rik Wallace und Maurice Spencer näherten sich zusammengenommen der idealen symbiotischen Beziehung, in der die eine Seite die Bürde des Redens auf sich nimmt und die andere vor allem ignoriert. Auf diese Weise trafen sie zusammen bei dem geheimen CATzugh-Treffen ein, als Spencer seinen ausschweifenden Monolog fast beendet hatte. Vielleicht war Spencer durch die vielen Jahre als Dozent der Frage gegenüber, ob sein Publikum nun zuhörte oder nicht, gleichgültig geworden. Aber bei dieser Gelegenheit wollte er von Wallace unbedingt die Bedeutung seiner Beobachtungen bestätigt haben. Sie standen vor der Haustür und warteten auf Einlass in das Haus von Jim, Pförtner a. D. und Bibliothekar in spe, und von Rose, die noch immer Putzfrau war, trotz ihrer jüngsten Expedition in die Gefilde der Physik.

»Gott sei Dank arbeitest du immer in der Bibliothek. Sonst hätte ich dich ja erst hier angetroffen«, wiederholte Spencer mindestens zum fünften Mal. Wallace zählte nicht mit. »Ich kann mir ja wirklich nicht vorstellen, was du jetzt noch lernen musst. Denk dran, was ich gesagt habe. Wir müssen zusammenhalten, sonst wird Pandora für die Geisteswissenschaften alles ruinieren. Sag ihr nicht, dass ich dich über ihren Plan unterrichtet habe, deinem Bruder Larry die Leitung der BWL-Fakultät und am Ende auch noch das nach ihm benannte Wallace-Unternehmens-Zentrum zuzuschanzen, sonst bringt sie mich um. Versuch, angenehm überrascht auszusehen, wenn sie dieses Thema zur Sprache bringt, was sie tun wird.«

»Was? Ach ja. Ich werde es versuchen.«

»Ich müsste jetzt zu Hause sein und für Samantha Abendbrot machen. Das arme Kind. Sie verhungert sicher schon, aber das hier ist ein Notfall. Ich mag deinen Bruder Larry nicht. Ich glaube nicht, dass dein Bruder Larry dich mag. Gibt es da irgendeine Familienfehde?«

»Wir haben nicht viele Gemeinsamkeiten.«

»Nach meiner philosophischen Einschätzung ist dein Bruder ein Idiot. Pandora will ihn wegen seiner Muskelkraft ans College holen, was ein neuer pädagogischer Ansatz ist. Sie ist eine Frau mit unkonventionellen Vorstellungen und Vorlieben. Glaub mir, ich weiß das. Progress sollte sich besser vorsehen und sich dieser Beziehung nicht in den Weg stellen. Du solltest versuchen, sie dazu zu überreden, dass sie die Finger von Larry lässt, wenn ihr ihre Sicherheit lieb ist. Von einer eifersüchtigen Pandora will sie bestimmt nicht verfolgt werden. Glaub mir, ich weiß das. Du solltest versuchen, für uns alle Progress zurückzugewinnen.«

»Progress hört nicht auf mich. Sie redet ja nicht mal mit mir.«

»Pandora mag Menschen, so lange sie sie nicht richtig kennenlernt. Danach hasst sie sie, weil sie im Grunde alle hasst. Sie ist Misanthropin durch und durch. Ich habe keine Ahnung, wieso ich so lange überlebt habe.«

»Vielleicht hat sie ganz besondere Pläne für sie. Hast du irgendwelche Verwandten, die sie auf dich hetzen könnte?«

»Oh Gott.« Spencer ging in Gedanken die Möglichkeiten durch. »Enttäusch Pandora nicht, indem du ihren Befehlen nicht nachkommst. Wenn du nur Progress diesen Job gegeben hättest. Wenn du nur niemals von Kant gehört hättest. Wenn du nur …«

»Dann würden wir trotzdem in diesem Dreck stecken.«

»Wenn wir im Haus sind, musst du selber sehen, wie du zurechtkommst. Versuch bloß nicht, mich in einen Konflikt mit ihr hineinzuziehen, ich will nämlich, dass sie glaubt, ich befolgte ihre Befehle.«

»Ich habe keine Angst vor Pandora. Oh Gott, ich hoffe, sie ist heute Abend gutgelaunt. Na gut, ich habe furchtbare Angst vor ihr, aber sie soll nicht über mein Leben entscheiden. Ich habe meine Prinzipien.«

»Pandora glaubt, dass sie über die Leben von allen entscheidet.«

»Es ist wohl eher so, dass sie ihnen das Leben verleidet.«

»Bei ihr ist das dasselbe. Vergiss nicht, dass sie Larry zum Mitglied von CATzugh machen will. Ich glaube eigentlich, sie wird keine Ruhe geben, bis sie dich als Präsident durch ihn ersetzt hat. Im Moment kann Sie dich noch leiden, aber sie misstraut Philosophen, vor allem Moralphilosophen.«

»Das ist vermutlich nur fair, denn ich habe seinen Bruder durch mich ersetzt.«

»Wovon redest du da? Du sprichst in metaphysischen Rätseln.«

»Ich glaube nicht, dass Pandora eine Möglichkeit haben will, mir das Leben zu verleiden, wenn Larry mich zuerst erwischt. Er glaubt nämlich, ich hätte seine Mutter umgebracht.«

»Geschwister haben oft irrsinnige Vorstellungen voneinander. Meine Schwester hat immer geglaubt, ich hätte unseren Bruder umgebracht. Der pure Irrsinn. Was da mit der Kettensäge passiert ist, war ein Unfall.«

Spencer verstummte und trat abrupt von Wallace zurück, als Rose die Tür öffnete.

In der dunklen Küche setzte Spencer sich Wallace an dem überfüllten Tisch gegenüber, damit Pandora nicht auf die Idee käme, sie hätten vor dem Treffen miteinander konspiriert.

»Wo ist Progress?«, fragte Pandora. »Sie kommt zu spät. Wir können kein Komitee leiten, wenn wir uns nicht pünktlich treffen. Wir liegen schon fünfzehn Minuten hinter dem Zeitplan zurück und mussten darauf warten, dass ihr beide eintrefft... zusammen!«

»Sie ist mit Riks Bruder Larry essen gegangen«, teilte Doolittle ihr mit. »Sie hat mich angerufen, und ich soll euch in ihrem Namen um Entschuldigung bitten.«

»Ich werde das im Protokoll vermerken«, sagte die Bibliothekarin.

»Wenn sie sich nicht zu den Treffen herbequemen kann, sollten wir sie vielleicht einfach ausschließen«, sagte Pandora. »Es war ohnehin ein Fehler, dass wir sie überhaupt aufgenommen haben.«

»Ein Treffen können alle mal verpassen«, sagte Wallace. »Wir können niemanden bloß wegen eines versäumten Treffens ausschließen. Oder was?«

»Wenn sie noch weitere verpasst, müssen wir darüber sprechen«, sagte Pandora und musterte Wallace forschend durch ihre Sonnenbrille. Dann blies sie ihm einen warnenden Rauchring über die Schulter.

»Sind die anderen nun alle anwesend?«, fragte die Bibliothekarin.

»Wer ist das?«, fragte Spencer und zeigte auf ein Nichtmitglied, das hinter Jims neuem Computerterminal am Tischende saß.

Doolittle nahm die Hand des Fremden, drückte sie und sagte lächelnd: »Also, alle. Das hier ist Maximilien Thierry. Er ist ein französischer Student und besucht das CAT im Rahmen eines Austauschprogramms. Ist das nicht wunderbar? Es ist ein philosophisches Wunder, dass wir uns kennengelernt haben. Ich bin unvorstellbar glücklich.«

»Aber was macht er hier? Wir sind ein Geheimbund. Wir können nicht geheim sein, wenn jeder hergelaufene Fremde von der Straße hereingeholt wird«, sagte Pandora.

»Ach, das ist schon in Ordnung. Maxi versteht kein Wort Englisch.« Doolittle drückte noch einmal selig seine Hand. Maximilien lächelte in die Runde und winkte.

»Könnten wir ihn bitten, im Garten zu warten, bis wir fertig sind?«, fragte Spencer.

»Ich weiß nicht, was das auf Französisch heißt.«

»Könnten wir ihn nicht einfach hinausschubsen?«

»Wir haben keine Zeit für sowas«, sagte Pandora. »Also weiter in der Tagesordnung.«

»Ich trage ihn noch nicht als Vollmitglied ins Protokoll ein«, sagte die Bibliothekarin. »Ich buche ihn als korrespondierendes Mitglied. Wie wäre das?«

»Ja. Von mir aus. Aber mehr hergelaufene Leute wollen wir nicht«, fauchte Pandora. Sofort bereute sie diesen Ausspruch, denn sie wollte doch Larry Wallace als neues CATzugh-Mitglied vorschlagen. Sie rammte sich eine Zigarette zwischen die vorgeschobenen Lippen. Verdammte Trottel, dachte sie. Ich muss vorsichtiger sein. Sie haben mich von meinem Hauptplan abgelenkt.

»Ich will … ich meine … es wäre gar nicht schlecht für unsere Gruppe, wenn Larry Wallace – also Riks Bruder – der nächste Leiter der BWL-Fakultät würde. Er könnte ein neues Handelsunternehmenszentrum leiten, denn genau das braucht die Fakultät, wenn sie in einer schnelllebigen geschäftlichen Außenwelt wettbewerbsfähig und relevant bleiben will, in der unsere Studierenden immer wieder auf den neuesten Stand gebracht werden müssen.« Pandora las aus ihren Notizen vor. »Als ich Larry heute kennengelernt habe, war ich beeindruckt von seinem geschäftlichen Scharfsinn«, sagte sie und suchte nach der richtigen Stelle auf ihrem Blatt. Pandora schaute von ihren Notizen auf. Sie schob sich die Sonnenbrille mit dem linken Zeigefinger höher auf die Nase. »Hört mal. Er ist ein erfolgreicher Geschäftsmann. Er ist reich und mächtig. Wohlhabender und auf jeden Fall stärker als irgendwer von euch.«

»Warum sollte er am CAT-College arbeiten wollen?«, fragte Jim.

»Eitelkeit. Wie könnte er der Verlockung widerstehen, dass ein eigenes Zentrum nach ihm benannt wird? Und, wer weiß, vielleicht bewundert er seine zukünftigen Kollegen und sieht einen Wert darin, mit ihnen zusammen zu sein«, sagte Pandora und schaute die Bücherregale an der Wand gegenüber an, ohne einzelne Titel zu erkennen.

»Kann er unterrichten?«, fragte Spencer.

»Was spielt das für eine Rolle?«

»Er ist vielleicht reich und stark, aber er besitzt keine Lehrerfahrung. Was ist mit unseren Studenten oder Studierenden oder wie immer die gerade heißen?«

»Was soll mit denen sein? Die müssen auch dich ertragen, oder was?«

»Was ist mit Larry?«, fragte Wallace.

»Wie meinst du das?«

»Es wäre nicht fair, Larry unterrichten zu lassen, wenn ihm das keine Erfüllung brächte. Wir sollten an sein Glück denken und nicht an die … Studierenden. Du willst doch nicht, dass Larry am CAT-College unglücklich ist, und schlimmer noch, unzufrieden mit denen, die ihn angeheuert haben, weil er nicht unterrichten kann. Er würde seinen Frust an dir auslassen, Pandora. Glaub mir. Ich kenne ihn besser als irgendwer sonst«, log er. »Er ist mein Bruder«, log er weiter und kam jetzt in Fahrt. »Du willst nicht, dass Larry irgendetwas an dir auslässt.«

Pandora saugte den Rauch ihrer glühenden Zigarette schweigend ein und ließ ihr Gehirn von diesem Nikotinstoß antreiben.

»Wir können ihn um eine Probevorlesung vor einem BWL-Kurs bitten. Wir können hinten im Hörsaal sitzen und seine Leistung bewerten und dann entscheiden«, schlug Rose vor.

»Wir?«

»Ja. Die Mitglieder von CATzugh. Das ist doch ganz üblich an einem College.«

Pandora starrte Rose an. Sie rauchte und dachte nach. Sie fragte sich, was diese Idiotenbande wohl gerade im Schilde führte. »Okay. Von mir aus. Das ist eine von deinen brillanten Ideen, Rose. Aber nur eine kurze Vorlesung, um unsere Neugier zu befriedigen, und das endgültige Urteil liegt bei mir.«

»Ich glaube nicht, dass ich dabei sein sollte, schließlich ist er mein Bruder. Es wäre unethisch. Das, was wir Moralphilosophen als Interessenkonflikt bezeichnen.«

»Guter Einwand, Professor Wallace«, sagte Jim. »Aber wir anderen werden auf jeden Fall dabei sein. Pandora kann das in die Wege leiten.«

»Kann ich Maxi mitbringen?«, fragte Doolittle und drückte wieder dessen Hand, worauf er arglos die Mitglieder von CATzugh anlächelte, die einander zwischen den Bücherstapeln kaum sehen konnten. Jedes Buch in diesen Stapeln war nun, anders als die Angehörigen der Tafelrunde, gegen Verbrechen geschützt.

XXXVIII

Paranoia Est in Mente Sola

Paranoia existiert nur im Geist

Während das CATzugh-Komitee über Larry Wallaces Zukunft entschied, saß er mit Julie Progress hinter dem gewaltigen Panoramafenster von L'Intestin Grêle, dem teuersten Restaurant in der Innenstadt. Der Besitzer hatte diese großen Fenster in dem Glauben einbauen lassen, dass seine Kundschaft beim Verzehren der kostspieligen Kost gesehen werden wollte. Sie saßen allein in einem Winkel von einhundertsechzig Grad voneinander getrennt an dem runden Tisch, dessen Durchmesser Progress auf mehr als einen Meter fünfzig schätzte. Larry tupfte sich die wulstigen Lippen mit der großen weißen, gestärkten Leinenserviette ab, die zur Tischdecke passte. Er rülpste laut, ließ seinen Dessertlöffel auf den riesigen leeren, rechteckigen Teller fallen und lehnte sich in dem nachgeahmten Regency-Sessel zurück.

»Das war köstlich«, sagte Progress. »So winzige Portionen und so hohe Preise, aber alles hat göttlich geschmeckt. Ich fand am besten die Räucheraalterrine, sowas hatte ich noch nie gegessen. Gar nicht glitschig, wie man erwarten könnte. Der Wein war wunderbar«, sagte sie und leerte ihr Glas.

»Ja. Sehr übersichtlich. Ich komme um vor Hunger.«

»Rik und ich essen nie ... ich meine, wir haben nie so gegessen. Wir haben uns nur vom Imbiss etwas mitgebracht. Wir können beide nicht kochen.« Progress hatte sich gefragt, wie sie Mrs

Wallace zur Sprache bringen sollte. Jetzt sah sie eine Möglichkeit. »Hat deine Mutter dir kochen beigebracht, als du noch klein warst?« Vielleicht, dachte sie, wäre es jetzt ein guter Zeitpunkt, um ihm zu sagen, dass seine Mutter tot war.

»Nein. Hat sie nicht. Sie war nicht der häusliche Typ. Wenn du dich an mich hältst, kannst du jeden Abend so porschiges Essen kriegen. Stell dir vor, wie dünn du dann wirst.«

»Ich bin dünn. Muss ich denn abnehmen? Rik hat mir nie gesagt, ich sei fett. Vielleicht kommt es von all dem Junkfood, das ich bei ihm essen musste.«

»Iiiiiik. Bei dir heißt es die ganze Zeit Rik hier und Rik da. Kannst du nicht mal aufhören, über ihn zu reden? Du bist mit mir hier, und bei diesen Preisen kann ich ja wohl erwarten, dass du besessen von mir bist.«

»Ich bin nicht von Rik besessen. Du weißt besser als alle anderen, wie schrecklich er ist.« Sie legte eine Pause ein, um das Gespräch zu seinem wichtigsten Thema zu lenken: ihrem Bedürfnis, Riks Rolle an dem Mord an der Mutter seines Bruders zu gestehen. »Es ist nur, dass er mich verletzt hat, und ich muss mit jemandem reden, der meinen Schmerz versteht.«

»Und wer ist das?«

»Du, Larry. Du bist das. So, wie er dich behandelt hat, als ihr zusammen Kinder wart. Wie er seine Mutter behandelt hat, als …«

»Halt den Mund. Ganz schnell das Thema wechseln. Da kommt schon wieder der Kellner.«

Progress fuhr erschrocken in das weiche Polster ihres Sessels im Regency-Imitat zurück, denn ihr bewusstes Selbst hatte das nicht kommen sehen.

Der Kellner hob die leeren Dessertteller auf, als handele es sich um die ansteckenden Glieder eines Aussätzigen, ignorierte Progress und fragte Larry, ob er einen *Digestif* wünsche.

»Willst du noch was Tiefes?«, fragte Larry Progress. »Nein. Nein. Lassen Sie uns einfach in Ruhe. Gehen Sie weg.«

»Sehr wohl, Sir. Hervorragende Entscheidung.« Der Kellner entfernte sich vom Tisch und trug dabei die Teller in der einen und Progress' Weinglas in der anderen Hand, das alles mit der Feierlichkeit eines Bestatters, der dem Sarg eines hochangesehenen Staatsoberhauptes folgt.

»Er hat einen Drink gemeint, Larry, nichts mit Hoch oder Tief. Ich könnte einen Drink brauchen. Vielleicht einen Brandy. Rufst du den Kellner noch mal?«

»Dieser Kellner schnürt schon den ganzen Abend um unseren Tisch herum. Bestimmt ist er verwanzt.«

»Schnürt? Verwanzt?«

»Ja. Hat eine Wanze. Du weißt schon. Einen Draht. Ich kann gar nicht vorsichtig genug sein. Es könnte doch einfach jeder verwanzt sein.«

Progress sah, dass Larry ihre Brust mit einem eher forensischen denn amourösen Grinsen anstarrte.

»Was? Meinst du, ich könnte verwanzt sein? Soll ich mich ausziehen?«

»Ja. Ich meine, nein. Hör mal, ich stehe unter Druck. Die Bullen sind seit Jahren hinter mir her.«

»Die Bullen?«

»Einfach nur unbezahlte Steuern … solcher Kram. Kein gescheiter Mensch bezahlt doch Steuern. Wozu auch? Pssst. Jetzt kommt er schon wieder vorbei.«

Der Kellner steuerte auf den Nachbartisch zu, der mehr als drei Meter entfernt stand.

»Aber die Polizei konnte doch nicht wissen, dass du heute Abend hierherkommen wolltest. Wie können sie also so schnell einen Spitzel herschicken? Ich habe das Restaurant doch weniger als eine Stunde, ehe wir hergekommen sind, ausgesucht.«

»Aber du hast gewusst, dass wir herkommen würden. Vermutlich wird dein Telefon abgehört. Außerdem weiß ich, dass sie Einsatzgruppen haben, die sofort als Kellner oder Taxifahrer oder sogar als Studentin auftreten können.« Er taxierte abermals mit forensischem Blick ihre Brust. »Die haben so einen Ort, wo sie ihre Leute für alle Arten von Einsätzen trainieren.«

Progress erhob sich und begann, in schnellem Tempo ihre Bluse aufzuknöpfen.

»Iiiiiik. Was machst du denn da?«

»Du bist paranoid, Larry. Ich will dir zeigen, dass ich nicht verwanzt bin.«

»Setz dich. Setz dich. Mach hier keine Szene.«

Progress setzte sich. »Du bist paranoid, Larry. Aber das ist genetisch gesehen interessant, denn dein Bruder Rik leidet an Pronia.« Sie zwinkerte ihm zu, während er ausdruckslos glotzte. »Er wird wütend, wenn andere ihm helfen wollen«, erklärte sie.

»Ich werde ihm nie wieder helfen. Es ist bemerkenswert, wie sehr ihr zwei einander ergänzt. Ihr seid nicht zufällig Zwillinge, oder? Psychologen interessieren sich für Zwillinge, vor allem, wenn die nach der Geburt getrennt worden sind. Offenbar ist es unethisch, sie nur zu Forschungszwecken zu trennen. Wusstest du das? Vielleicht werde ich meine Doktorarbeit über euch beide schreiben.«

Larry war zu sehr in seine Beobachtung des Servierpersonals vertieft, um ihr zuzuhören.

»Woher weißt du, dass er ein echter Kellner ist? Hast du ihn hier schon mal kellnern sehen?«

»Nein.«

»Also?«

»Ich war noch nie hier. Ich kann mir diese Preise nicht leisten. Ich studiere doch noch.«

Sie schwiegen beide für einige Minuten. Progress fragte sich, wie sie Larrys Mutter wieder ins Gespräch einbringen sollte. Larry versuchte, in Gedanken die Beruhigungsübungen zu machen, die er von Ross gelernt hatte.

»Könntest du dir nicht etwas dazuverdienen? Du weißt schon. Ins Milieu einsteigen, um dein Studium zu finanzieren? Eine gutaussehende Studentin wie du könnte ein Vermögen verdienen.«

»Das ist widerlich. Ich könnte niemals Geld für Sex nehmen. Hast du das gemeint? Aber rein theoretisch, wie viel könnte ich wohl verlangen?«

»Ich weiß nicht. Ich mache nur geschlechtslos Konversation, weißt du, unschuldiges Tischgeplauder, falls irgendwer zuhört. Der da drüben ist ein Bulle. Das kann ich riechen. Der Koch bringt sicher auch überall hier Abhöranlagen an.«

Progress musterte die einsame Blume in der winzigen Vase mitten auf dem riesigen Tisch. Sie konnte sich nicht vorstellen, wie irgendwer darin etwas verstecken wollte. Aus dem Augenwinkel sah sie, dass der Kellner Larry von einem diskreten Alkoven aus beobachtete, mit dem Ausdruck eingeübter Verachtung, den ihrer Vorstellung nach nur ein erfahrener Profi zustandebringen könnte.

»Ich weiß ziemlich viel über Psychologie, Larry. Ich kenne mich aus in der menschlichen Psyche. Ich weiß, dass Stress Leute dazu bringen kann, sich so allerlei einzubilden. Wenn du jemals darüber reden möchtest, dann weißt du jetzt, dass ich für dich da bin. Aber vorher möchte ich über deine Mutter mit dir sprechen. Lass uns hier weggehen. Wir könnten dein Hotelzimmer aufsuchen. Da kann ich dir dann alles über den Besuch deiner Mutter erzählen.«

»Das Hotel ist inzwischen bestimmt auch schon verwanzt.«

Progress atmete laut hörbar aus und winkte dem Kellner. »Zwei große Brandy bitte.«

»Ich will nichts.«

»Dann nehm ich beide. Hast du schon mal eine Wanze gefunden, Larry?«

»Nein. Die sind zu klein. Die findest du nicht. Die sind winzig.«

Progress sah ungeduldig zu, wie die Drinks sich langsam auf einem von der Hand des bestattungstauglichen Kellners hochgestemmten runden Tablett näherten. Sie war stolz darauf, dass sie es sich verkneifen konnte, auf ihn zuzustürzen, aber sowie die beiden Cognacschwenker aus geschliffenem Glas das weiße Tischtuch berührten, goss sie den Inhalt des einen in das andere und hob das Glas an ihre Lippen.

»Lass uns einfach mal Rik besuchen. Ich hab plötzlich Lust auf ein Familientreffen«, sagte Larry.

»Der ist vielleicht immer noch bei seinem Geheimbundabend.«

»Vielleicht sollte ich zuerst mal ausbaldowern. Einen Plan machen. In sein Büro gehen und seine Papiere durchsuchen. Den Laden ein bisschen verwüsten.« Larry kicherte los.

»Ja. Das machen wir. Aber denk daran. Du kannst nicht behaupten, Riks Büro sei verwanzt, wenn du ankommst, weil du gerade erst auf die Idee gekommen bist. Siehst du das auch so? Dann kann ich dir von deiner Mutter erzählen.«

»Psssst. Hör auf, hier meine Mutter zu erwähnen.«

Ross fuhr Larry Wallace und Julie Progress zum CAT-College.

»Ist das Gebäude um diese Zeit abgeschlossen? Ross hat Werkzeug, falls wir einbrechen müssen.«

»Das ist nicht abgeschlossen. Kein Mensch will philosophische oder sonstwie akademische Ideen stehlen. Können wir hier in deinem Auto unbesorgt sprechen?«

»Nein, aber mir geht es jetzt besser. Frische Luft hilft. Ich versuche, mit dem Druck des Erfolgs fertigzuwerden.«

Als sie das College erreicht hatten, holte Ross eine Taschenlampe aus dem Kofferraum und ging mit Larry und Progress über den von einem Vollmond auf gespenstische Weise beleuchteten quadratischen Rasen. Im Haus liefen sie im Licht der Taschenlampe, die Ross auf den Fußboden vor ihnen richtete, über den Gang zum Büro des Präsidenten.

»Wir brauchen die Taschenlampe nicht. Die Lampen funktionieren«, sagte Progress.

»Ich will nicht, dass irgendwer uns sieht.«

Progress verdrehte im Dunkeln die Augen. War das wohl ein Signal ihres Unterbewusstseins?

Sie blieben vor Pandoras Büro stehen. Ross ließ den Strahl der Taschenlampe über eine Sammlung von Fotos an der Wand wandern, auf denen die wichtigen Persönlichkeiten des CAT-College zu sehen waren. Irgendwer hatte Pandoras Bild einen Hitler-Schnurrbart gezeichnet. Ein lächelnder Spencer hatte eine kleine runde Brille bekommen und einer seiner Vorderzähne war schwarzgemalt.

»Das ist Spencer«, sagte Progress. »Der Chef der Philosophie. Du bist ihm heute zusammen mit Pandora begegnet. Das ist der mit der imaginären Tochter, von der ich dir beim Essen erzählt habe. Wer weiß? Vielleicht gibt es sie doch. Ich kann das nicht sicher wissen. Weißt du, dass der Philosoph Bertrand Russell das Beispiel einer um die Erde kreisenden Teekanne benutzt hat, um zu zeigen, dass wir nicht erwarten dürfen, dass andere uns glauben, bloß weil sie nicht beweisen können, dass wir im Unrecht sind? Russell würde anführen, dass Spencer Samanthas Existenz beweisen sollte, ehe er von uns anderen erwartet, daran zu glauben. Vielleicht ist er normal, aber hat trotzdem unrecht, denn die meisten Leute erwarten nicht, das mit ihren Kindern tun zu müssen. Ich weiß vom Studium der Logik her, dass die meisten Leute sich pausenlos irren, und das macht sie normal. Wie siehst du das, Larry? Möchtest du lieber recht haben oder normal sein? Glaubst du, Eltern sollten beweisen, dass sie wirklich Kinder haben, oder sollten sie sie verstecken, wie Spencer das tut? Ich stelle mir vor, Eltern haben genug damit zu tun, ihre Kinder aufzuziehen, sogar die imaginären. Samanthas kostet Spencer sehr viel Zeit und Mühe.«

Larry hörte nicht zu. Logisches Verhalten interessierte ihn nicht. Progress kam inzwischen der Verdacht, dass er vielleicht kein so guter Zuhörer war wie sein Bruder. Die Stimme ihres Unterbewusstseins blieb in ihrem Kopf bei ihrem selbstzufriedenen Schweigen.

»Gib mal her«, sagte Larry, nahm Ross die Taschenlampe weg und leuchtete ein Bild nach dem anderen an, wobei er den Strahl auf jedem Gesicht für einige Sekunden ruhen ließ. Er hielt bei einem Foto an, das so verschwommen war, dass es aussah wie mehrere übereinandergeschobene Bilder.

»Das ist Rik. Das Foto habe ich gemacht. Er wollte einfach nicht stillhalten. Aber ich glaube, ich habe seine grundlegenden Eigenschaften erwischt, findest du nicht auch? Wenn er aufgehört hätte, sich zu bewegen, wäre alles deutlicher. Man könnte meinen, er wollte nicht erkannt werden.«

Larry näherte sein Gesicht dem Foto bis auf einige Fingerbreit und musterte es argwöhnisch. Er hielt den Atem an und wurde noch bleicher, als er im Fackellicht ohnehin schon war.

»Mein Gott, er ist es. Er ist hier«, murmelte Larry vor sich hin. »Woher kennt er alle meine Bewegungen? Woher hat er gewusst, dass ich herkommen würde? Was ist bloß los? Es ist, als ob er meine Gedanken lesen könnte. Er muss über Superkräfte verfügen.«

»Larry? Was ist denn los?«, fragte Progress.

»Das ist meine – wie hast du das noch genannt, Ross? – meine Nemesis. Er verfolgt mich seit Jahren. Sitzt vor meinem Haus im Auto. Durchwühlt meine Mülltonnen. Spricht mit allen, die ich kenne. Schläft mit meiner Exfrau. Ich würde ihn überall erkennen. Ross, sieh ihn dir an. Er ist es doch, oder?«

»Das ist nicht deine Nemesis. Das ist dein Bruder Rik«, brüllte Progress und zerriss den Schleier des Geheimnisses, der den dunklen ehemaligen Krankenhausflur einhüllte, und ihre schrille Stimme hallte überall im dunklen Gebäude wider. »Ja, ich gebe zu, das Bild könnte besser sein, aber ich bin keine professionelle Fotografin, und Rik wollte ja nicht stillhalten. Komm jetzt mit mir nach Hause, dann wirst du ja sehen, dass es dein Bruder Rik ist.«

»Bring mich hier raus, Ross. Bring mich hier raus. Ich kann das nicht ertragen«, stöhnte Larry und schlug sich die Hände vors Gesicht. Der Strahl seiner Taschenlampe traf Spinnen die an ihren unsichtbaren Fäden baumelten. Sie hielten verlegen inne, als sie hier mitten beim Abseilen zum Boden ertappt wurden, und zogen sich wieder zur Decke hoch.

»Larry. Komm mit mir, dann kannst du selbst mit Rik sprechen. Ich wohne in einem Haus mit ihm. Er hat keine Ahnung von Nemesis. Er ist Moralphilosoph.«

»Du lebst mit ihm zusammen. Du steckst mit ihm unter einer Decke. Was hab ich dir beim Essen erzählt? Hab ich dir etwas von meinen Angelegenheiten erzählt? Nein. Ich habe dir nichts erzählt. Ich wusste es. Ich kann niemandem vertrauen. Ross, bring mich zurück ins Hotel. Nein, bring mich in ein anderes Hotel. Iiiiiiik. Nimm irgendein total zufälliges.«

Ross fasste Larrys Schultern und führte ihn durch den dunklen Gang.

»Ross, es ist sein Bruder Rik. Das weiß ich. Ich habe das Bild gemacht. Ross, sagen Sie ihm, dass es sein Bruder ist«, rief Progress den sich entfernenden Schatten hinterher.

Julie Progress ging zu Fuß nach Hause in die Love Street, wo sie Rik Wallace schlafend vorfand, wobei er auf der Reihe aus Esszimmerstühlen balancierte. Auf dem Tisch stand eine halbleere

Imbisspackung neben einer leeren Flasche Wein und einem vor Kippen überlaufenden Aschenbecher. Sie sah ihn mehrere Minuten lang an. Sie sah, wie sich seine Brust im Rhythmus seines sanften Schnarchens hob und senkte. Impulsiv beschloss sie, falls er aufwachte, seine Hand zu nehmen und zu ihrem Bett zu führen, seinem Bett. Sie würden kein einziges Wort sagen müssen. Ihre Unterbewusstsein schrie, es schrie nicht Progress an, sondern Wallace, es flehte ihn an aufzuwachen, um Gottes willen. Aber wenn wir die Stimmen in unserem Kopf nicht hören können, welche Hoffnung haben wir dann, die in dem von anderen zu hören, selbst wenn sie schreien? Er schlief weiter. Weitere Minuten vergingen. Endlich nahm sie sich die halbverzehrte Mahlzeit und die Gabel, drehte das Licht aus und zog leise die Schlafzimmertür hinter sich zu.

XXXIX

Vitans Pugnas

Konfrontation vermeiden

In der Bibliothek kamen und gingen die Studierenden. Rik Wallace blätterte an einem dem Haupteingang gegenüberstehenden Regal in Büchern über Existentialismus, als er Ross eintreten sah. Rik erkannte ihn von Spencers Beschreibung, wie Ross ihn freundlicherweise zu Riks Büro getragen hatte, nachdem Larry Wallace ihn vor die Brust gestoßen hatte. Er vermutete, dass es sich bei dem kleineren, fetteren Mann in Rossens Begleitung um Larry handelte. Spencer hatte kein detailliertes Portrait geliefert, weil Rik sich keinen Grund hatte denken können, warum er Spencer hätte bitten sollen, seinen Bruder für ihn zu beschreiben. Spencer hatte seine Darstellung von Larry auf allgemeine persönliche Attribute begrenzt, wie Schläger, Idiot und Quälgeist, die dem Larry von Riks Fantasie nur wenig hinzufügten. Rik duckte sich hinter das Regal und spinkste durch die Lücke zwischen den oberen Buchrändern und dem nächsten Fach. Als ihm aufging, dass Larry ihn nicht erkennen würde, beschloss er zu bleiben, wo er war, rein sicherheitshalber.

Larry näherte sich dem Tresen, und Ross folgte ihm auf dem Fuße, in der Hand hielt er eine nagelneue Aktentasche aus braunem Leder, an deren Griff noch immer ein Preisschild baumelte. Rik schnappte sich ein Exemplar von Albert Camus »Der Mythos von Sisyphos«, das genau vor ihm gestanden hatte, schlug es an irgendeiner Stelle auf und hielt es sich vors Gesicht. So getarnt schlenderte er zum Ausgabetresen hinüber, um Larry zu belauschen.

»Ich verlose diese Woche«, erzählte Larry der Hilfsbibliothekarin hinter dem Tresen. »Ich brauche Bücher über …« Er drehte sich zu Ross um. Ross flüsterte Larry etwas ins Ohr.

»Irgendwelchen Entenkram«, sagte Larry.

Ross beugte sich vor und flüsterte abermals.

»Wirtschaft und Entenpreis. Ich verlose Entenpreise.«

»Haben Sie eine Benutzerkarte?«

»Ross, habe ich eine Benutzerkarte?«

Ross schüttelte den Kopf.

»Nein, hab ich nicht. Ich möchte nur ein paar Bücher lesen.«

»Dann muss ich Ihnen einen Benutzerausweis ausstellen. Haben Sie ein Foto mitgebracht?«

»Von wem?«

»Von Ihnen.«

»Nein?«

»Das ist kein Problem. Ich kann da im Büro eins von Ihnen machen.«

Larry wurde bleich. »Warum brauchen Sie ein Foto von mir, bloß weil ich ein Buch lesen möchte?«

»Ich weiß nicht. Das ist eine Vorschrift. Wenn Sie einen Moment warten könnten. Ich kümmere mich nur schnell um diesen Herrn. Ja, Sir? Womit kann ich Ihnen behilflich sein?«

»Ich möchte diese Bücher der Bibliothekarin zurückgeben.«

»Ich kann die für Sie annehmen.«

»Ich würde sie der Bibliothekarin lieber persönlich aushändigen. Es ist eine Privatangelegenheit. Könnten Sie ihr sagen, dass ich hier bin?«

»Wen darf ich melden, Sir?«

»Inspector Jackson. Sie kennt mich. Ich bin der Polizist, der in der derzeitigen Verbrechenswelle hier auf dem Campus ermittelt«, sagte er mit einem Seitenblick zu Larry und Ross.

»Einen Moment bitte. Ich sage ihr sofort Bescheid.«

Rik gab noch immer vor, Camus zu lesen. Er sah Larrys Rücken, als er wieder über dem Buchrand hervorlugte. Larry rannte nicht, denn er wollte keine Aufmerksamkeit erregen, watschelte aber eilig auf den Ausgang zu. Ross schritt hinter ihm her und schwenkte die neue Aktentasche.

Rik fing an, den Text oben auf der linken Seite des Buches zu lesen, das er noch immer vor sein Gesicht hielt, und erfuhr, dass Integrität nicht auf Regeln angewiesen ist. Aber weil er nicht von Natur aus pedantisch war, trotz seiner Anstrengungen der letzten Zeit, beschloss er, nicht hinter Larry herzurennen, um es ihm zu erzählen.

XXXX

Probatio

Vor Gericht

Die kleinen schwarzen Spinnen im CAT-College hatten Geschwister, Großeltern, Eltern, Vettern, Kusinen, Onkel, Tanten, alle Arten von Sippschaft in allen Sälen, Räumen und Büros. Die im meistbenutzten Hörsaal in der BWL versammelten sich an der Decke, als ob durch ihre schimmernden feinen Seidenfäden telegrafiert worden sei, dass Larry Wallace sich anschickte, seine praktischen Kenntnisse mit den unten zusammenströmenden Studierenden im zweiten Jahr zu teilen. Vielleicht hatten diese Arachniden geschäftliche Interessen. Ross saß ganz allein in der ersten Reihe und hatte ein geöffnetes Notizbuch auf den Knien liegen. Die Mitglieder von CATzugh, mit Ausnahme von Rik Wallace, hatten die hintere Reihe besetzt. Doolittle reichte Maximilien Thierry ein Blatt Papier mit einem Raster aus Kategorien zur Beurteilung von Larrys Vortragsleistung. Sie verteilte Kopien dieses Blatters unter ihren Mitverschworenen. Das Bewertungsformular war Roses Idee. Sie hatte im Papierkorb von Sidney dem Speichellecker ein zu einem festen Ball zusammengeknülltes Blatt gefunden. Rose hatte es als Teil ihrer routinemäßigen nächtlichen Ermittlungen glattgestrichen. Sie lächelte glücklich, als sie sah, dass sie ein Vorlesungsbewertungsformular in der Hand hielt. Wenn sie eins gesucht hätte, hätte sie es nicht gefunden. Sie legte das Blatt auf den Schreibtisch und verbrachte zehn Minuten damit, es mit ihrer heißen Hand behutsam zu plätten. Sie übermalte den Namen von Sidney dem Speichellecker, seine geringe Punktzahl und die vernichtenden Kommentare mit Tipp-Ex, als das Blatt so knitterfrei war, wie überhaupt irgendwie machbar. Sie trug das behandelte Blatt vorsichtig zwischen Daumen und Zeigefinger zum Kopierer im jetzt leeren Büro der Psychologiesekretärin. Sie stellte das Gerät auf zwölf Kopien, für den Fall, dass jemand einen Fehler gemacht hätte und noch ein Blatt brauchte. Das Licht unter dem Kopiererdeckel huschte über Roses runzliges Gesicht hin und her, als sie sich auf ihre wichtige administrative Rolle konzentrierte.

Larry stand am Rednerpult vor den Notizen, die Ross für ihn in Großbuchstaben aufgeschrieben hatte. Angesichts des Berges aus Büchern über geschäftliche Unternehmungen, die er entdeckt hatte, als er den Mut fassen konnte, zurück in die Bibliothek zu gehen, war er angesichts dieser Masse der Gelehrsamkeit bei der BWL an seinem praktischen Wissen verzweifelt. In seiner Verzweiflung hatte Larry Ross aufgetragen, die Vorlesung im Internet zusammenzusuchen. Ross hatte vergeblich versucht, ihm klarzumachen, dass er seinen Vorteil untergraben würde, wenn er nicht aus Erfahrung spräche. Sein Publikum hätte ihm erzählen können, dass seine praktische Erfahrung seine beste Karte war, sein Unique Selling Point, oder USP, wie sie im zweiten Jahr schon zu sagen gelernt hatten. Zu Larrys Glück war er unbelastet von irgendeinem Bewusstsein seiner ausgedehnten Bildungslücken im Bereich der geschäftlichen Theorien. Er wusste nicht einmal, dass er um seine epistemologischen Schwächen wüsste, wenn er Riks Sokratesvorlesungen für das erste Jahr gehört hätte. Inzwischen hatte Rik den Status eines Experten im Hinblick auf ein Bewusstsein seines eigenen Nichtwissens erlangt. Anders als Larry, der jetzt einen Laserpointer in der Hand hielt, während an der Leinwand hinter ihm die Wörter »Die Schlüsselbegriffe des

Unternehmertums« in gelber Kursivschrift vor einem hellblauen rechteckigen Hintergrund auftauchten. Unten auf der Leinwand, in kleineren Lettern, um nicht von der Schlagzeile abzulenken, stand noch »Eine Vorlesung von Larry Wallace, Chef und Entrepreneur.« Ross schaute voller Stolz auf die Ergebnisse seiner PowerPoint-Fähigkeiten.

»Guten Tag, alle Anwesenden. Ich bin Larry Wallace und heute verlose ich die Tribute des Enten … Entenpreis.«

Während Larry noch den Laserpointer studierte, hob ein Student in der Mitte der dritten Reihe seinen Arm kerzengerade in die Luft und fragte: »Steht das auf der Examensliste?«

Larry war für einen Moment verwirrt, kam aber schnell wieder zur Fassung. »Was für ein Examen? Das hier ist kein Examen. Hier wird einfach nur verlost, du Idiot.«

»Kein Examen? Und wozu sind wir dann überhaupt hier?«, fragte der Student rhetorisch, grinste dabei und blickte sich zustimmungheischend unter seinen Jahrgangsgenossen um. Danach erhob er sich, zusammen mit den meisten aus zwei Reihen von Zuhörern, und wollte gehen.

»Setzt euch, sonst braucht ihr ein Examen in Medizin.«

Die beiden Reihen hielten inne, wechselten Blicke und setzten sich wieder hin.

»Sitzen alle bequem? Gut. Ich beginne mit einer Frage.« Er drückte auf den Knopf des Pointers. Ross hielt den Atem an. Die Leinwand hinter Larry wechselte von Blau auf Rosa über, und eine Buchstabensäule in einem etwas dunkleren Rosa zog sich die Mitte hinab und listete die Attribute des Unternehmertums in einer erkennbaren Reihenfolge auf. Ross atmete erleichtert auf.

Eine Hand schoss in die Luft.

»Was ist denn jetzt schon wieder?«, brüllte Larry.

»Ich habe eine Frage.«

»Ich auch«, erklärte Larry.

»Worüber werden Sie sprechen?«

»Iiiiiik. Wenn ihr die Klappe haltet, werdet ihr das gleich erfahren. Das gilt für euch alle. Haltet einfach die Klappe und hört zu. Gebt mir eine Chance anzufangen, ja? Fragen könnt ihr nachher noch stellen.«

Larry räusperte sich und las vor: »Was sind die fünf wichtigen Tribute eines erfolgreichen Entenpruners?«

»Selbststarter«, schlug jemand in der vierten Reihe mit lauter Stimme vor.

»Risikobereitschaft«, sagte ein anderer.

»Fähigkeit, außerhalb der Schublade zu denken«, wurde mitten im Hörsaal gerufen.

»Was für eine Schublade?«, fragte Larry und schaute von seinen Notizen auf.

Ross schlug die Hände vors Gesicht.

»Alle die Klappe halten. Iiiiiiik. Die fünf wichtigsten Tribute eines erfolgreichen Entenpruners sind, ohne besondere Reihenfolge...« Er drückte nachdrücklich auf den Knopf unten am Laserpointer. Das Wort »Selbstmotivierung« erschien über einem Strichmännchen, das über eine Reihe von spitzen grünen Wellen lief. Mit einem weiteren Daumendruck illustrierte er Kreativität durch einen Blumenstrauß. Dann gab es eine Strichzeichnung eines Kopfes, aus dessen Mund eine Sprechblase quoll, in die Ross die Wörter »guter Kommunikator« eingepasst hatte. Risikobereitschaft wurde auf althergebrachte Weise durch ein Strichmännchen beim Stabhochsprung illustriert, während das Konzept der Willensstärke durch einen muskulösen Arm dargestellt wurde. Das Attribut der Fähigkeit, negatives Denken herauszufordern, wurde von einer geballten Faust begleitet, bei der Ross es geschafft hatte, aus dem auf die Fingerknöchel tätowierten Wort »Love« den Buchstaben L zu entfernen, indem er ein schwarzes Viereck darüber geklebt hatte, dann hatte er keine

Zeit mehr gehabt, um auch die restlichen drei Buchstaben zu verdecken.

»Das macht sechs«, erklärte ein selbstzufriedener Student mit lauter Stimme, nachdem er seine Notizen befragt hatte.

»Fünf.«

»Sechs. Das sind sechs.«

Larry zählte in seinen Notizen rückwärts. »Na gut. Streich die Herausforderung von negativem Denken. Verdammte Kacke, Ross. Kannst du nicht zählen?«

»Ich habe noch eine Frage.«

»Was? Was denn jetzt? Ich hab nur zwanzig Minuten, und ihr kleinen Wichser klaut mir die Zeit.« Larry lief rot an. Ross bewegte behutsam die Hände und brachte Larrys hysterisches Orchester dazu, sich auf Adagio zu verlegen, statt seines improvisierten Sprungs ins Stakkato. Dieses ruhige Dirigieren war von sofortiger Wirkung. Larry hörte auf, die Ringe an seiner rechten Hand zu drehen.

»Einatmen«, sagte Larry laut zu sich selbst. »Einatmen.« Er atmete laut durch die Nase ein. Nach dreißig Sekunden, als er nicht mehr ganz so tiefrot war, fragte er mit leiser Stimme: »Was? Was jetzt schon wieder?«

»Umfasst Ihr Bild von Entrepreneurtum das Problem von Kultur versus Natur?«, fragte der Student, der in der dritten Reihe die Hand gehoben hatte.

»Wieso denn Kultur? Wovon reden Sie da?« Larry suchte fieberhaft in Ross' Notizen nach diesem Wort.

»Müssen Sie nicht ohnehin mit einigen oder allen von diesen fünf oder sechs Attributen geboren sein? Ich meine, wenn Sie nicht gern Risiken eingehen, wie können Sie dann so einfach lernen, das doch zu tun? Ist es nicht ein Fehler zu glauben, dass Sie uns beibringen können, außerhalb der Schublade zu denken?«

»Die Schublade. Iiiiiik. Was ist denn in dieser Schublade?

Ross, die Schublade hast du nirgendwo erwähnt. Um Gottes wissen. Selbst ein Entenpruner im zweiten Jahr weiß alles über diese Scheißschublade.«

»Ist das deine Schublade, Pandora?«, flüsterte Spencer ihr ins Ohr.

»Klappe halten«, sagte sie und versetzte ihm einen harten Rippenstoß.

Er versank tief in seinem Sitz.

Larry redete jetzt weiter. »Hör mal, du Klugscheißer. Wenn du mir dieses Verlesen versaust, wirst du es bereuen. Wenn du noch einmal die Fresse aufreißt, landest du in der Schublade, und die wird dann sechs Fuß – nicht fünf – tief im Boden enden. Comprendo oder vielleicht sprichst du kein Französisch.«

»Das ist Spanisch.«

»Was denn?«

Der Nebenmann des wissbegierigen Studenten flüsterte seinem Freund ziemlich laut zu, dass Schweigen hier weiser wäre. Sein Freund ignorierte ihn und demonstrierte eines der wichtigen Attribute des Entrepreneurtums in seiner Bereitschaft, Risiken einzugehen.

»Comprendo, *ich verstehe,* ist Spanisch. Ich mache nebenbei Spanisch, müssen Sie wissen.«

Ross war bereit, im Notfall aufzuspringen. Die Luft, die durch Larrys behaarte Nasengänge rauschte, konnte hinten im Saal von den Mitgliedern des CATzugh-Bewertungskomitees gehört werden, die gewissenhaft ihre Formulare studierten.

Larry verbrachte eine volle Minute der ihm zugeteilten Zeit in nachdenklichem Schweigen. Er blätterte um und fragte: »Für ein erfolgreiches Unternehmen ist es grundlegend, die Opposition auszuschalten?«

»Meinen Sie erfolgreichen Wettbewerb auf dem Markt?«, fragte der Student, der nebenbei noch Spanisch machte.

»Nein. Ich meine, die Opposition auszuschalten.«

Larry blätterte abermals um und las weiter vor. »Sie sollten daran denken, dass es ungeheuer anstrengend ist, Enten … ein Boss zu sein, und um auf Dauer die optimale Leistung erbringen zu können, müssten Sie ein gutes Team rekrutieren. Sie dürfen Ihr Team niemals für selbstverständlich halten. Sie sollten regelmäßig das Selbstvertrauen und damit die Effizienz Ihres Teams durch wohlplatziertes Lob steigern. Haben Sie keine Angst davor, ihre Teamangehörigen anzuerkennen und ihnen zu sagen, wie sehr Sie sie zu schätzen wissen.« Larry unterbrach sich, hob das Blatt hoch, drehte es um und musterte es aus allen Winkeln. »Wo hast du denn diese Scheiße her, Ross? Das hat doch nichts mit dem Thema zu tun.« Er legte vorsichtig das empörende Blatt auf den Stapel der bereits gelesenen. »Jedenfalls, wo war ich?« Er las den ersten Satz auf dem nächsten Blatt und sagte: »Sie sollen Ihr Team kultivieren.« Ehe er dieses Blatt voller Verachtung wegwarf, machte er sich über dieses Wort her. »Seht ihr, hier ist das Wort Kultur. Ich wusste doch, dass es hier irgendwo steht. Da hast du's, Klugscheißer«, sagte er zu dem Studenten, der nebenbei Spanisch machte. »Bist du jetzt zufrieden, Amigo? Ist damit deine Frage beantwortet? Du kultivierst dein Scheißteam und erzielst den optimalen Ertrag«, brüllte Larry. Dann murmelte er vor sich hin: »Es ist anstrengend, der Boss zu sein. Du kannst dich nur auf dich selbst verlassen. Der Boss steht allein.«

»Was haben Sie gesagt? Ich hab das nicht verstanden, und es muss doch in meine Notizen«, fragte ein Student ziemlich weit hinten.

»Ich hab gar keine Notizen gemacht, weil das kein Examen ist«, sagte der Student, der nebenbei Spanisch machte, ließ sich auf dem Sitz zurücksinken und verschränkte die Hände hinter dem Kopf, um seine kühle Gleichgültigkeit den Studien gegenüber zu zeigen.

Larry schaute auf die Uhr. Er sprang zum letzten Blatt seiner Präsentation weiter und drückte auf den Laserknopf, bis er beim Bild eines Computerbildschirms ankam.

»Um den langfristigen Erfolg Ihres neuen Unternehmens zu garantieren, müssen Sie imstande sein, den Transfer von technologischen Lösungen auf den Markt zu optimieren.«

»Was bedeutet das genau?«, fragte der Student, der nebenbei Spanisch machte, setzte sich gerade auf und drehte sich hin und her, damit sein gesamter Jahrgang sein breites Grinsen sehen konnte.

Larry legte seine Notizen hin. Er presste die Hände wie zum Gebet aneinander und schob sich die zusammengelegten Finger in den Mund. »Atmen«, mahnte er sich. Der Student, der nebenbei Spanisch machte, gab seinem Nebenmann, der nebenbei Französisch machte, High Five. Larry rannte vom Rednerpodium zur Mitte der dritten Reihe, ignorierte dabei die leere erste und die besetzte zweite Reihe und nahm den Studenten, der nebenbei Spanisch machte, in den Schwitzkasten, ehe Ross sich auch nur bewegen konnte. Als Ross sich ins Gewühl stürzte, hingen vier Kommilitonen des Spanischlernenden an Larrys Hals und versuchten vergeblich, seinen tödlichen Zugriff um den jungen Unternehmer zu lockern. Ross schnippte einen nach dem anderen beiseite und stemmte mit beiden Armen Larrys Umarmung auseinander, als dem Studenten, der nebenbei Spanisch machte, schwarz vor Augen wurde.

Die Mitglieder von Catzugh warteten in der hintersten Reihe, bis Larry Wallace, Ross, alle Zuhörer, die geschäftsführende Leiterin der Fakultät, Andy Cashman, die gerade vorbeigekommen war, und die Sanitäter mit der Trage mit dem bewusstlosen Studenten, der nebenbei Spanisch machte, den Hörsaal verlassen hatten, ehe sie mit ihrer Erörterung von Larrys Vorlesungsleistung begannen.

»Haben Sie denn die Zeit dafür, Professor Spencer?«, fragte Rose die Putzfrau. »Sie müssen nicht dringend irgendwohin, ins Kino, auf eine Party, zum Ballett, zur Examensfeier?«

»Nein. Ich muss nirgendwohin. Samantha besucht heute ihre Mutter.«

»Das wird eine große Freude sein, für ihre … Mutter. Für alle beide. Also. Wir sollen die hier aufgeführten sechs Kriterien mit Punktmengen von 1 bis 5 versehen, um Larrys Auftritt zu bewerten, und ein Stern bedeutet belanglos und fünf bedeuten hervorragend«, instruierte Rose ihre Komiteegenossen. »Ist uns allen klar, was hier vonnöten ist?«

Alle bestätigten, dass ihnen klar war, indem sie »Ja« sagten. Maximilien fügte ein »oui« hinzu.

»Als erstes schreiben wir den Namen des Verlesenden … ich meine, des Vorlesenden auf. Das ist leicht. Nämlich Larry Wallace.«

»Hat er einen Titel?«, fragte die Bibliothekarin.

»Noch nicht«, sagte Rose. »Die erste Frage ist – hat die Vorlesung das angegebene Thema behandelt? Ihr müsst zwischen einem und fünf Sterne in den Kasten setzen, je nachdem, wie ihr über Larry Wallaces Vorlesung denkt.«

»Ich gebe ihm fünf«, sagte Pandora. »Er hat mehr gebracht, als er angekündigt hatte. Wir haben sechs Attribute bekommen, keine fünf.«

»Sehe ich auch so«, sagte Progress. »Mindestens fünf. Können wir ihm sechs geben?«

»Einen bis *fünf* Sterne«, sagte die Bibliothekarin.

Alle malten Sterne in den dazugehörigen Kasten. Maximilien kopierte die von Doolittle und lächelte.

»Das nächste Kriterium ist das Fachwissen des Vortragenden«, verkündete Rose, obwohl alle im Bewertungskomitee ihr eigenes Formular lesen konnten.

»Ich gebe ihm null«, sagte Spencer. »Die Studenten wussten mehr über das Thema als er.«

»Er wusste etwas über Technologietransfer. Ich habe keine Ahnung, was das bedeutet, aber ich halte ihn deshalb für ein Genie«, sagte Progress. »Wenn du ihm null gibst, gebe ich ihm jedenfalls sechs.«

»Einen bis fünf Sterne, sonst musst du das Formular noch einmal ausfüllen. Wer nicht die vorgeschriebene Anzahl eingibt, bekommt das Formular zurück«, sagte Rose.

»Wer hat dir denn das Kommando übertragen?«

Rose ignorierte die Frage. »Haben wir jetzt alle bewertet?« Sie schaute in die Runde und nickte zufrieden. »Sally Doolittle, würden Sie Maximum bitte sagen, er soll seine eigene Bewertung abgeben und nicht nur Ihre kopieren? Wir müssen hier alle unabhängig unsere eigenen Entscheidungen treffen, wenn die Bewertung fair und sinnvoll sein soll. Es darf nicht betrogen werden. Die nächste Frage ist – stimmte der Inhalt der Vorlesung mit dem angegebenen Thema überein?«

»Was für ein Thema?«, fragte Spencer. »Ich gebe ihm eine überaus großzügige … Eins.«

»Ich finde auch, er hätte das mit dem Thema besser machen können, aber das ist nur ein kleiner Kritikpunkt. Ich gebe ihm eine Vier, um zu beweisen, dass ich eine unparteiische Bewerterin bin«, sagte Pandora.

»Und nun – hat der Vortragende Fragen gut beantwortet?«

»Ich fand ihn dabei ganz besonders überzeugend«, sagte Pandora. »Dieser kleine Scheißer, der nebenbei Spanisch macht, hat es doch nicht anders gewollt. Das ist eine klare Fünf.«

»Von mir eine Null«, sagte Spencer. »Dieser Student wird das College garantiert verklagen, wenn er wieder zu Bewusstsein kommt. Ich wäre nicht überrascht, wenn uns der gesamte Kurs wegen seelischer Grausamkeit verklagte.«

»Das ist nicht fair. Wenn wir ihm keine sechs geben können, kannst du ihm keine null geben. Rose, Spencer pfuscht.«

»Keine null, Professor Spencer. Machen Sie es so, wie sich das gehört. Qualitätssicherung ist eine ernste Angelegenheit. Sind wir so weit? Dann die nächste Frage. War der Inhalt dem vorgesehenen Publikum angemessen?«

»Wenn dieses Arschloch, das nebenbei Spanisch macht, so viel weiß, wieso geht er dann überhaupt noch aufs College?«, fragte Pandora. »Warum leitet er nicht sein eigenes erfolgreiches Unternehmen? Warum hat er keine große Karre samt Chauffeur?«

»Guter Einwand«, sagte Progress.

»Alsdann. Gab es in dem Vortrag ausreichende Hinweise auf Kommunikationswerkzeug und angemessene Unterrichtsmethoden?«

»Spencer, sogar du musst zugeben, dass diese PowerPointbilder umwerfend waren. Er weiß alles über Technologie und wendet eine Menge Methoden an.«

»Ich gebe zu, die Bilder waren beeindruckend, aber ich hätte andere Farben genommen.«

»Das ist ein rein ästhetisches Argument«, widersprach Progress. »Du weißt doch, Kunst ist relativ. Du kannst ihm seine Farbwahl nicht vorwerfen. Er ist vermutlich farbenblind. Da dürfen wir ihn doch nicht mit Punktabzug bestrafen. Also macht das von allen eine klare Fünf.«

»Wenn ihr bei diesem Bewertungskriterium einer Meinung seid, dann füllt bitte den Kommentarkasten ganz unten aus, schreibt oben euren Namen und dazu den von Larry Wallace und gebt mir den Bogen zurück.«

Als Rose die Bewertungsbögen eingesammelt hatte, zählte sie mit Jims Hilfe die Punkte zusammen. Sie überprüften das Ergebnis mehrere Male. Rose tippte mit dem Kugelschreiber auf den Tisch, um sich Aufmerksamkeit zu verschaffen, räusperte sich und verkündete: »Wir sind zu einem Schluss gekommen. Hier sind die Ergebnisse der Überlegungen der CATzugh-Jury. Von einer gesamtmöglichen Punktemenge, die sich aus acht möglichen Höchstmengen von dreißig zusammensetzt, erhält Larry hundertzehn.«

»Das ist weniger als die Hälfte«, sagte Spencer.

»Das ist fast die Hälfte«, sagte Pandora.

»Nichts da. Rose hat uns nicht abstimmen lassen, welche Punktzahl ausreichen würde, ehe wir angefangen haben«, sagte die Bibliothekarin.

»Darüber stand nichts auf dem Formular. Der andere – ich will ja keine Namen nennen, aber ihr wisst alle, wen ich meine – hatte auf dem ausgefüllten Formular, das ich in seinem Papierkorb gefunden habe, fünfzig von dreißig erhalten. Wenn das für ihn gereicht hat, dann müssten hundertzehn von zweihundertvierzig für Larry Wallace genug sein.«

»Wir müssen Professor Rik Wallace fragen. Er ist der Präsident. Er weiß bestimmt, was die Untergrenze ist. Das muss doch irgendwo stehen. Es muss dafür eine Vorschrift geben. Er ist jetzt der Geschäftsführer. Er ist verantwortlich«, sagte die Bibliothekarin. »Bei unserem nächsten Treffen werden wir Professor Wallace fragen.«

»An diesem College ist noch nie jemand wegen einer Scheißbewertung gefeuert worden«, sagte Pandora und gab sich Feuer. »Christus, ich brauch dringend frische Luft. Können wir hier rausgehen?«

»Ich vermute, ihr müsst noch die Kommentare hören, ehe wir Schluss machen. Ich werde sie ohne Namensnennung vorlesen«, sagte Rose. »Hier steht: ›Ein wahrhaft fesselndes Erlebnis und ein Privileg, hier zu sein. Ich halte Larry Wallace für ein Genie und für einen beträchtlichen Zugewinn für das CAT-College.‹ Hier dagegen … ach, was für eine schreckliche Handschrift …

doch, jetzt hab ich's: ›Blödsinn, ich werde jedenfalls klagen.‹ Dann steht hier: ›Eine beeindruckende Leistung, wenn man bedenkt, dass der Vortragende keinerlei Erfahrung darin besitzt, zu einem Haufen von Idioten zu sprechen.‹ Und dann: ›Stellt diesen Mann bitte nicht ein,‹ Und was soll das wohl heißen? ›Danke, Jesus, dass du mir diesen hinreißenden Nihilisten geschickt hast. Ich liebe deinen Gedankengang auch XXX.‹ Auf dem nächsten steht: ›Ich glaube, diese Vorlesung hat mir sehr viel gebracht.‹ Und schließlich schreibt hier noch jemand: ›J'aime ma petite Sally Doolittle. J'aime vos seins …‹ Das wär's. Weitere Kommentare gibt es nicht.«

XXXXI

Practica Consulendo

Praktische Beratung

Vielleicht traf die Freudsche Interpretation ja zu: Möglicherweise versuchte Rik Wallace, ein Nest zu bauen, weil er einwandfrei das Interesse an der Renovierung des Hauses in der Love Street verloren hatte, als Julie Progress offiziell aufgehört hatte, mit ihm zu sprechen. Das Offizielle, hatte sie ihm erklärt, gestattete es ihr, ihm deutlich klarzumachen, was sie von seinem Vertrauensbruch hielt, wann immer sie einen neuen Grund für ihre Empörung fand. Im Rahmen dieser Regeln durfte Wallace sich nicht verteidigen. Vielleicht litt Progress mehr unter dem neuen Arrangement, weil er besser zuhören konnte als sie. Aber trotz der neuen Schweigsamkeit, die sie einander entgegenbrachten, konnten sie sich über die Aufteilung des Hauses einigen. Sie hatten ausgemacht, jeweils unterschiedliche Hälften des Esstisches für ihre Imbissmahlzeiten zu benutzen, was ihrem offiziellen Status, nach dem sie auch beim Essen nicht miteinander sprachen, sehr entgegenkam. Sie hatten vereinbart, das Spülbecken zu teilen, in das sie die Verpackungen weiterer Seitenverteilungen fallen ließen. Sie saßen einander am Tisch kauend gegenüber. Er aß chinesisch. Sie indisch. An einer Weinflasche lehnte ein großes gerahmtes Bildnis von Immanuel Kant. Kants sorgsam gepuderte Perücke wich in Wellen von seiner Stirn zurück, die exakt denen seiner erhobenen Augenbrauen entsprachen. Falls Kant irgendwelche

Zweifel an der Nahrhaftigkeit von Riks Kost hatte, oder vielleicht am Niedergang der Tischsitten seit seiner Zeit, dann schwieg er darüber.

»Das Menü für zwei beim Chinesen ist billiger als zwei Einzelmahlzeiten, und das zeigt die finanziellen Vorteile der Konversation«, teilt Rik Kant in dem Bilderrahmen mit.

»Ist mir egal. Nicht zu sprechen gleicht die zusätzlichen Kosten aus«, sagte Progress, die zum tausendsten Mal dazu gebracht worden war, ihr prinzipielles Schweigen zu brechen.

»Professor Spencer hat mir erzählt, dass Larrys Vorlesung gestern nicht so gut gelaufen ist«, erzählt Rik Kant und saugte Nudeln in seinen Mund. »Schade, dass Sie nicht da sein konnten, um einige Ihrer berühmten Urteile zu fällen. Ich stelle mir vor, der Schock hätte Sie umgebracht, wenn Sie nicht ohnehin schon tot gewesen wären.«

»Dein Bruder hat viel bessere Tischmanieren als du«, sagte Progress.

»Aber Spencer sagt, dass der Vortrag doch so gut war, dass die Hälfte der Mitglieder von CATzugh ihm gute Noten geben konnten«, versicherte Rik Kant und achtete nicht auf sie. »Spencer hat mir erzählt, wie die Abstimmung verlaufen ist. Julie ist sicher zufrieden. Ihr neuer Busenfreund Larry macht Karriere in der akademischen Welt. Sie sollten sich vorsehen. Am Ende sticht er Sie noch aus als der beeindruckendste Intellektuelle aller Zeiten. Ich meine, falls ich sie heute Abend in der offiziellen CATzugh-Entscheidungsrunde nicht noch umstimmen kann.«

»Er ist nicht so ganz in Übung, das ist alles. Rose und Jim hat die Vorlesung gefallen, Jim fand, dass er die Studenten durch angeborene Autorität überzeugt hat. Pandora fand ihn brillant. Ich auch. Du hättest dabei sein müssen, wenn du dir eine Meinung über seinen Auftritt bilden willst.«

»Professor Kant, oder darf ich Immanuel sagen? Zu salopp?

Nein? Immanuel, ich bin schon erschöpft von meinen Versuchen, Larry aus dem Weg zu gehen.«

»Du brauchst dir keine solche Mühe zu geben, er geht dir ja auch aus dem Weg. Er hat eine Wahnsinnsangst vor dir. Seit er dein verschwommenes Foto an der Wand vor deinem Büro gesehen hat, hält er dich für seine Nemesis.«

»Sag mal, Immanuel, wie können zwei Menschen füreinander die Nemesis sein? Spiegelverkehrte Nemesis? Gibt es so etwas? Er ist jedenfalls meine.«

»Rik. Ich weiß, dass wir offiziell nicht miteinander reden, aber ich muss dich etwas fragen. Es ist eine medizinische Notwendigkeit. Warum hast du mir nicht gesagt, dass dein Bruder Larry psychische Probleme hat? Ich wäre sonst besser vorbereitet gewesen, um ihm zu helfen. Es geht ihm nicht gut. Er glaubt, alle wollen ihn vernichten.«

»Ich weiß nichts über seine psychischen Probleme, aber ich hoffe, er hat recht. Ich hoffe, alle wollen ihn vernichten.«

Progress schaufelte sich löffelweise Reis in den Mund, ehe sie wieder etwas sagte. »Ich habe versucht, ihn zu beraten. Ich glaube, ich habe ihm klarmachen können, dass seine Ängste seiner Fantasie entspringen. Ich glaube, der Erfolg hat ihn gestresst. Das Leben als Entrepreneur ist sicher nervenzersetzend. Das habe ich bei seiner Vorlesung gelernt.«

»Hast du ihm bei diesen Beratungsgesprächen gesagt, dass du seine Mutter umgebracht hast?«

»Nein, hab ich nicht. Ich konnte einfach nicht den richtigen Augenblick finden. Und außerdem hast du das getan. Nicht ich. Und das werde ich ihm sagen. Ich habe versucht, ihm klarzumachen, da er vermutlich viel im College sein muss, wenn er Vorlesungen hält und sein Geschäftszentrum leitet, dass er sich mit dir treffen sollte, damit ihr eure Meinungsverschiedenheiten beilegen könnt. Du musst mit ihm sprechen, Rik. Ihr seid identisch. Ich meine das nicht so, dass ihr auf den ersten Blick gleich ausseht. Verstehst du? Größe, Haare, Augen. Menschen, die von außen unterschiedlich aussehen, sind von innen zumeist total gleich, auf der Ebene ihres wahren *Selbst.* Ich habe ihm erzählt, wie sehr ihr einander ergänzt. Lambe hat uns in seinen Psychologiekursen klargemacht, wie wichtig es ist, Äußerlichkeiten zu ignorieren.«

Wallace drehte sich zu dem Bildnis um. »Immanuel, du bist ein Genie, aber Lambe war auch eines. Er war genial in der Kunst des Ignorierens. Wie sind deine Ansichten über Schweigen, du als jemand, der auch darin genial zu sein scheint? Larry und ich sollten reden, aber Progress sollte nicht mit mir reden. Findest du nicht, dass ganz allgemein zu viel geredet wird? Findest du nicht, dass wir uns gegenseitig viel zu viel übereinander erzählen? Vielleicht könnte ich auch in diese Schweigeszene einsteigen. Sie auf dein Niveau erheben. Ich könnte hier und bei meinen Vorlesungen allgemeines Schweigen anordnen. Kannst du dir vorstellen, wie ich da vor den Erstsemestern stehe und rein gar nichts sage? Eine ganze Stunde des Schweigens, während meine Studierenden sich den Kopf zerbrechen, wie ich sie darüber prüfen werde?«

Progress knallte das Bildnis mit dem Gesicht nach unten auf den Tisch. »Ich rede jetzt nur Larrys wegen mit dir. Oder auch deinetwegen. Brüder dürften sich nicht streiten. Es ist nicht fair mir gegenüber, weil ich doch in der Mitte stecke. Ich muss daran denken, was für mich am besten ist. Wenn ich seine psychische Krankheit heilen kann, wird er anfangen, mir zu vertrauen, nicht mehr glauben, dass ich mit dir, seiner Nemesis, zusammenlebe und konspiriere, um ihn zu ruinieren. Ich kann seinen Blicken ansehen, dass er mir nicht glaubt, wenn ich ihm sage, dass ich auf seiner Seite stehe.«

»Seine Instinkte scheinen tadellos zu funktionieren. Aber was ist mit mir? Was ist mit meiner Seite? Hast du dir schon mal überlegt, dass ich mich mit ihm vielleicht gar nicht versöhnen will?«

»Ach, Rik. Du bist wirklich selbstsüchtig. Denkst immer nur an dich. Nie fragst du dich, was ich will, was für mich das Beste ist, und das ist zufällig auch das Beste für deinen Bruder Larry. Ich kann nicht in alle Ewigkeit in dieser Bruchbude wohnen bleiben. Ich bin sicher, Larry wird gescheit genug sein, sich eine moderne Wohnung zu suchen, wenn er endgültig herzieht, und dann kann ich bei ihm wohnen.«

Rik konzentrierte sich darauf, Nudeln in den Mund zu saugen. Ein lautes Klopfen an der Haustür ertönte.

»Das muss Spencer sein«, sagte Rik, stand auf, stapelte die Verpackungen aufeinander und brachte sie zum Spülbecken. Er warf sie auf die der vergangenen Woche, die sich inzwischen in ihre Bestandteile auflösten. »Ich glaube, du bist mit Spülbeckenleeren dran.«

»Wenn du das willst, dann mache ich das. Kein Problem.«

»Geht es dir gut?« Er trat zurück, um ihr Gesicht zu mustern. »Was ist los?«

»Wie meinst du das?«, fragte sie und schüttelte nervös den Kopf.

»Ich meine, dass du dich gerade bereit erklärt hast, das Spülbecken zu leeren, ohne mich anzuschreien, dass du überhaupt nicht an der Reihe bist. Bist du krank? Warum versuchst du, nett zu mir zu sein?«

»Ich bin nicht krank. Wie fühlst du dich?«

»Wie meinst du das?«

»Wie fühlst du dich gerade? Gute Laune? Schlechte Laune?«

»Mittlere Laune. Ich fühle mit mittel. Ich mach die Tür auf. Das muss Spencer sein. Er holt mich zum CATzugh-Treffen ab. Willst du mitfahren? Du kannst hinten sitzen. Du brauchst nicht vor Zeugen mit mir zu reden.«

Sie hörten, dass abermals an die Tür geklopft wurde. Diesmal noch lauter. »Denk dran, Rik. Was immer passiert, du bist in mittlerer Laune.«

»Wovon redest du da? Was ist los mit dir? Warum bist du so nervös? Das ist doch nur Spencer.«

Progress trat dicht hinter Rik, als der die Tür öffnete. Draußen auf dem Gehweg stand Larry. Larry war seit zehn Minuten auf dem Weg hin und her gewandert und hatte über die überlegene List seines Erzrivalen vor sich hin gemurmelt. Inzwischen war er zu der Überzeugung gelangt, dass seine Nemesis seine Mutter ans CAT-College gelockt hatte, in der Überzeugung, dass Larry ihr folgen und dann in die Falle tappen würde. Er drehte die Ringe an seinen Fingern herum, in dem Versuch, seinen Mut zu schüren. Zweimal hatte er die Nerven verloren und war zum Auto zurückgegangen. Zweimal hatte Ross, der Progress' guten Rat befolgen wollte, ihn zur Tür zurückgeführt. Ross hatte selbst an die Tür geklopft, ehe er zum Auto zurückgerannt war. Er bewegte lautlos die Lippen, um Larry dazu zu bringen, noch einmal zu klopfen, als niemand aufmachte. Progress hatte versichert, dass sie beide zu Hause sein würden.

Rik und Larry registrierten, dass Progress losplapperte, aber keiner erfasste den Sinn ihrer Worte. »Welche Überraschung. Larry. Schau mal, das ist dein Bruder Rik. Genau wie ich dir versprochen hatte. Siehst du? Rik, ich wollte dir nicht sagen, dass Larry vorbeischauen würde, weil ich Angst hatte, du würdest dann wegrennen. Ich habe Larry überredet, seine Ängste zu überwinden und herzukommen, um dich zu treffen, damit ihr Freunde sein könnt, wie sich das für gute Brüder gehört. Ta da«, sang sie voller Befriedigung. »Ich bin eine brillante Psychologin.« Sie lächelte und breitete die Arme aus, um eine Hand jedes Bruders zu fassen, als ein Glied in der Heilungskette.

»Iiiiiik. Scheiße, wer bist du denn überhaupt?« Larrys Gesicht wurde dunkelrot und fing dann an, anzuschwellen. Sein Mut war in Sekundenschnelle wieder da, vor lauter Erleichterung, weil er den Mann, der hier vor ihm stand, nicht erkannte.

Progress drängte sich vor Rik, legte Larry beide Hände auf die Brust und hielt ihn zurück. »Larry, Larry, ich habe es dir doch gesagt. Das ist dein Bruder Rik. Das ist nicht die Nemesis. Vergiss die Fotos im College. Spencer hat alle seine Zähne, und Pandora ist nicht Hitler. Schau mal, Rik, das ist Larry. Larry, nicht deine Atemübungen vergessen. Tief durchatmen, Larry. Ein. Und aus.«

Rik sagte nichts. In Zeitlupe sah er Progress rückwärts in die Diele fallen, als Larry sie zur Seite stieß und mit Gebrüll ins Mausoleum seiner Mutter rannte. Larry streckte seine beringten Wurstfinger aus und zielte auf Riks Kehle.

XXXXII

Identitatem Crisi

Identitätskrise

Professor Spencer bog mit seinem uralten Saab 900 um die scharfe Kurve der Love Street, wo eine riesige grüne Hecke über die Mauer des ersten Hauses auf die Straße hing. Er fluchte, riss den Wagen gerade und verlangsamte. Er sah Rik Wallace am weißen Mittelstreifen auf der Straße auf sich zurennen. Hinter ihm setzte Larry Wallaces glänzend schwarze Limousine in hohem Tempo auf der Auffahrt zu Riks Haus zurück. Rauch stieg von den Reifen auf, und Spencer konnte ihr Freudengekreisch den ganzen Weg vom Ende der Sackgasse her hören. Spencer trat auf die abgenutzten Bremsen, in dem Versuch, Rik, der den rostigen Saab fast erreicht hatte, nicht zu überfahren. Der Wagen kam schlingernd zum Halten, als Rik schon die Handflächen auf die Motorhaube gelegt hatte. Er rannte zur Beifahrertür und sprang hinein.

»Schnell. Raus hier, zum Teufel. Zurück. Zurück, um Gottes willen, oder ich bin tot. Mein Bruder hatte eben an der Haustür eine Art Mordanfall.«

Spencer zog den steifen Schaltknüppel mit einem metallischen Klappern zurück. »Die Schaltung will nicht mehr so recht«, erklärte er zu seiner Entschuldigung. Der Saab setzte langsam vor der glänzend schwarzen Limousine zurück, die jetzt wie eine Rakete mitten auf der Love Street auf sie zugeschossen kam.

Beide starrten geradeaus, obwohl der Wagen immer schneller zurücksetzte. In dem Moment, ehe der Saab die überwuchernde Hecke erreicht hatte, die die Kreuzung zwischen Love Street und Hauptstraße kennzeichnete, riss Spencer mit einer Hand am Rückwärtsgang, während er mit der anderen fieberhaft das Lenkrad drehte. Der Saab vollführte eine perfekte Pirouette von hundertachtzig Grad und schleuderte den verdutzten Rik gegen die Beifahrertür. Spencer schaltete in den ersten Gang und jagte über die vielbefahrene Straße, gefolgt von einer Wolke aus brennendem Öl und Gummi. Ross, der nicht auf die geschmeidigen Bewegungen des Saab oder auf die Ecke vorbereitet gewesen war, trampelte panisch auf die Bremse. Der schwarze Wagen verlor auf der rechten Seite viel von seinem Glanz, denn er zerfetzte die Seiten von zwei anderen Autos, die unter der Hecke so gut wie versteckt waren. Ross konnte es verziehen werden, dass er die nicht gesehen hatte. Sie waren seit Jahren schon von niemandem mehr gesehen worden, auch nicht von ihren Besitzern.

»Keine Panik. Ich bin eigentlich ein begabter Fahrer. In einem anderen Leben hätte ich den Fluchtwagen bei Banküberfällen fahren können. Das wollte ich als Kind, ehe ich dann beschloss, Philosoph zu werden. Was für ein Kind will denn Philosoph werden? Wann habe ich mich dazu entschlossen? Such mal im Radio schmissige Musik, zu der ich fahren kann. So ganz schnelle.«

Rik schaltete das Radio ein. Coldplays »Yellow« brüllte mit dem Saab-Motor um die Wette.

»Dazu können wir nicht entkommen. Such was Schnelleres«, schrie Spencer ihm durch den Lärm zu.

Er drehte am Radio herum. Er fand den »Hummelflug« von Rimski-Korsakow.

»Halt. Lass das laufen. Das liebe ich.« Spencer fing an zu summen. »Hast du gewusst, dass es als Teil einer Oper komponiert worden ist?«

»Um Himmels willen, fahr einfach«, schrie Rik.

Spencer summte wieder los. »Hättest du erraten, dass diese Schönheit schon eine Viertelmillion Meilen auf dem Buckel hat?«, fragte er und streichelte das Armaturenbrett. »Sie wird uns jetzt nicht im Stich lassen.« Der alte Saab antwortete auf dieses unangebrachte Vertrauen durch lautes Auspuffknallen. »Was ist denn eigentlich passiert?«

»Progress wollte ihre therapeutischen Fähigkeiten nutzen, um die Gebrüder Wallace zu versöhnen. Larry hat einen Blick auf mich geworfen und ist durchgedreht.«

»Wo ist Progress?«

»Als ich sie zuletzt gesehen habe, lag sie auf dem Rücken in der Diele, und Larry stürzte zum Auto. Mein Gott, für einen fetten Arsch kann der Kerl ja vielleicht rennen!«

»Was findet sie nur an ihm?«

»Was findet sie nur an irgendeinem von uns?«

»Sitzt sie jetzt bei Larry im Wagen?«

»Ich weiß nicht.« Rik legte eine Pause ein. »Er ist nicht mal mein Bruder.«

»Ich würde ihn auch verleugnen, wenn er behauptete, mein Bruder zu sein. Ich kann deine Einstellung nachvollziehen. Geschwister können eine Quelle der Peinlichkeit sein, vor allem, wenn man jung ist. Meine Schwester vor unvorstellbar groß, als wir zur Schule gingen. Fast zwei Meter. Kannst du dir vorstellen, wie ich mich gefühlt habe, als ich dreizehn war und sie mich überall turmhoch überragte? Ja. Schwestern können absolut eine Pest und Plage sein.«

»Halt bitte die Klappe und fahr.«

Inzwischen war Spencer im fünften Gang und überfuhr eine Serie von roten Ampeln. Die schwarze Limousine hatte aufgeholt und knallte gegen das Heck des Saab, während der Gegenverkehr sich auf Poller und Bürgersteige warf, um sich zu retten.

»Er ist nicht mein Bruder«, brüllte Rik durch das Geschrei von draußen. »Ich bin nicht Rik Wallace. Kann das denn kein Mensch kapieren? Schau doch mal hin. Schau mich an. Schau mich an … Nein. Schau mich nicht an. Schau die Straße an. Ich bin nicht der, der beim Einstellungsgespräch war.«

Ein Fußgänger kullerte über die Motorhaube des Saab.

»Woher sollte ich wissen, wer du bist oder wie du aussehen müsstest? Du änderst dich doch die ganze Zeit. Du bist ein Chamäleon, das immer mit dem neuesten Trend verschmilzt, den du gerade entdeckt hast. Wie Kant.«

»Kant ist kein Trend. Seine Ideen sind seit über zweihundertfünfzig Jahren im Umlauf. Und auf jeden Fall hat Kant keinen Einfluss auf mein Aussehen. Ich bin nicht ich. Ich bin nicht Rik Wallace.«

»Du änderst deine Meinung über alles, auf das wir uns einigen können. Ich bin vielleicht der größte lebende Jünger auf der Welt, aber es ist unmöglich, dein Jünger zu sein und sich deinen Launen anzupassen.«

»Erinnerst du dich nicht an den Mann, mit dem du beim Einstellungsgespräch gesprochen hast? Der bin ich nicht. Habe ich Ähnlichkeit mit dem Affen in dem teuren Anzug, der uns verfolgt? Ich bin nicht Rik Wallace.«

»Aber du hattest diese Viehkrankheit. Du hast gewaltig abgenommen.«

»Das war ich nicht, du Idiot. Ich hab den Mann schon vor Monaten umgebracht.«

»Ach, das ist verwirrend. Du hast den Mann mit der Viehkrankheit umgebracht. Hattest du Angst vor Ansteckung? Das kann ich verstehen.«

»Du Idiot. Ich hab mich selbst umgebracht. Ich hab Rik Wallace umgebracht.«

Spencer schwieg eine Meile lang, die sie in genau eins komma acht Sekunden hinter sich brachten. Er hatte, was er für eine möglicherweise transzendentale Idee hielt. »Hast du dich als Teil deines moralischen Verbesserungsplans umgebracht? Um eine bessere Konsequenz zu erlangen?«

»Ich habe Rik Wallace umgebracht. Ich bin nicht Rik Wallace, und nein, es ging nicht um eine bessere Konsequenz.«

»Du warst die ganze Zeit schon Kantianer. Diese Kantgeschichte macht mir Sorgen. Ich werde ihn niemals verstehen, aber ich verspreche dir, es zu versuchen.«

»Ich bin kein Kantianer. Lass den aus der Sache heraus«, schrie Rik. »Ich bin nicht mal Philosoph. Ich bin nicht Rik Wallace.«

Spencer war kein Durchschnittsmensch: Er war ein Philosoph, der von seinen eigenen Gedanken verzehrt wurde. Deshalb war er kein besonders guter Zuhörer, auch nicht, wenn er bei hohem Tempo einen Wagen lenkte. Das war eine übliche Nebenwirkung der Philosophie. Theoretisch hätte alles, was er mit seinen Ohren hörte, in einen Beweis für seine Weltsicht umgewandelt werden müssen, ehe es an sein Gehirn weitergereicht wurde. Spencer wusste, wenn Rik Wallace sagte, er sei nicht Rik Wallace, dann meinte er nicht wortwörtlich, dass er nicht Rik Wallace war, und er meinte auch nicht wortwörtlich, dass er sich getötet habe. Nur Nichtphilosophen nahmen etwas wortwörtlich. Spencer fühlte, wie sich sein Gehirn mit den von seinen Ohren gesandten Informationen füllte. »Hör mal, ich bin wirklich kein Metaphysiker. Ich finde diese ganzen ontologischen Fragen über Raum, Zeit, Sein und Identität verwirrend. Das ist nicht mein Gebiet. Hör mal. Wenn wir schon beim Beichten sind, die Wahrheit ist, dass ich kein brillanter Moralphilosoph bin. Ich habe bei den Examen gepfuscht. Jetzt ist es gesagt. Ich habe gepfuscht. Gepfuscht. Lass einfach den ganzen metaphysischen Hokuspokus weg. Erzähl mir, was du meinst, und zwar so, dass sogar ich es verstehen kann.«

»Von mir aus gern. Ich heiße ... pass auf die Frau mit dem Kinderwagen auf!«

Spencer trat auf die Bremse, riss das Lenkrad herum und drosselte das Tempo in einer Folge von geschmeidigen Bewegungen, mit denen er mit dem Saab einen weiten Bogen um den Kinderwagen machte, wobei sich die Räder in den Boden bohrten und parallele Wellen aus Funken aufstieben ließen. Die Frau ließ den Kinderwagen instinktiv los und ließ sich rückwärts fallen, um sich zu retten. Ross fuhr geradewegs durch die langsam wachsende Lücke zwischen der Frau und dem sich kaum bewegenden Kinderwagen.

»Jesus Christus. Hat er sie getroffen?«, fragte Rik und versuchte, in den Rückspiegel zu blicken. »Wie viele Leute hast du schon umgefahren?«

»Weiß ich nicht. Er hat ja vielleicht eine Superkarre, aber Ross ist ein Scheißfahrer. Larry behält ihn offenbar wegen seiner Muskeln und damit er die von Larry zu Boden geschlagenen Leute wegträgt. Aber jedenfalls nicht wegen seiner Fahrkünste.«

Spencer beugte sich zu Rik hinüber, als der Saab in hohem Tempo in eine scharfe Kurve bretterte. Als der Wagen sich aufrichtete, explodierte etwas unter der Motorhaube und Rauch und Dampf quollen durch das Armaturenbrett. Der Saab kam schlingernd, zischend und knallend in einer dichten Rauchwolke zum Stillstand. Der »Hummelflug« endete, und ihm folgte die einstudierte ruhige Stimme einer Person, die über ein bevorstehendes Schubertkonzert informierte. Spencer drehte das Radio aus.

»Ich glaube, wir haben den Turbo in diesem alten Wrack gesprengt.«

Hinter ihnen schaffte Ross die Kurve nicht, und der schwarze Wagen knallte gegen einen Telefonmast, zerbrach den wie einen Zweig und drehte sich auf einer Graskante auf den Rücken. Spencer und Rik hatten zeitweise im Rückspiegel Blick auf die Ereignisse hinter ihnen, durch die Rauchwolken, die unter dem Saab von der Straße aufzusteigen schienen. Sie sahen Ross aus dem Wagen taumeln und ohne sich um seinen Boss zu kümmern in eine Hecke fallen. Sekunden später sprang Larry mit der Geschmeidigkeit von jemandem, der vom obersten Brett springt, aus der hinteren Tür und ließ sich dann hinter Ross ins Gebüsch fallen. Dann ging der Wagen in Flammen auf.

»Ich hoffe, die werden in der Hölle braten«, sagte Spencer.

»In der Hölle? Seit wann fällst du Urteile? Mein Gott. Da ist das Hotel. Komm, ich schieb dich auf den Parkplatz, ehe dieser Psycho aus dem Gebüsch klettert.«

Spencer und Rik stiegen aus und schoben die Rauchwolke von der Straße auf den Hotelparkplatz. Sie schoben das Wrack in den Schatten unter einer Mauer ganz hinten. Der Saab ächzte und spuckte, ehe er für immer seinen Geist aufgab.

»Ach, mein armes Auto«, sagte Spencer hilflos.

»Mach, dass du hier wegkommst. Nimm einen Bus oder ein Taxi, aber verschwinde. Fahr zurück ins College. Larry interessiert sich nicht für dich. Ich erlaube dir zu folgen, wem immer du willst, aber du musst aufhören, mir zu folgen.«

»Wohin gehst du denn jetzt?«

»Es spielt keine Rolle, wohin ich gehe. Du darfst mir nur nicht folgen. Lebwohl Maurice, es war interessant, dich zu kennen. Pass da hinten im CAT-College auf dich auf.«

Ehe Spencer etwas sagen konnte, rannte Rik schon auf den Hoteleingang zu und ließ ihn mit seinem toten Saab stehen.

Der Lärm näher kommender Sirenen brachte Spencer zu dem Entschluss, so lässig er nur konnte die Straße entlang zu schlendern, ohne Aufmerksamkeit auf sich zu lenken. Seine lässige Haltung ließ ihn besonders auffällig wirken, denn alle anderen rannten in Richtung des umgedrehten brennenden Wagens. Er schaute auf seine Uhr. Es war zwanzig vor neun. Er würde zum CATzugh-Treffen zu spät kommen. Er stellte fest, dass es ihm egal war, denn er hatte plötzlich das Interesse daran verloren, unter BWL-Studierenden Philosophie zu verbreiten, jetzt, da sein Guru ihn verlassen hatte. »Das ganze Denken ist mir doch scheißegal«, sagte er laut zu sich selbst. Er schaute sich zum Hotel um und sah Rik drinnen verschwinden. »Rik hat recht. Ich bin ein großer Jünger. Warum jetzt aufhören? Vielleicht ist es an der Zeit, die Lehren des Rik Wallace einem größeren Publikum zu vermitteln. Vielleich sollte ich eine Bewegung starten. Rik Wallace ist das perfekte Objekt einer neuen Religion, denn sein Leben weist alle die nötigen Widersprüche auf, die ich als sein erster Jünger deuten könnte. Zum Beispiel, was genau hat er gemeint, als er gesagt hat, er sei nicht Rik Wallace? Er war kurz davor, mir seinen ... metaphysischen Namen zu nennen ... als diese verdammte Frau mit dem Kinderwagen vor uns auf die Straße gerannt kam. Hätte die nicht aufpassen können, wohin sie ging, vor allem mit einem Baby?« Er seufzte. »Aber vielleicht war es das Schicksal des Kinderwagens, in diesem Augenblick gerade dort zu sein, denn alle Gurus hinterlassen Mysterien, die aufgeklärt werden müssen, wenn sie gehen. Das müssen sie schließlich, damit Jünger wie ich ihre Worte deuten können, statt einfach gesagt zu bekommen, was sie zu verkünden haben. Ich verstehe das jetzt. Hätte ich am College nur eifriger studiert und mehr gelesen, dann wäre ich vielleicht nicht so ein Idiot. Aber ich bin der Beste, den Rik Wallace hat. Ich werde als Erste Julie Progress für unsere Sache anwerben. Schließlich war sie seine erste wahre Liebe.«

Dieser Monolog trieb Spencer auf der langen physischen und metaphysischen Wanderung zurück zum CAT-College an.

XXXXIII

Omen De Supero

Zeichen von oben

Der Wind wickelte sich wie ein Verband um das Haus von Jim dem angehenden Bibliothekar und Rose der Putzfrau. Da er in den Fenstern und Türen so viele Wunden fand, gab er bald die Hoffnung auf und eilte weiter zu den Nachbarn. Nur fünf Mitglieder des einflussreichen CATzugh hatten sich wie angeordnet um Punkt acht versammelt, um über Larry Wallaces Zukunft am CAT-College zu beschließen.

»Wo sind die anderen denn alle?«, fragte Pandora ungeduldig und drückte ihre Kippe in dem Aschenbecher aus. »Warum können die nicht pünktlich sein? Wie sollen wir denn einen Geheimbund am Laufen halten, wenn niemand sich blicken lässt?« Sie trommelte mit den Fingern auf die kleine freie Stelle vor ihr auf dem Tisch.

»Wir sind hier«, sagte Doolittle und hielt noch immer Maximilien Thierrys Hand. Jim hatte schon fast den Verdacht, sie könnten mit Vierkomponentenkleber aneinander befestigt sein. »Hast du Angst, er könnte weglaufen, wenn du ihn einen Moment lang loslässt?«, fragte er.

»Bonsoir«, sagte Maximilien und lächelte.

»Genau«, sagte Pandora. »Wo bleiben die wichtigen Mitglieder? Wo ist dieser Idiot Spencer? Ich nehme an, er verbreitet irgendwo sein philosophisches Kauderwelsch.«

»Weiß nicht.«

»Und Rik Wallace?«

»Weiß nicht. Vielleicht reden die miteinander über Philosophie.«

»Rose?«

»Ach. Ich weiß, wo Rose ist. Sie muss heute Abend arbeiten. Sie räumt Bacons Büro für seinen Nachfolger aus. Offenbar machen Absperrbänder, Blutflecken und Leichen einen schlechten Eindruck auf neue Angestellte«, sagte Jim.

»Und Julie Progress?«

»Die hat vermutlich ein Rendezvous mit Larry Wallace. Die scheinen derzeit genauso aneinander zu kleben wie Doolittle und Maximilien.«

Pandora steckte sich eine neue Zigarette an. Sie ließ einen dicken grauen Rauchzylinder zu dem Mosaik aus Haarrissen an der Küchendecke aufsteigen. »Ich misstraue Progress. Sie ist unserer Sache nicht wirklich ergeben. Sie war kein Mitglied unserer Gruppe, als wir Maddox den Mann und Lambe loswerden mussten. Es würde mich nicht überraschen, wenn sie gerade jetzt bei der Polizei säße und alles über uns erzählte.«

»Warum sollte sie das tun? Sie hängt doch mit uns anderen in der Sache.«

»Nein, tut sie nicht. Sie hat niemanden umgebracht. Sie ist nur bei Rik Wallace eingezogen. Sie ist nicht wirklich eine von uns.«

»Wenn du so argumentierst, dann gilt das auch für Rik, Doolittle und Maximilien«, sagte Jim.

»Ich habe Patricia versprochen, mich um Rik zu kümmern. Ihr anderen solltet euch lieber vorsehen, ich habe schließlich niemandem versprochen, mich um euch zu kümmern. Progress wird mir nicht alles ruinieren … und damit meine ich uns. Progress wird Larry das Herz brechen, so, wie sie Rik das Herz gebrochen hat. So, wie er jetzt ist, gefällt er mir: Stark und unabhängig.«

»Da hast du recht, Pandora. Progress gehört nicht richtig zu uns, anders als mein Maxi«, fiel Doolittle ihr ins Wort.

»Wo schon von der Polizei die Rede ist. Was ist mit deinem Freund, Inspector Jackson?«, fragte Pandora die Bibliothekarin und ignorierte Doolittle. »Vielleicht solltest du mit ihm schlafen, um festzustellen, was er über uns weiß.«

Die Bibliothekarin schnappte nach Luft. »Pandora! Wie kannst du sowas sagen? Mit ihm schlafen? Was soll ich denn machen? Einfach vorschlagen, dass er mit mir ins Bett steigt?«

»Aber sicher ... Ich verlange ja nicht von dir, dass du in Netzstrümpfen vor der Bibliothek stehst. Das sind Recherchen. Damit kennst du dich doch aus. Kommt in der Bibliothek immer wieder vor. Schlaf einfach aus Recherchegründen mit ihm.«

»Ich bin nicht sicher, ob ich ihn verführen kann, Pandora. Leute umzubringen ist das eine, mit ihnen schlafen etwas ganz anderes. Ich bin nicht sicher, ob ich das gutheißen kann.«

»Was ist mit dem anderen Ermittler? Der scheint viel größere Lust als Jackson zu haben, Lambes Verschwinden aufzuklären. Vielleicht solltest du mit ihm schlafen, Pandora«, sagte Doolittle.

»Der ist nicht mein Typ. Ich habe den Verdacht, dass Jackson mit seinen riesigen Polizeiquanten auf der Stelle tritt, weil er nicht will, dass unsere Bibliothekarin im Knast landet. Denk da mal drüber nach. Und mach um Himmels willen etwas mit deinen Haaren. Und zieh eine weiter ausgeschnittene Bluse an. Er müsste doch auf Schafe stehen, so wie du dich immer in Wolle wickelst.«

»Was empfiehlst du also?«, fragte die Bibliothekarin unsicher und schob sich mit einer Hand die Haare aus der Stirn, während sie mit der anderen am Mohair ihrer Strickjacke herumzupfte.

»Zeig deine Titten. Vielleicht ein Lederminirock statt dieser öden langen Hosen. Trag ein bisschen Wimperntusche und eine

Prise Rouge auf. Du siehst doch aus wie ein Leichnam in einem langen wollenen Leichentuch.«

Die Bibliothekarin notierte Pandoras Stylingtipps in dem Notizbuch, in dem sie sonst bei den Treffen von CATzugh Protokoll führte. »Wir haben eine Kleiderordnung für Bibliotheksangestellte. Weißt du das? Regeln. Die Studierenden sollen nicht den Eindruck bekommen, dass sie in einem Bordell büffeln.«

»Wir sollten darüber diskutieren, ob Larry Wallace der neue Leiter der BWL werden soll«, sagte Pandora, um das Thema zu wechseln. »Diese Entscheidung ist dringend. Ich schlage vor, wir stimmen ab, auch wenn die übrigen Angehörigen des Komitees nicht anwesend sind. Es ist ihre Pflicht, zu den Besprechungen zu erscheinen, wenn wichtige Entscheidungen gefällt werden müssen.«

»Rik sollte uns sagen, welche Punktzahl für Larrys Probevorlesung akzeptabel wäre. Es ist nicht fair zu entscheiden, ohne dass sich der Präsident offiziell dazu geäußert hat, schon gar nicht, nachdem Rose sich bei dem Bewertungsverfahren solche Mühe gegeben hat.«

»Anders als andere, deren Namen ich nennen könnte, weiß ich Roses Bemühungen zu schätzen. Sie ist praktisch und behält das Ziel im Auge, anders als die Philosophen. Ich bin sicher, sie hat nichts dagegen, dass wir jetzt abstimmen«, sagte Pandora.

»Meinst du, Rik möchte, dass sein Bruder einen Posten hier am College bekommt? Ihr wisst doch, manche Leute sind eigen, wenn es darum geht, mit ihren Geschwistern zusammenzuarbeiten. Ich würde auch nicht mit meinem Bruder zusammenarbeiten, nach dem Sommer, in dem wir beide …«

»Klappe halten, Doolittle.«

»Haben wir ein Quorum?«, fragte die Bibliothekarin.

»Ich bin ein Quorum«, sagte Pandora.

»Ich finde, wir sollten auf die anderen warten«, sagte Jim.

»Ich finde, wir sollten das nicht tun. Lasst uns abstimmen«, sagte Pandora. »Alle, die dafür sind, dass Larry Wallace zum Leiter der BWL ernennt wird, mögen ›aye‹ sagen.«

Ein Knall, als ob jemand in einem der Schlafzimmer oben im Haus eine Kanone abgefeuert hätte, hinderte Pandora daran, die Antwort auf ihren undemokratischen Appell zur Abstimmung zu hören. Ein Rauchfaden hing in den insgesamt vier Sekunden totaler Stille, die der Explosion folgten, von Pandoras Zigarettenspitze nach unten: die Art von allumfassender Stille, die wohl im All herrscht, ohne Raumanzüge und ohne Atmosphäre, die Schallwellen transportieren könnte. Die fünf Mitglieder von CATzugh bemerkten nicht, wie sich die Mauern nach innen vorwölbten, als ein Vakuum entstand, während die Luft unter der Küchentür abgesaugt wurde. Sie bemerkten, dass die Tür mit dem Knall eines Korkens aus den Angeln flog, der aus einer riesigen Champagnerflasche schießt. Langsam und gleichzeitig legten sie den Kopf in den Nacken, um zu sehen, wie ein gezackter schwarzer Riss langsam die Decke öffnete. Ein feines Rieseln von weißem Staub, wie Puderzucker, aus dem zerstiebenden Stuck wurde in ihre Gesichter gestreut, ehe das Haus – das einwandfrei genug hatte – sie verschlang.

Teil III

Usus Et Abusus Wallace

Gebrauch und Missbrauch des Wallace

XXXXIV

Magicam Relationem
Magische Verbindung

Rik Wallace rannte auf das Hotel mit seinen dramatischen, über die Straße hängenden Balkone zu. Ehe er es betrat, schaute er sich noch einmal um. Er sah Spencer hinter dem Parkplatz die Straße entlanggehen. Selbst aus dieser Entfernung konnte er sehen, dass Spencer in ein angeregtes Selbstgespräch vertieft war. Vielleicht war er während der Verfolgungsjagd mit dem Kopf angestoßen. Zielstrebig entfernte er sich mit langen Schritten von dem brennenden Wrack, den Löschzügen mit ihrem Blinklicht, den heulenden Rettungswagen und den glitzernden Polizeifahrzeugen.

Als er sich wieder zum Hotel umdrehte, sah er die Neonreklame von Mammas Pastahaus über der Stelle aufleuchten, an der seine hektischen Abenteuer ihren Anfang genommen hatten. Als er durch die automatischen Türen trat, erkannte er die Blondine an der Rezeption von dem Morgen her, an dem er zum ersten Mal in Rik Wallaces überdimensionalem Anzug seine neue Identität ausprobiert hatte. Sie gab vor, ihn zu erkennen, das hatte sie beim Kundenbetreuungskurs gelernt.

»Guten Abend, Sir. Willkommen.« Sie lächelte ihn mit einem unpassend breiten Satz aus superweißen, symmetrischen Zähnen an.

Wallace war vom Rennen noch immer außer Atem. Er schnappte

nach Luft und konnte nicht antworten. Er legte die Handflächen auf den Tresen und versuchte, langsamer zu atmen.

»Hatten Sie reserviert, Sir?«

»Nein«, keuchte er.

»Gepäck?«

»Kein Gepäck«, würgte er heraus.

Sie war nicht beeindruckt. »Waren Sie schon einmal bei uns?«

Wallace zögerte, ehe er zugab, bei einer früheren Gelegenheit im Hotel übernachtet zu haben.

Die Laune der Rezeptionistin besserte sich. »Unsere Stammkunden können ihr Zimmer gratis hochstufen lassen. Unser Angebot gilt ab gestern für drei Wochen.«

»Ich brauche kein Zimmer. Ich suche jemanden, der vielleicht hier wohnt.«

»Wie ist der Name, Sir?«

»Della. Ihren Nachnamen weiß ich nicht. Sie wohnt oft hier bei Ihnen, wenn sie in der Stadt ist.«

»Es verstößt gegen die Politik des Hotels, Einzelheiten über Gäste mitzuteilen, die dem Fragenden teilweise oder gänzlich unbekannt sind.«

»Ich kenne Della. Ich weiß bloß ihren Nachnamen nicht. Ich habe sie nackt gesehen, verdammt noch mal. In diesem Hotel!« Er brüllte, wenn er nicht gerade nach Luft schnappte oder sich zum Eingang umschaute und damit rechnete, dass Larry und Ross in schwelendem Zustand eintreffen könnten.

»Es verstößt gegen die Politik des Hotels, die Angestellten anzubrüllen, Sir.«

»Was verstößt nicht gegen die Politik des Hotels? Wenn Sie mir helfen, Della zu finden, dann verspreche ich Ihnen, dass ich Stammgast werde und Ihr Hotel all meinen Freunden und Bekannten empfehle.«

»Werden Sie eine positive Besprechung für unsere Website schreiben?«

»Ja. Ja. Alles, was Sie wollen, wenn Sie mir nur helfen.«

Ihre Finger flogen über die Tastatur, während sie den Bildschirm anstarrte. »Ich habe eine Della unter unseren Stammgästen. Sie hat Anspruch auf ein Upgrade, nutzt unsere Angebote aber nie. Sie wohnt immer im selben Zimmer.«

»Zimmer 514«, brüllte er. »Ist sie gerade im Haus?«

»Das kann ich wirklich nicht sagen, Sir.«

»Sagen Sie es, um Himmels willen, sagen Sie es. Es geht um Leben und Tod. Erinnern Sie sich an den Mann, der hier draußen ums Leben gekommen ist, als er auf einem Wagendach landete?«

»Natürlich, Sir. Es war grauenhaft. Das kommt normalerweise in diesem Hotel nicht vor.«

»Ich weiß. Ich weiß. Es verstößt gegen die Politik. Dieser Mann war ich.«

»Sie sind ums Leben gekommen, Sir?« Sie hatte gewusst, dass es so weit kommen würde. Eine Million mal hatte sie den Hotelmanager um einen Alarmknopf unter dem Tresen gebeten, über den sie Hilfe herbeirufen könnte, wenn ein Irrer an der Rezeption auftauchte. Instinktiv suchten ihre Finger vergeblich nach dem Knopf, der nicht in der Umgebung war, die sie bereits als die identifiziert hatte, die in einer möglichen Notsituation am leichtesten diskret zu erreichen wäre.

»Ja, das war ich, und wenn Sie mir nicht sagen, ob Della hier ist, dann bringe ich mich noch einmal um. Ich springe vom Dach.«

Während sie in Gedanken das zu formulieren versuchte, was sie für die Politik des Hotels in Bezug auf wiederholten Selbstmord hielt, hatte er den Fahrstuhl erreicht und drückte hektisch auf den »Aufwärts«-Knopf.

Wallace hörte die hämmernde Musik aus Zimmer 514, als sich die Fahrstuhltüren öffneten.

»Jesus. Die feiert ja noch immer«, seufzte er. Wieder schlug er heftig auf die vibrierende Tür ein. Diesmal wurde er von anderen Motiven getrieben. Diesmal wollte er unbedingt mitfeiern. Die Tür ging auf, und wie auf ein Stichwort stand Della vor ihm. Abermals war sie aufs Albernste gekleidet. Sie trug ein offenes Batikhemd über einem leuchtend weißen Leotard und einer roten Strumpfhose. Sie überragte ihn auf Plateaustiefeln aus Alufolie. Sie trug den Metallrahmen einer Pilotenbrille ohne Glas.

»Aber hallo. Du bist das. Willkommen in den Siebzigern«, schrie sie. Die Menge hinter ihr sang zu Don McLeans »American Pie«. Sie fuchtelten mit den Armen und brüllten »Bye bye Miss American Pie«. Wer noch ein Getränk im erhobenen Glas hatte, bespritzte die Köpfe der anderen Tanzenden.

»Du musst mit der Zeit gehen«, schrie Della und zog ihn zum Balkon. »Es macht doch keinen Spaß, in alle Ewigkeit im selben Jahrzehnt gefangen zu sein. Wir bewegen uns von Epoche zu Epoche, wann immer wir wollen. Christus, ich liebe die Siebziger.« Sie stieß einen Schrei aus und stimmte in das Ende des Refrains ein. »Hier hast du in der letzten Nacht deines anderen Lebens gefeiert«, sagte Della zu Wallace und schob die Balkontür hinter ihnen zu. »Hier hat dein neues Leben angefangen? Und wie ist das für dich gelaufen? Ich hoffe, es war besser als dein altes. Wie lange ist es her, dass wir in den Achtzigern hier waren?«

»Du weißt, was da draußen passiert ist?«, fragte er und schaute hinunter auf die Straße, die nun mit Blinklichtern gefüllt war. Er sah Spencers noch immer vor sich hin qualmenden Wagen auf dem Parkplatz, von Spencer dagegen war nichts zu sehen. Er hoffte, dass Spencer ungeschoren davongekommen war. Von hier oben aus konnte er Larrys Wagen nicht sehen, denn der war hinter der Ecke des Hotels versteckt. Er wusste nicht, ob Larry und Ross überlebt hatten. »Du hast gewusst, dass ich nicht Rik Wallace war. Du hast mich mit dem Brief vom College, den du in seinem Diplomatenkoffer gefunden hast, dazu manipuliert, er zu sein.«

Della zuckte mit den Schultern. »Ich hatte gedacht, das könnte Spaß machen. Ich habe gesehen, wie du seine Brieftasche und seine Schlüssel genommen hast. Ich wollte dir nur helfen, dich selbst zu finden.«

»Mein neues Leben ist eine Katastrophe. Ich hatte neulich in der Nacht sogar den Gedanken, dich zu erwürgen, aber zum Glück ist dein Hals zu dick.«

»Ich kann auf mich selbst aufpassen«, sagte Della und ließ ihren Bizeps spielen. »Ich hätte dich erwürgen können, wo doch dein Hals so dünn ist.«

»Ich weiß nicht, wie viele Menschen wegen meiner Bemühungen, zum Moralphilosophen zu werden, gestorben sind.«

»Wie viele hast du denn selbst umgebracht? Ich bin nur neugierig.«

»Persönlich? Abgesehen von Rik Wallace hier auf dem Hotel… – keinen Menschen. Ich habe versucht, mich umzubringen, als ich dachte, ich hätte meine Mutter umgebracht, genauer gesagt, Rik Wallaces Mutter, ehe Julie Progress sie wirklich umgebracht hat. Aber das ist offenbar moralisch nicht relevant, da es auf die Absicht ankommt. Wie du siehst, habe ich es auch nicht geschafft, mich selbst umzubringen. Viele Menschen sind meinetwegen gestorben. Nachdem ich am College angelangt war, bildeten meine Kollegen eine Gruppe, um Maddox den Mann und Hochwürden Professor Lambe zu ermorden, und dazu alle anderen, die meiner Beförderung im Weg stehen könnten. Obwohl alle glauben, dass Maddox der Mann vom Blitz getroffen wurde, hat Rose die Putzfrau den Blitz hervorgerufen. Möglicherweise haben sie auch Bacon umgebracht. Ich weiß es nicht. Inspector Jackson, der Polizist, der neulich hier war, hat ihn vielleicht ermordet, weil er in die Bibliothekarin verliebt ist. Oder Bacon ist aus natürlichen Ursachen gestorben. Gott weiß, vielleicht hat auch meine neue Freundin… Studentin, meine ich… Julie Progress, die nicht einmal mehr mit mir redet, ihn umgebracht, um sich seinen Job zu sichern. Ich weiß es nicht. Jacksons Partner versucht, mein Motiv zu ergründen. Da wünsche ich ihm viel Glück, denn ich habe keine Ahnung, was ich tue. Professor Spencer hat unten in den Straßen eine Spur von toten und verstümmelten Fußgängern hinterlassen, als er mich vorhin vor Rik Wallaces Bruder Larry retten wollte. Lambe hat vermutlich seine Frau Präsidentin Patricia umgebracht, wobei niemand von dieser Ehe wusste, außer offenbar Sally Doolittle. CATzugh hat jedenfalls Lambe umgebracht, weil sie mich geweckt haben, als sie ihn in meinem Garten vergraben wollten. Oh Gott, ich wünschte, ich hätte niemals einen Fuß in dieses Höllenloch CAT-College gesetzt. Auch wenn ich nicht mehr weiß, wer ich bin.«

»Ich dachte, bei dir sei alles bestens, als ich bei deiner Antrittsvorlesung war. Dein Publikum glaubte offenbar, du wüsstest, wovon du redest. Ich kann nicht behaupten, dass ich wirklich zugehört habe. Nicht meine Kiste. Aber es war lustig, dich live zu erleben.«

»Dieser Abend war der Anfang vom Ende. Meine neue Mutter tauchte auf. Meine Kollegen verloren den Verstand. Und jetzt versucht mein neuer Bruder Larry, mich zu töten, falls er nicht da unten in einem Feuerball ums Leben gekommen ist, was ich wirklich hoffe. Er könnte irgendwo dort draußen, zusammen mit seinem Schläger Ross, nach mir suchen. Ich bin auf der Flucht vor der Polizei und vor diesen Verbrechern.«

»Du hättest hier bei uns bleiben können. Wir sind Zirkusleute. Wir sind diskret. Leute gehen zum Zirkus, um ihr Leben zu ändern. Ich finde, alle verdienen eine zweite, dritte, vierte, fünfte Chance. Dein Gesichtsausdruck damals, als du an meine Tür gehämmert hast, hatte mir den Eindruck gegeben, du seist nicht sympathisch. Jetzt habe ich das Gefühl, dass du ein besserer Mensch geworden bist, seit du dich mit all diesen Morden herumschlagen musstest. Ich glaube, du bist jetzt sympathischer.«

»Besser? Sympathischer? Mein gesamtes Leben ist eine Lüge. Gott weiß, wie viel Elend ich durch den Versuch verursacht habe, ein moralisches Leben zu führen. Das liegt mir nicht. Ich höre auf mit dem Versuch, das Richtige zu tun. Ich kann kein anderer sein. Ich muss mir selbst treu bleiben.«

»Jetzt, wo du ein Gelehrter bist, kannst du mir sagen, wer behauptet hat, man müsse sich selbst gegenüber redlich seyn?«

»Präsidentin Patricia hat gesagt, sie habe es von Shakespeare. Das war Shakespeare. To thine own self be true.«

»Ich glaube, das mit dem sich selbst treu bleiben ist Blödsinn. Was, wenn dein wahres Selbst ein Arschloch ist, was du ja vermutlich gewesen bist?«

»Ach, ich bin noch immer ein Arschloch. Aber fang jetzt nicht mit Philosophie an. Die steht mir bis hier«, sagte er und zeigte auf seinen Hals. »Ich habe das satt. Ich will für den Rest meines Lebens nie wieder über irgendeine moralische Vorstellung lesen, aber mein Leben wird nicht lange dauern, falls Larry mich findet.«

»Warst du als moralische Autorität nicht glücklich?«

»Doch, zuerst ja. Ich fing wirklich an, glücklich zu sein, aber dann brach die Katastrophe los.«

»Ich glaube, es ist wichtiger, glücklich zu sein, als das Richtige zu tun. Heutzutage haben wir für alles, was uns passiert, eine Erklärung: Genetik, DNA, Psychologie, Soziologie, Religion, ob unsere Eltern uns zu sehr oder nicht genug geliebt haben, als wir noch Kinder waren. Sollte man nicht meinen, der tiefere Sinn dieses ganzen Wissens sei es, das Glück zu vergrößern? Aber sind wir denn glücklicher? Ist dir schon mal aufgefallen, dass wirklich glückliche Menschen anderen niemals etwas antun? Hat irgendeiner von deinen Philosophen jemals Glück und nicht Wahrheit als Ziel des Lebens betrachtet?«

»Aristoteles.«

»Erstaunlich. Du hast in kurzer Zeit eine Menge gelernt.«

»Ich hatte mich gerade zu Kant bekehrt, als ich fliehen musste. Ich hatte nicht viel Zeit, um Aristoteles zu studieren. Ich weiß nur, dass er dachte, glücklich sei das Höchste, was man sein könnte, und dass solche glücklichen Menschen auch tugendhaft seien – so ungefähr. Ich kenne mich mit den Griechen nicht so gut aus. Offenbar muss man Jahre studieren, um auch nur die griechische Sprache zu lernen. Ich hatte ja nur einige Monate, um mich mit allem in den zweitausend Jahren Philosophiegeschichte zu befassen. Ich habe durchaus noch Wissenslücken. Nicht dass das meinen Studierenden jemals aufgefallen wäre. Noch ein oder zwei Jahre und ich hätte ein Genie sein können.«

»Du kannst noch immer glücklich sein. Als Kinder wollten wir zum Zirkus gehen, um Glück zu finden, denn Kinder wissen mehr über das Glücklichsein als Erwachsene.«

»Das ist zu spät. Leichen pflastern meinen Weg.«

»Du solltest nur nach vorn schauen. Nicht zurück. Das sagen wir im Zirkus immer. Da du ja offenbar ohnehin schon auf der Flucht bist, solltest du vielleicht zu uns kommen. Das machen viele so. Du würdest gut zu uns passen, denn seit altersher ist der Zirkus ein Zufluchtsort für geborene Clowns.«

»Willst du meinen wahren Namen nicht wissen?«

»Im Zirkus interessieren wir uns nicht für wahre Namen. Du wirst einen Künstlernamen brauchen. Den sucht der Zirkusdirektor aus. Mein Bruder ist der Direktor des Zirkus Amaro. Er hilft oft Menschen, die vor dem Gesetz auf der Flucht sind, wie sich das für einen anständigen Zirkusdirektor gehört. Die meisten seiner Clowns sind Kriminelle. Ich könnte ihn vielleicht überreden, einen erfolglosen Serienmörder aufzunehmen. Vielleicht kannst du Clown werden, du scheinst ja eine natürliche Begabung aufzuweisen, aber du musst bereit sein, überall einzuspringen, wo du gebraucht wirst. Ich werde ihn fragen, was er tun kann, wenn er aufwacht. Das ist er da hinten«, sagte Della und zeigte ins Zimmer.

Wallace hielt sich die Hand an die Stirn und presste sein Gesicht gegen die Glasscheibe. Er sah einen Mann mit einem schwarzen Zylinder, einem roten Frack und hohen schwarzen Stiefeln, der noch immer eine Peitsche umklammerte und mit dem Gesicht nach unten quer über dem Bett lag.

»Inzwischen kannst du hier bei mir bleiben, aber leider werden wir nicht allein sein«, sagte sie und zeigte auf die Menschenmenge im Zimmer. »Wie gut kennst du dich mit der Musik der Siebziger aus? Du musst tanzen, oder wir befördern dich mit einem Tritt auf die Straße, wo dein neuer Bruder dich finden kann. Du musst tanzen oder sterben«, sagte sie und lachte. Sie schob die Glastür auf und zog ihn hinein, und alle im Zimmer mimten zu »Stayin' Alive« von den Bee Gees. Della stieß ihn ins Gewühl. Er hob die Hände in einer Pose, an die er sich von John Travolta in *Saturday Night Fever* erinnerte und begann, seine Hüften im Takt der Musik zu bewegen. »Dance or dieeeeee« sang er für die Frau, die in einer blauen Latzhose vor ihm auf und abhüpfte.

XXXXV

Regressus Rosae

Rose kehrt zurück

Rose die Putzfrau verlagerte das Gewicht der »Sämtlichen Werke von William Shakespeare« in der Plastiktüte aus dem Supermarkt von ihrer linken in ihre rechte Hand. Sie hörte per Kopfhörer voll aufgedreht »Gimme Shelter« von den Rolling Stones, als sie um Viertel nach sieben morgens von ihrer Nachtschicht im College nach Hause ging. Es war eine lange Nacht im College gewesen, und Rose hatte mit Chemikalien experimentiert, um den Teppich in Dr. Bacons Büro von Blutflecken zu befreien, was gestattet war, da Detective Sullivan die Suche nach den wenigen Fingerabdrücken in dem selten benutzten Raum eingestellt hatte. Rose hielt sich an ihr berufliches Prinzip, niemals etwas wegzuwerfen, wenn es auch gereinigt werden könnte. Sie freute sich auf ein friedliches Frühstück, ehe Jim aufstand, sie wollte Radio hören und dann vielleicht einige Stunden schlafen. Sie hatte sich Sorgen gemacht, Jim könne im Ruhestand abbauen. Jetzt dachte sie darüber nach, wie angenehm überrascht sie davon war, dass er sich so eifrig beschäftigte. Er hatte CATzugh, aber er hatte auch seine wahre Berufung als privater Bibliothekar gefunden. Er trank weniger und sah sich abends, wenn er allein war, weniger schrottige Wissenschaftsprogramme im Fernsehen an. Er beklagte sich nicht einmal mehr über ihre Kochkünste, denn er wollte nach dem Essen immer dringend zurück zu seinem Verzeichnis. Er hatte vor, seine Bibliothek der Öffentlichkeit zugänglich zu machen, wenn sein Katalog fertig werde, aber Rose schrieb diese Idee dem Haschkonsum zu, den er noch nicht aufgegeben hatte. Aber wenn er in seinem Leben nicht mehr an die Öffentlichkeit gehen könnte, sah er keinen Grund, warum er seine Sammlung nicht der Nation vermachen sollte.

Sie bog in ihre Straße ein. Die Blinklichter von zwei Löschzügen, zwei Krankenwagen und etlichen Einsatzfahrzeugen lieferten eine ungeplante Lightshow zu dem Text, den Mick Jagger ihr in die Ohren schrie. Gelbes Absperrband, auf das in schwarzen Buchstaben immer wieder das Wort »Vorsicht« gedruckt war, war über die Straße gespannt und versperrte ihr den Weg.

»Es tut mir leid, meine Dame. Es hat einen Unfall gegeben. Es ist zu gefährlich. Sie können hier nicht durch«, sagte Detective Sullivan, der seine Erregung nicht verbergen konnte.

Rose hörte nicht, was der Polizist sagte, denn die Musik dröhnte ihr in den Ohren. »Ich wohne hier«, sagte sie, hob sich das Absperrband über den Kopf und ging weiter. Sullivan folgte ihr und schrie ihren Rücken an, das sei zu gefährlich. Als Rose sich ihrem Haus näherte, schaltete ein Mann in einem orangeblauen Overall eine Anlage von grellen Notlichtern im Garten ab, denn das Tageslicht war jetzt stark genug, um die Retter sehen zu lassen, was sie taten. Die Vorderfront von Roses Haus lag mit dem Gesicht nach unten auf dem Gehweg. Dahinter stand nur noch Jims frisch installierter Sicherheitsscanner aufrecht. Roses heldenhaftes Haus war eine rauchende Pyramide aus Dachziegeln, Büchern, Mauersteinen, Balken, Fensterrahmen, Glasscherben und verkohltem Schutt. Weitere Männer in orangeblauen Overalls standen zwischen den Ruinen. Hunde in orangeblauen Westen rannten in Lücken und kleinen Tunnels zwischen den eingestürzten Mauern ein und aus, schnüffelten hysterisch und ließen ihre Schwänze manisch hin und her peitschen. Rose ließ den Shakespeare auf den Boden fallen. Sie sah, dass Inspector Jackson vor ihr stand und auf sie einredete. Sie schob sich die Kopfhörer von den Ohren.

»Ich wohne hier«, sagte sie zu ihm. »Das ist… war mein Haus.« Ihr brauchte niemand zu sagen, was geschehen war. Als sie den Schutt ansah, begriff sie, dass es unvermeidlich gewesen war. Die Stimme ihres Unterbewusstseins meldete sich in ihrem Kopf zu Wort. Ja. Sie hatte es die ganze Zeit gewusst. Das hier war kein Unfall. Es war eine Schlussfolgerung.

»Zu diesem Zeitpunkt können wir die Möglichkeit einer Explosion nicht ausschließen. Vielleicht Gas oder sogar eine Bombe. Haben Sie irgendwelche Feinde?«

»Das war kein Gas. Das waren die Bücher. Das Haus konnte es einfach nicht mehr ertragen. Es waren die Bücher. Es war meine Schuld.«

»Soll das heißen, Sie haben mit Büchern irgendeine Explosion ausgelöst?«

»Ja. Ich glaube, schon.«

Sullivan, der seinen Posten am Absperrband verlassen hatte, trat jetzt neben sie. Er zog sein Notizbuch hervor. »Können Sie mir sagen, wer außer Ihnen noch in diesem Haus gewohnt hat?«

»Nur ich und Jim.«

»Wir haben bereits zwei Leichen geborgen, und die Hunde zeigen an, dass es wohl noch mehr sind«, sagte Inspector Jackson.

»Es gab hier gestern Abend ein Treffen.«

»Wie viele Menschen haben an diesem Treffen teilgenommen?«, fragte Sullivan und kritzelte Notizen.

»Sechs. Vielleicht auch sieben. Kommt darauf an, ob es neue Mitglieder gibt. Schwer zu sagen, weil es ja ein Treffen eines Geheimbundes war. Vielleicht ein französischer Student. Ich glaube, er heißt Maximum Theorie. Ich weiß es nicht mehr. Er lächelt sehr viel. Ich hätte auch hier sein sollen, aber ich musste zur Arbeit. Im CAT-College musste ein außergewöhnlicher Putzeinsatz stattfinden.«

»Ein außergewöhnlicher Putzeinsatz? Sie putzen im College?«, fragte Jackson.

»Ja. Ich bin da eine der besten Kräfte. Ich beaufsichtige alle Reinigungsarbeiten im College. Einem der Akademiker war ein Messer durch den Hals gestochen worden. Das wissen Sie vermutlich. Es ist schwer, das Blut aus den Teppichen zu entfernen. Wir dürfen das Büro jetzt wieder benutzen, und wir brauchen es dringend. Unser Personal sucht immer nach neuen Büros. Denen ist es egal, was darin passiert ist. Sie stellen sich vor, dass sie glücklicher werden, wenn sie nur in ein neues Büro umziehen können. Irgendwer hat eine Ewigkeit lang von allen Oberflächen Fingerabdrücke abgewischt.«

Sullivan räusperte sich und kritzelte weiter Notizen.

»Sie kennen sich also mit Reinigungsfragen aus?«, fragte Jackson.

»Ich stelle mir vor, mehr als ich übers Putzen weiß, kann eigentlich niemand wissen.«

»Haben Sie je im Haus von Professor Lambe geputzt?«

Rose zögerte, ehe sie antwortete: »In seinem Haus? Einmal vor langer Zeit. Ja.«

»Dieses Haus hat also mit dem CAT-College zu tun. Und, welche Überraschung, jetzt haben wir explodierende Bücher und noch mehr akademische Leichen. Kennen Sie diese hier?«, fragte Jackson und reichte Rose eine schwarze Sonnenbrille. »Sullivan hat sie in den Trümmern gefunden.«

»Die gehört Pandora. Die leitet das College.«

»Ist sie die Präsidentin oder die Kanzlerin oder sowas?«

»Nein. Sie ist nur die Sekretärin.«

»Würden Sie sie bitte für uns identifizieren? Wir haben die Toten in die Krankenwagen dort drüben gebracht.«

Jackson und Rose gingen zu einem Krankenwagen und kletterten durch die offene Hecktür hinein, während Sullivan die rauchenden Trümmer betrachtete und an der Möglichkeit verzweifelte, aus dem Schutt irgendwelche brauchbaren Fingerabdrücke zu bergen.

Im Wagen lagen zwei zugedeckte Leichen. Eine lag auf der Trage links, unter einer hellblauen Wolldecke, die ihr bis zum Kinn hochgezogen war. Ihre Haare waren von einer gleichmäßigen weißen Staubschicht bedeckt. Sie schien zu schlafen, was Rose verwirrend fand, denn bis zu diesem Augenblick hatte sie sich niemals vorgestellt, dass Doolittle schlief.

»Das ist Sally Doolittle«, sagte Rose.

»Hat sie Angehörige, die wir informieren müssen?«, fragte Jackson. Er hockte neben Rose unter dem niedrigen Dach des Krankenwagens.

»Sie hatte einen Freund. Den französischen Studenten. Maximum. Mehr weiß ich nicht.«

Rose drehte sich zu der anderen Trage um. Sie hielt die Hand, die unter der hellblauen Decke hervorlugte, mit der der Leichnam vollständig bedeckt war. Sie drückte Jims vertraute schwielige Finger und ließ die Tränen lautlos über ihre Wangen laufen.

»Ich glaube, Pandora und Julie Progress liegen wohl noch unter dem Schutt, zusammen mit den Professoren Spencer und Wallace«, sagte sie leise zu Jackson. »Ich weiß es nicht sicher, denn einige können gekommen sein, als ich schon weg war.«

Sullivan stand jetzt hinter dem Rettungswagen. Er schrieb die Namen in sein Notizbuch. »Machen Sie sich keine Sorgen. Wir finden alle.«

»Und die Bibliothekarin. Die ist jedenfalls da. Sie war schon da, als ich gegangen bin.«

Inspector Jackson fuhr so abrupt auf, dass er mit dem Kopf gegen einen unter dem Dach des Rettungswagens angebrachten medizinischen Apparat stieß. Ein Ruf aus den Ruinen draußen ließ das ganze Rettungsteam erstarren. Der Generator verstummte und warf eine Decke der Stille über den schwelenden Schutthaufen. Der Mann in Orange und Blau stocherte vorsichtig mit einer an einem biegsamen Schlauch befestigten Kamera und einem Mikrofon zwischen den Trümmern herum. Neben ihm fiepte ein Hund und tanzte im Kreis. »Ich glaube, hier lebt noch jemand«, rief der Mann Jackson zu, und der rannte bereits auf die plattgedrückte Haustür zu.

XXXXVI

Unitatis Response Subitis

Noteinsatzeinheit

Pandoras Augen brannten im grellen Neonlicht an der Decke direkt über ihr. Ihre Augäpfel, die voller Staub waren, fühlten sich an, als hätte ein gewissenhafter Bildhauer sie mit feinem Sandpapier bearbeitet.

»Wo ist meine Sonnenbrille?«, stöhnte sie, betastete ihre Brust und fuhr sich mit den Fingern durch die Haare.

»Die habe ich hier«, sagte Detective Sullivan und reichte ihr die Brille, die er aus den Trümmern gefischt hatte.

Pandora wurde sofort in die vertraute Dunkelheit versetzt, als sie die Brille aufsetzte.

»Helfen Sie mir beim Sitzen«, verlangte sie.

Sullivan legte den weißen Schuhkarton, den er in der Hand gehalten hatte, auf das Ende des Bettes. Er hievte sie mit einer Hand ins Sitzen, während er mit der anderen Kissen unter ihrem Bett zusammenballte.

»Wo bin ich?«, fragte sie, als sie aufrecht saß.

»Sie sind in der Notaufnahme für Katastrophen im St. Drogo-Krankenhaus. Erinnern Sie sich, was geschehen ist? Das Haus, in dem Sie zu Besuch waren, ist in die Luft geflogen. Seither waren Sie bewusstlos. Ich bin Detective Sullivan. Ich ermittle in dem Fall.«

»Ich habe geträumt, ich wäre tot. Ich bin Lambe begegnet. Er wollte wissen, warum ich so schnell sterben musste, statt ihn in Ruhe zu lassen. Er sah ziemlich selbstzufrieden aus für jemanden, der behauptete, in der Hölle zu braten. Er sagte, die Hölle sei nicht halb so schlimm, wie er erwartet hatte. Offenbar wimmelt es da nur so von unterhaltsamen Leuten. Ich habe ihm gesagt, ich könnte mich nicht erinnern, dass er je so gut ausgesehen hat. Er hat gesagt, ich sähe attraktiv aus. Ich bin doch nicht tot, oder?«

»Sie haben großes Glück, dass Sie noch am Leben sind. Sie wurden unter dem Leichnam eines französischen Studenten gefunden. Er hat die Küchenwand aufgefangen, die über Ihnen zusammengebrochen ist. Er hat Ihnen das Leben gerettet.«

»Doolittles französischer Freund Maximilien. Ich dachte, der könnte zu unserer Gruppe nichts beitragen. Er hat mehr für mich getan als irgendjemand sonst. Was ist mit den anderen?«

Sullivan wollte das Thema ändern, denn es war ihm noch unangenehm, Todesnachrichten überbringen zu müssen. Ihm fiel der Schuhkarton ein. »Ihre Kollegin hat das unten in der Rezeption für Sie abgegeben. Sie wollte nicht hochkommen.« Er reichte ihr den Schuhkarton. Der hatte auf der einen Seite eine Reihe von Löchern und stieß Geräusche aus.

»Was ist das?«, fragte sie, schüttelte den Karton neben ihrem Ohr, suchte nach einem Hinweis auf seinen Inhalt. Der Karton miaute.

»Ich weiß nicht. Ich habe nicht hineingeschaut. Vermutlich Pralinen.«

»Pralinen machen keine Geräusche, Sie Idiot. Was sind Sie denn für ein Ermittler?«

»Hier sind keine Geschenke erlaubt. Ich habe das Personal überredet, eine Ausnahme zu machen. Ich habe gesagt, es sei eine polizeiliche Angelegenheit«, sagte er, stolz auf seine Hilfsbereitschaft. Er hatte auf der Polizeischule gelernt, wie wichtig es ist, sich mit den Zeugen gut zu stellen.

Pandora riss das Klebeband vom Deckel und öffnete den Schuhkarton. Von dort schaute ein überaus erschütterter Marley erleichtert die vertraute schwarze Sonnenbrille an. Er saß auf einem Bett aus zerrissenen Zeitungen. An der einen Seite des Kartons lag ein Briefumschlag. Pandora hob den Kater heraus, küsste ihn mit ihren trockenen Lippen und setzte ihn auf das Bett. Sie zog den Umschlag aus dem Kasten, riss ihn auf und las den handgeschriebenen Zettel.

Pandora,
ich kann dich nicht im Krankenhaus besuchen, weil es an solchen Orten von Killerkeimen nur so wimmelt. Jede Menge total gesunder Leute stirbt im Krankenhaus. Ich gebe Marlboro ab, für den Fall, dass du zu dir kommst, denn in deinem Haus kann ihn niemand versorgen. Ich kann das nicht tun, weil Katzen voller Krankheiten stecken. Falls du nie wieder zu dir kommst, dann möchte ich, dass du weißt, dass mir unsere telefonischen Plaudereien fehlen werden. Ich werde dafür sorgen, dass Marlboro im Tierheim schonend eingeschläfert wird. Wenn du zu dir kommst, dann sei vorsichtig, wenn du im Bett rauchst – unter dem Kater ist eine Packung versteckt.
B

PS. Muss weg hier, sonst stecke ich mich noch mit irgendwas an.

»Hier. Halten Sie Marley mal eben«, sagte Pandora und reichte Sullivan den Kater. Dann kippte sie den Karton über ihrem Bett aus und fand die Zigaretten.

»Sie dürfen hier nicht rauchen«, sagte Sullivan, entsetzt angesichts seiner Rolle bei einem möglichen Vergehen.

Pandora achtete nicht auf ihn, sondern riss die Zigarettenpackung mit ihren Zähnen auf. Sie suchte vergeblich nach einem Feuerzeug in dem Abfall aus dem Karton, der sie in ihrem Bett umgab.

»Blöde Kuh. Sie hat kein Feuerzeug dazugelegt. Ich nehme an, Sie haben kein Feuer.« Sullivan wich verängstigt zurück, während Marley auf seine Schulter kroch.

Im Bett neben Pandora saß die Bibliothekarin, deren gegipstes Bein in einer Schlinge hing. Ihr linker Arm befand sich in einer anderen Schlinge, die um ihren Hals lag. Inspector Jackson saß auf einem Stuhl aus Spanholz und Stahl, hielt ihre freie Hand und starrte sie mit seinem umgekehrten Lächeln an.

»Wie fühlen Sie sich jetzt«, fragte er.

»Die vielen Schmerzmittel wirken inzwischen. Mir tut nichts mehr weh. Ich hoffe, die ganzen Drogen machen mich nicht verrückt. Ich nehme sonst nie welche. Sie treffen in Ihrem Beruf bestimmt viele Drogensüchtige, aber ich bin keine. Wenn ich losplappere, achten Sie gar nicht auf mich. Stellen Sie sich eine Bibliothekarin vor, die nicht aufhören kann zu reden. Und alle Schilder auf der ganzen Welt, die zur Stille auffordern, würden das nicht ändern«, kicherte sie.

»Ich habe gestaunt, wie erleichtert ich darüber war, das Sie noch leben.«

»Ich auch. Ich meine, nicht, dass Sie noch leben, sondern dass ich das tue. Nicht, dass ich nicht entzückt darüber wäre, dass auch Sie noch am Leben sind. Bin ich nämlich. Ach, du meine Güte. Ich weiß nicht, was ich sage.« Sie verstummte für einen Moment. »Das mit dem armen Jim tut mir so leid. Ich hätte ihm klarmachen sollen, dass eine Bibliothek ein gefährliches Pflaster ist, wenn man nicht das richtige Training hat. Ich habe ihm beim Katalog und bei den Sicherheitsmaßnahmen geholfen, aber ich hätte mich mehr um Gesundheit und Arbeitsschutz kümmern müssen.«

»Das war nicht Ihre Schuld. Die Lage hatte sich seit vielen Jahren mehr und mehr zugespitzt.«

»Konnten irgendwelche Bücher gerettet werden?«

»Die Rettungsmannschaft durchsucht noch immer die Trümmer. Offenbar ist das Haus gewissermaßen … geplatzt. Es wird noch Tage dauern, bis wir Genaueres wissen. Vielleicht können wir zusammen hingehen und nachsehen, welche Bücher wir retten können, wenn die Unglücksstätte gesichert ist. Hätten Sie Lust dazu? Ich weiß doch, wie viel Ihnen Bücher bedeuten.«

»Die Vorstellung, dass sie dort herumliegen, den Elementen preisgegeben, ist deprimierend.«

»Inzwischen kann ich ja alles mit Plastikfolie bedecken lassen, um den Regen abzuhalten.«

»Wie gefällt Ihnen meine Frisur?«, fragte sie und berührte ihren staubverkrusteten Kopf. »Ich meine, sonst. Nicht jetzt, natürlich. Aber meine normale Frisur. Finden Sie, ich sollte mir die Haare wachsen lassen?«

»Ich finde Ihre Haare wunderschön, so, wie sie sind.«

»Und meine Kleider. Wie finden Sie Wolle?«

»Ach … Wolle ist nett. Wolle ist gut. Wolle steht Ihnen.«

Die Putzfrau Rose saß auf einem Stuhl hinter dem Bett der Bibliothekarin. Sie war in eine Rettungsdecke gewickelt. Sie umklammerte mit beiden Händen einen Becher, so, wie sie das im Fernsehen bei Katastrophenopfern gesehen hatte.

»Das mit Jim tut mir leid, Rose, aber es freut mich, dass du unversehrt bist«, sagte die Bibliothekarin, als sie sah, dass Rose sie mit leerem Blick anstarrte.

»Gibt es irgendwelche Nachrichten über den Verbleib der anderen – Professor Spencer, Julie Progress und Professor Wallace?«, fragte Rose Jackson.

»Wir sind noch nicht über alle informiert. Vorige Nacht gab

es zwei Zwischenfälle: die Explosion bei Ihnen und einen schweren Verkehrsunfall. Deshalb musste St. Drogo das Katastrophenprogramm aktivieren und diese besondere Station öffnen. Wir wussten nicht, mit wie vielen Toten und Verletzten wir es zu tun haben würden. Professor Spencers Wagen wurde verlassen auf einem Parkplatz in der Nähe eines ausgebrannten Autowracks gefunden, aber von ihm haben wir keine Spur. Professor Wallace ist verschwunden. Wir haben seinen Leichnam in den Ruinen Ihres Hauses nicht gefunden. Er ist auch nicht zu Hause. Julie Progress ist ebenfalls unauffindbar. Wir nehmen an, dass diese beiden Turteltauben vielleicht zusammen durchgebrannt sind. Hinter diesem Vorhang liegen weitere Opfer, die wir noch bearbeiten müssen«, sagte er und nickte zu einem Nylonvorhang hinüber, der in der Mitte des Saales die Opfer des Hauseinsturzes von denen der Verfolgungsjagd trennte.

Ein Eimer unter dem Bett der Bibliothekarin fing Roses Blick ein. Ihre Gedanken wanderten von Jacksons Worten davon. Sie fragte sich vage, ob in Krankenhäusern wohl interessante Dinge weggeworfen würden. Die Fieberkurven am Ende der Betten waren vermutlich eine bessere Informationsquelle. Eine Träne zeichnete gerade einen weiteren Streifen in ihr verschmutztes Gesicht, als ihr einfiel, dass sie neu entdeckte Geheimnisse ja nicht mehr mit Jim teilen könnte. Wozu mir die Mühe machen, dachte sie. Was soll schon ein Geheimnis, das man niemandem erzählen kann? Dafür sind Geheimnisse doch da. Dass man sie teilt.

Eine fette Krankenschwester tauchte hinter dem Vorhang auf und öffnete ihn, um eine Reihe von Betten mit einer Auswahl an in Verbände gewickelten Patienten zu zeigen. Sie bewegte sich langsam, denn sie trug eine Tracht, die sie von einer Kollegin für diesen Notfall geliehen hatte und die viel zu klein für sie war. Schon war ein Knopf von dem strotzenden Vorderteil abgesprungen und hatte den Kopf des netten jungen Polizisten nur um Fingerbreit verfehlt, um dann von der Wand zurückgeworfen zu werden. Sie ging zwischen den Bettenreihen weiter und versuchte, nicht zu atmen. Zwei Betten weiter saß Ross neben einem Patienten, dessen Kopf in weißen Verband gewickelt war. Beide Ärmel von Ross' schwarzem Anzug waren verbrannt, zusammen mit seinen Augenbrauen, die er nicht mehr heben konnte, während er eine Zeitschrift las. Ansonsten schien er unversehrt zu sein.

»Das ist Ross«, brüllte Rose. »Schaut mal, das ist Ross. Schau mal, Pandora. Das ist Ross aus der Probevorlesung von Larry Wallace.« Ihre Rettungsdecke fiel zu Boden, als sie aufsprang.

Roses Rufe erwischten Pandora in einem zärtlichen Augenblick mit Marley, den sie von Sullivan zurückverlangt hatte. Sie ließ ihre unangezündete Zigarette fallen und schaute an der Reihe von Betten entlang in die Richtung, in die Rose zeigte. Sie sah Ross, der nicht mehr las und sich umschaute, um festzustellen, wer seinen Namen gerufen hatte. Pandora gab den Kater Sullivan zurück, der ihn glücklich entgegennahm, schlug die Decke zurück und schwang die Beine aus dem Bett. Sie sah, dass sie ein kurzes Krankenhaushemd trug. Ihre dünnen Beine, die darunter hervorlugten, waren überall zerschunden. »Wagen Sie ja nicht, meine Beine anzusehen«, sagte sie zu Sullivan, der sich sofort mit der freien Hand die Augen zuhielt und eilig beiseitesprang.

»Kommen Sie mit und helfen Sie mir«, sagte sie und hielt sich an Sullivan fest. »Wollen mal sehen, was da hinten vor sich geht.« Sie hakte sich bei Sullivan energisch ein. Er klemmte sich Marley unter den anderen Arm. Sie schwankte auf ihren verfärbten Beinen zu dem Bett, an dem Ross saß. Als sie am Fußende ankam, erkannte sie unter den Verbänden Larry Wallace. »Das ist Larry

Wallace«, brüllte sie den anderen zu. »Das ist Larry. Was will der denn hier?«

»Er wurde in einer Hecke neben seinem brennenden Wagen gefunden«, erfuhr sie von Sullivan.

Pandora ging weiter ans Kopfende des Bettes, und ihre nackten Füße fingen an, auf dem kalten Boden zu frieren. Ross stand auf und rollte seine Zeitschrift zusammen, als wolle er alle Störenfriede mit dem krankenhauseigenen Exemplar von »Heim & Antiquitäten« zu Boden schlagen. Ein großes Dreieck aus nacktem Rücken und Hinterbacken tauchte zwischen den Schößen von Pandoras Hemd auf, das mit einer einzigen Schnalle in ihrem Rücken geschlossen war, als sie sich über Larry beugte. Ross starrte ihren Rücken und dann seine Papierkeule an. Er fand es besser, keine nackte Frau zu schlagen.

»Larry. Lieber Larry. Wie geht es dir?«

Larry öffnete die Augen und starrte Pandoras nur wenige Fingerbreit von seinem Gesicht entfernte Sonnenbrille an.

»Iiiiiik.«

»Es scheint ihm gut zu gehen«, sagte Pandora zu Ross, dessen Gesicht neben ihr auftauchte, als sie sich gemeinsam über den Patienten beugten.

»Wer seid ihr? Wo bin ich? Was mach ich hier?«, murmelte Larry. »Ich will nach Hause. Ich will zu meiner Mami. Ich will nach Hause.«

Ross machte ein entsetztes Gesicht.

»Ross, alles ist gut«, versicherte ihm Pandora. »Es ist ganz normal, vorübergehend gestört zu sein, wenn man aus dem Koma erwacht.« Sie unterbrach sich. »Vielleicht nicht für mich, aber für alle anderen. Kein Grund zur Besorgnis. Ich kenne mich aus mit diesen medizinischen Fragen. Absolut normal. Er braucht nur ein bisschen Zeit. Hier. Sie halten Marley. Er gewöhnt sich zu sehr an die Polizei«, sagte sie, entriss Sullivan den Kater und reichte ihn Ross. Dann packte sie Larry vorn an seinem Krankenhaushemd und fing an, seinen verbundenen Kopf immer wieder auf das Kissen zu schlagen.

»Larry. Larry. Nun komm schon zu dir. Wir brauchen dich am CAT-College. Ich brauche dich. Du darfst jetzt nicht verrückt werden. Denk doch an andere, Larry, und nicht immer nur an dich. Denk an mich, Larry. Was soll ich denn jetzt in dem College? Was soll ich nur tun? Mach mir meine Pläne nicht kaputt, Larry. Larry, komm zurück zu mir. Das ist ein Befehl! Oh, Ross. Was sollen wir nur tun?«

Ross hätte Pandora sofort von Larry weggezerrt, wenn er sicher gewesen wäre, dass sie hier kein anerkanntes medizinisches Verfahren zur Rückholung von Komapatienten anwandte. Außerdem versuchte Marley, aus seinen Armen und zurück in Sullivans zu springen. Sullivan und die Schwester hatten jetzt das Kopfende erreicht und zerrten Pandora weg, als Ross endlich entschieden hatte, welchen Teil ihres nackten Fleisches er mit der Keule aus der aufgerollten Zeitschrift treffen wollte, die er noch immer in der Hand hielt.

Als sie wieder in ihrem eigenen Bett lag, weinte Pandora vor Verzweiflung, weil ihre Pläne für das CAT-College um sie herum zu Staub zerfielen. »Ross. Gib mir meinen Kater zurück. Der gehört mir«, brüllte sie quer durch den Saal. Ross, der seine Zeitschrift losgelassen hatte, um Marleys Kopf zu streicheln, trug den Kater widerstrebend zu Pandora zurück.

»Was immer diese unzuverlässigen Menschen auch treiben mögen, dich habe ich immer. Wir sind aufeinander angewiesen, ob uns das nun passt oder nicht«, sagte Pandora zu dem Kater. Marley miaute und drückte als Zeichen seiner Treue eine Portion flüssige grüne Kacke auf die Bettdecke.

Professor Spencer traf ein, als Sullivan und die Schwester gerade angeekelt die Hand vor den Mund schlugen.

»Was ist denn hier los?«, fragte Spencer.

»Hast du mal Feuer? Ich hab Zigaretten und kein Feuer. Ich drehe hier noch durch.«

»Sie dürfen im Krankenhaus nicht rauchen«, mahnte die Schwester.

»Weiß ich«, fauchte Pandora. »Ich war bewusstlos, aber ich bin nicht blöd … wie der arme Larry da hinten. Ach, Spencer, hast du gesehen, was mit Larry passiert ist?«

»Ist der hier? Lebt er noch? Als ich ihn zuletzt gesehen habe, rollte er hinten aus einem Wagen in ein Gebüsch.«

»Könnten wir ein bisschen Privatleben haben, bitte?«, fragte Pandora Sullivan und die Schwester. »Könnten Sie wohl weggehen? Jetzt gleich?« Sie schwenkte ihre noch immer nicht angezündete Zigarette, um die beiden von ihrem Bett zu verscheuchen.

»Was hast du mit ihm gemacht«?, fragte sie Spencer flüsternd.

»Ich war das nicht. Progress ist schuld. Sie hatte beschlossen, Rik und Larry zu einer brüderlichen Versöhnung zusammenzubringen. Die beiden kommen nicht miteinander aus. Ich hatte keine Ahnung, dass die Beziehung zwischen ihnen dermaßen angespannt ist. Larry drehte durch und verfolgte uns in seinem Wagen. Ross baute einen Unfall. Ich hatte irgendwie gehofft, Larry sei tot.«

»Die miese Kuh. Ich hab dir ja gesagt, dass sie Ärger machen wird. Aber nein. Du wolltest ja nicht auf mich hören. Sie wird mir dafür bezahlen, was sie meinem Larry angetan hat.«

»Deinem Larry?«

»Ja, meinem Larry. Jedenfalls wäre er mein Larry geworden, wenn er nicht den Verstand oder das Gedächtnis verloren hätte, oder was immer nun mit ihm los ist. Wo steckt Progress?«

»Ich weiß nicht. Ich wollte hier nach ihr suchen. Ich dachte, sie sei vielleicht bei Larry im Wagen gewesen.«

»Miese Kuh. Wo ist Rik Wallace?«

»Ich weiß nicht. Er ist weggelaufen. Er hat gesagt, ich sollte ihm nicht mehr folgen.«

»Da hat er immerhin endlich ein bisschen Verstand an den Tag gelegt.«

»Ich werde am College eine Bewegung ins Leben rufen, um seine Lehren zu verbreiten. Falls du dich anschließen möchtest.«

»Nein, das möchte ich nicht.«

»Progress ist im Krankenhaus nicht registriert, aber wo ich schon mal hier bin, will ich mich selbst nach ihr umschauen.« Spencer ging von einem Bett zum anderen und sah sich die vielen bandagierten Opfer an, ohne daran zu denken, dass die meisten seinetwegen hier lagen. Er fand Progress nicht. Er kehrte zu Pandoras Bett zurück. »Sie ist nicht hier«, sagte er.

»Ich werde sie finden und sie ein für allemal unschädlich machen. Wo sind meine Kleider? So kann ich doch hier nicht weggehen«, sagte sie und zupfte an ihrem Krankenhaushemd herum.

»Vielleicht eine Schwesterntracht? Du könntest die Tracht tragen und ich wäre dann ein Patient … oder vielleicht ein Arzt …«

»Wo sind meine Kleider?«, brüllte Pandora quer durch den Saal die Schwester an, die gerade mit Sullivan plauderte. »Ich muss sofort weg von hier.«

»Wir mussten Ihnen die Kleidung vom Leib schneiden. Alles war ruiniert.«

»Geben Sie mir irgendwas, das ich anziehen kann.«

»Ich schau mich am College mal nach Progress um«, sagte Spencer zu ihr.

»Wer fehlt denn jetzt schon wieder?«, wollte Sullivan wissen.

»Julie Progress. Sie ist Doktorandin am CAT-College. Eine unserer besten.«

»Ja, Ich habe das Bett gesehen, in dem sie ihre Forschungen

durchführt. Es ist meine Aufgabe, alle vermissten Personen zu finden, die möglicherweise Zeugen sein könnten«, sagte Sullivan. »Ich werde sie suchen. Haben Sie ein Foto von ihr?«

»Nein, hat er nicht. Ihr zwei könnt machen, was ihr wollt. Ich werde sie selbst suchen. Schwester, bringen Sie mir die Kleider von irgendwem«, schrie Pandora.

Professor Spencer verließ die Notaufnahme fast im Laufschritt, um einen Vorsprung vor Pandora zu gewinnen, die schon ihr Bett verlassen hatte und die Schwester anbrüllte.

Inspector Jackson saß am Bett der Bibliothekarin, hielt ihre Hand und ignorierte den Lärm um sich herum.

»Ich dachte, du könntest mir helfen, eine Bibliothek einzurichten, wenn du hier rauskommst«, sagte er.

»Hast du ein großes Haus?«

»Nein, aber ich kann mir eins zulegen.«

»Sorg dafür, dass es starke Böden hat.«

Vor dem Krankenhaus winkte Spencer ein Taxi heran.

»Wohin?«, fragte der Fahrer.

»CAT-College.«

Als das Taxi gerade losfahren wollte, jagte Sullivan vorbei, der das kleine Blaulicht auf sein Autodach gesetzt hatte. Das Wettrennen mit dem Ziel, Progress zu finden, hatte begonnen.

Im Krankenhaus und auf der Notstation näherte Ross sich Pandora mit einem Bademantel und einem Paar Pantoffeln, die er aus einer kleinen Umkleidekabine in der Röntgenabteilung entwendet hatte. Er hielt alles Pandora hin.

»Danke, Ross. Können Sie uns ein Auto besorgen, wenn wir hier rauskommen?«

Ross nickte.

»Sie sagen nicht viel, aber immerhin reden Sie nicht über Philosophie, und das ist wie ein Geschenk. Sie und ich zusammen –

wir könnten uns um Larrys Interessen kümmern, bis er wieder zu Verstand gekommen ist. Ich vermute, Sie kennen seine Geschäftspartner?«

Wieder nickte Ross.

»Haben Sie mal Feuer?«

Ross griff in seine zerrissene Hosentasche, zog ein Feuerzeug hervor und schnippte mit seinem riesigen Daumen gegen das Zündrad. Eine sechs Zentimeter hohe Flamme sprang aus seiner Faust.

»Ich glaube, wir werden uns gut verstehen«, sagte Pandora, gab sich mit der einen Hand Feuer und schob die andere in den Ärmel des gestohlenen Bademantels. Marley sprang vom Bett und wanderte durch die Mitte der Notaufanahme, mit hocherhobenem Schwanz, wie es sich für einen mit dem dritten Platz ausgezeichneten Kater ja auch geziemte.

XXXXVII

Via Wallaciana

Der Wallacianische Weg

Professor Spencer hockte vorsichtig auf einem Dornbusch in einer benachbarten Hecke gegenüber von Rik Wallaces Haus in der Love Street und wartete darauf, dass Detective Sullivan endlich ging. Er hatte fast den ganzen Tag erfolglos das College nach Progress abgesucht, da er ihre Telefonnummer nicht hatte. Er vergeudete einen Großteil der Nacht in studentischen Tränken, ehe ihm das Haus in der Love Street einfiel. Spencer konnte in seinem Versteck in der Tiefe des Blattwerks deutlich hören, wie Sullivan an die Tür klopfte und mit lauter Stimme fragte, ob jemand zu Hause sei. Es gab keine Antwort. Aber Spencer hoffte doch, Progress sei anwesend und wolle nur die Polizei nicht einlassen.

Er trat unter den runden Lichtkegel einer Straßenlaterne, als Sullivans Wagen am Ende der Straße angekommen war. Er überquerte die Straße und ging durch den Garten hinter das Haus, um selbst nachzusehen, ob jemand zu Hause sei. Er sah ein Licht durch die Gartentür. Sieh an, dachte Spencer. Dieses alte Haus wird noch zu einem philosophischen Denkmal. Vielleicht werden in Zukunft intellektuelle Touristen herkommen, um in Wallaces und sogar in meinem Fußspuren zu wandeln. Er näherte sich der Tür. Plötzlich fiel ihm ein, wo er hier ging und wer darunter lag. Er sprang über die Stelle, wo er seiner Erinnerung nach Lambe begraben hatte. »Huch. Total vergessen«, murmelte er. »Beweist seine Mittelmäßigkeit, falls überhaupt noch ein Beweis nötig war. Er sollte dankbar dafür sein, dass er so nah bei der Größe liegen darf.« Er legte die Hände wie Scheuklappen an seine Schläfen und presste das Gesicht an das Glasfenster der Gartentür. Im trüben Licht dahinter sah er Progress auf dem Boden liegen, sie hatte die Hände vor sich ausgestreckt, wie um die Sonne anzubeten, die sich gerade hinter Spencers Kopf in den Himmel schleppte, mit dem Widerstreben einer fetten Studentin, die morgens ihr Bett verlassen muss. Zu Progress' Füßen auf dem Boden lag eine leuchtende Lampe.

»Oh Gott, Pandora, was hast du getan?«, fragte Spencer sich selbst. »Verdammt. Sie ist mir zuvorgekommen, weil sie nicht aus purer Blödheit das College und die Stadt abgesucht hat, statt am offensichtlichen Ort nachzusehen.« Er trat zurück und warf sich mit solcher Wucht gegen die Gartentür, dass er auf den feuchten Boden zurückgeschleudert wurde und auf dem Rücken landete. Als er auf den Steinen lag, die auf Lambe lagen, hielt er Ausschau nach etwas, mit dem er das Glasfenster in der Tür einschlagen könnte. Der Spaten, mit dem sie Lambes Grab ausgehoben hatten, lehnte noch immer an der Wand. Spencer kam auf die Füße, packte den Spaten mit beiden Händen und fing an, die kleinen Glasscheiben zu beiden Seiten des Türschlosses einzuschlagen. Er griff hinein und tastete vorsichtig nach einem Schlüssel oder einem Riegel. Er fand nichts. Er zog die Hand zurück und drehte den Türgriff von außen um. Die Tür öffnete sich. Er seufzte, als ihm aufging, dass sie gar nicht abgeschlossen gewesen war. Er warf den Spaten auf die Terrasse und ging hinein.

Neben Progress blieb er stehen. »Ich weiß, dass sie eine blöde Kuh war, aber warum herkommen und das tun?«, fragte er eine imaginäre Pandora. »Ich seh das ja auch so. Sie nervte, aber ich brauchte sie für meine Wallacianische Mission. Sie hat ihn sehr gut gekannt, und dieses kostbare Wissen ist nun verloren. Sie hätte ein Pamphlet über ihre gemeinsame Zeit schreiben können. Was für ein Verlust!« Er sah sich im Zimmer um. »Was soll ich jetzt machen?«, fragte er wieder und wieder. Er geriet nach und nach in Panik. Dann beruhigte er sich plötzlich. »Vielleicht bist du noch immer hier und versteckst dich vor der Polizei. Pandora? Pandora? Ich bin's, Maurice. Professor Spencer. Du bist die edle Wilde«, brüllte er, als er in dem alten Haus von einem Zimmer ins andere ging. »Ist schon gut, du kannst jetzt rauskommen.« Er wartete und horchte. Das Haus war so still wie ein Friedhof im Morgengrauen, wenn alle Geister in ihre Särge zurückgekehrt sind.

»Sie ist nicht hier«, folgerte er. »Was hätte Rik mit dem Leichnam gemacht? Nachdenken. Auf Rik-Wallace-Manier nachdenken. Was hätte er getan? Er hat mir sein Erbe anvertraut. Was ist der Wallacianische Weg? Was würde Rik in dieser Lage tun?« Er schaute sich im Zimmer um. Er hob die Lampe auf, die neben den Füßen von Progress gelegen hatte, und stellte sie auf einen niedrigen Tisch. Er ging hinaus in die Diele und suchte nach philosophischer Inspiration. Die kam in Gestalt einer hölzernen Trittleiter, die unterhalb der Falltür in der Decke an der Wand lehnte.

Als Professor Spencers Kopf mit Hilfe der Trittleiter durch die Öffnung in der Decke schaute, fragte ihn eine Stimme, was das denn nun solle. Er schrie auf und fiel rückwärts in den Gang. Sein Sturz wurde von Progress aufgefangen, die wie ein billiger Teppich über seiner Schulter gehangen hatte.

Als er eingewickelt in Progress' Beine und die Leiter auf dem Boden lag, hörte er dieselbe Stimme den überzeugenden Befehl erteilen: »Runter von mir, du Idiot.«

Er zuckte zusammen, als Progress ihm einen Tritt versetzte. »Runter von mir, hab ich gesagt.«

Er drehte sich um und kniete auf dem Boden nieder, während sie sich auf dem Rücken rückwärts durch den Gang zog.

»Ich dachte, du wärst tot. Ich dachte, Pandora hätte dich umgebracht.«

»Ich war nicht tot. Ich war betrunken. Sieh mich nicht so an. Ich hab hier in letzter Zeit ganz schön viel Stress gehabt.«

»Tut mir leid. Ich wollte dich nur auf dem Dachboden verstecken, weil ich dich für tot gehalten habe. Du hast tot ausgesehen.«

»Schon mal daran gedacht, den Puls zu fühlen? Auf dem Dachboden? Du bist genau wie Rik. Kannst du dir nicht mal selbst was ausdenken?«

»Wie meinst du das?«

»Der Dachboden«, sagte sie und zeigte zur Decke hoch. »Genau da hätte Rik mich abgelegt, wenn ich tot wäre. Was ich nicht bin.«

»Wirklich? Den Dachboden? Rik hätte dich auf den Dachboden gelegt? Wow. Das funktioniert.«

»Was funktioniert?«

»Ich habe mich darauf konzentriert, einen Wallacianischen Gedanken zu haben. Verstehst du? Wie wäre Rik dieses Problem angegangen? Dann habe ich die Leiter gesehen und ganz automatisch an den Dachboden gedacht. Ich bin offenbar auf seine Denkprozesse eingestimmt. Ich bin offenbar ein echter Jünger.«

»Bleib da hinten im Gang. Komm ja nicht in meine Nähe.«

»Ich habe doch gesagt, dass es mir leidtut. Du hast tot ausgesehen. Es geht mich ja nichts an, aber ich an deiner Stelle würde mir meine Trinkgewohnheiten genauer überlegen. Nicht dass ich dich verurteile. Du weißt, das letzte, was ein Moralphilosoph tun würde, wäre, jemanden zu verurteilen, es sei denn einen anderen Philosophen, aber du bist ja noch nicht promoviert, und da …«

»Halt die Klappe. Du wolltest mich da oben vermodern lassen, was Rik mit seiner Hexe von Mutter vorhatte, als auch sie noch nicht tot war.«

»Worüber redest du da?«

»Dir kann ich es ja ruhig erzählen, schließlich sind wir zusammen bei CATzugh. Ich erzähle es dir Rik zuliebe. Er hat seine Mutter umgebracht und auf den Dachboden gelegt. Als sie durch die Decke gefallen und auf dem Bett gelandet ist, musste ich sie noch einmal umbringen, was nicht zählt, da sie in Riks Augen ja schon tot war, moralisch betrachtet.«

»Rik hat seine Mutter umgebracht? Metaphorisch, meinst du? In einer Art Freudschem Ritual?«

»Nicht metaphorisch. Wortwörtlich«, kreischte Progress.

»Aber bist du sicher, dass er nicht ganz einfach die Schuld auf sich nimmt, um diesen psychopathischen Bruder Larry zu beschützen? Der war vermutlich eifersüchtig auf die fantastische Beziehung, die sein Bruder Rik zu seiner Mutter hatte. Ich habe bei der Antrittsvorlesung gesehen, wie nah sie einander standen.«

»Nein, hast du nicht. Du bist ganz früh gegangen, um deine Tochter irgendwo hinzufahren.«

»Ja. Stimmt. Wir wollten skilaufen, oder wollten wir angeln?«

»Rik war das. Rik hat sie umgebracht.«

»Ich kann das nicht glauben. Das würde gegen seine sämtlichen moralischen Prinzipien verstoßen. Nicht einmal Kant hätte seine eigene Mutter umgebracht. Ich weiß, wie Riks Denken funktioniert. Ich glaube nicht, dass er es getan hat.«

»Rik hat es getan. Ich habe sie mit eigenen Augen vom Bett abprallen sehen. Einen besseren empirischen Beweis kann es gar nicht geben.«

»Er muss einen guten philosophischen Grund dafür gehabt haben, sie zu töten. Schließlich ist er ein Genie. Er bewohnt ein vollständig anderes Reich als wir gewöhnlichen Sterblichen. Ich werde schwer arbeiten müssen, wenn ich seinen Ideen einen Sinn entlocken will, ehe ich sie an die Welt weiterreichen kann.«

»Ich habe überhaupt keine Erinnerungen an gestern Nacht«, sagte Progress und hielt sich den Kopf fest.

»Larry kam her und hat Rik angegriffen wegen deiner psychologischen Einmischungen. Das weiß ich, weil er es mir gesagt hat, als ich ihn hier mit hundert Meilen die Stunde wegfahren musste, während Larry hinter ihm her war.«

»Oh Gott, jetzt weiß ich es wieder. Larry ist in seinen Wagen gesprungen. Er wollte nicht auf mich warten. Ich habe ihn angefleht, mich als Vermittlerin helfen zu lassen, aber er wollte nicht auf mich hören. Geht es ihm gut?«

»Wem, Larry oder Rik?«

»Beiden. Sie sind sich so ähnlich. Schließlich sind sie Brüder. Für das unkundige Auge wirken sie vielleicht sehr unterschiedlich, aber ich kann ihre Übereinstimmungen sehen. Es ist schwer, sich zu einem hingezogen zu fühlen, ohne sich in den anderen zu verlieben. Es kommt oft vor, dass sich jemand in eine ganze Familie verguckt.«

»Wo kommt das vor?«

»Das weiß ich nicht mehr, aber ich weiß, dass es vorkommt. Irgendwo im Dschungel. Ich habe es in einem völkerkundlichen Werk gelesen.«

Während Progress' bewusstes Selbst mit den Nachwirkungen einer Welle aus Alkohol kämpfte, die in der vergangenen Nacht darüber hinweggefegt war wie ein Tsunami über eine Insel mit nur einer Kokospalme, nutzte ihr Unterbewusstsein die Verwüstung des Empfindungsvermögens, um sich Gehör zu verschaffen. Es brüllte sie an, dass sie doch die ganze Zeit gewusst habe, dass Larry verrückt war. »Hab ich's dir nicht gleich gesagt«, wiederholte es immer wieder mit vorhersagbarer Selbstzufriedenheit.

Jetzt aber kroch die Erkenntnis von Larrys verbleichender Anziehungskraft zurück in die Risse in ihrem Gehirn, wo sie anfing, Wurzeln zu schlagen.

»Oh Gott, ist Rik etwas passiert? Als er so plötzlich verschwunden ist, ging mir auf, wie viel er mir noch immer bedeutet, obwohl der Arsch mir keinen Job gegeben hat. Larry bedeutet mir auch etwas. Ich hätte noch ein paar mehr Sitzungen mit ihm machen sollen, statt sie schon jetzt zusammenzubringen. Larry steht unter gewaltigem Druck.«

»Vielleicht steht er unter Druck, weil heute Nacht sein Wagen in die Luft geflogen ist.«

»Ach du meine Güte. Ist ihm etwas passiert? Ich weiß, er wird mir einen Job geben, wenn er erst die BWL-Fakultät leitet und das Unternehmenszentrum nach ihm benannt wird. Der liebe Larry.«

»Pandora sagt, er hat den Verstand verloren. Nicht einmal sie könnte ihm in diesem Zustand die Leitung der BWL-Fakultät zuschanzen. Verlass dich nicht auf Larry, was deine berufliche Zukunft angeht. Oh nein. Wo wir gerade von Jobs reden. Fischer, du weißt schon, der, der deinen Job bekommen hat, kommt eigentlich heute her, um mit uns zu sprechen. Er versucht, sich zu entscheiden, ob er ans CAT-College kommen soll. Offenbar hat er mehrere Angebote erhalten. Rik hatte recht. Er muss gut sein. Ich sollte wohl nach Hause gehen, mich sauber machen und versuchen, einen Kantianischen Eindruck zu machen. Ich kann noch immer nicht glauben, dass Rik sich auf Kant geworfen hat.«

»Typisch. Dem werden die Jobs nur so nachgeschmissen, und ich krieg nicht mal einen einzigen. Warum konnte Rik mir nicht diesen anbieten? Ihr hättet mich nicht überreden müssen, den zu nehmen.« Sie presste sich die Handflächen auf die Schläfen und stöhnte. »Es ist meine Schuld. Meine Beratung ist ein bisschen schiefgelaufen. Von jetzt an bleibe ich bei den Neurotikern. Larry ist vermutlich psychotisch. Der arme ehrliche, neurotische Rik. Wie geht es ihm? Ist er verletzt? Ich bin krank vor Sorge um ihn.«

»Er ist nicht physisch verletzt. Er hat mich auf der Straße stehen lassen. Er wandert seinen eigenen einsamen Pfad. Er ist ein wahrer Prophet. Ich würde alles, einfach alles tun, was Rik mir sagt.«

»Würdest du aufhören, ihm zu folgen?«

»Nein. Ich hatte sogar gehofft, er hätte sich die Sache anders überlegt und wäre nach Hause gekommen. Ich hatte gehofft, dass er hier bei dir wäre.«

»Ich frage mich, wo er wohl sein kann.«

»Ich weiß es nicht, aber er hat mir sein Erbe übertragen. Ich starte eine Bewegung, die auf seinen Überzeugungen fußt. Meine Tochter Samantha ist fast erwachsen. Bald braucht sie mich nicht mehr. Ich muss ein eigenes Interesse haben, wenn sie von zu Hause auszieht.«

»Du startest einen Kult, der auf Rik Wallace basiert?«

»Ja. Den Wallacianischen Weg.«

»Das klingt konfus!«

»Meinst du nicht konfus wie postmodernistisch? Konfusianismus ist das Gegenteil von Vernunft. Aber wessen Version von Vernunft meinst du? Mit der Vernunft der herkömmlichen Philosophie bin ich fertig.«

»Das Wort Konfusianismus gibt es gar nicht.«

»Jetzt wohl. Ich erkläre, dass es beim Wallacianismus um die Verbreitung des Konfusianismus geht, wo immer das möglich ist. Ich hoffte auf dich als meine erste Rekrutin.«

»Wirst du für die Anhängerschar Unterkünfte besorgen?«

»Ja.«

»Okay. Ich bin dabei.«

»Dann machen wir, dass wir hier wegkommen, ehe Pandora aufkreuzt.«

»Was ist mit Fischer?«

»Ach, zur Hölle mit Fischer. Ich bin schon ein Kant-Anhänger. Einer ist genug.«

XXXXVIII

Caelestia Corpora

Himmlische Körper

Die siebenköpfige Zirkusblaskapelle ließ ihre Version von »In The Air Tonight« von Phil Collins losdröhnen, um die Waghalsigkeit der Fabelhaften Fliegenden Biscotti Brüder am Trapez hoch oben über dem Publikum zu betonen. Bosco der Clown schwitzte hinter seiner schweren Schminkeschicht, als er für Cubic den Clown einsprang, der sonst als Trommler fungierte. Cubic lag bewusstlos in einem winzigen Wohnwagen am anderen Ende der Wiese, auf dem der Zirkus Amaro sein Lager aufgeschlagen hatte. Aber Bosco beklagte sich nicht, denn in diesem Zirkus, das wusste Wallace jetzt, mussten alle flexibel sein.

Unser Held litt Höllenqualen, weil sein Leotard seinen Schritt schmerzhaft umklammerte und den Blutzustrom zu seinen Genitalien abkniff. Seine Handgelenke über seinem Kopf brannten im eisernen Griff von Carlo. Carlo war der Fänger, der an seinen Kniekehlen hing und Rik Wallace im ersten Bogen unter dem Zeltdach schwenkte. Wallace, der jetzt Biscotto war, das neueste Mitglied der fabelhaften Biscotti Brüder, versuchte, sich mit dem Tod zu versöhnen, als er voller Angst die Augen schloss. Die kleinen Gesichter unter ihm leuchteten vor Erregung, während sie fieberhaft an Eishörnchen leckten, hysterisch die Zuckerwatte von Holzstäbchen saugten oder manisch auf Gummibärchen herumkauten, um endlich Biscotto in seinem mit roten Pailletten besetzten Leotard durch die Luft fliegen zu sehen, und zwar in einem, wie alle, außer Biscotto selbst, erwarteten, eleganten Salto. Einige kluge Eltern hielten ihren glotzenden Kindern die Augen zu, als Biscotto seine erste Pendelbewegung vollendete.

Zwischen Biscotto und dem mit Sägemehl bestreuten Boden war kein Netz gespannt. Biscotto wusste, dass nichts ihn bei dem überaus wahrscheinlichen ungeplanten und den Gesetzen der Schwerkraft unterworfenen Sturz vom Trapez daran hindern könnte, sich jeden Knochen in seinem mit Pailletten besetzten Körper zu brechen. Immerhin würden Blut und Innereien auf dem roten Leotard nicht deutlich zu sehen sein, dachte er. Der Zirkusdirektor hatte ihm versichert, dass Netze für feige Wichser seien, und dass sein Publikum, vor allem die jüngeren, nicht dafür bezahlten, feige Wichser durch die Luft fliegen zu sehen. Bei den Fabelhaften Biscotti Brüdern gebe es keine feigen Wichser. Wallace hatte dem Zirkusdirektor versichert, er besitze die falsche genetische Zusammenstellung für einen Biscotti, denn er sei ein feiger Wichser. Der Zirkusdirektor, von dem Biscotto fast sofort nach seinem Eintreffen im Zirkus Amaro gelernt hatte, dass er ein gewalttätiger Säufer war, der einst der starke Mann im Zirkus gewesen war und Shetland Ponies in die Luft gestemmt hatte, tat diesen Widerspruch mit einem dramatischen Peitschenknallen ab und reichte ihm den roten Leotard mit den Worten: »Meine Schwester sagt, du besitzt ein fabelhaftes Überlebenstalent. Du kannst ein Fabelhafter Biscotti Bruder sein. Ein Überlebensinstinkt ist am Trapez eine Hilfe. Du kannst dir da oben vielleicht den Hals brechen, aber ich breche ihn dir ganz bestimmt hier unten, wenn du nicht sofort die Scheißleiter hochsteigst. Und ich muss jetzt los und ein paar Löwen dressieren.« Dann wandte er sich ab und schrie »huppa, huppa«, während er mit der Peitsche knallte, als Übung für seine Begegnung mit den übellaunigen Löwen, die draußen in einem fahrbaren Käfig in ihrer eigenen felinen Sprache murmelnd ihre Verschwörungen planten.

Biscotto, der in Carlos schweißnassem Griff nun seine nächste Pendelbewegung vollführte, kam es wirklich fabelhaft vor, dass er in seinem Alter und bei seiner Gestalt durch die Luft flog, während Bosco unten das Trommelsolo schlug. Bosco sang falsch, aber laut, er könne es in dieser Nacht durch die Luft kommen spüren. Festhalten! Festhalten! Biscotto hoffte, dass Carlo über ihm diesen Rat befolgen würde.

Mitten in der Bewegung versuchte Carlo, genug Schwungkraft aufzubringen, um Biscotto zu dem Fänger hinüberzuwerfen, zu Marcello, der gerade zur anderen Seite des Daches hin verschwand, in dem Versuch, seine eigenen Pendelbewegungen zu koordinieren und dann jedes erreichbare Glied zu packen.

Die Kinder unten leckten schneller an ihrem Eis, saugten effektiver an ihrer Zuckerwatte und kauten ihre Süßigkeiten mit immer schneller rotierenden Kiefern, als Bosco den traditionellen Trommelwirbel schlug, der nach Sitte und Brauch allen Übungen von unwahrscheinlicher Geschicklichkeit vorangeht. Bosco gab sich beim Trommeln besondere Mühe. Der Schweiß ließ seine roten Augen über seine gelben Wangen laufen. Er wusste, dass das hier ein unwahrscheinlicheres Vorhaben war als der übliche verblüffende Zirkusakt. Der schnellere Trommelwirbel verstärkte die Besorgnis der Zuschauer, auch wenn sie nicht wussten, wovor genau sie sich eigentlich fürchteten. Sie hätten Angst haben müssen, dass Biscotto auf ihnen landen würde.

Ein Schwarm von Kindern mit glänzenden Gesichtern lutschte energischer auf den Süßigkeiten in ihren Mündern herum. Sie lutschten voller Entsetzen: ihre kollektive Schwingung pendelte im Takt von Biscotto über ihnen zwischen Angst und Entzücken.

Am Ende des Bogens sah Biscotto Marcellos umgekehrtes

lächelndes, schweißnasses Gesicht, als es genau vor ihm in sein Blickfeld schwang. Marcello hing an den Beinen am Trapez des Fängers. Er hob einen Daumen, lächelte und winkte, klatschte in seine gepuderten Hände vor Erwartung dieses wichtigen Fangs. Dann war er verschwunden. »Oh Gott«, stöhnte Biscotto. »Warum konnte ich kein Clown sein?«

Seine kurze Karriere als Clown war in einer Massenpanik geendet; vielleicht der erste Fall dieser Art in seinem Metier. Sein Clownsgesicht mit dicken roten Lippen, runden schwarzen Augen, Schlapphut und einteiligem Anzug hatte eine ziemlich düstere Wirkung gehabt statt der erheiternden, auf die er gehofft hatte. Er landete zu spärlichem Applaus auf seiner überdimensionalen Nase mitten in der Manege, als ihm ein Maulesel aus zwei Männern einen Tritt in seinen gepolsterten Allerwertesten versetzte. Das Publikum stöhnte, als er durch eine Schicht Zuckerglas auf einem Trampolin auftitschte. Sein Unbehagen traf auf Schweigen, die Sorte Schweigen, die sich beim Annähern eines unsichtbaren Raubtiers über einen lärmenden Dschungel senkt, als er aus einem riesigen Schlauch mit Schaum bespritzt wurde. Als er auf die Kinder am Manegenrand zurannte und dabei eine gewaltige Gummischlange schwenkte, so, wie Beano der Clown es nur Minuten früher getan hatte, klammerten sich die Kinder nicht aneinander, um in glückseligem Entsetzen aufzuschreien wie vorhin bei Beano. Sie sprangen auf ihre Sitze, kreischten vor Angst und rannten *en masse* in die hintere Hälfte des Zeltes, ohne Rücksicht darauf, dass sie aufeinander und auf ihren Eltern herumtrampelten. An diesem Abend, als der Zirkusdirektor wie immer die Darbietungen des Abends durchging, teilte er ihm mit, dass Kinder über ganz besondere Instinkte verfügten, die zu analysieren keinen Sinn hat. Offenbar sei er nicht zum Clown geschaffen. Deshalb hieß es für ihn, hoch ans Trapez oder hinaus durch die Vorhangplane, die durch die vorüberrennenden Kinder verdreckt und zerfetzt worden war.

Beim nächsten Schwingen dachte Biscotto, seine derzeitige Notlage zeuge von einer karmischen Gerechtigkeit. Schließlich war er zu Rik Wallace geworden, als er den echten Rik Wallace von dem Hotelbalkon gestoßen hatte, ohne auch nur einen Marcello an einem Trapez und die winzige Hoffnung, ihn zu fangen, in der Nähe zu wissen. Wenn er an diesem Abend sterben müsste, wäre es nur richtig, wenn das passierte, während er durch die Luft fiel. Er konnte sich nicht entscheiden, ob er versuchen wollte, auf die Mitte der Manege zu zielen, oder ob er hoffen sollte, seinen Sturz durch die Kinder aufzufangen, die staunend zu ihm hochstarrten. Vielleicht musste er noch weitere Tode verursachen. Wenigstens, so dachte er, würde er für den Bruchteil einer Sekunde in ihren Augen ein Fabelhafter Fliegender Bisccotti Bruder sein, als er auf sie zustürzte. Er hoffte, dass er nicht auf Della landen würde. Aber Della war nicht im Zelt, sie riskierte nicht den Tod durch Biscotto. Sie war draußen und bereitete die kleinen indischen Elefanten darauf vor, um den Manegenrand zu rennen und dabei den Schwanz des Vorderelefanten mit ihren freundlichen Rüsseln zu halten.

Der Fabelhafte Biscotto kniff die Augen zusammen und streckte blind die Arme vor sich in den leeren Raum, so weit er konnte in Marcellos Richtung. Außer Sichtweite, aber dicht vor seinen Fingerspitzen konnte er Marcello ermutigend rufen hören: »Los, Carlo. Lass ihn los. Ich fang ihn!« Carlo ließ den Fabelhaften Biscotto, der in Philosophiekreisen bisher als Professor Rik Wallace und vorher noch als Kontrollfreak bekannt gewesen war, los. Wenn es überhaupt Situationen gab, in denen Flüche gestattet waren, dachte Biscotto, dann diese.

Nur wenige der Kinder unten hatten je eine Trapeznummer

gesehen. Die wenigen, die eine kannten, und die meisten Eltern wussten aus Erfahrung, dass die Trapezetikette vorschreibt, dass die Akrobaten in würdevollem Schweigen durch die Luft fliegen und nicht laut fluchen, wie Biscotto das soeben über ihnen machte. Die Kinder schrien in glückseligem Entsetzen auf, als sie den rotpaillettierten Akrobaten hörten, der mit der Eleganz einer Speckschwarte über ihnen durch die Luft flog. Einige Eltern verschoben die Hände von den Augen ihrer Kinder zu deren Ohren, um die Unschuld vor den Flüchen von oben zu beschützen. Andere Eltern hielten sich die eigenen Ohren zu und wandten sich ab.

Durch den Lärm vom Trommelwirrrrrrbel Bosco des Clowns, das Kreischen der Kinder, das hektische Schlürfen an Eishörnchen und das Stöhnen der entsetzten Eltern war ein Gebrüll deutlich zu hören: »Oooooooooooh Scheeeeeeeeeiße!«

XXXXIX

Philosophicas Aemulatio

Philosophische Rivalität

Rik Wallace zupfte am Schritt seines mit roten Pailletten besetzten Leotards, um die Durchblutung seiner Beine zu verbessern. Der Rauch seiner Zigarette prallte vom Fenster auf der Beifahrerseite ab. Die Straßen draußen huschten als verschwommene Parallaxe zwischen dem Rauch innerhalb der Glasscheibe und der dünnen gelben Fettschicht draußen an ihm vorbei. Der Zirkusdirektor fuhr in seinem langen roten Frack und den hohen Stiefeln. Er hatte seine kostbare Peitsche vorsichtig auf die Rückbank gelegt. Wallace saß schmollend neben ihm. Da er in der Nacht bewusstlos gewesen war, hatte er sich nicht umziehen können, ehe der Zirkusdirektor ihn in den Wagen gestoßen hatte.

»Wie lange war ich im Zirkus?«, fragte Wallace, ohne zu wissen, ob er diese Frage im Kopf stellte oder ob die Wörter wirklich seinen Mund verlassen hatten.

»Wer weiß? Zu lange, wenn du mich fragst.« Offenbar waren die Wörter direkt den Gedanken des Zirkusdirektors entsprungen. »Nicht dass ich die Möglichkeit hätte, die Tage zu zählen. Verdammt lange genug. Meinen Glückwunsch. Du warst der schlechteste Clown, den wir jemals hatten.«

»Della hat mein Clownsgesicht und mein Kostüm entworfen.«

»Ja, aber du bist hineingestiegen. Stell dir mal vor, als Clown zu verscheißen. Das ist ein Erstling in meiner ausgedehnten Erfahrung. Du hast den Kindern eine Scheißangst eingejagt. Für so einen Patzer könnten die Sicherheits- und Gesundheitsleute mir den Laden für immer dichtmachen. Nicht so wichtig, ob ein Löwe hinter den Kulissen einen der zwei Pfleger frisst. Aber die bezahlenden Gäste zu Boden trampeln. Leck mich doch. Ich dachte, ich hätte schon alles gesehen, bis ich gesehen habe, wie diese verängstigten Kinder vor dir weggelaufen sind. Ich weiß nicht, was schlimmer war. Du auf dem Boden in diesem Clownskostüm oder oben am Trapez. Scheiße, du kannst ja nicht mal schwingen.«

»Della hat die ganzen Pailletten darauf genäht, damit ich zu den anderen passe«, sagte Wallace und berührte vorsichtig die wenigen Stücke aus glitzerndem Kunststoff, die noch immer vorn an seinem besudelten Leotard hingen.

»Sie hätte dir Flügel annähen sollen. Ich hätte gedacht, du hättest einen gewissen Stolz oder sogar ein wenig Schamgefühl. Rumzuschreien wie ein Baby! Ich seh in dieser Scheißsonne ja gar nichts«, sagte er und unterbrach den Strom von Beschimpfungen, um sich eine Hand an die Stirn zu legen. »Wo hast du gesagt, liegt dieses College?«

»Ich glaube, du musst am Ende dieser Straße nach links abbiegen.«

»Ich habe zu Della gesagt, ich hab gesagt, sowie dieser Möwenficker zu sich kommt, geht er dahin zurück, woher er gekommen ist, pronto. Hier, trink einen Schluck.« Der Zirkusdirektor reichte Wallace eine halbleere Flasche Whiskey. Wallace trank einen kleinen Schluck und gab die Flasche zurück. Seine gesprungenen Lippen brannten von der Flüssigkeit. Er zupfte wieder am Schritt seines Leotards. Seine Beine wurden langsam taub.

»Sie haben nicht an Eier gedacht, als sie diese Kostüme erfunden haben«, sagte der Zirkusdirektor und nickte zu Wallaces Schritt hinüber. »Vermutlich von einer Frau entworfen. Ich weiß

Scheiß nichts über Philosophie. Aber eins sag ich dir. Bleib dabei, was immer das sein mag. Mit Philosophie bringst du weder dich noch mich um. Du hast mich nur um Haaresbreite verfehlt, als du gestern Abend vom Trapez gefallen bist. Um so viel«, sagte er, hob Daumen und Zeigefinger und verlor für einen Moment die Herrschaft über seinen Wagen, der sich in den entgegenkommenden Verkehr stürzte. Ein vorüberfahrendes Auto hupte, als es auswich, um einen Zusammenstoß zu verhindern.

»Scheiß drauf«, brüllte der Zirkusdirektor durch das Fenster. »Schwein gehabt, dass Boscos Trommel deinen Sturz aufgehalten hat.«

Wallace zuckte zusammen. Er brauchte nicht an seine würdelose Landung erinnert zu werden. Als Gedächtnisstütze brannten seine Rippen bei jedem Atemzug. Der Rand der Trommel hatte einen blaulila Strich um seine Brust gezogen. Er hatte eine Kerbe im Bein, wo er das oberste Becken getroffen hatte.

»Das ist mein Ernst. Ja Scheiße. Du hättest doch überall landen können. Aber die Kapelle auszuschalten. Die konnten nicht einmal etwas zur Ablenkung spielen, als du hinausgetragen wurdest. Ich sage es noch einmal. Ich habe in meinen Jahren im Zirkus schon vieles gesehen, aber niemals so einen Versager wie dich. Versteh das jetzt nicht falsch, aber du bist der unbegabteste Idiot, der in der Geschichte der Schaustellerkunst jemals engagiert worden ist. Du hättest es mit Löwendressur versuchen können, wenn Della mich nicht daran gehindert hätte. Ich habe ihr gesagt, dass diese Scheißlöwen dir doch nichts tun würden. Sie wären vermutlich genau wie die Kinder um ihr Leben gerannt. Ist es hier?«, fragte er und kam unter dem Haupteingang zum CAT-College schlingernd zum Halten.

»Danke fürs Bringen«, sagte Wallace.

»War mir ein Vergnügen. Wenn ich herausfinde, dass Della dich besucht hat, dann werde ich sie auch feuern, obwohl sie meine Schwester ist. Ich habe genug von ihr und ihren erbärmlichen lahmen Enten. Verpiss dich dahin, wo immer du hergekommen bist.« Er stieß zwischen Schnurrbart und Unterlippe eine Atemwolke aus und musterte Wallace forschend. »Brauchst du Geld?«

»Ich habe keine Taschen in diesem Kostüm«, sagte Wallace und betastete seinen verdreckten Leotard.

»Nimm das und kauf dir was zum Anziehen«, sagte der Zirkusdirektor und reichte ihm ein Bündel Geldscheine.

»Bist du sicher?«

»Mach nur einen großen Bogen um Zirkus Amaro. Einverstanden? Komm nicht mal als Zuschauer. Bring auch nicht Freunde oder Verwandte mit … niemals.«

»Keine Sorge. Ich habe keine Freunde oder Verwandten.«

»Wundert mich das? Bring einfach niemanden mit, auch keine Fremden.«

Wallace stieg vorsichtig aus dem alten, grauen, fettigen Wagen aus. Er schlug die Tür mit einem dumpfen Dröhnen hinter sich zu. Das Auto jagte davon und bespritzte Wallaces rote Beine mit Schlamm. Er schaute sich um und fragte sich, was er jetzt machen sollte, und dabei hielt er das Geld des Zirkusdirektors in der einen und seinen Schritt in der anderen Hand. Er hatte das Gefühl, das Ende der Bewegung erreicht zu haben, die er ausgelöst hatte, als er Rik Wallace damals vom Balkon gestoßen hatte. Er war zu erschöpft, um deprimiert zu sein; zu mitgenommen, um sich verzweifelt zu fühlen. Seine Glieder waren zu weit gedehnt worden, um an Ort und Stelle zurückzuschnellen. Er spürte die Folgen dieser unnatürlichen Dehnungen bei jeder Bewegung. Die Vorstellung von Selbstmord verlangte mehr Energie und Enthusiasmus, als er aufbringen könnte. Außerdem, überlegte er, war sein letzter Versuch die Mühe nicht wert gewesen. »Was jetzt?«, murmelte er, als er zu dem Schriftzug CAT-College über dem Eingangstor hochschaute. »Immerhin ist der Name noch nicht geändert worden.«

»Rik. Rik. Was für ein umwerfendes Timing. Es ist ein Wunder. Einfach vom Himmel zu fallen, wenn wir dich dringend brauchen. Du bist wahrlich ein Prophet. Was hast du denn da an? Ist das eine Art religiöses Kleidungsstück?«

Rik Wallace fuhr herum und sah Professor Spencer mit einem hoch über seiner Schulter erhobenen Plakat an einer langen hölzernen Stange auf das Eingangstor zueilen. Spencer trug ein blaues T-Shirt, das sich über seinem Mantel spannte. Hinter ihm folgte ein großes Dreieck aus Menschen, einige hielten Transparente, andere trugen Plakate, und alle hatten sich in blaue T-Shirts mit dem Aufdruck: »Der Wallacianische Weg« gezwängt. Auf Spencers Plakat stand: »Die Vergangenheit ist präkonfus. Die Zukunft ist post-konfus.«

Julie Progress trat hinter Spencer aus dem Glied. Sie hielt die Stange, die das eine Ende eines langen blauen Transparentes mit der Aufschrift hielt: »Nieder mit dem Konfusianismus und der BWL-Fakultät. Gebt dem Post-Konfusianismus eine Chance.« »Oh, Rik, Rik. Du bist unversehrt. Du lebst. Wir haben uns solche Sorgen um dich gemacht.« Sie stürzte auf ihn zu, schlang ihre Arme um ihn, bedeckte sein noch immer mit fettiger Schminke verschmiertes Gesicht mit Küssen. »Geliebter Rik. Es tut mir so leid, dass ich nicht mehr mit dir geredet habe, dass ich an dir gezweifelt habe, und dass ich gemein zu dir war und, du weißt schon … dass ich deine Mutter nicht zu schätzen wusste, als sie noch am Leben war. Ich bin so glücklich, dass du zurückgekommen bist.« Sie reichte die Stange einem Studenten und klatschte vor Freude in die Hände, als ob sie ausgleichen wollte, dass die Kinder im Zirkus ihre Wertschätzung nicht hatten zeigen können. »Du hast uns allen gefehlt.«

»Pandora nicht«, sagte Spencer. »Sie ist total verrückt geworden. Sie hat sich mit Ross und mit Larrys Bande zusammengerottet, um das Wallace-Unternehmens-Zentrum zu bilden. Wusstest du, dass er ein Gangster mit eigener Bande ist? Pandora ist jetzt Bandenchefin, da dein Bruder Larry den Verstand verloren hat. Kannst du dir das vorstellen?«

»Ja, das kann ich. Larry hat den Verstand verloren?«

»Er hat sich beim Autounfall den Kopf angestoßen. Aber das ist nicht wichtig. Wichtig ist, dass die die gesamte BWL-Fakultät übernommen haben und jetzt mit Pandora als Präsidentin das College leiten wollen. Und sie besitzt doch keinerlei Qualifikationen. Ich glaube, sie hat in ihrem Leben noch kein Buch gelesen, und jetzt hat sie ganz klare Ansichten darüber, was wir unterrichten sollten. Sie will sogar eine medizinische Fakultät gründen, die beweisen soll, dass Rauchen in Wirklichkeit gesund ist. Kannst du dir das vorstellen?«

»Ja, das kann ich.«

»Sie versucht, diesen neuen Typen, den du angeheuert hast, diesen Kantianer Ernest Fischer, an meiner Stelle zum Leiter der Philosophischen Abteilung zu machen. Wir hätten ihn niemals berufen dürfen. Ich habe dir ja gesagt, dass er verrückt ist, sowie ich ihn zum ersten Mal gesehen habe. Sie versammeln sich jetzt gerade auf dem Campus zu einer Kundgebung. Dahin wollen wir auch. Um die Sache zu sprengen. Der Frau muss ein Ende gemacht werden.«

»Ich habe dir gesagt, dass ich aussteige. Ich kann nicht mehr philosophieren. Du musst dir einen anderen suchen. Ich bin doch bei allem der totale Versager. Sogar dieser Scheiß mit Larry und Pandora ist meine Schuld.«

»Ja, das ist gut möglich, denn das hier war ein relativ normaler Campus, bis du aufgetaucht bist. Aber jetzt, da du wieder da bist, kannst du helfen, uns zu retten. Es ist ein Wunder. Mit dir können wir nicht verlieren. Du glaubst gar nicht, wie viele Anhänger ich seit deinem Verschwinden rekrutiert habe. Das halbe College steht hinter dir.«

»Hinter mir?«

»Ja, hinter dir. Ich habe dir zu Ehren einen Kult gegründet. Und alle schienen nur auf etwas Sinnvolles gewartet zu haben, woran sie glauben könnten. Wir haben rund um die Uhr Anhänger eingeschworen.«

»Leider hält die andere Hälfte zu Pandora, Ross und Fischer«, sagte Progress. »Aber jetzt bist du bei uns. Also komm, Rik. Wir holen sie uns«, sagte sie und schwenkte die Hände über dem Kopf als ermutigende Geste für die, die sich hinter ihr in den Bogen drängten. Sie packte eine Handvoll Pailletten an seiner Brust und zog Rik zu sich. Sie küsste ihn wütend auf die Lippen. »Ach, Rik, ich liebe dich. Ich hatte vom Trinken einen Filmriss ... lange Geschichte ... aber als ich zu mir kam, wusste ich, dass ich im tiefsten Herzen immer dich geliebt hatte. Ich habe angefangen, auf mein Unterbewusstsein zu hören. Ich liebe dich, Rik. Du kannst mir seinen Job geben, wenn *du* mit Fischer fertig bist.«

Ein kleiner Wald aus Händen packte Wallace und wirbelte ihn herum. Er wurde in die Luft und auf die Schultern von zwei kräftigen Studenten gehoben, die er nicht erkannte und die sich in mittelgroße T-Shirts mit dem Wallacianischen Motto gezwängt hatten. Die Menge der Wallacianer brüllten vor Freude, weil sie sich am Vorabend der Schlacht ihren Meister gesichert hatten. Sie hatten das Gefühl, ihn von den verschwommenen Fotos her zu erkennen, die Spencer bei seinen wallacianischen Bekehrungsversuchen verteilt hatte. Die Wallacianer marschierten unter dem Bogen durch und hielten Wallace vor sich hin in die Luft wie eine leuchtend rote, mit Pailletten verzierte Kriegsflagge.

Der Lärm der vorüberziehenden Menge weckte Rose die Pennerin, die unter einem Haufen aus Decken und Mänteln an der Wand unter dem Bogen döste. Sie lugte durch einen Schlitz zwischen dem speckigen Kragen von Jims Mantel und einer verstaubten grauen Decke, die sie aus den Ruinen ihres früheren Zuhauses gezogen hatte, um das neue einzurichten. Ihr Gesicht war von einer matten Schmutzschicht überzogen, die ihre Augen vor dem schwarzen Hintergrund unnatürlich weiß aussehen ließ. Das Grau eroberte ihre schuhwichsebraun gefärbten Haare von den Wurzeln her. Unter ihrem Haufen aus wollener Behausung trug sie noch immer die dünne Rettungsdecke aus dem Krankenhaus.

Rose sah ohne jegliche Neugier zu, wie die Knie von Wallaces Anhängern an ihr vorüberzogen. Sie hatte das Interesse an der Welt verloren, jetzt, da sie ihre Beobachtungen mit niemandem teilen konnte. Sie zog ihren Schildkrötenhals zurück in die Schichten ihres neuen Panzers.

Nachts durchwühlte sie die Mülltonnen vor der verlassenen Mensa, hockte sich ins Gras, um ihr Geschäft zu verrichten und ihr Revier zu markieren. Im Morgengrauen kehrte sie zu ihrem Stapel von Decken und Mänteln zurück. Am Vortag hatte sie morgens am Fenster der Rezeptionsbaracke der jungen Rose nachspioniert, die die Hand ihres Freundes hielt, während sie mit dem neuen jungen Pförtner sprach, dem Ersatz-Jim. Die junge Rose fragte ihn, ob jemand ihre Mutter gesehen habe.

»Ich hab keine Zeit, um mich nach Landstreicherinnen umzusehen. Das College gerät aus den Fugen. Nichts wird mehr erledigt, seit deine Mutter verschwunden ist. Überall stapelt sich der Müll. Ich werde die Müllsäcke nicht entfernen. Das ist nicht meine Aufgabe. Alle beschweren sich, weil das Gras so hoch ist und weil die Leute Schlange stehen, um mit dem ebenfalls verschwundenen Präsidenten zu reden. Wie oft soll ich denn noch sagen, dass er verschwunden ist? Was interessiert er sich denn für Leute wie dich oder mich? Einen feuchten Kehricht. Das interessiert er sich. Es ist nicht meine Aufgabe, die Putzkolonne zur Raison zu bringen. Und genau das würde ich ihnen sagen, wenn ich überhaupt wüsste, bei wem ich mich beschweren sollte. Das ist doch Anarchie.«

»Braucht ihr jemanden, um die Reinigungsarbeiten zu beaufsichtigen?«, fragte der Freund von Jung-Rose. »Das könntest du doch machen, Jung-Rose«, sagte er. »Ich habe einen fast neuen Rasenmäher. Ich hätte nichts dagegen, für dich den Rasen zu mähen, und Jung-Rose hier weiß alles über das Putzgewerbe. Du könntest von einem Familienbetrieb reden.«

»Ihr könntet sicher fragen, ich weiß nur nicht, wer gerade zu entscheiden hat. Ich rufe Pandora an. Sie wird wissen, was zu tun ist.«

Rose hörte oder sah nichts mehr, denn sie war in ihrem Lumpenhaufen versunken. Ihre Kleider knisterten. Sie zappelte, um Shakespeares sämtliche Werke unter ihrem halben Hintern hervorzuziehen, das Buch befand sich weiterhin in der Plastiktüte, in der sie es nach Hause getragen hatte, als sie noch immer glaubte, ein Zuhause zu haben.

Von seinem Platz oberhalb der Menge sah Rik Wallace, als er den Torbogen hinter sich gebracht hatte, Larry Wallace vor der gegnerischen Menge einhergehen, und ein auffälliger weißer Verband war um seinen Kopf gewickelt. Ohne es zu wissen, mäanderte er auf einer unsichtbaren metaphysischen Trennlinie zwischen den beiden Fraktionen. Er lächelte, als er Rik Wallace sah, und begann, auf ihn zuzugehen. Irgendwer hatte ihm über den Anzug ein rosa T-Shirt mit einem schwarzen Aufdruck gezogen, um klarzustellen, dass er der BWL-Fakultät angehörte. Ross, der ebenfalls ein zu kleines T-Shirt trug, packte Larry am Kragen und zog ihn zurück ins Glied. Gleich hinter ihm rechts hielt

Casper Wall in der einen Hand ein Plakat, während er im Smartphone in seiner anderen eine Mitteilung las. Er trug kein T-Shirt. Neben ihm trug Sidney der Speichellecker über seiner Brust ein rosa T-Shirt und hatte sich ein blaues wie einen Turban um den Kopf gewunden, für alle Fälle. Rik konnte deutlich sehen, wie die Lippen Sidney des Speichelleckers sich bewegten, als er laut die Anzahl der anrückenden Wallacianer zählte. Er versuchte noch immer zu berechnen, ob er auf der Siegerseite dieser ontologischen Wasserscheide stand, als seine Fraktion vorpreschte, an der Spitze Pandora, die ihre Truppen nach dem Vorbild der Boadicea in die Schlacht führte. Ganz hinten sah Rik eine Gruppe aus untersetzten, meistens kahlköpfigen, sonnengebräunten Männern mit Sonnenbrillen und in schwarzen Anzügen, weißen Hemden und schwarzen Schlipsen. Das, wie er annahm, waren die Mitglieder von Larrys Bande, die jetzt das Wallace-Unternehmens-Zentrum bildeten. Sie alle hielten in einer Hand Basketballschläger und schlugen damit rhythmisch gegen die andere, in freudiger Erwartung des Zerspaltens von Schädeln der Studierenden aller Fakultäten.

Rik, hoch auf den Schultern der Studierenden, hielt die Hände noch höher über seinen Kopf und brüllte immer wieder nach Ruhe. Als Spencer ihn endlich hörte, hob er die Hand, um die Wallacianer zum Stillstand zu bringen, er drehte sich zu seinen Jüngern um und schrie: »Unser Führer will etwas sagen. Schweigen wir, um seinen inspirierenden Worten zu lauschen.«

Das Stimmengewirr verstummte wie die Vorboten eines Sturmes. Rik richtete seine Worte an Fischer, der gleich rechts hinter Pandora stand. Während er versuchte, seine Sätze zu formulieren, wurde er von der Beobachtung abgelenkt, dass Fischer in Bezug auf seine Frisur dem Rat der Berufungskommission gefolgt war. Verschwunden waren die langen fettigen Strähnen, sie waren kurzen glänzenden Locken gewichen. Ist das wohl eine

Dauerwelle, fragte sich Rik, während er versuchte, Ordnung in seine Gedanken zu bringen.

»Wenn ihr euch wegen einer philosophischen Meinungsverschiedenheit unbedingt gegenseitig umbringen wollt, könntet ihr euch dann wenigstens entlang von begreiflichen Trennlinien aufstellen, die einen historischen Sinn ergeben? Kant brachte niemandem eine tödliche Gegnerschaft entgegen. Er versuchte, eine epistemologische Revolution auszulösen, indem er die entgegengesetzten Herangehensweisen von Idealismus und Realismus miteinander verband. Keine gewalttätige Revolution. Kant war kein gewalttätiger Mann. Langweilig vielleicht. Zwanghaft besessen bestimmt. Aber nicht gewalttätig. Kant vertrat ... ja ... einen radikal neuen Zugang, aber vor allem in Epistemologie und Physik, nicht in Ethik und schon gar nicht in BWL.«

»Schön, dass du wieder da bist, Rik«, rief Pandora. »Ich habe keinen Konflikt mit dir. Du kannst sogar deinen alten Job als Präsident behalten. Ich habe einen Konflikt mit Progress. Gib sie raus.«

»Du musst dir klarmachen, dass du keinen wirklichen Konflikt mit Pandora oder irgendwelchen anderen Wallacianern hast«, sagte er und ließ seinen Arm über die Menge unter ihm schweifen. »Ich unterstütze ja sogar Kants Ideen, die wenigen jedenfalls, die ich verstehen kann. Trennt euch entlang von veralteten empiristischen und idealistischen Linien, wenn es unbedingt sein muss. Oder kontinentalen gegen analytischen Herangehensweisen. Diese beiden Lager hassen einander. Aber nicht einfach auf Grundlage eurer persönlichen Animositäten. Eifersüchteleien und Kollisionen von Persönlichkeiten sind keine moralisch kohärenten Rechtfertigungen für einen Konflikt. Progress liebt Larry nicht mehr. Nicht, seit er den Verstand verloren hat.«

Larry gurgelte und versuchte, auf die einsame Stimme der Vernunft zuzugehen, aber Ross hielt ihn am Mantelkragen zurück.

»Genug Philosophie«, brüllte Pandora. Auf diese Erklärung erfolgte Gebrüll, als beide Seiten aufeinander zustürzten. Progress knallte mit solcher Wucht gegen Pandora, dass beide auf den Rücken geworfen wurden. Als sie einander an den strampelnden Gliedmaßen packten, um wieder auf die Beine zu kommen, bildete sich rasch ein Kreis aus Aufständischen um sie. Der Kreis begann zu skandieren: »Kämpfen, kämpfen, kämpfen«, woraus sich bald der präzisere Schlachtruf: »Frauen kämpfen, Frauen kämpfen, Frauen kämpfen« entwickelte. Pandora und Progress standen wieder auf den Beinen und streckten die Finger aus wie Messer, als sie einander auf der freien Stelle umkreisten. Sidney der Speichellecker tanzte seinerseits um den Kreis der Kämpfenden herum. Er hielt seinen Baseballschläger mit beiden Händen über seinen Kopf. Er hatte beschlossen, der schwächeren Seite den Gnadenstoß zu verpassen und sich dadurch bei der vermutlichen Siegerin einzuschmeicheln. Aber dann dachte er, vielleicht sollte er eher die Stärkere umhauen, um sich die Dankbarkeit der anderen zu sichern. Aber welche war das? Progress oder Pandora? Er versuchte noch zu entscheiden, wen er schlagen sollte, als Ross ihn von hinten traf und ihn aus seinem Dilemma erlöste, als er bewusstlos in die Knie sank und zur Seite kippte.

Ross warf Pandora den Baseballschläger zu.

»Das ist nicht fair«, protestierte jemand in der Menge.

»Hier, nimm das«, sagte Spencer und schleuderte sein Plakat zu Progress hinüber. Es landete zu ihren Füßen. Pandora schwang den Baseballschläger mit beiden Händen in Richtung von Progress' Kopf, als die sich nach dem Plakat bückte. Progress fiel auf ihr Gesicht und blieb totenstill liegen. Ihr Unterbewusstsein und ihr Bewusstsein schwiegen gleichermaßen. Die Menge verstummte. Die in der vorderen Reihe starrten zuerst Progress an, die bewegungslos im Gras lag, und dann Pandora, die sich keuchend den Baseballschläger vor ihre sich hebende und senkende Brust hielt.

»Was?«, fragte sie, »was habe ich falsch gemacht?«

Das Schweigen hielt an. Dann brüllte jemand ganz hinten: »Auf sie!« Niemand bewegte sich. Dann schienen in jeder Hand Baseballschläger zu erblühen. Pandora ging unter einem Hagel aus für ihren Kopf bestimmten Schlägen zu Boden. Die Schlägerschwinger wandten sich dann einander zu, und egal, welche Farbe ihr T-Shirt aufwies, sie schlugen auf alles ein, was sich vor ihnen befand. Ein erfahrener philosophischer Beobachter hätte erkannt, dass der neue Pförtner mit seiner Beobachtung der Ideologie, die nunmehr den Campus dominierte, vollkommen richtiggelegen hatte: Das hier war Anarchie.

Professor Maurice Spencer lag mit dem Gesicht nach unten im Gras im ersten Viereck des CAT-College und hatte die Hände über seinen Kopf gelegt, um sich vor den Tritten von Dr. Ernest Fischer zu schützen. Er dachte, dass ein wütender Kantianer doch einen seltenen Anblick bot, und seltener noch waren so viele von ihnen auf einem Haufen. Er wurde von diesen Überlegungen abgelenkt, weil er versuchte, seine dringliche Neugier zu befriedigen und festzustellen, ob jemand in das Gras unter ihm gepisst hatte. Er presste die Finger in den feuchten Boden, hielt sie sich unter die Nase und roch daran. Igitt. Barbaren. Typisch mein Pech, dachte er. Da gerate ich in die erste Studentenrevolte seit fünfzig Jahren. Dr. Ernest Fischer seinerseits registrierte kaum, dass er auf Professor Spencer eintrat. Er hatte seit seinem Eintreffen am CAT-College die Lage rasch aus dem Griff verloren. Er prägte sich ein, bei seinem nächsten Besuch in der Bibliothek den Begriff »Massenmoral« nachzuschlagen.

»Hör mit dem Treten auf«, schrie Spencer ihn an. »Ich bin Vater. Meine Tochter braucht mich. Sie kann jeden Moment aus der Schule nach Hause kommen. Ich muss Essen für sie machen.«

L

Per Scaenam Sinistra Exitus

Abgang – Bühne links

Die Bande von Studierenden, die Rik Wallace auf den Schultern trug, ließ ihn achtlos fallen, um die gegnerische Menge mit unbelasteten Gliedern angreifen zu können. Er knallte mit dem Rücken ins Gras, drehte sich um und kroch auf allen vieren unbemerkt durch einen Wald aus jeansbekleideten Studierendenbeinen davon. Als er das Gebäude erreichte, das die Ostseite des Vierecks abgrenzte, richtete er sich auf und lief entlang an der Mauer zum nächsten Bogen und immer tiefer in das labyrinthische College hinein. Unter dem Bogen wich er einem Knäuel von BWL-Studierenden aus, die mit ihren kantianischen Spanholzschildern auf die Köpfe von zwei Altphilologen einschlugen. Als er das nächste Viereck erreichte, stellte er fest, dass er die Krawallmacher abgeschüttelt hatte. Er eilte ans hintere Ende des College und suchte Zuflucht in der Abteilung für Philosophie, wo er hoffte, Frieden zu finden, da alle anderen an diesem Morgen offenbar ihre Philosophie *al fresco* ausübten. Als er sich dem Kiesweg vor dem düsteren Gebäude mit den traurigen Augen näherte, vor dem noch immer die Ausziehleiter aus Aluminium lehnte, fuhr plötzlich in einem Hagel aus aufstiebenden winzigen Kieselsteinen ein Wagen mit Blinklicht auf dem Dach vor. Ein rotgesichtiger Sullivan sprang heraus, aufgeregt, weil er ihm den Fluchtweg abgeschnitten hatte. Sullivan verschränkte selbstzufrieden die Arme auf dem Autodach und lächelte das Raubtiergrinsen des Polizisten, der endlich seine Beute gestellt hat.

Dann wurde langsam und quietschend neben Wallace die hintere Tür des Wagens geöffnet. Ein Junge, der eine perfekte Miniaturausgabe von Rik Wallace war, sprang mit einem Fußball unter dem Arm heraus. »Dad, Dad«, sagte der Junge, als er auf Wallace zustürzte. Hinter ihm packte ein kleinerer, fetterer rotgesichtiger Junge den Türrahmen mit seinen Wurstfingern, um sich aus dem Wagen zu stemmen. Hinter ihm wiederum kniete ein kleines Mädchen mit einer roten Plastiksonnenbrille mit weißen Gänseblümchen am Gestell auf dem schwarzen Kunststoffsitz und wartete darauf, ebenfalls aussteigen zu können. Ihr Mündchen kräuselte sich um den Stiel eines Lutschers. Sie schien bei Pandora Unterricht im Saugen genommen zu haben. Wallace konnte deutlich durch die immer neuen »Daddy«-Rufe seinen Puls hören. Dann wurde die Beifahrertür geöffnet, die sich ebenfalls auf Wallaces Seite befand, als habe Sullivan sich ganz bewusst aus dem dramatischsten Winkel genähert. Eine Frau mit kurzen dunklen Haaren schob ihren hochschwangeren Leib zur Seite und nutzte ihr Vordergewicht, um sich halbwegs aus dem Wagen zu pressen. Sie erreichte eine sitzende Haltung, bei der sie die Füße auf den Boden gestellt hatte. Unbewusst fuhr sie sich mit den Handflächen über den Bauch, wie um das ungeborene Kind davon zu überzeugen, dass in der Welt draußen alles seine Richtigkeit habe. Plötzlich eingeschüchtert blieben die Kinder einige Schritte vor Wallace stehen und fingen an, auf und ab zu hüpfen. Sie riefen jetzt nicht mehr. Ganz leise wiederholten sie ihr »Daddy, Daddy«, als hätten sie schon fast vergessen, wer er war.

»Was hast du dir denn dabei gedacht? Wir hatten dich für tot gehalten«, sagte die Frau hinter den Köpfen ihrer Kinder. »Ohne diesen Polizisten«, sie winkte vage über ihre Schulter zurück in

Richtung Sullivan, »ich kann mich an seinen Namen nicht erinnern … jedenfalls … er hat alle Fingerabdrücke überprüft, DNA, Blutgruppen, Mobiltelefone … diesen ganzen Kram … im Hotel zurückgelassene Kleider … die der andere Polizist übersehen hatte … und hier bist du.« Sie verstummte und musterte ihn. »Was hast du denn an? Ist das eine Art akademische Robe?«

Endlich, durch die gesammelte Wirkung seiner philosophischen Studien, hatte Rik Wallace eine Erleuchtung, vermutlich ausgelöst eher durch Schock als durch Intellekt. Ihm ging auf, dass er endlich alle moralischen Optionen erschöpft hatte, mit einer Ausnahme – die, die er in den Gängen seines tiefsten Unterbewusstseins mit der Aufschrift aufbewahrte: »In Notsituationen Glas einschlagen«, und darunter stand, in kleineren Buchstaben: »Nur einmal benutzen«. Durch Trauma und weniger durch Meditation hatte er jetzt die letzte Stufe der Erkenntnis erreicht, die Arhatschaft, jetzt, wo ihm seine archetypische Familie gegenübertrat. Er brauchte nicht darüber nachzudenken. Die moralische Entscheidung lag jenseits aller Gedanken. Er brauchte sich nicht für die richtige Handlungsweise zu entscheiden. Er musste keine Tabelle der moralischen Konsequenzen aufstellen, und es wäre auch keine Hilfe, Nietzsche oder Kant zu konsultieren. Gottes Wille, sein Horoskop, Freud oder sogar das, was das Gesetz vielleicht für gerecht hielt, waren ihm egal. Er hatte einen Ort der lauteren unverfälschten moralischen Erleuchtung erreicht, denn endlich konnte er aus animalischem Instinkt heraus handeln und nicht aus unnatürlicher philosophischer Vernunft. Seine Entscheidung entsprang dem wahren Kern seines moralischen Wesens.

Er drehte sich auf seinem mit roten Pailletten besetzten Tanzschuhabsatz herum und rannte los.

Er rannte, als seine von Nikotin geschwächte Lunge anfing zu schmerzen.

Er rannte, als seine geschundenen Rippen seine Seiten durchbohrten und das Trommelloch in seinem Bein aus Protest zu pochen begann.

Er rannte, als seine Füße die dünnen Sohlen seiner roten Tanzschuhe durchstießen.

Er rannte, als die weiße Schminke auf seinem Gesicht schmolz und auf seine Brust lief.

Er rannte, als er schon keinen Schmerz mehr verspürte.

Er rannte aus dem College und die Straße entlang, seine Arme bewegten sich rhythmisch auf und nieder und trieben ihn weiter. Jetzt war er sicher, er hätte schon in der ersten Nacht rennen müssen, als er Rik Wallace vom Balkon gestoßen hatte. »Was bin ich für ein Idiot. Das ist jetzt deutlich«, keuchte er vor sich hin.

Als er an dem grauen Block des Studierendenwohnheims vorbelief, wurden seine Füße langsamer zu dem verträumten Rhythmus von Chet Bakers »Exitus«, das aus einem offenen Fenster im Erdgeschoss strömte. Er lief im Jazzschritt weiter, als der Wagen neben ihm vorfuhr. Das Beifahrerfenster wurde hinuntergekurbelt. Er hörte die Bibliothekarin rufen. Als er zwischen zwei Atemzügen zur Seite lugte, sah er, dass Jackson am Lenkrad saß.

»Steig ein, Rik«, rief die Bibliothekarin. »Wir eröffnen weit weg von hier eine neue Bibliothek. Setz dich nach hinten. Inspector Jackson hat die ganze Zeit gewusst, dass du ein Betrüger bist. Er ist kein Idiot, musst du wissen. Er ist ein cleverer Ermittler. Er hat erstaunliche Instinkte. Steig ein.«

Der Wagen war ein wenig vor ihm hergefahren, als Jackson aus dem Schritt fiel und Dellas Gesicht hinter der Heckscheibe neben seinem auftauchte. Zum ersten Mal seit ihrer ersten Begegnung fand er, dass sie besorgt aussah.

»Einsteigen, Rik«, rief die Bibliothekarin wieder.

Er lachte laut auf, ein Lachen, das irgendwo tief in seinem Inneren begonnen hatte und sich jetzt aus seinem Mund ergoss, und er riss den Mund so weit auf, wie seine Kiefer das nur hergaben.

»Ich glaube, er hat den Verstand verloren«, teilte Jackson den anderen im Wagen mit.

Wallace begriff, dass er in seiner Zeit bei der Philosophie am CAT-College ein moralisches Gesetz gelernt hatte: Trotz der Zigaretten konnte er rennen, aber verstecken konnte er sich nicht.

Und hier müssen wir Abschied von unserem Helden nehmen, er läuft mitten auf der Straße und lacht dabei laut, in einem knallbunten Kostüm, das jetzt zerfetzt ist, verschlissen und mit Dreck und Gras übersät, mit einer Wagenladung von kürzlich erworbenen Freunden neben und einer Wagenladung von wiederentdeckter Familie hinter sich. Wenn wir ihn beurteilen wollen, dann sollten wir daran denken, wie der berühmte Sokrates sich angesichts eines moralischen Dilemmas verhielt. Er war fett, alt und aus dem Leim gegangen. Kein Wunder, dass er sich lieber umbrachte, als in einem Chiton durch die Straßen des antiken Athen zu rennen.

Ende.

Danksagung

Mein Dank geht an Paul Hollywood, der eine bestimmte Wendung in der Handlung geliefert hat, an Piotr Sadowski für das Leben, an Niall McAuliffe für die wissenschaftlichen Zutaten, Maeve O'Brien, die die meisten Kapitelüberschriften ins klassische Latein transponiert hat, an Gabriele Haefs, weil sie weiterhin an mich glaubt, an Mairead, für ihre unvergleichliche emotionale und materielle Unterstützung und weil sie mich überredet hat, die Menge an Verwünschungen zu reduzieren.

Es ist keine metaphorische, sondern eine tatsächliche Wahrheit, dass dieses Buch ohne David McCartney und Rachel Pierce nicht existieren würde. Ich danke Euch beiden.

Und mein Dank geht an alle, die eigenständige Philosophie verfasst, und an die, die den Soundtrack zu meiner Fantasie bei diesem Buch geschrieben haben.